Boissié-Dubus Bernadette

Un mur de trop

Clairdeplume34

Première partie

Le Pouvoir des mots

Prologue

3050 Il y a bien longtemps... La Basse Epoque

> *Quand une phrase ténébreuse, alambiquée vous donne le vertige, souvenez-vous que ce qui donne le vertige c'est le vide. "*
>
> *Sacha Guitry*

Assis devant son bureau vide, le vieil homme semblait rêver. Son visage ridé était livide, du teint blanchâtre de celui qui n'a pas vu le soleil depuis longtemps. Sous ses doigts, rien que le contact de la matière inerte, une matière qui fut vivante il y avait bien des années, des siècles peut-être. C'était un vieux bureau en acajou, patiné, sur lequel il avait travaillé des années durant. Travail acharné, lutte sans merci pour sauvegarder la mémoire des hommes. Un vieux bureau, vide, lisse, sans un seul papier, un seul crayon. Il ouvrit un à un les tiroirs, aussi vides que des coquilles de moules mortes rejetées par la mer. Il promena un regard désespéré sur les étagères en acier remplies de boîtes du même alliage dont la capacité de résistance devait protéger des milliers de livres des injures du temps, traverser les siècles et même les millénaires. Tout le savoir du monde, en fait, caché dans le ventre de la terre. Le livre qu'il tenait entre les mains, aurait pu faire sourire celui qui n'était pas au courant de l'autodafé immonde qui se préparait. « L'origine du monde », un nom ronflant pour un livre qui avait pris des années d'existence à ses auteurs. Le professeur se souvenait des heures sans sommeil, des recherches fastidieuses et des rendez-vous clandestins avec des confrères – plutôt des frères courage — pour écrire un ouvrage destiné aux générations futures. Le professeur trouvait qu'il ressemblait un peu trop à la Bible, avec ses annotations pompeuses faisant référence à des hommes illustres et des évènements transformés en aventures fabuleuses. Un genre d'épopée, plus proche de l'Iliade et l'Odyssée d'Homère que du livre d'histoire. Mais les autres l'avaient voulu ainsi. « Il faut qu'il soit ludique, énigmatique, pour que les hommes du futur aient envie de rechercher des preuves de l'authenticité des légendes cachées en son sein », répétaient-ils en scandant les mots comme une musique. Il avait haussé ses épaules déjà voûtées, mais n'avait pas voulu les contrarier et s'en félicitait car la plupart d'entre eux était déjà morte, assassinés par les fous au pouvoir.

— Professeur, il est temps de partir.

Celui qui l'interpellait était un grand homme brun, maigre, pas rasé, avec d'immenses yeux noirs, durs et décidés, enfoncés dans leur orbite et auréolés de cernes bruns. Il n'avait pas trente ans mais secondait le professeur depuis la fin de ses études. Le professeur ne répondit pas. On l'arrachait à son rocher, son seul refuge comme s'il avait été une vulgaire arapède[1].

— Monsieur, il faut partir. Je vous en prie, le temps presse.

Le vieil homme se tourna vers lui, ses yeux bleu délavé embués de larmes, et referma le tiroir sur le précieux livre.

— Je ne peux pas. Je ne peux pas les abandonner.

— Professeur, s'insurgea le jeune homme, je vous sortirai d'ici par la force s'il le faut. Dans vingt minutes l'entrée va exploser et vous serez enseveli vivant. Je ne vois pas en quoi ce sacrifice apporterait quelque chose de plus au monde.

— Qui se souviendra ? soupira le vieux professeur.

— Qui ? Peu importe. Nous avons fait notre devoir. Dépêchez-vous.

— Là où vous allez, ce n'est pas ma place.

— Ce n'est pas la mienne non plus, répondit amèrement le jeune homme. Mais nous n'avons pas le choix.

La voix du jeune assistant monta dans les aigus et dérailla submergée par l'angoisse.

— Nous n'avons pas le choix et vous le savez bien.

Venez, rajouta-t-il en lui tendant la main.

Le professeur Charbit se leva doucement comme si le poids du monde reposait sur ses maigres épaules. Il portait un pantalon et une chemise trop amples pour lui et des tennis défraîchis sans chaussettes. Il y avait longtemps que l'argent lui manquait pour en acheter. Et puis, il était trop vieux pour se battre afin de s'en procurer. Il demanda encore :

---

[1] Coquillage en forme de chapeau chinois qui s'accroche au rocher

— Avons-nous tout répertorié ?

— Monsieur ! supplia l'assistant. Cela fait dix ans ! Oui, nous avons tout répertorié. En tous cas l'essentiel.

— Tout est essentiel, murmura le professeur pour lui-même. Mais pour qui l'avons-nous fait ? Pour qui ? Pour quoi ?

Il n'obtint aucune réponse et suivit son assistant en traînant les pieds.

Derrière eux, de lourdes portes se refermèrent comme celles d'un coffre-fort de banque. Le professeur les verrouilla et mit les deux clés dans sa poche. Un quart d'heure plus tard, ils étaient dehors. Le soleil de l'hiver arrivait à peine à adoucir la température. La neige faisait un tapis blanc recouvrant la maigre végétation agonisante. Cinq minutes plus tard, une gigantesque explosion ébranlait la montagne faisant fuir des centaines d'oiseaux.

— Montez professeur, dit l'assistant en ouvrant les portes de l'hélicoptère. Nous partons.

Ils n'étaient que deux à bord, deux scientifiques rescapés de l'holocauste, les derniers à s'enfuir. Mission secrète menée à bien. L'assistant était fatigué.

— Vous savez vraiment piloter cet engin ? lui demanda le professeur.

— Et comment ! C'est une petite machine fiable, rapide et capable de monter à des hauteurs impressionnantes. Elle peut nous conduire au bout du monde... Enfin, elle peut si nous ne sommes pas interceptés en route...

— Que Dieu bénisse nos descendants, dit le professeur.

Le jeune homme secoua la tête. Dieu, quelle dérision. Comment pouvait-on croire encore en Dieu dans ce monde ?

L'hélicoptère s'éleva dans les airs, abandonnant derrière lui la mémoire de l'humanité, avec les Pyrénées en gardiens fidèles.

Chapitre I

La poésie de la terre ne meurt jamais."
John Keats

— Mesdames et messieurs, vous n'imaginez pas les horreurs vécues par nos ancêtres...

Valentine s'épongea le front. Trois mille paires d'yeux la regardaient et son angoisse tournait à l'obsession. Ils étaient tous rivés à ses lèvres, terrorisés, étonnés ou sceptiques. Un projecteur trop puissant braqué sur son visage y fit perler, juste en dessous de son nez, trois gouttelettes salées qui dégoulinèrent sur ses lèvres. Si au moins elle n'avait pas eu la mauvaise idée de se maquiller ! Mais voilà, pour sa première intervention en public, elle voulait faire bonne impression. C'était réussi !

« Pourvu que personne ne remarque que j'ai trop chaud et surtout un trac fou... » se dit la jeune femme avec inquiétude.

L'amphithéâtre de Masopa, capitale du Grand Pays, était plein à craquer. Des scientifiques de la totalité de la nation étaient venus pour entendre le compte-rendu de ses prétendues découvertes. Il y avait les membres de la délégation des habitants de la région Ouest, noirs comme une nuit sans lune, qui souriaient de toute la blancheur de leurs dents immaculées. Ces gens-là lui fichaient encore plus le trac avec leur rire franc que les autres dont les sarcasmes rentrés dans la gorge et le visage impassible en disaient long sur le crédit qu'ils accordaient à ses recherches. Les receveurs d'informations étaient là aussi, toujours présents, prêts à l'agresser à la moindre anicroche. Ils bénéficiaient de tous les droits et cette omnipotence l'inquiétait. Quant aux étudiants, pour la plupart ses propres élèves, ils lui vouaient une admiration sans borne qu'elle estimait être loin de mériter et qui lui paraissait malsaine. Elle aurait voulu s'en aller, n'avoir jamais été historienne, n'avoir jamais accepté cette conférence grotesque. Personne ne s'intéressait à l'histoire de toute façon. « Que faisait-elle ici ? » se demandait-elle à présent, face à cette foule hostile.

— Mesdames et messieurs, poursuivit sa voix comme si elle avait pris son autonomie par rapport à elle-même, c'était la fin de la Basse Époque. Une époque pratiquement inconnue, je vous l'accorde. Peu d'informations sont parvenues jusqu'à nous. Très peu de vestiges subsistent, vous savez lesquels, il n'y a pas de quoi pavoiser. C'était le début du troisième millénaire et la seule certitude que nous ayons, c'est que la planète était devenue un immense dépotoir où les hommes du monde entier vidaient leurs déchets...

Elle marqua un temps d'arrêt pour savourer leur trouble. Des rires fusèrent. Quelqu'un siffla au fond à droite. Elle décida de ne pas se laisser intimider.

— Oui, oui, bien sûr... Une grande poubelle à l'air libre. Les microbes y pullulaient dans les moindres recoins des logements. La nourriture y était infectée au plus haut point, l'eau polluée, les hommes y mouraient de maladies, mangeaient n'importe quoi. J'ai découvert une étrange légende au sujet de leurs denrées alimentaires... Quelques poignées d'humains se seraient battues pour garder leur « fromage de chèvre ». Il semblerait, d'après certaines légendes, que le fromage de chèvre était une sorte de nourriture à base de lait d'un animal, la chèvre, qui faisait fureur quelque part au nord de la Méditerranée... et ici, chez nous, au sud. Mesdames et Messieurs, à la Basse Époque, les hommes se nourrissaient de sous-produits d'animaux, mangeaient même des animaux...

Un brouhaha suivit ses scandaleuses déclarations. Quelques excités se mirent à hurler.

— On se moque de nous, c'est dégoûtant !

— Ton ancêtre peut-être, mais pas le mien ! Mais pour qui nous prend-on ?

Les receveurs d'informations s'en donnaient à cœur joie. Les confrères de Valentine haussèrent les épaules. Elle avait toujours été l'enfant terrible de la famille. Il fallait des preuves. Avait-elle des preuves ? Non, des preuves, elle n'en avait pas. De vieux objets bizarres appelés autrefois « des manuscrits » ne pouvaient pas être considérés comme des preuves. Ces objets-là, pour le commun des mortels, étaient bons à mettre à la destruction, ni plus ni moins. Allez savoir ce que véhiculaient comme saletés des objets pareils ? Heureusement pour elle, le commun des mortels ne savait pas qu'elle en avait en sa possession et n'était pas au courant de la vraie nature de ses recherches. Moins encore, bien entendu, de ses intrusions dans la bibliothèque centrale où il était interdit de fouiller.

— Tu veux prétendre aussi qu'ils croyaient vraiment que l'homme descendait du singe ? Que ce n'était pas une légende ? l'interpella une voix goguenarde.

On rit de bon cœur. Tout de même, n'exagérons pas. Hé bien si, justement, elle allait le leur dire ! Mais elle perdit contenance. C'était la première fois qu'elle parlait en public. Elle, elle était du genre solitaire, peu bavarde, toujours perdue dans ses pensées. Pour dire quoi ? Elle avait l'impression que tout avait été dit. Seule l'histoire avec un grand « H » la passionnait. Surtout la Basse Epoque, à la fin du deuxième millénaire, une période d'épanouissement culturel que tout le monde ignorait à présent. Un grand chaos historique avait suivi et duré presque mille ans. Elle s'enflamma. Elle n'allait pas se laisser impressionner par des illettrés !

Elle prit sa respiration et répondit :

— Et bien, oui, c'est exact ! Les hommes croyaient qu'ils descendaient du singe, qu'ils avaient vu le jour quelque part en Afrique du sud habillés de peaux de bêtes, se battaient avec des haches et des flèches en pierre. Ils mangeaient de la viande crue avant de découvrir le feu, chassaient les animaux et s'entre-tuaient. Voilà ce que croyaient les hommes du deuxième millénaire, et c'était vrai. Les hommes vivaient ainsi il y a près de douze mille ans.

Cette fois, la salle entière explosa. Elle avait poussé le bouchon un peu loin.

— C'est inadmissible ! Indigne d'un scientifique ! Les hommes primitifs venaient des étoiles, ont construit les avions, et n'ont jamais mangé de viande crue ni de fromage de ce que vous voudrez ! Du fromage ! Quelle est encore cette invention ? Du résidu d'animal ? C'est dégoûtant ! Soyez un peu sérieuse, ne réinventez pas l'histoire !

Mais, hélas, elle n'inventait rien. Elle en était intimement persuadée. Mais ce n'était pas sa faute si leurs ancêtres leur faisaient honte... Bientôt, ils feraient honte au Grand Pays tout entier. Elle s'en moquait. Tous l'ennuyaient. Malgré l'hostilité générale qui transpirait comme suintant d'un énorme corps, elle poursuivit :

— Revenons au début du troisième millénaire, s'il vous plaît. A cette époque-là, le monde était divisé en nations. Ces nations étaient indépendantes, dispersées à la surface du globe terrestre. Certains pays faisaient la loi, dirigeaient, régentaient tout. La moitié de la planète crevait de faim, l'autre moitié mangeait trop et n'importe quoi. Il semblerait que la nourriture ait eu une importance capitale pour la survie de l'espèce humaine dans un contexte de dérèglement du climat. Cela se situe à peu près quelques décennies avant l'époque du grand chaos. A la même époque, la nourriture vint à manquer et un pays parvint à imposer son mode de nourriture qui consistait primitivement en de petits paquets transparents aseptisés contenant des aliments reconstitués à partir d'éléments chimiques. Il se situait sur un continent à l'ouest de l'océan Atlantique déjà nommé ainsi à cette époque. Un grand pas était franchi dans l'alimentation mais ce ne fut pas facile. Ce qu'il y avait dans ces petits paquets, je l'ignore, toujours est-il que les autres pays n'acceptèrent pas de capituler aussi facilement. Une guerre économique et psychologique s'en était suivie. C'était quelques temps après l'an deux mille, je ne peux pas déterminer exactement la date... Mais des populations entières ont perdu la vie faute de nourriture, car ces petits paquets aseptisés n'étaient pas distribués à tous, pas plus que les aliments naturels devenus rares et gardés pour les plus nantis. Il y avait trop de monde, trop de bouches à nourrir. Des milliards de gens...

A ce stade de son exposé, la salle ne riait plus. C'était la première fois que quelqu'un osait pousser la porte interdite de l'étude de cette époque. Un sujet tabou. Jusqu'à présent, l'homme avait préféré fermer les yeux, ne pas savoir. Ne pas apprendre ce qu'il y avait avant. Une angoisse ancestrale ou peut-être une dangereuse fascination s'attachaient à cette époque au point qu'aucun écran d'histoire n'osait en parler. Tout juste était-elle mentionnée – et encore fallait-il interroger l'écran, ce dont personne n'avait cure — résumée en quelques phrases laconiques :

Basse Epoque : mille ans avant Jésus-Christ, trois mille ans après... Quatre mille ans d'inconnu. La seule chose dont nous soyons sûrs, c'est que les hommes se déplaçaient en avion et venaient des étoiles.

Avion : sorte de machine volante flanquée de deux ailes latérales. Nous ignorons de quelle manière il pouvait voler. Le seul avion qui subsiste se trouve loin de Masopa, dans la résidence des sept sages.

Chaos : choc entre les civilisations qui a détruit la majeure partie de la planète vers l'an plus ou moins deux mille cent après Jésus-Christ. Aucune date précise.

La Basse Epoque fut maudite une bonne fois pour toutes, pour d'obscures raisons, par les hommes du quatrième millénaire. Il ne restait que quelques noms, comme Jésus Christ, Bouddha et Mahomet. Le fait qu'ils furent restés dans la mémoire collective faisait présumer de leur importance. C'était probablement des chefs politiques. Nul ne pouvait le dire. On disait que Jésus Christ marchait sur l'eau, guérissait les malades, que Bouddha vivait sans se nourrir et prêchait la non-violence, que Mahomet avait conquis la moitié de la planète avec une poignée de disciples. Mais tout cela restait du domaine de la légende. C'était tout ce que la bibliothèque centrale de la mémoire collective possédait comme information pour le commun des mortels... Et, répétons-le, personne ne s'intéressait à la bibliothèque centrale.

Et maintenant, cette Valentine Casteldetri avec sa thèse imbécile qui venait mettre à bas trois mille ans de tranquillité, de béatitude collective ! Tout cela pour dire aux hommes l'ignorant que leurs ancêtres mangeaient des animaux et se faisaient la guerre ! La guerre ! Une horreur du passé que l'homme moderne avait banni de son langage et qui n'existait même plus dans son subconscient ! Peut-être même plus dans ses gênes, si tant est qu'elle ait un jour existé.

Voilà bien des préoccupations de scientifiques ! Des fainéants, tolérés uniquement parce qu'ils amusaient le public avec des inventions toujours loufoques ! On ne leur demandait pas de penser, mais de faire rire. Cette petite Valentine ne faisait rire personne. Après tout, ce que faisaient les hommes d'antan, tout le monde s'en fichait comme d'une guigne.

Hélas, le mal faisait son chemin. Chaque humain de la salle se disait que peut-être une bête dormait en lui... Une bête, tapie depuis des millénaires, prête à resurgir, à le dévorer ? Cette fois-ci, c'était la foule qui transpirait et pourtant elle n'était pas sous le feu des projecteurs...

Le petit costume bleu de Valentine l'indisposait. Pourtant, il était fait d'un tout nouveau tissu en fibres végétales très confortable. Bien coupé, il moulait ses formes, flattait ses trente ans. Elle avait l'impression qu'il se déchirait et qu'elle allait se retrouver nue devant cette foule hystérique. Cette foule qui la violait moralement. Elle se dit qu'elle n'aurait pas dû venir... Qu'elle n'aurait pas dû le leur dire... Et pourtant, ils devaient savoir ! Le voulaient-ils seulement ? De quel droit leur communiquer son angoisse ? Pour l'apaiser ? La partager ? Elle se transmettait comme une maladie mais elle était toujours là, perfide... Elle ne se donnait pas seulement comme un cadeau empoisonné, non, elle se répandait, elle se démultipliait.

« Valentine, tu n'es qu'une petite imbécile, tu veux épater le pays entier avec un passé dont personne ne veut ! » se disait Valentine chagrinée par une telle escalade de colère contre elle.

Mais non, elle ne voulait pas épater tout le pays ! Non, mille fois non ! Il fallait qu'ils le sussent même si ça faisait mal...

Son angoisse engluait la salle entière. Ils ne seraient plus jamais les mêmes. Elle avait du mal à déglutir. Elle avait soif et envie de partir.

— Donc, pour résumer, vous dites qu'il y a quatre mille ans le monde était divisé en nations ? Plusieurs états en somme ? Plusieurs dirigeants ? Comment est-ce possible ?

Elle voyait à peine celui qui parlait au fond de la salle. C'était un receveur d'informations. Elle les exécrait. Il allait la dépecer comme jadis leurs ancêtres le faisaient avec les animaux.

— Comment est-ce possible ? Je l'ignore. Mais c'est ainsi. J'ai mis dix ans à recenser toutes ces informations en étudiant les légendes du Grand Pays. Il y avait plusieurs nations, c'était très compliqué. Chaque nation avait un chef d'état, des lois souvent différentes, voire contradictoires, était maître chez elle. D'après certaines légendes, ils avaient établi un pacte d'entraide qui ne servait à rien sauf peut-être à leur donner bonne conscience. J'ignore quel était ce pacte. A cette époque, les hommes ne parlaient pas tous le même langage...

Nouveau brouhaha. Le receveur d'informations sembla satisfait de sa réponse car il n'insista pas.

Plusieurs langages ! On aura tout vu. Pour la majeure partie des scientifiques présents, cette thèse puait l'arnaque à plein nez. Pouvait-on laisser dire de telles inepties ?

— Qu'avez-vous à rajouter ? Cria un receveur d'informations du fond de la salle. Au point où nous en sommes.

Des choses à rajouter ? Elle en avait, et pas des moindres. Leur dire que la moitié de la planète avait été détruite par des inondations, tremblements de terre et autres réjouissances ? Que les hommes s'étaient entretués pour quelques parcelles de terre ? Elle n'osa pas, ne répondit pas, et descendit de l'estrade.

La moitié de la salle se leva, la séance était close. Son intervention était terminée. Elle laissa la place à l'inventeur d'une moulinette automatique qui broyait les légumes en disant leur nom, leur origine, les vitamines qu'ils contenaient et beaucoup d'autres informations passionnantes au sujet des carottes, des navets et même des ignames. Tout le monde allait bien rire et applaudir parce que cette petite merveille était un puits de connaissances, amusante de surcroît, tout en couleurs avec deux gros yeux à l'air vivants. Tout le monde se fichait complètement de la Basse Epoque.

Ouf! Il était temps! Le petit costume bleu n'aurait pas tenu un quart d'heure de plus. Elle le sentait craquer aux coutures comme si lui aussi répugnait au contact de sa personne. Et pourtant, elle et son costume ne faisaient qu'un, comme une seconde peau. Une invention extraordinaire! Autre chose que ses élucubrations sur le passé. A part que ses élucubrations n'en étaient pas. C'était bien cela le problème.

La salle était mitigée. Sceptique ou fanatique. Beaucoup ne lui serreraient pas la main à la sortie. Elle s'en moquait.

Où était l'esprit scientifique dans ces réactions primaires? On la fustigeait ou on l'encensait. C'était la même chose. Ils n'avaient rien compris. Ils prétendaient qu'elle avait l'esprit scientifique préhistorique. C'était peut-être pour cela qu'elle s'intéressait à la Basse Epoque. Certains rigolaient en disant que sa réaction était normale, ses ancêtres étaient des singes... Qu'ils devaient manger des animaux quelque part de l'autre côté du Mur, ça avait dû laisser des traces dans ses neurones... Le lendemain, dans les bulletins d'informations, les crieurs de rues diraient : « Venez prendre des nouvelles de la femme qui descend du singe » ou « la rescapée de la guerre des fromages fait son spectacle » ! Pourquoi pas? Les receveurs d'informations ne savaient plus quoi inventer pour amuser les gens. Elle aurait au moins réussi une bonne blague si elle n'était pas parvenue à ses fins. Si, en plus, elle leur disait qu'à l'heure actuelle ses travaux portaient sur des sortes de bouts de chiffons probablement fabriqués avec des arbres, ce serait complet. Elle serait élue bouffonne de l'année, le rêve de toute jeune fille normalement constituée... Tout le monde s'assiérait en rond sur la place publique et s'esclafferait en écoutant les crieurs de rue raconter ses exploits.

« Et mes sources? pensa-t-elle. Personne n'a demandé à les connaître. Ce monde me dégoûte : pas de rigueur, pas de discernement. Méritent-ils la connaissance? Je commence à en douter. J'aurais dû garder mes informations pour moi ou pour un petit comité. Mais quand le Grand Appariteur de l'université m'a proposé cette intervention, j'ai été subjuguée. Faire profiter les autres de mon savoir, quoi de plus noble? A part que quatre-vingt-dix-neuf pour cent de la population n'a pas envie de savoir, surtout des choses aussi morbides. C'est un peu comme si j'étais venue les insulter en public... »

Elle quitta la salle sans que le présentateur ne l'eût remerciée. Lui aussi était très vexé, elle avait failli faire capoter sa prestation. La moitié du public était partie, c'était la première fois qu'il avait si peu de succès. C'était une bonne aubaine pour l'inventeur de la moulinette, après elle, il allait faire un malheur...

Quelques étudiants, qui buvaient ses paroles comme un élixir de vie et lui resteraient fidèles contre vents et marées, l'encouragèrent, lui secouèrent le bras pour lui prouver leur attachement. Ils auraient pu lui serrer seulement la main, non, ils la regardèrent avec des yeux brillants d'admiration, et agitèrent son bras comme s'ils avaient pu, par ce seul geste exacerbé, lui prouver leur gratitude. Si ça continuait, en plus des angoisses qui la submergeaient et de l'humiliation, elle aurait une épaule démise... Que n'était-elle restée tranquillement chez elle !

Déjà toute petite il fallait qu'elle se fît remarquer. Toujours première en classe, jamais de réprimandes, jamais de mauvais points pour indiscipline. Elle avait soif d'apprendre, de savoir. Tout l'intéressait. En histoire, elle excellait. En cours de photographie, elle était loin devant tous les autres élèves. Les mathématiques la passionnaient, les cours de pratique manuelle en tous genres la fascinaient. Elle était la risée de ses camarades de classe, la bête noire des professeurs. « Elle finira mal », prophétisait son professeur principal. Il avait raison, ce brave homme... Elle était une scientifique, historienne par-dessus le marché, ce qui prouvait qu'elle avait mal tourné... Aucune famille normale n'aurait été ravie d'avoir un scientifique en son sein. Certains, dont son inspecteur d'âme, pensaient que c'était à cause du mariage d'amour de ses parents. Cela ne se faisait pas le mariage d'amour, c'était contraire à la morale. Le plaisir physique et les sentiments n'allaient pas de pair. Il y avait les machines à jouir pour se faire plaisir, les plaisirs solitaires étant fortement encouragés par les dirigeants qui voyaient dans ces pratiques un moyen de canaliser des pulsions presque condamnables. Le mariage était un contrat, pas une affaire de cœur, à la rigueur de corps c'était toléré. Pour faire un enfant, il fallait en faire la demande à l'administration centrale au moins un an à l'avance. Cela décourageait les têtes en l'air, ceux qui n'étaient pas prêts à accueillir un petit être tout neuf et sans protection. Ses parents s'aimaient d'amour, physique et moral, elle était née en clandestine, sans autorisation préalable. Ce qui aurait expliqué ses problèmes psychologiques. Elle avait toujours été élevée dans l'amour. Un scandale. Son père avait fait trois mois de travaux dirigés en punition... Heureusement, elle avait eu la chance de ne pas avoir été enlevée à sa famille, ce qui était la punition extrême dans ce cas-là. Mais son père était un bon technicien, il n'avait jamais donné des signes d'insurrection et les sept sages considérèrent que trois mois de travaux d'utilité publique seraient suffisants. Ils avaient dû l'être puisque ses parents n'avaient pas récidivé. Son frère avait été demandé un an à l'avance à l'administration centrale comme l'imposait la loi. Ils avaient été élevés de la même façon, avec amour. Son inspecteur d'âme disait qu'elle ne riait pas assez. Qu'en savait-il, et où était le rapport ? s'insurgeait-elle quelquefois. On pouvait bien aimer et rire. Chez eux, ils étaient très joyeux, pas plus tristes que les autres. Personne n'avait jamais voulu la croire. Si cette petite était trop intéressée par les études, c'était qu'elle s'ennuyait, qu'elle était morose, affirmaient les médecins. Elle ne l'était pas. Elle aimait la vie, boire, manger, s'amuser. Ils avaient fini par la rendre austère et solitaire à force de persuasion. Elle avait dû faire des camps de jeunes où elle avait appris à faire des farces, à prendre la vie du bon côté, à rester un enfant tout en étant adulte. Un enfant, elle en aurait voulu un, mais pas un époux sur mesure. Alors elle gardait pour elle cet impérieux besoin, essayant de le transcender. Son bébé, c'était la Basse Epoque. Y connaissait-on l'amour ? Certains lui auraient dit que cette question était sans intérêt. Pour elle, c'était la question primordiale, celle qui l'obsédait chaque nuit lorsqu'elle éteignait la lumière et qu'elle se retrouvait la proie de l'ombre. Heureusement, son inspecteur d'âme n'en savait rien. Elle avait appris à tout lui dissimuler. Elle était la grande dissimulatrice, la reine du détournement de pensée. Ce n'était pas facile. Il était réputé être le plus grand inspecteur d'âme, l'un des plus grand peut-être de ce temps et elle, petite scientifique indisciplinée, elle lui mentait. Cela lui procurait un plaisir immense. Il fallait être une très grande menteuse pour réussir aussi bien à tromper un inspecteur d'âme... Heureusement. Elle n'aurait pas voulu qu'il sût que son plus important secret était de connaître l'amour, celui qui était interdit. D'après l'Ecran du Grand Savoir, c'était extrêmement douloureux et dangereux. Un grand bonheur suivi d'une intolérable souffrance dont on pouvait mourir. Quelle importance ? La mort n'intéressait plus personne. Dans ce monde où l'on ne mourait plus que de vieillesse, les hommes ne s'intéressaient plus à la mort. On vivait, on riait, on s'amusait et la dernière pirouette était la mort. Après, plus rien. Les corps étaient brûlés, tout le monde s'en fichait. Y avait-il quelque chose après la mort ? Ce n'était pas le problème des habitants du Grand Pays. Mais c'était le sien. Qu'y avait-il après la mort ? A quoi bon vivre ? A quoi servait-on ? Tellement de questions restées sans réponse et qui l'obsédaient. Le savaient-ils à la Basse Epoque, ce qu'il y avait après la mort ?

Elle quitta l'amphithéâtre la tête en feu, le cœur au bord des lèvres. Cette émission l'avait vidée. Elle allait rentrer chez elle se ressourcer. Elle brancherait sa petite machine à jouir personnelle et se paierait un orgasme réparateur.

Dehors la rue était déjà vide. La fin de l'été apportait des odeurs doucereuses de fleurs coupées et de fruits trop mûrs. Il faisait de plus en plus chaud et on sentait que l'automne allait bientôt recouvrir le monde de son manteau étouffant. Valentine aimait cette époque de l'année où tout semblait se transformer en feuilles sèches. Il ne pleuvrait plus pendant des mois, la nature avait fait ses provisions d'eau pour l'hiver. Enfin, provision, c'était une façon de parler. Il y en avait si peu de l'eau qui tombait du ciel ! L'eau était stockée par les receveurs d'eau dans de grandes citernes et la plus grande partie réservée aux producteurs de légumes qui étaient prioritaires. Les habitants devaient eux faire leurs provisions personnelles en prélevant une certaine quantité sur l'eau qui leur était accordée journellement pendant la saison humide Elle avait oublié de faire les siennes, de provisions ! Comme d'habitude. Chaque année c'était pareil, elle était obligée d'aller quémander un peu d'eau à l'Administration Centrale. Cette fois-ci, ils allaient la lui faire payer très cher. Déjà l'année dernière elle avait été prévenue, son nom était enregistré sur le panneau lumineux de l'administration centrale. Dès que son visage apparaîtrait sur l'écran, une sirène d'alarme se mettrait à hurler : Valentine Casteldetri : pénalité maximum en cas de récidive. Pour le coup, elle allait devoir prendre des pilules compensatoires, anti-déshydratation. Elle haussa les épaules et plongea dans la nuit.

— Puis-je faire un bout de route avec vous ?

Elle sursauta et manqua de rater la marche. L'inconnu sortit de l'ombre et elle le reconnut. C'était le receveur d'informations qui lui avait posé des questions à la conférence.

— Je n'accorde d'interview à personne, dit-elle avec agressivité. Si vous comptez raconter un article loufoque sur moi, c'est raté. Je n'ai rien à dire.

— Je ne veux rien raconter sur vous, cela ne m'intéresse pas. J'aimerais seulement discuter.

Valentine, ma fille, se dit-elle, il ne te l'a pas envoyé dire. Ton cas n'intéresse personne. Au moins tu pourras dormir tranquille. Pas de receveur d'informations en folie sous tes fenêtres. Celui-là a au moins le mérite de la franchise...

— Si je ne vous intéresse pas, laissez-moi tranquille. Je n'aime pas perdre mon temps.

— Vous a-t-on déjà dit que vous étiez belle ? Non ? Cela ne m'étonne pas. Ce monde manque d'imagination. Pas de guerre, pas de souffrance amoureuse ni de maladie. Le bonheur ineffable. Pas de flatterie ni de compliment. La Basse Epoque avait quelque chose de rafraîchissant. On s'y aimait à la folie.

Troublée par ses propos, Valentine s'interrogea. Que savait-il de la Basse Epoque ce briseur de solitude, cet empêcheur d'angoisser en rond ?

Elle lui dit sèchement :

— Que voulez-vous savoir ?

— J'aimerais voir vos sources d'information. Personne ne vous les a demandées, n'est-ce pas ? Je ne crois pas que vous ayez inventé toute cette histoire. Alors, je veux voir vos « preuves ». Je veux les toucher, les lire, pour moi, par simple curiosité. Par plaisir. Je veux sentir le vieux papier pourri que vous avez tenu entre vos doigts, tout fripé, déchiré, du lambeau de papier et ce qui est écrit dessus.

L'espace d'un moment, elle se dit que ce type était fou et elle commença à avoir des sueurs froides. Elle craignait la folie des autres, la sienne lui suffisant amplement. Mais tout de même, il avait l'air de savoir des choses étranges sur ses documents. La curiosité la titilla... Cependant elle hésita à inviter dans son laboratoire cet inconnu suspect. Un receveur d'informations était toujours un danger. Celui-ci ne se laisserait pas écarter aussi facilement.

Il insista :

— N'ayez pas peur. Je ne vous importunerai pas. C'est si important pour moi...

Quelque chose dans sa voix lui fit mal. Il semblait souffrir, plus qu'elle, plus qu'aucun être humain qu'elle eut jamais rencontré. Elle ne sut pas si c'était son air désespéré qui la convainquit ou la curiosité, mais elle craqua. « Valentine, tu es cinglée » pensa-t-elle tout en cheminant près de lui...

Leurs pas résonnaient dans le silence de la nuit. Valentine aimait marcher à la fraîcheur, sentir l'humidité sur sa peau. L'inconnu la suivait d'un pas tranquille. Elle eut envie de lui prendre la main comme à un petit enfant. Il avait l'air si fragile... Il lui semblait avoir un oiseau de nuit posé sur son épaule, un oiseau aveugle qui se cognait contre un mur. Drôle d'oiseau en vérité... Il devait mesurer au moins un mètre quatre-vingt, mince, des bras comme des pattes d'araignées, trop grands pour lui. A la lumière de la rue, elle vit ses yeux : d'un noir profond, ourlés de longs cils, un regard d'une douceur déconcertante. Pas de trace de méchanceté dans ces yeux-là... Pas de danger. Un visage tourmenté, fin, couleur de pain d'épice.

Il lui avait dit qu'elle était belle... Elle ne savait pas ce qu'il voulait dire. Elle avait un corps trop parfait, la taille fine, des seins bien proportionnés et des fesses rondes. Sa peau était très brune et ses cheveux coupés très courts. Elle n'amusait personne. Les plus adulées étaient les grosses, les difformes, celles qui faisaient éclater de rire, pouffer de joie, celles qui mangeaient sans réserve les petites sucreries dont le Grand Pays tout entier était si friand. Personne ne la regardait dans la rue. Tant mieux d'ailleurs, elle préférait passer inaperçue.

Au son de sa voix, le laboratoire s'ouvrit. Elle donna du jour synthétique sur son décor secret. Personne n'était jamais rentré dans son domaine. Ici c'était chez elle, plus encore que dans son appartement. Depuis dix ans, elle y entassait des trésors plusieurs fois millénaires. Depuis dix ans, époque à laquelle elle avait terminé ses études, elle parcourait le Grand Pays à la recherche de bribes du passé. Un travail de fainéant comme le pensait le commun des mortels, une passion dévorante qui ne lui laissait jamais un instant de répit. Elle était employée par la Société Administrative des temps anciens, le seul organisme reconnu d'utilité publique qui s'occupât de sortir de l'oubli les ancêtres. Elle était payée pour enseigner l'histoire à l'université et pour faire de la recherche. Inutile de dire qu'elle préférait la deuxième activité à la première... Elle était trop solitaire. Mais qui s'intéressait à son travail à part une petite minorité intellectuelle complètement allumée s'attendant à des révélations époustouflantes, du sensationnel toujours renouvelé ? Ils ne lui garderaient pas longtemps leur estime... Elle décortiquait tout, voulait des preuves, expérimentait, refusait l'intuition. Son esprit scientifique n'était plus au goût du jour. Dans cet antre maudit où elle avait parfois désespéré, perdu foi en ses recherches, les étagères abritaient des documents qu'il valait mieux cacher. Elle les avait classés par catégories – du moins en vertu de ce qu'elle pouvait imaginer qu'ils avaient en commun -, répertoriés, listés dans sa machine à mémoire.

La Basse Epoque, période trouble s'il en fut une, de décadence et de chaos, faisait chavirer sa raison. Et s'ils s'étaient trompés ? S'il y avait eu autre chose qu'un grand chaos ? Quelque chose que leurs ancêtres auraient voulu dissimuler, quelque chose d'horrible et de beau à la fois ? Elle, qui refusait l'intuition, extrapolait, se créait un passé à travers toutes les bribes d'informations qu'elle avait récoltées à travers le Grand Pays.

Elle regarda son receveur d'informations. Il tremblait. Pourtant, il ne faisait pas froid chez elle... Il promena sur son laboratoire un regard halluciné. Sans cesser de loucher sur ses étagères il dit :

— Connaissiez-vous le vieil ermite qui habitait près du mur ? Il vivait dans une grotte avec un chat apprivoisé. Il savait beaucoup de choses...

« Non, se dit Valentine, je ne connaissais pas d'ermite qui vivait avec un chat ! Et puis quoi encore ? » D'abord elle n'avait aucune idée de ce qu'était un chat. Sûrement un animal. Quelle idée étrange de vivre avec un animal ! D'autant plus que les animaux étaient strictement interdits de ce côté-ci du mur. Ils étaient réputés apporter des maladies extrêmement dangereuses. La mémoire collective rapportait des cas d'épidémies qui avaient décimé des populations entières et rayé de la carte certains pays à une époque que personne ne pouvait situer dans le temps.

C'est ainsi que trois mille ans auparavant, ce mur avait été construit pour séparer le monde des animaux de celui des hommes. Ce qui se passait là derrière n'intéressait personne. Les seuls animaux qui vivaient parmi les hommes étaient les insectes et les poissons. En ce qui concernait les premiers, on n'avait jamais pu les faire rester derrière un mur. On avait bien essayé de les exterminer mais ils étaient trop coriaces, ils s'habituaient à tout. Ils s'adaptaient aux poisons, créaient des espèces mutantes. Alors, on avait dû renoncer, vivre avec, et ils pullulaient en ville comme à la campagne. Il y en avait partout, jusque dans les moindres recoins des maisons, malgré des calfeutrages sophistiqués. Les oiseaux, eux, ne venaient plus. Peut-être étaient-ils en voie d'extinction ou préféraient-ils rester chez eux ? Ils faisaient ce qu'ils voulaient, les animaux étant libres derrière leur mur. Quant aux poissons, il y en avait de pratiquement plus dans le Nil.

Elle se récita mentalement les termes du Grand Dictionnaire :

— Le mur : vaste enceinte séparant la terre en deux parties. Construit vers l'an 3540 pour isoler les animaux des hommes. Il longe la Méditerranée, coupe le grand plateau désertique à gauche jusqu'à l'océan. A droite, descend le long des montagnes de l'Himalaya et rejoint le Grand Océan. Au nord du mur, un monde inconnu appartenant aux bêtes. Personne n'a jamais franchi le mur. Ce qu'il y a derrière le mur n'intéresse personne.

« Je devrais lui dire qu'il est interdit d'aller voir derrière le mur mais il le sait aussi bien que moi. Je ne sais plus que lui dire. J'aimerais qu'il s'en aille, cette conférence m'a épuisée ».

Mais il avait déjà saisi un de ses documents et le reniflait avidement. Ses doigts caressèrent la matière, s'attardèrent sur les caractères inconnus, parfois à peine perceptibles. A force de les toucher, il allait bien finir par les détruire, ses précieux ouvrages. Déjà qu'ils se désagrégeaient à vue d'œil !

— Vous vous intéressez à la Basse Epoque ?

Sa question suspendit son geste. Il abandonna à regret un document couvert de lignes qu'elle était incapable de déchiffrer.

— Plus que tout au monde... Savez-vous ce qu'il y a derrière ce parchemin ? Une carte représentant un continent derrière le mur. Un continent mort depuis longtemps. On l'appelait l'Europe. C'était là-bas, de l'autre côté de la Méditerranée. Je n'imaginais pas qu'il puisse en exister encore un souvenir quelque part. Votre laboratoire est un musée aux trésors. Je suis sûr que vous n'avez aucune idée de l'importance de vos trouvailles...

L'importance de ses trouvailles ! Quel culot ! Primo, personne n'en voulait de ses trouvailles, secundo ce type n'allait quand même pas prétendre lui apprendre son boulot. L'Europe, d'où sortait-il ce nom ?

Elle essaya de garder son sang-froid et lui dit, ironique :

— Vous semblez savoir des choses que j'ignore. Pourtant, je suis la spécialiste en matière de Basse Epoque. Vous comptez m'apprendre mon métier ? J'ai mis dix ans à récolter ces informations, dix ans de travail acharné, de recherches intensives ! J'ai parcouru tout le plateau désertique pour trouver ces documents et parfois au péril de ma vie. J'ai dépensé des sommes folles, pratiquement la totalité de mes attributions si vous voulez tout savoir. Et vous ? D'où sortent vos informations ?

Sans daigner répondre à sa question, il continua :

— Oui, l'Europe... De l'autre côté du mur... Il doit n'en rester plus rien, que des ruines abandonnées aux animaux. Vous ne savez rien de la Basse Epoque. La terre est partagée en deux et nous nous contentons de tourner en rond sur moins de la moitié de la planète. Vous n'êtes pas intéressée par ce qu'il y a au nord du Grand Pays ? En tant que scientifique, c'est votre rôle, non ? Vous ne vous êtes jamais demandée ce qu'il y avait derrière le mur ?

— Bien sûr que si ! Mais derrière le mur il y a les animaux, c'est leur domaine. Je ne tiens pas à affronter des monstres qui me mangeront sans que j'aie le temps de savoir ce qui m'arrive. Est-ce que vous y êtes déjà allé ?

— Dans une autre vie, oui. C'est là-bas que je vivais...

— Dans une autre vie ? Vous êtes complètement fou. Allez raconter ça à quelqu'un d'autre que moi et vous vous retrouverez dans un camp de désintoxication spirituelle.

— Je n'irai pas raconter ça à qui que ce soit. Je voulais seulement vous le dire. A vous, personnellement.

— A moi ? Pourquoi à moi ?

— Parce que nous nous sommes déjà rencontrés dans une autre vie...

Pour le coup, elle en tomba l'objet qu'elle triturait sans s'en rendre compte, des documents reliés les uns aux autres par des fils. Elle le savait ! Ce type était complètement cinglé. Elle s'était laissé avoir par ses yeux d'enfant perdu. Maintenant, il fallait qu'elle s'en débarrassât...

— Je suis désolée, dit-elle avec l'espoir qu'il allait se contenter de sa réponse et prendre congé, mais je ne vous ai rencontré ni dans cette vie ni dans une autre. Je n'ai pas envie d'avoir des ennuis avec l'Administration Centrale, j'en ai assez avec la société administrative des temps anciens. Alors je vous prie de vous en aller, je suis fatiguée. Je vous signale que je suis une scientifique, pas une illuminée. J'ai entendu assez d'élucubrations pour ce soir...

Il posa le document, voulut lui dire quelque chose mais sa bouche s'ouvrit et se referma sans un mot. Elle ne lui tendit pas la main et il quitta son laboratoire comme un voleur pris en faute. Elle eut un peu honte de sa conduite mais elle n'était pas payée pour soigner les états d'âme des autres. Elle avait déjà assez de mal à soigner les siens.

Elle réintégra sa minuscule maison, deux pièces avec un coin pour se laver où l'eau coulait en saison humide en un mince filet. Pendant la saison sèche, elle allait la chercher à l'administration centrale qui la gérait. L'eau manquait vraiment. Parfois il pleuvait — de moins en moins hélas — et toute la population sortait faire la fête. On riait, on chantait, on dansait toute la nuit en pataugeant dans les flaques. C'était bientôt la saison sèche... Valentine profita des quelques jours qui lui restaient à gaspiller ce précieux élément pour se laver tout le corps. Puis, elle se glissa sur sa couche et mit en marche sa machine à jouir. D'habitude, elle se régénérait en jouissant seule dans la nuit. Mais ce soir-là, le plaisir avait un goût d'amertume. Elle avait une sensation d'inaccomplissement, de solitude, quelque chose comme un regret ou un remord, et envie de pleurer. Que lui avait-il dit le receveur d'informations ? A la Basse Epoque, on s'y aimait à la folie... Voilà, c'était de sa faute ! Elle ne lui avait même pas demandé son nom. Tant mieux, moins elle en demandait, mieux elle se portait...

Elle se leva, alluma l'écran d'information et se vit en direct dans la foule. Elle préféra ne pas savoir ce que ces imbéciles pensaient de sa thèse. Elle voulait dormir. Elle éteignit, se recoucha, et resta des heures dans la nuit, les yeux au plafond, à rêver de la Basse Epoque. Que s'était-il passé pour que les hommes eussent pu renier leur passé à ce point ?

C'était l'an six mille cent après Jésus-Christ. Jésus Christ ? Déjà une aberration en soi car les habitants de la planète n'avaient qu'une vague idée de l'identité de Jésus Christ. Probablement un meneur de foules qui avait fait des choses extraordinaires... D'après la légende, il marchait sur l'eau et transformait les cailloux en nourriture... Etait-ce une simple légende ou la réalité ? Depuis six mille ans, le monde avait oublié. En tant que scientifique, Valentine se dit qu'elle aurait dû avoir un peu plus de conviction et se pencher sur la question. Mais elle manquait de documents. La Basse Epoque était un peu plus récente mais tout aussi obscure. A un moment de l'histoire, tout avait basculé. Pendant mille ans au moins, ce fut le chaos, la moitié de la population avait été décimée. Des villes entières avaient été détruites. Un savoir-faire sûrement très important s'était perdu. Mille ans, c'était court et long à la fois. De ce côté de la Méditerranée, le sable avait englouti tous les monuments, si monuments il y avait eus, mais elle était persuadée que, de l'autre côté du mur, il restait des vestiges. Seulement, de l'autre côté du mur, c'était interdit, c'était le domaine des animaux... Peut-être quelques clandestins avaient-ils jadis transgressé l'interdit ? Ceci aurait expliqué que certains, son hôte indésirable de tout à l'heure par exemple, avaient des sources d'informations très sérieuses... Qui pouvait le prouver ? Ici, c'était le désert d'où émergeaient trois pyramides sans âge, sans apparente utilité et dont la plus grande partie était ensablée Qui les avait construites ? Pourquoi ? A quelle époque ? Impossible de les dater. Pourquoi les hommes du passé avaient-ils construit des maisons si peu fonctionnelles et surtout si irrationnelles ? Pourquoi en restait-t-il si peu ? D'ailleurs, pour la plupart des scientifiques, ce n'était pas des maisons, mais des relais construits à une époque où les hommes étaient venus sur terre, un peu comme les balises de repérages qui permettaient de se diriger hors du Grand Pays. Autant de mystères à jamais insolubles. La ville n'était pas bien grande, les rues poussiéreuses bordaient des maisons tranquilles en terre cuite. Beaucoup étaient faites de matériaux de reconstruction trouvés sur place et réutilisés. Depuis deux mille ans, la science avait progressé mais les scientifiques étaient surveillés comme si on avait peur qu'ils fassent des bêtises. A la tête du monde, il y avait sept sages qui veillaient à ce que leurs expériences ne nuisent pas au genre humain, et géraient la société. Ils étaient nommés à vie. Dès que l'un d'eux décédait, les six autres tenaient une conférence secrète et décidaient qui serait l'élu. Parfois leur choix était très étonnant mais personne ne le contestait. Les hommes étaient si dociles ! Il fallait toutefois reconnaître que leur choix était toujours judicieux. Le Grand Pays était bien administré, les hommes étaient heureux, du moins ils semblaient l'être. Etait-elle la seule à connaître cette angoisse au fond d'elle ? Non, il y avait au moins le receveur d'informations... Elle le voyait évoluer parmi ses documents comme s'il était chez lui. Il avait l'air de tout savoir et cette idée l'irrita. Elle s'endormit en rêvant qu'elle franchissait le mur interdit, mais sa mémoire refusa de conserver jusqu'au réveil ce qu'elle y trouva.

Au petit matin, elle ressentit un grand vide et eut envie de vomir. Il lui fallait affronter la foule qu'elle détestait. Seule contre tous, elle défendrait cependant ses découvertes à propos de la Basse Epoque même si elle devait être reniée par tous les scientifiques dignes de ce nom. Sa seule consolation était qu'elle allait les occuper pendant un certain temps, cela tombait bien. En ce moment, la Société Administrative des temps anciens avait un besoin urgent de publicité. Les scientifiques manquaient de crédits pour leurs recherches. Le plus gros du budget scientifique allait aux techniciens. Ils étaient devenus des spécialistes de la miniaturisation et leurs gadgets faisaient fureur sur le marché du Grand Pays. Les agronomes n'étaient pas mal servis, non plus. Ils nourrissaient la planète c'était bien normal que leurs crédits fussent importants. Les autres étaient les parents pauvres de la communauté scientifique. C'était même la première fois que le grand appariteur de l'université proposait un débat à l'un de ses membres. Il allait s'en mordre les doigts pendant longtemps... Valentine se demandait si désormais elle allait pouvoir sortir dans la rue sans être huée par ses congénères.

Elle voulut savoir ce que disait son écran d'informations ce matin-là :

Ça commençait bien... Elle faisait déjà la Une de l'information !

SCANDALE A L'UNIVERSITE

« Hier soir une surprise de taille nous attendait dans la grande salle des spectacles de l'université. Pour la première fois, une scientifique digne de ce nom nous a servi une prestation pour le moins insolite. Mademoiselle Valentine Casteldetri, éminente historienne, a prétendu devant des centaines de spectateurs hébétés que nous étions un pur produit du croisement des singes entre eux. Nous vous rappelons, si vous n'êtes pas très férus en zoologie, que le singe est un animal velu vivant dans les arbres quelque part de l'autre côté du mur. Regardez bien mademoiselle Casteldetri et dites-nous où est la ressemblance ? Nous avons, pour notre part, bien ri et nous remercions cette jeune scientifique pour l'excellente soirée qu'elle nous a fait passer... »

NOTRE ANCETRE MANGEAIT-IL DE LA VIANDE HUMAINE ?

« Allons-nous laisser la communauté scientifique nous insulter en public devant des milliers de spectateurs ? Ceux qui étaient présents, hier soir, sont outrés des propos de Mademoiselle Casteldetri, historienne contestable si ce n'est contestée, sur nos ancêtres. Elle a osé prétendre que l'homme de la Basse Epoque mangeait de la viande animale, et était vêtu de peaux de bêtes à une époque qu'elle n'est même pas capable de dater ! Où sont les preuves ? Se moque-t-on de nous ? Pourquoi, je vous le demande, ne pas prétendre également que les hommes se mangeaient entre eux ? Mademoiselle Casteldetri ne nous a pas fait rire, loin s'en faut ! Ses affirmations sont des outrages à une population qui mérite mieux en matière de spectacle ! »

DES MICROBES ENVAHISSSENT NOTRE ESPACE VITAL

« Hier, au cours de la conférence de Mademoiselle Casteldetri, nous avons eu la stupéfaction d'apprendre que cette soi-disant éminente scientifique avait fait rentrer chez nous des microbes venus d'ailleurs à l'aide d'objets qu'elle nomme avec prétention : des documents. Quand allons-nous enfin empêcher les scientifiques de mettre en danger notre planète ? »

Et voilà ! Elle l'aurait parié. Ses propos étaient déformés, tournés en dérision. Avait-elle prétendu que les hommes de la Basse Epoque étaient vêtus de peaux de bêtes ? Certainement pas. A sa connaissance, les hommes de la Basse Epoque étaient très évolués et elle n'avait jamais affirmé de telles inepties à sa conférence qu'ils osaient appeler un spectacle. Mais les receveurs d'informations n'avaient pas honte. Il fallait que l'actualité cadrât avec leurs fantasmes ou leurs désirs du moment. Lorsqu'ils ne voulaient pas faire rire le public, ils voulaient le choquer, une manière bien à eux de vendre leur soupe... La veille, ils étaient venus la voir pour avoir un spectacle de qualité, ce n'était pas tous les jours qu'un scientifique de l'université venait faire sa prestation en public. Et se faire ridiculiser...

La rage la prit. « Je vais jeter mes documents, je vais abandonner mes recherches ! Je vais... »

Mais le présentateur du journal matinal n'avait pas fini de la surprendre. Elle se rassit. Le Grand Appariteur de l'université, en personne, venait de faire son entrée... Ainsi il avait osé se présenter, lui qui détestait les receveurs d'informations et leurs spectacles ! Il portait son pantalon défraîchi de tous les jours et une chemise sobre flottant sur ses maigres hanches. Il était rare de voir un invité se présenter aussi mal vêtu au journal matinal, mais le Grand Appariteur n'en avait cure. Fallait-il qu'il eût jugé l'heure grave pour se déplacer aussi tôt et faire « le pantin », selon ses propres termes, devant des milliers d'auditeurs...

Le présentateur, lui, avait l'air ravi d'avoir réussi à attirer sur son plateau un hôte aussi prestigieux.

— Monsieur le Grand Appariteur, nous sommes heureux de vous accueillir sur ce plateau où trop peu de scientifiques daignent se présenter... Que pensez-vous de Mademoiselle Casteldetri ?

La question était directe. Le Grand Appariteur se gratta la barbe ou plutôt les quelques poils mal rasés qui ornaient son menton. Ce tic, fréquent chez lui, était un signe de profonde réflexion. Il était soucieux et prit la peine de peser ses mots. Il sembla à Valentine que le temps s'éternisait. C'était elle qu'on mettait à nu sur ce plateau... Elle avait froid comme si elle s'était dévêtue en public.

— Je tiens à remettre les choses à leur place... Mademoiselle Casteldetri n'a jamais prétendu que les hommes de la Basse Epoque étaient vêtus de peaux de bêtes. Quand s'arrêtera-t-on de déformer les propos des scientifiques ? Enfin soit... Ceci est un autre débat... Quant à Mademoiselle Casteldetri, je peux affirmer que c'est une scientifique confirmée et que ses travaux sont tout ce qu'il y a de plus sérieux. Ses recherches sont fantastiques et je pense que nous pouvons nous fier à ses conclusions. D'ailleurs, le conseil de l'université et moi-même sommes d'accord sur ce point et nous avons décidé de lui octroyer des crédits pour poursuivre son œuvre. Je tiens à souligner sa rigueur et sa sobriété dans les rapports qu'elle nous fait parvenir. Si je l'ai invitée à participer à cette émission, hier soir, c'est avec l'accord du conseil tout entier. Nous lui gardons notre confiance. Je tenais à le souligner.

— Monsieur le Grand Appariteur, je vous remercie ! Nous ne manquerons pas de suivre l'œuvre de Mademoiselle Casteldetri. Et maintenant, musique !

Le Grand Appariteur quitta la scène sous les faux applaudissements d'une foule imaginaire, remplacé par on ne sait qui, venant vendre on ne sait quoi.

Des larmes embuèrent les yeux de la jeune femme. Elle ne voyait plus l'écran. Le soleil du matin entrant à flots par sa fenêtre se glissa lentement sur les meubles et illumina son appartement de sa lumière dorée. Il y avait longtemps qu'elle n'avait pas pris du plaisir à admirer un simple fait naturel. Ce matin, tout était auréolé de lumière. Elle but les paroles de son supérieur comme un élixir de vie. La poussière de son laboratoire qui lui collait à la peau s'envola au vent sec d'automne. Des crédits... Ce mot avait une valeur inconnue des profanes. Depuis dix ans, elle en manquait de crédits... Elle avait même dû prendre sur son propre salaire pour financer ses recherches au point de ne rien posséder à part ce minuscule appartement qui tombait en ruine faute d'entretien. Elle ne sortait jamais, économisait afin d'acheter parfois pour une somme astronomique une « chose » couverte de signes, à moitié pourrie, que les anciens nommaient « papier ». Plus loin à l'est, quelques tribus errantes, réfractaires aux progrès, en possédaient et les vendaient au plus offrant. Heureusement, à part elle-même, leurs « cochonneries » n'intéressaient personne. Alors elle pouvait négocier, parfois pendant des mois, des morceaux de « papier » en loques dont il ne restait souvent que de la poussière en arrivant. La plupart du temps, ils lui arrivaient clandestinement et dans des états pitoyables. Elle avait trouvé un moyen de les protéger mais il fallait agir dès qu'ils étaient au contact de l'air. Elle les figeait dans une sorte de pâte translucide, feuille par feuille. Malheureusement, il était difficile alors d'analyser la matière. Pourtant, elle en possédait quelques-uns à l'état originel. Ceux-là étaient parvenus intacts dans son laboratoire. Une chance... Leur odeur forte imprégnait ses vêtements. Elle sentait le moisi de la tête aux pieds.

Son ami Sami, biologiste dans un laboratoire, avait réussi à les analyser... C'était une matière organique qui venait des arbres... Drôle de découverte ! A sa connaissance, des arbres, des vrais, il n'y en avait qu'en Afrique Centrale, loin au sud... Ici, à part quelques plantes vigoureuses qu'on ne pouvait hélas pas baptiser du nom d'arbre, il n'y avait que de l'herbe rase, des buissons, quelques palmiers-dattiers entretenus comme des objets de musée et surtout pour leurs fruits, et de faux arbres en matière synthétique reproduisant à la perfection les arbres naturels. Il faudrait un jour qu'elle se rende là-bas, loin, très loin, quelque part dans le Sud, dans la forêt impénétrable avant qu'elle ne disparût à jamais elle aussi. Mais, à pieds, cela pourrait prendre des mois, des années peut-être. Elle se disait que cette forêt était peut-être une légende, comme Jésus et les autres, comme le Grand Océan, et que, loin dans le sud, c'était le désert, encore et toujours le désert...

Elle alla se promener au bord du fleuve. Son niveau avait considérablement baissé. D'ici quelques semaines, il serait traversable à pied et des poissons flotteraient le ventre en l'air répandant une odeur nauséabonde. Des algues brunes l'étouffaient. D'ici à la mer, elles encombraient son lit au point de le faire ressembler à un fleuve de sang. D'après certaines légendes, à la Basse Epoque, c'était encore un fleuve immense roulant jusqu'à la mer et baignant des rives riches en limon où vivaient hommes et animaux en toute quiétude. Il descendait d'Afrique en grondant et se jetait dans la Méditerranée par un delta dont il n'existait plus que le souvenir. Aux dires de certains -ce qui n'avait jamais été vérifié— la Méditerranée était empoisonnée et de toute façon le mur en interdisait l'accès. Le fleuve passait sous le mur par d'énormes canalisations aussi vieilles que le mur lui-même. A présent, le désert avait tout envahi. Le vent chaud soufflant sur les dunes balayait de son haleine insupportable la ville endormie et remplissait de sable les moindres interstices. La planète entière semblait se transformer en désert. Pourquoi l'homme moderne qui avait vaincu les maladies, banni les guerres et la misère était-il incapable de soigner sa planète ? L'héritage de ses ancêtres était lourd à porter d'autant plus qu'il en ignorait le contenu. Valentine était persuadée qu'en levant le voile sur la Basse Epoque ils trouveraient un moyen de la sauver. Sinon, le désert allait tout grignoter. Peut-être la planète n'était-elle qu'un immense désert ? Un monde à l'agonie où survivait une population mourante.

Seules au milieu du sable, trois pyramides sans âge narguaient les pauvres humains et lançaient vers le ciel d'un bleu immaculé leur sommet comme un appel muet. Elles avaient beau tenter d'attraper des nuages, l'eau ne viendrait pas. Tout était déjà grillé. Les jardins du bord du fleuve étaient irrigués artificiellement pour ne pas gaspiller l'élément le plus précieux de la terre. Elle était régie par les scientifiques, on ne pouvait pas laisser la gestion de l'eau aux profanes... Quand la pénurie atteignait un seuil critique, l'eau était remplacée par les pilules compensatoires, parfois même les sept sages anticipaient la pénurie et lançaient des décrets interdisant l'utilisation de l'eau naturelle.

« Le plus dur, pensa Valentine, c'est de ne pas pouvoir se laver convenablement »

Elle contemplait le soleil qui jouait entre les algues et faisait miroiter la surface de l'eau. Il faudrait tenter de la faire respirer en arrachant ces plantes dévoreuses d'oxygène. Mais elle avait l'impression qu'elles envahissaient la planète entière... Quelques fois, dans ses cauchemars, elle rêvait qu'elles s'accrochaient à son cou et voulaient l'étouffer.

Pauvre fleuve, ombre de lui-même, piètre souvenir du Nil majestueux qu'il fut, il y a quatre mille ans ! Si elle révélait au monde ce qu'elle savait, plus personne ne pourrait rire tranquille désormais... Mais elle devait le faire, le temps leur était compté...

Elle s'arracha à sa contemplation nostalgique et rentra en ville. Il était temps de reprendre ses précieuses recherches. Elle avait hâte aussi de retrouver la fraîcheur de son laboratoire même si son atmosphère empestait l'air vicié des vieilles épaves du passé.

Les rues poussiéreuses grouillaient de monde. Sur les étalages des commerçants, le vent chaud d'automne recouvrait d'une mince pellicule rougeâtre les denrées alimentaires, les objets divers exposés à la curiosité des passants. Elle aurait aimé flâner et respirer l'odeur persistante des épices parfumées. Mais elle avait du travail et une responsabilité trop lourde pour elle à assumer.

Pourtant, ce n'était pas encore ce matin-là qu'elle allait se mettre à l'ouvrage... Sur son écran, un message sans appel l'attendait. Le Grand Appariteur voulait la voir, toutes affaires cessantes. Elle ne pouvait pas se soustraire à son invitation qui ressemblait à un ordre.

Elle plongea à nouveau dans la chaleur pour rejoindre l'université. Certains regards se posaient sur elle avec curiosité. Elle devenait célèbre... Voilà une situation dont elle se serait bien passée... Si tout le monde la regardait dans la rue, elle n'oserait plus sortir.

Mais le Grand Appariteur, lui, avait un regard bienveillant qui la rassura. Quel âge pouvait-il avoir ? Elle était incapable de lui en donner un. Son crâne, vierge de tout cheveu, luisait sous les lampes de son bureau. Il était assis devant un tas de dossiers ressemblant à s'y méprendre à ses documents. Si elle ne s'était pas retenue, elle serait partie en courant, emportant son précieux butin. Mais elle avait de l'éducation, alors elle se contenta de le saluer tout en louchant sur le bureau. Il surprit son regard, sourit et lui proposa un siège où elle se blottit, les yeux rivés sur l'ovale fin de son visage. Cet homme avait des yeux de velours... Ils lui faisaient penser à d'autres yeux qu'elle avait dû voir quelque part, mais elle ne se rappelait plus où.

— Mademoiselle Casteldetri, je présume que vous avez regardé votre écran ce matin ? Bon... Donc vous savez que la communauté scientifique et moi-même avons décidé de vous accorder des crédits. Vos travaux sont d'un sérieux qui force l'admiration même si nos concitoyens se gaussent de vos propos. Je sais que vous ne riez pas tous les jours et je ne vais pas vous le reprocher, je suis moi-même, hélas, plutôt austère. Ne vous laissez pas démoraliser par les receveurs d'informations. Ces gens-là ne voient que le côté superficiel des choses et font le travail que le public leur demande. Quelqu'un a dit, par le passé, « le rire est le propre de l'homme ». Il est bien dommage que l'histoire n'ait pas gardé son nom... Cet homme avait raison. Si notre civilisation a survécu, c'est grâce au rire. Notre monde a subi bien des bouleversements ces millénaires passés et seuls ceux qui ont su conserver leur bonne humeur ont perpétué l'espèce. J'imagine qu'il en fallait une sacrée dose pour supporter la vie il y a trois mille ans... N'en voulons pas à nos contemporains de refuser le souvenir du passé... Mais vous et moi savons que l'histoire doit être reconstituée. Vous et moi ainsi qu'une poignée de scientifiques, surtout les biologistes qui s'alarment sur l'état de notre planète, cherchons dans l'histoire le remède à nos maux. Si ce fardeau n'est pas trop lourd pour vos épaules, nous aimerions que vous intensifiiez vos recherches. J'ai là quelques documents à vous donner. J'espère que vous pourrez en tirer quelque chose. J'ignore à quoi ils servaient. Cela fait partie de l'héritage familial... Je vous les confie, vous saurez mieux que moi en tirer profit.

Valentine sentit la chaleur l'envahir jusqu'aux oreilles et son visage s'empourprer. Cet honneur, elle n'aurait jamais cru le connaître un jour... Elle, Valentine Casteldetri, accédait au rang des érudits de ce monde ! Elle si timide, si solitaire... Elle ne savait pas si elle allait le supporter. Malgré son trouble, sa voix resta claire. Elle n'allait pas décevoir celui qui serait désormais son « parrain », celui à qui elle devrait désormais rendre compte de l'avancée de ses recherches. Elle balbutia des mots de remerciement et se laissa emporter par sa passion.

— Ces documents, Monsieur le Grand Appariteur, sont des « livres », du « papier »... Une matière organique tirée des arbres. Les hommes d'autrefois lisaient, c'est à dire qu'ils regardaient ces « livres » et parcouraient les petits signes qui y sont inscrits. Ces signes ont bien des significations. Malheureusement, peu de personnes savent lire actuellement. J'ai connu un homme qui savait. Hélas, il est mort. C'est lui qui m'a traduit une partie de mes manuscrits mais il n'a pas eu le temps de me transmettre son savoir. Il y a quatre mille ans, les hommes ne parlaient pas tous la même langue et n'avaient pas la même écriture. Comment arriver à comprendre ? J'aurais besoin de savants capables de m'épauler...

— Précisément. Nous allons vous adjoindre des collaborateurs. Puisque votre ami biologiste semble autant connaître son sujet, mettez le donc sur la liste. Vous avez déjà travaillé ensemble et déblayé le terrain. Un laboratoire sera mis à sa disposition. Ensuite, je pense qu'il serait sage de vous octroyer l'aide d'un zoologiste-botaniste, puisque vos recherches risquent de vous conduire de l'autre coté du mur, et d'un géographe. Il vous faudra aussi supporter la présence d'un receveur d'informations...

Oh non ! Pas un receveur d'informations ! Il n'allait pas lui faire ça ! Pas à elle ! Il le savait bien qu'elle avait horreur de ces gens-là !

Le Grand Appariteur la regarda amusé. Elle aurait parié qu'il l'avait fait exprès. Etait-ce une mise à l'épreuve ou un gag ? Ce diable d'homme était capable de tout.

— Ne me regardez pas de cet air courroucé. Oui, un receveur d'informations vous sera indispensable. J'en connais un qui fait bien son métier et connaît la Basse Epoque presque autant que vous...

Elle lui coupa la parole avec une impolitesse dont elle ne se serait jamais crue capable.

— C'est impossible ! Personne ne connaît la Basse Epoque aussi bien que moi. Il ne peut pas y avoir de receveur d'informations capable de comprendre quoi que ce soit en histoire ! Ces gens-là sont des incultes grossiers, et prêts à tout pour faire un scoop ! Votre receveur d'informations est capable d'inventer n'importe quoi, de déformer les faits...

— Non, j'en réponds. Voyez-vous, il s'agit de mon propre fils...

Son propre fils. Pour le coup, elle en perdit la voix et resta bras ballants à le regarder stupidement. Elle avait cru cet homme intègre, objectif, voilà qu'il se laissait aller lui aussi à la corruption. Son fils. Son fils, receveur d'informations, qu'il essayait de caser. Sûrement un bon à rien dont personne ne voulait et que tout le monde se prêtait comme un objet inutile. Etant bien entendu que, dans ce monde-là, il ne devait pas y avoir de pauvre ni d'oisif... Ce n'était pas toujours facile à gérer, la nature humaine étant ce qu'elle était... Mais elle avait tellement confiance en cet homme ! Elle le croyait incapable de la moindre bassesse... Leur projet n'admettait pas les compromis. Ils auraient besoin de gens passionnés, pas de fainéants casés par leur papa...

Le Grand Appariteur semblait percer ses pensées.

— Oui, mon fils. Mais ne vous méprenez pas. Je ne suis pas responsable de cette nomination. Si j'avais pu, croyez-moi, je l'aurais évincé...

Il soupira l'air désolé.

— Le fait est que mon fils travaille pour « L'écho du Grand Pays », le plus puissant des écrans d'informations. Où croyez-vous que nous ayons trouvé les fonds pour financer votre entreprise ? C'est « l'écho du Grand Pays » qui paye. Je suis désolé, j'aurais dû vous le dire plus tôt. Sans eux, il n'y aurait pas d'étude de la Basse Epoque. Je connais votre indépendance d'esprit. Vous saurez garder la direction de l'équipe et travailler en toute objectivité. Quant à mon fils, essayez de ne pas trop le prendre en grippe. Il n'y est pour rien après tout. Je peux vous garantir qu'il aime son boulot et surtout l'étude de la Basse Epoque. Nous n'avons pas toujours été d'accord, tous les deux, j'aurais préféré qu'il embrasse une carrière plus rigoureuse. Mais on ne modèle pas ses enfants, on ne peut leur servir que de modèle, et ce n'est déjà pas si mal... Il est intègre, ça je peux vous le garantir.

A tout bien réfléchir, Valentine se dit que son sort était plus enviable que le sien. Lui qui faisait une allergie spontanée à la vue d'un receveur d'informations, voilà que son fils avait embrassé cette profession pour le plus grand déshonneur de son père. Elle en aurait ri si la situation n'avait pas été si pathétique... Elle l'avait pourtant toujours entendu dire que c'était un ramassis de bons à rien, tout juste capables de fabriquer des faits à scandale et des arnaques que même un enfant pourrait démasquer. Comment pouvait-il gérer une telle contradiction familiale ?

Elle était profondément affectée par cette décision. La Société des temps anciens n'avait pas besoin d'une brebis galeuse dans son troupeau... Cette réflexion la ramena bien entendu à une autre : que voulait dire cette expression, « brebis galeuse dans un troupeau » ? Elle l'ignorait. C'était une expression qui faisait partie de ces proverbes venus du fond des âges dont personne ne connaissait le sens mais que tout un chacun employait à tort et à travers. Décidément, ce trou culturel de deux mille ans était une perte irréversible. Parfois, il lui semblait que les mots étaient creux, vides de signification. Ils faisaient souvent référence à des faits ou des choses du passé que la planète entière avait oubliés. Le passé... Angoisse terrible, fascinante réalité cachée... Elle aurait mieux fait parfois de s'occuper de son propre présent avant que le temps ne la rattrape et que ne passent sa jeunesse et ses amours quasi inexistants. Pour l'instant, le présent lui semblait compromis par un receveur d'informations indésirable qui venait gâcher la joie qu'elle se faisait de travailler avec Sami, son copain biologiste... Elle avait quelques fois eu des relations sexuelles avec lui. C'était toujours mieux que sa machine à jouir. Il ne lui avait pas apporté le grand amour qui ne devait exister que dans son imagination mais un peu d'air frais dans sa vie. Travailler avec lui était un vrai plaisir. C'était un scientifique qui décortiquait tout, ne laissait rien au hasard. Des faits, rien que des faits, pas de débordement imaginatif. Ses « livres » l'avaient dérouté, c'était peu de chose de le dire... Une matière organique végétale... Elle se souvenait de son expression lorsqu'il le lui avait annoncé. S'il ne les avait pas analysés lui-même, il n'aurait jamais voulu le croire. Mais au moins, avec lui, elle savait où elle allait. D'accord pour un biologiste, un zoologiste et un géographe comme coéquipiers. Mais un receveur d'informations, elle en était malade.

— A quoi pensez-vous, Valentine ? Vous semblez très affectée par notre décision. Croyez-moi, si j'avais pu vous éviter ce fardeau, je l'aurais fait. Mais je ne suis pas seul décideur.

— Je comprends, Monsieur. Je suppose que l'avenir de notre planète est plus important que mes sentiments. Depuis dix ans, j'ai sacrifié ma vie privée à la Basse Époque. Un sacrifice de plus ou de moins...

— Je ne pense pas que ce sacrifice-là soit le plus dur. Vous savez ce qu'est le mur ? Une barrière infranchissable de plusieurs kilomètres de largeur, cinq cents mètres de hauteur, et sur des milliers de kilomètres. Nul n'en connaît la fin. Personne ne sait plus comment le traverser. De plus, il est gardé, et pas par n'importe qui, vous le savez bien. Les tribus gardiennes du mur se transmettent cette fonction depuis des générations, autant vous dire qu'ils sont vigilants et omnipotents. Plus personne ne les contrôle. Nous ne pouvons même pas vous donner un sauf-conduit. Si vous décidez de le franchir, ce qui me paraît inéluctable, vous devrez le faire en toute illégalité, si vous y parvenez. Je dis bien, en toute illégalité. La communauté scientifique n'a pas demandé l'autorisation des sept sages, elle ne l'aurait pas eu, et d'ailleurs, je ne sais même pas s'il y a un seul sage qui a un quelconque pouvoir sur eux. Personne ne saura en quoi consiste votre mission. Officiellement, vous êtes chargée de rechercher des documents anciens sur les origines du Nil, puisque c'est lui qui dispense l'eau, un point c'est tout. Et, croyez-moi, personne ne vous laissera tranquille. D'une part, parce que l'eau est un bien très précieux qui concerne tout le Grand Pays, et d'autre part parce que les receveurs d'informations vont flairer quelque supercherie. Même si je les traite parfois de charognards, je sais qu'ils ne sont pas idiots. Ne les sous-estimez pas. Et croyez-moi, c'est un bien qu'on vous adjoigne un receveur d'informations de « l'écho du Grand Pays ». Etant donné que c'est l'écran d'informations le plus puissant, les autres vous laisseront un peu tranquilles. Ils ne vont pas hasarder de se mettre à dos les délégations représentatives des états du Grand Pays tout entier qui ont des actions dans cet écran-là, tout le monde le sait. Mais vous aurez affaire à des indépendants toujours à l'affût d'un scandale. Depuis votre passage sur le « plateau » vous êtes matière à scandale. Soyez persuadée que vous êtes suivie en permanence depuis hier soir.

Matière à scandale, elle ! Elle qui avait tout fait pour passer inaperçue, qui se faisait toute petite depuis des années pour ne pas se faire remarquer ! Voilà qu'elle était projetée sur le devant de la scène, comme une marionnette, un pantin pour amuser le public. Quand laisserait-t-on les scientifiques travailler tranquilles ? Pourquoi ne pas leur jeter en pâture un autre leurre ?

— Je sais ce que vous pensez, Valentine, soupira le grand appariteur. Je n'ai pas eu le choix des moyens. Je vous fais confiance, je sais que vous serez à la hauteur.

Après un instant de silence pendant lequel il l'observa en hochant la tête, il reprit en poussant devant elle un vieux parchemin aux signes presque effacés :

— Tenez, ça c'est un document sur le mur. Personne n'a pu le déchiffrer jusqu'à présent. Je le tiens de mon maître des sciences, celui qui m'a formé. Je pense que vous en ferez meilleur usage que moi.

C'est à peine si elle osa toucher le précieux objet. Elle se demanda comment il pouvait encore être entier. Bien entendu, il avait été recouvert de cette matière visqueuse qui servait à conserver les vieux documents, la même qu'elle employait dans son labo. Elle n'avait rien inventé concernant la protection des vestiges des temps anciens. Le problème, c'était qu'avec cette matière il serait impossible à Sami de le dater. Elle était indestructible. Une fois sèche, il était impossible de l'enlever. Elle recouvrait l'objet qui se fondait en elle et perdait sa propre composition. Quant aux signes dont il était couvert, mystère. Elle avait beau le regarder avec des yeux avides, elle n'y voyait que des gribouillages inconnus. En face d'elle, le grand appariteur sourit et lui tendit la main.

— Valentine, je vous souhaite bonne chance. Je sais que vous réussirez.

Elle prit congé de son supérieur avec une angoisse indicible qui lui nouait le ventre. Avec qui pourrait-elle partager ce sentiment d'impuissance, d'appréhension et d'excitation à la fois ? Elle n'avait pas de confident ni de confidente. Et même si elle en avait eu, elle n'aurait pas pu partager son dangereux secret. Il lui restait Sami. Avant de constituer son équipe, elle devait l'informer de ce qu'on attendait d'eux. Elle ne se faisait pas de souci, elle savait que ça allait lui plaire.

Dehors, la chaleur avait encore augmenté. L'air devenait de plus en plus sec de plus en plus irrespirable. Sa peau semblait s'écailler. Elle avait hâte de rentrer chez elle pour s'enduire le corps de crème grasse et se relaxer. Le vent qui soufflait du désert criblait les pores de parcelles de sable. Si cela continuait, ils finiraient tous en statues de sel. Du Nil, il montait une odeur fétide de flore en décomposition. La croûte d'algues dorées qui lentement le recouvrait n'allait pas tarder à rougir. Et ce serait le début d'une saison d'agonie de la nature. Chaque année, le mal empirait. Bientôt, ce monde n'aurait plus d'eau. Sur la surface de la terre qui était impartie aux hommes, les végétaux agonisaient faute d'eau. La science était impuissante à leur en donner. Personne ne savait la fabriquer et ils ignoraient comment leurs ancêtres s'y prenaient pour en trouver, mis à part le Nil et des puits de plus en plus à sec. La légende disait qu'en des temps très anciens elle coulait à profusion sans qu'ils eussent à s'en soucier. « On cache trop de choses au commun des mortels même si c'est pour son bien.» pensa tout haut Valentine. Il fallait qu'elle découvrît le secret de l'eau et tous ces objets bizarres qui traînaient dans son labo étaient censés l'y aider. Le poids de sa responsabilité dans cette affaire l'écrasait.

Et les propos de ce receveur d'informations l'obsédaient.

Elle ouvrit la porte de son appartement. Le système de ventilation était encore en panne. La soirée promettait d'être difficile. Pourtant, elle n'avait pas envie d'aller ailleurs, pas envie de voir qui que ce fût. Elle tira les rideaux de la fenêtre pour s'isoler et cacher son intimité. Certaines personnes avaient l'habitude de jeter un œil à l'intérieur des habitations d'autrui, et cette pratique tolérée par les administrateurs du Grand Pays, une intrusion malsaine dans sa vie privée, lui était insupportable. Son inspecteur d'âme, lui, trouvait ça suspect. D'ailleurs, tout ce qui venait d'elle lui semblait suspect, jusqu'à la couleur de ses vêtements. « Valentine, vous me cachez des choses ! Votre vie n'est pas limpide, répétait-il à longueur de séance. Des séances qui s'éternisaient et la mettaient dans un état de fureur irrationnel. Encore un sentiment qu'elle devait lui dissimuler sous peine de partir en cure de désintoxication…

Il faisait une chaleur étouffante. Sa petite robe moulante lui collait à la peau, et des gouttes de sueur perlaient entre ses seins. Elle aurait voulu se déshabiller, se promener nue dans son appartement, mais rien qu'à l'idée des yeux indiscrets, peut-être pistés derrière les rideaux rigides, elle avait la nausée. Elle garda sa robe, et pour oublier les tracasseries de la vie de tous les jours, prit le document donné par le grand Appariteur et s'installa à sa table pour l'examiner. Dire le bonheur qu'elle éprouvait à tenir ce document entre ses mains serait indécent, ce genre de comportement faisant partie des plaisirs interdits.

— Sauf pour un scientifique ! dit-elle tout haut. Après tout, j'œuvre pour le bien de la planète.

Elle tourna et retourna l'objet entre ses doigts. Malheureusement, il ne restait rien de la composition de la matière originelle, sa texture était irrémédiablement perdue, noyée, absorbée par la pellicule de conservation. Pas d'odeur non plus. Pourtant, elle était intimement persuadée que cet objet devait avoir une odeur, comme les autres. D'après Sami, c'était du résidu d'écorce d'arbre. Donc, cela devait sentir le bois moisi, obligatoirement. Comment aurait-il pu en être autrement ? Elle le regarda de près, rageant de ne pouvoir comprendre les signes qui y couraient et devaient raconter une histoire, parler des hommes du passé. Si elle avait seulement pu les comprendre ! Personne ne pouvait plus les interpréter et elle désespérait de pouvoir un jour percer leur mystère. Elle avait beau les scruter, gratter la surface glacée de l'objet, elle ne trouvait qu'un vide immense creusé entre elle et les millénaires précédents.

Elle frappa du poing la table dans un geste de colère, se leva précipitamment, renversa la chaise, puis la ramassa en pestant.

— Si seulement j'avais un seul début d'explication ! dit-elle un sanglot de dépit dans la voix. Et ce maudit receveur d'informations qui a l'air d'en savoir plus que moi. Avec tout ce que j'ai brassé de documents dans ma vie, il en sait plus que moi ! J'aurai tout entendu.

Un bruit à l'extérieur suspendit ses réflexions. Elle sursauta, se précipita à la fenêtre tira le rideau et ne vit que le noir de la nuit où le croissant de lune, au milieu des étoiles, ne parvenait pas à éclairer la rue. Pourtant, elle en était sûre, quelqu'un courait en s'éloignant. Cela pouvait être n'importe qui, du receveur d'informations à l'espion scientifique envoyé par la Société des Temps Anciens pour la surveiller. Cela pouvait aussi être un passant, après tout elle avait fait la Une des écrans d'informations, son nom avait été crié à tous les coins de rue, et tout un chacun pouvait désirer voir dans son antre la bête curieuse mangeuse de chair fraîche. Elle aurait pu en rire, mais il n'y avait rien de drôle à se faire espionner, et la dérision n'était pas son fort. Elle rentra chez elle, ferma la porte à double tour et pour être sûre de garder son intimité, barricada la fenêtre en la couvrant avec une couverture qu'elle accrocha à la tringle du rideau. Ensuite, elle se rassit à la table et contempla d'un air désespéré le document du Grand Appariteur. Et si c'était un piège ? Si ce n'était qu'un vulgaire bout de plastique imitant les signes du passé pour la confondre, elle, l'insoumise, pour l'envoyer définitivement faire le ménage dans une maison de désintoxication ? Si le Grand Appariteur avait été complice ? A tout bien réfléchir, elle n'arrivait pas à l'imaginer capable d'une telle bassesse. Mais connaissait-on vraiment les gens ? Pouvait-elle jurer de son honnêteté ? Pouvait-elle jurer de l'honnêteté de quiconque en ce monde ? Un seul, peut-être, Sami ? Et encore, rien n'était certain. Elle décida de se méfier de tout le monde.

— Et bien, ça va être simple ! maugréa-t-elle tout haut. Je marche sur un fil.

Sur la table, le document la narguait. Il semblait avoir pris toute la place, envahi l'espace comme s'il s'agrandissait au fur et à mesure que le temps passait. Mais ce n'était qu'une illusion, une chimère, un peu comme ses aspirations personnelles, comme sa vie privée. Une vie privée vide, faite de moments de joie furtifs, souvent liés à ses découvertes plutôt qu'à ses rencontres. Elle réalisa soudain qu'elle était seule, coupée des autres, un genre de monstre finalement. Pas étonnant qu'elle ait fait peur aux spectateurs avec ses allégations surréalistes, ses références à un passé que le commun des mortels voulait ignorer ! Ce document qui paraissait si précieux à ses yeux, qu'était-il en fait ? Que pouvait-il apporter à ses contemporains ? Croyait-elle qu'elle allait trouver, gravée sur cet objet, la recette pour trouver de l'eau ?

— Imbécile, se dit-elle les larmes aux yeux. Prétentieuse.

Elle s'assit, balaya la table avec rage et se mit à pleurer vaincue par le découragement, la tête dans ses mains. Ce n'était pas la première fois qu'elle avait ce genre de crises d'angoisse qui devenaient de plus en plus fréquentes. Son inspecteur d'âme devait avoir raison, elle était trop solitaire. Eh bien, question relations humaines, elle allait être servie ! Un receveur d'informations, un biologiste, un zoologiste, un géographe — et qui d'autre encore ? — rien que pour elle.

— Rien que des hommes à tes pieds, ma belle, et rien que pour toi pendant des mois, ricana-t-elle. De quoi te plains-tu ?

En fait, elle se demandait si elle allait pouvoir les supporter.

En attendant, ne devait-elle pas profiter de cette solitude qui lui manquerait tant à l'avenir ? Son optimisme naturel reprit ses droits. Elle alla s'enfermer dans la salle d'eau où une poire de douche dérisoire laissait passer un mince filet d'eau à la limite du croupissement. Ce précieux liquide sentait déjà mauvais, la même odeur fétide que les plantes en putréfaction sur le Nil. Elle se lava seulement le visage en faisant la grimace et se mit sous les bras le désodorisant universel supposé stopper la transpiration pendant plusieurs semaines. Il lui sembla que se laver devenait un supplice plus qu'un plaisir. D'ailleurs, ce mot « plaisir » avait un goût de tristesse qu'elle ne pouvait définir. Pourtant, tout le monde avait l'air heureux, on riait beaucoup, on s'amusait, on faisait l'amour avec un partenaire humain ou sa machine à jouir — étrange invention en vérité qui isolait les gens, déshumanisait les rapports — on était heureux. Pas de famine, pas de douleur, pas de contraintes... enfin, ça c'est ce que qui se disait, ce que pensaient les autres en tous cas, car questions contraintes, Valentine avait l'impression d'être cernée par les interdits, les tabous et pire encore la violation constante de ses désirs intimes. Qui avait le choix ? Les autres avaient-ils le choix ? Le grand Appariteur avait-il le choix ? Et les sept Sages, l'avaient-ils eux ? La vérité sur les temps anciens, ils devaient la connaître. Ils savaient, eux, les raisons de la construction du mur, la catastrophe tellement immense, tellement hallucinante qui avait anéanti la majeure partie de l'humanité, contraint les survivants à s'isoler sur une portion de la planète tellement congrue qu'on se demandait par quel miracle on pouvait y respirer !

Enfin, toutes ces considérations étaient celles de Valentine Casteldetri, pas celles de ses concitoyens plus confiants, béatement confiants... Elle était intimement persuadée que les sept sages savaient tout, y compris la façon de trouver de l'eau potable. Pourquoi ne voulaient-ils rien révéler ? Mystère. Mais elle trouverait, avec la bénédiction occulte de la société administrative des temps anciens par-dessus le marché ! Elle réalisa tout à coup qu'une fracture venait de s'opérer dans les rouages bien entretenus et bien rodés de l'administration centrale. Elle allait devoir jouer fin pour s'éclipser avec ses collaborateurs sans éveiller de soupçons. Après tout, l'aventure la tentait. Peut-être pourrait-elle enfin respirer, connaître un peu la liberté, même si cette liberté était dangereuse au point que personne n'avait jamais tenté de franchir le mur. Quant à son appartement, il commençait à lui faire penser à une boîte, un cube dont le volume rétrécissait au fil des années et elle à un insecte prisonnier de cette boîte, un piège à jamais refermé.

Tandis qu'elle branchait sa machine à jouir, le dégoût la prit et elle l'éteignit. Décidément, elle ne pouvait plus jouir toute seule, cela lui devenait insupportable. C'était peut-être à cause des propos de cet idiot de receveur d'informations : « on s'y aimait à la folie ». D'abord, qu'en savait-il ? Cette phrase la perturbait depuis la veille, sans qu'elle n'osât se l'avouer. Heureusement qu'elle n'était pas appelée à revoir cet énergumène qui ne pouvait que troubler négativement sa vie... Elle essaya d'aller se coucher, mais la chaleur suffocante de son appartement mal aéré à cause des fenêtres qu'elle tenait toujours fermées l'indisposait. Elle se tourna, se retourna sans trouver le sommeil. Finalement, lasse de se torturer l'esprit, elle se leva, se rhabilla et sortit pour rejoindre son laboratoire. Après tout, il n'y avait que là-bas qu'elle se sentait en sécurité. Il avait été conçu pour préserver de toute indiscrétion, avec fermeture hermétique des fenêtres et une ventilation, inaccessible au quidam de la rue. Elle y avait donc installé un coin pour dormir, et parfois passait plusieurs jours sans rejoindre son appartement lorsqu'elle avait trop de travail. Cette nuit-là, il lui parut être le seul havre où se cacher. Dans les rues, le silence était total. Pour une raison qui lui échappait, cette absence totale de bruit lui semblait parfois anti-nature et la mettait mal à l'aise. Le chuintement de ses chaussures même faible devait s'entendre jusque dans les habitations où tout le monde savait à présent qu'il y avait un promeneur dans la rue. Valentine les imaginait tendant l'oreille, se posant des questions sur son identité. Qui pouvait bien sortir à une heure pareille ? Et pourquoi faire ? Elle hâta le pas, prête à s'excuser de cette intrusion inconvenante dans l'univers feutré de la nuit. Devant la porte de son laboratoire, elle tomba son sac, se baissa pour le ramasser, et ce faisant, évita un projectile lancé contre elle qui s'écrasa sur la porte, rebondit et tomba derrière elle. C'était un énorme caillou qui aurait pu, lancé avec une telle force, lui fracasser le crâne sinon la blesser sérieusement. Elle se releva, entendit courir mais ne vit personne. Elle resta quelques secondes, complètement tétanisée, à contempler stupidement la rue avec incompréhension. Puis elle réalisa que quelqu'un lui en voulait au point de l'agresser d'une façon dont elle n'aurait jamais cru capable un seul des habitants de la ville. Elle ouvrit la porte, la referma aussi rapidement. Elle tremblait de tous ses membres. Pour la première fois de sa vie, elle sut ce qu'était la panique, la terreur, des mots désuets venus d'un autre âge, d'une époque reléguée aux oubliettes du passé, et que plus personne n'utilisait. Personne dans ce monde, aussi loin que remontaient ses souvenirs, n'avait agressé personne. Elle se servit un verre d'eau de la bouteille restée sur son bureau depuis deux jours. Elle était tiède mais peu lui importait. Elle manqua s'étrangler avec, en but un autre verre sans arriver à se calmer ni à maîtriser ses tremblements. Sur son bureau, l'écran de vie se mit à s'éclairer. Qui pouvait bien vouloir lui parler à cette heure ? Elle appuya sur le bouton et le visage de Sami occupa l'espace.

— Que se passe-t-il Valentine ? demanda-t-il. Tu n'as pas l'air dans ton assiette. Tout va bien ?

— Pourquoi m'appelles-tu ? Tu crois que c'est une heure pour appeler les gens ?

— C'est l'heure pour appeler les amies dans l'embarras en tous cas. Et à voir ton visage, je pense que je tombe à pic. Heureusement que nous avons des amis en commun.

— Qui t'a dit que j'étais dans l'embarras ? De quoi se mêle-t-on ?

— On se mêle qu'on t'aime bien, probablement. Pourquoi te mets-tu en colère ? Valentine, arrête de jouer aux imbéciles avec moi, je te connais depuis trop longtemps. Dis-moi ce qui ne va pas.

Valentine ne put contenir plus longtemps les larmes qui lui obstruaient la gorge. Elle avait horreur qu'on se mêlât de ses affaires et ne se confiait jamais à personne. Mais pourtant, cette fois-ci elle avait vraiment besoin de réconfort. Mais ne sachant pas demander du secours elle resta bras ballants, les yeux agrandis par l'angoisse, debout devant l'écran, à contempler le visage affolé de Sami.

Il se mit à crier :

— Valentine ! J'arrive ! N'ouvre à personne.

L'écran s'éteignit et Valentine se retrouva seule, face à ses peurs. Dix minutes plus tard, Sami tapait à la porte. Elle ouvrit prudemment en regardant derrière lui. Voyant son manège, Sami se retourna.

— De quoi as-tu peur ? Tu vois bien qu'il n'y a personne. Tu as peur des gens, maintenant, toi ?

Valentine risqua un pas à l'extérieur et montra à Sami le caillou jeté contre sa porte :

— On m'a jeté ce caillou dessus quand je suis rentrée. Il a rebondi sur la porte. Si je ne m'étais pas baissée, je le recevais sur la tête.

Sami prit le caillou, un genre de pavé cubique, et l'examina en silence. Puis, il prit Valentine par le bras et l'entraîna à l'intérieur.

— Tu sais ce qu'est ce truc-là ? En as-tu déjà vu ?

— Non, c'est un caillou. Voilà tout. Quelqu'un a dû voir ma conférence et je ne l'ai pas fait rire... Bien que je ne voie pas ce qui peut motiver une telle haine. Jamais je n'ai vu une hostilité pareille. Ma parole, ils sont devenus fous !

— Je ne crois pas. Ce caillou, comme tu l'appelles, c'est un morceau de mur. Le mur, tu sais de quoi je te parle Valentine ? Ce n'est pas quelqu'un de chez nous qui t'a envoyé ce joli cadeau. Les seuls qui ont accès au mur, sont les membres des tribus qui le gèrent. Et j'imagine qu'il faut beaucoup de force pour lancer un tel objet, il pèse au moins dix kilos ! Ce qui veut dire que ton expédition dérange les habitants des tribus gestionnaires du mur.

— Quelle expédition ? Comment es-tu déjà au courant toi ? Je devais t'en parler, j'attendais demain... Il y a des fuites dans la société des temps anciens ! On aura tout vu.

Sami eut l'air gêné.

— C'est-à-dire que... non. C'est mon copain, tu sais le receveur d'informations qui doit travailler avec nous ? Il m'a appelé pour m'informer de notre collaboration. J'ai déjà travaillé avec lui par le passé...

— Et moi, dit froidement Valentine, on me prend pour qui ici ? J'ai encore mon mot à dire que je sache ! Je pourrais très bien ne pas vous vouloir ni l'un ni l'autre. Et c'est lui l'ami qui s'inquiète pour moi ? Un type que je n'ai jamais vu ?

— Oh si ! Il t'a vue et tu lui as fait une forte impression, crois-moi.

— Le fils du grand Appariteur ? Jamais vu. Tu sais que je ne fréquente pas les receveurs d'informations, ils me donnent la nausée. Et franchement, je plains mon chef d'avoir un fils dans cette engeance. Tu parles d'un honneur ! Pourquoi ce type prétend-il que je le connais ?

— Tu l'as rencontré ici même, pas plus tard qu'avant-hier après ta conférence. C'est un mordu d'histoire et, crois-moi, je pèse mes mots. Il a voyagé partout dans le Grand Pays. Quand il a vu tes documents, il a craqué. Il paraît que tu as des trésors dont tu ignores peut-être l'importance.

— J'ignore l'importance de mes trésors ? explosa Valentine. De quoi se mêle-t-il celui-ci ? Je vais demander au grand Appariteur de me donner un autre receveur d'informations, je ne veux pas de son fils ! Dix ans de ma vie ! Dix ans de ma vie que j'ai passés à faire des recherches ! J'y ai perdu les plus belles années de ma jeunesse ! Pourquoi ? Pour entendre, de la bouche d'un guignol planqué, que je ne connais pas l'importance de mon travail !

— Valentine calme-toi. Je ne t'ai jamais vue comme ça !

— Et alors ? Tu as déjà vu quelqu'un se faire jeter des morceaux de mur ? Tu trouves ça ordinaire, toi ? Normal ? Je dois me calmer ? Me mettre au lit, dormir, oublier ?

— Personne ne te dit de te mettre au lit et de dormir, seulement de ne pas paniquer, ou alors tu laisses tout tomber. Figure-toi que ceux que tu déranges ne vont pas s'en tenir là. Alors tu ne dois pas rester isolée. Autant que tu me dises tout maintenant. Quel est le but de notre mission ?

— Une mission ? Boaf, une mission... Bref, appelons ça ainsi si tu le veux. En fait, nous sommes censés faire des recherches pour trouver un moyen de nous procurer de l'eau. Nous devons explorer le passé pour comprendre le présent, et pour explorer le passé, il faut aller au-delà du mur, cela ne suffit pas d'essayer de déchiffrer de vieux documents. Il faut aller voir sur place. Une chose que tu ne sais pas, c'est que cette expédition doit rester secrète. Personne de l'administration centrale ne nous donnera une autorisation. Ce que nous allons faire est strictement interdit. J'aimerais bien que ton énergumène de copain n'aille pas le raconter partout.

Sami sourit, amusé :

— Que t'a-t-il fait pour que tu sois à ce point remontée contre lui ?

Valentine se souvint des propos du receveur d'informations et elle n'avait aucune envie d'en parler avec Sami. « Vous a-t-on dit que vous étiez belle ? ». Ces mots-là la troublaient. Sami ne le lui avait jamais dit en tous cas. Jamais. Et ses yeux noirs désespérés ? Oui, le même regard que le grand Appariteur bien sûr ! Pourtant, à tout bien considérer, c'était impossible. Le Grand appariteur ne pouvait pas être son père biologique. C'était interdit et elle voyait mal le Grand Appariteur transgresser les règles.

Malgré son embarras, Elle réussit à répondre :

— Je n'ai aucun a priori car je ne le connais pas. Mais il a l'air un peu... Comment dirai-je ? Dérangé de la tête. Voilà, c'est le mot : dérangé de la tête. Il a de drôles de propos. Des propos dangereux. J'ai eu assez d'ennuis, moi ! Tu ne connais pas les centres de désintoxication, lui non plus sûrement, moi si. Et crois-moi, je n'ai pas envie, mais pas du toute envie, d'y retourner !

Elle était toute pâle. Sami la prit dans ses bras et la serra contre lui. C'était la première fois qu'il la voyait aussi vulnérable. Toujours secrète, elle n'avait pas pour habitude de s'épancher, encore moins de raconter sa vie. Il savait qu'elle avait fait des cures de désintoxication dans sa jeunesse ainsi que ses parents. Mais jamais elle n'y avait fait allusion. Il la croyait dure car elle passait son temps plongée dans ses documents, ou à courir le Grand Pays pour en trouver. Chaque fois qu'il avait des rapports sexuels avec elle, il avait l'impression qu'elle était ailleurs, absente, peut-être quelque part aux confins du Grand Pays, dans une grotte, un vieux monument, en tous cas pas avec lui. Ce n'était pas physique, non, il n'avait pas l'impression qu'elle s'ennuyait ou qu'elle faisait semblant de jouir. Bien au contraire, faire l'amour avec elle était un vrai plaisir physique et un bonheur pour l'amour propre, mais moralement elle n'était pas là, tout simplement. Depuis quelques temps, il avait l'intention de lui proposer de faire sa vie avec elle, mais il n'osait pas. Chaque fois qu'il avait essayé, quelque chose l'avait retenu et il remettait toujours à plus tard sa demande. Pourtant, c'était tellement simple pour le commun des mortels ! Mais avec Valentine, rien n'était simple. Peut-être aurait-il le courage cette fois-ci. Il lui demanda :

— Je reste dormir avec toi ?

Valentine ne répondit pas tout de suite. Elle cherchait ses mots, une formule élégante pour ne pas le vexer.

— Pas ce soir. Je suis fatiguée. Et j'ai déjà utilisé ma machine à jouir. Alors tu vois...

— Je vois, dit Sami vexé. Bien que je te remercie de m'associer à une machine. Je pensais te procurer un peu plus de bonheur qu'un objet. Enfin, tant pis. Une autre fois, peut-être ?

Valentine ne savait plus que dire pour ne pas le blesser.

— Mais bien sûr ! Une autre fois. Nous allons faire un grand voyage ensemble non ? Nous aurons tellement d'occasions !

— Bien sûr, nous aurons des occasions. Pourtant, si nous nous mettions en couple, ce serait plus simple, sans équivoque, non ? En revenant, nous pourrions demander un enfant. Tu ne voudrais pas avoir un enfant ?

Un enfant ? Si elle voulait un enfant ? Plus que tout au monde. Mais pouvait-elle lui dire qu'elle voulait un enfant de l'amour ? Un enfant comme elle l'avait été : l'union de ses deux parents, pas un spermatozoïde pris au hasard dans un tube, l'enfant de n'importe qui. Avec une infinie tristesse elle répondit :

— Si, je voudrai un enfant plus tard, pas tout de suite. Je ne suis pas prête.

— Tu as raison, dit Sami qui n'était pas dupe. Il faut être disponible pour élever un enfant. Nous ne le sommes ni l'un ni l'autre.

Le silence s'installa, un silence pesant que Valentine brisa en disant :

— Reste dormir, si tu veux. Je suis idiote parfois. Reste, s'il te plaît.

Sami hésita, faillit partir et se ravisa. Ce qui l'attirait dans cette femme le dépassait. Elle n'était pas du tout dans les normes du Grand Pays, autant physiquement que moralement, et ses relations avec elle risquaient de lui attirer les pires ennuis étant donné ses antécédents familiaux. Il se dit qu'il ferait mieux de partir, d'aller voir une autre de ses conquêtes qui serait plus rassurante et avec laquelle il pourrait espérer avoir une vie tranquille approuvée par tous ses concitoyens et avoir un enfant. Mais non, il restait là à contempler Valentine avec un vague à l'âme qui le troublait. Elle ferma la porte derrière lui, accentuant l'impression lourde de malaise. C'était peut-être les odeurs diverses de papiers moisis et d'humidité ambiante qui donnaient à ce réduit – c'était le seul mot qui lui venait à l'esprit concernant le laboratoire de Valentine – cette atmosphère surréaliste. Malgré la sécheresse extérieure, il y faisait toujours humide, mais une humidité malsaine que Sami soupçonnait d'avoir des répercussions sur le moral de son amie. Il y venait rarement. La plupart du temps, lorsqu'ils travaillaient ensemble, c'était dans son propre laboratoire, clair, aseptisé, où chaque chose avait sa place sur des étagères ou dans des compartiments étiquetés. Il savait toujours où trouver ses affaires. Chez Valentine, le fouillis était total et cela le dérangeait. Mais, elle avait l'air d'y trouver un plaisir obscur, une sorte de jouissance inexplicable. Incommodé par l'odeur, il essayait de retenir sa respiration. Il eut envie de partir. Valentine, princesse en son domaine, balaya l'espace et constata :

— Cela ne s'est pas arrangé depuis la dernière fois, n'est-ce pas ? On m'a fait parvenir un lot de documents assez étranges que j'aimerais te soumettre. L'odeur vient d'eux... Regarde, ils sont là, sur la table. Bon, d'accord, ce n'est pas brillant, il n'y a que des morceaux. Mais regarde, il y a des signes dessus.

— Tu comptes trouver de l'eau avec ça ? dit lugubrement Sami.

— De l'eau ? Non. Du moins je ne crois pas. Mais ces signes m'obsèdent, vois-tu. Les anciens appelaient ça « l'écriture ». Je sais, cela paraît stupide. Je vois bien tes réticences. A quoi cela servait-il ? me demanderas-tu. Oui, de prime abord, bien entendu, on peut me traiter de douce rêveuse dotée d'une imagination débordante. Mais je suis sûre de mes conclusions. L'écriture était un moyen de communication dans la Basse Epoque et peut-être même à des époques largement antérieures. L'écriture, c'est un ensemble de signes qui expriment la pensée. C'est génial. Je me demande comment nos ancêtres ont fait pour oublier une invention aussi prodigieuse.

— Ce n'était peut-être pas au point, dit Sami sceptique sur l'utilité de ce soi-disant moyen de communication. Franchement, je ne partage pas ton enthousiasme. La dernière fois que j'ai analysé tes prétendus documents, je n'ai pas trouvé de quoi crier au miracle. Des résidus végétaux !

— Des résidus végétaux avec des signes, oui.

— Et d'après toi, ces signes sont des moyens de communication ? Un peu tiré par les cheveux, non ?

— Moins que tu ne le crois. Ces signes sont hyper subtils et rendent compte d'une complexité intellectuelle dont on ne soupçonne pas l'importance. Ce sont les résultats d'une réflexion extrêmement brillante. A mon avis, ces signes se sont perfectionnés avec le temps. On a parfois voulu nous faire croire que les hommes de la Basse Epoque étaient des hommes primaires, une sous espèce en quelque sorte. Et bien, au contraire, leurs concepts étaient beaucoup plus élaborés que les nôtres. Tu comprends, l'écriture a permis l'organisation de la pensée. Chaque pensée ou idée, est notée, cela lui permet de perdurer et d'engendrer la naissance d'autres pensées, et ainsi de suite, qui se démultiplient. Tu vois ce que je veux dire ? Notre civilisation ne repose que sur des images. La civilisation de l'instant qui passe. Pas d'histoire collective, pas de pensée élaborée, des images, seulement des images. Et des légendes, que des légendes verbales...

Lancée dans son plaidoyer elle ne lui laissa pas le loisir de répondre et poursuivit d'un ton exalté :

— Et je suis intimement persuadée qu'ils étaient extrêmement évolués au niveau technologique. Tu comprends l'enjeu ? Plus d'écriture, plus d'histoire. Rayée la mémoire des peuples du Grand Pays ! A un moment donné de l'histoire, quelqu'un a décidé d'interdire l'écriture pour qu'on ne se souvienne jamais du passé. Pour quelle raison ? Je le découvrirai. Je le découvrirai, tu peux en être certain !

Elle arpentait le laboratoire en tournant en rond et en se triturant les mains. Sami en restait muet de saisissement. Il ne l'avait jamais vue dans un tel état. Devant son mutisme et emportée par son élan, elle continua de plus belle :

— Regarde-nous, tous ! Nous vivons dans le présent, sans souci du passé ni du futur. Quel danger ! Quel abominable danger !

— Mais enfin, Valentine, calme-toi ! s'affola Sami. Si quelqu'un t'entend, tu es bonne pour effectuer un stage de désintoxication, et adieu ta liberté et notre mission ! Tu es aussi exaltée que mon copain le receveur d'informations.

— Receveur d'informations ! Tiens, ce mot-là d'ailleurs, un boulot de fainéant. Nous sommes tous des fainéants. C'est tellement facile de gober tout ce qu'on nous sert ! L'information il faut aller la chercher, pas attendre qu'elle tombe toute crue dans notre bouche.

— Ah ! Tu vois ? Tu as au moins une idée en commun avec mon copain. C'est bien ce que je disais : vous êtes malades tous les deux. J'aimerais bien savoir quelle bande d'exaltés tu comptes embaucher pour franchir le mur.

— Tu n'es pas obligé de venir, rétorqua Valentine vexée. J'ai proposé ta candidature parce que j'aime bien travailler avec toi...

— Et faire l'amour aussi la coupa-t-il ?

— A l'occasion, oui. Mais ce n'est pas la raison primordiale pour laquelle je souhaite que tu viennes. Tu es un excellent biologiste, le meilleur à mon avis.

— Ote-moi d'un doute, Valentine, tu ne compterais pas, des fois, détourner l'objet de notre mission au profit de ton ambition personnelle ?

Valentine mit un certain temps avant de répondre tellement la question la peinait.

— Je n'ai aucune ambition personnelle. Je crois que tu ne perçois pas l'enjeu de ma recherche sur l'écriture. Personne ne le perçoit d'ailleurs. J'aimerais tant que vous compreniez... Il faut, tu m'entends, il faut impérativement savoir ce qui s'est passé il y a trois mille ans ! Et seule l'écriture des anciens nous donnera la clé. La planète meurt lentement de soif, il n'y aura plus d'eau d'ici cinquante ans. L'écriture, c'est la mémoire des hommes et son salut.

— Tu penses vraiment ce que tu dis ?

— Je ne le pense pas. Je le sais. Je voudrais en persuader le Grand Pays tout entier. Mais tout le monde s'en fout ! Tu as vu mon intervention sur le plateau ? Ils n'ont rien voulu entendre, rien voulu savoir. J'ai peur, Sami. J'ai peur du futur.

Sami la vit complètement déboussolée pour une raison qui lui échappait. Peur du futur à un tel point relevait pour lui de la paranoïa pure. Il commençait hélas à se poser des questions sur l'état mental de son amie. Des séjours répétés en camps de désintoxication ne l'avaient-ils pas rendue fragile psychologiquement ? C'est ce que tout le monde disait en tous cas, à commencer par son propre inspecteur d'âme qui l'avait déjà convoqué deux fois pour obtenir des informations sur elle, informations qu'il ne lui donnerait jamais, cela allait de soi. Si Valentine l'avait su, elle aurait piqué une colère dont elle seule avait le secret. Sami n'aimait pas les inspecteurs d'âme, mais avec le sien tout se passait bien. Une complicité s'était établie entre eux, presque une amitié, ce qui lui permettait de prendre des distances avec les intrusions dans sa vie privée. Pauvre Valentine ! se dit-il. Elle n'avait pas été gâtée par ses parents, des dissidents, fortes têtes, rappelés plusieurs fois à l'ordre. Valentine était leur vraie fille, le fruit de l'amour interdit. Sami s'était discrètement informé : au lieu de demander un enfant à l'administration centrale comme tout un chacun, les parents de Valentine avaient tout simplement fait l'amour sans protection, la pire des déviations, une insoumission dangereuse et sévèrement punie. Evidemment, neuf mois après, la mère de Valentine avait accouché. L'évènement avait fait grand bruit à l'époque. Normalement, d'après la loi, il fallait s'inscrire sur une liste d'attente, passer devant un jury qui déterminait si la famille était apte à recevoir un enfant ou non, et ensuite prendre rendez-vous avec la maternité pour l'insémination artificielle d'un embryon agréé. De cette manière, personne ne savait qui étaient ses parents naturels. Et c'était mieux ainsi, pensait Sami. Valentine n'était pas née d'un embryon agréé mais d'un embryon dit « primitif », et peut-être cet agrément manquait-il à une construction psychologique harmonieuse ? Il eut une idée subite qui lui donna froid dans le dos : et si Valentine avait l'intention de faire un enfant comme ses parents ? Il se promit d'être vigilant sur ses propres protections sexuelles.

— A quoi penses-tu ? lui demanda Valentine. Tu as l'ai contrarié ? Tu n'es pas obligé de dormir avec moi. Si tu veux partir...

Le regard de Valentine était si suppliant qu'il eut honte de ses mauvaises pensées. Il la prit dans ses bras avec un peu plus de chaleur que d'ordinaire tout en se disant qu'il était probablement en train de faire la plus grosse bêtise de sa vie. Sous ses doigts, à travers la petite robe en voile léger, le corps de Valentine vibrait d'envie. Sami se dit que ses craintes étaient vaines, vu qu'il prenait lui-même ses précautions, et remit donc à plus tard des remises en cause douloureuses pour se laisser aller au plaisir.

***

Valentine se retourna sur sa couche. Décidément, ce lit était vraiment inconfortable ! D'ordinaire, elle y dormait seule, c'était la première fois que Sami était admis dans ce lieu sacro-saint, et elle en éprouvait comme une gêne. Le fait qu'il fut parti sans prévenir la soulagea. Elle détestait être contemplée au saut du lit. De peur qu'il ne devinât ses pensées ? Cette idée lui effleura l'esprit. Certainement. S'il l'avait regardée au fond des yeux, il y aurait vu de l'ennui, quelque chose comme un regret, une tristesse indéfinissable. Sami, elle l'aimait bien. Il n'y avait rien d'autre à dire. Mais elle ne voulait pas passer sa vie avec un homme qu'elle aimait bien. Certainement pas. Même pas un homme avec lequel elle aimait faire l'amour, ce qui était le cas avec lui. Ce qu'elle voulait ? Elle n'en savait rien et c'était bien là le problème. Et Sami, lui, voulait vivre avec elle. Elle se sentit soudain écrasée par le poids d'une responsabilité dont elle ne savait que faire. Refuser, c'était à tous les coups se retrouver avec son inspecteur d'âme sur le dos, ce qu'elle ne supporterait pas. Il lui restait un peu de répit : sa mission. Tant qu'elle serait en mission, elle n'aurait pas de décision à prendre. C'était une réaction peu honorable, elle en convenait, mais la peur lui nouait le ventre, peur d'un engagement qu'elle refusait par tous les pores de son être, peur des représailles en cas de refus. Aucune marge de manœuvre, aucune échappatoire, rien ! Son célibat prolongé risquait de devenir suspect, surtout si Sami confiait à quelqu'un son projet de se mettre en communauté avec elle. Que dire à

Sami pour ne pas le heurter ? Pouvait-il comprendre ? Certainement pas. Personne ne pouvait comprendre. Sa famille l'avait mise au ban de la société pour toujours. Elle n'était pas comme les autres. Elle était le résultat d'un amour illicite. « Vous voyez bien le résultat ! », aurait dit son inspecteur d'âme. Peut-être avait-il raison après tout. Néanmoins, c'était ainsi, elle était perdue d'avance.

Elle se leva, s'étira, fit le tour de son « antre » d'un seul regard. Ici, on lui fichait la paix. Jamais son inspecteur d'âme ne serait autorisé à y venir. Ici, c'était propriété de la société administrative des temps anciens, donc interdit aux civils. Et comme aucun scientifique n'aurait jamais l'idée saugrenue d'y mettre les pieds, Valentine y était chez elle. Et, malgré l'odeur de moisissure et l'obscurité, elle s'y sentait parfaitement bien. Cette odeur d'ailleurs la fascinait. Elle se demandait comment leurs ancêtres avaient pu s'intéresser à des choses aussi repoussantes, comment ils faisaient pour supporter ne serait-ce que le contact de la matière. Elle aurait pu dire « des matières ». Visiblement, les anciens se servaient de substances diverses, certainement toutes tirées de plantes mais traitées différemment.

Elle aurait vraiment voulu savoir comment ils fabriquaient ces choses, quelles étaient leurs motivations profondes, le plaisir ou la répulsion qu'ils éprouvaient, l'utilité d'apprendre des signes compliqués. Beaucoup de questions se bousculaient dans son esprit. Qui savait écrire dans les temps anciens, pendant la Basse Epoque par exemple ? Sûrement une élite... A quel âge commençaient-ils l'apprentissage ?

Lasse de se poser des problèmes qu'elle était incapable d'élucider, elle décida de se prendre une douche en espérant qu'il restait un peu d'eau. Un très mince filet sortait de la poire, mais l'eau était propre, une aubaine, presque un miracle, à cette époque de l'année. Sûrement une faveur accordée à la société Administrative des temps anciens... Pour une fois, elle ne s'insurgea pas contre les privilèges. Ensuite, enveloppée dans une serviette, elle fit le tour de son bureau. Un vrai capharnaüm. Des monticules de dossiers y gisaient pêle-mêle – c'était plus pratique pour les consulter — mêlant odeurs, couleurs, matières, comme une salade composée. Une salade composée dont elle ignorerait les ingrédients.

Des coups secs à la porte d'entrée la firent sursauter. Il lui sembla que dans sa poitrine une corde était attachée et tirée par une main vengeresse. La sueur perla au-dessus de sa lèvre supérieure et des frissons remontèrent le long de sa colonne vertébrale. Elle aurait dû

51

parler, demander qui était là, mais sa langue semblait peser trois tonnes et ses jambes ne voulaient plus la porter. Elle imagina des personnages grotesques, couverts de poils, armés de morceaux de mur qui allaient la lyncher. Prise de panique, elle se mit à trembler. Les coups secs reprirent. Une voix appela :

— Mademoiselle Casteldetri, êtes-vous là ?

Cette voix, elle la reconnut, sans pouvoir cependant desserrer les mâchoires pour répondre. Que venait encore faire ce receveur d'informations dans son domaine ?

— Mademoiselle Casteldetri ?

— Je viens, articula enfin Valentine.

Elle se retrouva face à la dernière personne qu'elle aurait désiré voir à ce moment précis. En fait, elle aurait préféré revoir Sami plutôt que lui. Sa mine déconfite n'engageait pas à la conversation mais Olivier en avait vu d'autres. Il était décidé à rentrer coûte que coûte.

— Vous avez eu peur ? demanda-t-il. Ne craignez rien, nous veillons sur vous.

— Vous veillez sur moi ? Vous rigolez ? Je n'ai pas besoin qu'on veille sur moi, je suis assez grande.

— Peut-être, mais vous ignorez à qui vous avez affaire.

— Parce que vous, bien entendu vous le savez, ricana-t-elle. Vous savez tout, en somme.

— Non, je ne sais pas tout. Je sais des choses différentes. Je peux rentrer ?

— Puisque vous êtes là pour, hein ? Je parie que c'est Sami qui vous envoie.

— En quelque sorte. Mais je n'avais pas besoin de lui pour avoir envie de vous voir.

Valentine rougit mais ne répondit pas. Ils restèrent face à face, ne sachant que se dire. Valentine se demandait qu'elle était la vraie raison de sa présence.

— Un café ? demanda Valentine.

Olivier acquiesça.

— Vous travaillez même la nuit ? dit-il en louchant sur ses dossiers. C'est passionnant à ce point ?

— Vous le savez aussi bien que moi, il semblerait. Votre père m'a dit que vous étiez un passionné de la Basse Epoque.

— Vous l'aimez bien ?

— Quoi donc ? La Basse Epoque ?

— Non, mon père.

Valentine marqua un temps d'arrêt, se demandant si c'était un interrogatoire, si l'Ecran du Grand Pays l'avait envoyé comme espion. Elle répondit prudemment :

— Je l'aime bien, oui. Je l'estime surtout beaucoup. Il m'a appris tellement de choses ! C'est grâce à lui que je suis ici. C'est quelqu'un de bien votre père.

Olivier eut un sourire triste.

— Pour un peu je serais jaloux de lui.

— Jaloux ? Qu'entendez-vous par là ? Qu'est-ce que ça veut dire être jaloux ? Comme quand quelqu'un possède une chose que vous n'avez pas ?

— Un peu comme ça oui. Mais pas tout à fait.

— Oui, bon. Aucune importance. C'est un sentiment qui m'est inconnu.

— Vous n'avez jamais aimé personne alors…

— Si, mes parents, dit Valentine d'un ton tranchant. Vous êtes venu ici pour me parler de mes parents ?

— Non, excusez-moi. Pour voir vos dossiers et vous montrer quelque chose. Un vieux croquis du mur datant de la fin de sa construction, c'est-à-dire vers les années 2800-2900. Vous savez combien d'années a duré sa construction ? Plus de cent ans.

Il chercha du regard où poser son document.

— Mettez-vous là, dit Valentine en souriant. Je suis un peu désordonnée.

Il déroula une sorte de tube qui s'avéra être un document en papier d'à peu près un mètre cinquante de long. Ensuite il l'étala sur le bureau. Valentine siffla d'admiration.

— Mince alors, c'est génial ! Qu'est-ce que c'est ?

— Un croquis, un dessin plus précisément. C'est la représentation graphique du mur.

Valentine passa son doigt dessus, on aurait dit une sorte de tissu.

— C'est doux. Qu'est-ce que c'est ?

— Du papier de l'Himalaya, une montagne quelque part de l'autre côté du mur. Il est d'une texture extraordinaire, regardez la trame, on voit encore les feuilles des plantes … Mais ce n'est pas l'intérêt de ce document. Nous avons là une reproduction fidèle du mur, avec tous les détails. Le mur, on ferait mieux de dire les murs car il y en a trois distants de cinq cent mètres. Entre le premier et le deuxième mur se trouve un canal asséché depuis plusieurs générations. Entre le deuxième et le troisième mur, une zone complètement dénudée, vide, en principe du moins. Mais depuis trois mille ans, il peut s'être passé des tas d'évènements qui ont pu modifier le paysage. De ce fait, j'ignore ce que nous allons y trouver. Ici, vous avez les points de passages gardés par les tribus, qui, comme vous le savez, sont devenues incontrôlables depuis des siècles, et autonomes. Il va falloir choisir notre contact. J'ai bien une petite idée, mais c'est vous le chef de l'expédition.

Valentine n'eut pas envie de saisir la perche qu'il lui tendait. Oui, c'était elle le chef et elle avait bien l'intention de prendre les initiatives, pas de suivre les élucubrations d'un receveur d'informations.

— Ecoutez, lui dit-elle avec mauvaise foi, les décisions nous les prendrons tous ensemble. Il me semble que les autres membres de l'expédition ont leur mot à dire, non ? Que pouvez-vous me dire de plus au sujet du mur ?

— Au sujet du mur, pas grand-chose, mais je voudrais attirer votre attention sur le fait que nous allons trouver des animaux derrière le mur. Des animaux sauvages, pas domestiqués, des animaux dangereux…

Valentine eut un frisson de dégoût. Elle n'avait pas du tout envie d'en entendre parler. Rien qu'à l'idée de toucher un animal, domestiqué ou pas, elle grinçait des dents et était saisie d'une indicible angoisse.

— Nous verrons plus tard pour les animaux. Un problème après l'autre.

— Vous savez, dit brusquement Olivier en changeant de conversation, je comprends vos problèmes familiaux. Moi aussi, je suis né d'un embryon primitif. Je sais, c'est difficile à croire étant donné la position de mon père, mais c'est ainsi. Le Grand appariteur est mon vrai père, et ma mère a tellement souffert de cette situation de rejet de la société qu'elle en est morte. A l'époque, on a étouffé l'affaire, pour ne pas faire de vague. J'ai été élevé par une nourrice agréée qui est devenue la femme de mon père par la suite. Parfois, je vous envie. J'aurais tellement aimé vivre avec des parents amoureux !

— Ecoutez, dit Valentine qui ne voulait pas rentrer dans des conversations oiseuses, je ne tiens pas à parler de ça avec vous et d'ailleurs, je n'ai pas de problèmes familiaux. Vous ne devriez pas écouter les ragots. Maintenant, vous permettez ? J'ai beaucoup de choses à faire aujourd'hui. J'aimerais rester seule.

Elle le mit proprement à la porte, bien décidée à ne pas se laisser envahir par des sentiments troubles. Ce receveur d'informations la perturbait décidément plus que de raison ! Et en plus, il avait le culot de venir lui annoncer qu'il était né comme elle, mais qu'étant donné la position sociale de ses parents, il avait eu un régime de faveur, n'avait connu ni les brimades ni les camps. Pourtant, à bien y réfléchir, elle se trouvait plus chanceuse que lui, car elle avait au moins connu l'amour de sa mère et vécu une enfance heureuse et choyée. Elle tenta d'oublier ses grands yeux noirs toujours tristes et se remit à consulter ses documents sur le mur. Il avait raison ce diable de receveur d'informations ! Elle allait devoir lui demander son aide pour trouver le bon passage et cela ne lui plaisait qu'à moitié.

Elle consulta son écran journalier, vit que le Grand Appariteur lui avait laissé un message concernant ses futurs coéquipiers : Aberkane Toufik, le zoologiste-botaniste et Abasseur Ferdinand le géographe. Elle les connaissait tous les deux de nom. Des personnes d'un certain âge, très appréciées dans leur discipline et dignes de confiance. Elle respira un peu. Finalement, elle aurait une bonne équipe. Elle éteignit son écran et prit rendez-vous avec chacun d'eux pour mettre au point le voyage.

— Départ dans deux jours, se dit-elle. Inutile de traîner plus longtemps.

Lorsqu'elle quitta son atelier, quelqu'un l'observait tapi dans l'ombre, mais elle ne se rendit pas compte qu'elle était suivie.

CHAPITRE II

L'eau du Nil avait encore baissé, à tel point qu'on pouvait le traverser à pieds d'est en ouest. Les algues rouges flottaient à la surface formant un épais tapis ondulant, et l'odeur pestilentielle de pourriture saturait l'air. Obligés de marcher avec un mouchoir devant la bouche, les cinq voyageurs ne parlaient pas. Partis depuis la veille, ils avaient laissé derrière eux les lumières et la sécurité de la ville. A présent, le désert s'étendait de part et d'autre du fleuve, aussi loin que pouvait porter le regard. Plus à l'est, entre eux et le continent, une étendue d'eau saumâtre qui avait dû être autrefois une mer s'ouvrait sur le grand océan. Au sud, l'étroit passage les reliant était devenu un bras de terre permettant de traverser à pieds pour rejoindre l'ancienne péninsule de l'Arabie Saoudite. Ils tenaient ces informations d'Olivier, le seul en possession d'une ancienne carte et capable d'en déchiffrer les signes. Ils étaient obligés de s'en remettre à ses allégations pour tracer leur route, ce qui n'était pas du goût de tous, à commencer par Ferdinand, le géographe, assez vexé qu'un receveur d'informations put en savoir plus que lui dans un domaine où il estimait être le plus compétent. Néanmoins, ils lui faisaient confiance n'ayant pas d'autre choix. Au Nord, le mur barrait l'accès à la mer Méditerranée. Seul un pont gigantesque construit depuis près de mille ans à l'emplacement de l'ancien golfe de Suez, permettait de poursuivre la route vers l'Orient.

— Le niveau de l'eau est encore plus bas que l'année dernière, fit remarquer Ferdinand. Chaque année, le niveau baisse. Dernièrement, nous avons pris des mesures. Il est plus bas de soixante centimètres. C'est catastrophique.

Personne ne lui répondit. Ce problème était au cœur de leur voyage, ils en avaient déjà discuté, inutile de le ressasser sans cesse. Néanmoins il poursuivit :

— Quand le Nil sera entièrement asséché, il ne restera que le Grand fleuve du sud[2] comme point d'eau potable. Quand on pense au temps qu'il faut pour rallier ce recoin du Grand Pays, je vous laisse imaginer la difficulté de rapporter de l'eau ! Pas suffisamment pour désaltérer tous les habitants du Grand Pays de toute façon. Et ce ne sont pas les cachets pour la soif qui nous empêcheront de mourir. Je ne sais pas si les sept sages en sont conscients.

— Vous pouvez en être persuadé. Ils savent tout, répondit Olivier.

— Et pourquoi ne font-ils rien ? Vous, le receveur d'informations, avec vos collègues, vous pourriez informer la population au lieu de la tenir dans un état de bêtise navrant ! Vous êtes faits pour informer, non ?

— Informer la population que nous n'avons aucune solution ce n'est peut-être pas la meilleure idée, non ? Vous êtes géographe, ce n'est pas votre boulot le sort de la planète ? Qu'attendez-vous pour nous sortir de cette impasse ?

Le visage de Ferdinand vira au rouge. Il avait déjà du mal à supporter le soleil à cause de son embonpoint, et le fait de parler l'obligeait à puiser dans des forces supplémentaires qu'il était loin d'avoir en réserve.

— Arrêtez tous les deux ! dit Valentine avec vigueur. Vous parlez pour ne rien dire. Gardez votre souffle pour marcher. Vous savez bien que de parler va vous obliger à prendre des cachets supplémentaires. Je vous signale que nous n'en avons pas à gaspiller.

— Des provisions non plus, rajouta Sami d'un ton lugubre. Quand même, nous aurions pu en prendre un peu plus.

— Pour éveiller les soupçons ? Non, c'est plus sage ainsi. Dans trois jours nous serons dans la tribu des gardiens du pont.

— Boaf, soupira Aberkane, ce n'est pas chez eux que nous ferons un festin. J'ai gardé un très mauvais souvenir de mon dernier passage.

— Par exemple ! s'exclama Valentine étonnée. Je ne savais pas que vous aviez voyagé aussi loin. Je me suis laissé dire que vous n'aviez pas beaucoup bougé.

---

[2] L'actuel fleuve Niger

— On a dû mal vous renseigner, rétorqua Aberkane vexé. Je ne fais pas partie de ces scientifiques qui hantent les salles de spectacles. Mais j'ai vu le vôtre de spectacle, si ça peut vous intéresser.

Valentine ne releva pas l'ironie et ne répondit pas. Elle n'avait pas l'intention de polémiquer, encore moins de devoir se gaver de cachets pour la soif au risque d'avoir des nausées pendant des heures.

Le silence retomba entre eux. Elle était fatiguée et son sac lourd, trop lourd. Elle y avait entassé un nombre conséquent de documents qu'elle espérait pouvoir faire traduire. Par qui ? Là était le problème. Restait-il une seule personne capable de décrypter l'écriture ? La tâche lui paraissait énorme. Elle commençait à regretter son empressement. N'aurait-il pas mieux valu étudier les documents avant de se lancer à corps perdu dans cette aventure ? Mais comment ? Les contempler ne ferait pas avancer le débat. Pourquoi le Grand Appariteur avait-il été aussi pressé de les voir partir ? Trop de questions se bousculaient dans sa tête, des questions qu'elle aurait préféré ne pas se poser mais qui l'obsédaient. La première fois qu'il l'avait reçue dans son bureau, il devait lui donner les moyens de travailler, un atelier plus grand, des adjoints efficaces. Et puis soudain, il lui avait dit de partir, sans même avoir pu commencer la moindre recherche ni effectuer le moindre test. Alors ils étaient partis, comme des voleurs avec très peu de bagages et le minimum vital. Que s'était-il passé entre leurs deux rencontres ? La dernière fois où elle l'avait vu, il avait l'air inquiet, presque paniqué même s'il avait voulu cacher son angoisse à la jeune femme. Elle le connaissait mieux que quiconque et pouvait affirmer qu'il n'était pas dans son état normal.

— Je n'en peux plus, dit Ferdinand, la tirant de ses pensées. Pouvons-nous faire une pause ?

— Mais nous ne marchons que depuis quatre heures ! fit remarquer Sami. A ce rythme-là, nous serons au pont dans une semaine et nous n'aurons pas assez de cachets pour la soif !

— Reposons-nous, dit Valentine d'un ton péremptoire. Nous en profiterons pour faire le point.

Elle laissa tomber son sac qui s'écrasa lourdement.

— Que trimballes-tu là-dedans ? demanda Sami. Ma parole ton sac me semble plus lourd que les nôtres !

— Mes documents, avoua-t-elle. Je me disais que peut-être...

— Et tu comptes aller loin avec tout ce barda ? Tu te rends compte que tu nous mets en danger ? Tu te souviens du morceau de mur qui a atterri sur ta porte ? Les tribus gardiennes du mur ne sont pas toutes pacifiques. Tu vas me faire le plaisir de jeter tout ça.

— Jeter mes documents ? Tu es dingue. En aucun cas je ne m'en séparerai.

Ferdinand saisit l'information au vol.

— Quel morceau de mur ? Que s'est-il passé ? Vous n'avez pas le droit de nous cacher des choses.

— Je ne vous cache rien, soupira Valentine. Vous vous doutiez bien que nous n'allions pas faire une promenade hygiénique. Si certaines tribus voient notre voyage d'un mauvais œil, c'est qu'ils ont beaucoup à perdre. Vous rendez-vous compte que nous sommes leurs otages ?

— Leurs otages ? Des tribus incultes ? Des sauvages, oui ! Qui ne connaissent rien à la science.

— Vous avez tort de les mésestimer, dit Olivier. Ces gens sont plus savants qu'ils ne veulent le faire remarquer. Et certains sont violents.

— Raison de plus pour qu'elle jette ses cochonneries ! s'énerva Toufik en lui coupant la parole.

Cela faisait des heures qu'il n'avait pas dit un mot. Son accent rocailleux le mettait toujours en butte à la méfiance des autres scientifiques. Personne ne connaissait ses origines et de vagues soupçons d'appartenance à une tribu gardienne du mur ne lui facilitaient pas l'intégration. A dire vrai, il faisait peur.

— Je suis d'accord avec lui, laissa tomber Sami au milieu d'un silence gêné. Tu abandonnes tout ici. Inutile de nous mettre en danger pour des objets dont tu ignores l'utilisation. Ouvre ce sac, rajouta-t-il sans laisser d'équivoque possible quant à ses intentions.

Valentine les regarda tour à tour, incrédule. Quelle angoisse ancestrale s'attachait-elle à ces documents pour réveiller chez ses coéquipiers une telle frayeur ? Réactions venues du fond des âges, incontrôlables, inexplicables, d'un passé collectif si terrible qu'il n'était parvenu jusqu'à eux que par des interdits, des refoulements épidermiques ?

— Ouvre ton sac, Valentine, s'il te plaît, insista Sami. Qu'on en finisse au plus vite, le temps passe.

— Vous n'allez pas me faire ça ? Pas toi, Sami, pas toi ? dit Valentine en refoulant un sanglot. Des documents si vieux qu'il ne doit plus en exister d'autres au monde. Des objets si précieux...

— Dépêche-toi, Valentine, ne me rend pas la tâche plus difficile. Tu ne sais pas de quels genres de microbes ils sont porteurs. Des maladies peut-être. Tu sais ce qu'est la maladie ? Non ? Et si tu as introduit des germes dangereux dans les organismes du Grand Pays ? Si nous sommes déjà tous contaminés ? Tu ne me les as pas fait analyser ceux-là. Je ne sais pas de quoi ils sont faits. C'est moi le chimiste, ici, non ? Alors n'ajoutons pas le danger de voir fondre sur nous des tribus en colère.

Olivier, lui, ne disait rien. Il observait la scène comme un témoin hors d'atteinte. Il dévisageait Valentine, détaillant chaque centimètre de son visage, ses plis autour des yeux qui refoulaient les larmes, l'arête de son nez pincé, la veine à son cou, enflée, pleine d'émotion prête à éclater. Et sa bouche, avec cette moue de désespoir qui lui donnait envie de la prendre dans ses bras et de s'enfuir avec elle. Il se taisait, conscient d'une certaine lâcheté.

Valentine ouvrit son sac d'un geste lent d'automate, sortit trois documents pliés – la carte donnée par le Grand Appariteur, un amas de morceaux déchirés, un gros tas bleu décoloré relié par des fils – le tout pesant plus de deux kilos au bas mot.

— Qu'est ce que c'est, ces horreurs ? s'écria Ferdinand incrédule. Vous êtes malade !

— Ce ne sont pas des horreurs, rétorqua Valentine dans un hoquet en jetant à la volée ses précieux trésors. Tenez ! Voilà ! Je m'en débarrasse. Vous ne savez pas ce que vous faites.

Sami posa sa main sur son épaule et l'attira à lui. Il eut l'impression de serrer un morceau de bois.

— Excuse-moi, comprends-moi. Nous ne pouvons pas prendre de risque. Il aurait fallu les analyser avant, être sûrs de leur innocence. Tu aurais dû m'en parler.

Elle se dégagea de son étreinte sans répondre, referma le sac, le mit sur son épaule et s'engagea sur la piste. Au loin, derrière eux, le vent du désert emportait ses rêves de papier.

— Ne vous inquiétez pas, lui souffla Olivier en arrivant à sa hauteur. Des documents comme ceux-là je vous promets de vous en montrer d'autres. Je sais où il y en a.

Et il pressa le pas sous les yeux de la jeune femme interloquée.

****

Quelques heures plus tard, les documents de Valentine tournoyaient et retombaient sur le sable chaud.

— Ramassez-les ! Dépêchez-vous ! cria une voix masculine. Ramin, montre-moi ça. Les imbéciles ! Ils ont jeté leur passeport pour la porte. C'est tant mieux. Je n'ai pas envie de voir ces fouineurs passer le mur.

— Qu'est-ce qu'on en fait chef ? demanda le dénommé Ramin.

— On les garde, bien entendu. Les gens du Grand Pays sont des ânes. Ils ne savent pas lire !

Puis il rajouta en éclatant d'un rire gras :

— Des ânes ! Et ils ne savent même pas ce qu'est un âne !

La plaisanterie fit rire tous les hommes présents.

— Nous partons, à présent, nous n'avons plus rien à faire ici. Je ne pensais pas que notre mission serait si courte.

— Vous croyez qu'ils n'atteindront pas la porte chef ?

— Laquelle porte ? Comment veux-tu qu'ils atteignent une quelconque porte ? Je ne donne pas une semaine avant que leurs os ne sèchent au soleil. Bon débarras.

Le nuage de poussière soulevé par le piétinement des chevaux se retira vers l'ouest, emportant avec eux les seuls documents qui auraient permis aux cinq voyageurs de trouver la bonne route.

***

— Le vent s'est levé derrière nous, dit Valentine à Olivier. C'est bizarre. Est-ce qu'une tempête peut-être à ce point localisée ?

— Ce n'est pas le vent, c'est la tribu des nettoyeurs. Ils sont chargés de faire le vide. Croyez-moi, ils ne s'y sont pas trompés. Ils savent le prix de ce que vous avez jeté.

Valentine leva un sourcil.

— Vous dites qu'ils savent le prix ? Que savent-ils d'autre au juste ?

— Ils savent lire.

— Et vous ? Que savez-vous ?

— Je ne sais pas lire, si c'est ce que vous voulez savoir…

— Ce n'est pas ce que je vous demande. Que savez-vous du monde hors du Grand Pays ? Je parie que vous vous fichez de nous. Soit, vous ne savez rien, soit vous savez tout.

Olivier s'assombrit.

— Si c'était si facile, il y a longtemps que j'aurais fait part de mes connaissances. Le mur est une forteresse de cinq cents mètres de hauteur sur une base de dix kilomètres de large. Il est construit en trois parties distantes de vingt kilomètres. Pour le traverser, il y a des portes. Des portes de notre côté du mur, et des portes de l'autre. Elles ne sont pas en face, bien entendu. Si vous passez, par le plus grand des hasards, l'une d'elles de ce côté-ci du mur, vous pouvez marcher longtemps avant de trouver celle d'en face. Et les tribus gardiennes auront tôt fait de vous rattraper. Chaque porte est gardée depuis trois mille ans. Au début, les tribus gardiennes rendaient des comptes au Grand Pays, mais depuis des siècles, elles ont pris leur autonomie et les dirigeants du Grand Pays les ont laissées faire. Dame ! Tout le monde se fiche de savoir ce qui se passe derrière le mur. La plupart des gens disent qu'il n'y a rien, seulement des animaux. Ce qui est peut-être exact, allez savoir... Je n'en sais rien, hélas. Même si je suis capable de lire un peu, c'est exactement comme si je ne savais rien. Je connais des mots, mais de quelle langue ? Hein ? De quelle langue ? Vous savez bien qu'autrefois les hommes ne parlaient pas tous la même langue ! Il en allait de même pour les écritures.

— De quoi parlez-vous ? Les interrompit Sami. Vous complotez ?

— Oui, pour t'arracher les yeux, dit Valentine prête à exploser.

— Vous plaisantez ? demanda Toufik gagné par une inquiétude qu'il ne parvenait pas à analyser.

— C'est une blague, bien entendu, affirma Valentine en lui administrant une claque dans le dos. Les receveurs d'informations sont pleins de facéties, vous le savez, et celui-ci est encore plus drôle que les autres. Nous étions en train de plaisanter, j'adore ça.

Sami la regarda, profondément peiné.

Rêves de vie à deux qui partaient en charpies, solitude encore et encore. Encore et toujours. Ce voyage devait les rapprocher. Il ne devait pas laisser passer sa chance.

— Je te demande pardon, je n'avais pas le choix, dit-il d'une voix altérée par l'émotion. Il faut prendre parfois certaines responsabilités qui nous arrachent le cœur. Si je pouvais seulement rire, comme tous les habitants du Grand Pays, ce serait si facile.

— Oh, mais je te pardonne. Des documents de ce genre j'en trouverai d'autres sur notre route.

Ferdinand les interrompit l'air inquiet.

— Croyez-vous que nous soyons sur la bonne route ?

— Nous y sommes, affirma Valentine. Regardez : tous les deux kilomètres il y a une balise de repérage qui correspond avec mon métroscope. Il clignote toujours, ce qui veut dire qu'il est bien relié aux balises et qu'elles répondent à ses signaux. Il n'y a pas d'inquiétude à avoir.

Le soleil déclinait lentement à l'horizon. D'ici une heure, l'obscurité aurait envahi le désert. Valentine préférait éviter de marcher la nuit au risque de perdre la route. Les balises, fonctionnant à l'énergie solaire, étaient beaucoup plus difficiles à localiser une fois la nuit tombée.

— Arrêtons-nous, dit-elle en soufflant. Etablissons notre campement et mangeons. Une nuit de repos apaisera nos doutes.

— Mangeons, c'est ça, ricana Ferdinand. Vous appelez ça manger ? Je dirais : ingurgitons nos potions magiques, pas mangeons ! Dire que ça s'appelle l'évolution. Qu'avons-nous fait pour être tombés aussi bas ? Si nos ancêtres étaient des dieux ...

— Arrêtez vos bêtises ! Nos ancêtres n'étaient pas des dieux. Et ce qu'ils ont fait nous l'apprendrons peut-être un jour. Figurez-vous que ce que vous m'avez fait jeter tout à l'heure aurait pu nous mettre sur la piste si nous avions trouvé quelqu'un pour les décrypter.

— Vos cochonneries ? Vous plaisantez ?

— En ai-je l'air ? dit la jeune femme d'une voix grinçante. Vous devez bien savoir que je ne suis pas une marrante. Vous êtes venu à ma conférence, je ne crois pas vous avoir fait rire. Je me trompe ?

Devant son air buté, elle rajouta :

— Je ne me trompe pas. Vous aussi me croyez folle. Que nos ancêtres mangeaient de la viande, cela vous semble une hérésie ? Et bien, je vous fiche mon billet que de l'autre côté du mur les hommes, s'il y en a, en mangent. Ce sont des hommes normaux, pas des humains trafiqués.

— Que savez-vous de ce qui se passe de l'autre côté du mur ? s'énerva Toufik en tirant si fort sur la lanière de son lit pliant qu'elle se cassa.

— Rien, aucune idée. Mais ce que je sais, c'est que vous allez dormir par terre. Votre lit est foutu. Au lieu de vous en prendre à moi, vous auriez mieux fait de vous occuper de vos affaires, vérifier votre matériel, par exemple.

— On s'en fout du matériel ! Mademoiselle Casteldetri, vous en avez dit trop ou pas assez.

Valentine profita d'une bourrasque de vent pour ne pas répondre à Ferdinand. Une vague de chaleur suffocante les cloua sur place.

— Ouvrez la tente ! ordonna Valentine. Vite, il faut se mettre à l'abri. Ces particules de sable sont irrespirables. Elles remplissent les poumons et provoquent des hémorragies internes. Appuyez sur ce bouton, là, ça s'ouvre tout seul.

Avec un chuintement discret, la tente se déplia et ils s'y engouffrèrent en refermant la porte. C'était un abri de deux mètres de hauteur dans lequel le plus grand d'entre eux, c'est-à-dire Olivier, pouvait tenir debout sans toucher le toit, sur trois mètres de large avec un tapis légèrement gonflé sur lequel on pouvait dormir à peu près convenablement.

— Vous avez de la chance, dit Valentine à Toufik. J'ai pris ce qu'il y avait de meilleur dans le stock de la société des temps anciens. D'ordinaire, quand je pars seule je ne m'embarrasse pas de confort superflu. Vous allez pouvoir dormir par terre sans vous relever fourbu.

— Nous aurions pu dormir toi et moi sur mon lit et lui laisser le tien, dit Sami. Nous ne sommes pas des sauvages.

Valentine lui offrit un regard glacial. Elle n'avait nullement l'intention d'étaler sa relation devant tout le monde.

Mais Sami ajouta :

— Autant être honnêtes avec eux, non ? Après tout, nous avons bien l'intention de vivre ensemble en rentrant de voyage. Cela nous autorise à partager le même lit en public. Monsieur Toufik, si vous ne voulez pas coucher par terre...

— Non, non, s'empressa de répondre Toufik. Je vous remercie. C'est très bien ainsi, c'est ma faute. Je suis très négligent lorsqu'il s'agit de mon confort personnel. Je me néglige beaucoup, à dire vrai.

— C'est le lot de tous les scientifiques, lui dit gentiment Valentine en posant sa main sur son bras. Nous nous oublions trop souvent.

Leurs regards se croisèrent. Toufik venait de comprendre que les projets d'avenir de Sami étaient construits sur un malentendu comme une maison sans fondation bâtie sur le sable du désert.

Un grand silence s'installa, troublé seulement par les mugissements du vent et le fracas des claques qu'il administrait sur la toile. Une chance que ce modèle fût pourvu d'un système de lestage à l'épreuve de toute catastrophe. Une fois dépliée, il était impossible de la transporter. Le sol était inébranlable, et le vent en vain s'acharnait.

Valentine posa son sac, imitée par les autres, et sortit ses cachets de survie. Elle les avala presque sans eau pour économiser ce précieux liquide, ainsi que ceux pour la soif. Un litre d'eau par personne pour des jours de marche. Juste de quoi se rincer la bouche.

— J'aimerais savoir, dit Ferdinand rompant le silence, ce qui vous a amenée à vos conclusions sur nos ancêtres. Quand même, vous êtes une scientifique officiellement reconnue, pas une présentatrice d'émission à sensations fortes. Vous n'avez pas dit ça pour amuser le peuple. Sur quoi basez-vous votre thèse ?

Surprise, Valentine mit un certain temps à répondre. Olivier lui sourit.

— J'ai parcouru tout le Grand Pays, j'ai rencontré beaucoup de peuples. Tous avaient des légendes troublantes. J'ai recueilli leurs histoires. J'en ai fait la synthèse...

— Des légendes ? Foutaises ! s'insurgea Toufik. Tout le monde sait que les légendes sont de pures inventions de l'esprit.

— C'est ce qu'on a voulu nous faire croire depuis des siècles. Imaginons l'inverse : les légendes seraient des restes de l'histoire, la vraie, la seule authentique.

— Vous avez une mémoire phénoménale pour vous souvenir de toutes les légendes qu'on vous a racontées, ironisa Ferdinand.

— Je les ai enregistrées. Mais puisque vous mettez ce sujet sur le tapis, tenez, parlons-en. Savez-vous comment nos ancêtres gardaient la mémoire collective autrefois ? Comment ils se la transmettaient de génération en génération ? Par l'écriture. La mémoire de l'homme est écrite quelque part ou à plusieurs endroits. Nos enregistrements s'effacent rapidement. L'écriture, sur ce que nos ancêtres nommaient « le papier », sur la pierre ou autre matériau, peut se conserver des siècles, voire des millénaires.

— Elle est folle ! s'écria Ferdinand. Elle est folle ! L'écriture ! D'où tenez-vous ces élucubrations ?

— Vous m'avez fait jeter des écrits, répondit Valentine d'une voix glaciale.

— Ces cochonneries ? Vous voulez nous faire croire que c'était la mémoire de nos ancêtres ? Vous êtes pire que les receveurs d'informations. Vous auriez dû postuler pour l'Echo du Grand Pays ! Il n'y a pas de mémoire collective ! Cela n'existe pas. Chaque homme est sa propre mémoire, c'est tout. Quelle importance ce qui s'est passé voilà des milliers d'années ?

— Une importance capitale pour notre survie.

— Vous avez encore des théories fumeuses de ce genre ?

— Vous en voulez une autre ? Allons-y ! Je pense qu'on nous enlève la mémoire collective directement dans l'embryon, bien avant la naissance. On nous trafique le cerveau.

— Si j'ai bien suivi votre cursus personnel, cependant, on n'a pas dû trafiquer le vôtre, étant donné la façon dont vous êtes née. Vous êtres une fille de dissidents, vous devriez l'avoir, cette mémoire. Alors, racontez-nous tout !

— Si c'était si simple, dit Valentine d'une voix brisée par l'émotion. Si c'était si simple...

— On ne peut pas trafiquer le cerveau d'un embryon ! Il n'est pas formé !

— Il s'agit d'une molécule. La chimie, vous connaissez ? Si l'on prélève sur l'embryon certaines molécules du cerveau, on lui enlève la fonction correspondante. C'est tout simple.

— Mais pourquoi ferait-on cela ? Dans quel but ?

— Je pense que les sept sages n'y sont pas étrangers. Je pense que nous sommes manipulés génétiquement pour ne pas reproduire les horreurs de nos ancêtres. Malheureusement, à jouer aux apprentis sorciers, nous sommes en train de détruire la race humaine. A vouloir la protéger, l'améliorer, nous l'avons diminuée, nous lui avons enlevé son essence. Regardez notre planète ! Elle meurt. Tout n'est que sable, désert, désolation. Nous ne savons même plus conserver l'eau. Que savons-nous faire ? Fabriquer des gadgets. Des objets inutiles pour amuser le peuple. Pendant que le peuple s'amuse, il ne pense pas.

— Et alors ? Passer de l'autre côté du mur vous avancera à quoi ? Il n'y a rien de l'autre côté.

— Qu'en savez-vous ? Si les animaux y vivent c'est qu'il y a quelque chose.

— Des animaux ? insista Ferdinand tandis que les autres gardaient le silence, visiblement fascinés par leurs joutes verbales. Il n'en existe peut-être plus ! A quoi pourraient-ils servir ? C'est dangereux les animaux ! Depuis qu'il n'y a plus d'animaux, les hommes ne sont plus malades, vous le savez aussi bien que moi.

— Non ! Je ne sais rien ! s'énerva Valentine. Ce que je sais, c'est que je passerai le mur, avec ou sans vous tous. Je le passerai seule, s'il le faut. Et je saurai.

— Et vous ne saurez rien ! Vous êtes malade. Moi je rentre.

Valentine se leva d'un bond, et de colère laissa tomber son tube de pilules de survie qui se répandirent sur le sol. Tout en les ramassant, elle dit en criant presque :

— Monsieur Abasseur, vous avez accepté une mission. Vous n'avez pas le droit.

— Une mission ? Une tromperie, oui ! Personne ne m'a dit qu'il faudrait passer le mur. Et vous, messieurs ? Dites quelque chose. Le saviez-vous ?

— Oui, avouèrent Sami et Olivier en même temps.

— Je ne le savais pas mais je m'en doutais, ajouta Toufik. Cette fille est folle, c'était le moins qu'elle pouvait entreprendre. J'ai choisi d'accepter cette mission quoi qu'il advienne. Je suis d'accord avec elle sur un point : la solution se trouve de l'autre côté. Quant à son histoire de molécules et de cerveau, j'avoue que l'hypothèse me séduit. Je me suis souvent posé la question : qui sommes-nous ? Des hommes ? Des sous-hommes ? Des pantins entre les mains de dieux qui jouent avec nos vies ? Qu'ont voulu nous cacher nos ancêtres en construisant ce mur ? Des horreurs, où était-ce une punition ? Passons-le donc ce mur ! Et advienne que pourra.

— C'est bien joli tout ça, dit Sami en se grattant le menton qu'une barbe naissante colorait en roux. Mais le passer comment ? Je ne connais pas les portes, moi... Si quelqu'un...

— Moi, dit Olivier en lui coupant la parole. J'en connais une, je l'ai passée une fois. Mais elle est effondrée, en ruine. La tribu des nettoyeurs l'a fait sauter peu après mon escapade.

— Et voilà ! cria Ferdinand. Vous voyez ? C'est dangereux.

— Monsieur Abasseur, si vous avez la trouille, lança Valentine blanche de colère, cassez-vous. Allez-vous-en au diable. Nous n'avons pas besoin d'un boulet. Nous avons besoin d'un bon géographe, ce que vous êtes, le meilleur du Grand Pays, à mon avis. Mais je ne vous retiens pas. Demain matin, vous repartirez chez vous. Vous ne risquez rien, la route est balisée. Vous avez votre émetteur ? Le seul service que je vous demande c'est de garder secrète notre mission. Ce n'est pas trop vous demander j'espère ?

Ferdinand ne répondit pas. Il s'assit par terre dans le fond de la tente et sortit ses cachets de survie. Pour le moment, la seule chose qui lui parut sensée était de se nourrir. Avec une moue de dégoût, il avala une pilule, sans eau, et maugréa entre ses dents. :

— Crever de soif en compagnie de cette folle, merci bien.

Valentine ne releva pas l'insulte et dit à Toufik :

— Vous qui êtes zoologiste, que pouvez-vous nous dire sur les animaux ?

Toufik sourit amèrement :

— Zoologiste est un bien grand mot, car à part les insectes qui nous pourrissent la vie, les vipères à cornes et les lézards, je ne connais pas grand-chose aux animaux. Enfin, excepté des théories diverses et contradictoires, nous n'avons aucune information les concernant. Mais je serai ravi d'en voir enfin un. Je pourrai faire ma thèse sur des bases solides. Jusqu'à présent, je ne pouvais proposer que des histoires pour amuser les enfants.

— C'est tout ce qu'on nous demande dans ce pays, soupira Olivier. Raconter des histoires, vivre des vies imaginaires. De ce fait, plus personne ne fait de différence entre la réalité et la fiction. Je ne comprends pas pourquoi les gens ne se révoltent pas. Le manque d'eau devient tellement crucial que les conditions de vie vont devenir de plus en plus difficiles. Ils finiront bien par se rendre compte que c'est de leur propre survie qu'il s'agit. Espérons qu'ils réagiront sainement.

Au fond de la tente, Ferdinand ricana :

— Des singes ! C'est tout ce que vous allez trouver ! Des rebuts d'hommes. Des dégénérés.

— Qu'en savez-vous ? explosa Valentine.

— Je sais ce que je sais. Vous croyez être la seule à avoir voulu franchir le mur ? Naïve que vous êtes ! Il y a quelques années, un groupe a essayé et y est même parvenu. Ils ont rencontré des hommes singes. Je vous laisse imaginer la peur qu'ils ont eue !

Subitement intéressée, Valentine était prête à faire la paix, d'autant plus qu'elle avait horreur de la discorde. Elle se laissa tomber près de Ferdinand en proposant :

— Nous pourrions peut-être faire une trêve, non ? Si vous nous disiez ce que vous savez ? Cela nous aiderait dans notre voyage. Surtout que vous ne serez pas là pour nous indiquer la route. Il est trop tard pour faire route arrière et trouver un autre géographe. Nous devrons nous débrouiller sans vous, et ce sera difficile. Vous êtes le meilleur dans votre discipline, quel dommage...

Puis elle rajouta avec brusquerie :

— De quoi avez-vous peur, Monsieur Abasseur ?

Sans attendre une réponse qui ne viendrait pas elle continua :

— Par hasard, Monsieur Abasseur, vous n'auriez pas fait partie de cette expédition ?

— Eh bien ! Si ! explosa le géographe. J'en ai fait partie. Il y a des dizaines d'années de ça, j'étais jeune.

L'information laissa les quatre autres sans voix. Un silence désapprobateur suivit. Sami le rompit le premier :

— Mais alors, vous connaissez au moins une porte ? Depuis des heures vous faites celui qui ne sait rien et vous en savez plus que nous tous. Qu'est-ce que ça veut dire ?

— Ça veut dire... ça veut dire que c'est de la folie de vouloir passer ce mur. Je ne veux pas y remettre les pieds.

— Nous avons besoin de vous, Monsieur Abasseur, supplia Valentine oubliant ses insultes. Nous avons tous peur, comme vous. Mais le Grand Pays a besoin de nous. Faites un effort. Nous ne nous exposerons pas inutilement, je vous le promets.

— Ils ressemblaient à quoi, vos hommes singes, demanda Toufik. Etaient-ils agressifs ?

— Je ne sais pas. Nous n'avons pas attendu de nous frotter à eux pour savoir s'ils étaient agressifs ou pas ! Ils étaient hirsutes, les cheveux longs pas peignés, à moitié nus. Ils poussaient des cris...

— Et qu'est-ce qui vous fait dire qu'ils ressemblaient à des singes ? En avez-vous déjà vus, des singes ?

Ferdinand regarda Olivier, interloqué par sa question :

— Ah mais non ! Jamais. J'en ai seulement entendu parler. Enfin, des hommes singes, c'est une expression.

— Une expression qui ne veut rien dire. Les singes sont couverts de poils. Ils avaient des poils ? S'ils ont crié, c'est peut-être parce qu'ils étaient aussi épouvantés que vous. Y avez-vous pensé ?

— Ah non, avoua Ferdinand vaincu. Je n'y avais pas pensé. Il faut dire que j'en cauchemarde encore la nuit. J'ai préféré oublier, pas me poser des questions. Des questions, moins on s'en pose mieux on se porte.

— Comment osez-vous dire ça ? Vous, un scientifique ? s'insurgea Valentine. Monsieur Abasseur vous n'allez pas déclarer forfait pour des suppositions sans fondement. Vous n'avez pas envie de vérifier ? Je vous en prie, venez avec nous. Votre peur est totalement irrationnelle. Nous avons besoin de vous.

— C'est vrai, rajouta Olivier, elle a raison. C'est vous le géographe.

— Peut-être ferions-nous mieux de dormir au lieu de discuter ? dit Sami énervé. Le vent semble s'être calmé. Monsieur Abasseur, vous avez la nuit pour réfléchir. Maintenant, fichez-nous la paix avec vos états d'âme. Moi j'ai sommeil.

Son intervention jeta un froid et Ferdinand vexé se recroquevilla dans son sac de couchage. Chacun resta en tête-à-tête avec ses propres démons intérieurs, tandis que dehors, le vent se remettait à geindre.

***

Valentine se leva la première, le soleil apparaissait à peine à l'horizon et la tente était recouverte de sable. De loin, elle devait avoir l'air d'une dune. Elle fit quelques pas, oppressée par le silence. Tout autour d'elle, des dunes de sable roux à perte de vue. Elle prit son premier cachet pour la soif de la journée et manqua s'étrangler avec. Elle pensa à ces légendes qui parlaient d'eau claire et fraîche coulant à profusion. Elle n'avait aucune idée de ce que cela pouvait représenter. La seule eau qu'elle connaissait, c'était celle croupie du Nil et l'eau du robinet venant des citernes de récupération et de transformation des eaux de pluie. A quelques kilomètres devant eux, il y avait la mer, une étendue d'eau saumâtre où nageaient encore quelques poissons. Autrefois, il y avait des milliers d'années de cela, elle se nommait « la mer rouge », un joyau d'après les légendes, une supercherie de l'avis unanime de la société scientifique. Ils n'auraient pas le temps d'aller vérifier car ils devaient remonter vers le nord pour retrouver le mur. Le mur, encore et toujours lui. Elle ne l'avait vu qu'une seule fois, et son souvenir laissait dans sa mémoire une douloureuse sensation. Il faisait de l'ombre sur des centaines de mètres et rien ne poussait dans cette zone. C'était pire encore que le désert. La vie n'y existait plus, tout simplement, comme si on avait arrosé le sol d'un poison mortel. Seules, certaines portes étaient habitables, pour d'obscures raisons. D'après son père, c'était un habile calcul des sept sages pour garder les hommes du Grand Pays dans l'ignorance. Pourquoi faire ? Dans quel intérêt ? Pour le pouvoir, répondait-il. Et Valentine ne comprenait pas ce que venait faire le pouvoir là-dedans.

Un bruit derrière elle la fit sursauter. Sami mit ses bras autour de ses épaules et respira l'odeur de ses cheveux. Elle n'osa pas le repousser et se détendit. Après tout, le temps ferait son œuvre, il finirait bien par comprendre qu'elle n'avait nullement l'intention de faire sa vie avec lui, ni avec personne d'autre d'ailleurs et qu'il valait mieux qu'il se trouvât une autre épouse.

— Le vent a soufflé comme jamais, dit Sami pour lancer la conversation. C'est la première fois que je vois autant de violence dans les éléments. C'est angoissant, tu ne trouves pas ? Les dunes se déplacent, changent le paysage. J'espère que les balises ne sont pas enfouies sous des mètres de sable.

— Peu importe. Avec nos émetteurs nous ne risquons pas de nous perdre. Ils émettent jusqu'à quatre mètres sous terre.

— C'est rassurant. Parce que dans ce secteur, il n'y a pas âme qui vive. Personne ne s'aventure jamais par ici et les balises sont déjà bien vieilles. Je suis même étonné qu'elles soient encore en service. Je me demande si ce coin a été habité un jour ? J'imagine que non. Cette histoire de Nil qui aurait été un fleuve immense gorgé d'eau, tu y crois, toi ?

— Pourquoi pas ? Je sais que je me répète avec les légendes. Mais toutes concordent. Ce pays a été un grand pays, avec des bâtiments colossaux, des rues, des milliers d'habitants, des arbres, de l'eau.

Sami l'arrêta dans son discours stérile.

— Arrête, s'il te plaît. Tout cela n'est que divagation, vue de l'esprit. Tu donnes la frousse à tout le monde. Si nous nous contentions de suivre notre route, sans échafauder des hypothèses biscornues ?

— Qu'est-ce que c'est le passé, pour toi ? s'énerva Valentine. Tu vis le nez dans des éprouvettes à regarder l'infiniment petit. Tu ne vois pas l'infiniment grand, ni même le raisonnablement grand. Comme tout le monde dans ce pays. Nous ne voyons pas plus loin que le bout de notre nez. Le monde est plus grand que vous ne l'imaginez.

Elle lui tourna les talons et le planta là, dubitatif quant à son état psychologique.

Pendant ce temps, les autres s'étaient levés, avaient plié la tente.

— Vous nous quittez ? demanda-t-elle agressive à Ferdinand.

— Non, répondit celui-ci. Je reste. Très peu pour moi de rentrer tout seul. Et puis, j'ai changé d'avis. Je veux voir jusqu'où la folie va vous conduire.

Valentine haussa les épaules, plia son sac de couchage et donna l'ordre du départ.

— En route, il est déjà neuf heures, il y a longtemps que nous aurions dû nous remettre en marche. Si vous comptez faire la grasse matinée tous les jours, il faut le dire.

Personne ne renchérit et elle en fut quitte pour bougonner seule dans son for intérieur.

Pendant deux heures ils marchèrent sans parler. Olivier rompit le premier le silence en disant :

— Regardez, là-bas, le vent a créé une dépression dans le sable d'au moins cinq mètres de profondeur. Je lui ai rarement vu une telle force.

— C'est vrai, répondit Ferdinand d'une voix lugubre, et c'est bien notre préoccupation en ce moment. Depuis quelques années, le niveau de l'eau descend et le vent forcit sans que nous puissions avancer le moindre début d'explication. L'inquiétude des géologues, c'est que d'ici quelques dizaines d'années le Grand Pays ne sera plus habitable.

— Evidemment, dit Valentine sarcastique, vous n'envisagez pas de tenir informés les habitants ? C'est bien mieux de les laisser croire que tout va pour le mieux, qu'il faut rire et ne se préoccuper de rien. Vous laissez faire ces jeux idiots qui abêtissent les gens. Pourquoi ?

— L'information, ce sont les receveurs qui doivent la dispenser, pas nous ! A chacun sa fonction.

— Les avertir nous avancerait à quoi ? s'énerva Olivier A part provoquer l'affolement général je n'en vois pas l'utilité. Ensuite, je vous signale que vous n'êtes pas beaucoup bavards dans votre profession.

— Arrêtez de vous disputer et de vous renvoyer les responsabilités ! intervint Sami. Venez plutôt voir par ici.

Accroupi à quelques mètres d'eux dans la dépression creusée par le vent, il grattait le sable avec les doigts. Son visage reflétait une parfaite stupéfaction.

— Il y a un objet dur coincé là-dessous. Je me suis blessé le pied en le heurtant.

— Là-dessous ? Tu rêves ? C'est impossible.

— Et mon pied ? Il rêve lui aussi ? Attendez que je le dégage.

Sami déblaya sa trouvaille sur cinquante centimètres. L'objet était de couleur grisâtre, un genre de métal très résistant. Les autres vinrent à son secours et au bout d'un bon quart d'heure l'objet était exhibé. Il était rond, deux cercles l'un sur l'autre soudés ensemble, le tout d'un diamètre d'environ soixante centimètres et d'une vingtaine de centimètres d'épaisseur.

— Qu'est-ce que c'est ? interrogea Valentine que l'émotion faisait bégayer. C'est quoi ? Qu'est-ce que c'est ?

— Tu te répètes, ma grande, dit Sami aussi perturbé qu'elle. Moi je n'en sais rien. Et vous ?

— Aucune idée, répondirent-ils tous en chœur.

— Une petite table ? avança Olivier.

— Pourquoi pas ? Mais ce métal ? Monsieur Coquery, vous qui êtes chimiste, vous devriez avoir une idée.

— Je n'ai jamais rien vu de pareil, avoua Sami. C'est un métal, un métal ancien, peut-être du fer. Mais il y a des siècles que nous n'en utilisons plus.

— Du fer ? Effectivement. Cela fait partie du passé. Mais ce n'est pas du fer. J'en ai déjà vu un morceau au musée, et ceci me parait être plus léger. Comment cet objet se trouve-t-il ici ?

— Aucune idée. Il n'y a aucune vie ici.

— Je vous l'ai déjà dit ! le coupa Valentine. Autrefois, cette région était habitée. Nous ne savons rien de leur civilisation. Ceci en est la preuve flagrante.

— Puisque tu es si maligne, tu peux nous dire ce que c'est ? demanda Sami.

— Valentine s'accroupit près de l'objet qui n'éveillait aucun écho en elle.

— Sûrement une table, Olivier a raison.

Toufik lui coupa la parole :

— Alors vous m'expliquerez le fait qu'il y en ait plusieurs ? Regardez, en voilà au moins deux autres. Bizarre, non ?

— En effet, reconnut-elle. Il faut reconnaître que ce n'est pas très fonctionnel comme table. C'est tout petit.

— Il s'agissait peut-être d'un peuple nain ?

— Peut-être... Mais le nanisme n'existe plus depuis des siècles ! Comment voulez-vous que ces « choses » aient subsisté aussi longtemps ?

— Le sable et la sécheresse conservent. Si ça se trouve, il y en a encore d'autres là-dessous.

— Nous n'avons pas le temps de chercher, soupira Valentine. Laissons tout là, et continuons.

Sage solution. Il fallait encore des heures de marche avant de rejoindre le pont qui reliait le Grand Pays aux régions extérieures, des heures de marche mais surtout des heures d'angoisse à cause de la proximité du mur. C'était un passage extrêmement éprouvant, avec des vérifications à n'en plus finir de la part des commissaires-contrôleurs du Grand Pays et des gardiens du pont dont les rivalités prenaient des proportions inquiétantes. L'empathie des commissaires-contrôleurs était mise à rude épreuve par l'agressivité des gardiens du pont toujours prêts à leur chercher querelle. L'ambiance y était explosive. Les commissaires-contrôleurs étaient tatillons, vous soumettaient à un contrôle d'identité répété, toujours le même, et d'une inutilité extravagante. Il fallait dire que ces fonctionnaires s'ennuyaient ferme dans une région pratiquement déserte et désertée par la population. Peu de citoyens du Grand Pays s'aventuraient loin de chez eux, encore moins d'individus des peuplades nomades. Chaque fois qu'un voyageur s'aventurait dans ce secteur, il était l'objet d'une fouille systématique des deux parties et sujet à suspicion. C'était leur seule distraction.

— J'espère que personne n'a oublié son badge d'identification, dit Valentine de l'angoisse dans la voix. Nous approchons de la frontière.

— Pas oublié, maugréa Toufik. Quelle stupidité ! Quel est l'intérêt de cette mascarade ?

— Il n'y en a aucun, c'est une coutume aussi vieille que le mur, répondit Olivier. Rares sont ceux du Grand Pays qui s'aventurent aussi loin, pas plus que les peuples nomades. Autrefois, peut-être y avait-il une raison valable, mais personne ne se rappelle laquelle. Les seuls qui n'ont pas de frontières, ce sont les nettoyeurs...

— Les nettoyeurs... dit Ferdinand en frissonnant. Sale engeance. S'ils existent évidemment. Personnellement, je ne les ai jamais vus.

— Pour exister, ils existent, affirma Olivier. Mais vous ne les verrez jamais. Ils nettoient, c'est tout.

— Vous savez qui les paye ? demanda Toufik.

— Personne ne le sait. J'ignore seulement s'ils sont payés. Peut-être vivent-ils de ce qu'ils ramassent ?

— Et où les vendent-ils ?

— Sur des marchés, chez les nomades, les gardiens du mur, derrière le mur peut-être ?

— Tout cela, c'est bien joli, dit Ferdinand. Comment font-ils pour se déplacer aussi vite ?

— Ils ont des chevaux, dit Olivier en baissant la voix.

— Des quoi ?

— Des chevaux. Ce sont des animaux très hauts, sur quatre jambes et ils vont très vite. C'est pour cela qu'ils laissent toujours des nuages de poussière et de sable derrière eux. Cela leur permet de ne pas être vus.

— Des animaux ? Quelle horreur ! s'écria Ferdinand. Mais comment s'y prennent-ils pour se déplacer avec des animaux ?

— Ils montent dessus, répondit Olivier.

Sa réponse jeta un froid. L'idée même d'un contact avec les animaux mettait Valentine dans un état proche de l'apoplexie. Son cauchemar aurait été de devoir monter sur une de ses bêtes immondes et de les toucher. Rien qu'à imaginer le contact de ses doigts avec leur peau ou leurs poils, elle avait la nausée.

— Ils montent dessus, continua Olivier et ? paraît-il ? ils les font travailler à leur place et porter de lourdes charges.

— En avez-vous déjà vus ? demanda Toufik.

— Une fois seulement, et il y a bien longtemps. J'ai déjà eu affaire aux nettoyeurs. Je ne peux pas dire que j'ai envie de recommencer l'expérience. Ils n'aiment pas beaucoup les habitants du Grand Pays. Je crois d'ailleurs qu'ils ne s'entendent avec personne. Ils se croient une race supérieure.

— Je suis sûre qu'ils ont pris mes documents, dit Valentine écœurée, pour les vendre aux plus offrants. Ils ne sont pas si bêtes, eux... Je suis certaine d'avoir jeté des trésors.

— Toujours ton idée fixe, hein ? dit Sami. Peut-être cela nous a-t-il sauvés de les jeter ? Y as-tu pensé ? Imagine qu'ils nous aient trouvés avec ces trucs-là sur nous ? Il me semble avoir entendu dire que ces gens-là n'hésitaient pas à tuer.

— C'est vrai, admit Olivier. Ils sont dangereux. Le pillage fait partie de leurs mœurs. Ils ne se sont jamais attaqués au Grand Pays parce que nous ne possédons rien d'intéressant à leurs yeux et parce qu'ils ont peur de nous. Allez savoir pourquoi... Mais les tribus nomades souffrent de leurs exactions.

— Tu vois ! dit Sami à Valentine.

Celle-ci ne répondit pas. Elle était fatiguée. Personne ne daignait adhérer à ses convictions. Pourtant, elle était sûre de ne pas se tromper. Elle prit le parti de ne plus en parler. D'autres problèmes plus urgents se profilaient à l'horizon. Au loin, le désert moutonnant et clair se transformait en un nuage sombre, compact, cachant le ciel. Des bruits leur parvenaient devenant vacarme à l'approche du pont. Instinctivement, Sami se rapprocha d'elle et la prit par la main. Cette marque d'affection lui donna envie de pleurer. Sami se positionnait en protecteur malgré toute l'agressivité dont elle avait fait preuve à son égard. Elle eut honte de son comportement. Mais l'angoisse de ce que pouvait lui apporter sa relation l'étouffait. Elle ne voulait pas d'une relation confortable, immuable, non. Jusqu'à présent, elle avait aimé ses moments d'amour avec lui, ses moments de partage d'idées aussi. Elle ne comprenait pas ce qui se passait dans son esprit. Sa main tremblait dans celle de son ami. Elle croisa le regard d'Olivier qui lui sourit et sentit son visage s'empourprer. Elle n'avait qu'une envie : lâcher la main de Sami. Mais celui-ci la tenait fermement, comme si elle avait été sa propriété. Elle n'eut pas le temps de se poser plus de questions. Face à eux, un groupe surgit, comme de nulle part, et leur intima l'ordre de s'arrêter. Les hommes portaient le costume des commissaires contrôleurs, une sorte de robe de toile beige, grossière, serrée à la taille par un lien rouge. Ils avaient le visage buriné par le vent du désert, les yeux délavés par la luminosité violente du soleil. Le tout leur donnait une allure étrange, un peu irréelle.

— Identification ! cria l'un d'eux.

Ils sortirent prudemment leur badge que les hommes examinèrent avec soin. Ils auraient pu croire que l'examen était terminé. Mais il n'en était rien.

— Vous êtes des scientifiques ? Quelle mission ?

— Nous faisons des études sur l'eau et la météorologie.

— Sur l'eau ? Il n'y a pas d'eau ici, vous êtes bien placés pour le savoir. Quelle mission ?

— Mais je vous l'ai dit, insista Valentine. Il nous faut absolument trouver un moyen d'amener l'eau au Grand Pays.

— Que se passe-t-il ici ? interrogea un nouveau venu.

— Des scientifiques, Monsieur. Enfin, c'est ce qu'ils prétendent.

Le « Monsieur », qui devait être un grand ponte, du moins un chef étant donné la médaille qu'il portait attachée à sa poitrine, les dévisagea avec circonspection et demanda d'une voix sèche :

— Scientifique ? De quelle société ?

— Société des ...

Valentine n'eut même pas le temps de finir sa phrase, Olivier lui coupa la parole et dit vivement :

— La société des biologistes associés. Nous nous occupons uniquement de la gestion de tout ce qui est vital, du domaine de la santé. La gestion de l'eau est un point crucial de notre survie.

— De l'eau ? Il n'y en a pas ici.

— Nous devons en trouver. C'est pour cela que nous allons rencontrer les tribus nomades. Elles connaissent des puits.

— On les a fouillés ? demanda-t-il sans daigner répondre à Olivier.

— Oui Monsieur. Rien à redire.

— Bien. Gardez leurs noms, on ne sait jamais, et laissez-passer.

Ils ramassèrent leurs affaires sans se faire prier. Les commissaires contrôleurs les accompagnèrent du regard pendant plusieurs minutes qui leur parurent ne jamais finir, jusqu'à ce qu'ils atteignissent le pont.

Devant eux, une gigantesque construction en métal de couleur douteuse, rongée par la rouille, enjambait un bras de mer pratiquement enlisé mais impossible à traverser à pied à cause de l'instabilité du sol : du sable mouvant, des flaques de boue profondes et des algues en voie de décomposition flottant à leur surface. Le pont ne donnait pas une impression de solidité réconfortante. Le vent venait de se relever et les montants métalliques se balançaient au rythme des bourrasques. Personne n'était posté à l'entrée pour les accueillir. Les gardiens du mur restaient prudemment de l'autre côté comme s'ils avaient peur de plonger dans ce magma inquiétant. Le silence et la désolation y régnaient.

Sami mit le premier le pied sur le sol instable et dit :

— Ça a l'air de tenir. C'est du fer, je crois.

— Oui, mais le fer ça rouille avec le temps, répondit Olivier. Je suis toujours abasourdi de voir qu'il tient encore le coup après plus de mille ans d'existence.

— Je me demande combien de temps a duré sa construction, dit Toufik dubitatif. Des dizaines d'années, probablement. Il a dû falloir des milliers d'ouvriers...

— Pensez-vous, intervint Valentine. A cette époque-là, ils avaient des machines performantes qui faisaient le travail à leur place. Ils n'avaient pas besoin d'embaucher des milliers de personnes.

— Où êtes-vous allée pêcher une idée aussi absurde ? s'exclama Ferdinand en lui coupant la parole. Franchement, à la Société des temps anciens vous avez de drôles d'occupations ! Il faut toujours que vous tentiez de faire coïncider l'histoire avec vos fantasmes. Je me demande pourquoi on vous paye. Quand je pense que nous manquons de crédits, nous, les géographes.

Valentine sentit la colère la submerger. Néanmoins, elle se contint. Un grand bruit venant du pont l'abstint de répondre.

— Qu'est-ce qu'il se passe ? demanda Sami.

— C'est le pont qui craque. Dépêchons-nous de passer. Je n'aime pas ça.

De loin, les gardiens du mur criaient vers eux en gesticulant. Ils se mirent à courir, le vent avait redoublé de violence et les câbles en acier reliés aux poteaux d'ancrage grinçaient lamentablement. Dans un craquement sinistre, l'un d'entre eux céda. Le pont fut secoué de spasmes comme un gigantesque corps dans un dernier sursaut d'agonie. Heureusement, les autres câbles encore en bon état permirent à l'assise de retrouver un peu de stabilité. Le groupe de scientifiques rejoignit les gardiens du mur. L'un d'eux tendit la main à Valentine pour l'aider à franchir les derniers mètres. Il avait des yeux d'un bleu délavé et la peau couleur café. Autour de la tête, il portait un turban aussi bleu que son regard. Valentine fut troublée par son sourire. Toutes ses idées reçues concernant les gardiens du pont et leur légendaire cruauté s'évanouirent.

— Ne vous y fiez pas, lui chuchota Olivier comme s'il avait entendu ses pensées. Ils sont vraiment dangereux. Vous ignorez s'ils sont au courant de nos projets ou pas. Ne les laissez pas vous fouiller toute seule sans témoin. Je viendrai avec vous, si vous voulez, ou demandez-le à Sami.

— Qu'est-ce que vous craignez ?

— Le pire. Vous lui plaisez.

L'homme aux yeux troublants s'approcha d'elle et lui mit la main sur le bras.

— Suivez-moi, lui dit-il tout en gardant son sourire. Vérification d'identité.

Olivier réagit le premier et dit vivement :

— C'est ma femme, je vous suis également.

Sami sursauta, accusa le coup et ne dit rien. L'homme se rembrunit. L'espace de quelques secondes, Valentine crut que son voyage allait s'arrêter là, en plein milieu du désert, traitée comme un objet de sexe par des inconnus. Pour la première fois de sa vie elle eut vraiment peur. Plus peur encore que dans son appartement après qu'elle eut reçu la grosse pierre sur sa porte. Elle avait entendu parler de légendes rapportant des pratiques barbares de femmes prises de force par des hommes. Jusqu'à cet instant, elle avait cru ces usages du domaine de la pure invention d'un esprit tordu. Olivier l'avait prise par la main, et lui serrait fort les doigts pour l'obliger à garder son calme.

Deux hommes les escortèrent jusqu'à une petite tente où ils furent poussés sans ménagement. A l'intérieur, plusieurs gardiens se disputaient. Olivier tenait toujours Valentine par la main. Elle avait l'impression de vivre un cauchemar. La violence était exclue de leur société depuis des générations, mais dans l'inconscient des hommes du Grand Pays, subsistait le souvenir de guerres, d'agressions, de situations dramatiques au travers de cauchemars que même les inspecteurs d'âmes ne parvenaient pas à juguler. La tente était complètement vide, à part une petite table basse entourée de coussins. Sur la table, trônaient des petits verres remplis d'un liquide verdâtre. C'était certainement le lieu de repos commun à tous et ça sentait la transpiration, l'urine et l'odeur forte d'hommes qui n'avaient pas dû voir du savon depuis des lustres... et des femmes non plus, d'ailleurs.

— Déshabillez-vous ! leur dit un des gardiens.

— Là ? Devant tout le monde ? balbutia Valentine.

— Pour l'amour du ciel ! Faites ce qu'ils vous disent ! murmura Olivier. Essayez de ne pas y penser et laissez-leur croire que vous n'avez pas peur. Ils ne vous toucheront pas.

Valentine claquait des dents. Impossible d'empêcher ses mâchoires de s'entre crocher. L'homme aux yeux bleus s'approcha d'elle.

— Tu la vends ? demanda-t-il à Olivier.

— Non, elle porte mon enfant. Ce n'est pas possible. La loi l'interdit, on ne vend pas une femme enceinte.

Valentine suffoquait d'indignation. Elle n'avait qu'une envie, c'était de les gifler tous les deux.

L'inconnu eut l'air déçu. Elle avait déjà posé sa robe pantalon et se tenait debout, vêtue seulement d'une petite tunique transparente à bretelles, sous les regards des hommes posés sur elle comme des mouches, y compris celui d'Olivier. Elle se jura de lui faire payer cher cet affront, ne pouvant pas se venger sur les autres voyeurs. Son visage reflétait la rage qui l'habitait avec une telle violence qu'Olivier eut peur pour sa vie. Son intention n'était pas de contempler impudiquement son corps nu mais de la protéger.

— Vous pouvez partir, leur dit l'homme aux yeux bleus sans même leur demander l'objet de leur voyage et non sans avoir jeté un dernier regard d'envie à Valentine.

Ils quittèrent la tente et rejoignirent les trois autres à qui les gardiens avaient seulement demandé leurs papiers, rien de plus.

— Circulez ! leur dit sans ménagement le plus âgé des gardiens. Et ne quittez pas les pistes balisées ! Vous donnerez ce badge au prochain contrôle, rajouta-t-il en leur tendant une carte métallique.

— Encore une ? maugréa Toufik. A la fin du voyage notre sac va en être plein !

— Taisez-vous et fichons le camp, lui dit tout bas Olivier. Nous avons échappé au pire mais profitons de leurs bonnes dispositions pour nous sauver. On ne sait jamais ce qui peut leur passer par la tête.

— Que s'est-il passé sous la tente ? demanda Sami.

— Demande-le-lui ! dit Valentine avec violence. Il t'expliquera, lui, ton copain. Sale type !

Olivier était malheureux. La colère et l'indignation de la jeune fille lui faisaient particulièrement mal, d'autant plus qu'il était conscient de l'avoir sauvée d'une offense beaucoup plus grande qu'une simple contemplation de son anatomie. Les gardiens du pont étaient réputés peu respectueux des femmes et, même s'ils n'avaient pas la sauvagerie des nettoyeurs, Olivier les soupçonnait de faire commerce de vies humaines avec eux. Enfin, c'était ce qui se disait à « l'écho du Grand Pays ».

Certains receveurs d'informations, qui prenaient leur fonction à cœur, auraient voulu approfondir la question, faire des enquêtes. Mais les consignes des dirigeants étant de ne pas faire de vagues, de ne pas chercher de complications inutiles, ils se contentaient d'inventer l'actualité et de faire rire les habitants du Grand Pays.

Valentine se rapprocha de Sami, espérant que sa colère contre Olivier allait tomber en marchant. Elle prit la tête de la troupe d'un pas décidé, Sami derrière elle, comme s'ils avaient le feu aux trousses. Au loin, le désert de sable se transformait en un amoncellement de rochers plats rendant la marche encore plus difficile. Valentine sortit son métroscope et l'alluma.

— Il n'indique plus rien, constata-t-elle affolée.

— C'est normal, il n'y a plus de balises par ici répondit Olivier. Attendez un moment.

Il s'arrêta, posa son sac et en sortit une petite boîte ronde qu'il ouvrit. A l'intérieur, deux petites aiguilles oscillaient lentement.

— Quel étrange objet ! s'exclama Toufik. Décidément, depuis que je suis avec vous je vais d'étonnement en étonnement. Où avez-vous trouvé cette chose-là ?

Olivier sourit.

— Cette chose-là me vient de ma famille. Inutile de vous dire que c'est extrêmement vieux. C'est une « boussole » un objet qui indique la direction à suivre. Regardez : là vous avez le Nord, en dessous le Sud, à gauche l'Ouest, à droite l'Est. Nous allons vers le nord-est. Evidemment, cela ne vaut pas le métroscope mais faute de mieux...

Voyant un moyen de se venger Valentine crut bon d'ajouter :

— De votre famille ? Prenez garde qu'ils ne vous la jettent comme ils ont jeté mes documents. A ce propos, je vous signale qu'ils m'avaient été donnés par votre père, le Grand Appariteur. Il paraît qu'ils appartenaient également à votre famille. Drôle de coïncidence, non ?

— Merde alors ! s'exclama Sami. Si le Grand Appariteur te les a donnés, ils avaient peut-être une valeur. Tu aurais pu nous le dire.

— Vous le dire ? Vous le dire ? M'en avez-vous laissé le temps ? Vous me prenez pour une imbécile depuis le début du voyage ! Bien sûr, si le Grand Appariteur vous l'avez dit lui-même, ah ! Là, cela aurait été une référence ! Mais Valentine, celle qui a fait se marrer le Grand Pays tout entier sur le Grand Ecran, la bouffonne de service, qui va la croire ? Surtout pas vous.

Olivier était sceptique, un peu peiné.

— Mon père vous a confié des documents appartenant à ma famille ? Et pourquoi ne me les a-t-il pas donnés ? Pourquoi à vous ?

— C'est mon maître, dit Valentine fièrement. Et il ne fait pas confiance aux receveurs d'informations.

— Mais je suis son fils !

— Et alors ? Vous êtes aussi un receveur d'informations non ? Vous imaginez-vous la honte ?

Olivier la regarda, attristé.

— Vous vous trompez de cible en vous vengeant sur moi. En attendant, les documents sont perdus.

Valentine haussa les épaules et se remit à marcher en allongeant le pas.

— Ce n'est pas ma faute, adressez-vous aux autres, lui lança-t-elle d'une voix aigre.

Toufik, qui, lui, la suivait, lui fit remarquer :

— Vous ne devriez pas l'asticoter de cette façon. Il a beaucoup d'estime pour vous. Franchement, c'est la première fois que je vois de tels sentiments chez des gens. Tout comme votre ami Sami. Je ne sais quoi penser. Vous semblez exercer sur eux une fascination déroutante.

« De l'amour » faillit lui dire Valentine. C'était le premier mot qui lui venait à l'esprit et elle réalisa ce que cela impliquait. Sami et Olivier... Quelle dérision. Deux amis d'enfance. Finalement, les sept sages devaient avoir raison : l'amour était dangereux. Et pourtant, elle aurait tant aimé connaître ce sentiment ! D'après certaines rumeurs, cela provoquait des frissons, comme une mauvaise fièvre, des nausées. Ses parents n'avaient jamais donné l'impression de souffrir de ces malaises-là. Elle ne savait plus qui croire.

En attendant l'amour, elle avait une mission, et elle réalisa qu'elle était plus préoccupée par ses désirs personnels que par le bien de la communauté ce qui était une faute grave et indigne d'une scientifique. Mais aussi, ce voyeur d'Olivier ! Comment avait-il osé porter son regard sur elle de la même façon que ces rustres ? Quelle humiliation ! La colère la submergeait et la rendait illogique. Elle réclamait l'amour à corps perdu et ce regard posé sur elle, sous cette tente, ce regard qu'elle avait trouvé si gênant, était peut-être le regard de l'amour. En tous cas, c'était ce qu'elle imaginait et cela la rendait encore plus furieuse, encore plus malheureuse.

Le reste du groupe les rejoignit. Sami la regarda bizarrement. Il la trouvait de plus en plus déroutante. Elle marchait le menton levé, le visage fermé, et ses lèvres pincées n'étaient plus qu'une mince fente. Il lisait dans ses yeux une rage qu'il ne lui avait jamais vue. D'ordinaire, elle était d'une sérénité à l'épreuve de toutes les attaques. Il se dit que, finalement, elle lui était totalement inconnue et c'était ce qui lui donnait tellement envie d'elle.

Pendant plus de deux heures, personne ne parla. Le terrain devenait difficile et le chemin grimpait à l'assaut de falaises rouges, criblées de grottes. Ça et là quelques touffes d'herbes faméliques sortaient entre les pierres. Ils marchaient lentement, la boussole d'Olivier leur indiquait la route à suivre.

— Il faut prendre plus vers l'ouest, dit-il. Nous devons nous rapprocher du mur. Il doit être à une heure et demie de marche en bifurquant sur la gauche. Là-bas, nous pourrons trouver une tribu amicale, la tribu des « gardiens des rébus ».

— J'ai déjà entendu parler d'eux, fit remarquer Toufik, mais j'ignore d'où leur vient ce nom et ce qu'il veut dire.

— Aucune idée, répondit Olivier. Ce que je sais, c'est que chaque tribu gardienne du mur a un nom qui lui est propre.

— D'après ce que j'ai entendu dire, continua Toufik, ils ne sont pas aussi accueillants que vous le prétendez.

— Je n'ai jamais dit qu'ils étaient accueillants, rectifia Olivier, seulement amicaux. A côté des autres gardiens du mur, ils font figure de gentils. Disons qu'ils ne sont pas hostiles.

Visiblement de mauvaise humeur, Sami les interrompit :

— Peut-être quelqu'un ici peut-il me dire où nous sommes ? Vous avez l'air de vous croire chez vous. Je vous signale que nous sommes perdus dans un monde inconnu, loin de chez nous. Moi, cela me donne des angoisses.

Olivier posa son sac et en sortit un objet en forme de tube de cinquante centimètres de longueur environ sur dix de circonférence. Il l'ouvrit et en sortit un objet ressemblant à s'y méprendre à ceux que Valentine avait dû abandonner dans le sable. Les autres poussèrent un cri d'horreur, sauf Valentine qui haussa les épaules en disant d'un ton acerbe :

— Evidemment, lui, il a le droit de transporter des cochonneries.

— Du calme, dit Olivier pour parer à toute attaque, ces objets ont été aseptisés. C'est un dessin du mur (il déploya la carte). Nous sommes très exactement ici, rajouta-t-il en pointant son doigt sur une zone déserte. D'ici deux kilomètres, nous devrions commencer à apercevoir son ombre. Nous pourrons continuer jusqu'à la tribu des gardiens des Rébus et y passer la nuit. Ou dormir près du mur. La nuit tombera d'ici une heure. La tribu est à deux heures de marche. Il faudra marcher dans l'obscurité. Ce sera difficile, d'autant plus que nous serons dans l'ombre du mur qui nous empêchera de profiter de la clarté du soleil couchant.

— Je ne dormirai pas près du mur sans protection, cria presque Ferdinand.

— Qui vous parle de dormir sans protection ? Nous serons dans la tribu. Jamais personne n'a été agressé chez eux, ils ont un sens de l'hospitalité bien plus grand que le nôtre. Ils se feraient découper en quatre plutôt que de laisser quiconque toucher à un seul cheveu de leurs hôtes. Ce sont des gentils. Il faudra bien en profiter parce que c'est la seule tribu vraiment pacifique que nous rencontrerons.

— Vous n'êtes guère rassurant, bougonna Ferdinand.

— Je suis réaliste, tout simplement. Cette tribu a assurément un pouvoir sur les autres. Pouvoir moral s'entend. Pour quelle raison ? Mystère. Il me semble que leur nom a quelque chose à voir avec ce pouvoir. Mais il s'agit d'un mot que je ne connais pas. Et vous, Valentine ?

— Pfutt, moi non plus.

— Leur signe de ralliement, continua Olivier, c'est une main qui caresse le sable. C'est leur façon de commencer et de clôturer un entretien. C'est un très joli geste. Ils ont une façon de mouvoir leurs mains dans l'espace qui est très gracieuse. Il paraît que c'est un geste vieux de milliers d'années.

— Encore ? s'exclama Ferdinand. Des milliers d'années, encore des milliers d'années ! Vous n'avez que ces mots-là à la bouche.

— On y va ? demanda Valentine qui n'avait pas envie de polémiquer sur ce sujet. Parce que la nuit va tomber.

Olivier rangea sa carte et ils se mirent en route. Au loin, une ligne noire annonçait la proximité du mur. Peu à peu, au fur et à mesure qu'ils avançaient, la lumière du soleil fut occultée par une zone sombre, et soudain loin devant eux se dressa, telle une sentinelle démesurée, le mur. Le mur lui-même, terrible, fascinant, cachant même le ciel. Une barrière de pierres immonde, menaçante, semblant vouloir rappeler aux hommes à quel point ils étaient insignifiants, des insectes tout au plus.

— Oh mon Dieu ! souffla Valentine qui n'avait aucune idée de ce que cette expression voulait dire mais qu'elle avait tendance à utiliser abusivement chaque fois qu'elle était bouleversée. C'est effrayant.

— Vous ne l'aviez jamais vu ? s'étonna Toufik.

— Jamais. Je ne suis jamais venue de ce côté du Grand Pays. Toujours dans le sud ou à l'ouest. J'ai toujours voyagé seule, je n'ai jamais été assez folle pour m'aventurer dans ce secteur.

— Vous n'allez pas nous faire croire que vos cochonneries circulent dans le Grand Pays ! s'exclama Ferdinand.

— Ah si, je vais vous le dire. Il circule des tas de cochonneries comme vous dites dans le Grand Pays. Qu'est-ce que vous vous imaginez ? Que tout est transparent ?

— Enfin, je le croyais.

— Dans le Grand Pays, on trouve de tout, il suffit de savoir où chercher et avoir de quoi payer, et croyez-moi, tous nos concitoyens ne sont pas aussi naïfs que vous.

Ils se turent. La présence muette du mur rendait toute considération superflue. L'ombre les happa, les enveloppa. On ne voyait même pas la fin. Cinq cents mètres de hauteur infranchissable. Ils le longèrent en silence. Ensuite, la lumière du soleil disparut totalement. La nuit était tombée presque sans prévenir. Sans s'être concertés, ils se rapprochèrent les uns des autres remplis d'appréhension. Au moment du danger, si danger il y avait, le groupe se solidarisait. Finies les dissensions, ils étaient cinq habitants du Grand Pays, perdus loin de chez eux dans un monde hostile. Sami alluma sa lampe universelle, un modèle des plus récents, sensé reproduire la lumière du soleil. L'effet était saisissant.

— Est-ce que nous sommes attendus ? demanda Toufik.

— Nous allons vite le savoir, répondit Olivier. Depuis quelques temps, il y a des mouvements sur notre droite à environ un kilomètre. J'ai vu des ombres disparaître derrière les collines.

— Des nettoyeurs ?

— Peut-être pas. Plutôt des éclaireurs de la tribu. Du moins je l'espère. D'ailleurs, nous allons vite être fixés. Regardez qui nous arrive.

Face à eux, un groupe s'avançait. Il n'y avait que des hommes, habillés en bleu des pieds à la tête. Valentine frissonna. Ils lui rappelaient l'homme qui avait voulu l'acheter. D'instinct, elle saisit la main de Sami et s'y accrocha. Un des hommes se détacha du groupe et marcha vers eux mains tendues.

— Qu'est-ce qu'il veut ?

— Pas de panique, c'est un geste amical. Je connais cet homme.

Olivier s'avança de la même façon, les deux hommes s'étreignirent. Leur interlocuteur était âgé, avec des yeux plissés d'un bleu profond. Valentine pensait n'avoir jamais vu de personne aussi vieille. Ou alors, le vieillissement dans cette tribu était plus rapide et plus marqué que dans le Grand Pays. Ses pensées la ramenèrent aux embryons modifiés et aux embryons primitifs. Il lui vint soudain une idée déplaisante : et si les embryons primitifs vieillissaient plus vite que les autres ? Cela expliquerait que cet homme parût si vieux. Ce qui voudrait dire alors qu'elle vieillirait, elle aussi, plus vite que les autres habitants du Grand Pays. Plus vite que Sami mais pas plus vite qu'Olivier. Cette idée lui donna la nausée. Elle commençait à comprendre sa différence et les conséquences des choix de ses parents.

— Je vous présente Eschyle, le chef de la tribu des Rébus. Il nous offre l'hospitalité.

— Vous pouvez rester chez nous le temps que vous voulez, dit Eschyle d'une voix tremblotante. Ici, vous ne risquez rien. Mais un conseil : ne vous aventurez jamais au-delà de la ligne d'horizon. Au-delà, vous rencontreriez les nettoyeurs, et vous signeriez votre arrêt de mort. Vous n'avez pas le droit de vous rendre dans ce secteur. Vous, ni aucune autre personne du Grand Pays. Me suis-je bien fait comprendre ?

Ils acquiescèrent. Valentine n'avait pas lâché la main de Sami et y plantait ses ongles avec vigueur.

— Tu me fais mal, lui dit Sami gentiment. Ce n'est pas la peine d'avoir peur, je te protègerai. Et puis, cette tribu est pacifique, non ?

Valentine fit la moue et lâcha la main de son ami. Pas la peine d'avoir peur ? Au loin, on apercevait le contrefort des montagnes rouges. D'un côté le mur, de l'autre les montagnes. Que des barrières, comme dans un piège. Nul secours à espérer si le danger fondait sur eux. Et il lui demandait de ne pas avoir peur !

Ils marchèrent une bonne demi-heure pour rejoindre le village. En s'écartant du mur, le coucher de soleil redonna un peu lumière naturelle au décor. Quelques femmes téméraires rirent à leur approche. C'étaient presque des enfants, des adolescentes curieuses qui venaient voir de près « les hommes du Gand Pays ». Elles se mirent à leur tourner autour en les touchant. L'ancêtre se mit en colère et leur intima l'ordre de s'en aller d'un ton qui ne souffrait pas de désobéissance car elles s'enfuirent sans rébellion.

— Qu'avons-nous de si étrange ? demanda Valentine. Nous avons les mêmes attributs physiques, non ?

— Les mêmes ? Voire... dit Olivier en riant. Si on les compare aux femmes du Grand Pays on peut dire qu'elles ont au moins quinze kilos en moins, et cela leur va bien. Elles sont belles.

— Merci, dit Valentine vexée. Pourtant, vous m'avez bien dit l'autre jour que j'étais belle moi-aussi.

— Tu as dit ça ? interrogea Sami en regardant Olivier avec amertume.

— Peut-être, c'est possible. Je voulais voir ses documents, tu comprends, il me fallait bien la flatter un peu.

Sami éclata de rire en donnant un coup sur l'épaule de son ami :

— Je t'accorde qu'elle n'est pas facile.

Plantée devant eux, rouge de colère, Valentine sentait monter des larmes qu'elle ne pouvait retenir et ses lèvres tremblaient.

Toufik était le seul à réaliser ce qui se passait et une vague angoisse vint prendre la place de la fatigue. Qu'arrivait-il ? Que se passait-il dans la tête de ces trois-là ? Cette souffrance affichée en public était indécente et pourtant il y avait de la majesté dans le maintien de cette femme bizarre face à deux hommes que Toufik voyait se transformer en « inhumains » comme les nommaient les inspecteurs d'âmes. Un danger pour le futur...

Heureusement, faisant diversion, le groupe de jeunes filles vint prendre carrément possession de Valentine. Elles l'entraînèrent en plaisantant et disparurent sous les tentes colorées. Toufik soupira et Sami et Olivier se regardèrent bêtement soudain dégrisés. Eschyle les conduisit aussi sous une tente un peu à l'écart. Visiblement, dans cette tribu, les femmes et les hommes ne cohabitaient pas. Ferdinand remarqua :

— Mademoiselle Casteldetri ne va pas aimer ça. C'est elle le chef de l'expédition.

— Mais Eschyle le sait, répondit Olivier. Ici, les femmes décident. Pas les hommes.

— Et nous alors ? s'indigna Ferdinand scandalisé.

— Nous ? Nous allons faire bombance, manger, boire. Les femmes vont parler, c'est moins drôle.

— Je n'y comprends plus rien, dit Toufik en faisant la moue. Tout à l'heure, c'est bien lui qui les a réprimandées, non ?

— Oui, lui il est le Gardien de tous et elles n'avaient pas à s'abaisser à rire devant des étrangers.

— Un peu compliqué comme système, non ?

— Pas plus que chez nous.

— Chez nous c'est très simple, dit Ferdinand avec conviction.

Personne ne lui répondit. Les trois autres ne semblaient pas partager ses certitudes.

CHAPITRE III

Il n'existe que deux choses infinies, l'univers et la bêtise humaine... mais pour l'univers, je n'ai pas de certitude absolue.
Albert Einstein

Ecrire est un acte d'amour. S'il ne l'est pas, il n'est qu'écriture.

Jean Cocteau

Sous la tente, il faisait sombre et frais. Valentine apprécia la température à sa juste valeur. Après ces jours de marche, elle aurait bien accepté une douche, mais ce campement souffrait encore plus du manque d'eau que le Grand Pays tout entier. Il lui fallut quelques secondes pour habituer ses yeux à la pénombre. Dans le fond de la tente, une femme était allongée et l'attendait. Les jeunes filles se retirèrent et la laissèrent seule avec l'inconnue. Quelle ne fut pas sa stupéfaction quand elle réalisa que la femme en question ne devait pas avoir plus de quatorze ans ! Une adolescente chef de tribu... Valentine n'en croyait pas ses yeux. Comment converser avec elle ? Que savait-elle de la vie ?

— Assieds-toi, lui dit la jeune fille accompagnant sa parole d'un geste gracieux de la main.

« Leur signe de ralliement, c'est une main qui caresse le sable » avait dit Olivier. Sa main semblait caresser l'air et lui donner une forme propre, si bien qu'il en devenait palpable, presque vivant. Valentine était émue sans en savoir la raison.

— Mon nom est Garance, dit la femme enfant. Je suis la gardienne de la tribu, la gardienne du souvenir. J'ai à parler avec toi.

— Mon nom est Valentine, articula-t-elle impressionnée comme si elle avait devant elle un des sept sages en personne.

89

— As-tu faim, Valentine ?

— Soif, mais ça peut attendre.

Garance activa un genre de clochette et une des autres jeunes filles vint leur porter à boire.

— C'est du jus de cactus. Ça désaltère et c'est nutritif.

Le silence retomba entre elles quelques instants.

— Qu'es-tu venue chercher chez nous, Valentine ?

La question était abrupte, sans faux-semblants. L'adolescente ne s'embarrassait pas de protocole inutile et Valentine comprit qu'elle devait en faire autant.

— Je cherche une porte. Une porte pour franchir le mur.

— Tu sais bien que les portes sont infranchissables, dit Garance en se levant son verre à la main. Et pourquoi quelqu'un du Grand Pays cherche-t-il à passer le mur ? Il me semble que c'est interdit, non ?

— Pour trouver le mystère de l'eau.

Garance éclata de rire.

— Il n'y a pas de mystère dans l'eau. Il y a de l'eau ou il n'y en a pas. Que crois-tu trouver dans l'eau ? De la magie ?

— Je ne me suis pas fait bien comprendre : je cherche de l'eau et comment s'en procurer pour sauver le monde de la soif.

— Hou là ! Rien que ça ! Sauver le monde !

— C'est peut-être quelque chose qu'on ne peut pas comprendre à quatorze ans, dit-elle furieuse de ses moqueries.

— Un, je n'ai pas quatorze ans, pas encore en tous cas. Deux, tu ne trouveras pas d'eau derrière le mur. Derrière le mur il n'y a rien. En tous cas, pas de l'eau, que je sache.

— Que sais-tu du mur et de ce qu'il y a derrière ? Pas d'eau, mais quoi ? Que ne devons-nous pas découvrir ?

Garance se rassit. Elle avait l'air triste.

— Crois-tu que j'ai le pouvoir de me transporter au-dessus ? Je voudrais bien trouver de l'eau moi aussi pour mon peuple. Les puits ne suffisent plus.

Elle se mit à marcher d'un pas nerveux et éleva soudain la voix en disant pathétique :

— J'ai la lourde charge d'être leur guide. J'ai été initiée, tu comprends ? Mais je ne vois pas le rapport avec l'eau.

— A quoi as-tu été initiée, alors ? A quoi ça sert ?

— Je ne sais pas, mais c'est une tradition vieille de plusieurs millénaires.

Valentine frisait la crise d'hystérie.

— Mais quoi ?

— Je ne sais pas si j'ai le droit de te le révéler. Après tout, je ne sais rien de toi.

— Et bien, je vais te le dire. Tu as été initiée à l'écriture, c'est ça ?

— C'est ça, hein ? rajouta-t-elle en voyant le trouble de Garance.

— Qui t'a parlé de l'écriture ? s'étonna la jeune fille.

— Je l'ai trouvée toute seule. Peut-être parce que je suis issue d'un embryon primitif, vas savoir. J'ai cherché, j'ai trouvé des papiers, je les ai gardés. Mais je ne sais pas lire.

— Moi si, mais pas toutes les écritures, hélas.

— Mais tu en connais quelques-unes unes ! s'écria Valentine les yeux fébriles. Qui te les a enseignées ?

— Ma mère, et la mère de ma mère depuis des milliers d'années. Mais l'écriture c'est magique, c'est tabou. Seules les femmes ont le droit de savoir, et encore pas toutes.

— L'écriture ? C'était un moyen de communication il y a bien longtemps, pas une pratique magique.

— Comment sais-tu cela, toi ? dit Garance d'un air dédaigneux. Dans le Grand Pays, vous ne connaissez même pas l'écriture.

— Tu oublies que je suis une scientifique. J'ai déchiffré une toute petite partie de mes documents. Mais je suis incapable de savoir de quelle langue il s'agit. Je fais des recoupements, c'est tout, avec l'aide d'un vieil homme qui, lui, savait lire. Il est mort, hélas, et mon initiation s'est arrêtée là.

Garance eut un petit sourire moqueur. Elle était prête à parier que la jeune femme n'avait rien déchiffré du tout et qu'elle se vantait dans le seul but de la faire parler. Mais Valentine insista :

— Parle-moi de l'écriture, Garance, je t'en supplie.

Quelque chose dans ces supplications émut la jeune fille. Malgré son âge, cette femme ressemblait un peu à une enfant. Garance se dit qu'elle devait avoir dans les trente ans, qu'elle ne connaissait rien de l'amour ni de la vie, en tous cas rien de la vie des gardiens du mur. Elle ne savait pas où elle mettait les pieds. Elle ignorait les formules et astuces qui ouvraient les portes, les intrigues qui en régissaient les rouages, bref, elle était nue devant un monde grouillant de vermines en tous genres qui la mangeraient en moins de temps qu'il n'en fallait pour le dire. Elle se dit qu'elle avait besoin d'aide, qu'un courage pareil ne pouvait pas être abandonné à sa propre destruction sans réagir. Garance n'avait peur de rien, sa mère ne la lui avait pas enseignée.

— Ce soir, tu viendras avec moi. Il te faut d'abord te purifier. Nous irons dans les falaises interdites.

Valentine se sentit défaillir.

— Dans les falaises ? Tu plaisantes ? Eschyle nous a dit que c'était formellement interdit aux gens du Grand Pays sous peine de mort.

— Il l'a dit, oui. Mais avec moi, tu ne risques rien. Tu feras ce que je te dirai. Exactement comme je te dirai. En attendant, nous devons nous préparer.

Et tandis que les quatre hommes faisaient la fête au clair de lune, Valentine se préparait au moment le plus difficile mais le plus exaltant qu'elle eut jamais vécu de sa vie. Pendant quatre heures, elles restèrent assises à même le sol, en silence, face à face, sans manger ni boire. Quatre heures le dos droit, le visage et le cou raides, au point que Valentine en avait attrapé une douleur sous l'omoplate qui la faisait atrocement souffrir et des fourmis dans les pieds. Elle se demanda comment la jeune fille pouvait rester dans une posture qui ne lui semblait pas inconfortable, les yeux fermés et surtout pourquoi ? Alors que cette position lui devenait une torture, Garance annonça :

— On y va.

Secouant leurs membres endoloris — ceux de Valentine en tous cas – elles sortirent de la tente par une petite ouverture sur l'arrière, à l'insu de tout le clan et des quatre étrangers.

C'était pleine lune, mais Garance lui demanda :

— As-tu une petite lumière ? Tu sais, celles que vous utilisez dans le Grand Pays. J'en ai vu une, une fois...

— J'en ai une effectivement.

— Alors prends-la. Nous en aurons besoin. Il faudra rentrer dans le ventre des falaises et ta lumière est bien meilleure que la mienne.

Valentine sortit la lampe universelle de son sac et frissonna. Quelle bêtise irréparable étaient-elles en train de commettre ?

— Si on ne nous voit pas sous la tente ? Que se passera-t-il ?

— Personne ne viendra sous la tente ce soir. C'est la seule nuit où nous serons tranquilles. Ce soir, c'est tabou.

— Ah bon. Si c'est tabou...

Mais elle n'était pas rassurée pour autant. Au loin, les falaises rouge-sombre ne laissaient présager rien de bon. Si c'était interdit, c'était qu'il y avait du danger. Toute sa vie elle avait appris qu'interdiction égalait danger, il n'y avait aucune raison pour que cela fut autrement. Garance avait beau l'avoir revêtue des vêtements d'apparat des femmes de la tribu — une sorte de tissu bleu entortillés autour des hanches, un haut noir couvert de signes blancs, brodés directement dans le tissu, et autour de la tête la même bande de tissu bleu que celui des hanches et cachant la moitié du visage — elle ne voyait pas comment écarter le danger avec ça. D'autant plus qu'en cas de retraite précipitée, s'il fallait courir, elles allaient s'entortiller les pieds dans le tissu trop long. Ce n'était pas non plus follement pratique pour gravir les falaises. Et elle ne voyait pas non plus le rapport avec l'écriture. D'ailleurs, elle ne voyait le rapport avec rien. Elle suivait une gamine de quatorze ans comme si c'était un guide suprême, accoutrées toutes les deux de vêtements ridicules et encombrants. Il n'y avait pas de quoi crier au triomphe. Pendant ce temps, les quatre autres faisaient la fête... Valentine avait envie de hurler. Mais impossible de faire la fine bouche, après tout, c'était elle qui tenait à sortir les écritures de l'oubli, pas eux.

Sous leurs pieds, le sable rouge était encore chaud. Les sandales prêtées par Garance lui blessaient déjà les pieds. La jeune fille lui avait dit :

— Il faut aussi poser tes chaussures pour ne pas laisser d'empreintes d'habitant du Grand Pays, tu comprends. Il n'y a que vous qui portiez des chaussures pareilles.

Valentine avait dû troquer ses chaussures de sécurité confortables contre des sandales plates et dangereuses pour les chevilles. De plus, elle avait horreur de sentir les grains de sable entre les orteils. Sa mauvaise humeur était flagrante, mais Garance n'en avait cure. Elle marchait devant elle d'un pas tranquille et sûr.

Derrière elles, au loin, le mur disparaissait dans l'obscurité et devant elles se dressaient les falaises abruptes. Heureusement, un escalier sommaire avait été aménagé le long de la paroi.

— Ne fais pas de bruit, dit Garance. Si nous rencontrons quelqu'un — normalement il ne doit y avoir personne, mais sait-on jamais – tu ne parles pas. Je dirai que tu es muette.

Par malchance, Valentine dérapa et glissa sur un caillou qui dégringola en faisant un bruit sec. Aucun n'écho n'y répondit.

— Chut ! fit Garance pour tout commentaire.

Valentine se mordit les lèvres au sang pour se retenir de hurler. L'escalier n'en finissait plus de monter et mettait les muscles de ses cuisses à rude épreuve. Elle mesurait la distance qu'il y avait entre elle et l'adolescente habituée à courir pieds nus et à grimper.

« Nous sommes des larves au Grand Pays » pensa-t-elle. Des mous. Et cette réflexion en amena une autre « Pourquoi nous laisse-t-on tranquilles ? Que se passerait-il si toutes les tribus fondaient sur nous ? Ils sont supérieurs en nombre. Qu'est-ce qui les effraye au point de nous ficher la paix dans nos cités ? ». Le fait même de poser ce genre de question la plongeait dans l'angoisse la plus totale.

Elles marchaient depuis au moins deux heures, et Valentine, les pieds en sang, se demandait quelle idée stupide lui était passée par la tête pour avoir suivi cette gamine, lorsque Garance s'arrêta.

— C'est ici, chuchota-t-elle. Il va falloir ramper.

— Ramper ? demanda Valentine incrédule.

— Ben oui, ramper. C'est assez étroit sur une dizaine de mètres. Ensuite, tu verras, c'est fascinant. Maintenant, mets ta lampe en service.

Valentine s'exécuta mais elle avait envie de lui dire ce qu'elle pensait de sa fascination mais se retint. Elles se mirent à plat ventre à peine éclairées par la lumière bleutée de sa lampe, et se tortillèrent dans un étroit conduit qui paraissait mesurer des kilomètres. Valentine était plutôt rondelette et s'écorchait les fesses aux aspérités des parois, à l'inverse de Garance longue et mince comme la plupart des adolescentes de la tribu. Au bout d'une interminable traversée, le conduit déboucha sur une immense salle où elles purent se mettre debout. Valentine qui n'avait pas l'habitude de ce genre de sport se redressa en poussant un cri de douleur. Mais malgré les meurtrissures de son dos, elle demanda mentalement pardon à son accompagnatrice. Fascinant ? Le mot était faible. Les murs étaient tapissés de signes représentant des personnages qui devaient certainement être des animaux, mais Valentine ne pouvait pas le savoir car elle n'en avait jamais vu. Il y avait aussi des signes, un peu comme sur les documents remplissant les étagères de son bureau de leur présence hermétique. Elle poussa un cri de surprise si aigu que Garance éclata de rire.

— Je te l'avais dit. Cela valait le déplacement.

— Tu es une magicienne. C'est bien ce mot-là qu'on emploie, non ?

— Oui, c'est ce mot-là. Mais je ne suis pas une magicienne. Ce n'est pas moi qui ai peint ces signes. Seulement, je sais les déchiffrer.

— Tu le sais ? bredouilla Valentine avec une boule dans la gorge et retenant une envie de pleurer dont elle ne comprenait pas le motif.

Pour toute réponse, Garance passa son index long et fin sur les aspérités de la roche. L'espace de quelques secondes, on n'entendit que le bruit de sa respiration saccadée, essoufflée, comme si le fait de suivre les méandres des phrases vieilles de plusieurs millénaires était plus fatigant que de courir pieds nus dans le sable du désert. Mais ce n'était pas de la fatigue physique, seulement la conscience de renouer avec le passé au travers de traces apparemment dérisoires et de franchir en quelques secondes le temps qui les séparait d'une autre forme de civilisation.

— C'est de l'écriture, dit Garance. Il y a trois types d'écritures ici. Du Tifinagh, des hiéroglyphes et de l'arabe tardif.

Et puis elle se tut, mettant à vif les nerfs de sa compagne. Elle prit le temps de réfléchir et continua :

— Le Tifinagh, c'est l'écriture de mes ancêtres, lorsque ma tribu vivait sur les terres du Grand pays. C'était il y a au moins trois mille ans...

— Comment ça ? s'énerva Valentine. Tes ancêtres vivaient chez nous ?

— Pas chez vous, chez nous. Nous avons été chassés. Mais là n'est pas le problème. Nous n'allons pas polémiquer des heures sur le fait que vous nous ayez chassés ou non. Le Tifinagh, c'était l'écriture du sable. Mes ancêtres écrivaient sur le sable et le vent effaçait les écritures. Ensuite, avec l'évolution, nous avons commencé à écrire sur des supports. Malheureusement, le savoir s'est perdu. Les hiéroglyphes sont beaucoup plus anciens que le Tifinagh. Je t'avoue que j'ignore de quelle époque ils datent, mais c'est une écriture locale de la vallée du Nil à l'époque où elle était habitée. D'après les légendes, Elle ferait partie des premières écritures connues, il y a environ neuf mille ans. C'est une écriture figurative, qui représente des idées ou des objets, c'est très compliqué, un vrai rébus comme ma tribu à laquelle elle a donné son nom. L'arabe tardif est beaucoup plus récent, il fait partie des dernières écritures connues. C'est une écriture alphabétique, c'est à dire un ensemble de symboles qui correspond à des sons, tout comme le Tifinagh, d'ailleurs. Il date d'environ deux mille ans, car précédemment, l'arabe existait déjà mais en version plus compliquée. Ce fut la même chose pour toutes les écritures du monde, en fait. Elles se sont simplifiées et ensuite, ont disparu. Définitivement disparu. Et je te signale que ce sont tes ancêtres qui l'ont interdite, pour je ne sais qu'elle obscure raison. Evidemment, avec le temps, tout a été oublié, du moins chez vous.

Garance se tut et regarda Valentine pâle comme un linge.

— Tu es malade ? s'inquiéta la jeune fille.

Valentine s'était assise sur une aspérité de la roche formant un genre de petit bassin qui avait dû, à une époque perdue dans la nuit des temps, servir à réceptionner de l'eau. Prise de malaise, elle voyait les parois de la grotte danser.

— Je n'aurais pas dû t'amener, se lamenta Garance. Nous allons être punies toutes les deux. Je n'aurais pas dû transgresser les tabous.

Valentine réussit à répondre :

— Calme-toi, je ne suis pas malade. Tu n'imagines même pas le poids de ce que tu me dis. Tu m'as assommée. Tes écritures, tes connaissances, ces mots inconnus, tout cela d'un coup, alors que je pensais être la seule à y croire. C'est trop fort. Trop de choses sont en jeu, et nous sommes tous en danger. Toi la première.

— Moi je m'en moque, je n'ai peur de personne.

— Parce que tu n'as jamais eu affaire au Grand Pays, aux inspecteurs d'âme, aux camps de rééducation. Tu ne sais pas de quoi ils sont capables.

Elles se turent. Non, Garance ne connaissait pas les camps de rééducation, mais elle connaissait la faim, le vent qui brûle la peau, la hantise des exactions des nettoyeurs. Mais, privilège dû à son âge, elle n'avait peur de rien. La jeune fille paraissait s'interroger. Son front plissé entre les deux yeux dénotait un dilemme.

— Tu me caches quelque chose, lui dit Valentine.

— Je ne te cache rien. Je me demande seulement si c'est bien prudent de te divulguer mes secrets. Que sais-tu du passé de la terre ?

— Le passé de la terre ? Quel passé de la terre ?

— Oui, que dit-on dans le Grand Pays ?

— Je ne comprends pas ta question.

Garance s'énerva.

— Tu le fais exprès, ma parole ! Tu sais ce que ça veut dire le passé, non ? Tu te fous de moi ? Dans le Grand Pays, que sait-on de nos ancêtres ? Ce n'est pas compliqué comme question.

Elle était vraiment furieuse et Valentine se demanda ce qui la mettait tant en colère.

— Eh bien, nos ancêtres venaient du ciel...

— Et les animaux ?

— Je ne sais pas moi... D'après l'écran du Grand Savoir, ils étaient sur terre avant les hommes.

— Et tu sais que ce n'est pas vrai. Ne me prends pas pour une idiote. Tu ferais bien de te pencher sur nos légendes. Je me demande quand les habitants du Grand Pays s'arrêteront de nous prendre pour des imbéciles ? Vous vous croyez supérieurs... Enfin, peu importe. Toi, que crois-tu ?

— C'est si important que tu saches ce que je crois ?

— Indispensable.

Valentine soupira.

— Ce que je crois ? Qu'on nous raconte des histoires. Que les hommes ne venaient pas du ciel, par exemple. Qu'il y avait de grandes civilisations aujourd'hui disparues !

— Et qui es-tu dans le Grand-Pays ? Quelle est ta fonction ?

— Je suis une scientifique et j'étudie des vieux manuscrits. Mais personne ne me croit. Tout le monde se moque de moi, je suis la bouffonne de service.

— Ça te suffit ? rajouta-t-elle d'un ton goguenard. L'interrogatoire est terminé ?

— Excuse-moi, dit Garance, mais ce que je vais te montrer ne doit pas être divulgué à n'importe qui.

— Parce qu'il y a autre chose ?

Garance sourit.

— Pour ça, oui. Et je suis seule à le savoir.

— J'attends d'abord que tu me dises ce qui est écrit sur ce mur-là.

— Il est écrit : « quand le temps sera venu, le savoir de la montagne noire rassemblera les tribus perdues. »

— Qu'est-ce que ça veut dire ?

— Ne m'en demande pas trop. Je peux traduire, pas interpréter. Tu es prête à ramper ?

— Encore ?

— Oui, encore.

— Allons-y, gémit Valentine. Qu'est-ce que je n'aurais pas fait dans ma vie pour ces manuscrits ! J'en ai déjà vu de toutes les couleurs, tu sais. On a même essayé de me tuer à l'intérieur même du Grand-Pays.

Le visage de Garance s'assombrit lui donnant l'air plus âgé.

— Si quelqu'un a essayé de te tuer chez toi, ce ne peut être qu'un Nettoyeur, et payé par un de tes compatriotes, en plus. Je ne vois pas qui d'autre pourrait être dérangé par tes recherches. Sais-tu que tu es devenue une personne importante ? Importante et en danger... Plus que moi.

— On y va ? demanda simplement Valentine que l'angoisse commençait à troubler.

— Il faut ressortir, dit Garance.

Elles reprirent l'étroit boyau qui remontait vers la lumière. L'air du dehors était doux et le ciel constellé d'étoiles. Au loin, le mur barrait l'horizon.

Garance passa devant, Valentine lui emboîta le pas. La jeune fille descendit une quinzaine de marches puis s'immobilisa. Elle écouta le vent qui sifflait entre les rochers comme une plainte d'enfant et, montant du village, s'y mêlaient des rires et des chants. En bas, ils faisaient la fête, pauvres humains ordinaires inconscients de ce que vivaient les deux jeunes femmes. Valentine se serait bien mêlée à eux quitte à reprendre plus tard ses investigations. Quelle idée absurde de suivre une adolescente jusqu'aux confins du monde, plus haut, toujours plus haut dans l'abnégation, dans l'oubli de soi ? Pourquoi ne se jetait-elle pas, après tout, dans les bras d'Olivier ou ceux de Sami ou ceux de n'importe qui d'autre pour penser à autre chose qu'à des gribouillis intraduisibles sur des murs et des objets vieux de plusieurs millénaires ? Mais son cerveau truffé de ces idées stupides ne parvenait pas à la faire repartir en arrière. Ses neurones devaient danser une ronde satanique. Encore que satanique ne voulut rien dire, seulement une infime partie du vocabulaire emprunté à un passé qui ne perturbait plus personne. Satanique, voulant dire « de Satan » c'est-à-dire « méchant homme » dans la langue du Grand Pays. Satan, personne n'avait la moindre petite idée de sa fonction ou même de son existence, et tout le monde s'en fichait. Sauf Valentine. Pourquoi employait-on de tels mots vides de sens ? Que cachaient, des phrases apparemment anodines mais qui auraient pris toute autre signification en des temps reculés ? Elle se torturait l'esprit sans jamais arriver à se mettre d'accord avec elle-même. Une partie de son être, empreint d'éducation futile, se révoltait contre son côté sérieux, inquisiteur, fouille tout et rien. Elle tournait en rond, comme les ronds dans l'eau formés par les cailloux jetés sur une flaque.

— Regarde où tu mets les pieds, lui dit Garance. Tu es dans les nuages. C'est dangereux ici.

Tandis que les pensées de Valentine vagabondaient, elles avaient attaqué la descente, à gauche de l'escalier, le long d'un monticule pierreux. Et comme pour donner raison à la jeune fille, le pied de Valentine dérapa et elle glissa sur les cailloux. Heureusement, un gros buisson mis par hasard sur sa route arrêta sa course. Elle s'y accrocha en jurant.

— Tu finiras par nous faire repérer, lui dit Garance sans compassion. Je n'ai jamais vu quelqu'un d'aussi maladroit que toi.

Vexée, Valentine ravala les mots bilieux qui venaient à ses pensées. Après tout, Garance avait raison. Plus balourde, il n'y avait pas. Sauf dans le Grand Pays. A côté de ses compatriotes, Valentine faisait figure de championne toutes catégories, sport et gaffe y compris. Leur descente fut un calvaire mais s'arrêta enfin devant un arbuste épineux couvert de baies rouges. Garance s'accroupit et ordonna :

— Suis-moi.

Valentine obéit. A quatre pattes sous l'arbuste, elles se mirent à ramper s'écorchant au passage à l'arbre maléfique. « L'arbre de Satan » pensa Valentine, ignorant que l'arbre de Satan était couvert de pommes, pas de baies rouges et qu'il n'y avait aucun Adam à qui les faire manger.

Il fallut encore ramper. Combien de temps ? Valentine ne put s'en faire une idée. Elle avait l'impression d'être devenue un de ces gros vers blancs rampant sous la terre, cette espèce d'animal dégoûtant gros et gras, visqueux, dont la seule évocation lui donnait la chair de poule. Preuve que les hommes avaient été incapables d'éradiquer tous les animaux, comme les scorpions, les mouches, les fourmis et autres saletés pullulant dans le Grand Pays. Valentine avait vraiment horreur des animaux et se demandait comment elle réagirait derrière le mur si elle était en contact avec eux, ce qui arriverait inévitablement. Garance paraissait à l'aise au point que Valentine se demanda quelle fonction on leur enlevait du cerveau dans le Grand Pays en plus de celle de la mémoire collective. Peut-être des fonctions vitales de survie ? Celle de ramper, par exemple. Et quoi, encore ? Et, en suivant, la question cruciale, celle que personne n'osait poser à voix haute et même n'osait se poser tout court, qui étaient réellement les sept sages ? Pourquoi fouillait-on dans leurs gênes sans vergogne ? Elle commençait à soupçonner que ce n'était pas par pure raison philanthropique. Et si leurs recherches les menaient trop loin, trop loin dans le monde et trop près de la vérité, seraient-ils éliminés comme des cellules malfaisantes ? Coincée dans cet étroit boyau, elle pensait que ce serait si facile de les faire disparaître. Mais personne n'était au courant de leur escapade et leur supplice prit fin, comme par enchantement. Elles se mirent debout, secouèrent leurs vêtements couverts de poussière et Garance ses longs cheveux noirs où une araignée s'était logée croyant pouvoir y installer un nid douillet. En voyant l'animal sauter de la chevelure de la jeune fille, Valentine eut un haut-le-cœur qui fit rire Garance.

— Tu n'as pas l'air d'apprécier les hôtes souterrains. Vois-tu, cette araignée, elle est aveugle. Pas besoin d'y voir sous la terre. Elle ne pique pas non plus car elle n'a aucun prédateur. Elle ne peut pas voir les merveilles cachées ici, mais toi oui. Dirige ta lampe vers le fond.

Valentine s'exécuta. Il s'agissait d'une grotte, mais si différente de la précédente qu'elle en resta bouche bée.

— On dirait une construction humaine.

— C'est une construction humaine. Tu es ici dans une sorte de bibliothèque. Regarde les murs : c'est du métal.

— Une bibliothèque ? demanda Valentine perplexe. Comme la bibliothèque centrale de Mopasa ?

— Je ne connais pas celle de Mopasa, mais c'est curieux d'avoir donné à cet endroit du Grand Pays le nom de bibliothèque, car dans une bibliothèque, il y a des livres. C'est un nom très ancien qui veut dire « lieu où on garde des livres » et c'est étonnant que les sept sages aient gardé ce nom. Mais ici, tu es dans une vraie bibliothèque, regarde les murs. Tu vois ces poignées ? Ce sont des tiroirs. Je suis arrivée à en ouvrir quelques-uns uns. En fait, je n'ai pas eu beaucoup de mal, ils n'étaient pas fermés. J'ai trouvé plein de choses dedans.

— Des livres ?

— Des livres et des objets. Ils sont en bon état.

— Sais-tu les traduire ?

— Hélas non.

— Ne peux-tu en parler à personne ? Il me semble que les tribus des gardiens du mur communiquent entre elles. Peut-être se trouve-t-il quelqu'un dans une autre tribu qui connaît l'écriture.

— C'est impossible. C'est tabou. Je n'ai pas le droit de divulguer mes connaissances à une autre tribu.

— Personne d'autre que toi n'est venu dans la montagne ?

— Non, elle est sacrée.

— Sacrée ? Que veut dire ce mot ?

— Sacrée. Oui. Réservée à une élite.

Elle tapa du pied et renchérit :

— Et puis, c'est moi qui décide. Je suis le chef, je fais ce que je veux. Je me promène dans les falaises si j'en ai envie, je divulgue ce que j'ai envie de divulguer. Ma mère m'a transmis cette fonction. Elle est morte récemment. Cette grotte, c'est moi qui l'ai découverte. Et je choisis qui peut la voir ou non. C'est moi le chef.

— Belle mentalité...

— Ce n'est pas une question de mentalité mais de diplomatie.

— De diplomatie ? s'indigna Valentine. Tu confonds les mots me semble-t-il. Je dirais plutôt de tyrannie.

— Tu m'ennuies, répliqua la jeune fille, avec dédain. Je te montre des trésors et tu me fais la leçon. Si tu veux, nous rentrons tout de suite. Si cela ne t'intéresse pas...

— Mais si, ça m'intéresse, se lamenta Valentine. Au lieu de nous chamailler, nous ferions mieux d'unir nos efforts. Montre-moi tes documents, je t'en supplie.

Garance sourit d'un air de triomphe et Valentine comprit que son « ego » était immense et qu'elle adorait être implorée. Cela ne faciliterait pas les rapports, mais Valentine savait flatter, toute son enfance elle avait appris à se comporter en flatteuse assidue. Elle rajouta :

— Puisque tu es le chef.

Garance ne releva pas l'ironie et ouvrit l'un des tiroirs.

— A toi l'honneur.

Au premier coup d'œil, Valentine fut déçue. Le tiroir était rempli de petites boules d'environ deux centimètres de diamètre, parfaitement hermétiques. Elle en prit une, la fit rouler entre ses doigts et haussa les épaules.

— Qu'est-ce que c'est ?

— Ah ! s'exclama Garance. Regarde au fond du tiroir, sous les boules. Il y a un mode d'emploi.

Mode d'emploi ? Encore un mot magique ? Valentine soupira, y plongea la main et retira un document recouvert d'une membrane protectrice. Il était rempli de représentations des boules et d'une machine énigmatique imposante. On voyait une main introduire les boules dans la machine et, plus loin, apparaissaient des signes et des reproductions de scènes de la vie. Pour Valentine qui n'avait jamais vu d'image dessinée, ce fut la révélation. Elle tournait fébrilement les pages, subjuguée par la beauté des allégories, par les couleurs surtout qui avaient gardé, malgré le temps, un éclat intense.

— Tu sais de quelle époque ça date ?

— Aucune idée. J'espérais que tu pourrais m'en dire un peu plus, toi qui viens du Grand-Pays. Vous avez ce genre de machine, là-bas, non ?

— Plus du tout ce style. Elle a au moins mille ans.... Trop encombrante. Nos machines tiennent dans la main. Non, il y a mille ans, nous ne construisions déjà plus d'objets aussi grands. Elle doit être beaucoup plus vieille que ça. D'autant plus qu'il y a des écritures et l'écriture a disparu depuis plusieurs millénaires. Tu saurais traduire ?

— Je ne sais pas. Je peux la comparer avec les écritures que je connais, on verra bien. S'il y des similitudes, pourquoi pas ? J'ai quelques notions d'arabe tardif, un peu de Tifinagh. Mais ne crie pas victoire trop tôt.

— Quand même, dit Valentine dubitative, je me demande bien à quoi ça peut servir, ces boules. D'accord, on les met dans une machine. Et alors ? Que se passe-t-il ensuite ?

— Aucune idée, mais attend, tu n'es pas au bout de tes surprises.

Elle ouvrit un autre tiroir — Valentine retenait sa respiration – et brandit sous son nez un autre objet.

— Que dis-tu de ça ? Un livre. Un livre vieux de plusieurs milliers d'années. Il est conservé dans une membrane lui aussi, mais on peut l'ouvrir. Au fait, sais-tu ce qu'est un livre ? Ce sont plusieurs documents reliés entre eux. C'est tout petit et très pratique. Enfin, si on sait lire bien entendu.

— Ne l'ouvre pas ! s'insurgea Valentine. Il va tomber en poussière.

— Penses-tu. Le fait de le mettre dans cette membrane a arrêté la décomposition du papier. Il est comme neuf. Regarde.

Elle sortit délicatement l'objet et le remit entre les mains de Valentine au bord des larmes.

— Que c'est beau ! Rien à voir avec les vieilleries qui jonchent les étagères de mon bureau, ni avec les documents protégés par de la pâte translucide. C'est une pure merveille. Regarde. Les pages sont blanches. Tellement immaculées ! Et les couleurs sont si pures ! Je me demande comment ils obtenaient de telles couleurs.

— Vous, les habitants du Grand Pays, vous êtes de grands enfants, se moqua Garance. Ici, nous pensons que vous savez tout, que vous gardez pour vous les mystères de l'histoire, et en fait vous êtes encore plus ignorants que nous. Tiens, rajouta-t-elle en sortant d'autres objets du tiroir, en voilà encore.

— Qui a bien pu cacher tout ceci ? Tes ancêtres ?

— Aucune idée. Peut-être. Mes ancêtres sont arrivés ici il y a trois mille ans. Enfin, c'est ce qui se dit, mais il se dit tellement de bêtises. A mon avis, cela fait trois mille ans que tout ce savoir s'est perdu, totalement perdu. Englouti comme par magie, comme si un méchant sorcier avait fait tout disparaître en quelques minutes. Comment pourrions-nous le savoir ? Il n'y a plus de mémoire collective, seulement des bribes qui font nos légendes. C'est enrageant.

Valentine ne parlait plus. Sa tête lui faisait mal, elle ne savait plus que penser. Mille ans de trou noir, et avant ça, la construction du mur. Quel rapport entre les deux évènements ?

Mais Garance continuait à fouiller dans les tiroirs sans se soucier de ses questions. Elle jubila en sortant une sorte de tuyau qu'elle brandit sous le nez de sa compagne.

— Et ça ? Ah, ah ! Ouvre-le.

Valentine s'exécuta. Il y avait comme un petit couvercle au bout du tuyau qu'elle tira. A l'intérieur, elle dégagea un rouleau de papier, du vrai papier, pas du papier pris dans une matière inaltérable. Curieusement, il était intact. Elles se regardèrent, aussi étonnée l'une que l'autre.

— Mince, alors, dit Garance. C'est tout neuf.

— C'est le tube qui l'a protégé, répondit Valentine en ouvrant le rouleau. Regarde ça, quelle merveille. J'ignore ce que c'est, mais je n'ai jamais rien vu de pareil.

Elle chercha des yeux un endroit où le poser, repéra au centre de la pièce comme une table en pierre qui devait être là à cet effet et l'étala. Il devait faire environ un mètre d'envergure et était couvert de signes incompréhensibles. Trois lignes noires devaient préfigurer le mur – c'est du moins ce que pensa Valentine car il ressemblait étrangement au document qu'Oliver lui avait montré – et des dessins représentaient des monstres— en tous cas à leurs yeux— tout le long du trait. En bas, des signes devaient donner des explications.

— C'est rageant, dit Valentine dépitée. Cela ne nous servira à rien.

— Ce n'est pas sûr. J'ai peut-être une idée...

Valentine la regarda admirative. Décidément, cette gamine était pleine de ressources.

— Je t'écoute, au point où nous en sommes...

— Dans ma tente, j'ai d'autres documents et nous pouvons peut-être faire des recoupements d'écritures. Je ne vois pas pourquoi elles seraient différentes. Le mieux, c'est de l'emporter.

— Et bien alors, tu le cacheras. Mes amis sont extrêmement allergiques à ce genre d'objets. Ils m'ont obligée à jeter les miens dans le désert, et je crois que ce sont des nettoyeurs qui les ont récupérés.

— Tes amis sont tous aussi stupides ?

Valentine eut un moment de trouble mais elle dit :

— Non, Olivier sait le prix de ces objets. Seulement, il ne dit rien. Il préfère ne pas affronter les autres. Il est plus diplomate que moi.

— C'est ton amoureux ?

Valentine rougit.

— Non, mon amoureux c'est Sami. Enfin, cela dépend ce que tu entends par amoureux. Je ne l'aime pas, si c'est ce que tu veux savoir. C'est seulement mon... comment dire... mon copain. Je fais l'amour avec lui, voilà.

— Tu fais l'amour avec lui et tu ne l'aimes pas... Bon, tu fais ce que tu veux mais c'est stupide. Et je parie que tu aimes Olivier.

Valentine s'insurgea :

— Ah non !

— Ouais, on dit ça. Enfin, personnellement je m'en fiche, tu aimes qui tu veux. Mais permets-moi de te dire que vous êtes de drôles de gens, dans le Grand Pays. D'ailleurs, sais-tu comment nous vous appelons ici ? Les « sans cerveau ». Ne te vexe pas. Je sais que ce n'est pas très gentil, mais tout le monde raconte que les sept sages vous mangent la cervelle à la naissance. D'ailleurs, quand j'étais petite, ma maman me disait toujours « si tu n'es pas gentille, les sept sages vont venir te manger le cerveau » et j'étais morte de peur.

Elle éclata de rire et Valentine rougit de honte et de dépit. Qu'en était-il de leur beau complexe de supériorité ? Le Grand Pays, le pays de l'intelligence, supérieur à tous les autres. Les autres, des incultes, des sauvages infréquentables. La tête lui tournait. Pourquoi ? Pourquoi leur laisser croire de telles inepties ? Que voulaient donc cacher les sept sages ? Elle se ressaisit et garda pour elle la colère qui la submergeait.

— Que dites-vous encore de nous ? Comment savez-vous que les sept sages nous mangent le cerveau ?

— C'est de notoriété publique, ma chère. Et c'est véridique. Ils vous enlèvent quelque chose à la naissance, mais nous ignorons quoi. Il parait que vous n'avez pas le droit de faire des enfants. En connais-tu la raison ?

— Je commence à entrevoir le système, figure-toi, et ce n'est pas réjouissant.

Elle hésita à lui dire comment, elle, était née, puis rajouta :

— Moi, je suis un embryon primitif, c'est-à-dire que mes parents ont bravé les interdits et ont fait un enfant ensemble. Il parait que c'est à cause de ça que je suis bizarre, anormale. Les autres ne pensent qu'à rire. D'après le père d'Olivier qui est lui aussi un embryon primitif, le rire « est le propre de l'homme » et nos ancêtres auraient trouvé ce moyen-là pour rendre la vie plus facile aux hommes. Ils y ont réussi, en effet. Dans le Grand Pays, tout le monde est heureux, on y rit beaucoup. Mais la situation du pays est catastrophique et personne ne s'en inquiète. Ceux qui le font sont punis. Il n'y a presque plus d'eau, encore moins qu'ici. Mes compagnons et moi avons décidé de traverser le mur clandestinement pour trouver de l'eau. Moi, je ne cherche pas que de l'eau. Je cherche à retrouver un savoir perdu : l'écriture.

Elle s'arrêta, à bout de souffle.

— Tu es très amère. Tu as dû beaucoup souffrir, n'est-ce pas ?

C'était la première fois qu'une personne mettait le doigt sur sa douleur, une douleur presque physique, un peu comme si la jeune fille s'amusait à appuyer sur un énorme bleu fiché dans son cœur depuis des temps immémoriaux, depuis sa conception illégale et celle d'autres personnes avant elle. Depuis toujours, elle avait appris à dissimuler sa peine, les camps de rééducation l'avaient bien dressée à cet effet. Rire, toujours rire... Elle se mit à pleurer et Garance, décontenancée, la serra dans ses bras en balbutiant :

— Excuse-moi, je ne pensais pas te faire du mal.

Cette marque d'affection de la part d'une adolescente qu'elle ne connaissait que depuis quelques heures lui fit prendre conscience de la frivolité des relations entre les habitants du Grand Pays. Peu habituée à des contacts physiques, elle se retira des bras de la jeune fille comme une enfant prise en faute et se ressaisit.

— Ne tombons pas dans la mièvrerie, chez nous ce n'est pas de bon ton de s'apitoyer sur le sort des autres.

Puis, sans laisser à Garance, surprise, le temps de répondre elle reprit :

— Emportons ce tuyau et son précieux trésor, nous en aurons besoin.

— Oui, nous en aurons besoin appuya Garance. Je viens avec vous.

— C'est hors de question. C'est dangereux, tu es trop jeune et les autres ne voudront pas de toi. Ils ont déjà du mal à me supporter. Et si, par-dessus le marché, tu commences à leur parler d'écriture tu vas les mettre en colère, ça les angoisse.

— Tu seras mieux si je viens avec toi. Dis oui, c'est toi la chef, non ?

— C'est non Garance, et c'est sans appel.

La jeune fille se renfrogna mais ne dit rien. Valentine la croyait capable de mijoter n'importe quelle bêtise pour les suivre. Elle se promit de la surveiller pour l'empêcher de s'exposer inutilement. Elle rajouta :

— Et ne fais pas la tête, essaye de me comprendre. C'est déjà une vraie galère ce voyage, je ne veux pas avoir avec moi une enfant.

— Une enfant qui sait déchiffrer certaines écritures, pas vous.

— Ce n'est pas une raison. Maintenant, tu arrêtes tes caprices. Ton peuple a besoin de toi.

— C'est bien pour cela que…

— J'ai dit « ça suffit » ! L'incident est clos. Nous ferons bien de redescendre, en bas ils doivent nous chercher partout.

Garance haussa les épaules en se disant qu'elle se moquait totalement qu'on la cherchât ou non. Elle était libre d'aller où elle voulait. Mais cela ne durerait pas longtemps, jusqu'à ses quatorze ans en fait, c'est-à-dire dans trois mois. Ensuite, elle devrait épouser Eschyle, le doyen de la tribu. C'était écrit depuis la nuit des temps dans les règles de leur communauté. Mais Garance avait décidé qu'elle ne l'épouserait pas, qu'elle n'obéirait pas aux règles. Plutôt mourir. Alors, dut-elle s'attirer les foudres de la tribu tout entière, elle suivrait Valentine, de n'importe quelle manière. Cela suffisait, l'obéissance aveugle aux hommes, aux faux-semblants de la tribu pour laisser croire aux femmes qu'elles étaient libres. Libres de quoi ? D'aller et venir sur une petite bande de sable fermée par les montagnes rouges et le mur ? Tu parles d'une liberté ! Obéir, toujours obéir, et les nettoyeurs sur les routes, prêts à sauter sur elles, les bandits de grand chemin dont personne ne parlait mais qui existaient bel et bien et vivaient de rapines, détroussant les voyageurs imprudents. Ils se battaient souvent avec les nettoyeurs et malheur à ceux qui croisaient leurs routes car, alors, les deux partis se mettaient d'accord contre l'intrus quitte à se battre ensuite pour le butin. Gardienne de la tribu et du souvenir... une mascarade qu'elle aurait pu nommer « usurpation de pouvoir ». Elle mit dans sa poche quelques boules en se disant que, peut-être, elles serviraient à un moment ou un autre, ainsi que quelques livres qu'elle cacha dans sa large jupe où une poche était dissimulée.

— J'ai l'intention de les déchiffrer, dit-elle à Valentine pour endormir sa méfiance. Au moins, je servirai à quelque chose.

— A la bonne heure, répondit Valentine rassurée. Ne m'en veux pas, j'ai des responsabilités et je ne peux pas mettre en péril notre expédition.

— Oh, mais je ne t'en veux pas. Je resterai toujours ton amie. Quand tu reviendras, je serai là. Alors, peut-être, tu m'emmèneras dans le Grand Pays avec toi.

Sur ces mots, elle referma les tiroirs avec précaution. Il ne fallait pas que quiconque trouvât cette cachette. Avant de partir, elle la condamnerait à jamais ou du moins pour longtemps.

— Au fait, rajouta-t-elle, Olivier... Je le connais. Il est déjà venu chez nous. Il y a beaucoup de filles ici qui lui tournent autour. Je serais toi, je me méfierais.

— Je t'ai déjà dit que je m'en moquais. Chez nous, nous ne connaissons pas la jalousie, et Olivier n'est pas mon amoureux.

— Si tu connais le mot « jalousie », c'est que tu connais la jalousie, sinon le mot n'existerait pas.

— Occupe-toi de tes affaires, rétorqua sèchement Valentine qui commençait à perdre patience. Et dépêchons-nous de rentrer. Je n'aimerais pas que quelqu'un se rende compte de notre absence.

— Oui, continua Garance intarissable. Mais les deux autres aussi, je les connais. Les deux vieux. Ils sont déjà venus. Je me souviens surtout d'un, le petit gros, et pourtant cela fait plusieurs années, j'étais encore enfant. Il était dans un état lamentable, mort de peur. Lui et ses copains avaient passé le mur et ils n'ont jamais voulu dire à quel endroit. Ils ont rencontré des monstres. Ses histoires m'ont terrorisée à tel point que j'en ai fait des cauchemars pendant longtemps, c'est pour ça que je m'en souviens.

— Et l'autre ?

— L'autre ? Cela fait quelques mois seulement.

Valentine se dit que, finalement, tout le monde était venu ici, sauf elle. Et Sami ? Lui mentait-il lui aussi ? C'était vrai qu'il s'absentait de temps en temps et elle ne lui avait jamais demandé où il allait, premièrement parce qu'elle s'en moquait et deuxièmement parce qu'il n'avait pas à le lui dire. Chacun vivait sa vie de son côté. Elle allait devoir se méfier de tous les quatre, y compris d'Olivier. Elle regarda Garance qui sautillait comme une enfant qu'elle était encore et regretta de ne pas pouvoir la faire participer à ce voyage.

Arrivées dans la vallée, elles se dissimulèrent derrière les buissons d'épineux pour ne pas être vues et se glissèrent sous la tente. Un peu de parfum de lavande flottait encore et les servantes de la jeune fille avaient garni des coupes que Garance alluma. Une substance visqueuse s'enflamma et l'odeur de lavande s'amplifia remplissant l'espace. Garance fit chauffer de l'eau dans un récipient en terre posé sur un feu allumé à même le sol dans un trou prévu à cet effet. Valentine suivait ses gestes avec attention. Jamais elle n'aurait été capable d'allumer du feu sans se brûler les doigts et n'en avait jamais eu l'occasion, car le feu était interdit au Grand Pays. Ensuite, Garance prit des fleurs de plantes aromatiques séchées dans une boîte et les mit dans un récipient à bec verseur. Elle versa l'eau frémissante sur les fleurs et referma le couvercle. Fascinée, Valentine n'osait pas l'interrompre, c'était la première fois qu'elle assistait à la cérémonie de la « Thizane ». Le temps semblait suspendu au-dessus d'elles, tout ce cérémonial se passait dans un silence propice aux rêveries. Valentine pensait à son écriture, Garance à la façon dont elle allait fausser compagnie à son clan. L'odeur qui montait de la théière leur chatouillait les narines.

— Cela me donne soif, dit Valentine.

— C'est presque prêt, un peu de patience. Il faut que les plantes infusent.

— Infusent ? répéta Valentine. Encore un mot…

108

— Laisse tomber, c'est prêt.

Elle prit deux petits verres versa la Thizane.

— Ils sont étranges tes verres, dit Valentine fascinée en touchant l'objet. Je ne reconnais pas la matière.

— Pas étonnant. C'est du verre. Du vrai verre. On ne fait plus cette matière depuis longtemps. Normalement, nous achetons nos objets aux tribus marchandes qui font commerce avec le Grand Pays, mais ça, c'est dans ma famille depuis des générations. Il y a intérêt à ne pas les casser. C'est très fragile et plus personne ne sait en fabriquer.

Valentine le saisit délicatement et soupira.

— Je me demande ce que tu caches encore comme trésors...

Pour toute réponse, Garance se leva et ouvrit un coffre d'où elle retira un document recouvert de la même matière que ceux de la grotte. Elle le mit derrière son dos et dit :

— Tu me jures le secret.

— Tu peux me faire confiance.

— « Croix de bois, croix de fer, si je meurs je vais en enfer ». Répète après moi.

— Pardon ? Es-tu devenue folle ? Je ne comprends rien à ce que tu me dis.

— C'est une formule magique. Répète après moi.

— Si tu y tiens... Au point où nous en sommes.

Et Valentine répéta en ânonnant étant donné qu'elle ignorait totalement la signification d'une telle parole.

La jeune fille brandit sous le nez de Valentine plusieurs liasses de papier.

— Voilà le trésor de mes ancêtres.

— On ne voit pas grand-chose, dit Valentine un peu déçue.

— Il faudra t'en contenter. C'est tout ce que j'ai.

Elle s'étala sur la table en disant :

— C'est une carte et un texte sur le mur. Autrefois, chaque tribu gardienne du mur était en possession de ce document. Cela permettait de connaître l'emplacement des portes pour pouvoir mieux les garder, bien entendu. Chaque tribu rendait des comptes aux sept sages. Mais avec le temps, comme tu dois le savoir, les tribus ont pris leur autonomie. Plus personne ne rend de compte à personne, et ces documents se sont perdus au fil du temps.

Puis elle pointa certains signes :

— Là, c'est de l'arabe tardif. La seule écriture que je sache lire. J'ai déjà noté tous les mots, il va falloir trouver les correspondances avec les autres écritures. Ce n'est pas gagné. Là, il s'agit de hiéroglyphes. C'est rigolo, on reconnaît les signes. Regarde, ici. Il s'agit d'un homme assis avec un signe en forme d'angle sur la tête. Pourquoi ? Cela correspond au mot en arabe qui se trouve immédiatement en dessous et qui signifie « caché ». Cela veut-il dire que la porte est cachée ? Qu'il faut se cacher pour passer la porte ?

Valentine haussa les épaules en signe d'impuissance.

— C'est possible... Et là, on dirait un homme à genoux avec les mains liées dans le dos. Que dit le mot arabe ?

— Il est illisible.

— Et la langue de tes ancêtres ?

— Le Tifinagh ? Ce sont des signes et il en manque.

Peut-être un ennemi ou un rebelle... je ne sais pas. Le mot « taqbilt » c'est la tribu et « ikti » la colline. On ne voit pas la correspondance en hiéroglyphes.

— Attends ! Regarde, là, sur la ligne du milieu, il y a encore l'homme à genoux...

— Et avec le mot « nlla » nous existons.

— Ce qui pourrait donner : la tribu sur la colline ; des rebelles existent ? Qu'en penses-tu ?

Garance jubilait.

— Oui, oui, ça pourrait être ça !!!!! La tribu sur la colline je sais de laquelle il s'agit. Elle est à plusieurs jours de marche d'ici, plus à l'est en remontant vers le nord. Elle est complètement désorganisée. Il n'y a plus de règles tribales, plus de lois, plus de légendes. D'après les anciens c'est tout et n'importe quoi. Mais peut-être n'est-ce que de mauvaises informations. Ce sont peut-être des rebelles, tout simplement. Et ma tribu n'aime pas les rebelles.

— Si ce sont des rebelles, ils ne doivent pas aimer les gens du Grand Pays non plus. Comment allons-nous faire ?

— Vous déguiser. Je ne vois que cette solution.

— Nous déguiser ? C'est-à-dire nous habiller comme vous avec VOS chaussures ! Il va falloir abandonner ...

— Non, toi tu devras t'habiller en homme. Les jupes ce n'est que pour les grandes occasions.

— Tu veux dire que tu m'as fait grimper la falaise avec tes « fruques » uniquement parce que c'était une grande occasion ? s'indigna Valentine furieuse. Ma parole, mais c'est n'importe quoi ! J'ai des ampoules aux pieds et les genoux écorchés. Comment vais-je expliquer ça à mes coéquipiers ?

— Désolée, mais vos chaussures il va falloir aussi les laisser ici. Vous ne pouvez plus circuler habillés comme vous l'êtes. On vous reconnaît à des kilomètres.

Valentine se décomposa. Elle n'avait pas envisagé le voyage sous de tels auspices. Pratiquement pieds nus, dans le sable infesté de scorpions et d'araignées. Elle en avait des sueurs froides. Les galères ne faisaient que commencer et elle avait la charge de l'annoncer aux autres. Elle imaginait déjà les propos acerbes de Ferdinand…

— Que fait-on maintenant ? demanda-t-elle en soupirant.

— On se jette dans l'arène… Tout le monde nous attend.

***

Oliver ouvrit un œil trouble sur la lueur de l'aube. Au-dessus des collines, le rouge du ciel se mêlait à celui du sable et empourprait l'horizon. Il s'assit, se frotta la nuque et tenta de reprendre ses esprits. La soirée avait été chaude. Après l'alcool de cactus qui avait laissé sur son crâne un souvenir douloureux, ils avaient chanté, joué d'instruments de musique, mangé et bu encore. Un vague sentiment de culpabilité l'empêchait de trouver le repos. Il n'avait pas aperçu Valentine de toute la nuit, et le silence sous la tente de la jeune Garance ne présageait rien de bon. Il se souvenait deux ans plus tôt, d'une gamine effrontée, posant des questions embarrassantes comme si elle essayait d'explorer le fond de l'âme de son interlocuteur. Alors qu'il tournait la tête vers les falaises, il aperçut les deux jeunes femmes bizarrement accoutrées qui tentaient de descendre sans se faire remarquer. Stupéfait, il se frotta les yeux en se demandant si c'était un mirage et en se disant que ses craintes étaient hélas bien fondées. Les jeunes femmes disparurent sous la tente. Personne, à part lui, ne s'était rendu compte de leur escapade.

Une heure plus tard, elles apparurent, chacune habillée de son vêtement habituel. Valentine semblait épuisée. Sami le lui fit remarquer mais elle prétendit que les plantes ingurgitées la veille l'avaient rendue malade.

— Si j'ai bien compris, dit Sami, tu n'as fait que dormir. Elle a dû t'assommer avec des somnifères. As-tu fait des cauchemars ? J'ai entendu dire que dans certaines tribus, ils faisaient boire des drogues aux gens pour leur faire prédire l'avenir ou plus simplement les détrousser.

— Personne ne m'a rien pris et je n'ai pas rêvé. Et nous avons beaucoup parlé.

— C'est tout ? s'étonna Toufik ? Etes-vous sûre de ne rien nous cacher ?

— Je n'apprécie pas vos insinuations, grinça Valentine de mauvaise foi. Vous m'insultez. Ici, ce sont les femmes qui palabrent pendant que les hommes se goinfrent. Vous devriez avoir honte. Vous vous êtes rempli l'estomac pendant que je me « purifiais » pour je ne sais quelle obscure raison. Et maintenant je meurs de faim.

C'était vrai, elle n'avait bu que du jus de cactus et de la Thizane depuis la veille et son estomac, comme pour lui donner raison, se mit à gargouiller.

-Désolé, s'excusa Toufik. Venez manger, il reste un peu de légumes et des dattes.

Elle ne se le fit pas dire deux fois et se jeta sur la nourriture avec un appétit féroce. Plus loin, Garance faisait la conversation à Eschyle tout en regardant Valentine du coin de l'œil. Olivier les observa tour à tour et pensa qu'il aurait donné n'importe quoi pour savoir ce qu'elles avaient fait toute la nuit et ce qu'elles mijotaient. Il s'approcha de Valentine et lui dit en aparté :

— Vous vous moquez bien de nous. Je vous ai vues revenir des collines…

La jeune femme rougit et se tourna vers lui le visage contrit en suppliant :

— Je vous en prie, ne le dites à personne, Garance aurait de sérieux ennuis.

— Vous ne devriez pas faire confiance à cette enfant.

— Vous avez tort, c'est une visionnaire et elle sait plein de choses. Elle sait lire.

— Et vous la croyez ?

— J'en ai la preuve. J'ai vu des documents extraordinaires et elle me les a traduits.

— Vraiment ?

— Vraiment.

112

— Moi aussi, je sais déchiffrer quelques écritures. C'est bien dommage que je n'aie pas accès à ses documents. Peut-être qu'à deux, nous pourrions en savoir un peu plus.

— Elle ne vous les laissera jamais approcher, ça je vous le garantis. Tout est tabou dans cette tribu.

Elle voulut clore la discussion mais Olivier ne l'entendait pas de cette oreille. Ce qu'elles avaient fait dans les collines l'intéressait au plus haut point. Il insista :

— Qu'avez-vous trouvé là-haut ?

— Rien.

Olivier se tut trente secondes puis répondit en changeant de ton :

— Vous êtes gentille Valentine, et très belle, ça je vous l'ai déjà dit, et je vous aime... beaucoup. Mais vous vous fichez de moi et ça, je ne supporte pas. Pourquoi ne me faites-vous pas confiance ? Parce-que je suis un receveur d'informations ? Quel est votre problème ?

Elle blêmit de colère. Une furieuse envie de lui mettre une paire de gifles la fit grimacer et sa lèvre inférieure se mit à trembler. C'était la première fois qu'un sentiment aussi violent l'envahissait. Incapable de le gérer, elle ne put que répondre en claquant des dents :

— Pourquoi tenez-vous tant à savoir ce que nous faisions dans les collines ? Seriez-vous un espion des sept sages ? On le dirait à vous entendre. Sachez que je ne fais confiance à personne et pas plus à vous qu'aux autres.

— C'est bien dommage. Vous aurez besoin de moi pourtant. Je me demande ce qui motive une telle animosité à mon égard.

— Si vous voulez des renseignements, demandez donc à Garance, dit-elle sans répondre à sa question. Ce sont ses documents, pas les miens. Les miens se promènent dans le sable, avec des informations vitales pour nous, et vous n'avez pas levé le petit doigt pour me défendre. Ah ! Voilà une belle brochette de courageux que je traîne avec moi !

Olivier haussa les épaules et lui tourna le dos. Il ne voulait plus rien entendre. Valentine avait dépassé les bornes. Profondément blessé, il se leva et partit rejoindre Eschyle avec lequel il avait commencé la veille une partie de dés. En l'état actuel de ses relations avec la jeune femme, encore valait-il mieux jouer que d'écouter des propos pareils. Valentine se retrouva seule, mortifiée, incapable de comprendre ce qui lui arrivait. Elle n'avait plus faim tout à coup. Elle repoussa son assiette et fondit en larmes.

— Tu es fatiguée ? demanda Sami en la prenant par le cou.

Cette sollicitude fit redoubler ses larmes. Pour être fatiguée, elle l'était. Epuisée au-delà de l'imaginable. Mais elle n'avait nullement envie d'être dans les bras de Sami. Elle le repoussa, se leva et partit sous la tente de Garance. Elle était vide. Elle se coucha sur le tas de coussins jetés à même le sol, sans demander la permission à quiconque, et s'endormit.

Pendant ce temps, Garance réfléchissait à la manière dont elle allait s'enfuir. Une conversation qui ne lui était pas destinée mais qu'elle surprit entre Olivier et Sami lui fit comprendre que les cinq habitants du Grand Pays allaient quitter la tribu le lendemain matin. Il ne lui restait que quelques heures pour mettre au point son évasion. Elle portait un pantalon bouffant avec de grandes poches où elle avait caché les documents volés dans la grotte : un drôle de petit objet, c'est à dire quelques feuilles reliées entre elles par un ressort et remplies de signes, quelques boules, la carte pliée en quatre, et un livre en très mauvais état qui pourrait peut-être se révéler utile. Elle y rajouta quelques dattes qui collèrent au tissu, et des cachets pour la soif subtilisés dans les affaires de Valentine. De quoi tenir au moins une journée avant de révéler sa présence. Les poches faisaient deux grosses bosses suspectes qui pouvaient attirer l'attention. Le tout était de savoir si elle pourrait partir sans être vue pendant la nuit et se glisser entre les tentes. Oui, mais au matin ? Il lui faudrait dire adieu. On l'attendrait. Cela ne se faisait pas de ne pas assister au départ d'amis qu'on ne reverrait peut-être plus jamais. On la chercherait partout. Elle serait rapidement rattrapée. Ah non ! C'était impossible. Il lui fallait partir coûte que coûte. Elle frappa rageusement du pied parterre.

On l'entendit crier de douleur. Eschyle se précipita vers elle, anxieux.

— Que t'arrive-il ?

— J'ai mal au ventre ! J'ai mal au ventre ! hurla-t-elle.

— Tu as dû manger une datte mauvaise.

— Non, je ne crois pas. J'ai froid, rajouta-t-elle en tremblant.

L'angoisse d'Eschyle était palpable. La mère de Garance était morte dans des circonstances mystérieuses après d'horribles douleurs au ventre qui l'avait fait hurler une nuit entière.

— Personne ne connaît mieux que toi les herbes qui guérissent. Fais-toi une potion.

— Je peux à peine marcher.

Ses gémissements inquiétèrent tout le monde.

— Nous avons des cachets dans notre pharmacie, dit Ferdinand. Je vais vous en chercher. Il s'agit sûrement de coliques. C'est peut-être votre eau. Il faudrait l'analyser. Où se trouve votre puits ?

— A cinq cents mètres d'ici vers le mur.

— On y va. J'ai des marqueurs de pollution. Si c'est votre eau, vous allez avoir des soucis à vous faire. Y a-t-il un autre puits près d'ici ?

— Le plus près est à cinquante kilomètres !

— Alors il faudra déplacer la tribu. Je suis désolé.

-Apportez un seau d'eau ! cria Eschyle. Vite !

Mais les marqueurs n'indiquèrent aucune pollution à son grand soulagement.

— Ce sont les mauvais esprits, dit une femme d'un certain âge. Cela survient parfois quand ils sont mécontents. Il faut l'isoler.

— Allons donc ! s'insurgea Ferdinand. Les mauvais esprits ! Vous n'allez pas me dire que vous croyez à ces sornettes.

— Pourquoi pas, dit Eschyle, c'est déjà arrivé. Il faut la mettre sous la tente de quarantaine.

— Il faudrait plutôt la soigner, suggéra Toufik.

— Non, non, cria Garance. Ce sont les mauvais esprits. Ils m'ont parlé cette nuit. Je ne fais pas assez de méditation.

— Ah, vous voyez, dit Eschyle. Si Garance le dit... C'est elle la garante de la tribu. Il faut méditer, Garance, rajouta-t-il en menaçant la jeune fille d'un doigt vengeur.

— Il faut la soigner ! répéta Toufik excédé. Regardez la tête qu'elle a. Méditer ! La belle blague. Vous allez la tuer.

— Gardez vos médicaments, dit Eschyle avec mépris. Vous en aurez besoin en cours de route et laissez-nous soigner nos gens comme nous l'entendons. Vous, les habitants du Grand Pays, vous croyez tout savoir.

— Eschyle, dit Olivier, Toufik a raison.

— J'ai raison ! cria le vieil homme. Occupez-vous de vos affaires. Ne me faites pas regretter de vous avoir accueillis chez nous.

— Laissez-moi, dit Garance pour clore la discussion. Je vais méditer sous la tente pendant sept jours.

Elle se traîna jusqu'à une petite tente à trois toits censés protéger des microbes. Les quatre hommes la regardèrent partir le cœur serré.

— Ne peut-on rien faire pour elle ? demanda Sami.

— Il vaut mieux laisser tomber, sinon nous allons nous faire lyncher. Ils sont pacifiques tant qu'on ne touche pas à leurs tabous.

— Mais cette petite va mourir !

— Peut-être pas. Elle est coriace. Il ne faut pas oublier qu'ils sont habitués à ne pas se soigner et à jeûner. Je pense qu'ils résistent mieux que nous. Dans le Grand Pays, nous ne connaissons pas la maladie. Ici, nous sommes plus en danger qu'eux. Si cette petite a une maladie contagieuse, il vaut mieux partir au plus vite. Demain matin à l'aube, nous levons le camp.

— Il faut prévenir Valentine.

— Elle le saura bien assez tôt. C'est trop tard maintenant. Garance n'a plus le droit de sortir de la tente. Et Valentine est crevée. Laissez-la dormir. Demain nous avons une longue route à faire.

— C'est vrai, dit Olivier, elle est un peu perturbée. Demain sera un nouveau jour.

CHAPITRE IV

A chaque parcelle d'amour qui meurt, c'est un peu de l'âme du monde qui retourne au néant. Alors l'obscurité reprend ses droits, avec la solitude en partage.

L'auteure

Le vieux professeur grelottait malgré la douce chaleur de l'hélicoptère. Gaël, son jeune assistant, le regardait du coin l'œil avec affection tout en essayant de maintenir le cap. L'hélicoptère survolait à présent les côtes méditerranéennes et tanguait légèrement, secoué par un petit vent humide venu de la mer. Il était très malléable pourtant, une merveille de technologie, le dernier cri en matière de moyen de locomotion. Encore trois heures, et ils auraient traversé la mer et atteint le mur. Ce mur, la honte des hommes jusqu'à la fin des temps, mesurait au moins cinq cents mètres de hauteur. Gaël se souvenait de ce qu'il avait appris à son sujet par l'intermédiaire du professeur. Combien de tonnes de pierres avaient été pillées à des temples, des cathédrales, des œuvres d'art qui pourtant avaient survécu à des siècles d'histoire ? Personne n'avait fait le compte. Tous les vestiges égyptiens y étaient passés, on les avait démontés pierre par pierre, et avec des explosifs à l'occasion, jusqu'à ce qu'il ne reste que le sable du désert, plus vide qu'avant la Basse Epoque. Les cathédrales n'avaient pas non plus été épargnées, les châteaux, les mosquées, le moindre petit monument bâti en pierre avait été démantelé. Il fallait des matériaux capables de durer des millénaires. Cela avait commencé par cette épidémie... Gaël n'était pas encore né pas plus que le professeur lorsque que les trois quarts de la population de l'Europe avaient été décimés par un virus transmis par des animaux. Au début, personne ne s'était méfié. Il y avait déjà eu des épidémies dans le passé, la peste transmise par les rats en l'an deux mille cinq cent alors qu'elle avait été éradiquée depuis longtemps, des fièvres venant des chiens et des chevaux certainement inoculés à ces pauvres bêtes par des savants inconscients des conséquences de leurs expériences. Chaque

117

fois, les peuples avaient survécu malgré les lourdes pertes en vies humaines. Et puis soudain, en l'an 2800 environ, s'était déclarée une épidémie dont on n'avait pas pu trouver le remède. Les populations rescapées d'Europe avaient commencé à émigrer vers le sud de l'autre côté de la Méditerranée. Tout ce qui venait du Nord avait été banni. Pendant un certain temps, on avait cru que la mer ferait un rempart contre la prolifération de la maladie. Mais les animaux se déplaçaient par l'Est et risquaient de propager le virus sur toute la planète. C'est ainsi que quelqu'un avait suggéré une solution : exterminer tous les animaux. L'idée avait paru judicieuse, mais malgré une chasse à l'échelle mondiale, les animaux se reproduisaient trop vite, se cachaient, passaient au travers des barrages, se réfugiaient dans les montagnes. On avait essayé le feu, mais la pluie l'éteignait. Alors, un sage avait eu une idée de génie : construire un mur, un mur immense qui isolerait les animaux des hommes. Alors le pillage avait commencé et la construction avait duré près d'un siècle. Et maintenant il était là, sous les yeux bouleversés des passagers de l'hélicoptère. Sous eux, la mer qui scintillait comme un miroir, au loin le mur conséquence de la folie des hommes.

— Combien de livres avons-nous pu sauver ? demanda le professeur.

— En ce qui nous concerne quelques milliers. Mais il y plusieurs points de sauvegarde dans le monde.

— Quelle folie, mon Dieu, murmura le vieil homme.

— Quelle folie, oui. Après le mur, les livres. Faire disparaître tous types d'écrits pour effacer le passé, c'est de la démence et ça ne rime à rien. Nos gouverneurs sont devenus fous. Il va falloir nous cacher. Nous sommes en danger, vous le savez bien. Nous ne devons plus jamais prononcer le mot « écriture » sous peine d'incarcération immédiate.

— Dire qu'on les appelle les « sept sages ». Quelle dérision.

— Je me demande de quelle époque date leur pouvoir demanda Gaël.

— Plusieurs centaines d'années…

— Et vous pensez professeur que des gens vivent encore là, en bas ? La mer est encore montée.

— Certainement. Dans les forêts, sur les montagnes qu'on appelait autrefois « les Cévennes », plus au Nord aussi, bien que la glace soit descendue très bas, la vie est possible. Les plus pauvres n'ont pas pu partir. C'est toujours pareil quels que soient les millénaires. Evidemment, avec les maladies transmises par tous les animaux, nous ignorons dans quel état de santé ils ont survécu, ni même le temps qu'il leur reste à vivre s'il en existe encore. Mais vous savez, mon jeune ami, l'homme est plein de ressources. Après la grande dévastation du début du troisième millénaire...

Gaël lui coupa la parole et dit la voix chargée d'effroi :

— Cet appareil a un problème. Je n'arrive plus à le diriger. On dirait qu'il a pris son autonomie.

— Allons donc ! Pris son autonomie ! Vous n'y pensez pas. Nous sommes prisonniers. L'appareil est dirigé à distance. Vous savez ce qu'ils font à ceux qui se font prendre ? Ils les piquent pour leur faire avouer où se trouve la « cachette », puis ils les tuent, ensuite ils détruisent les lieux de conservation des écrits. Vous avez une solution ?

— Une seule.

— Je vois dit le professeur d'une voix tranquille. Nous n'avons pas le choix.

— Nous n'avons pas le choix, confirma Gaël fermement. Les clés ? Y a-t-il un double quelque part ?

— Oui, ne vous inquiétez pas. Nous avons tout prévu.

— Vous êtes prêt ?

— Je suis prêt. Pour les hommes du futur, il ne faut pas que nous soyons pris.

Gaël serra affectueusement le bras du professeur et appuya sur un bouton. Dans une gerbe de flammes, l'appareil explosa emportant dans sa destruction les indices laissés pour les hommes de demain et deux savants révolutionnaires.

***

L'aube était à peine levée lorsque les cinq habitants du Grand Pays prirent la route. Valentine était déçue. Déçue et triste. Elle avait bien songé à braver les interdits pour aller dire au revoir à Garance, mais ses amis l'en avaient dissuadée. « De la pure folie » avait dit Ferdinand qui, décidément, ne péchait pas par excès de courage. Mais c'était Toufik qui avait trouvé les mots pour la convaincre « abus de confiance par rapport à un peuple qui nous a offert l'hospitalité ». Alors elle s'était inclinée devant l'avis unanime. Un dernier regard à la tente où méditait la jeune fille, et le cœur serré, elle avait pris ses bagages et s'était enfuie. Oui, enfuie. Pour elle, c'était le mot adéquat.

A peine avaient-ils congratulé les hommes de la tribu qu'une formidable explosion secouait les falaises. De loin, cela faisait comme un gigantesque nuage de poussière rougeâtre qui couvrit le ciel cachant le soleil. Les femmes se mirent à chanter et à crier après les hommes comme s'ils étaient les auteurs de quelque forfaiture.

— Les esprits sont en colère, dit Eschyle. Heureusement que Garance médite.

Valentine fronça les sourcils. Pour elle c'était une évidence : la caverne explosait. La caverne avec la « bibliothèque » comme l'appelait Garance. Et elle se souvint d'une phrase de la jeune fille qui l'avait intriguée, puis qu'elle avait reléguée aux oubliettes de sa mémoire « je ne laisserai rien derrière moi qui puisse être pillé ». Elle avait entendu parler d'une légende traitant de rites initiatiques pour honorer les esprits, un suicide pur et simple, et elle était inquiète. Et si Garance s'était donné la mort en faisant exploser la falaise ? Elle la croyait capable de tout et surtout du pire pour conserver les écrits. Oui, mais Garance aimait la vie, elle ne se serait pas suicidée, à moins qu'on lui ait fait boire une potion mortelle à son insu ou qu'elle ait explosé avec elle par erreur de stratégie. Mais ça ne collait pas car, poison ou pas, Garance serait morte sans révéler son emplacement, elle en était sûre. Il y a des choses dont on a la certitude, des évidences pour soi-même qu'aucun autre avis au monde ne peut ébranler, et cette idée-là, c'était sa certitude. Garance aurait donné sa vie pour ses écrits, ces manuscrits venus du fond des âges et dont elle était la protectrice implacable. Elle mourait d'envie d'aller voir sous la tente, mais Sami la tira par le bras, et elle dut les suivre, docile et désespérée.

Au loin, à gauche, les falaises mystérieuses brillaient dans le soleil du matin.

— Nous allons devoir traverser un marécage, dit Sami anxieux. Un ancien bras de mer ou je ne sais quoi. De l'autre côté, une légende dit que c'est « le berceau de l'humanité ».

— Ce qui est une hérésie, répondit Ferdinand. Le berceau de l'humanité c'est dans les étoiles, pas ici, tout le monde le sait.

— Personne ne sait rien, rétorqua Olivier. Plus j'avance et moins je crois. En tous cas, moins je crois en ce qu'on nous a appris.

— Vous êtes un hérétique.

— Appelez cela comme vous voudrez.

— Lequel d'entre vous est déjà venu aussi loin ? demanda Sami pour faire diversion. Moi je n'ai jamais mis les pieds ici.

— Moi, dit Ferdinand. La porte par laquelle nous sommes déjà passés n'est pas loin d'ici, mais nous l'avons fait exploser pour que ces créatures ne rentrent jamais dans le Grand-Pays. Imaginez une horde de ces résidus d'humains rentrer en force dans les rues de la capitale et saccageant tout sur leur passage. Nous avons voulu sauvegarder la tranquillité de nos compatriotes, sinon leur vie.

Olivier qui commençait à être énervé par ses propos dit avec amertume :

— Et vous avez à jamais condamné un pont entre cette autre civilisation et nous... A jamais détruit la possibilité de savoir ce qu'il y a derrière. J'espère que nous trouverons mieux ailleurs.

Valentine regrettait à présent que Garance ne se fut pas jointe à eux pour le voyage. Avec son manuscrit et ses capacités de traduction, peut-être auraient-ils pu trouver la route ? Mais elle ne dit rien, consciente d'avoir enfreint la règle numéro un d'une expédition : ne rien se cacher. Quoique, à bien y réfléchir, elle n'était pas la seule puisqu'ils avaient tous quelque chose à cacher.

Ils se turent. La chaleur et le vent sec soufflant en rafales réduisaient les possibilités de discussion. Il rentrait par la bouche à chaque parole et les cachets contre la soif ne pouvaient pas avoir d'effet sur des muqueuses ainsi maltraitées. Ils marchèrent plusieurs heures en silence chacun ruminant ses pensées. Le soleil était au zénith et ils étaient exténués, leurs pieds avançaient mécaniquement comme s'ils avaient pris leur autonomie et portaient les hommes, pas après pas, ivres de liberté. Ferdinand tomba le premier, peut-être à cause de son embonpoint, peut-être à cause du manque d'habitude ou les deux à la fois.

— Je n'en peux plus, dit-il d'une voix d'outre tombe en s'allongeant sur le sable brûlant. Laissez-moi crever ici. Je n'arriverai jamais à vous suivre.

Valentine laissa tomber son sac, l'ouvrit et sortit une seringue.

— Je vais vous faire une piqûre, vous irez mieux après. Reposons-nous tous.

Ils jetèrent leur sac sur le sol et Olivier étendit un genre de bâche en matière protectrice rafraîchissante.

— C'est beau, le progrès dit-il pour détendre l'atmosphère qui ne se radoucit pourtant pas d'un iota.

Il soupira et s'allongea aussi sur la bâche pour essayer de dormir un peu. Valentine avait fini sa piqûre, et Ferdinand reprenait des couleurs. Elle s'allongea aussi et somnola. Seul Sami n'arrivait pas à se reposer. Tous sens aux aguets, il jetait des regards effrayés vers les collines proches.

— On nous suit, chuchota-t-il. Et depuis un moment. Ne regardez pas vers le sud. Je vois de la poussière derrière la grande dune. Impossible de dire combien de personnes se cachent là-bas.

-Mais qui ? interrogea Ferdinand que la peur reprenait.

— Si je le savais…

Olivier ouvrit son sac pour en sortir un objet bizarre en forme de coin avec une poignée et un tube à l'extrémité.

— Eschyle m'a donné ça… Cela s'appelle un « pistolet de sommation » pour endormir l'adversaire. J'introduis une capsule de somnifère dedans et je tire sur le premier qui se présente.

— Mais c'est atroce !

— Ma pauvre Valentine, atroce serait plutôt le fait de ne pas en avoir une… Une arme, je veux dire.

— Une arme ? Qu'est-ce qu'une arme ?

— Un objet pour se défendre. Il paraît qu'autrefois les hommes en fabriquaient pour tuer.

— Quelle horreur !

— Quelle horreur, oui. Nos ancêtres n'étaient pas des tendres.

Ferdinand haussa les épaules en signe de dédain. Leurs ancêtres n'avaient sûrement jamais fabriqué ce genre d'abomination. Peut-être des tribus dégénérées qui ne pensaient plus qu'à tuer ? Mais pas leurs ancêtres. Pas leurs ancêtres fichtrement non !

— Taisez-vous dit Sami et faites semblant de ne rien voir. Je vais grimper le long de la dune et regarder ce qui se passe derrière. Il nous faut savoir. Olivier, passe-moi ton arme.

Puis il rajouta :

— S'il m'arrive quoi que ce soit, je te confie Valentine, prends-en soin.

Il partit sans se retourner, tenant gauchement l'arme à la main, préférant ne pas surprendre les yeux pleins de larmes de sa compagne ou son indifférence. L'attente était longue. Olivier regrettait de ne pas l'avoir accompagné et cette couardise qui ne lui ressemblait pas le remplissait d'interrogations. Interrogations partagées par Valentine. Ses pensées intimes la remplissaient d'effroi à tel point qu'elle secoua la tête en signe de négation et marmonna pour elle-même des mots inintelligibles.

— Chut ! lui dit Ferdinand qui suait à grosses gouttes.

Des cris de femme leur parvinrent des dunes. Ils se levèrent tous d'un bond et restèrent bras ballants d'étonnement. Sami revenait traînant par la main Garance habillée en garçon et criant des mots d'insultes.

— C'est elle notre intruse, dit-il en lui lâchant la main.

Puis il rajouta en s'adressant à Valentine avec colère :

— C'est toi qui as eu l'idée de cette mise en scène ?

— Moi ?

Valentine avait du mal à comprendre sa question. L'accusation ouverte la laissait sans voix.

— Moi ? Mais je n'ai rien manigancé ! Merde alors !

— Elle n'y est pour rien, dit Garance avec un large sourire. Elle est trop naïve. Vous, dans le Grand Pays, vous n'avez pas l'habitude de vous battre. Vous êtes des soumis. Et des moutons, rajouta-t-elle alors qu'elle n'avait aucune idée de ce qu'était un mouton. Et je n'ai besoin de personne pour me dire ce que je dois ou peux faire pour être libre.

— Et bien, Mademoiselle Garance, vous auriez mieux fait de rester chez vous que de venir nous insulter, dit Ferdinand avec colère. Vos amis vont vous chercher partout et nous tomber dessus.

— Votre courage vous honore, monsieur, railla la jeune fille. Mais mes amis ne me chercheront pas. Ils ne vont pas hasarder de sortir de notre périmètre autorisé et se frotter aux Nettoyeurs sur leur propre terrain. Et nous ferions mieux de partir tout de suite.

— Cette gamine est folle !

— Pas folle, non. Je suis tranquille pour sept jours. N'oubliez pas que je jeûne. Pendant sept jours, personne ne doit me voir, je ne suis autorisée à sortir que la nuit pour soulager mes besoins. Et dans sept jours, nous aurons passé la porte.

— Ah ! Ça, c'est la meilleure !

Garance ignora ces sarcasmes et continua :

— La porte, oui. Valentine m'a dit qu'Olivier possédait une carte du mur. Lui il a sa carte, moi la mienne et en plus je sais déchiffrer quelques écritures. La porte, nous allons la trouver.

— Vous allez tous nous faire tuer.

— Monsieur, arrêtez d'être défaitiste. Ce n'est pas parce qu'on vous a enlevé des morceaux de cerveau que vous devez vous comporter comme vous le faites. Chez nous on dit « il n'a pas de couilles ».

Ferdinand se leva d'un bond et se rua vers la jeune fille. Sami l'intercepta en criant :

— Ça suffit vous deux ! Garance, arrêtez de lui chercher des histoires, et vous, si vous n'êtes pas content, vous pouvez toujours repartir vers le Grand Pays. Je commence à en avoir plus qu'assez de vos disputes. Et toi, Valentine, si tu nous disais tout ? C'est toi la chef de l'expédition. De quoi es-tu au courant ?

Valentine, gênée, regarda Garance pleine d'interrogations.

— Dis-leur tout, dit la jeune fille en haussant les épaules, autant qu'ils le sachent maintenant.

— A combien de kilomètres sommes-nous du mur ?

— Une cinquantaine.

— Et de la prochaine porte ?

— Deux jours de marche environ, répondit Garance. Enfin, celle des « rebelles » notée sur la carte doit être à deux jours de marche, mais je ne crois pas que ce soit la bonne. Il va falloir remonter plus à l'Est.

— Allez-vous nous expliquer, oui ou non ? s'indigna Toufik qui n'avait pas parlé depuis longtemps.

— Installons le campement dit Valentine. Nous sommes loin de tout, donc tranquilles pour la nuit.

— Oui, d'autant plus que cette région a mauvaise réputation, renchérit Garance. Il paraît qu'elle est hantée. Personne ne s'aventure ici la nuit, pas même les nettoyeurs.

— Qu'elle est quoi ?

-Hantée. On dit que des esprits y rôdent car la nuit on entend comme des pleurs sur les dunes.

— Evidemment, dit Toufik. Le vent passe sur les dunes et fait écho entre le mur et les falaises. C'est complètement scientifique.

— Scientifique ? C'est à voir. Dans notre tribu, on croit aux esprits et on se fiche de savoir si c'est scientifique ou pas.

— Vous allez parlementer longtemps ? dit Toufik. J'aimerais bien me reposer et entendre vos explications sur le mur, le reste je m'en fiche. Je commence à me demander à quoi rime cette expédition. Allons-nous à la recherche d'un moyen de trouver de l'eau oui ou non ?

— De l'eau, il y en a de l'autre côté du mur, j'en suis certaine. Je vais vous raconter une légende. Vous savez que les légendes ont toujours un fond de vérité ?

— De mieux en mieux, soupira Ferdinand blasé.

Ils déplièrent la tente pour la nuit. Personne ne fit de commentaire sur l'état des lits, sur l'opportunité ou non de faire dormir Sami et Valentine ensemble pour libérer de l'espace. Seul, Olivier émit un commentaire qui les arrangea tous :

— Le mieux c'est que les deux filles dorment ensemble. Moi je veux bien dormir par terre.

— Moi aussi, aucun problème renchérit Toufik.

Sami ne dit rien, son visage impassible ne trahissant aucune objection ni sentiment. L'atmosphère resta lourde quelques minutes, le temps de déplier les lits. Heureusement, avec toute la fraîcheur due à sa jeunesse et à sa désinvolture, Garance fit diversion. Elle se jeta sur le lit en riant et dit :

— Que c'est confortable ! Je n'ai jamais rien vu d'aussi moelleux. Chouette, j'ai bien fait de venir.

— Tu n'es venue que pour sauter sur les lits ? demanda Valentine en riant.

Garance redevint sérieuse.

— J'aimerais bien. Vous avez l'air de me prendre pour une gamine qui ne fait que des caprices. C'est moi le chef de la tribu, non ? Mais ce n'est qu'un leurre. Dès mes quatorze ans, je dois épouser Eschyle, que je le veuille ou non, et c'est lui qui commandera. Moi, j'aurai l'air de le faire. Mais si vous croyez que les femmes ont leur mot à dire ! Lui il décide, moi je médite. Vous voyez la liberté ? Et je ne veux pas épouser Eschyle. Il paraît que c'est déjà arrivé dans le passé. Une femme s'est révoltée et elle a dû quitter la tribu. Personne ne sait ce qu'elle est devenue. Et ils ont gardé son bébé. Ce bébé, c'était mon arrière-grand-mère.

Elle prit le temps de respirer et rajouta :

— Je dois retrouver ses descendants.

— Comment vas-tu faire ?

Garance plongea la main dans la poche de son pantalon, en sortit un petit objet plat, de forme bizarre de quelques centimètres de surface, et le tendit à Valentine.

— Avec ça.

Valentine tourna et retourna l'objet dans tous les sens. Les autres s'approchèrent et restèrent perplexes.

— Cela ne ressemble à rien, dit Toufik.

— Si, ça ressemble à quelque chose. Il y a des écritures dessus.

— Des écritures ? Que disent-elles ?

— Aucune idée. Celles-ci, je ne les connais pas. Il parait que c'est une question, et mon ancêtre avait la réponse. Elle est partie avec.

— Une question à quel propos ?

— Si je le savais....

— Tant d'histoire pour une question dont vous ne savez rien et dont vous n'avez pas la réponse, s'énerva Ferdinand. A moins que ce ne soit l'inverse. A moins que ce ne soit rien du tout, du vent, des élucubrations d'esprits primaires.

— D'esprits normaux, rectifia Garance. N'oubliez pas que ce sont vos cerveaux qui sont trafiqués, pas les nôtres.

— Ça suffit, dit Valentine. Tu devais nous raconter une légende, non ?

— Moi j'ai sommeil, dit Ferdinand. Si vous racontez, racontez à voix basse.

— Il ne fait pas très chaud, remarqua Sami, mais j'ai une lampe qui fait de la chaleur, si vous voulez, allons parler dehors.

La température avait chuté en même temps qu'était tombée la nuit. Il faisait glacial dehors et le vent soulevait encore des particules de sable aussi piquantes que des aiguilles. Dans le ciel où brillaient des milliers d'étoiles, la pleine lune éclairait les falaises au loin, les rendant plus angoissantes qu'au grand jour. Des sifflements leur parvenaient venus d'on ne savait où, comme des plaintes enfantines. Valentine frissonna :

— Allume ta lampe, Sami, et serrons-nous les uns contre les autres.

La lampe émettait une douce chaleur qui réchauffa rapidement leurs membres engourdis. Serrés, collés corps contre corps, ils étaient seuls à des dizaines de kilomètres de toute vie. Un groupe perdu dans l'immensité du désert qui dévorait la planète.

— Alors, cette légende ?

— C'était il y a bien longtemps, dit Garance comme si elle récitait une histoire à un enfant, à l'époque où ma tribu vivait plus à l'ouest. Les hommes et les femmes étaient plus bruns que de nos jours, et se déplaçaient de puits en puits.

— Impossible dit Toufik, ta tribu n'a jamais vécu plus à l'ouest.

Ignorant ses propos, Garance continua :

— Un jour, ils rencontrèrent une femme à la peau aussi blanche que les nuages. Elle avait les cheveux de la couleur du soleil. Elle portait deux seaux dont l'eau se vidait lentement par un petit trou au fond. Les hommes de la tribu voulurent l'aider mais elle refusa. D'où venait-elle ? Qui était-elle ? Elle ne le savait pas. Elle parlait d'un royaume où l'eau coulait en abondance et voulait dire aux hommes de chez nous que l'espoir était au bout de leur quête. Déjà, à cette époque-là, le Grand-Pays était maître partout et même les gardiens du mur lui obéissaient encore. Mais l'eau s'échappait des seaux qui se vidaient inexorablement. La femme dit : « c'est l'eau de la source, l'eau de vie, ne la laissez pas s'enfuir, trouvez la source ». Et elle donna à mes ancêtres les deux objets avec les écritures qui expliquaient les secrets de l'eau. Mise enceinte par le chef de clan, la femme est morte quelques temps après avoir accouché. Personne ne put déchiffrer les mots magiques. C'est elle également qui nous a laissé les documents que nous nous transmettons de mère en fille, c'est elle qui nous a appris le peu d'écriture que nous connaissons, c'est elle mon ancêtre. Depuis, les filles aînées de ma famille sont les gardiennes du mystère. La dernière c'est moi.

— Nous voilà bien avancés, bougonna Toufik. Vous êtes gardienne d'un mystère dont vous ne connaissez ni la teneur ni la solution.

— Je vais chercher la carte du mur, dit Olivier qui commençait à entrevoir un petit bout de début d'interprétation.

Il revint avec un immense document plié en plusieurs parties et qu'il étala.

— Elle ressemble à la mienne, dit Garance qui avait sorti sa propre carte. Mais la vôtre semble plus récente.

— Pas plus récente, seulement mieux conservée. Voyons…

Ils étalèrent les deux cartes sur le sable. Valentine poussa un cri de frayeur car un scorpion s'approchait, la queue dressée, prêt à l'attaque.

— Saloperie de bestiole, dit Toufik en l'écrasant avec un caillou. Et vous dites que nous allons devoir affronter des animaux de l'autre côté du mur ? Quelles horreurs allons-nous trouver ?

— C'est vous le spécialiste, pas nous. Laissez tomber les animaux pour l'instant, et concentrons-nous sur ces cartes.

— J'ai déjà déchiffré quelque chose, révéla Garance. Ma carte est écrite en trois langues anciennes : les hiéroglyphes, le tifinagh qui est la langue de mes ancêtres, l'arabe tardif, la langue de vos ancêtres, du moins je crois.

— Ce n'est pas tout à fait exact. Nos ancêtres avaient plusieurs langues, comme je l'ai dit à ma conférence. Le Grand Pays était un amalgame de plusieurs nations, du moins ce qu'il en restait puisqu'une grosse partie de la population mondiale avait été décimée par des maladies.

— Vous savez ça comment vous ?

Ils sursautèrent et se retournèrent pour voir Ferdinand, debout, l'air en colère.

— Vous ne dormez pas ?

— Non, je ne dors pas. Je veux savoir. Je répète ma question : comment le savez-vous ?

— J'ai recensé toutes les légendes du Grand-Pays et j'ai fait quelques recoupements avec les documents qui m'ont été donnés.

— Donnés par qui ? s'énerva-t-il.

Valentine commençait à perdre patience et mourait d'envie de lui dire d'aller dormir et d'arrêter de lui casser les pieds, mais elle se contint pour répondre :

— J'avais un fournisseur dans le Grand-Pays. Je ne vais pas vous communiquer ses coordonnées, vous savez bien que c'est une profession interdite. J'ignore d'où il les faisait venir. Parfois, je me suis déplacée jusqu'à l'océan pour aller les acheter moi-même.

— Bon, on s'en fout de tout ça, dit Sami. Ce que nous voulons c'est savoir comment passer le mur.

— Pour passer le mur, il faut déchiffrer ces écrits. Si vous parlez tout le temps pour ne rien dire, nous n'y arriverons jamais.

La réflexion d'Olivier parut ne pas lui plaire car il se leva en colère et s'en fut sous la tente sans même souhaiter bonne nuit à quiconque. Les autres le regardèrent s'en aller, étonnés. L'orage couvait. Chacun s'en rendait compte mais aucun d'eux n'était capable de savoir quand il allait éclater ni comment l'empêcher. Valentine aurait voulu retenir Sami, par amitié au moins, mais elle savait que le moindre de ses gestes d'affection pourrait être mal interprété. Elle le laissa partir aussi sans un mot. Le temps de se reprendre, elle dit d'une voix où transpirait l'émotion :

— On continue. Chacun son tour. Garance, c'est à toi.

La jeune fille jubilait. Pour elle, il s'agissait d'un jeu, le plus merveilleux jeu de sa jeune existence.

Elle redit les mots qu'elle avait pu traduire : tribu, caché, colline, rebelle, nous existons. Un peu plus loin, le long du mur, d'autres indications : un polygone à 5 côtés avec un autre à l'intérieur à 3 côtés qui voudrait dire « ce qui est en dessous ». Pas de porte indiquée. Cela peut avoir une signification ésotérique ou technique. Et ensuite deux bâtons qui se croisent qui pourrait vouloir dire « labourer, semence ou travailler la terre ». Il y a d'autres signes presque effacés, je ne peux pas savoir ce que c'est.

— Balivernes ! la coupa Ferdinand. Amusement d'esprits retords. Vous avez l'imagination fertile.

Garance ne releva pas l'offense. Elle poursuivit :

— Fertile... oui, et pourquoi pas ? Attendez... En tifinagh, je peux essayer de comprendre cette phrase...

Elle resta silencieuse un moment sans que personne ne vienne l'interrompre, puis ânonna :

— Traverser les champs fertiles et choisir la voie du dessous.

— Voilà ! rajouta-t-elle avec un air de triomphe. Monsieur Abasseur, vous êtes génial.

— Nous voilà bien avancés, oui, dit-il.

Personne n'eut envie de rire et il maugréa quelques mots désagréables. Cependant, il resta là alors qu'il aurait très bien pu aller se coucher. La curiosité devenait plus importante que l'animosité et la peur.

— A votre place, je n'exulterais pas, dit Olivier. Il n'y a aucun champ fertile, ni près d'ici ni ailleurs.

— Maintenant non. Mais le mot fertile me dit quelque chose, répondit Valentine en fronçant les sourcils. Ces cartes datent de plusieurs milliers d'années. Peut-être, à cette époque, la région était-elle verdoyante?

— La terre est un grand désert, dit brutalement Ferdinand, et l'a toujours été. Tous les scientifiques s'accordent à le dire. Quand nos ancêtres sont arrivés sur terre, ils ont trouvé un désert. Tout le monde le sait.

— Nos ancêtres ne sont pas arrivés sur terre. Combien de fois faut-il vous le dire ? s'énerva Valentine. Ils y sont nés sur la terre ! Ils ne sont pas venus avec des avions ! Qui a construit le mur à votre avis ? Vous croyez qu'il s'est construit tout seul ? Vous vous imaginez les moyens qu'il fallait avoir pour transporter toutes ces pierres ? Et vous croyez peut-être qu'elles ont été portées sur les ailes des avions par d'hypothétiques ancêtres venus on ne sait d'où ?

— A mon avis, dit Olivier qui ne voulait pas entrer dans de telles supputations, l'avion qui se trouve chez les sept sages n'a jamais dû voler. Cela ressemble à un oiseau, mais c'est trop lourd.

— Parce que vous avez vu beaucoup d'oiseaux, vous ? l'interrompit Toufik.

— Moi oui, dit Garance. J'en ai vu un mort près du mur, il n'y a pas si longtemps. Il a dû passer le mur et est mort d'épuisement.

Tous les yeux se tournèrent vers elle, remplis d'étonnement.

— Oui, rajouta-t-elle heureuse d'être encore l'objet de toutes les attentions. Je l'ai ramassé et j'ai touché ses plumes. Parce que vous savez que ça s'appelle des plumes ? Ah ! C'était bizarre, j'avais l'impression qu'on me chatouillait les mains. Il avait une drôle de tête, avec une bouche pointue et dure... et pas de dent. Je n'ai dit à personne que je l'avais trouvé. Je l'ai enterré car il commençait à sentir mauvais. Cependant j'ai gardé quelques plumes.

— Des plumes ? Et ça ressemble à quoi ?

— Attendez...

Elle plongea la main dans sa poche et en retira une chose étrange qu'elle posa devant elle. Pendant quelques secondes, ils restèrent là à contempler le tout petit objet semblant vouloir s'échapper au moindre souffle de vent. C'était noir et blanc, de forme ovale très allongée, avec au centre un genre de petit bâton effilé.

— Et vous dites que les oiseaux ont ça sur le dos ? demanda Toufik.

— Des centaines, oui. Et d'autres beaucoup plus petites en dessous.

— C'est doux dit Valentine en touchant la plume et tellement léger. A quoi cela sert-il ?

— A voler, bien sûr. Comme les ailes de l'avion. Les hommes ont pris modèle sur les oiseaux pour construire les avions.

Rouge de colère Ferdinand s'énerva.

— Vous commencez à me chauffer les oreilles ! D'où sortez-vous de telles inepties ?

Garance réfléchit un moment l'air grave puis, prenant une décision elle répondit :

— Autant tout vous dire. J'ai trouvé une grotte dans les falaises près de chez moi. C'est une ancienne bibliothèque. Une bibliothèque c'est une pièce où on stockait les livres il y a plus de mille ans. Il en existe à plusieurs endroits dans le monde. Et dans cette grotte, j'ai trouvé des documents sur la construction des avions. Sur nos ancêtres aussi. Jamais les hommes ne sont venus des étoiles. Ils ont essayé d'y aller. Mais le monde a basculé dans la folie avant qu'ils n'y soient arrivés.

— Vous êtes folle ! Vous l'avez rêvé votre grotte. Je me demande pourquoi j'écoute une gamine irresponsable et cinglée.

— Non, je l'ai vue moi aussi la grotte, avoua Valentine. J'y suis allée avec elle. Vous pensiez que nous étions sous la tente pour une hypothétique réunion, mais nous étions montées dans les falaises. C'est incroyable, merveilleux, il n'y a pas de mots pour qualifier ce que j'ai vu.

— Cette explosion c'était toi ? demanda Olivier à Garance.

— C'était moi. Il y avait un système sophistiqué de manipulation, mais le fonctionnement était expliqué avec des dessins. Cela faisait quelques temps que j'avais appris à m'en servir, alors j'ai fait tout sauter. Pour que personne ne puisse y rentrer pendant mon absence. Si cette grotte tombe aux mains des nettoyeurs, ils risquent de tout détruire, pour qu'on ne sache jamais. Ils sont payés par les sept sages.

— Les nettoyeurs payés par les sept sages ? De mieux en mieux. Moi je vais me coucher, j'en ai marre d'entendre vos bêtises.

Ferdinand se leva, secoua le sable qui s'était amoncelé sur son pantalon et s'éclipsa sous la tente. Venant des falaises, des lamentations leur donnaient des frissons dans le dos. Elles ressemblaient à des plaintes humaines mais plus fortes, à mi-chemin entre le rire et le cri. De quoi vous donner envie de repartir vers le Grand Pays sans plus se poser de question. Les esprits des ancêtres qui hantaient les lieux ?

— Ce sont les nettoyeurs, dit Garance de l'angoisse dans la voix, et les cris, ceux des chevaux. Ils ont importé ces animaux de l'autre côté du mur depuis une centaine d'années. Personne n'a pu les en empêcher. Ils se déplacent très vite avec ça car ce sont des animaux très hauts à longues pattes. Je ne voudrais pas être confrontée à eux. Ils sont dangereux. Je parle des nettoyeurs, pas des chevaux.

131

Oliver tâta sa poche en disant :

— Rassure-toi, j'ai ce qu'il faut pour nous défendre. Un pistolet de sommation.

Elle railla :

— Il faudra plus qu'un pistolet de sommation s'ils nous tombent dessus. Vous ne les avez jamais vus à l'œuvre ? Il y a quelques temps, nous avons accueilli dans la tribu des nomades qui avaient été battus par eux pour leur prendre le peu de denrées alimentaires qu'il leur restait. Ces pauvres gens étaient traumatisés. Les femmes avaient été violées, et un des enfants enlevé pour le dresser comme futur Nettoyeur. Ce sont des sauvages, sans foi ni loi, sans respect pour personne.

— Ils n'oseront jamais s'attaquer aux gens du Grand Pays, dit Valentine, plus pour tenter de se rassurer que par conviction.

— En dehors du Grand Pays, tu n'es en sécurité nulle part, ma belle. Ils ne s'attaquent pas aux tribus gardiennes du mur, c'est tout. Après, tous ceux qui se trouvent sur leur passage sont soumis à leurs exactions : pillage, viol, massacre.

— Ils n'ont pas de femmes ?

— Non, ils n'en ont pas. Ils se servent chez les autres. Les nomades sont régulièrement pris à parti.

— Je ne comprends pas que les sept sages les laissent faire ! s'insurgea Valentine.

— Les sept sages s'en foutent. Tu es vraiment naïve.

Les propos de Garance semèrent le doute dans l'esprit des habitants du Grand Pays. Leur aurait-on menti depuis des siècles ? Qui étaient les sept sages en fait ? Des questions qu'ils auraient préféré ne pas avoir à se poser. Mais le mal faisait son chemin comme un poison qui aurait été inoculé goutte à goutte dans leurs neurones.

— Et si Mademoiselle Casteldetri avait raison ? hasarda Toufik. Si on nous bricolait à la naissance, si on nous cachait des choses ? Si tout n'était que mascarade ?

Dans l'impossibilité de dormir à cause des cris des chevaux et du sifflement du vent, Sami, sorti de la tente, se laissa tomber sur le sol. Ferdinand les avait rejoints et ne pipait mot. L'heure n'était plus à la dispute. A la stupéfaction de tous il demanda :

— Que disiez-vous sur l'écriture, Mademoiselle Casteldetri ?

Si le moment n'avait pas été aussi grave, Valentine aurait bien poussé un cri de triomphe. Elle se contenta de répondre :

— L'écriture ? Des signes complexes qui permettent de communiquer, de matérialiser des pensées, de les organiser et les transmettre. Nos ancêtres avaient évolué grâce à l'écriture. J'ignore pourquoi c'est devenu interdit. Enfin, j'ai bien quelques petites idées là-dessus... Moins on pense, mieux c'est. Nos dirigeants veulent que nous ne fouillions pas le passé. Plus l'homme s'abêtit, plus le pouvoir des sept sages grandit.

— Les sept sages, je veux bien, mais ils ne doivent pas être seuls. Je crois qu'il s'agit d'une organisation très puissante dont les sept sages ne sont que la façade. Vous pensez bien que sept personnes seules ne peuvent pas tenir des milliers de personnes, non seulement les habitants du Grand Pays mais aussi les populations qui gravitent autour, à commencer par les nettoyeurs.

Oliver se tut, conscient d'avoir embrouillé les idées de ses collègues déjà bien perturbés par les révélations de Garance et Valentine. L'angoisse était palpable. Ils se taisaient, écoutant les cris des chevaux qui s'éloignaient. Peu à peu, ils n'entendirent plus que le vent et les sifflements du sable qui tournoyait en bourrasques.

— Nous ferions bien de rentrer sous la tente, dit Valentine. Si les nettoyeurs s'en vont, c'est qu'il y a un danger. A tous les coups une tempête de sable. Ils n'ont aucune protection, nous si.

Mais Olivier ne voulait pas se coucher sans avoir essayé encore une fois de comprendre ses documents et ceux de Garance. Ils étaient tous les deux couverts de signes et leur interprétation devenait une urgence. Tant pis pour les nettoyeurs, tant pis pour le vent, tant pis pour la peur qui leur nouait le ventre.

— Regarde bien, Garance, ces signes, là, sur ma carte, ils ne te disent vraiment rien ?

Bien qu'elle fût totalement épuisée, la jeune fille prit encore une fois le temps de scruter les annotations laissées comme des balises le long du dessin du mur.

— C'est écrit en arabe tardif, dit-elle au bout d'un moment. Mais c'est raturé, mal écrit et presque illisible. Cela pourrait être « le mur ancien garde vos prières ».

— Des prières ? demanda Valentine. Qu'est-ce que c'est ?

— Une invocation à un Dieu, pour lui demander quelque chose ou l'honorer.

— Des sornettes, conclut Toufik.

Sans se laisser perturber, Garance continua à déchiffrer :

— La porte ... passer... prix des larmes... Shiloah. Et puis : sur les ailes de Barak. Je n'y comprends rien.

— Et nous encore moins, s'énerva Ferdinand. Encore des histoires d'oiseaux. Ou alors, j'avais raison. Il s'agit d'un avion. On peut s'enfuir en avion.

Personne ne releva la réflexion et Toufik suggéra :

— Ne pourrions-nous pas remettre ces recherches à demain ? Il ne reste que quelques heures avant le lever du soleil.

— Vous avez sans doute raison, soupira Valentine. Reposons-nous. La journée de demain sera dure.

Ils plièrent le plus rapidement possible les documents de papier que le vent tentait de leur ravir et se précipitèrent sous la tente. Allongés sur le sol, aucun d'eux ne pouvait trouver le sommeil. Mais peu à peu, la fatigue aidant, ils s'endormirent à tour de rôle, oubliant pour quelques heures leurs interrogations.

***

De grandes baies vitrées opaques filtraient le soleil, mais ses rayons vengeurs trouvaient toujours le moyen de se faufiler dans la salle de réunion. Elle était pratiquement vide. Au centre, une grande table en verre fumé et une vingtaine de chaises donnaient un air de désolation au décor. Pas de tableaux sur les murs, pas de dossiers. Une seule personne était assise, un petit homme chauve et replet déjà d'un certain âge. Il paraissait nerveux, son front dégarni se plissait sous l'effet d'une intense concentration. A quoi pouvait-on penser dans une salle aussi sinistre et vide ? Sûrement pas à faire la fête... Le petit homme regarda sa montre et tapota nerveusement sur la table. A ce moment-là, un brouhaha annonça l'arrivée des autres invités. La salle sembla transformée en ruche par cette intrusion. Tous étaient très excités, parlant haut et fort, et tiraient les chaises sans ménagement. Ils s'assirent sans s'arrêter de parler. Le petit homme chauve se leva, donna un coup sur la table et cria :

— Messieurs, un peu de silence, je vous prie.

Il fallut quelques minutes avant que la salle ne se tut. Le silence retomba, lourd de présages.

— Puisque tout le monde est là, finissons-en. Cette affaire a assez duré. Je veux un compte-rendu détaillé de toutes vos actions. Monsieur Leclair ?

L'interpellé se leva. Il était massif, les cheveux coupés ras et le nez busqué. Son costume était passé, râpé aux manches et trop court des jambes. Mais en ces temps troublés, l'habillement n'était plus la première préoccupation des hommes d'affaires. Il fallait presque se battre pour acheter au surplus du marché des habits dépareillés, des chaussures parfois trouées, et autres vêtements défraîchis pour ne pas dire carrément déchirés.

— En ce qui concerne les bibliothèques nationales, le nécessaire a été fait. Il ne reste plus rien. Mais vous savez aussi bien que moi que derrière le mur, certaines factions désobéissantes aux nouvelles lois ont créé des sites bien cachés. Ils en ont fait exploser l'entrée. Pour les générations futures, d'après ceux que nous avons interceptés.

— Je crois savoir que votre dernière tentative d'interception a été un échec. Qu'avez-vous à nous dire à ce sujet ?

L'homme parut gêné.

— Les deux scientifiques ont fait sauter leur engin en vol. De ce fait, nous ne savons pas où se trouve leur site. Quelque part de l'autre côté du mur, c'est évident.

— C'est intolérable ! cria un autre individu au bout de la table. Combien de sites clandestins existent-ils ?

— Nous n'en avons aucune idée. Les gens font de la résistance. Ils sont attachés à l'écriture et à la lecture. On ne peut pas du jour au lendemain les leur interdire. Je pense...

— On ne vous demande pas de penser, mais d'exécuter. Vous savez autant que moi que c'est la seule solution finale. Plus d'écriture, plus de lecture, plus de mémoire collective. On va leur en fabriquer une de mémoire, une mémoire visuelle, avec des écrans, des images que nous créerons pour reconstituer un passé, et dans quelques générations les souvenirs du monde d'avant n'existeront plus. Le passé sera celui que nous avons décidé. Il s'agit de sauver le monde, je vous le répète.

— Sauver le monde ou le mettre à genoux ?

Celui qui venait de parler se tenait droit sur sa chaise, l'air courroucé.

— C'est pour entendre ça que vous m'avez fait venir ?

— Professeur, dois-je vous rappeler que vous avez fait allégeance aux sept sages ?

— Allégeance aux sept sages, oui. Pas aux sept fous que vous avez nommés. Où sont les sept sages plébiscités par le peuple ? Qu'en avez-vous fait ?

— En résidence surveillée. Nous ne pouvions pas prendre le risque de les voir se mettre à écouter les inepties des libertaires qui prônent l'indépendance et la liberté pour tous. On a vu ce que ça a donné par le passé, la liberté pour tous. Il faut un état totalitaire pour remettre le pays sur pied. Il faut changer toutes les bases de la société. Toutes. Et étant donné que nous vivons sur une petite portion de terre, il faut limiter les naissances. Nouvelle terre, nouvelles lois. Certains savants sont prêts à nous aider. N'est-ce pas professeur Mary et professeur Pouzo ?

— Sans aucun doute. Nous sommes prêts, répondit le professeur Pouzo sans hésitation.

— Des fous, des fous !!!

Le professeur Braud était hors de lui. Certes, il avait toujours été un insurgé et un marginal dans la communauté scientifique, trop d'états d'âme, trop d'interrogations, mais jamais ne s'était opposé aussi catégoriquement.

— Je ne peux pas vous laisser faire ça. Je vais alerter l'opinion publique.

— Vous n'alerterez personne, répondit froidement le petit homme chauve.

D'un claquement de doigt, il indiqua le professeur à deux géants assis à côté de lui.

— Amenez-le où vous savez. J'en ai marre des lavettes.

Personne ne dit mot tandis que le professeur Braud était traîné hors de la salle comme un vulgaire paquet.

— Revenons à nos décisions. Décisions pas faciles, je vous l'accorde. Je veux l'avis de tous les spécialistes qui sont de notre côté : techniciens, scientifiques, politiciens. Nous avons un monde à construire et nous verrons bien comment ça fonctionne avec le temps. Nous avons donc décidé que :

« Eradication de tout support d'écriture. Je compte sur la diligence des policiers pour fouiller toutes les maisons. Vous brûlez tout ce que vous trouvez. Je vous charge également de découvrir les bibliothèques clandestines afin de les éliminer définitivement.

Le mur sera gardé par des tribus qui devront répondre de leurs actions directement devant nous, les portes d'accès au monde du Nord surveillées par d'autres tribus nommées par les gardiens du mur, et nous créerons des équipes de « nettoyeurs » chargés de chapeauter tout cela et faire le ménage, c'est-à-dire faire disparaître tout ce qui est susceptible de provoquer du désordre. Ne m'enrôlez pas des tendres, il ne faut pas d'état d'âme pour faire ce métier-là.

Les gens du Grand Pays ne seront plus autorisés à faire des enfants. Il est hors de question de perdurer l'anarchie des millénaires passés. L'homme évolué doit faire évoluer sa manière de procréer. Je vous fais confiance, professeur Mary et professeur Pouzo pour trouver un moyen de fabriquer des hommes neufs, sans angoisse ni désirs hostiles. Cela supprimera les guerres et les hommes n'en seront que plus heureux. Leur bonheur doit être notre seul objectif.

— Bien Monsieur, répondirent en chœur les personnes présentes.

— Bon, rendez-vous ici dans six mois. J'espère que vous aurez de bonnes nouvelles à m'apprendre.

— Que faisons-nous des hommes comme le professeur Braud ? Il en reste encore beaucoup trop.

— Cherchez-les, et éliminez-les. Je n'ai pas le temps de m'occuper de ces broutilles.

Ainsi fut scellé le sort du monde. Une quinzaine d'exaltés allait transformer le Grand Pays en laboratoire humain pour les millénaires à venir.

Dans la prison où il était enfermé, avant de mourir, le professeur Braud eut le temps de demander à son codétenu :

— La femme a accepté les objets ?

— Elle les a acceptés.

— Sait-elle ce qu'elle doit en faire et à quoi elle s'expose ?

— Elle le sait. C'est une scientifique, comme nous. Mais les sbires des sept sages ignorent son existence. Elle n'a jamais fait parler d'elle. C'est une solitaire.

— Que Dieu la garde, dit le professeur.

***

Au petit matin, le vent s'était calmé. Heureusement. La tente était ensevelie sous un mètre de sable et, de loin, personne n'aurait pu faire la différence avec des dunes. Valentine ne dormait déjà plus. Elle regardait, couchée contre elle, Garance qui souriait en dormant. Elle avait un sourire de bébé repu, de bébé inconscient des horreurs ambiantes. C'est si facile d'oublier à cet âge, pensa-t-elle. Le sommeil efface le cauchemar de la vie. Mais elle, avait très mal dormi. Un sommeil perturbé, dont elle ne se souvenait que peu de choses, surtout un grand vide, une horrible angoisse et une immense solitude. Elle avait le devoir de conduire son équipe sur un chemin criblé d'embûches. Elle avait connu des tâches plus faciles, par exemple avec ses étudiants qui l'admiraient sans réserve… Il fallait oublier tout ça. D'autres pensées, d'autres préoccupations beaucoup moins reposantes la harcelaient : les champs fertiles… Ces deux mots l'obsédaient. Trouver des champs fertiles. Mais à quoi pouvaient-ils ressembler ? Aussi loin que portaient leurs connaissances, il n'y avait que du désert, comme dans ses rêves, comme dans sa vie. Le désert sur des milliers de kilomètres. Et cet ancien mur dont personne n'avait entendu parler.

— Vous avez mal dormi, dit Toufik en se levant. Vous avez appelé votre mère dans votre sommeil. Et vous m'avez donné des coups de pieds.

— Désolée. Je ne m'en souviens pas. Allez, tout le monde debout. Il faut tout ranger et partir.

— De quel côté ? demanda Sami toujours de mauvaise humeur.

— Vers le nord-est. Il faut s'approcher du mur. Je veux savoir à quoi il ressemble vraiment.

— Tu ne verras que des cailloux. D'énormes blocs de cailloux. Il n'y a rien d'autre à voir. Si tu crois que tu vas voir écrit sur le mur « voici la porte par laquelle il faut passer », tu te mets le doigt dans l'œil. Vos fantasmes de femmes ne vous mèneront à rien.

— Sami, je t'interdis de me parler sur ce ton ! s'insurgea-t-elle outrée. Quel droit crois-tu avoir sur moi ? Aucun.

— Arrêtez de vous disputer tous les deux, dit Garance. Cela ne fera pas avancer l'affaire. Et puis elle a raison, il faut voir ce mur. Pourquoi n'y aurait-il pas des inscriptions après tout ?

— Des inscriptions ? Sur le mur ? Vous êtes folles toutes les deux.

— Et bien, ça ne t'a pas dérangé de coucher avec une folle, répondit Valentine ne pouvant plus contenir sa colère. Tu n'étais pas obligé de nous suivre après tout.

— Tu me l'as demandé, souviens-toi. Tu as un peu tendance à oublier en ce moment. Qui t'a aidée à analyser tes documents ? Avec qui as-tu travaillé pendant des années ? Certainement pas avec un receveur d'informations.

Olivier sentit l'attaque directement dirigée contre lui, bien qu'il n'en comprît pas la raison. Il réagit avec véhémence.

— Tu n'es pas obligé de m'impliquer dans tes problèmes. Je ne vois pas le rapport avec un receveur d'informations.

— Tu ne vois pas ? Ah ! Tu ne vois pas ! cria Sami.

Puis il se tut, saisit son sac et partit à grandes enjambées.

— Qu'est-ce qu'il lui prend ? demanda Toufik étonné. Je crois que le désert nous tape sur la tête. Nous nous comportons tous d'une manière étrange.

— Pensez-vous, dit Garance en jetant un regard à Valentine, ça c'est la jalousie, pas le désert ni le soleil.

— La jalousie ?

— Oui, Monsieur Toufik, la jalousie. Vous saurez bien assez tôt de quoi il s'agit.

Sur ces paroles énigmatiques, Garance suivit Sami et les autres leur emboîtèrent le pas. Le soleil était déjà chaud, et au loin, des volutes de vapeurs annonçaient le début d'une journée torride.

***

Quatre jours durant, ils parcoururent dans une atmosphère lourde de chaleur et d'angoisse, les kilomètres qui les séparaient de la prochaine tribu, en longeant les falaises rouge et or dont la hauteur ne devait pas dépasser les deux cents mètres. La provision de cachets pour la soif s'amenuisait. Valentine avait prévu un peu plus que le nécessaire en cas de coup dur, mais avec Garance comme bouche supplémentaire le surplus devenait vital et peut-être s'avèrerait insuffisant. Ils parlèrent peu. Se taire permettait de moins avoir soif. Alors le maître mot était « chut » et plusieurs fois Garance se fit rappeler à l'ordre par Ferdinand. Mais à part ces quelques altercations bien vite calmées, chacun restait dans ses pensées intimes. Valentine ne s'approchait plus ni de Sami ni d'Olivier craignant de provoquer des disputes entre les deux amis. Quant à son idée de rejoindre le mur, elle mit peu de temps avant de l'abandonner car, entre le mur et eux, s'étirait sur des kilomètres un long fossé profond de

139

plus de cent mètres, comme si les hommes du passé avaient utilisé cette crevasse aride naturelle pour isoler les hommes du mur. Et cette crevasse elle-même les divisait. Pour les quatre hommes, il s'agissait d'une crevasse naturelle — quoiqu'Olivier n'en fût pas persuadé — pour les deux femmes un fossé creusé de main d'hommes. Encore et toujours la même opposition. Ferdinand s'énervait lorsque Valentine prétendait que leurs ancêtres étaient nés sur la terre et qu'il y avait eu avant eux une civilisation gigantesque, voire plusieurs, avec à leur disposition des moyens colossaux, d'énormes machines capables de déplacer des montagnes. Lui était intimement persuadé que des générations d'humains avaient été mises à contribution pour charrier les pierres et construire le mur à leur arrivée sur terre. « Et les pierres, vous avez vu les pierres ? » disait Valentine. « C'est naturel, ça ? Et vos humains, comment sont-ils venus sur la terre ? Vous êtes d'une naïveté, Monsieur Abasseur ». Ils n'avaient pas encore trouvé de terrain d'entente. Pourtant Ferdinand, comme les autres, commençait à se poser pas mal de questions mais les remises en cause étaient difficiles. Il aurait fallu effacer des siècles et même des millénaires d'intoxication mentale pour leur faire ouvrir les yeux.

L'après midi était déjà bien avancée lorsque Olivier sortit sa boussole et déclara :

— Si mes calculs sont exacts, nous approchons de la zone des sables mouvants. D'après ce qu'on m'a dit, il s'agirait d'une ancienne mer de sel. Pour ne pas risquer d'y tomber dedans, il faut bifurquer à notre gauche d'ici une heure. Le mur doit-être à une trentaine de kilomètres. La tribu dont Garance nous a parlé est celle des Paléjudéens. Ne me demandez pas d'où vient ce mot. Je n'en sais rien. En tous cas il s'agit d'une très ancienne tribu. Quand je dis une tribu, je devrais dire plusieurs tribus qui ne sont pas toujours d'accord entre elles. Il parait que par le passé, à une époque que plus personne ne peut situer dans le temps, elles se faisaient régulièrement la guerre.

— Ce sont des rebelles, dit Garance.

— On s'en fout. Ils ne sont pas dangereux.

— Peut-être pas, mais ils sont surveillés en permanence par les nettoyeurs.

— Que devons-nous faire alors, dit Toufik agacé. Nous n'allons pas rester ici jusqu'à la fin des temps.

— Il faut y aller, répondit Olivier. La porte est là-bas. Tant pis pour le reste. Nous n'avons plus le choix.

— Je suis d'accord, dirent en chœur Garance et Valentine.

— Moi aussi, bougonna Sami. Au point où nous en sommes…

Toufik acquiesça en haussant les épaules et Ferdinand ne répondit pas.

— Et vous ? lui demanda Olivier.

— Et moi ? Et moi ? Que voulez-vous que je fasse ? Que je reste seul au milieu du désert ? On y va chez vos rebelles. Advienne que pourra.

— Et vous allez me dire maintenant comment on y va à cette tribu ? Je ne vois que des falaises basses, et des dunes à perte de vue. Derrière les falaises, le fossé et le mur.

Les sarcasmes de Sami n'entamèrent en rien les certitudes d'Olivier.

— D'après ma carte, les zones de falaises sont encore en couleur. Pâle, bien entendu, mais on fait la différence. Jaune pour le canyon dans lequel nous marchons, orange pour les falaises et noir pour le mur et le fossé qui esquisse une ligne le long du mur. Et j'ai remarqué un espace minuscule à un certain endroit entre les falaises. Je pense qu'il s'agit d'un passage. Ensuite, il y aurait un chemin qui monte dans les falaises. A mon avis, elles devaient être beaucoup plus hautes à cette époque. Le sable a remonté le niveau d'au moins dix mètres.

— Alors il y a des villes en dessous, dit Garance. Des légendes…

— Vous nous emmerdez avec vos légendes ! s'écria Ferdinand.

— Monsieur Ferdinand, soyez poli. Ce n'est pas parce que je suis jeune que vous devez me manquer de respect. Et nos légendes valent bien les vôtres. Venus des étoiles ! C'est stupide.

— Je ne vous permets pas !

— Ça suffit ! dit Olivier en colère. Vous nous agacez tous les deux. Il y a peut-être du vrai dans toutes les légendes, qu'elles soient du Grand Pays ou d'ailleurs.

— Si vous avez raison concernant l'élévation des zones sableuses, dit Toufik que les disputes de Garance et Ferdinand ne perturbaient pas, le passage entre les falaises ne doit plus exister. Il faut reconsidérer nos choix. Vous êtes certains de la direction à prendre ?

— Pour ça oui, certain. Nous trouverons bien un passage. Puisque la cartographie a changé, il faut improviser. Dès que nous trouvons un passage sur la gauche, nous le prenons. Le mur ne serait qu'à une trentaine de kilomètres d'ici et la porte aussi.

— C'est ça, railla Sami, laissons-nous guider par la chance. Tu parles...

Bien que cette réflexion jetât un froid, le petit groupe se remit en route avec plus d'optimisme. Il s'agissait d'être vigilant et de ne pas manquer le passage, mais ils avaient beau scruter l'horizon d'un quelconque côté que ce fut, il n'y avait aucun chemin pour traverser les falaises. Olivier craignait qu'ils ne dussent faire des kilomètres supplémentaires vers l'Est pour trouver et revenir vers l'Ouest de l'autre côté. La proximité des nettoyeurs rendait leur temps précieux, plus vite ils se mettraient sous la protection de la tribu des Paléjudéens, plus vite ils auraient des chances de s'en sortir. Les autres devaient se faire les mêmes réflexions, y compris Garance qui connaissait mieux que quiconque les nettoyeurs. Leur errance silencieuse dura deux heures. Seul le vent s'engouffrant ente les falaises hululait. Mais soudain des cris stoppèrent leurs pas. Instinctivement, Valentine prit la main de Garance comme sa propre mère l'aurait fait dans pareil cas et le groupe se ressera. Venus des deux côtés, les cris se répercutèrent en écho. Tétanisés, pris au piège, le petit groupe affolé ne put qu'attendre sans rien faire l'assaut d'une bande d'hommes dépenaillés, hirsutes, l'air menaçant. Valentine fut prise d'une envie de vomir soudaine et se retourna pour soulager son estomac. La peur était plus forte que sa fierté. Les larmes coulaient sur son visage sans qu'elle pût les retenir. Garance semblait plus courageuse, l'habitude sans doute. Mais ce n'était pas l'habitude du danger qui la rendait courageuse, plutôt l'habitude de rencontrer cette tribu-là. Elle les reconnut tout de suite : Marco, le chef, avec son accoutrement insensé, deux pantalons mis l'un sur l'autre, un rouge et un noir, un long manteau sans manche par-dessus une chemise à carreaux vieille de plusieurs années qui lui avait été offerte par le père de Garance en personne, et sur la tête un turban rouge et blanc tenu par un cordon de rideau. Ce cordon de rideau venait du pillage d'une caravane de commerçants — d'une autre tribu amie pourtant — se rendant au marché de Masopa la capitale du Grand Pays. Son second, Moussa, un géant noir à l'air hilare, vêtu d'une grande robe blanche attachée à la taille par une ceinture.

— Bienvenue chez les rebelles, dit Garance. Valentine, retiens-toi, tu nous fais honte. Ils ne te feront rien. Surtout avec moi parmi vous.

En effet, Marco se prosterna littéralement devant elle avec maints gestes obséquieux.

— Quel culot ! dit Valentine vexée, tu ne pouvais pas le dire avant ?

Garance fit un geste à Marco pour qu'il se lève et répondit :

— Je ne pouvais pas savoir que c'était eux. Bonjour Marco. Nous demandons l'hospitalité.

— Je sais, dit Marco, tous les nettoyeurs sont à vos trousses. J'ignore ce que les habitants du Grand Pays ont fait à part s'aventurer sur des terres interdites, mais toi tu t'es sauvée. Je me trompe ?

— Non, je me suis bien sauvée. J'ai sauvé ma peau.

— Pas pour longtemps si j'en crois les rumeurs qui circulent. Les nettoyeurs voudraient bien vous récupérer et ils offrent beaucoup de choses en échange.

— Tu vas nous vendre ?

— Tu m'insultes ? Toi la fille de mon meilleur ami ? Ce n'est pas parce qu'il est mort que je vais me conduire comme un bandit. A la limite, les autres pourquoi pas ?

-Tu n'y touches pas. Ce sont mes amis. Tu dois nous cacher. Ou nous faire passer le mur.

— Passer le mur est interdit. Et je ne sais pas où est la porte.

— Nous avons des indications. Nous aides-tu, oui ou non ?

— Suivez-nous. Mais c'est bien parce qu'ils sont tes amis. Les nettoyeurs offrent des balisent de repérage pour circuler dans le désert en échange. C'est cher, très cher, les balises de repérage. Toutes les tribus sont prêtes à n'importe quoi pour s'en procurer.

— Mais les balises de repérage viennent du Grand Pays !

— Oui Monsieur, répondit Marco à Toufik. Vos compatriotes eux-mêmes ont proposé cette monnaie d'échange pour vous récupérer. Vous devez être des gens importants là-bas.

— Nous avons été dénoncés, dit Sami d'une voix lugubre. Qui était au courant de notre départ ?

— Le Grand Appariteur. Lui seul.

— Je vous interdis de soupçonner mon père ! s'écria Olivier. Valentine, comment osez-vous ?

— Je ne soupçonne pas votre père. Je ne vois pas pourquoi il nous aurait envoyés au massacre avec vous en notre compagnie. Quel intérêt d'ailleurs ? Un nouveau jeu pour les sept sages ? Non, il doit y avoir une autre explication. N'oubliez pas que j'ai été agressée devant chez moi. Quelqu'un savait. S'ils nous ont laissés partir, c'est qu'ils pensaient que nous ne trouverions jamais de porte pour passer le mur. S'ils sont si pressés de nous récupérer, c'est que nous sommes sur la bonne voie.

— Venez sous ma tente, dit Marco. Je pense que les nettoyeurs n'oseront jamais y rentrer sans mon autorisation.

Valentine était morte de peur. Pour la première fois de sa vie, confrontée à l'insécurité, elle ignorait comment garder son sang froid. Ses compatriotes se trouvaient à peu près dans le même état, sauf Garance habituée à tous les dangers. Après une heure de marche dans du sable mou où il était difficile d'avancer, ils arrivèrent au campement de la tribu des Paléjudéens. Au loin, derrière les collines, les chevaux des nettoyeurs hennissaient. Devant eux, des tentes, au moins une vingtaine, car la tribu comptait une bonne centaine de membres y compris de nombreux enfants. Les tentes étaient installées en rond, leur entrée donnant sur un genre de cour centrale où brûlait un foyer. Les tentes étaient assez grandes, noires, et plusieurs couches de couvertures jetées, en guise de toit, par-dessus des murs de cordes tressées. Certaines couvertures pendaient jusqu'à terre. Ce n'était pas très esthétique, rien à voir avec les tentes légères de la tribu des Rébus fabriquées avec des tissus venant du Grand Pays, des tissus légers protégeant du soleil comme du froid. Les Paléjudéens ne s'aventuraient jamais près du Grand Pays et n'avaient absolument plus aucun contact avec lui depuis des centaines d'années. Leur commerce était tourné vers l'est, avec des tribus pratiquement inconnues. On savait seulement qu'il y avait encore de ce côté-là des oasis dont les palmiers servaient à fabriquer des tentes, des meubles et des paniers. On ignorait leur degré de civilisation, s'ils étaient tombés dans l'obscurantisme le plus complet ou s'ils avaient évolué différemment d'un point de vue technique. On ignorait d'ailleurs ce qui se passait de ce côté-ci du mur à des milliers de kilomètres à l'est étant donné qu'il n'y avait plus aucun moyen de communication efficace pour effacer les distances. Personne ne s'intéressait plus à personne sauf à son voisin le plus proche.

Les hennissements semblaient se rapprocher.

— Ils ne seront pas là tout de suite, dit Marco. Venez chez moi.

Il vivait dans une sorte de cabane rectangulaire aux murs de terre rouge dont il ne restait que quelques pans d'origine comblés de chiffons, ainsi que deux énormes blocs monolithes, peut-être des morceaux du mur. Le toit, était recouvert des couvertures posées sur des branchages. Effectivement, comparé aux autres, elle avait vraiment l'allure d'un logement de chef. L'intérieur était sombre. Partout, des tapis et des coussins recouvraient le sol de telle manière qu'on n'en voyait pas un centimètre. Il y avait du monde, surtout des femmes et des enfants apeurés serrés les uns contre les autres. Pas un endroit pour se cacher à moins de se mettre sous les tapis, mais le gag n'aurait fait rire personne. Pourtant, Marco souleva une montagne de tapis, ouvrit une trappe, et dit :

— Descendez-là, c'est le seul moyen de vous sauver. Dépêchez-vous. Il y a un escalier. Nous vous ferons remonter dès que le danger sera passé.

— Où conduit-il cet escalier ? demanda Olivier. Sous le sable, c'est impossible.

— Ne cherchez pas à comprendre, dépêchez-vous.

— Mais nous allons être ensevelis !

— Dépêchez-vous, cria presque Marco en colère. Vous ne serez pas ensevelis. Et personne ne peut soupçonner cette cachette. Les nettoyeurs ne sont jamais venus ici. Vite.

Ils descendirent tous les cinq en courant presque. Heureusement, les escaliers étaient construits en pierre et assez solides. La trappe se referma sur leur tête et ils se retrouvèrent dans le noir complet. Au-dessus d'eux, des bruits d'enfer annonçaient l'arrivée des nettoyeurs.

— Ce sont les chevaux qui font ce bruit, murmura Garance.

— Taisez-vous ! dit Ferdinand terrorisé. Vous allez nous faire repérer.

— Oh vous….

Puis ils se turent. Des voix leur parvenaient du dessus. Un homme criait, menaçait. Puis les cris s'estompèrent, ils devaient parlementer. Dans le réduit en bas des escaliers, il faisait froid mais ils se tenaient serrés les uns contre les autres sans pouvoir bouger. Chacun pouvait sentir la respiration de l'autre, sa transpiration et même le degré de sa peur. Olivier s'était retrouvé tout contre Valentine, le nez dans ses cheveux. Pour rien au monde il n'aurait voulu être ailleurs. Ce qu'il ressentit à ce moment-là lui parut indécent mais à chacun sa chance. Cette femme, il l'aimait depuis tellement de temps, qu'il ne pouvait pas imaginer en aimer un jour une autre. Malheureusement, son amitié avec Sami ne résisterait pas à cet amour. Il le savait et l'avenir lui faisait peur.

S'ils avaient un avenir, bien entendu, car ils entendaient les autres parler au-dessus d'eux comme s'ils avaient été dans la même pièce.

— On a fait toutes les tentes chef, ils ne sont pas là.

— Cherchez encore ! Ils doivent bien être quelque part.

— Je vous ai déjà dit qu'il n'y avait personne, dit Marco. Les types que vous cherchez ne sont pas chez nous. Je vous signale que les falaises sont criblées de grottes, c'est par là-bas qu'il faut chercher.

Le chef des nettoyeurs, en colère, donna un coup de pied dans le ventre de Marco et le menaça :

— Nous allons dans les falaises. J'espère que ce n'est pas un guet-apens. Et si tu les vois, s'ils passent par chez toi, tu me les gardes.

— J'aurai les balises de repérage, alors, répondit Marco en hoquetant. J'y aurai droit.

— Tu auras surtout le droit de te taire si tu ne veux pas mourir. Des balises de repérage ! Pauvre imbécile. Il n'y a pas de balises de repérage, les sept sages ne sont pas du genre à faire des cadeaux. Il y la mort pour ceux qui n'obéissent pas, et la vie pour ceux qui coopèrent. C'est suffisant, non ? La vie n'a pas de prix.

Il partit d'un grand rire qui secoua son corps tout entier.

Marco insista :

— Mais qu'ont fait ces gens ?

— Ils cherchent une porte pour passer le mur.

— Il n'y a aucune porte par ici, vous le savez bien. La prochaine est à au moins cinquante kilomètres.

Le chef des nettoyeurs repartit d'un grand rire qui résonna jusque dans le réduit sous le sol.

— Occupe-toi de tes affaires, chef des Paléjudéens. Commence par tenir tes tribus avant que les sept sages ne décident de s'occuper aussi de votre cas. Il me semble que tu n'es plus chef de grand-chose.

Marco ravala sa colère. Il n'était plus chef de grand-chose, c'était vrai, chaque tribu ayant pris son autonomie, mais il avait gardé des relations amicales avec les autres chefs. Et ça, il préférait le garder pour lui.

Les nettoyeurs se retirèrent à grand bruit. L'odeur des chevaux était insupportable. Des excréments jonchaient le sol au milieu de la cour. Heureusement, la tribu avait compris depuis longtemps comment en tirer profit. Près du campement, des jardinets faisaient des taches vert pâle au milieu du sable. La tribu s'était installée à cet endroit depuis des siècles près d'un puits intarissable et c'était pour cette raison qu'elle ne voulait pas en bouger. L'eau du puits arrosait leurs maigres plantations ce qui leur permettait de subvenir à leurs besoins concernant au moins les légumes. Ils avaient fini par remarquer que les excréments des chevaux étaient bénéfiques pour leurs plantations, et chaque fois que les nettoyeurs passaient par-là, ils ramassaient ces précieux ingrédients. Pour le reste, ils étaient dépendants du Grand Pays, comme toutes les tribus sur des milliers de kilomètres.

Marco attendit que les chevaux aient disparu à l'horizon pour ouvrir la trappe. Au fond du trou, les six étrangers n'en menaient pas large.

— Il n'y a plus de danger, leur cria Marco.

C'est autour d'un repas que les langues se délièrent. Rassemblés dans la cour, femmes, enfants, hommes, échangèrent leurs connaissances. En ce qui concernait l'écriture, Marco ne possédait que quelques rudiments d'une langue qu'il nommait « judaïque » et qui remontait à des temps immémoriaux. Elle se transmettait oralement et par écrit sur des morceaux de terre cuite qui pouvaient se conserver longtemps. Ici, l'écriture interdite ne dérangeait plus personne. Il y avait longtemps que les représentants du Grand Pays ne leur faisaient plus la chasse et les nettoyeurs n'étaient pas au courant de ces pratiques. Quant à la trappe qui cachait la pièce souterraine, ils l'avaient trouvée une dizaine d'années plus tôt un jour de tempête de sable particulièrement violente. Elle était apparue, sous le sable, et ils étaient restés plusieurs jours sans oser l'ouvrir. Ensuite, réalisant l'intérêt de la cachette, Marco avait construit sa maison dessus, utilisant par la même occasion d'anciens murs de soutènement.

— Vous êtes là pour affaire ? leur demanda-t-il.

— Je t'ai déjà dit que nous voulions passer le mur, répondit Garance. En mémoire de mon père je te demande…

— Même en mémoire de ton père je ne pourrai pas t'aider. J'ignore où se trouve la porte.

— Mais nous avons un document et d'après les indications, la porte serait ici. La tribu des rebelles sur la colline… Vous êtes bien des rebelles, non ?

Marco sourit :

— Des rebelles, nous ? Allons donc. Et la colline, tu la vois où ?

— Plus à l'ouest, soupira Garance. Zut.

— Il y a quelques siècles, nous vivions plus à L'ouest, en effet.

— Ah ! Tu vois bien. Y a-t-il des champs fertiles chez vous ?

— Des champs fertiles ? Quatre petits jardins faméliques, avec quelques palmiers dattiers et des légumes, créés grâce à la proximité d'un puits à peu près accessible. On ne peut pas appeler ça des champs fertiles. Pourquoi cette question ?

— Parce que les indications sur le document font état de « champs fertiles ». Près des champs fertiles, chercher la voie du dessous.

Marco fronça les sourcils.

— Il faut que je vous montre quelque chose. Ensuite, il vous faudra partir. Les nettoyeurs risquent de revenir et je dois protéger ma tribu. Désolé. Venez chez moi.

Revenus dans sa maison, Marco leur dit :

— Cette maison a été construite sur un ancien site. Il ne restait que deux pierres décorées. Regardez. C'est étrange, non ? On dirait des champs, justement. On voit des hautes herbes, des plantes qui existent encore chez nous et des animaux. C'est très vieux.

— Ça alors ! s'exclama Garance. Mais ce sont des hiéroglyphes ! Regardez ! Des écritures sont inscrites tout autour. Malheureusement, c'est illisible. Ces pierres faisaient peut-être partie du mur.

— Si cette pierre indique les champs fertiles, la voie du dessous c'est l'escalier qui descend sous la trappe.

Cette réflexion de Ferdinand surprit tout le monde.

— Monsieur Abasseur, vous êtes génial, dit Valentine en lui sautant au cou. Monsieur Marco, qu'y a-t-il en dessous ?

— Rien. Il fait tout noir. Personne n'a jamais osé aller plus loin que la pièce dans laquelle vous étiez cachés. Nous n'avons pas de lumière qui tienne assez longtemps. De toute façon, ça ne doit pas aller bien loin.

— Nous pourrions essayer avec nos lampes, dit Valentine. Nous sommes fichus. Si nous restons ici les nettoyeurs vont nous retrouver et nous massacrer. Autant essayer par en dessous.

— Nous risquons de nous perdre !

— Mourir en haut ou en bas, hein ? Qu'est-ce que ça peut faire ? Je veux bien essayer dit Olivier.

— Moi aussi, dit Garance. Je ne peux plus rentrer chez moi.

— Moi-aussi, dirent Toufik et Ferdinand en même temps.

Il ne restait que Sami, l'air dans le vague, désorienté. Sa réponse se faisait attendre. Valentine osa lui demander :

— Et toi ?

— J'ai peur du noir.

Olivier se mit en colère.

— Et depuis quand ? Ce n'est pas vrai. Hors de question que tu restes ici. Nous partons tous les six ou nous restons tous les six. Si tu restes ici, je reste. Mon amitié...

— Ah ! Ton amitié... répondit-il d'un air dégoûté. J'oubliais. Excuse-moi.

— Quel est ton problème ? s'écria Olivier avec colère. Tu te conduis d'une façon inadmissible. Jamais, jamais, tu entends, je n'ai trahi notre amitié.

Sami regarda son ami avec tristesse. On aurait dit qu'il sortait d'un long sommeil rempli de cauchemars.

— Désolé vieux. Oui, je viens. Je veux savoir ce qu'il y a de l'autre côté. Peut-être plein de filles qui vont me sauter dessus. Mnnn...

— Si tu veux des filles, dit Marco, je peux t'en passer une avant de partir.

Interloqué, Sami ne put que répondre :

— Merci, Marco, mais nous partons tout de suite, nous n'aurions pas le temps de faire connaissance.

Marco haussa les épaules. Si l'étranger ne voulait pas de ses filles, tant pis pour lui.

— Cette pièce, en dessous, de quelle époque date-t-elle ?

— Aucune idée. D'après une légende...

— Encore ! dit Ferdinand avec mauvaise humeur.

— Vous ne voulez pas connaître notre légende ?

— Bien sûr que oui, répondit Olivier. Nous t'écoutons.

— D'après une légende, le prophète Mohamed se serait envolé sur les ailes de son cheval nommé Barak pour monter jusqu'au Paradis où l'attendait Dieu. Il foula aux pieds le rocher d'Abraham situé dans une ville nommée Yerushalayim qui, encore d'après cette légende, était convoitée par trois tribus. Les enfants de la tribu de David, ceux de la tribu de Saladin et ceux de la tribu de Joseph se firent la guerre longtemps. Mais le monde étant devenu dangereux pour tous, ils s'allièrent pour former la tribu des Paléjudéens qui est notre tribu actuelle. Tout ceci se passait de l'autre côté du mur. Il paraîtrait même, qu'à cette époque, les gens allaient pleurer contre un mur qui existait déjà, le mur lui-même pleurait.

— Pourquoi pleuraient-ils, ces gens-là ?

— Je l'ignore. C'est la légende.

— Peut-être ce cheval servait-il à passer le mur ? dit Ferdinand.

— Pensez-vous ! Les chevaux ne volent pas et n'ont jamais volé. Si vous voyiez les bêtes, vous ne l'envisageriez même pas. Ils sont énormes.

— Vous avez parlé de « prophète » ? Qu'est-ce que c'est ?

— Un serviteur de Dieu, dit Marco.

— C'est quoi Dieu ? demanda Sami.

— Dieu ? Hé bien, le chef d'une religion, je présume. C'était il y a des centaines d'années, voire des milliers, comment voulez-vous que je le sache ? Du reste, la discorde entre les tribus était d'ordre religieux, ils se disputaient à cause de leur religion.

— Alors ces religions ne servaient à rien, conclut Toufik. La preuve, c'est que nous n'avons pas de religion dans le Grand Pays et pas de guerre.

— Et les nettoyeurs ? demanda Garance. Croyez-vous qu'ils servent un dieu ?

— Dieu c'est métaphysique, dit Valentine. Un esprit universel, pas un chef de bande.

— De quoi nous parle-t-elle ? interrogea Ferdinand dérouté par les mots métaphysique et universel.

— Bon, ça suffit, les discussions stériles, s'emporta Olivier impatient. Nous n'allons pas débattre de légendes toute la journée. Il faut y aller. Merci Marco. Vous nous avez sauvé la vie.

— Rien n'est moins sûr. Vous ne savez pas ce que vous allez trouver là-dessous. Nous reverrons-nous un jour ?

— Si nous trouvons le passage, nous vous le ferons savoir. Si nous ne trouvons rien, nous reviendrons.

— Et si vous vous perdez ?

— Nous mourrons.

C'est sur ces mots que les six voyageurs prirent congé de Marco en descendant dans l'antre de la terre. Marco referma la trappe et replaça les tapis comme si rien ne s'était passé. Les nettoyeurs pouvaient bien revenir, ils ne trouveraient rien, aucune trace du passage des habitants du Grand Pays. Ils étaient partis si vite que Marco n'avait pas eu le temps de les mettre en garde sur ce qu'ils pouvaient trouver de l'autre côté. Mais après tout, les informations qu'il avait n'étaient peut-être que des légendes. Alors à quoi bon inquiéter les voyageurs pour rien ?

CHAPITRE V

*Brisez vos limites, faites sauter les barrières
de vos contraintes, mobilisez votre volonté, exigez la
liberté comme un droit, soyez ce que vous voulez
être. Découvrez ce que vous aimeriez faire et faites
tout votre possible pour y parvenir.*
Jonathan Livingston le goéland
Richard Bach

Le noir, soudain. Plus noir encore que la nuit. La trappe s'était refermée sur eux, et ils se sentirent prisonniers. Un mot qui, pourtant, ne faisait plus partie de leur vocabulaire depuis des temps immémoriaux. Et le froid. Le froid humide des souterrains, avec une odeur de moisissure inconnue de leur sens. Obscurité, prison, froidure. Trois mots qui allaient être leurs compagnons d'infortune pendant combien de jours ? Impossible à dire. Valentine avait fait l'inventaire de leurs biens : de quoi tenir trois jours, quatre en se rationnant. Ensuite, c'était la mort assurée. Mourir de faim, de froid, de peur. Mais ils n'avaient pas le choix. Là haut, les nettoyeurs à leurs trousses. Ici, avec un peu de chance, un tout petit peu de chance, la liberté au bout de la route. Ils n'avaient que deux lampes universelles. Heureusement, leur autonomie excédait les quinze jours sans soleil. Ensuite, il faudrait les recharger. Mais de l'autre côté du mur, s'ils arrivaient à en sortir, le soleil serait toujours présent. C'était une consolation. A condition de trouver la sortie, si sortie il y avait. L'optimisme n'était pas au beau fixe, chacun s'interrogeant sur leurs chances de s'en tirer. Mais le plus pessimiste était Sami. Pour une fois, Ferdinand ne disait rien. Dans les moments les plus difficiles, il savait se taire. Pas Sami. Ils marchaient depuis une bonne heure sans voir où ils se dirigeaient. Le souterrain semblait monter, puis redescendre. De chaque côté, il n'y avait que les parois froides des murs.

— Nous allons tous crever, dit Sami. Nous aurions mieux fait de rester au Grand Pays. Quel imbécile je fais ! J'y ai cru à ce voyage. Et maintenant nous allons tous y passer. Mourir à petit feu, de soif, de faim,

152

en errant lamentablement. Et je parie qu'il y a des animaux. J'ai entendu des légendes à ce sujet, tiens. Pour Valentine qui adore les légendes.

Il se tut, attendant une réaction. Mais personne ne lui répondit. Il continua son monologue :

— Oui, une légende qui dit que dans le temps, les souterrains étaient infestés de rats. Des bêtes énormes avec une longue queue et de grosses dents. Ils étaient agressifs et donnaient des maladies mortelles.

— Vous déraillez, mon vieux, conclut Toufik. Effectivement, vous aviez raison, vous ne supportez pas l'obscurité. Nous aurions dû vous laisser avec les nettoyeurs, vous auriez peut-être préféré leur compagnie à celle des rats.

Bien que l'ambiance ne fût pas à la franche réjouissance, Garance éclata de rire. C'était nerveux, mais son rire clair se communiqua aux autres, se transformant en fou-rire collectif.

— Vous êtes trop cons, dit Sami soudain déridé. Riez, vous verrez que vous rirez moins si vous rencontrez ces bestioles.

— On les mangera, dit Olivier. Valentine nous a dit qu'autrefois les hommes mangeaient de la viande.

— Cela tombe bien. Nous avons de quoi nous nourrir pour 3 jours, pour boire aussi. Ensuite…

Valentine se tut, consciente de l'impact de ses paroles sur le moral de ses amis.

— Il va falloir se rationner, insista-t-elle devant leur mutisme.

Le fou rire était retombé.

Elle répéta :

— Se rationner, oui. Ce qui veut dire que nous allons devoir partager les rations pour tenir…

Ferdinand lui coupa la parole :

— Pour tenir quoi ? Combien de temps ? Vous croyez que si nous tournons en rond dans ce labyrinthe cela servira à quelque chose de nous rationner ?

— Ah ! Ne vous y mettez pas vous aussi ! Donnez-moi une solution vous qui êtes si malin.

— Nous trouverons la sortie, dit Garance d'une manière si péremptoire que les deux lumières portées par Olivier et Toufik se braquèrent sur son visage en même temps.

Eblouie, elle mit son bras devant ses yeux pour se protéger, et montra le mur :

— Dirigez votre lampe de ce côté au lieu de m'aveugler.

— Qu'est-ce que c'est ?

— Des écritures. Des écritures et un plan.

— Un plan ? Pour quoi faire ?

— Trouver le chemin. Olivier, vous avez toujours votre boussole ?

Elle colla son visage aux parois. Avec le doigt, elle suivit les contours des lignes qui, pour les autres, ne représentaient rien. Suspendus à ses gestes, ils retenaient leur respiration. Les lignes partaient dans tous les sens sans aucune logique apparente. Elle soupira.

— Je ne connais pas cette écriture. On dirait de l'arabe, mais ce n'en est pas. Pour le plan, regardez là, deux traits se suivent, et, au-dessus il y a comme un pont. C'est l'endroit où nous sommes.

Olivier dirigea la lampe au plafond.

— C'est une voûte. Comment a-t-on fait pour construire une chose pareille ? C'est hallucinant.

— Avec d'énormes machines, suggéra Valentine. Des machines comme les nôtres mais à une échelle immense.

— Pas sûr. Autrefois les hommes pouvaient soulever des objets énormes par la pensée, répondit Garance.

— Tout ceci n'est qu'un ramassis de stupidités, déclara Ferdinand.

— Vous allez peut-être nous dire que c'est naturel, railla Valentine. La terre est faite ainsi, avec des murs, des ponts, d'énormes rochers taillés en carré. Regardez un peu les volumes de ces pierres. Les coins sont en angle droit. Tout a été calculé.

Garance l'interrompit :

— On blablatera plus tard. Si vous n'arrêtez pas de parler, je ne peux pas me concentrer et j'ai froid, je préfèrerais marcher. Regardez les lignes. Elles sont parallèles, j'imagine que ce sont les couloirs. Il faudrait pouvoir recopier le plan.

— Recopier ? Mais comment ? C'est impossible.

Garance se mit à rire.

— J'ai la réponse Monsieur Toufik. Quand je disais que l'écriture était une affaire de femme.

Elle ouvrit son sac, en sortit un petit objet long, noir, effilé au bout.

— C'est mon maquillage, crut-elle bon d'expliquer pour les hommes. Je m'en sers pour les yeux.

Elle considéra le plan un instant puis se mit à tracer à l'intérieur de sa main. Elle rajouta des lignes.

— C'est pour indiquer la route au fur et à mesure. Les lignes parallèles sont des couloirs ; les ponts, des voûtes ; les carrés, des salles. Par endroits, une barre traverse les parallèles. Cela doit vouloir dire que le chemin s'arrête là. Il faut donc bien regarder le plan et ne pas emprunter les passages qui aboutissent à un mur.

— Astucieux, reconnut Sami. Mais en es-tu sûre ?

— Non, mais vous avez d'autres suggestions ?

Personne n'en avait, bien entendu.

— En tout cas, celui qui a gravé ce plan était malin.

— Pas malin, habitué à le faire. Nous avons tout perdu en quelques milliers d'années. Nous ne sommes pas des extraterrestres venus des étoiles, mais un peuple décadent.

— Et si nous y allions ? suggéra Olivier. Inutile de perdre du temps. Imaginez que les nettoyeurs trouvent le passage.

Cette hypothèse eut au moins le mérite de les faire bouger même si ce n'était pas une idée géniale pour leur moral. L'angoisse les reprit, pernicieuse.

— On tourne à gauche, dit Garance. De l'autre côté, cela se divise en plusieurs voies sans issue. Des murs, encore des murs.

— Je me demande d'où vient aux hommes cette idée funeste de faire des murs. Croyez-vous que c'était une coutume dans le passé ?

Personne ne répondit à Toufik étant donné que personne n'avait de réponse.

— Attention où vous mettez les pieds, dit Garance en trébuchant, le sol est inégal.

— Inégal mais parfaitement réalisé. Jusqu'ici, ce n'était que de la terre battue. A présent, on voit la main des hommes. Je me demande quelles merveilles nous allons encore trouver.

— Des merveilles ? railla Sami goguenard. Regardez les merveilles que nous avons devant nous.

Il dirigea sa lampe vers un recoin du couloir qui faisait un renforcement comme une petite pièce et plus aucun d'eux n'eut envie de plaisanter.

— Des ossements... déclara Olivier la voix tremblante. Humains, vu les cranes... Merde alors.

— Tu l'as dit. Morts de faim, de soif et de froid.

— Ils n'ont jamais trouvé la sortie. Il n'y a peut-être pas de sortie.

— Impossible, dit Valentine d'un ton cassant. S'il n'y avait pas d'ouverture, l'air serait irrespirable. Arrête de nous angoisser, Sami, nous le sommes assez sans que tu en rajoutes.

— Je n'en rajoute pas. Il y a peut-être une ouverture vers le haut, inaccessible, un genre de puits. Nous ne sommes pas équipés pour escalader.

— Il a raison, rajouta Ferdinand. Ne vaudrait-il pas mieux retourner d'où nous venons ?

— Faites ce que vous voulez, moi je continue, répondit Valentine.

Garance, qui l'aurait suivie au bout du monde, approuva :

— Moi aussi je continue.

Valentine saisit son sac qu'elle avait posé à terre et se remit en route, la jeune fille sur les talons. Les quatre hommes regardaient les ossements comme si, de leur contemplation, pouvait sortir une idée lumineuse. Toufik poussa du pied un tibia qui tomba en poussière, et saisit un des six cranes pour l'examiner.

-Ce sont bien des cranes humains. Que fait-on ?

— Attendez, dit Sami qui en examinait un. On dirait qu'ils ont pris des coups sur la tête.

Il le reposa, en prit un autre.

— Ils ont été fracassés par un objet, c'est indéniable. Ils seraient donc morts... assassinés.

Il les lâcha en entendant hurler Valentine, et se précipita à sa rencontre, suivi des trois autres. Ils les trouvèrent debout, au milieu d'une salle voûtée, toutes les deux, criant, chantant et riant, comme si la folie avait pris possession de leur cerveau. Sur un des murs de la salle, on voyait encore des inscriptions gravées sur une pierre plate. Elle avait été accrochée par les quatre côtés et des genres de clous s'enfonçaient dans le mur.

— C'est de l'arabe, c'est de l'arabe, chantait Garance. Des langues inconnues et de l'arabe que je peux lire.

Suspendus à ses lèvres, ils écoutèrent pour la première fois de leur vie la lecture d'un texte. Garance épelait lentement les mots, butait parfois sur des formules mystérieuses et difficiles mais le tout paraissait vraisemblable, à moins qu'elle n'inventât. Mais aucun d'eux n'eut cette pensée. Instants magiques où elle semblait dans un état second comme transcendée. Les mots coulaient comme cette eau précieuse qu'ils étaient

156

censés venus chercher : Bassin appelé « le Strouthion » du grec « strouthos » qui signifie alouette. L'aqueduc venait du nord et desservait la ville et le Mont du Temple. Quand Hérodote fit agrandir le temple, il ferma le côté sud de l'aqueduc et divisa le bassin en deux parties. Seule la partie Nord continua à fonctionner. Après l'écrasement de Bar-Kthba en 135 après Jésus Christ, l'empereur Hadrien transforma la surface du bassin en une place de marché couverte par des voûtes ».

— Cent-trente-cinq après Jésus Christ, soit cent trente cinq années après l'arrivée des hommes sur terre, dit Ferdinand, puisqu'on commence à dater le monde à partir de l'an 1 de Jésus Christ dont nous ne savons pas grand chose il est vrai. Comment les hommes ont-ils pu construire ça ? C'est impossible !

— Impossible et pourtant bien réel. Une place de marché qui devait être à l'air libre à cette époque-là. Attendez, il y une autre date en dessous. Peut-être la date d'installation de la plaque : Jérusalem, 3051. La Jérusalem de la légende et le Yerushalayim de Marco.

— Alors la légende serait réalité ? Et le tunnel aurait été utilisé autant d'années ? Ahurissant. A quoi pouvait-il servir ?

— Sûrement à se cacher, la preuve, les ossements. Ces gens-là ont dû être agressés. Mais qui étaient-ils ? Et quels étaient leurs agresseurs ?

La question de Sami resta en suspens.

— Continuons notre route, répondit Olivier, les réponses doivent être plus loin.

— On le saura en y allant, rétorqua Sami. Mais si les informations sont aussi nébuleuses que celles-ci, nous ne serons pas plus avancés. Nous ignorons à quoi ou à qui elles font référence. Aqueduc, Hérodote… Des noms de chefs ? Aqueduc venait du nord et desservait la ville. C'était peut-être un genre de transporteur chargé du ravitaillement.

— Aucune idée, avoua Valentine, mais pourquoi pas ?

— Ce qui pourrait signifier, continua Olivier, que les six hommes ont été agressés pendant qu'ils transportaient quelque chose de dangereux et de convoité. C'étaient six aqueducs.

— Pas mal, admit Sami, nous progressons.

— Pas du tout. Un aqueduc ce n'est pas une personne mais une chose. « L'aqueduc se divise en bassin », c'est pourtant explicite, se moqua Garance. Si vous interprétez tout de travers, nous ne sommes pas arrivés.

— Puisque tu es maligne, tu vas nous expliquer à quoi sert un aqueduc.

Garance haussa les épaules en signe d'ignorance. Ce n'était pas parce qu'elle connaissait un peu d'écriture qu'elle savait tout. Elle aurait bien voulu pouvoir noter ce qui était écrit sur le mur et n'ayant pas de support, elle prit le plan du mur et se mit à griffonner sur le vieux papier jauni. Les autres la regardaient, débordants d'admiration. C'était la première fois qu'ils voyaient quelqu'un écrire. Perdus dans le noir, plusieurs mètres sous terre, ils réapprenaient sans le savoir les premiers moments de la découverte de l'écriture, un peu comme les hommes préhistoriques en somme, avec la même exaltation, la même impression de sortilège et de magie et, en plus, le goût savoureux des choses défendues.

-On continue, dit Valentine soudain remplie d'un espoir fou.

Ils poursuivirent leur chemin le long du tunnel. Au fur et à mesure de leur progression, le style changeait. C'était à présent de grosses pierres parfaitement polies sur lesquelles ils pouvaient passer les mains sans se blesser. Jamais ils n'avaient vu de pierres travaillées par les hommes aussi imposantes. A gauche, le soubassement était plus vieux sur plusieurs mètres de long. L'air devenait de plus en plus lourd et sentait le moisi, car l'eau suintait du mur ancien. On aurait dit qu'il pleurait.

— Il doit s'agir du mur dont parle la légende, dit Sami. Cela prouve bien que les légendes sont toujours à interpréter avec circonspection. C'est de l'eau qui coule et c'est de bon augure. Elle vient bien de quelque part, cette eau.

— Ce qui expliquerait « les champs fertiles » du passé. Peut-être que cette eau coulait en surface il y a des milliers d'années.

— Maintenant c'est le désert partout. Qu'a-t-il bien pu se passer pour que la terre soit devenue aussi aride ?

— Comment voulez-vous que nous le sachions ? s'énerva Ferdinand que cette hypothèse de naissance sur terre de l'homme mettait de plus en plus mal à l'aise.

Garance leur coupa la parole en proclamant :

— Encore des écritures !!! Là, sur le mur.

En effet, le tunnel faisait un coude et ils découvrirent, une petite plaque avec simplement noté en plusieurs langues : sortie. La joie leur fit presser le pas, mais leur allégresse fut de courte durée car le tunnel débouchait sur une immense salle voûtée coupée en deux par un éboulement. Toute issue semblait compromise.

— Ne nous laissons pas décourager, dit Olivier, nous pouvons essayer de déplacer les pierres.

— C'est ça, dit Toufik, avec les dents.

Il n'y avait aucune issue sauf sur la droite un genre de goulot en métal inconnu dont la circonférence devait faire un mètre cinquante, pas plus. Les parois étaient glissantes et la seule manière de s'y engager était de ramper. A côté, une date : 2600.

— Sortie, sortie, maugréa Ferdinand. Et de quand date cette sortie ? De l'an I ?

— Non, c'est de l'arabe tardif, donc de trois mille ans, pas plus, soupira Garance. Ce tuyau ne sert pas à sortir, l'éboulement a dû se produire plus tard.

— A quoi pouvait-il bien servir alors ?

— Peu importe à quoi il sert, dit Valentine exaspérée. Au bout il y a une sortie. Alors nous allons ramper. Je n'ai pas envie de crever ici.

— On peut essayer, confirma Sami, il est en pente douce, ça doit être possible.

— S'il est en pente c'est qu'il remonte vers la surface obligatoirement. Le mieux c'est de grimper.

Joignant le geste à la parole, Toufik s'engagea dans le tuyau suivi par tous les autres. La progression était difficile à cause des parois glissantes et de l'obscurité, car ils avaient dû ranger les lampes dans leur sac à dos pour avoir les mains libres. La montée dura une bonne demi-heure, avec de nombreuses glissades en sens inverse qui auraient pu les amuser en d'autres circonstances mais ralentissaient la progression. Toufik atteignit la sortie le premier et saisit la lampe que Sami lui tendait pour les éclairer.

— Nous sommes arrivés dans une grande pièce dit-il d'une voix qui résonna dans le tuyau. Zut, le tuyau repart là-haut, il va falloir l'atteindre.

— On dirait un réservoir, s'étonna Sami. On voit d'anciennes traces laissées par le calcaire de l'eau. Je crois que c'est un système de canalisation.

Il ouvrit son sac et sortit des petites languettes en couleur. Puis, il humecta son doigt et frotta la paroi.

— C'est effectivement du calcaire, dit-il alors que la petite languette changeait de couleur. Nous sommes bien dans un ancien réservoir. S'il y a des canalisations, c'est qu'il y a — ou avait — de l'eau quelque part. Il faut continuer.

— Nous ne risquons pas d'être noyés ? demanda Valentine inquiète.

— Apparemment, non. L'eau ne coule plus. Mais il va falloir se faire la courte échelle. Garance, toi la première.

Sami la hissa sur ses épaules et elle s'accrocha à l'orifice. Ils passèrent tous de la même façon et Sami fut tiré à son tour par Olivier allongé dans le tuyau. Ils prirent le temps de se reposer quelques minutes puis se mirent de nouveau à ramper. Ils étaient harassés mais il fallait continuer coûte que coûte pour ne pas rester bloquer dans ce réduit où l'oxygène commençait à faire défaut. Finalement ils débouchèrent dans une autre salle, voûtée et couverte de graffitis incompréhensibles. Toutes les langues semblaient représentées et ce pendant des milliers d'années. Encore une fois, Garance fut sollicitée pour lire mais dans la multitude de mots, elle n'arrivait pas à trouver de quoi les satisfaire.

— Désolée, je suis incapable de traduire, reconnut-elle. Je ne connais pas ces langues.

Elle avait beau scruter les signes, rien ne lui paraissait familier. C'était comme si les siècles s'étaient amoncelés sur des couches de connaissance, laissant les hommes complètement nus, complètement désorientés face à un savoir auquel ils n'avaient plus accès. Ils se sentaient stupides, eux, les habitants du Grand Pays qui, quelques jours plus tôt, étaient si fiers de leur supériorité. Ferdinand remettait en question sa foi d'héritier des étoiles et sentait chanceler toutes ses certitudes. L'impression d'être manipulé devenait oppressante et les propos de Garance concernant d'éventuelles manipulations génétiques lui paraissaient de plus en plus plausibles. C'était horrible de se sentir si stupide, petit, tout en étant un scientifique, et il retenait avec peine la rage qui lui donnait envie de hurler.

— Il y a des dates, remarqua Garance qui ne voulait pas s'avouer vaincue. Certaines sont encore visibles : 1965, 2002, 2041, 2064, 2800. Il semblerait que ce soit la plus récente. On dirait qu'après cette date le tunnel n'a plus servi. Ou les hommes ne savaient plus écrire.

— Il a été condamné à la construction du mur, les dates correspondent. Pour que personne ne puisse le franchir.

— Alors nous sommes les premiers depuis plus de trois mille ans. C'est impossible.

Las de s'interroger pour rien, ils abandonnèrent la contemplation des écritures pour continuer leur périple.

Devant eux, s'ouvrait un couloir qui déboucha sur une deuxième salle haute de plusieurs mètres, dont le plafond en arc formait une immense voûte percée de trous. Une énorme grille condamnée par des éboulis de terre et de pierres signifiait qu'à une époque elle débouchait vers une sortie. A leur gauche, le mur était divisé en trois parties distinctes, le bas constitué de grosses pierres bien taillées, polies, et vers le haut des pierres plus petites comme si on avait voulu agrandir à moindre coût. Là, il y avait une inscription que Garance put déchiffrer mais qui ne leur donna aucune indication de l'endroit où ils se trouvaient : Porte de Barclay. Et à côté : passage secret. En dessous : Roi David : second roi d'Israël (1000 av. J.-C.-970 av. J.-C.) et fondateur de la dynastie judéenne.

— Impossible s'écria Ferdinand. Avant l'an I il n'y avait rien. L'an I commence à l'arrivée des hommes sur la terre.

— Arrête, Ferdinand, lui dit Toufik employant soudain le tutoiement, nous ne sommes plus dans le Grand Pays, il faut arrêter de se voiler la face. Je pense que Valentine a raison. La vie de l'homme sur cette terre est beaucoup plus vieille qu'on veut nous le faire croire.

Ferdinand n'avait plus le cœur à défendre une cause dont il doutait de plus en plus. Il dit d'un ton boudeur :

— Je ne fais que répéter ce qu'on nous a appris.

-C'est justement ça, le problème, ce qu'on nous a appris. Pourquoi tous ces mensonges ?

— Le mieux pour manipuler les gens c'est de les tenir dans l'ignorance, dit Garance d'une voix docte.

— En attendant, ce que nous ignorons c'est comment sortir d'ici. Et cela fait plusieurs heures que nous errons dans ce souterrain. Quelqu'un va-t-il me dire quelle idée géniale il a trouvé ?

La réflexion de Sami ramena les débats sur des problèmes plus terre à terre : survivre. Au fond de la grande salle, il y avait une autre grille fermée. Mais il suffisait de la pousser pour qu'elle s'ouvrît sur un autre passage large au début mais qui allait en se rétrécissant. Ils suivirent cette voie sur cinq cents mètres environ par un couloir qui montait. D'après la mauvaise conservation des vestiges, il devait être beaucoup plus vieux que tout ce qu'ils avaient vu précédemment. Malheureusement, il déboucha encore sur un éboulement.

— Merde ! On n'en sortira jamais, s'énerva Sami, on tourne en rond.

Olivier leva la tête et s'exclama :

— On voit le jour là haut, la voûte est percée. Un tout petit filet de lumière.

— Oui, peut-être, mais il n'y a aucun moyen de sortir, c'est trop haut. Une dizaine de mètres nous séparent de la liberté. Crever à dix mètres de la sortie, quelle blague idiote. Il va falloir revenir en arrière.

— Nous devrions nous reposer, dit Valentine sans répondre aux propos de Sami. Nous y verrons plus clair. De toute façon, dehors, la nuit va tomber.

— Moi demain je repars chez les Paléjudéens, dit Sami.

— Peut-être pourrions-nous trouver une autre sortie ? Nous n'avons peut-être pas bien regardé en venant. Il doit y en avoir une quelque part.

— La sortie se trouve derrière l'amas de rochers, c'est évident. Tu vas déblayer avec tes petites mains, peut-être ?

Il était évident que Sami cherchait l'affrontement, mais Valentine refusait de répondre à ses attaques. Comment en étaient-ils arrivés à ce point de rupture ? Elle n'avait pas voulu ça. Son amitié lui était précieuse et elle ne comprenait pas cet attachement maladif à sa personne ou du moins refusait de comprendre. Sami semblait souffrir et Valentine se récitait mentalement les mises en garde de l'Ecran du Grand Savoir à propos de l'amour « Etat extrêmement douloureux et dangereux. Un grand bonheur suivi d'une intolérable souffrance dont on peut mourir. Concerne uniquement la Basse Epoque ». Et si les sages avaient raison ? Pourtant, son père et sa mère n'étaient pas malheureux. Valentine en conclut que « l'amour » faisait souffrir uniquement s'il n'était pas partagé. Qu'en savait-elle puisqu'elle n'aimait personne ? Et pourtant, aimer, qu'est-ce que ça voulait dire ? Avoir envie de quelqu'un ? Etait-ce un attachement morbide comme le laissait entendre son inspecteur d'âme ? Quelle souffrance engendrait le manque d'amour de l'autre ? Bizarrement, elle avait envie de le savoir. Par masochisme ? Parce qu'elle était une scientifique curieuse de tout ? Elle n'avait pas la réponse. Ce qui l'étonnait, c'était que Sami, n'étant pas un embryon primitif comme elle, n'aurait pas dû connaître ce mal. Que se passait-il ? Lui avait-elle transmis quelque virus au moment des rapports sexuels ? Ce qui reviendrait à dire que l'amour était une maladie et ça, elle refusait de l'admettre. Quelque chose dans la machine parfaite de l'administration centrale était en train de se dérégler. Les réflexions de Sami les laissèrent tous sans voix au point qu'ils n'osaient même pas le regarder. Son visage reflétait une telle hargne qu'il semblait capable de se battre avec n'importe lequel d'entre eux, au moindre mot ou au moindre regard.

Valentine jeta un œil vers Oliver. Pourquoi, à ce moment précis, avait-elle tant envie de se blottir contre lui ? La chaleur lui monta au visage, heureusement il faisait trop sombre pour que quelqu'un la vit. Seule Garance comprit, et la poussa du coude.

— Si je puis me permettre une suggestion, dit Olivier rompant le silence qui devenait insupportable, nous devrions mettre en commun toutes nos connaissances. Peut-être trouverons-nous une solution ? Je commence, si vous voulez.

Sans attendre leur assentiment, il sortit sa carte, la déplia et la commenta :

— Voici le mur. Trois murs parallèles coupent la terre en deux sur plus de dix mille kilomètres. D'après l'écran du Grand Savoir, il relierait les deux grands océans et isolerait le Nord du Sud et surtout les animaux des hommes. Pourquoi ?

— D'après une légende, dit Garance, autrefois les hommes et les animaux vivaient ensemble, mais les hommes jouèrent à manipuler des substances dangereuses et les animaux furent porteurs de maladies qui se transmirent aux hommes décimant des populations entières.

— Quelle était la vie des hommes autrefois ? Que mangeaient-ils ?

— De la viande, dit Valentine.

— Et des murs, les légendes en sont pleines, continua Garance. Il paraîtrait que plus à l'est un énorme mur datant de plusieurs milliers d'années est encore debout autour d'un pays nommé autrefois la Chine. Mais nous n'avons aucune certitude. Nous ne savons même pas si ce pays a vraiment existé et s'il est encore habité.

— Cela fait déjà trois murs : le nôtre, celui de Yerushalayim, celui de Chine. Mais j'ai entendu pas mal de légendes au sujet des murs, notamment un mur qui aurait séparé des frères après une guerre horrible quelque part de l'autre côté du Mur, beaucoup plus au nord. C'était à la Basse Epoque. La légende dit que pendant cette guerre le ciel était embrasé comme si on y avait mis le feu. Il paraîtrait, toujours d'après la légende, que les hommes ont cassé le mur quelques années après l'avoir construit. C'étaient des surhommes, paraît-il. Ils auraient cassé le mur avec leurs mains pour libérer leurs frères. Dans toutes les légendes sur les murs, il est dit que les hommes construisaient des murs pour se protéger les uns des autres, de la misère qui était grande, de l'insécurité.

-De l'insécurité ? Pire que les nettoyeurs ? J'ai de la peine à le croire. D'où tenez-vous toutes ces informations ?

— Vous oubliez, Toufik, que je suis historienne et de la société des temps anciens, par-dessus le marché. J'ai beaucoup étudié les légendes sur les murs. Les hommes du passé étaient des spécialistes. Et autre chose que je ne vous ai pas dit et que je trouve opportun de vous révéler à présent : j'ai fouillé dans la bibliothèque centrale...

— Mais c'est interdit ! s'écria Ferdinand.

— Pas aux membres de la société des temps anciens. J'ai un laissez-passer permanent. Je crois que même les sept sages ne savent pas ce qui se trouve dans ces locaux sinon ils auraient fait tout détruire. Des choses prodigieuses. A une époque inconnue, les scientifiques ont sauvegardé des documents visuels. C'est là que j'ai su à propos des hommes préhistoriques. C'était il y a au moins trente mille ans les hommes mangeaient de la viande crue, ne connaissaient pas le feu et se faisaient la guerre. Il semblerait que la guerre soit inscrite dans les gênes de l'humanité. D'effroyables guerres, meurtrières, sauvages. J'ai vu des choses épouvantables. Il y sept salles remplies jusqu'au plafond de choses invraisemblables, pleines de poussière, des machines, des objets, des films, mais aucun livre.

— Impossible que personne ne se soit jamais intéressé à ces objets.

— Pas impossible, si nous examinons ces faits à la lumière de ce que nous soupçonnons à présent : si les humains ont été trafiqués à la naissance, ils n'ont aucune curiosité mal placée. Ils apprennent ce qu'on leur dit d'apprendre. Ils ne cherchent pas à voir les choses interdites. C'est un vrai labyrinthe cette bibliothèque, plusieurs pièces se succèdent en enfilade et des portes blindées condamnent chacune d'entre elles. Ces salles étaient fermées depuis des générations, l'isolation a été mal faite et les objets pleins de poussière rouge. J'ai bricolé les serrures et ce ne fut

164

pas facile, j'ai dû demander l'aide d'un technicien attaché à la société des temps anciens. Lors de mes recherches, j'en ai vu des murs. C'est impressionnant.

— Pas étonnant que les nettoyeurs nous cherchent, dit Sami. Ils ont dû découvrir tes intrusions dans la bibliothèque centrale.

Valentine ne releva pas l'accusation ouverte et Ferdinand demanda :

— Les machines dont vous nous avez parlé, vous les avez vues ?

— Comme je vous vois. A mon avis, l'écran du Grand Savoir était autrefois beaucoup mieux renseigné. Mais avec le temps, les sept sages ont dû présumer que nous n'avions pas besoin de toutes ces informations.

— Et les animaux ?

— Pas un seul. On dirait que leur mémoire a été rayée de la bibliothèque centrale tout entière. Tout comme les livres. Il n'y a pas un seul livre nulle part. Et croyez-moi, j'ai bien cherché.

— Bizarre, tout de même, n'est-ce pas ? dit Toufik.

Valentine haussa les épaules en signe d'ignorance.

— Tout cela ne va pas nous dire comment sortir d'ici, fit remarquer Olivier. La nuit tombe. Il serait plus prudent de dormir un peu avant de rebrousser chemin. Demain matin, les nettoyeurs auront quitté la tribu. Laissons-leur le temps de se décourager.

Sa proposition fut adoptée à l'unanimité tant leur fatigue était grande. Fatigue physique et émotions avaient eu raison de leur énergie et de leur optimisme. Ils s'enroulèrent dans leur couverture de survie, à même le sol. La sortie était si proche et si lointaine que c'était démoralisant.

— Sur les ailes de Barak, pensait Valentine tandis que les autres dormaient déjà et qu'elle entendait ronfler de concert Ferdinand et Toufik. Si seulement elle avait pu comprendre le sens caché de ce message. Peut-être s'agissait-il tout simplement d'un avion ? Evidemment, s'ils avaient eu un avion à leur disposition pour passer le mur, l'expédition eut été tellement facile ! Que de savoir perdu, de temps précieux gaspillé alors que la terre se mourait et que la soif menaçait leur vie. Revenir en arrière, c'était avouer l'échec de toute une existence passée à essayer de comprendre. Une irrémédiable défaite. Son inspecteur d'âme aurait ricané « je vous l'avais bien dit ». Elle avait envie de pleurer de rage. Mais elle était tellement fatiguée que ses yeux se fermèrent, sans qu'elle s'en rendît compte, malgré les ronflements de ses coéquipiers.

***

Un grand bruit, puis un hurlement de douleur inhumain les tirèrent de leur sommeil. Au-dessus de leur tête, des cris humains se mêlaient au cri de douleur de l'objet tombé. En fait, ce n'était pas un objet, car on entendait des gémissements et les six compagnons se levèrent d'un bond comme s'ils avaient le diable aux trousses.

— Qu'est-ce que c'est hurla Garance.

— Un animal, c'est un animal ! Au secours ! Il bouge. Il est tombé du plafond.

— Il y a des gens là-haut, répondit Olivier aux cris des deux filles.

— L'animal s'est blessé, dit Garance reprenant un peu de courage. On ne peut pas l'abandonner comme ça. On dirait qu'il s'est cassé une jambe.

Une tête passa par l'ouverture du plafond et cria quelque chose qui ressemblait à « qui êtes-vous ? »

Personne n'osa répondre et Ferdinand demanda :

— On dirait qu'il parle comme nous avec un drôle d'accent. Croyez-vous que ce sont des nettoyeurs ? Qu'ils sont dangereux ?

— Comment voulez-vous que nous le sachions, s'énerva Toufik. Nous ne savons même pas où nous sommes. Et cet animal, c'est peut-être un cheval.

— Pensez-vous, le cheval est plus grand.

La bête gémissait et se tortillait en proie à une souffrance terrible.

— Il s'est cassé la colonne vertébrale. Il va mourir.

Une voix paniquée leur parvint de la surface.

— Qui êtes-vous ? Que faites-vous là ? Comment va mon chien ?

— Ah c'est un chien, constata Toufik. A quoi ça sert ? Est-ce que c'est méchant ?

— Moi ce qui m'inquiète c'est de savoir qui est le type à qui appartient le chien car lui est peut-être méchant.

— Mais les animaux donnent des maladies ! Ecartez-vous de ce chien.

Tandis qu'ils se rassemblaient loin de la bête, d'autres visages firent leur apparition en surface.

— Faites-nous sortir ! cria Sami qui commençait à se sentir claustrophobe.

166

Les visages se retirèrent. Les hommes parlementaient. Le chien lança aux voyageurs inconnus un regard implorant – on aurait dit qu'il versait des larmes— eut un dernier sursaut, et mourut. Garance se mit à pleurer comme si elle connaissait l'animal de longue date. En fait, la mort de l'animal lui rappelait celle de sa mère qui avait eu le même regard au moment de s'éteindre. Elle se dit que les animaux devaient souffrir de la même façon que les hommes, mourir aussi, peut-être penser, et— pourquoi pas — parler. Quant aux habitants du Grand Pays, cette mort les mit mal à l'aise. Chez eux, on ne cohabitait pas avec les morts et aucune veillée funèbre ne venait accompagner les familles et leur disparu. Cela ne se faisait pas. Les corps étaient emportés par les embaumeurs et la famille faisait la fête. Là, confrontés à une situation qui les dépassait, ils ne savaient pas quelle contenance prendre.

— Il ne faut pas le laisser là, dit Valentine, c'est horrible, il va pourrir.

— Tu n'as jamais vu un mort ? s'étonna Garance. Je te signale que le corps ne pourrit pas aussi vite. Quoique, avec la chaleur...

— Taisez-vous, hurla Ferdinand en prise à une crise d'hystérie. Vous croyez que c'est le moment de discuter sur la mort ? Merde, alors ! Taisez-vous.

-Calmez-vous, lui conseilla Olivier, cela ne sert à rien de vous mettre dans cet état. Ces gens vont nous sortir d'ici.

— Et comment ? Ils sont partis.

— Non, ils discutent entre eux sur notre sort. Je les entends. Visiblement, nous leur posons un problème.

Comme pour lui donner raison quelqu'un cria :

— Qui êtes-vous ?

— Drôle d'accent, remarqua Sami. Mais heureusement qu'ils parlent le même langage que le nôtre. Que doit-on leur répondre ?

— Nous sommes du Grand Pays, cria Toufik.

— Quel pays ?

— Sortez-nous de là ! Nous parlerons ensuite, dit Sami irrité.

Il se passa encore plus d'un quart d'heure avant qu'un des étrangers leur réponde :

— Etes-vous armés ?

— Non.

— Nous vous envoyons une corde. Sortez l'un après l'autre. Et pas de gestes inconsidérés.

Ils ne voyaient pas comment ils auraient pu faire des gestes inconsidérés, suspendus dans le vide au bout d'une corde qui pouvait craquer à tout moment, mais ces étrangers qui leur sauvaient la vie étaient au moins aussi inquiets qu'eux et méfiants.

— Je monte le premier, dit Olivier qui désirait surtout protéger Garance et Valentine. On ne sait jamais. S'ils sont hostiles, je vous préviens et vous ne montez pas. Vous retournez chez les Paléjudéens. Je me débrouillerai.

Avec appréhension, ils le virent disparaître par la voûte percée. Leur angoisse ne dura pas longtemps car la corde redescendit et la voix d'Olivier leur cria « tout va bien ». Un à un, ils furent hissés et se retrouvèrent dans une pièce délabrée, qui, au vu de sa dégradation, devait dater de plusieurs milliers d'années. Une grosse pierre plate condamnait l'entrée du souterrain, mais un récent éboulement avait ouvert une brèche que personne n'avait encore osé explorer. Seul, le chien avait senti la présence des humains et s'était précipité dans ce temple où personne n'osait s'aventurer étant donné sa réputation sulfureuse. Un grand escalier aux marches inégales conduisait à l'air libre au milieu d'une ancienne salle qui fut jadis couverte de céramiques et dont il restait, çà et là, le bleu d'anciens pavés, souvenir d'une époque où le temple était une mosquée. La mosquée d'Omar, troisième lieu saint de l'Islam, devenue un tas de pierres dont plus personne ne connaissait la provenance. Quatre mille ans d'oubli s'était glissés sur le dôme du Rocher. Mais de ce dôme doré étincelant au début du troisième millénaire, il ne restait plus rien. Le sable avait rempli l'esplanade de l'ancien temple de Jérusalem, bouché chaque espace vide, chaque maison, transformant un pays prospère en désert, comme le continent tout entier. Il ne restait plus que quelques pans de murs solitaires, et des hommes venus du nord fuyant le froid qui s'était installé sur une bonne partie de l'ancienne Europe. La rencontre avec les hommes du sud fut magique. Malgré la peur, la méfiance, ils renouaient des liens perdus depuis le grand Nettoyage trois mille ans plus tôt. Si les hommes du Grand Pays n'avaient plus de mémoire collective, celle des hommes du nord fourmillait de souvenirs réels ou inventés dans lesquels il fallait parvenir à reconnaître le vrai du faux.

Ils se retrouvèrent face à face, physiquement identiques, mais aussi différents que des êtres venus d'une autre planète, silencieux, étonnés, se demandant s'ils devaient crier de joie ou s'enfuir à toutes jambes. L'instant d'étonnement passé, ils se regardèrent, se jaugèrent, méfiants mais séduits et curieux. Lesquels allaient parler les premiers ? Un géant barbu du peuple de Samarie tendit en premier sa grosse main pleine de poils à Ferdinand, séduit peut-être par son âge ou par sa corpulence qui forçait au respect et lui donnait l'air d'un chef. Ferdinand n'en menait pas large, mais répondit au geste d'amitié, enfouissant sa main fine aux ongles manucurés dans celle, rugueuse, du géant. Ce geste scellait une entente cordiale, et la dizaine d'hommes venus au secours des habitants du Grand Pays se mit à crier, à siffler pour manifester sa joie.

— Merci dit Ferdinand, vous nous avez sauvé la vie. Nous ne vous remercierons jamais assez.

— Et mon chien ?

Celui qui parlait était encore un adolescent, à peu près de l'âge de Garance. Il avait l'air triste.

— Il est mort, répondit la jeune fille. Il s'est cassé la colonne vertébrale. Ça ne pardonne pas, ce genre d'accident. D'ailleurs, il vaut mieux qu'il soit mort, ton… « chien », car il aurait été handicapé toute sa vie. J'imagine que c'est fait comme un humain, un chien, non ?

Le jeune homme la regarda surpris par cette question insolite, puis ajouta :

— Je voudrais l'enterrer. Il faut retourner le chercher.

— Pas question ! dit le géant poilu d'un ton tranchant. Nous ne retournons pas dans l'antre des créatures. C'est un endroit maudit et dangereux. Les esprits y rôdent. Nous ne savons pas ce qui s'y passe.

— Ah, mais nous, nous le savons, rétorqua Garance d'un ton enjoué.

Le géant dut trouver son intervention impudente car il s'assombrit et son regard noir se porta de Garance à Ferdinand et vice-versa en signe de désapprobation. Garance n'en n'avait cure.

— Oui, nous savons ce qu'il y a en dessous. Un souterrain qui fait des kilomètres et ressort de l'autre côté du mur. Pas d'esprits rôdeurs, non. Ce n'est pas dangereux, la preuve : nous venons de traverser le mur et nous n'avons rencontré personne. A part des cadavres, mais ça fait longtemps qu'ils sont là. Des milliers d'années…

— Arrête de jacasser, la coupa Olivier. Tu les affoles. Puis il dit au géant :

— Merci pour votre sauvetage. Sans vous, nous serions morts dans le souterrain. Nous venons d'un pays de l'autre côté du mur par une porte secrète.

-Un pays de l'autre côté du mur ? Il n'y a pas de pays de l'autre côté du mur.

Un grand silence suivit ces affirmations. Ce n'était pas gagné pour les nouveaux arrivants ne sachant pas comment faire comprendre à leurs hôtes d'où ils venaient. Olivier rétorqua :

— Désolé de vous contredire. De l'autre côté du mur il y a un monde qui vit. Sûrement pas le même que le vôtre. Mais il vit. Malheureusement, le manque d'eau est en train de le tuer. Nous sommes venus pour apprendre comment trouver de l'eau.

-Comment apprendre à trouver de l'eau ? Mais cela ne s'apprend pas ! Quelle drôle d'idée ! L'eau existe ou n'existe pas, tout simplement.

— Chez nous, il n'y a plus d'eau, insista Olivier. Partout c'est le désert. Les puits sont presque à sec. Il faut nous aider.

— J'ai du mal à vous croire. Depuis des millénaires, nous pensons que de l'autre côté du mur coulent de grands fleuves mais que cette partie de la terre est habitée par des esprits malins qui ont massacré nos ancêtres. Alors vous, vous venez nous dire qu'elle est habitée par des êtres comme nous. C'est impossible. Vous ne pouvez pas venir de l'autre côté du mur. Il n'y a aucune porte pour passer le mur.

Olivier commençait à entrevoir un début d'explication. S'il n'y avait pas de porte de ce côté-ci du mur, c'était peut-être pour interdire l'accès du Grand Pays aux populations malades à l'époque où de grandes épidémies avaient décimé une bonne partie de la planète. Les hommes valides s'étaient réfugiés au sud après avoir massacré tous les animaux, et abandonné au nord les populations contaminées. C'était inhumain, mais c'était ainsi. Alors pourquoi avoir mis des portes de l'autre côté ? Des portes gardées et interdites. Qu'avait-il entre les murs ? Que voulait-on leur cacher ?

— Et mon chien ? demanda le jeune garçon qui n'avait qu'une idée en tête et se moquait pas mal des problèmes des étrangers.

Etant donné que personne ne prenait la mesure de l'étendue de sa détresse, il les laissa là, sans rien dire. Garance comprit tout de suite ce qu'il voulait faire et courut derrière lui.

— Tu ne va pas y aller tout seul. Je vais descendre dans le trou, je suis plus légère que toi, j'attacherai la corde autour de ton chien et tu le hisseras.

— Merci. Moi c'est Dror. Et toi ?

— Garance.

— Joli prénom.

— C'est le nom d'une plante. Et synonyme de Liberté.

-Mon nom aussi, est synonyme de liberté. Comme c'est étrange... Dror, cela veut dire « oiseau »et signifie « liberté » depuis des temps immémoriaux.

— As-tu déjà vu beaucoup d'oiseaux ?

— Oui, de l'autre côté de la mer. Mais j'étais trop jeune pour en avoir gardé beaucoup de souvenirs. Au printemps, quand la nature s'éveillait de l'hiver, on les entendait chanter. Ils faisaient leurs nids dans les arbres, et même sous les toits de nos maisons. Ici, il n'y en a presque pas. C'est trop désertique. On ne voit que des vautours qui se nourrissent de charognes. Chaque fois qu'un animal meurt, il y en au moins dix qui se ruent sur le cadavre encore chaud. J'ai déjà assisté à un tel carnage, c'est horrible et je ne voudrais pas que mon chien finisse ainsi, mangé par ces sales bêtes.

— Alors là, pas de danger. Là où se trouve ton chien, aucun danger qu'il soit mangé par des oiseaux. Il n'y a pas un seul animal dans le souterrain.

Dror était perplexe.

— Ce souterrain, c'est vrai que vous l'avez traversé ? Que vous venez de l'autre côté du mur ? Vois-tu, pour nous, ce mur est une énigme. Construit il y trois mille ans au moins, pour des raisons que nous ne connaissons pas, il terrorise tout le monde. Quelle malédiction s'attache à son histoire ? D'après certains écrits datant d'environ mille ans, il sépare les hommes de créatures titanesques, monstrueuses. Ce serait pour cette raison qu'il est si haut. Il est tellement terrifiant que depuis des milliers d'années ce côté-ci de la mer n'est pas habité. Il a fallu que la situation se dégrade au nord pour que nous émigrions dans cette région.

— Que veux-tu dire par « la situation se dégrade » ?

— Le froid gagne les régions du nord. Les nuits son insupportables. Même avec un feu il fait froid, et même avec des couvertures. L'hiver, les températures tombent tellement bas que les plantes meurent. Après quatre années consécutives de mauvais temps, les pertes en vies humaines étaient grandes, les troupeaux étaient décimés. Ma famille, avec d'autres habitants du village, a décidé de se réfugier ici malgré la proximité du mur. Et vous, vous venez nous dire que, de l'autre côté du mur, des gens vivent. Te rends-tu compte de l'énormité de vos informations ?

— Tu n'es pas au bout de ton étonnement. Des gens vivent, mais il n'y a pas d'animaux – pas un seul, tu entends ? – presque plus d'eau. Plus d'écriture non plus. Les dirigeants du Grand Pays ont tout fait disparaître. Les tribus gardiennes des murs et les nomades subissent le joug des nettoyeurs et survivent comme elles le peuvent. Pour nous nourrir, nous avons des cachets dont nous ne connaissons pas la composition, en plus des légumes et des fruits.

-Vous ne mangez pas de viande ? demanda Dror sidéré par un tel comportement. C'est impossible.

— Laisse tomber. Tu n'arriveras jamais à nous convaincre d'en manger. Alors tu vas manger ton chien ?

— Quelle horreur ! Manger du chien ! Mon chien c'est mon copain, je ne peux pas le manger.

— Je n'y comprends rien, admit Garance. Occupons-nous plutôt de le sortir de là, ensuite tu en feras ce que tu voudras. Mais je t'avertis, je n'ai jamais vu ni touché d'animal de ma vie, et je ne suis pas sûre de supporter son contact.

— Pourtant, il n'y a pas de meilleur contact. Le chien, c'est ton ami. Il sait quand tu es triste, quand tu es heureux. Il rit, il pleure tout comme toi. C'est le meilleur ami de l'homme. Je ne sais pas ce que je vais devenir sans lui.

Il se tut pour ne pas pleurer, surtout devant une fille. Une fille qu'il ne connaissait pas, qui venait d'un pays inimaginable quelques heures plus tôt et qui ne pouvait pas comprendre sa peine étant donné qu'elle n'avait jamais vu d'animal. Tout compte fait, il se dit que cela devait être horrible de ne pas avoir d'animal avec soi pour partager ses peines et ses joies. Elle avait dû avoir une enfance malheureuse dans un pays où on ne mange pas de viande et où il n'y a pas d'eau. Il se mit à la plaindre et oublia un peu son chagrin. Ils étaient arrivés au bord du puits. On pouvait apercevoir, au fond, une masse sombre inerte. Dror était tétanisé et la douleur l'envahit.

— Laisse aller la corde, lui dit Garance. Je descends.

Il l'accrocha à un énorme caillou qui devait faire partie du mur et Garance se laissa glisser le long de la corde. Arrivée au fond du puits, une angoisse irrépressible la prit à la gorge. Seule avec ce chien, elle n'en menait pas large. Elle posa sa main sur le ventre de l'animal et manqua vomir. C'était une sensation déroutante, comme si elle touchait une personne couverte de poils. D'habitude, les poils la dégoûtaient. Elle ne supportait pas les hommes poilus, et pas plus les animaux si ceux-ci avaient des poils. Elle contempla un moment la bête : quatre jambes, un visage allongé, très long même, sans lèvres apparentes, les oreilles démesurément étirées, et derrière, une chose horrible, longue et touffue. Elle resta là à se demander comment elle allait faire pour attacher cet animal à la corde. Il fallait le soulever. Toucher un mort ne la gênait pas, mais un chien, c'était autre chose. Puis elle entendit Dror crier :

— Ça ne va pas ? As-tu besoin d'aide ?

— Non, cria-t-elle. C'est bon.

Hors de question de faire voir à ce garçon qu'elle hésitait. Prenant son courage à deux mains et ravalant son dégoût, elle souleva le chien et attacha solidement la corde en la faisant passer autour du cou et des jambes de l'animal.

— C'est bon, tu peux y aller.

Le chien monta doucement, tiré avec précaution par le jeune homme. Garance était stupéfaire de sa force. Pour un jeune de quatorze ans, il était bâti comme un homme de trente. « La vie de ce côté-ci du mur doit prédisposer à la virilité physique » se dit-elle en pensant aux hommes de sa tribu et à leur corps longiligne. Et elle aimait bien cette sensation de puissance. Avec quelqu'un comme lui, on ne devait pas se sentir en danger.

« Garance, tu dérailles » pensa-t-elle en souriant intérieurement. Mais elle devait bien s'avouer que Dror lui plaisait et se dit que son amitié lui serait précieuse dans l'avenir.

-Accroche-toi à la corde ! lui cria-t-il.

Et elle fut transportée dans les airs par ce nouvel ami comme une plume emportée par le vent. Quand elle reprit pied, elle vit le visage décomposé de Dror, et ses yeux remplis de larmes. La force physique d'un homme mais les peines d'un enfant. Le chien gisait à terre, au pied de son maître. Il se baissa pour caresser une dernière fois l'être cher et, ravalant des larmes qui ne seyaient pas à un fils de chef, il dit à Garance :

— Nous allons l'enterrer ici-même. Dans ce sanctuaire. C'est un endroit sacré.

— D'accord, dit Garance que le mot « sacré » intimidait un peu. Mais où ?

— Ici, près de cette colonne.

— Que c'est beau ! Regarde, les couleurs orange sont magnifiques. Qu'est-ce que c'est à ton avis ?

— Une ancienne colonne, enfin ce qu'il en reste. Il paraît qu'autrefois il y en avait beaucoup d'autres, très hautes et recouvertes de mosaïques. Cet endroit était réservé à une certaine catégorie de personnes, et les autres n'avaient pas le droit d'y rentrer.

— Drôles de mœurs, dit Garance tout en pensant que les leurs ne valaient pas mieux. Comment vas-tu faire pour creuser ? On dirait que le sol est lui aussi recouvert de mosaïques bleues. Quel dommage de les casser.

— Mon chien vaut bien des mosaïques. J'ai une pioche.

Il ramassa un objet que Garance identifia comme étant un outil de jardinage. Ensuite il se mit à donner de grands coups sur le sol jusqu'à ce qu'il eût fait un trou assez gros pour y loger le corps de son compagnon. Il posa l'animal avec respect au fond du trou. A ce moment-là, son visage ne reflétait plus aucune émotion. Il avait l'air d'une statue de pierre impassible que même le temps ne pouvait pas dégrader. Il resta silencieux quelques minutes, marmonnant des mots inaudibles. Puis lui dit :

— Tu devrais faire comme moi, une petite prière pour lui. Si tu es en vie, c'est bien grâce à mon chien. S'il n'était pas venu voir ce qui se passait dans le trou, je ne serai pas venu à votre secours. Cet endroit flanque la trouille à tout le monde. Il fallait une bonne raison pour nous y aventurer.

Garance ignorait ce qu'était une prière et ce qu'il fallait dire, alors, pour lui faire plaisir, elle ferma les yeux et se mit à murmurer comme lui, n'importe quoi, retenant une forte envie de rire. Puis Dror referma le trou avec des morceaux de céramique et des cailloux. Par-dessus, il posa un morceau d'ancienne colonne qui traînait par-là en disant :

— C'est pour le protéger des prédateurs, bien qu'il n'y en ait pas beaucoup par ici. Quelques renards, tout au plus. On dirait que même les animaux ont peur de cette zone.

— A ton avis, qu'a-t-il bien pu se passer ?

— D'après le livre « L'origine du monde », au moment de la construction du mur, les ouvriers ont vu des feux avec de fortes émanations malodorantes. Beaucoup sont morts asphyxiés, les autres sont devenus fous. Et les hommes ont déserté cette zone. Elle était devenue inculte. Plus rien ne poussait, tout était mort, irrémédiablement mort. Il est écrit « et les hommes virent leurs frères tomber, les herbes se tordre et brûler sur place ». Philippe Braud Livre 9 chapitre 8.

— Tu sais lire ? s'étonna Garance.

— Ah non... Enfin, un peu quand même. Seuls les scribes-druides savent lire et écrire, en principe. Les scribes-druides sont des savants. Moi j'ai appris les textes par cœur avec un des leurs qui m'a enseigné des rudiments d'écriture. J'aime entendre lire et réciter. C'est comme de la musique. Mais aussi appris à lire et à écrire en secret. Il ne faut surtout pas le dire.

— Je le jure, dit Garance. Et ce livre, « l'origine du monde », où est-il ?

— Aucune idée. Nous avons autre chose à faire que de nous préoccuper d'un livre, même si celui-ci est le plus important de tous. Pour nous, c'est « Le livre », les autres sont de moindre importance.

— Parce qu'il y en a d'autres ?

— Et bien, oui... Tu n'es au courant de rien ! D'où sors-tu ?

— D'un pays où l'écriture n'existe pas. Mais là n'est pas le problème. Ce livre, s'il est si important, doit bien exister quelque part.

— Il en existe plusieurs copies, mais différentes, et parfois les scribes-druides se chamaillent pour savoir quelle est la vraie version.

-C'est stupide. Se disputer pour si peu...

— Ce n'est pas peu. C'est très important. Les scribes-druides travaillent beaucoup sur ce livre. C'est l'histoire de l'humanité romancée.

Garance eut une moue dubitative qui ne plut pas à Dror.

— Vous êtes de drôles de gens, de l'autre côté du mur. Pas comme nous. D'abord, cet accent bizarre... Et vous ne croyez en rien. Ce n'est pas normal.

— La normalité. Cela n'existe pas. Moi, tu vois, je suis un chef. Cela t'étonne, non ? Ce n'est pas normal chez toi ? Eh bien, chez nous, c'est normal. Tu vois, la normalité varie d'un pays à l'autre.

— Tu as peut-être raison.

— Mais pour le livre ? insista-t-elle. Il doit bien être quelque part, sinon, vous ne pourriez pas le lire. Tes scribes machins ne l'ont pas appris par cœur, quand même ! Où l'avez-vous trouvé ?

— Nous ne l'avons pas trouvé, nous l'avons toujours eu.

— Et qui l'a écrit ?

— Qu'est-ce que j'en sais moi ? Il a été écrit, il y a probablement des milliers d'années, et recopié des milliers de fois. D'ailleurs, il a été écrit avec des machines, et recopié à la main. Cela prend du temps. Personne ne sait qui l'a écrit. Il n'y a plus aucune machine depuis bien longtemps.

Puis il rajouta :

— Sortons d'ici avant que les autres ne viennent à notre recherche. C'est dangereux de rester là.

— C'est beau, insista Garance en se baissant pour ramasser un morceau de faïence bleue. Je n'ai jamais rien vu d'aussi magnifique. Chez moi, il n'y a que des tentes. A quoi cet endroit pouvait-il servie ?

— C'était un lieu de culte, il y a très longtemps. D'après « L'origine du monde », un homme important, le prophète Mohamed – ne me demande pas ce qu'est un prophète, je n'en sais rien — aurait disparu dans le ciel sur un animal ailé nommé Barak et a posé son pied sur la colline que tu vois là. Toujours d'après ce livre, un autre homme important nommé Jésus aurait ressuscité un mort et aurait péri lui-même sur cette colline. D'après nos sources, ses frères l'auraient attaché par les mains avec de gros clous parce qu'il était considéré comme un traître. C'est horrible, hein ? Il serait mort à petit feu dans d'atroces souffrances sous les yeux de sa mère. Les hommes du passé étaient des sauvages.

Garance frissonna malgré la douceur de la température.

Dror poursuivit :

— Il s'est passé beaucoup de choses, ici. Les ancêtres s'y sont battus entre frères. C'est pour cela que les hommes en ont si peur. Le livre III dit « en l'an 12 du siècle de tous les dangers, les frères ennemis conscients de l'urgence de se réconcilier, ont voulu déposer les armes, mais grande était l'ardeur du feu du ciel et nulle paix ne put réconcilier les hommes et les éléments. C'était bien avant la Grande Catastrophe, l'empoisonnement par les animaux, et la séparation de la terre du Nord et celle du Sud. Bien avant l'idée même du mur. C'était le règne de Ron Huldai ». *Charbit Jérémie, Livre III chapitre 2.* Il semblerait que plusieurs fois dans l'histoire, de grandes catastrophes aient secoué ce coin du monde. Et Il paraît que les esprits des morts hantent ce lieu.

— Tu as raison, il vaut mieux partir, dit Garance gagnée par l'angoisse du jeune homme.

Elle avait un mal de tête épouvantable dû aux efforts surhumains qu'elle faisait pour comprendre de quoi lui parlait Dror et ne pas avoir l'air bête. Ce genre de joutes intellectuelles ne faisait pas partie de ses habitudes et elle avait du mal à suivre les explications du jeune homme.

— Et tu sais ce qu'il rajoute au chapitre 10 ? continua-t-il intarissable. Il dit : « c'est à ce moment-là que les hommes ont parlé la même langue ». Incroyable, non ?

Ce qui paraissait incroyable à Garance, c'était la facilité avec laquelle il avait retenu toutes ces informations. Il avait tout appris par cœur. Elle se demandait quel genre d'individu il était : un chef ? Un génie ? Un dieu ? Elle le regarda avec des yeux tout neufs : grand, brun, les épaules carrées, avec un brin de barbe qui naissait sur le menton. Il était beau garçon, tout compte fait. Cette réflexion la ramena au vieil Eschyle et à ce mariage qui, plus elle y pensait, plus il lui donnait la nausée. Mais elle était partie, et bien décidée à ne jamais y retourner. Elle sourit à Dror et le suivit, sans plus rien ajouter, jusqu'au village.

Mais comme ils arrivaient à proximité, Garance eut soudain le souvenir des mots écrits dans le souterrain.

— Sais-tu qui est le roi David ? demanda-t-elle à Dror en respirant avec force. Et Yerushalayim ?

Dror s'arrêta net et répliqua avec colère :

— Ne prononce plus jamais ces mots. Jamais.

Garance haussa les épaules. Si ce garçon croyait l'impressionner avec ses interdictions, il se mettait le doigt dans l'œil. Elle ferait ce qu'elle voudrait et poserait les questions qu'elle jugerait utile. C'était elle, le chef, pas lui. N'était-ce pas elle qui avait trouvé la grotte ? La grotte où même le livre de Dror ferait figure de chose sans intérêt si elle la lui faisait visiter. Elle se doutait que cette grotte était d'une importance capitale dans la recherche des mystères de l'écriture. Mais quel était le lien entre cette grotte et ce côté du mur ?

Lorsqu'ils atteignirent le village, Valentine se précipita à leur rencontre.

— Tu m'as fait peur, dit-elle à la jeune fille.

— J'étais avec Dror, et j'ai appris des choses qui vont t'intéresser.

— Tu n'aurais pas dû aller traîner là-bas. Les gens d'ici sont superstitieux, ils ont peur que tu guides Dror sur une mauvaise pente. Il paraît qu'une légende prétend que « l'enfant du froid rencontrera la fille du désert et que plus rien ne sera comme avant ». La tribu de ce jeune homme murmure. Votre escapade ne leur plaît pas.

— Je m'en fiche. Je te signale que notre but est de sauver notre monde de la soif, pas le leur.

— Fais attention à toi quand même. Je ne voudrais pas qu'il t'arrive malheur.

— Que faites-vous ?

Olivier venait aux nouvelles. Depuis qu'ils avaient passé le mur, ils ressentaient le besoin de se serrer les coudes, et lui plus encore que les autres. Quant à ses sentiments pour Valentine, il lui semblait qu'ils devenaient de plus en plus douloureux. Valentine avait fait la paix avec Sami. Paix ou simple trêve ? Le seul fait de la voir se rapprocher de son ami lui était insoutenable. Valentine et Sami : Impossible. Inadmissible. Irrecevable pour celui qui l'aimait depuis toujours. Et pourtant, si Valentine choisissait Sami, il serait bien obligé de s'incliner, de l'oublier. A cette pensée, son estomac se contractait et son esprit bourdonnait de mille contradictions. Par moments, il en venait presque à souhaiter la mort de son copain d'enfance et cette constatation le mortifiait. Valentine le fuyait. C'était évident. Pourquoi ? De son côté, Valentine n'en avait aucune idée. Olivier lui faisait peur. Ou plutôt, ses sentiments pour Olivier lui faisaient peur. Quant à Sami, il n'était pas assez stupide pour s'imaginer avoir récupéré Valentine. Mais bien loin de leurs considérations sentimentales, Toufik et Ferdinand s'émerveillaient de leur nouvelle vie. Ferdinand voulut savoir quels étaient les individus hirsutes qu'ils avaient rencontrés lors de son précédent passage du mur. Paul, le père de Dror avait bien une petite idée.

— Des tribus sauvages. Il y en a encore de ce côté-ci. Ils ont toujours vécu ici depuis la construction du mur. Ce sont des dégénérés, des descendants de malades dont tout le monde fuit le contact. On ne sait pas ce qu'ils peuvent véhiculer comme cochonneries. Ils ne sont pas méchants, mais méfiants et c'est très bien. Je n'aurais pas voulu avoir à les exterminer à notre arrivée.

— Les exterminer ? Quelle horreur ! s'exclama Toufik.

— S'il s'agissait de choisir entre leur vie et la nôtre, la réponse est évidente.

Toufik préféra ne pas insister et changer de conversation.

— Si j'ai bien compris, il n'y a pas longtemps que vous habitez dans ce secteur.

— Non. Nous venons d'un pays plus au nord. Le froid s'est installé sur cette partie de la planète. Les hommes ne sont pas habitués à souffrir du froid. Pourtant, d'après certaines légendes, autrefois il faisait très froid et les hommes savaient s'en préserver. Mais, peut-être, n'est-ce que des légendes.

— Sûrement, dit Ferdinand avec vigueur.

Paul continua :

— Vous aussi, d'ailleurs, êtes dans les légendes. « Des hommes de l'autre côté du mur », les légendes en sont pleines. L'une d'entre elles dit que les hommes derrière le mur sont les descendants des héros mythiques, ceux qui ont construit la « tour carrée » et caché les livres mais aussi les descendants de ceux qui les ont brûlés. Comment faites-vous pour vous reconnaître ?

— Pardon ?

Devant leur étonnement, Paul rajouta :

— Oui, pour vous reconnaître entre ceux qui ont brûlé les écrits et ceux qui les ont défendus ?

— Chez nous il n'y a pas d'écrit, avoua Toufik. Personne n'a jamais vu un seul livre de sa vie, à part Valentine et Garance. Nous n'écrivons pas.

— Pas d'écrit ? répéta Paul abasourdi. Pas d'écrit. Comment est-ce possible ?

Puis, il rajouta, soudain méfiant :

— Pour quelle raison êtes-vous ici ? Comment avez-vous trouvé le chemin pour passer le mur ? Pendant des centaines d'années, nos ancêtres ont cherché un moyen d'aller voir de l'autre côté si la vie existe. Personne n'est jamais venu nous voir. Et vous, tout d'un coup vous débarquez, sans crier gare. Qu'est-ce que ça cache ? Que faisiez-vous dans ce trou ? Qui êtes-vous ?

Toufik et Ferdinand eurent peur soudain, car les hommes rassemblés autour de Paul se levèrent l'air menaçant. Ils avaient à la main des objets qui leur étaient inconnus mais qui leur semblèrent dangereux à la façon dont ils les dirigèrent vers eux.

— La paix, dit Paul à ses amis. Nous pouvons nous expliquer entre gens intelligents.

A ce moment-là, les autres arrivèrent accompagnés de Dror et cette intervention détendit l'atmosphère.

— Que se passe-t-il ? demanda Olivier.

— Ils nous prennent pour des bandits.

— Pas du tout, répondit Paul. Mais avouez que votre histoire n'est pas ordinaire. Vous sortez d'un trou qui ne vient de nulle part, vous nous dites que vous venez de l'autre côté du mur. Quelle preuve m'apportez-vous ? Pour nous, de l'autre côté du mur, il n'y aurait que des monstres. Je me doutais bien que ce n'était pas possible, mais vous voir si semblables à nous me rend perplexe.

— Il faut croire que tous les hommes se ressemblent, dit Sami. Aussi bêtes les uns que les autres.

— Aussi bêtes ou aussi beaux, répondit Paul, c'est selon son propre vécu intérieur.

L'arrivée d'un petit groupe interrompit heureusement leur discussion car Sami prit comme une offense les propos de Paul. Qu'est-ce que cela voulait dire, son propre vécu intérieur ? Voulait-il insinuer qu'à l'intérieur de lui-même il était moche ? Lui qui avait toujours été la gentillesse même se comportait comme un animal sauvage acculé à mordre. Il s'en rendit compte à temps, sentit des larmes de rage affluer. Il n'allait quand même pas se mettre à pleurer comme un enfant ? Que se passait-il en lui ? Il aurait voulu n'avoir jamais quitté le Grand Pays, n'avoir jamais rien su de tout ce qui se tramait derrière leur dos. Etre resté en dehors de tout ça, ignorant, heureux de l'être. Son laboratoire lui manquait. Le corps de Valentine lui manquait. Horrible sensation de désert intérieur, de froid et de solitude. Rage impuissante et déplorable. Voilà ce qu'il avait gagné par ses recherches. L'isolement des grands. Si son inspecteur d'âme le voyait, et s'ils étaient encore dans le Grand Pays, c'est Valentine qui aurait fait les frais de sa descente aux enfers. Son inspecteur d'âme aurait porté plainte contre la jeune fille qui aurait été envoyée dans un camp de désintoxication mentale et, lui, soigné pour empoisonnement moral. Mais il avait beau être malheureux, la malhonnêteté intellectuelle ne faisait pas partie de ses valeurs et il préférait endurer les pires souffrances que d'être lâche. Il ne releva donc pas l'offense et personne ne devina les tourments de son esprit.

— Les nouvelles ne sont pas bonnes, dit Paul. D'après nos éclaireurs, les animaux s'agitent dans leurs enclos. Il y a des mouvements suspects du côté des tribus sauvages.

— Les animaux ? Quels animaux ? demanda Ferdinand que Paul persistait à prendre pour le chef de l'expédition.

— Nos troupeaux. Les chèvres ont mis bas récemment et elles sont plus réceptives. Quant aux tribus sauvages, elles doivent avoir un sixième sens, comme les bêtes. A moins qu'elles ne soient au courant de ce que, nous, nous ignorons. Pouvons-nous vous faire confiance ? Etes-vous vraiment venus seuls ?

— Seuls ? Que voulez-vous dire ?

— Seuls à avoir passé le mur.

— Mais bien sûr ! Personne n'a jamais passé le mur du côté de chez nous. Depuis des milliers d'années, il est infranchissable.

— Et qui a trouvé la porte ?

— C'est Garance... avec ses écritures.

— Ah ! Vous voyez bien !

— Mais c'est une enfant, et sa tribu est pacifique !

— Si vous l'avez trouvée, d'autres ont pu le faire aussi. Qui est au courant ?

— Marco, le chef de la tribu des rebelles, dit Olivier. Mais il se serait fait tuer plutôt que de nous trahir.

— C'est ton ami ?

— Non, celui du père de Garance.

— Tu vois bien ! Encore elle. Où est-elle ?

— Avec ton fils.

— Allez me la chercher.

— Foutez-lui la paix. Elle n'a rien fait. C'est une enfant.

— Laissez-nous faire notre devoir. Nous sommes ici chez nous. Je vous signale que j'ai des femmes et des enfants à protéger.

— Vous vous trompez de cible, Monsieur, dit Sami. Il y a des choses plus graves. Cette enfant est innocente.

— Occupez-vous de vos affaires ou retournez chez vous.

— Malik, Louis, allez me chercher cette fille, cria-t-il à deux hommes qui écoutaient la discussion. Et arrêtez-moi ceux-là. Il faut tirer cette affaire au clair.

— Vous n'irez chercher personne.

Valentine tenait à la main le pistolet de sommation d'Olivier qu'elle avait pris dans son sac et menaçait les trois hommes.

— Qu'un seul d'entre vous touche à un cheveu de cette petite et vous êtes morts !

— Que voulez-vous ? bafouilla Paul que la vue du pistolet inquiétait.

— Nous allons partir. C'est moi le chef de cette expédition. Nous allons partir et vous nous foutez la paix. Merci pour votre assistance, pour nous avoir aidés à sortir du souterrain. Nous allons continuer notre route.

— Valentine, fais attention, lui dit Sami. Ce truc est dangereux.

Un des deux géants fit mine de s'avancer. Prise de panique, Valentine tira, l'atteignit aux jambes, et il tomba à genoux, paralysé. La frayeur s'empara des hommes, Valentine tremblait. Jamais elle n'aurait imaginé la force destructrice de cet objet.

— Que personne ne bouge, rajouta-t-elle. Sinon tout le monde y passe.

A ce moment-là, Garance arriva accompagnée de Dror.

— Que se passe-t-il ? Valentine, lâche ce truc, tu vas te faire mal.

— Ce sont eux qui te voulaient du mal. Nous partons.

— Nous partons ? Mais pourquoi ?

— Posez cet objet, écoutez-la, dit Paul que la sécurité de son village préoccupait. Nous pouvons discuter.

— Ah, ça, c'est la meilleure ! Vous voulez discuter à présent ? Je n'ai pas confiance en vous.

-C'est vous qui avez la destruction de votre côté. La légende parle d'armes de destruction qui crachaient la poudre et anéantissaient des populations entières. Vous avez ces armes.

— Ce n'est pas une arme dangereuse, rétorqua Olivier. Dans deux heures votre ami sera sur pieds. Il ne peut plus bouger, c'est tout, mais pas pour longtemps. Nous voulons négocier.

— Ne leur faites pas confiance, dit Ferdinand.

— Il faudra bien, pourtant. Alors ?

Paul réfléchit.

— Quel gage de votre bonne foi nous donnez-vous ?

— Vous n'avez que notre parole, il est vrai. Quel serait notre intérêt de vous mentir ? Nous sommes seuls loin de notre peuple. Nous sommes perdus. Et devant le danger, nous pouvons faire front. Et je ne vous parle pas uniquement de notre cas personnel. De l'autre côté du mur, des gens sont en danger. Aidez-nous dans notre quête.

— Quelle quête ?

— La vérité sur le passé. De l'autre côté du mur vit une civilisation moribonde à cause du manque d'eau et du régime dictatorial de ses dirigeants. Voulez-vous une preuve ? Je vais vous faire voir la puissance de nos techniques.

Olivier sortit de son sac une lampe universelle, une balise de repérage, des cachets pour la soif, et déposa le tout aux pieds de Paul en disant :

— Valentine va vous montrer son équipement. C'est la Société des temps anciens pour laquelle elle travaille qui fournit le matériel. Vous n'avez jamais rien vu de comparable.

Valentine déploya la tente et les lits. Pour les hommes habitués à dormir à la belle étoile quand ils quittaient l'abri du village, la surprise fut à la hauteur de leur ignorance. Sami sortit ses produits chimiques et Ferdinand, pour ne pas être en reste, montra son appareil photos ultra perfectionné à la stupéfaction de ses amis ignorant qu'il avait en sa possession le dernier-né de la gamme. Il tenait dans la paume de la main et faisait en un instant une photo sonore qu'il pouvait projeter sur n'importe quelle surface.

— Et moi j'ai des livres dit Garance.

De ses profondes poches, elle sortit plusieurs morceaux de papiers qui eurent pour effet d'effrayer leurs hôtes.

— C'est une sorcière, dit Malik l'un des deux gardes du corps de Paul. Elle a les livres des héros de la tour carrée.

— Ils appartiennent à ma famille, reconnut Garance fière de l'émoi qu'elle provoquait. Et j'ai aussi ça...

Tirant de sa poche la médaille de son ancêtre, elle dit :

— Mon ancêtre venait de ce côté du mur. J'ignore à quelle époque. Ma famille raconte sa légende depuis des générations. Mais je ne connais pas la vérité. Qui était-elle ? D'où venait-elle ? Mystère. Personne ne l'a jamais su.

— En tous cas, remarqua judicieusement Dror, nous sommes de la même lignée. Nous parlons tous la même langue.

La colère des hommes de la tribu était tombée. Valentine, prudemment, rangea le pistolet de sommation dans sa poche en faisant remarquer :

— Si nous pouvions nous reposer et manger un peu... Nous pourrions discuter.

— Excusez-moi, dit Paul enfin calmé. Je manque à tous mes devoirs. Je suis contrit de ma réaction. J'ai des obligations envers les gens de cette tribu... Et nous sommes inquiets.

— C'est bon, dit Sami. N'en parlons plus.

Malheureusement, en arrivant au village, ils furent accueillis par des cris d'enfants pris de panique.

— Les hommes singes attaquent !

— Ils sont rentrés dans les maisons. Ils sont fous et les animaux aussi.

— Il se passe quelque chose de pas ordinaire déclara Paul. Les hommes singes ne s'approchent jamais.

Comme pour répondre à ses questions, venant des collines, une énorme clameur leur parvint. On aurait dit une tempête de sable.

— Les nettoyeurs ! hurla Garance, ils ont passé la porte.

— Les nettoyeurs ? Qu'est-ce que c'est ?

— Le danger à l'état pur, répondit Olivier. Ils ont dû trouver la porte. Avez-vous un moyen de défense ?

— Nous en avons un. Mais nous ignorons contre qui nous nous battons. Quelles armes possèdent-ils ? Les mêmes que la vôtre ?

— Les nettoyeurs ne sont pas armés. Ils sont nombreux et terriblement forts.

— Rentrez dans les maisons. Les enfants et les femmes au fond. Il faut leur faire un bouclier de protection. Vous aussi, rajouta-t-il à l'encontre de Garance et Valentine. Dror, occupe-toi d'elles.

Il était inutile de protester. Garance eut beau dire qu'elle avait l'habitude de les affronter, Paul ne voulut rien entendre.

— Avec les autres, vite.

Les habitants du Grand Pays n'avaient jamais participé à aucune bataille, jamais affronté les nettoyeurs. Valentine claquait des dents et serrait fort la main de Garance. Entassées au fond d'une maison avec d'autres femmes et enfants, l'odeur des bêtes leur était insupportable. Un chien famélique pleurait et vint lécher la main de Valentine. Elle faillit hurler et se précipiter dehors dans les bras des nettoyeurs. Plutôt eux que cette chose immonde poilue et mouillée empestant à un point qu'il était impossible de décrire. Elle n'osait ni le toucher ni le regarder. Elle voulait seulement qu'il s'en aille.

— Chassez-le, par pitié, gémit-elle.

— Il est gentil, il ne mord pas. Tu peux le caresser. Tu as peur des chiens ?

Celui qui parlait n'avait pas cinq ans. Un petit bout d'homme aux cheveux hirsutes, aux grands yeux noirs qui lui mangeaient le visage plein de taches de rousseur et dévisageaient les nouveaux venus avec curiosité.

— Laisse-les, Frédéric, dit Dror. Et emporte ce chien.

— Et le tien ? Où est le tien ?

— Il est mort...

La voix de Dror mourut sur ce constat.

— Ah, dit Frédéric. Mort...

Il dut aussi avoir de la peine car il se tut. Garance lui sourit.

— C'est mon frère, chuchota Dror.

— Où sont les hommes singes ? demanda une des femmes.

— Chez nous. Mon père les a tous mis ensemble. Ils ne sont pas agressifs. Terrorisés mais pas agressifs. Ils doivent croire que nous sommes mieux équipés qu'eux pour affronter cet ennemi surgi de nulle part.

— Et c'est le cas ?

— Oui. Nous avons des explosifs.

— Des quoi ?

— Des explosifs. Vous ne connaissez pas ?

— Non.

Valentine n'eut pas le temps de rajouter un quelconque commentaire. Un bruit énorme résonna. Elle se mit à hurler.

— Taisez-vous, vous allez affoler les enfants, la sermonna Dror.

Dehors, retentissaient des cris d'horreur et de douleur. Les chevaux hennissaient mêlant leur voix à celles des chèvres dans l'enclos. Pour les nouveaux venus, c'était invraisemblable, un cauchemar éveillé. Pendant plus d'une heure, Valentine resta accrochée à la main de Garance.

— Cela ne s'arrêtera jamais, gémit-elle. Où sont les autres ?

— Dehors avec les hommes. C'est normal, non ?

— Normal, oui, non, bafouilla Valentine. Ils ne se sont jamais battus de leur vie.

D'autres explosions secouèrent les murs de la maison. Des enfants se mirent à pleurer.

Dehors, le sable avait rougi du sang versé par les nettoyeurs. Des chevaux gisaient, le ventre ouvert, même pas délivrés de leurs souffrances par la mort. On les entendait hennir désespérément. Les nettoyeurs, curieusement, eux qui n'aimaient personne, semblaient touchés par leurs souffrances. Plusieurs explosions firent se lever des geysers de sable doré. C'était terrible et beau à la fois. Les hommes du Grand Pays, tétanisés, assistaient à une destruction qu'ils ne comprenaient pas. Ils en arrivaient à plaindre leurs ennemis. Quelle tuerie immonde. Comment les hommes pouvaient-ils être aussi mauvais ? Jamais ils n'auraient imaginé, même dans leurs pires cauchemars, que ce put être possible. Une odeur nauséabonde, mélange de chair grillée, de poudre, et de sang, remplissait l'air au point de donner l'impression que la planète était devenue un immense barbecue de chair humaine. Ferdinand était cloué sur place, regardant avec effroi d'un regard fou et marmonnant des mots incompréhensibles. On aurait dit qu'il avait perdu l'esprit. Toufik et Olivier laissaient errer leur regard du charnier géant à leurs hôtes, s'interrogeant sur leurs chances de survie parmi eux, même si les nettoyeurs étaient rayés de la surface du monde. Leur système de défense paraissait encore plus cruel que les nettoyeurs eux-mêmes.

— Dans quel monde sommes-nous tombés ? demanda Toufik.

— Je l'ignore, mais je me demande si ce n'était pas mieux chez nous.

— Ah ! Que vous avais-je dit ? rétorqua Ferdinand sortant de sa torpeur.

— Où est Sami ? demanda soudain Olivier en lui coupant la parole. Je ne l'ai pas vu depuis un moment.

— Votre ami est là-bas.

Paul s'était approché d'eux.

— Il est au milieu du champ de bataille. Je lui ai dit de ne pas s'y aventurer. Il est comme fou. Il ne supporte plus la vue du sang. Il veut sauver tous les blessés. Je n'ai pas pu l'en dissuader. Je suis désolé.

Horrifiés, les trois hommes l'aperçurent au milieu des chevaux et des nettoyeurs, criant et gesticulant comme un épouvantail secoué par le vent. Les chevaux affolés tournaient autour de lui essayant de l'éviter et les nettoyeurs, dans leur panique, lui donnaient des coups de fouets qui semblaient ne pas l'atteindre. Olivier se mit à hurler.

— Sami, revient !

Mais Sami ne l'entendait pas. Il n'entendait plus rien, couvert de sang et de sueur, à part ses tempes qui tapaient, tapaient, jusqu'à devenir des tambours prêts à exploser. « Sauver ces gens, sauver ces gens ». Il n'avait plus que cette idée en tête, rien d'autre. Le cerveau vide, le cœur à l'envers. Homme du Grand Pays, défenseur de la paix, peu importe si son cerveau avait été trafiqué avant sa naissance, et il pensait « plutôt ça que ces atrocités sans nom ». Merci aux sept sages, et plutôt mourir que de supporter quelques minutes de plus ce carnage. Il était un scientifique et les scientifiques n'enlevaient pas la vie, au contraire, ils étaient là pour la comprendre. Qu'y avait-il à comprendre sur ce champ de bataille où gisaient pêle-mêle humains du Nord et humains du Sud séparés par un mur, le mur de la honte, de la désespérance et de la décadence. Il vit à quelques mètres de lui, un homme appelant au secours. C'était un nettoyeur. L'explosion lui avait arraché un bras. Il ne comprenait pas. Ses yeux demandaient des explications avant que la vie ne le quittât complètement. Sami s'approcha de lui pour le secourir. Mais l'homme ne comprit pas son geste et crut à une agression. D'un coup de lance, de son bras valide et dans un dernier sursaut d'énergie, il lui transperça le ventre, et Sami tomba près de lui.

— Valentine, Valentine...

Ces mots prononcés avec amour restaient coincés dans sa gorge. Il aurait voulu les crier, les hurler à la terre entière, au ciel d'où peut-être venaient ses ancêtres, pour que Valentine les entendit. Mais seul, son assassin gisant près de lui, perçut son murmure.

— Ta femme t'oubliera, lui dit-il dans un souffle avant de mourir.

Et Sami sentait la vie le quitter comme le voile de brume se retire du Nil le matin avant de laisser la place à la canicule. Valentine qu'il ne reverrait jamais, qui ferait des enfants sans lui. Quels enfants ? Des enfants de l'amour, lui répondit une petite voix au fond de sa conscience. Il aurait pu les lui faire, finalement, ces enfants de l'amour. Il laissait la place à qui ?

— Ne bouge pas, surtout tiens-toi tranquille, nous allons te sortir de là.

Olivier était près de lui et l'avait pris dans ses bras. De grosses larmes coulaient sur son visage. Les explosifs s'étaient tus. Sur le champ de bataille, seuls des gémissements répondaient aux appels angoissés des survivants.

— Laisse tomber. Je vais mourir, murmura Sami que chaque mot faisait souffrir encore plus atrocement.

— Non, nous allons te soigner.

— Nous ne sommes pas à Masopa, dit-il dans un souffle en scandant chaque syllabe.

Un peu de sang sortit de sa bouche qu'Olivier épongea d'un revers de sa manche. Il eut un sursaut d'énergie et dit d'une traite :

187

— Occupe-toi de Valentine, mon ami. Dis-lui que je l'aime. Non, ne le lui dis pas. Jamais. Ne lui dis jamais. Jure-moi. Tu ne le lui diras jamais. Jure-le. Jamais.

— Tu es le meilleur ami du monde, mon ami, depuis tant d'années...

— Il n'y a pas de la place pour deux. Ne m'oublie pas. Ne lui dis jamais. Prends soin d'elle. Promets-moi.

Sami s'accrocha au bras d'Olivier, soutint son regard et dodelina de la tête. Ce regard-là, jamais de sa vie Olivier ne pourrait l'oublier. Il berçait son ami comme s'il avait été un enfant, lui murmurait des mots de réconfort, caressait ses cheveux roux comme des carottes, en se souvenant de leurs blagues idiotes d'enfants « Sami la carotte ! Sami la carotte n'a pas de culotte »

— Laisse-le, lui dit Toufik accroupi près de lui, il est mort.

Olivier le regarda comme s'il revenait d'un long voyage au-delà du réel, et implora :

— Il est mort ?

Des hurlements lui répondirent. Valentine arriva en courant et se laissa tomber près de Sami.

— Nous allions nous marier, s'exclama-t-elle d'une voix rayée par l'émotion. En rentrant au Grand Pays.

Personne ne releva la réflexion pour le moins surprenante et mensongère. En cet instant, chacun voulait oublier qu'il n'avait pas été complètement honnête avec Sami.

Et Valentine se mit à pleurer. Pas par amour, mais submergée par une affection immense envers celui qui avait été son amant pendant des années. Oliver n'osait pas mettre ses bras autour de ses épaules alors qu'il en avait tant envie et ce fut Toufik qui accueillit la jeune fille sur son épaule où elle put se laisser aller à son chagrin.

Ils emportèrent le corps de Sami dans la maison de Paul où plusieurs hommes gisaient, amis et ennemis confondus. Les nettoyeurs sortis indemnes de la bataille s'étaient enfuis. Certainement avaient-ils franchi le mur pour regagner le Grand Pays.

Paul était inquiet.

— Il faut partir. Nous sommes en danger. Il faut remonter vers le nord. Demain je conduis ma tribu vers un endroit plus sécurisé. Venez-nous avec nous ?

— Comment faire autrement ? lui répondit Toufik. Nous ne pouvons plus faire marche arrière. Mais il faut d'abord enterrer nos morts.

— Cela va de soi, dit Paul vexé. Nous enterrons bien les chiens... Vous nous prenez pour des sauvages ? A cause du carnage ? Sachez que c'est la première fois que nous nous servons de ces saloperies. Nous avons trouvé le secret de la fabrication dans un livre « le tonnerre de la mort » cela s'appelle. Je comprends pourquoi à présent. Et le livre disait de ne s'en servir qu'en cas d'extrême nécessité.

— Ces livres me semblent bien dangereux. Voilà pourquoi nos ancêtres les ont interdits.

— Ce ne sont pas les livres qui sont dangereux, mais les hommes.

— Pas chez nous. Les hommes ne sont pas dangereux. Jamais.

— Alors ce ne sont pas des hommes.

Toufik pensa aux propos de Garance « on vous mange le cerveau à la naissance » et ne répondit pas. A quoi bon ? Il faudrait bien qu'un jour ils rentrent au Grand Pays. A ce moment-là, seraient-ils devenus des hommes nouveaux ? Des machines à tuer ? Il secoua la tête comme s'il voulait chasser ces horribles pensées. Mais comme un poison, elles s'insinuaient lentement dans son inconscient.

— Monsieur Toufik, lui dit Garance le tirant de ses pensées morbides. Venez, nous allons rendre hommage à Sami.

Elle avait les yeux bouffis et l'air d'avoir pris cinq ans de vie en quelques heures. « Pourtant, se dit-il, elle a l'habitude, elle, de la violence ». Mais pas de cette violence-là.

— J'aimais bien Sami, rajouta-t-elle dans un hoquet. Même si je ne le connaissais pas depuis longtemps. C'était quelqu'un de bien.

Elle éclata en sanglot et Toufik la prit dans ses bras. Il n'avait jamais eu d'enfant et eut l'impression soudaine que cette jeune fille avait besoin d'une épaule masculine pour s'y reposer et qu'il était le bienvenu. Cette impression bousculait toutes ses certitudes. Avoir des enfants, ne pas en avoir, lui avait paru pendant des années de seconde importance. Son travail était passé avant son propre bonheur. Comme Ferdinand, Sami, et Valentine, comme tous les scientifiques du Grand Pays en somme. Pour Olivier, il n'en savait rien n'ayant jamais fréquenté aucun receveur d'information.

— Nous y allons, dit-il en souriant gentiment à Garance. Du courage.

Sami reposait sur un lit dans la maison de Paul. Il avait l'air de dormir. C'était la première fois que les habitants du Grand Pays voyaient un mort aussi longtemps. A Masopa, les morts étaient enlevés aussitôt à leur famille, et incinérés dans les plus brefs délais. Ensuite, chaque membre de la famille était pris en charge par son inspecteur d'âme qui lui « dépolluait l'esprit de toute agression malsaine » ainsi que l'exigeait le « Code Civil Domestique » qui régissait la vie des familles. Les chagrins ne duraient jamais bien longtemps. Certainement à cause des médicaments antidépresseurs qui étaient mélangés aux cachets de survie et dont ils ignoraient tous l'existence.

Valentine, assise à côté du lit, essayait de mettre de l'ordre dans ses sentiments. Pourquoi avait-elle dit qu'elle devait l'épouser alors que c'était un gros mensonge ? Personne n'était dupe, elle s'était ridiculisée en tenant des propos déplacés. Pourtant, elle l'avait fait plus par respect pour lui que par fanfaronnade ou pour se faire plaindre. Cependant, elle n'était pas la seule à se conduire bizarrement. C'était comme s'ils avaient tous perdu l'esprit. Par-dessus le marché, la femme de Paul avait insisté pour lui faire manger un morceau de viande, refus qui avait vexé son hôtesse. Valentine méconnaissait les us et coutumes de ce pays, mais elle n'en avait cure, de toutes façons elle n'aurait pas pu avaler une seule miette de cette horreur. Elle ignorait si la viande venait des chiens morts pendant les explosions, des chevaux ou tout simplement des ennemis. Kathia, la femme de Paul lui avait dit « tu dois manger des protéines ». Mais des protéines, Valentine en avait plein son sac, il lui restait une boîte entière de pilules de survie. D'ailleurs, ils avaient tous refusé de toucher à la viande, l'odeur leur rappelant la bataille et la mort de Sami. Et Valentine n'avait pas faim. Elle avala ses cachets sans plaisir – mais pouvait-il y avoir un plaisir quelconque à avaler ces pilules ? — et se replongea dans un mutisme que pas même Garance ne put troubler. Depuis des heures, elle était au chevet de Sami comme s'il avait été seulement malade et avait besoin de ses soins et de sa présence.

— Arrête, Valentine, lui dit la jeune fille. Cela ne sert à rien. Tu culpabilises seulement. Il n'est pas mort par ta faute. C'est un héros, et je suis sûre qu'il serait vraiment honoré de le savoir. Mais tu ne l'aimais pas, n'essaye pas de te persuader du contraire. C'était ton ami, pas ton compagnon. C'est lui qui se trompait sur votre relation. Et tu n'y peux rien.

Garance avait raison et c'était bien ce qui chagrinait Valentine. Sami, elle avait partagé avec lui les meilleures années de sa vie, sans même réaliser qu'elle lui prenait les siennes, sans rien donner en échange que des moments fugaces de plaisir. Elle aurait voulu que le temps remontât, que Sami fut encore vivant pour essayer de l'aimer. Mais fut-il encore vivant, cela n'eut rien changé.

— Viens avec nous, lui dit Garance en lui tendant la main. Viens.

A contrecœur, Valentine abandonna sa contemplation douloureuse. Ses amis étaient rassemblés autour d'un feu qui crépitait dans l'air du soir. Les flammes montaient très haut et léchaient les pieds des enfants qui riaient autour d'une vieille dame occupée à leur raconter des histoires. Pour les habitants du Grand Pays, c'était tout nouveau, sauf pour Garance qui se souvenait avec nostalgie de son enfance dans la tribu des « rébus ». Sa grand-mère maternelle n'avait pas son pareil pour faire frémir les enfants, mêlant les aventures des nettoyeurs et de leurs exactions à l'imaginaire collectif venu du fond des âges. Souvenir de faits réels, légendes et pures inventions faisaient une salade composée du plus extraordinaire effet. Garance se souvenait du plaisir gourmand généré par la peur, des frissons d'angoisse exquis toujours renouvelés, dont elle se délectait serrée contre sa mère, à l'abri de ses bras. A cette époque-là, elle ignorait que la peur n'était pas un conte pour enfants. Ce soir-là, elle frissonnait, mais pas de bien-être. Elle n'avait plus sa mère, ni son père pour la protéger, mais Dror, le jeune homme aux épaules carrées qui la couvait d'un regard plein de douceur. Sa présence la rasséréna un peu. La mort de Sami l'avait affectée, mais pas autant que ses amis, surtout pas comme Valentine et Olivier. Ils s'étaient assis loin l'un de l'autre, comme si le fait de se rapprocher eut été une trahison. Tandis qu'elle écoutait les mots magiques couler de la bouche de la vielle dame, les adultes se préparaient à entreprendre une migration forcée.

— Il faut partir, dit Paul. Demain matin, nous levons le camp. Si les nettoyeurs, comme vous les appelez, reviennent, nous n'avons plus d'explosifs.

— Je me demande comment ils ont passé la porte, fit remarquer Ferdinand.

— Ils savaient où elle était. Pas la nôtre, bien entendu, car celle-ci, personne n'en soupçonnait l'existence. Mais il existe des portes officielles. C'est de cette façon qu'ils ont dû aller chercher leurs chevaux, rétorqua Toufik.

— Certainement. C'est pour cela qu'il faut remonter vers la mer, plus à l'est et tenter de rejoindre l'autre continent. Nous abandonnerons nos maisons, mais nous amènerons les bêtes avec nous. Que chaque famille rassemble son troupeau et ses affaires ! Ne vous encombrez pas de choses inutiles. Nous irons à pieds, et nous mettrons les enfants sur les charrettes. Il y a assez d'ânes pour les tirer.

— Et cette nuit, rajouta-t-il en baissant la voix, nous enterrerons les morts. Il faut profiter de la fraîcheur. Les tombes sont faites.

Valentine baissa la tête pour que personne ne vît ses larmes. Tout était dit et Sami allait disparaître de sa vie aussi vite qu'une étoile filante dans le ciel. Personne ne savait ce qu'étaient ces objets lumineux qui traversaient le firmament par centaines à certaines époques de l'année. Certains pensaient que c'étaient des habitants d'autres planètes qui venaient voir s'ils pouvaient atterrir, d'autres des morceaux de planètes perdues poussées par une force gigantesque appelée par certains scientifiques « la force vive du Cosmos » ce qui ne voulait rien dire évidemment. En fait, personne n'avait d'explications plausibles et certaines tribus y voyaient les esprits des morts qui s'enfuyaient. Valentine aurait bien voulu le croire, mais son esprit scientifique ne pouvait pas cautionner cette interprétation simpliste. L'esprit de Sami, si esprit il y avait, ne pouvait pas voler dans le ciel, malheureusement.

A minuit, alors que la lune éclairait le désert comme un lampadaire suspendu dans l'univers, une petite troupe se dirigea vers les falaises. Chaque corps était porté sur un brancard de fortune par deux hommes. Oliver et Toufik se chargeaient de Sami. Un petit cimetière avait été installé depuis quelques années, à l'époque où la tribu de Paul avait émigré. Il n'y avait que quelques tombes recouvertes chacune d'une énorme pierre prise dans les ruines alentour. La file muette ressemblait à un ver luisant géant. Elle s'arrêta, et seuls quelques sanglots troublèrent le silence. Chaque corps enroulé dans un tissu blanc fut descendu avec une corde dans le trou fraîchement creusé, Nettoyeurs, hommes de la tribu et Sami, tous corps confondus, comme fusionnés par la mort. Lorsque le corps de Sami gît au fond du trou, Valentine fut prise de malaise et s'effondra. Elle n'assista pas aux prières d'usage ni aux cris de détresse des femmes et des enfants déchirant la nuit. Sami reçut sur sa tombe, en hommage pour sa bravoure, une stèle couverte de mosaïques bleues choisies par Garance, les mêmes que celles de la tombe du chien de Dror. Ce fut Olivier qui prit Géraldine dans ses bras et lui tamponna les tempes avec un peu d'eau. Quand elle rouvrit les yeux, elle était couchée sur un lit et le médecin de la tribu, un petit homme grassouillet et sale, tentait de lui faire avaler une mixture nauséabonde qu'elle repoussa. Il avait un tic qui faisait remonter son sourcil droit chaque fois qu'il ricanait, ce qu'il ne manquait pas de faire toutes les trois minutes sans raison apparente. Sous ses ongles, une couche noire à l'origine indéterminée, laissait présumer qu'il ne se lavait pas les mains après chaque contact avec un malade. En d'autres circonstances, Valentine eut été indisposée par cette crasse, mais pour le moment plus rien ne l'intéressait, ni la saleté, ni les abominables odeurs des chèvres rassemblées dans la cour. Elle était vide, vide et sèche dans son esprit et dans son corps. Ce voyage, elle l'avait pratiquement imposé à Sami sans avoir été capable d'assurer sa sécurité. C'était elle, le chef de l'expédition, et elle aurait dû, à ce titre, lui interdire de s'exposer. Elle n'était pas à la hauteur de la mission qui lui avait été confiée.

— Vous devez vous soigner, lui dit le médecin en ricanant encore. Vous ne supporterez pas le voyage. Où nous allons, vous n'avez pas l'habitude du climat et des maladies. Un corps fatigué résiste moins aux attaques extérieures.

— Je m'en fous, dit Valentine, mon ami est mort.

— Et vous, vous êtes vivante. Je suis le médecin de cette tribu et il est hors de question que je vous laisse mettre en péril le reste de mes ouailles. Soit, vous vous soignez, soit vous restez seule ici avec les morts, vous garderez les tombes.

Il se leva et sortit en marmonnant :

— Les femmes sont stupides.

Valentine se leva péniblement. La tête lui tournait encore. Elle prit le sac à dos de Sami posé à côté du sien et l'ouvrit. Des fioles étiquetées remplissaient une petite boîte avec le mode d'emploi et l'utilisation de chacune d'elles. Elle mit la boîte dans son propre sac ainsi que la lampe universelle. Puis, elle referma le sac en se disant qu'il serait utile à Garance avec tout son nécessaire de survie. Sami aurait été d'accord pour qu'il lui revînt. Sami était gentil serviable, doux. Elle avait été malhonnête avec lui et c'était la raison pour laquelle elle avait tant de chagrin.

Elle sursauta en entendant la voix d'Oliver.

— Vous êtes debout ? demanda-t-il d'une voix triste. Le médecin est furieux. Il prétend que vous ne voulez pas vous soigner.

— Je n'ai pas besoin de ses médicaments de sauvages. Je ne suis pas malade. Il a voulu me faire boire une décoction immonde. Je ne sais pas ce qu'il y a dedans et je n'ai pas envie qu'on m'empoisonne. Je suis seulement triste. Quelqu'un peut-il comprendre ça ?

— Moi. Sami était mon ami depuis toujours. C'est terrible de perdre un ami dans des circonstances aussi terribles. Cela ne serait pas arrivé chez nous.

— C'est ça ! Et vous allez dire que c'est ma faute ! Allez-y, ne vous gênez pas.

— Je n'ai rien dit de cela. Sami vous aimait, il vous aurait suivie au bout du monde.

— Mais c'est impossible ! Vous savez bien que l'amour n'existe pas chez nous ! Sami n'était pas un embryon primitif. L'amour est non seulement interdit dans le Grand Pays, mais en plus il y est inconcevable. INCONCEVABLE !

— Vous avez raison, mais c'est ainsi. Que s'est-il passé ? Je l'ignore. On aurait dit que l'amour dormait en lui sans qu'il en ait conscience et qu'il s'est révélé à notre sortie du Grand Pays.

— Alors, c'est que les sages nous empoisonnent en permanence. Quelque chose comme une intoxication spirituelle, ou physique. Mais je ne vois pas comment.

— Peu importe, le principal, c'est que vous mangiez un peu. Vous ne tiendrez pas la route.

— Vous me demandez de manger alors que Sami est mort ?

— Vous l'aimiez vous aussi ?

Cette question abrupte la fit rougir. Mais elle répondit avec honnêteté.

— Non, pas dans le sens où vous le pensez. C'était mon ami et je n'avais que lui. Je suis une solitaire, une vagabonde déchirée, torturée, chercheuse d'embrouilles. Je n'avais qu'une passion : La Basse Epoque. Et je me rends compte qu'à trente ans je n'ai pas connu l'amour, le grand, l'unique. Je me rends compte qu'embryon primitif je suis née, et embryon primitif je resterai toute ma vie. Ecartelée entre deux mondes sans pouvoir choisir, lamentable résidu de sperme et d'ovule.

— Vous n'avez pas le droit de dire ça ! s'insurgea Olivier. Regardez Garance : a-t-elle l'air d'un résidu ? Et moi ? Vous savez que moi aussi je suis un embryon primitif. Vos propos sont terriblement vexants et déplacés. Vous nous insultez, et vous vous insultez. Avez-vous si peu d'estime de vous-même ?

— J'ai envie d'un enfant, avoua-t-elle pour toute réponse. Un enfant à moi, né de moi, de mes gênes, mon enfant. Sami n'en aurait jamais voulu un. Nous l'aurions demandé à l'administration centrale et tout le monde aurait été content. Pas moi. Pas moi ! cria-t-elle en tapant du pied.

— Calmez-vous. Vous feriez mieux de vous reposer. Demain nous levons le camp.

— Où est Garance ?

— Avec les enfants. Ce Dror semble la fasciner. Il lui parle d'écriture, de mots, de sons, elle boit ses paroles. Et Toufik et Ferdinand sont allés dormir sous une tente. Ils n'en pouvaient plus.

— Alors nous ne sommes que tous les deux.

— Oui.

— Restez avec moi pour la nuit. Je ne peux pas dormir seule. J'ai peur.

— Il n'y a aucun danger, répondit Olivier peu tenté par l'idée de dormir avec elle. Pas parce qu'il n'en avait pas envie, mais au contraire, parce qu'il en avait trop envie.

— J'ai peur des fantômes.

— Ne soyez pas stupide. Les fantômes n'existent pas.

— C'est celui de Sami qui me fait peur. Ne me laissez pas, s'il vous plaît.

Sa voix était si suppliante qu'Oliver n'eut pas le cœur à l'abandonner.

— Je dormirai par terre. Prenez-le lit, vous êtes épuisée et nous avons une longue route à faire demain.

— Où allons-nous ?

— Vers l'est. Ensuite, nous remonterons vers le nord en contournant la Méditerranée. Il paraît que ces régions sont habitées. Paul dit que l'homme a toujours été un nomade. Pour se déplacer, ils ont de curieux engins tirés par de grosses bêtes appelées des ânes. Leurs affaires sont chargées dedans. Ils appellent ça des « chariots » qui se déplacent avec des « roues ». Des objets ronds qui tournent et entraînent le chariot. C'est très astucieux. Et savez-vous à quoi ça me fait penser ?

— ...

— Aux objets que nous avons trouvés dans le désert. Souvenez-vous, ces trois petites tables en métal inconnu que la tempête avait dégagées. À mon avis, c'étaient des roues.

— Des roues ? Comment seraient-elles venues là ?

— Elles n'y sont pas venues. Elles y étaient depuis fort longtemps.

— Quelle horreur ! dit Valentine. Qu'avons-nous fait dans le passé pour tomber aussi bas ?

— Vous aurez tout le loisir de vous documenter sur ce sujet. Ils transportent un nombre impressionnant de livres. Ça va vous plaire. Garance a déjà mis son nez dedans. Dror sait lire. Malheureusement, tout n'est pas écrit dans la même langue. Mais je lui fais confiance. Elle trouvera. C'est son obsession.

Olivier se tut. Il était déjà tard dans la nuit. Il ne pensait qu'à la fatigue de Valentine et à sa santé fragile. Le médecin lui avait dit « elle n'est pas taillée physiquement pour supporter un tel voyage ». Qu'en savait-il après tout ?

— Venez dormir près de moi, lui dit-elle. Je ne supporte plus la solitude.

— Sami vous manque déjà.

— Non, j'ai envie de vous. J'ai envie de vous depuis le début du voyage. Et Sami l'avait deviné. Sami devinait tout. Il me connaissait tellement bien ! J'ai envie de vous comme jamais je ne l'ai désiré, lui.

— Valentine, je vous en prie, l'implora Olivier. Pas ce soir.

Mais la jeune femme n'écoutait plus ses supplications. Elle se laissa tomber du lit et se retrouva contre lui, complètement nue. Elle mit ses bras autour de son torse en disant :

— Vous m'avez dit que j'étais belle. Personne ne m'a jamais dit ça. Prenez-moi dans vos bras, je vous en prie.

— Ce n'est pas possible, pas avec le souvenir de Sami qui s'immisce entre nous, gémit Olivier désorienté.

Mais Valentine avait bien l'intention d'obtenir ce qu'elle désirait. Malgré les supplications dérisoires d'Oliver elle caressa son corps avec une douceur que jamais une autre femme ne lui avait prodiguée. Dans le Grand Pays, les femmes avaient l'habitude de faire les premiers pas et d'afficher librement leurs souhaits. C'était considéré comme un comportement sain par L'Administration centrale, à charge pour l'homme de refuser si ça ne l'intéressait pas sans que cela provoque des drames. On se quittait bons amis, et tout allait pour le mieux dans le meilleur des mondes. Elle s'allongea sur lui, caressa la peau de son torse avec ses seins, jusqu'à son sexe en érection. Olivier tenta de résister en souvenir de son ami, mais la mort devait être conjurée, et l'amour restait de loin le meilleur remède au chagrin, surtout si les survivants n'étaient pas accompagnés psychologiquement. Il se dit que Sami, à sa place, en bon citoyen, en aurait fait tout autant. Alors, il mit un voile d'oubli sur la mémoire de son ami, au moins pour une nuit, et s'abandonna aux caresses de sa compagne. Jamais Valentine n'aurait osé se laisser ainsi aller à des pratiques sexuelles aussi hardies. Avec Sami, elle retenait sans cesse ses ardeurs, calculait ses cris de plaisirs et les retenait pour ne pas se donner totalement de peur qu'il ne lui prit une partie de son être. Avec Olivier, elle se laissait aller sans scrupules à sa jouissance. Ils passèrent la nuit à s'aimer, inconscients et indifférents au monde extérieur, sans réaliser que la promiscuité et le manque d'insonorisation des maisons faisaient profiter tout le village de leurs ébats. Ils s'endormirent au petit matin, alors que dehors, déjà, l'aube tentait une timide approche.

***

Pour Garance, la mort de Sami était une catastrophe indicible. Elle l'avait trouvé gentil malgré ses sautes d'humeur bien compréhensibles. L'évidence de son amour pour Valentine le rendait attendrissant. Et dire qu'elle était la seule à avoir compris ! Décidément, les gens du Grand Pays lui paraissaient plus énigmatiques que Dror et son peuple tout entier. Pas d'amour, pas de haine. Drôles de gens. Elle ne mettait plus en doute les rumeurs qui circulaient à propos de leurs manipulations génétiques. C'était l'évidence même, il ne pouvait y avoir aucune autre explication à leur comportement. Mais pourquoi les habitants du Grand-Pays étaient-ils les seuls touchés ? Pourquoi les tribus alentours, les gardiennes des portes, gardiennes du mur, tribus errantes, Nettoyeurs, n'étaient pas concernés ? Il eut été facile pourtant de les mettre au pas comme les habitants du Grand Pays, étant donné le peu d'importance de leur population. Garance n'y comprenait rien, pourtant, elle se disait que tout cela devait avoir un sens et qu'un jour tout deviendrait clair. Malheureusement, Sami ne serait pas là pour le voir. En attendant cet évènement qui n'était certainement pas pour demain, elle avait l'intention de profiter de la vie et de déguster au jour le jour toutes les bonnes choses de l'existence. Et pour le moment, les bonnes choses, c'était de lire en compagnie de Dror. Il avait prélevé discrètement du stock de livres de la tribu un gros volume qui fut jadis couvert de belles photos aux couleurs vives et à présent si fanées qu'on les voyait à peine. Le papier était très épais, c'était peut-être la raison pour laquelle il avait résisté au temps. Il ne comprenait pas tous les mots, surtout pas toutes les subtilités, mais rien que le fait de les prononcer était magique, comme une musique que Garance écoutait avec ravissement, et il n'en était pas peu fier. Il tournait les pages précautionneusement, avec circonspection et respect.

— Si les scribes-druides se rendent compte de ce « vol », je suis mort. Plus jamais je n'aurai le droit de toucher un livre.

— C'est idiot dit-elle simplement, étant donné qu'elle n'avait rien à faire de l'avis des scribes-druides. De quand date ce livre, à ton avis ?

— Je ne sais pas... Il semble faire partie des derniers écrits, c'est-à-dire près de trois mille ans, mais il est écrit dans une langue encore plus ancienne : le français. Cette langue n'existe plus depuis au moins quatre mille ans. Elle fait partie des langues mortes de l'antiquité.

— De l'antiquité ?

— C'est une époque trouble du deuxième et troisième millénaire.

— Ah, c'est cette période que Valentine étudie. Elle l'appelle « la Basse Epoque ».

Dror continua à feuilleter et à tourner les pages en mouillant précautionneusement le bout de son doigt, lorsque Garance blêmit.

— Retourne en arrière. Vite.

— Que se passe-t-il ?

— Retourne vite ! répéta-t-elle d'un ton hystérique.

— Bon, si tu veux.

Garance fouilla au fond de sa poche, en sortit l'objet qui lui venait de sa famille et le posa sur le livre.

— Regarde, dit-elle toute tremblante, c'est lui.

Sur le livre, il y en avait deux presque identiques, celui de Garance et un autre. Deux objets en forme de triangle rogné à certains endroits et dont les coins étaient arrondis pour former comme un cercle.

— Qu'est-ce que c'est ? demanda-t-elle impatiente.

— Attends... Laisse-moi réfléchir. Il y a une explication juste en dessous.

— C'est une clé, dit-il au bout de quelques secondes.

— Une clé ?

— Ben oui. Tu ne sais pas ce que c'est ?

— Si, enfin non. Peu importe.

— Il ânonna : « clés de la porte du sanctuaire de la montagne des Parfaits ».

Puis rajouta toujours avec autant de difficultés :

— « Les bonhommes savent que le passage vers le paradis traverse les montagnes des croisades de feu ». Je ne comprends pas ce que ça veut dire, ajouta-t-il penaud. C'est de la même verve que le livre de « L'origine du monde », ce sont des symboles ou des rappels historiques.

— Sais-tu écrire ? demanda Garance.

— Ecrire, oui. Mais pas dans cette langue.

— Peu importe. Traduis-le dans la tienne. Nous garderons tes écrits et peut-être un jour en comprendrons-nous le sens.

— Je ne peux pas les garder sur moi. Si les scribes-druides les trouvent…

— Oui, le coupa-t-elle, je sais, tu es mort. Mais moi j'ai des poches immenses et tes scribes ne viendront pas y fouiller. Ecris et donne-moi ton papier.

— Et sur quoi veux-tu que j'écrive ?

Elle plongea la main dans sa poche et en retira la carte et la lui tendit :

— Ecris là-dessus.

— Qu'est-ce que c'est ?

— Une carte du mur. Ce sera notre secret.

Dror se mit à rire et dit :

— J'espère que notre secret sera moins audible que celui de tes amis. Dis-donc, ils s'amusent bien ta copine et son ami. Elle a bramé comme un âne à la mort de son copain et quelques heures après elle couche avec un autre en faisant un bruit d'enfer. Vous avez de drôles de mœurs chez vous.

Garance rougit jusqu'à la racine des cheveux et répondit sèchement :

— Je ne suis pas de leur peuple. Chez moi, ce genre de déviance ne se tolère pas. Mais si tu crois que c'est mieux, tu te trompes. Je devais épouser dans trois mois un vieux sage de quatre-vingts ans. C'est pour ça que je me suis sauvée. Dans le Grand Pays, les femmes font ce qu'elles veulent et ça, ça me plaît. Quant à Valentine, elle n'aimait pas Sami, c'était lui qui l'aimait. On n'est pas responsable de l'amour ou de la haine des autres.

— Hé ! Ne te mets pas en colère. Je me fiche complètement de leurs histoires.

— Alors pourquoi en parles-tu ?

— Oh, ça va. Nous ferions mieux de dormir au lieu de nous disputer. A partir de demain, la route sera longue.

— Où va-t-on ? chuchota-t-elle en apercevant des ombres bouger à quelques mètres d'eux.

— Au nord-est, en longeant la mer.

— Je n'ai jamais vu la mer.

— Jamais ?

-Jamais.

— Ça alors ! Tu ne vas pas être déçue. La mer, c'est le ciel sur la terre. Tu vois, le ciel qui bouge à tes pieds.

— Mais le ciel n'est pas fait d'eau mais d'air.

— Qu'en sais-tu ? ricana-t-il en ajoutant : tu ne sais pas écrire, alors tu ne sais rien.

— Cela n'a rien à voir. Chez nous, la tradition orale est très forte. Et je peux te dire que le ciel est fait d'oxygène, une sorte de gaz. Sans ce gaz, nous ne respirerions plus. Et tu vois, « ma clé » comme tu l'appelles, nous savons qui l'a apportée chez nous. C'est la femme blanche, il y a trois mille ans, celle qui avait le visage aussi blanc que les nuages et qui parlait de l'eau. Et sais-tu son nom ? Elle s'appelait Amandine. Nous ne savons pas d'où elle venait, mais elle était bien réelle.

— Ce n'est pas possible, s'énerva Dror. Amandine, c'est le symbole de la déesse mère, pas une femme. Comment connais-tu son nom ? Dans « L'origine du monde » on parle d'elle.

_ Il me faut ce livre, dit Garance avec force. Il me le faut.

— Et tu ne l'auras pas, je ne sais pas où il est.

— Je m'en fiche, je le trouverai. Un livre où on parle de mon ancêtre !

— Maintenant, on dort. Je suis fatigué.

Sur ces mots, Dror tourna le dos à Garance et ne tarda pas à se mettre à ronfler.

Quant à Garance, cette histoire de livre et de son ancêtre lui torturait tellement l'esprit qu'elle eut du mal à trouver le sommeil. Qui avait été réellement cette Amandine ? Un mythe comme le laissait entendre

Dror ? Ou une personne bien vivante qui avait vécu trois mille ans plus tôt et apporté à son peuple un savoir perdu par des millénaires d'oppression perpétrée par le Grand-Pays ? Elle avait beau fouiller dans sa mémoire, essayer de se souvenir des enseignements de sa mère, rien n'apportait d'explication satisfaisante. Qui était Amandine ? Cette question l'obsédait et, les yeux grand ouverts, elle regardait les étoiles là-haut dans le ciel comme si elles avaient pu lui apporter une réponse. Mais quand le chef de la tribu sonna le réveil, il y avait longtemps que sa conscience avait sombré dans le pays des songes.

***

La jeune scientifique avait quitté son appartement à l'aurore. Deux jours plus tôt, quelqu'un l'avait contactée, un homme qu'elle ne connaissait pas mais qui s'était recommandé du professeur Braud. Il avait fallu qu'il lui apportât des garanties draconiennes pour qu'elle le crût. Les « commissaires à l'éradication de l'écriture » fouillaient partout et employaient des techniques répugnantes, en particulier la trahison de proches qui se voyaient attribuer des sommes faramineuses, pour déloger les scientifiques dissidents et les écrivains. Pour le pouvoir en place, ils étaient tous des renégats. Amandine savait à présent que le professeur Braud était mort ainsi que son collègue et la plupart des autres professeurs. Elle était seule. Pour une fois elle en était reconnaissante à ses pairs de ne l'avoir jamais admise dans le cercle, très fermé, des gardiens des écrits à cause de son trop jeune âge. Vingt ans. Une connaissance parfaite de plusieurs langues et écritures, et l'envie impérieuse de sauver les livres, mais trop fougueuse et révoltée pour ces scientifiques dont l'âge moyen frisait la quarantaine. Cette non-reconnaissance la sauvait. Et par la même occasion la rendait la gardienne idéale de certains secrets qui, si les sept sages l'avaient su, l'auraient conduite tout droit à la chaise électrique. Elle était née de l'autre côté du mur, beaucoup plus au nord, raison pour laquelle avait la peau d'une blancheur laiteuse qui l'exposait à de douloureux coups de soleil sous ces latitudes. Elle était venue ici avec ses parents alors qu'elle n'avait que cinq ans, pour fuir les épidémies qui sévissaient au nord du mur. Certains habitants du Grand Pays peu scrupuleux, faisaient passer

201

clandestinement des familles entières au risque d'apporter avec elles de dangereux microbes. Mais pour elle et sa famille tout s'était bien passé et munis de faux papiers, ils avaient pu s'intégrer sans trop de difficultés et surtout sans attirer l'attention. Toute sa vie elle avait eu envie d'apprendre. Et de sa petite enfance au nord du mur, elle n'avait de souvenir que des arbres, des rivières et son chien, un bâtard de toutou qu'elle avait dû abandonner. Quinze ans après, la seule évocation de cet animal ramenait des larmes dans ses yeux et des souvenirs pleins la tête. Le pire c'était l'eau. De l'autre côté du mur, il y avait de l'eau. Elle ne devait jamais l'oublier.

Elle avait fermé la porte de son appartement et était partie, un jour de marché, sans aucun bagage sauf son panier à provisions pour ne pas se faire repérer, mais la peur au ventre. Au fond du panier, un livre « l'origine du monde » écrit par une poignée de scientifiques dont le professeur Braud, et un jeu de clés. Les clés de la bibliothèque universelle — la plus complète de toutes — cachée quelque part de l'autre côté du mur dans le massif des Pyrénées.

Elle avait marché plusieurs jours, évitant les grandes routes pour rejoindre une tribu sur laquelle elle avait mis son dévolu à cause de sa connaissance de leur langue ancienne : le Tifinagh. Elle avait fait une thèse sur leur écriture, thèse qui n'avait heureusement intéressé personne du monde scientifique et était restée inconnue. « L'anonymat complet » se dit-elle avec amertume. Et c'était elle, la petite scientifique dont tous se moquaient qui avait le lourd privilège de perpétrer le souvenir de l'écriture.

Plusieurs jours après, elle était arrivée à bout de force dans la tribu qui l'avait recueillie, adoptée, et à laquelle elle avait légué les clés et « l'origine du monde », ainsi que son propre livre écrit en tifinagh et racontant ses mémoires. Au fil du temps et tout au long de leur errance, sans que personne ne sut la source de ce nom, la tribu fut appelée « la tribu des rébus » et ce pendant trois millénaires.

Amandine avait été effacée des mémoires jusqu'à ce jour où sa descendante, Garance, et un enfant « du monde d'autrefois » avaient fait ressurgir son nom de trois mille ans d'oubli.

***

202

— Nous y allons, dit Paul. Les ânes sont attelés. Si vous avez oublié des choses, tant pis.

Dans le village les animaux devaient sentir que ce n'était pas un jour habituel. Les chèvres, parquées avec leurs chevreaux, bêlaient et paraissaient inquiètes. Un vieux bouc puant attaché à un poteau tentait de s'échapper en tirant sur sa corde et en secouant la tête. Plusieurs chiens, impatients jappaient. Pour eux, cette effervescence était signe de promenade ce qui n'était pas pour leur déplaire. Les poules vagabondaient sans s'imaginer qu'elles allaient être abandonnées à leur sort. A part quelques volatiles sacrifiés et préparés pour le transport pour les besoins des jours à venir, tous les autres resteraient là, proies faciles pour les charognards et les tribus sauvages.

La troupe s'ébranla, avec à sa tête les ânes chargés de tout ce qu'ils avaient pu récupérer d'utile, ustensiles de cuisine, provisions, quelques objets personnels en souvenir, et leurs précieux livres enfermés dans un coffre scellé. Quelques enfants, les plus fragiles, étaient assis sur les charrettes, ainsi que deux femmes enceintes dont l'une était prête à accoucher. Les habitants du Grand Pays suivaient avec appréhension cette étrange tribu d'adoption loin de leur monde au confort feutré, loin de la quiétude rassurante de Masopa, avec ses lois, ses joies, son insouciance. Il ne leur restait que peu de médicaments, quelques cachets de survie, et leur seul espoir pour bagage. De leur vie d'antan, il ne restait plus que leurs souvenirs, accrochés à leurs rêves de monde meilleur, que leur sac à dos magique comme disait Dror, et l'amitié de ce peuple étrange qui les avait accueillis sans rien demander en échange.

Valentine n'avait pas dit un mot depuis le départ, croyant voir sur elle tous les regards, chargés de désapprobation quant à sa nuit avec Olivier, et tenait la main de celui-ci comme on s'accroche à une bouée de sauvetage. Mais de leur relation, personne n'avait cure. L'heure n'était pas aux médisances. Les hommes et les femmes de la tribu avaient autre chose à penser qu'aux relations des nouveaux arrivants entre eux. Quant à Toufik et Ferdinand, il y avait longtemps qu'ils avaient compris que l'amour de Sami pour Valentine était construit sur un malentendu. Mais ils garderaient tous toujours le souvenir d'une tombe abandonnée en terre inconnue où gisait leur ami qui n'avait jamais rien demandé d'autre que d'être heureux et n'avait jamais pu l'être.

— Regarde, dit Dror à Garance la voyant triste, lève le nez du sol et regarde. Tu n'as jamais rien vu de pareil.

203

Cela faisait plus de deux heures qu'ils marchaient descendant les pentes raides des collines escarpées où les animaux lourdement chargés avaient du mal à avancer, lorsque, au loin, brillant sous le soleil du matin, apparut la mer. La Méditerranée mythique qu'aucun des habitants du Grand Pays n'avait jamais contemplée, cette Méditerranée dont on leur disait qu'elle était polluée, dangereuse, à jamais condamnée. Garance se mit à pleurer, rejointe dans ses émotions par Valentine qui la prit dans ses bras. Deux heures plus tard, ils plongeaient tous dans l'eau en riant, une eau limpide comme aux premiers jours du monde, se laissant rouler par les vagues sur le sable chaud.

— Bienvenue chez nous, leur dit Paul. A partir d'ici, vous êtes sur le territoire de nos ancêtres. Mais notre route n'est pas finie. Il nous faut remonter plus à l'est en longeant la Méditerranée et la contourner pour aller « là où le savoir est caché ». Il y a trois mille ans, nos ancêtres ont mis à l'abri un trésor, très loin à l'ouest. C'est là que nous allons.

Ce trésor, c'étaient des livres, mais Paul ne le savait pas. Seuls étaient au courant les scribes-druides initiés, Dror, l'enfant qui voulait tout savoir alors qu'il n'en avait pas le droit, et Garance porteuse d'une énigme dont elle ignorait l'importance.

Mais ici, face à la mer dont ils ignoraient tous la longue histoire depuis plus de dix millénaires, ils n'étaient que des hommes à la recherche du bonheur.

Derrière eux, le mur, preuve de la folie des hommes, avait depuis longtemps laissé son ombre n'assombrir que leur passé.

— On continue, dit Paul, la route est longue et vous aurez encore des jours et des mois peut-être pour profiter de la mer. Allons.

**

Huit heures du matin Masopa.

A la UNE de tous les écrans de la ville, la même information :

« Le Grand Appariteur a disparu. Hier, à la suite d'une réunion avec les hauts responsables de la Société des Temps Anciens, le Grand

204

Appariteur s'est rendu à un mystérieux rendez-vous dont il n'est jamais revenu. Dans la société scientifique, c'est la consternation.

Les sept sages accusent le petit groupe de dissidents conduit par Mademoiselle Casteldetri d'avoir fomenté un enlèvement, voire un assassinat. Toute la ville est en effervescence et le couvre-feu a été décrété, événement qui n'était pas arrivé depuis plus de cent ans. Nous apprenons également avec consternation que Mademoiselle Casteldetri, avant son départ, a violé les codes d'entrée de la Bibliothèque du Grand Savoir accédant ainsi à des secrets extrêmement dangereux pour l'ensemble de la population du Grand Pays. Une enquête est diligentée auprès de ses anciens élèves, lesquels l'ont peut-être aidée dans ce crime. En effet, le laboratoire de Mademoiselle Casteldetri a été mis à sac par ses amis et plus rien ne subsiste de ses dangereuses recherches après une explosion dont nous ne connaissons pas la provenance. Jusqu'à nouvel ordre, il est interdit de quitter la ville dont les entrées et les sorties sont gardées par les nettoyeurs. Inutile de vous rappeler qui sont les nettoyeurs et superflu de vous conseiller de ne pas essayer d'enfreindre la loi. Toute personne susceptible de fournir des renseignements est priée de se faire connaître et sera généreusement récompensée ».

Deuxième partie
Ainsi, il y eut un soir, et il y eut un matin

Si le silence est d'or
La parole d'argent,
L'écriture est l'alchimie des deux :
La pierre philosophale

CHAPITRE I

Il y a des remèdes pour la maladie,
il n'y en a point pour la destinée.
Proverbe indien

1

Assis devant son écran de vie, le Grand Appariteur venait de vivre la plus grande émotion de son existence. Tandis qu'il déjeunait, son écran s'était allumé et le visage d'un des sept sages s'était matérialisé sous son regard atterré. C'était la première fois qu'il avait un contact avec eux, mais l'occasion de voir un des sept sages sur son écran de vie n'était pas de bon augure. C'était un honneur dont il se serait bien passé. Que lui voulait cet homme étrange, vêtu d'un costume gris, les cheveux courts, presque rasés, et qui ne se départait pas d'un sourire figé et conventionnel ? Il ne lui fallut pas plus de cinq minutes pour comprendre l'évènement qui motivait cet appel. L'un des sept sages venait de mourir, et le Grand Appariteur avait été coopté par les six autres pour les rejoindre. Pour le commun des mortels, être choisi eut été un honneur, le grand honneur de leur piètre existence. Mais, pour le Grand Appariteur, c'était une catastrophe. Il était impossible que les sages ignorent que son fils était parti avec Valentine pour passer le mur en compagnie des trois autres scientifiques. Ils devaient se douter également qu'il était au courant de leur escapade. Rien ne pouvait leur être caché, ils avaient des espions partout. Donc, c'était un piège, un traquenard dans lequel il ne pouvait pas refuser de tomber, sous peine d'élimination immédiate. Il n'était pas dupe. Si les sages l'avaient élu, c'était pour l'obliger à parler. Comment leur fausser compagnie ? Il n'y avait aucune échappatoire. Sauf une, peut-être. Il plia les documents compromettants qu'il était en train d'étudier — des documents pris dans le laboratoire de Valentine – et coupa son écran de vie. Il ne pouvait appeler personne, il fallait qu'il se déplaçât. Et vite. Il ramassa le peu d'objets personnels qui lui tenait à cœur, les documents de Valentine, jeta un œil attristé sur son domaine, une grande maison vide d'où son unique enfant était parti, le laissant seul avec les fantômes du passé qui le poursuivaient sans relâche : sa première femme, la mère d'Olivier, et Aïssa, la deuxième qu'il avait épousée en secondes noces pour que son fils ne fut pas paria de cette société où les enfants naturels étaient considérés comme des monstres. Depuis deux ans, il vivait seul, obsédé par une seule passion : l'histoire. Et cette passion risquait de lui coûter cher. Très cher. Il sortit dans la rue silencieuse en prenant bien soin de ne faire aucun bruit. Là où il se rendait, il était sûr de trouver de l'aide : à l'université des Temps Anciens. Tout un secteur était réservé aux chambres d'étudiants. Parmi eux, il y en avait au moins trois sur lesquels il était sûr de pouvoir compter. Ils avaient étudié plusieurs années sous l'égide de Valentine et lui étaient restés dévoués, même après son départ. Ils l'aideraient sûrement. Enfin, du moins tentait-il de s'en persuader. Sinon, non seulement il était en danger de mort, mais il mettrait en péril la vie de son fils et de ses compagnons. Des solutions, il ne lui en restait pas beaucoup. Par le passé, il y avait bien longtemps, des confrères avaient choisi de se donner eux-mêmes la mort pour ne pas tomber entre les mains des sept sages. C'était peut-être une légende, car le Grand Appariteur se demandait comment il était possible que depuis tant de temps, les sept sages eussent encore un tel pouvoir. Se le seraient-ils passé comme un relais à travers le temps ? Rien que d'y penser, une terrible angoisse lui faisait accélérer le pas de peur d'être suivi, rattrapé, et privé de liberté. Il se rendit compte que son angoisse tournait à la paranoïa, eut une pensée pour son fils qui, peut-être, était plus en sécurité loin d'ici. Quand le reverrait-il ? Peut-être jamais. Il arriva au campus dont chaque bâtiment entouré de faux arbres faisait une masse noirâtre inquiétante. Le silence y était total. Il se faufila dans les allées, trouva celui qui l'intéressait, et frappa à une porte. Un certain temps se passa avant que qu'on ne lui répondît. La méfiance, toujours. Le jeune homme qui lui ouvrit eut un sursaut d'étonnement et le fit rentrer en hâte.

— Monsieur le Grand Appariteur ! Que me vaut l'honneur ?

— Dépêchons-nous Djamel, trêve de ronds de jambes, il faut que nous cachions tous les documents de Valentine.

— Tous ? s'exclama Djamel épouvanté par l'ampleur de la tâche.

— Tous. Nous risquons nos vies. Moi qui étais au courant, vous qui avez été son assistant quelques fois.

Djamel pensa qu'il avait fait pire, puisqu'il avait aidé Valentine à rentrer clandestinement dans la bibliothèque centrale. Et ça, le Grand Appariteur ne le savait pas.

— Vous devez prévenir vos deux collègues qui faisaient des recherches avec Valentine et vous, continua le Grand Appariteur. Avez-vous un moyen de communication indétectable par l'Administration ?

Djamel en avait un. Depuis peu s'était constitué un réseau d'étudiants dissidents qui communiquaient par leurs propres moyens. Méthode archaïque s'il en était une, car il s'agissait de taper sur les tuyaux de raccordement de la ventilation, de manière particulière pour être compris par l'interlocuteur. Les jeunes gens ignoraient qu'ils réinventaient une méthode vieille de plusieurs millénaires. Djamel attendit quelques minutes avant que des coups sourds répondissent aux siens.

— C'est Hugo, il arrive et prévient Thor.

Une demi-heure plus tard, ils étaient devant la porte du laboratoire de Valentine.

— C'est bien beau, dit Thor — un petit jeune homme malingre aux cheveux d'un noir de jais qui tranchait avec le bleu profond de ses yeux — comment l'ouvres-tu sa porte ?

Djamel sourit.

— J'ai un passepartout. Sinon, elle ne s'ouvre qu'au son de sa voix.

Il appuya sur un petit objet clignotant d'une lumière orange et la porte se déverrouilla.

— C'est comme pour la bibliothèque centrale, rajouta-t-il. C'est moi qui ai crocheté la porte avec un passe de ma fabrication.

— Vous vous êtes introduits dans la bibliothèque centrale ? Mais vous êtes fous !

— Valentine me l'avait demandé. Elle voulait consulter de vieilles archives poussiéreuses, je ne voyais pas où était le mal.

— Le mal ! Le mal ! s'insurgea le Grand Appariteur. Il est partout le mal. Je vous parie que les sept sages sont au courant.

— Que fait-on pour les dossiers de Valentine ? Il y en a trop pour les emporter, dit Thor commençant à s'impatienter.

— On les brûle. Mettez le feu à son labo.

— Monsieur le Grand Appariteur, on ne peut pas faire ça. Valentine, quand elle reviendra...

— Elle ne reviendra pas. Dépêchez-vous.

— J'ai des explosifs à retardement, dit Hugo. Une méthode archaïque mais qui a fait ses preuves. Installons-les.

— Vous ne pouvez pas faire ça, supplia Djamel. C'est toute sa vie, ce labo.

— Et bien maintenant, sa vie est ailleurs et des documents de ce genre elle en trouvera peut-être d'autres. Pas d'état d'âme, je vais les chercher.

Hugo s'éclipsa. Le Grand Appariteur était effaré de l'inconscience des jeunes gens. Des explosifs dans la chambre, bêtement cachés sous le lit ! Pendant un quart d'heure, tandis que Djamel et Thor se disputaient pour savoir s'il était judicieux ou non de faire sauter le laboratoire de Valentine, il se demanda s'il avait eu une bonne idée de solliciter leur aide. Ils jouaient avec la mort sans aucun souci. La mort dont ils ignoraient tout...

Hugo revint. Dans la paume de sa main, les minuscules explosifs ressemblaient à des jouets, des petites balles pour les enfants.

Malgré ses réticences, Djamel les aida à les mettre aux quatre coins du bureau.

— Que fait-on maintenant ?

— On se tire, dit Hugo. Dans une demi-heure, tout va péter. Il vaudra mieux que nous soyons loin d'ici.

— Et vous, Monsieur le Grand Appariteur ?

— Moi ? Faites-moi plaisir, ne m'appelez plus Monsieur Le Grand Appariteur, Jean, seulement. J'ai rendez-vous avec mon destin. Ne vous occupez-pas de moi. Fichez le camp. Allez loin. Passez le mur, rejoignez Valentine. Il y a tout le matériel nécessaire à la société des temps anciens. Vous avez une demi-heure pour prendre les équipements et vous sauver. Prenez la sortie Est et suivez les balises. Et ne vous faites pas prendre.

— Vous savez comment passer le mur ? demanda Thor.

Le Grand Appariteur sortit de sa poche le document qu'il consultait une heure plus tôt, et le leur tendit :

— Avec ça. Et ne me demandez pas de traduction. Je crois que vous êtes plus calés que moi en la matière.

— Où allez-vous... Jean ? insista Djamel.

— Il vaut mieux que vous ne le sachiez pas. Bonne chance.

— Vous aussi, dit Djamel un peu désorienté. Etes-vous sûr de ne pas vouloir venir avec nous ?

— Pour votre sécurité, il ne vaut mieux pas.

Ils se séparèrent sans plus d'explication. Les trois jeunes gens s'évanouirent dans la nature après s'être largement servis dans les équipements de l'université. Un vrai bric-à-brac dans lequel il était difficile de se repérer. Ils y trouvèrent le même équipement que Valentine et ses compagnons avaient emporté, ainsi que des cachets de survie dans l'armoire à pharmacie.

Thor déplia le document que lui avait donné le Grand Appariteur et dit :

— Hors de question de prendre la sortie Est. Je vous parie qu'elle est gardée. Et puis, cette façon qu'a eue le Grand Appariteur de nous mettre en garde en insistant lourdement ne me plaît pas. C'est comme s'il avait voulu nous avertir d'un danger qu'il connaît mais dont il ne veut pas nous parler. Depuis que je le fréquente, je ne l'ai jamais vu dans un tel état. D'habitude, il est réservé, posé. Il faut vraiment qu'un évènement extraordinaire soit venu le perturber pour qu'il se conduise de cette façon.

— Que fait-on alors ? demanda Djamel.

— Nous sortons par le nord ouest. Regarde ce document. Il ne te dit rien ?

— Une carte du mur ? C'est ça ?

— Exact. J'ai beaucoup discuté avec Valentine à ce sujet pour mon mémoire d'examen. Et je pense que ces traits sur ces documents correspondent au mur. Aux murs, dirions-nous, car il y en a trois.

— Tu aurais dû partir avec eux, ricana Djamel. Tu en sais plus sur ce mur que Valentine. Je me demande comment l'Administration Centrale a pu te laisser écrire un mémoire sur le mur.

— Personne n'en sait plus que Valentine, dit Thor en ignorant la question.

— Elle est pourtant partie vers l'est...

— Oui, mais ils sont partis tranquilles, eux. Personne ne leur a couru derrière. Tu peux être certain que tous les nettoyeurs vont nous chercher. Alors, vers le nord ouest est la meilleure solution parce que c'est la plus invraisemblable. Les portes sont super bien gardées.

— Ça promet, railla Hugo. Et tu veux nous faire passer la porte devant tout le monde peut-être ? Avec les honneurs et de la musique ?

— Tu n'y es pas. J'ai des amitiés là-bas... La fille du chef en personne, belle comme le jour.

-Tu ne devrais pas parler comme ça, grogna Djamel excédé. Ta manière de traiter les femmes n'est pas normale. C'est une déviation de l'ancien monde. Non seulement tu finiras par avoir des ennuis avec l'Administration, mais je n'aime pas cette façon d'agir. Je préfère te le dire.

— Ça va, calme-toi. Tu avoueras tout de même que, dans ce cas précis, cela va nous servir.

— Arrêtez de vous chamailler, les interrompit Hugo. Nous avons besoin de rester unis. Au nord du mur, nous ne savons même pas ce que nous allons trouver.

— La mer, dit Djamel du rêve plein les yeux. Il paraît que c'est génial.

— Il paraît... Mais il paraît tellement de choses...

La phrase d'Hugo resta en suspens. Un bruit énorme secoua la ville. On entendit des hurlements de terreur et une fumée noire, épaisse, obscurcit le ciel.

— Et voilà, soupira Hugo. Des années de travail acharné réduites à néant. Si Valentine voyait son labo...

— Filons d'ici, et vite. Valentine ne reverra jamais Masopa de toute façon. Ils sont sûrement morts tous les cinq.

Ils prirent leur paquetage, qui ne contenait que le strict nécessaire, et se mirent en route.

— Cap au nord ouest, dit Thor ignorant totalement ce que voulait dire cette expression et encore moins ce qui se cachait derrière les mots. J'espère que le Grand Appariteur va s'en sortir, je l'aime bien ce type dans le fond. Il est honnête.

Aucun des deux autres ne lui répondit. Ils avaient peur pour la première fois de leur vie, et cette impression de vide total et de danger imminent leur enlevait toute envie de plaisanter ou même de réfléchir au devenir des autres. C'était leur propre peau qu'ils avaient à sauver.

— Et pourquoi ne pas nous cacher en ville ? demanda Djamel au bout de quelques minutes. Nous pourrions partir quand tout serait calmé.

— Il n'y a aucune cachette en ville que les gardiens commissaires ne soient pas capables de débusquer. Le mieux, c'est de partir tout de suite car ils attendent le feu-vert des sept sages pour agir. Cela risque de prendre plus de quarante-huit heures. Et dans quarante-huit heures, nous aurons passé le mur.

— Quel optimisme ! railla Hugo.

Thor ne répondit pas. Il savait de quoi il parlait. Ce mur, il l'avait franchi déjà une fois, accompagné de Loreline, la fille du chef pour faire l'amour à l'écart de tous. Un souvenir grisant auquel avait bien l'intention de goûter une dernière fois. La jeune fille savait franchir le mur, lui avait montré la route, et surtout donné le mot de passe pour les gardiens du

214

mur. Il n'avait pas besoin d'elle à présent, mais ne voulait pas partir sans lui dire adieu. Cependant, il n'avait pas l'intention de le dire à ses amis crevant de trouille et pressés de disparaître. Il garda pour lui cette information, sachant pourtant très bien que, dans un avenir proche, il aurait des comptes à leur rendre.

Ils sortirent en hâte de la ville sans être repérés par quiconque. L'explosion du laboratoire de la Société des Temps anciens avait attiré tout le monde, y compris les gardiens commissaires. Dans Masopa, personne ne connaissait les explosifs, seul Hugo était capable d'en fabriquer. Ils avaient quarante-huit heures, quarante-huit malheureuses petites heures, pas plus, avant que tous les nettoyeurs ne fussent à leurs trousses. Un pari contre le temps, contre la répression, la bêtise humaine.

— J'espère que nous reverrons Valentine, toussota simplement Djamel en se raclant la gorge.

Puis il se tut, conscient de devoir économiser sa salive. Le vent sec s'était encore levé.

2

Le Grand Appariteur rejoignit son domicile. A tout bien réfléchir, il pensait qu'il valait mieux, pour la sécurité des trois jeunes gens, qu'il attendît l'arrivée des gardiens commissaires chargés de le conduire aux Sages. Cela leur laisserait le temps de se sauver. Et tant pis pour lui s'il se sacrifiait. Car il se sacrifiait, il en avait conscience.

Il commença à ranger ses affaires. Les souvenirs affluaient à sa mémoire comme autant de balises de repérage pour le faire souffrir. Il les voyait tous, ses deux femmes, son fils, ses quelques amis – si peu en vérité – ses parents. Il ne devait pas se laisser aller à la morosité qui fragilise. Il prit deux cachets de survie sensés lui donner du tonus avec un grand verre d'eau au goût de putréfaction, grimaça de répugnance et manqua vomir. L'eau de ses canalisations sentait tellement mauvais qu'il se demandait jusqu'à quand les hommes pourraient physiquement supporter une telle déchéance. Il prit quelques vêtements dans une valise, juste le strict nécessaire. Puis, comme un condamné à mort attend son bourreau, s'affala dans son canapé et ferma les yeux.

Il dormit quelques minutes. Quand il émergea de ce sommeil inutile, trois hommes se tenaient devant lui. Immenses, carrés, des épaules qui devaient pouvoir porter des poids colossaux. Inutile de vouloir résister à des monstres pareils. Lui, grand, frêle, peu enclin aux exploits sportifs, se trouvait stupide dans son pantalon trop grand flottant autour de ses maigres jambes et tombant en accordéon sur des chaussures aux lacets de couleurs différentes. Bien entendu, les trois géants n'avaient pas cru bon de frapper ni de demander l'autorisation d'entrer. Ils étaient omnipotents, chargés d'une mission politique de la plus haute importance. Malgré tout, ils lui sourirent, d'un sourire façonné par des années d'apprentissage, pas par pure philanthropie ni par plaisir de le voir. Ils le saluèrent en s'inclinant comme s'il était devenu, tout à coup, une des personnes les plus essentielles de la planète. Et c'était sûrement le cas. Il était le septième sage et devait s'en souvenir. Quant aux raisons de ce choix, elles lui demeuraient mystérieuses, mais il gageait qu'elles ne le resteraient pas longtemps. Savaient-ils, ces mastodontes, ce qu'il pensait de ce prétendu honneur ? Sûrement pas, et ils s'en moquaient très certainement. Employés pour effectuer un boulot, pas pour réfléchir, pas pour philosopher, ils accomplissaient cette tâche pour laquelle ils étaient programmés. Rien de plus, rien de moins. Pour eux, ce gringalet était devenu le septième sage, et ils le traitaient comme tel. Le grand Appariteur était prêt à parier qu'ils avaient foi en ces dirigeants dont ils assuraient la protection. Alors, lui ou un autre, c'était pareil. L'obéissance, encore et toujours sans se poser la moindre question.

Ils le prièrent de le suivre. Mais avait-il un autre choix ? Ils prirent sa valise ridicule paraissant une sacoche d'enfant entre leurs mains, et le firent sortir. Un dernier regard à sa maison, et le Grand Appariteur, la tête basse, les suivit sans mot dire. Dans le silence de la nuit, leurs pas résonnaient sur les pavés des rues. Cette nuit de lune noire semblait renfermer toutes les angoisses d'un monde à l'agonie, inconscient de sa propre décrépitude, heureux de vivre, « béat et stupide » aurait dit Valentine. Cachets de survie, pilules pour la soif, pour l'angoisse, pour les dérives de toutes sortes tel l'amour décrété inutile folie des hommes, faux arbres et plaisirs factices. Un résumé sans concession d'un monde moribond et qui ne le savait pas.

« Qu'avons-nous fait pour en arriver là ?» se demandait le Grand Appariteur. « Où sont les petits ? Pourvu qu'ils aient quitté la ville sains et saufs. Et Olivier ? Et Valentine » ? Tant d'informations et de contre informations avaient circulé depuis leur départ qu'il ne savait que penser. Olivier et Valentine, deux embryons primitifs. Il ignorait ce que cela pouvait donner. Leurs réactions, leurs sentiments ne correspondaient pas aux normes du Grand Pays. Il y avait cette révolte en eux, venue du fond des âges, vestige des hommes d'antan et dont on leur avait tant dénigré les pouvoirs de destruction. La mère d'Olivier, que son mari avait toujours soupçonnée d'être, elle aussi, un embryon primitif clandestin, aurait été fière de son petit garçon si elle avait vécu assez longtemps pour savoir ce qu'il était devenu : un être humain. Un vrai. Mais lui, son géniteur, grand scientifique, se révélait incapable de toute rébellion, encore moins de fomenter une révolution. Mais il venait de désobéir, en prévenant les étudiants du sort qui les attendait s'ils étaient pris par les gardiens commissaires, et c'était déjà un exploit dont il ne se serait jamais cru capable. Déjà, en incitant Valentine à passer le mur, il avait trahi les sages. C'était la deuxième fois. Pour le moment, il suivait docile ses gardes de corps alors qu'il aurait pu leur échapper, ne pas les attendre tranquillement assis sur son canapé. Partir avec les trois étudiants. Oui, cette idée lui avait traversé l'esprit, bien vite chassée. Momentanément, ils étaient protégés. C'était lui qui allait faire les frais du courroux des six sages. Il pourrait s'accuser, prendre à son compte le saccage du laboratoire de Valentine, l'explosion. Pendant ce temps, et avant que les sages ne se fussent rendu compte de leur méprise, ils auraient passé le mur. Puissent les vents leur être favorables pour traverser la Méditerranée, s'ils trouvaient un moyen pour le faire. Plus de mille kilomètres d'eau salée, à la merci des pirates, sortes de nettoyeurs indépendants qui pillaient sans vergogne et terrorisaient certaines tribus qui ne bénéficiaient pas de la protection du Grand-Pays.

Tandis que ses pensées vagabondaient, son angoisse atteignait son paroxysme. Ils quittèrent la ville par le sud-ouest. D'après ses connaissances géographiques, il n'y avait rien de ce côté-ci, seulement le désert et pas un repère pour s'orienter. La sortie y était interdite. Les gardes du corps montrèrent leurs badges aux gardiens commissaires et il eut droit à une haie d'honneur, qui, loin de le rassurait, lui donna le vertige. Vertige du pouvoir ou vertige de la peur ? Le silence était total. Au loin, les lumières de la ville s'estompaient. Ils marchaient tous d'un pas égal, comme des gens habitués aux promenades dans la nature. Mais Jean était fourbu, et ses jambes, peu habituées à lui servir, refusèrent de le porter bien longtemps. On aurait dit qu'elles ne faisaient plus partie de lui-même, qu'elles avançaient indépendamment de son cerveau. Un de ses genoux fléchit, il s'affala de tout son long sur le sable.

— Votre honneur, nous sommes arrivés, dit laconiquement et sans même prendre le temps de le secourir l'un des gardes.

Dans la nuit sombre, il distingua deux grosses lumières clignotantes et un objet bizarre émettant un bruit insupportable. Légèrement en suspension comme flottant à cinquante centimètres du sol, il faisait tourbillonner l'air balayant le sable comme une tempête. Le Grand Appariteur eut l'impression que c'était un gigantesque moulin, un modèle démesuré de ces gadgets sensés amuser la foule par son inutilité saugrenue.

— Il faut monter, votre honneur, dit le garde du corps, le seul qui semblait être doté de l'usage de la parole.

— Là-dedans ? Mais vous n'y pensez pas ! C'est hors de question. Je ne mettrai pas un pied dans votre objet de torture. Il faudra m'y mettre de force. Et vous voulez me tuer ! rajouta-t-il soudain pris de panique.

— Voyons, votre honneur ! s'indigna le garde du corps, c'est une sorte d'avion. Nous allons vous transporter par air, Ne craignez rien, notre ami sait piloter et c'est un moyen de transport sûr et rapide.

— Piloter ? Interrogea bêtement le Grand Appariteur, ne sachant que dire pour refuser leur invitation ni quelle raison invoquer pour éviter cet épouvantable voyage.

— Montez, dépêchez-vous, le temps presse.

Il fut pratiquement tiré de force et dut enjamber la distance qui séparait le sol de l'engin. On le poussa à l'intérieur, les gardiens refermèrent la porte. C'était un objet rond, entièrement vitré, équipé de sièges en forme de coquilles épousant le corps, au demeurant très confortables. Lorsqu'il quitta le sol à une vitesse inouïe, le Grand Appariteur était terrorisé. On l'avait attaché avec une sangle et il se sentit prisonnier bien que ce ne fut pas une mesure de rétorsion puisque les gardes étaient ceinturés de la même façon. Il comprit vite que c'était par mesure de sécurité lorsque l'engin se mit à tanguer en prenant un virage en angle droit. Il s'éleva dans les airs et le Grand Appariteur pris de nausées, tenta de résister à une horrible envie de hurler, eut envie de vomir et de mourir par la même occasion. On lui servit à boire de l'eau fraîche, sans arrière-goût de putréfaction. Cette eau lui parut d'une pureté exceptionnelle. Pourtant, cinq minutes plus tard, il dormait, vaincu par la drogue mélangée à la boisson.

Le petit élico disparut dans le ciel à une distance assez haute pour ne pas être vu du sol. Il vira plein ouest, survola les montagnes inaccessibles de l'Atlas où nulle vie ne semblait possible. A peine une heure plus tard, il se posait en plein milieu des mêmes montagnes, sur un plateau naturel aménagé en piste d'atterrissage. Le Grand Appariteur dormait toujours. Aussi ne vit-il pas l'étrange engin roulant qui le conduisit à la demeure des sages.

3

Le soleil rentrait à flot par une sorte de porte vitrée lorsqu'il se réveilla. La première des choses qu'il vit fut le plafond. De forme octogonale, couvert de mosaïques dans les tons bruns, avec, pendu en son milieu, un énorme luminaire fait de petits morceaux de pièces transparentes pareilles à des gouttes d'eau. Cela devait dispenser la lumière, du moins c'est ce qu'il imagina car il n'avait jamais rien vu de tel. A Masopa, la lumière artificielle sortait directement du mur répartissant une lueur égale dans tous les coins de la pièce. Là, c'était différent. La lumière devait venir uniquement du plafond. Il pensa que, la nuit, des zones de la chambre devaient rester dans l'ombre et cela le mit mal à l'aise. Il promena un regard halluciné sur les murs déclinant des teintes bleues aussi variées que les étoiles dans le ciel. Il y avait plusieurs fenêtres masquées par de lourdes tentures pourpres avec, au milieu de la chambre, une fontaine agrémentée d'un jet d'eau. Il crut rêver. Il se leva, posa ses pieds nus sur un tapis.

« On m'a déshabillé », pensa-t-il, troublé. Pour quoi faire ?

La porte n'était pas fermée, il n'était donc pas prisonnier. Il n'avait aucune idée de l'endroit où il pouvait se trouver. A côté du lit, des habits étaient posés. Le même costume que le premier sage qui l'avait contacté. Premier sage... Y avait-il une numérotation, une hiérarchisation de la sagesse ? C'était déroutant, pire encore : déstabilisant. Que lui voulait-on ? Pourquoi l'avoir choisi, lui ? Depuis combien de temps était-il là ? Puisqu'il fallait s'habiller, autant le faire, même si ces habits-là ne lui convenaient pas. Ils étaient trop propres, trop bien taillés, pas le genre de vêtements dont il avait l'habitude de se vêtir. Ne voyant personne venir, il s'enhardit, poussa plus loin ses investigations. Contiguë à la chambre, une petite porte donnait sur une autre pièce moins spacieuse mais tout aussi luxueuse. C'est avec stupéfaction qu'il découvrit qu'elle servait de salle d'eau. Mais au lieu de la traditionnelle douche dispensant une eau croupie, il aperçut un objet étrange, profond et large, avec deux robinets.

— C'est une « baignoire » dit une voix dans son dos.

Il sursauta, se retourna pour découvrir un petit homme trapu et chauve au sourire jovial. L'individu ne portait pas de costume mais un large pantalon certainement plus confortable.

— Bienvenue chez vous, votre honneur. Vous êtes ici dans vos appartements et je suis votre serviteur. Souhaitez-vous que je vous fasse couler un bain ?

— Un bain ? J'ignore de quoi vous me parlez. Un bain ? Pour quoi faire ?

— Vous laver, votre honneur. Soit dit sans vous vexer, les hommes de Masopa sentent plutôt mauvais. Vous ne pouvez pas rester ainsi. Cela ne sied pas à vos nouvelles fonctions.

— Cela ne sied pas à mes nouvelles fonctions, répéta-t-il comme pour se persuader qu'il entendait bien.

— Je remplis la baignoire, dit le petit gros.

— Vous remplissez la … ? Bref, passons. Comment Vous appelez-vous ?

— Mirad, votre honneur.

— Moi c'est Jean. Jean, le Grand Appariteur de Masopa.

— Vous n'êtes plus Grand Appariteur, votre honneur, dit Mirad. Vous avez été choisi. Vous êtes un des sept sages.

Tant de mièvreries commençaient à l'agacer.

— Je n'ai rien demandé à personne...

— On ne demande rien, votre honneur, on obéit. Je vous fais couler un bain.

Sans plus de façon, Mirad tourna les deux robinets et l'eau gicla dans la baignoire. Pour Jean, c'était la chose la plus merveilleuse, la plus inimaginable qu'il eut pu voir de sa vie. Il ne pouvait comparer avec rien de connu, n'ayant jamais vu ni aucune chute d'eau, ni aucune source ni cataracte. Dans son monde de sable et de chaleur, un simple écoulement d'eau de bain aurait semblé magique. Pourquoi Masopa n'était-elle pas équipée de ce genre d'installation au lieu d'être inondée de gadgets inutiles ? Cela aurait été si simple... Mais d'où venait l'eau ? Question subite qui le laissa perplexe. Comment autant d'eau pouvait-elle encore exister ? D'où sortait-elle ? Phocéa, Alcéa, les deux autres grandes villes du Grand Pays n'en avaient pas non plus. Tout en réfléchissant à l'incongruité de la situation, il se laissa glisser dans la baignoire. La sensation fut fulgurante. Il en jouit de plaisir comme s'il avait tenu dans ses bras la plus belle femme de la ville. Un peu honteux de ce laisser-aller indigne de sa fonction, il se dit qu'il vivait peut-être ses derniers instants d'intimité, alors autant en profiter. Ici, pas de machine à jouir, peut-être même pas de femmes. L'eau envahissait son corps, l'enveloppait, lui procurait un bien-être incomparable. Jamais sensation n'avait autant abusé ses sens. L'eau était propre et parfumée. Il y resta longtemps jusqu'à ce qu'elle refroidisse, que le plaisir se fit moindre. Il en conclut que c'était la chaleur de l'eau qui lui avait procuré cette jouissance, sans se douter que Mirad avait mis des aphrodisiaques dans l'eau du bain. Il sortit de la baignoire et s'habilla. Mirad, en fidèle serviteur l'attendait.

— Qu'elle est la suite des réjouissances ? demanda-t-il.

Mirad ne releva pas l'ironie.

— Je dois vous conduire dans la salle du conseil. Les sages vous attendent.

— Je me disais bien que je n'étais pas en vacances, soupira-t-il.

En quittant la chambre, Jean faillit hurler. Un immense couloir tout blanc conduisait à un patio. Il fallait descendre trois marches pour se retrouver dans un jardin luxuriant. Un vrai jardin, avec de vrais arbres et de vraies fleurs. Pas des imitations en plastique ou des herbes folles à moitié desséchées. De grandes feuilles de bananiers – arbre inconnu du Grand Appariteur — entouraient la porte, et plusieurs arbustes faisaient comme une haie d'honneur au-dessus d'eux. Les couleurs, les odeurs abusaient ses sens, lui donnaient le vertige.

— Où sommes-nous, Mirad. Il est impossible qu'un tel pays existe.

— Dans un ancien palais qui a été remis en état voilà quelques centaines d'années. Il paraît qu'autrefois il y avait ici une immense ville avec des constructions de ce genre. Lorsque les sages de l'époque l'ont trouvée, elle était abandonnée et en ruines. Ils ont tout fait reconstruire pour y établir leur résidence. Mais là, vous voyez le beau côté de la médaille. Si je puis me permettre votre honneur, il va falloir que vous vous armiez de courage pour affronter le reste.

— Que me prépare-t-on ?

221

— Je ne peux rien vous dire, je n'ai pas le droit. Oubliez ce que je vous ai dit. Ma langue est trop longue. Mais j'ai vu dans votre regard que vous n'étiez pas comme les autres.

Alors que Jean allait répliquer il dit :

— Nous voilà arrivés. Je vous laisse. Je n'ai pas le droit de rentrer dans la salle du conseil.

Il s'éclipsa, en courant presque. Jean se retrouva seul devant une lourde porta antique en marqueterie. Le temps d'une interrogation, quelques minutes qui lui parurent une éternité, il pensa à ce qu'avait dû cacher, au temps jadis, un tel monument. Quels secrets fallait-il y abriter et de quels regards ? Quelle intimité néfaste, quels méfaits ? Puis la porte s'ouvrit. Ebloui par la lumière venant de la pièce, il y pénétra en clignant des yeux, aperçut une immense table où étaient assis six hommes éloignés les uns des autres de plus d'un mètre comme s'ils répugnaient chacun au contact de l'autre. Les six sages, et une place vide. Sa place. D'un bref regard, il fit le tour de l'étrange groupe : six hommes, grands, chauves, en costume gris. A première vue, on aurait dit des jumeaux mais il ne fallait pas s'y fier. Ils n'avaient que l'allure de semblable, comme si c'était le critère numéro un pour le choix des candidats. Il était lui-même, grand, chauve et voûté…

De grandes baies vitrées laissaient passer la lumière, inondant de soleil cette étrange assemblée de fantômes vivants. Ils se levèrent tous en même temps et s'inclinèrent.

— Bienvenue chez nous votre honneur, dit, d'un ton obséquieux, celui qui l'avait contacté à Masopa. Vous êtes ici chez vous.

« Chez moi ? Quelle mascarade » ! pensa Jean.

L'homme reprit :

— Je suis Mathieu, voici Pierre, Thomas, Judas, Simon et Philippe. Il ne manquait que vous, Jean.

Jean ressentit un malaise qu'il ne put pas définir.

— Depuis la nuit des temps, continua Mathieu, les sept sages portent les mêmes prénoms. Mais nous avons eu du mal à vous trouver. Vous êtes un homme discret.

— Je n'ai aucune raison de me faire remarquer, rétorqua Jean, de plus en plus dérouté. Je suis les directives de l'Administration centrale, je travaille, je m'amuse. Je me comporte comme tous les habitants du Grand Pays.

— Personne ne vous accuse, dit Mathieu sans se départir de son sourire. Vous êtes un homme intelligent. Mais asseyez-vous, nous avons à parler.

Pierre prit la parole d'un ton glacial :

— Un homme respectueux des traditions, oui. Mais nous avons eu vent de quelques écarts vous concernant. Votre fils, par exemple, est né d'un embryon primitif... Comment expliquez-vous cela ?

— C'était ma femme, dit vivement Jean tout en demandant mentalement pardon à la mère d'Olivier de ce parjure. Elle n'avait pas mis les protections. Je l'ignorais. Vous savez qu'elle est morte juste après la naissance de mon fils.

— Nous savons. Olivier ? C'est ça ?

— C'est ça, oui, Olivier.

— Et votre deuxième femme ? Vous avez épousé la femme qui l'avait élevé. Pourquoi ne pas avoir demandé un enfant à l'Administration centrale ?

— Trop vieux ou trop occupé par mon travail, sans doute.

— Sans doute, reprit Pierre d'une voix qui faisait penser à un ongle crissant sur du métal. Sans doute. Votre travail, comme vous dites, consiste en quoi, au juste ?

« Comme s'il ne le savait pas » pensa Jean, néanmoins il répondit :

-Je fais des recherches sur l'histoire, dans le plus pur respect des dogmes établis, ainsi qu'on me l'a enseigné à l'université.

— Et qu'avez-vous trouvé d'intéressant ?

— Rien. Rien que nous ne sachions déjà. Certaines anecdotes qui plaisent au public sont divulguées. C'est bon pour le moral des habitants du Grand Pays.

— Rien de plus ? insista Judas.

— Rien de plus, non. Je ne vois pas.

— Et votre assistante, Mademoiselle Casteldetri ?

— C'est une tête brûlée, mais elle n'est pas dangereuse.

— Une tête brûlée qui s'est enfuie avec votre fils et un groupe de dissidents qui veut passer le mur, dit brutalement Pierre.

Jean avait l'impression d'être dans un tribunal et qu'il allait n'en sortir que pour disparaître définitivement. C'était sa mort que ces hommes voulaient, rien de plus. Peut-être s'imaginaient-ils qu'il savait où était le

223

petit groupe de dissidents ? Allaient-ils le torturer pour qu'il avouât la vérité, ou le faire parler par des moyens plus sophistiqués ?

— Ce sont de doux rêveurs, admit-il pour les excuser. Ils s'ennuient, ils se cherchent. Ils ne passeront jamais le mur. Ils vont voir du pays, ils reviendront en se rendant compte qu'il n'y a pas de meilleur endroit que le Grand Pays. Vous verrez, ils reviendront avec des histoires extraordinaires pour divertir les foules.

Judas sourit. Le même sourire que les cinq autres, figé sur un visage inexpressif. Le silence s'installa tandis que chacun regardait par les baies le désert immense à perte de vue, des ruines, et au loin les montagnes.

— Savez-vous où nous sommes ? demanda soudain Mathieu.

— Aucune idée...

— Dans une antique cité qui se nommait Marrakech. Il y a plus de cinq cents ans, les sept sages de l'époque y ont établi leur résidence. Elle était en ruine, recouverte par le sable du désert. Ils ont sorti ce qui restait de constructions et l'ont reconstruite. Vous verrez, c'est magnifique. Vous vous plairez chez nous.

— Vos appartements vous conviennent-ils ? lui demanda Pierre comme s'il était là pour passer des vacances.

— Très ? Très bien, on ne peut mieux, balbutia-t-il décontenancé.

— Vous devez jurer allégeance à la confrérie, vous êtes le septième sage à présent.

Jean faillit demander s'il avait le choix mais s'abstint de tout commentaire. Inutile de se mettre en danger, il n'avait qu'à attendre. Mais les paroles de Mirad le harcelaient. « Il va falloir vous armer de courage pour affronter le reste... » On lui apporta une bassine remplie d'eau parfumée dans laquelle il dut se laver les mains, et répéter une phrase énigmatique : ainsi soit faite la volonté du très haut. Nous sommes les gardiens du monde ; sans nous, le monde n'est rien. Le monde nous doit tout.

Il répéta la phrase sans comprendre au juste ce qui se cachait derrière ces paroles. Il se lava les mains, se les essuya avec un linge blanc, et Pierre le coiffa d'une couronne faite de plantes odorantes. Puis les six sages lui firent l'accolade. C'était grotesque, lamentable. Une bouffonnerie digne du plus stupide des Masopiens.

Mais les six sages parurent satisfaits.

— Vous avez beaucoup de choses à découvrir, lui dit Pierre avec un sourire si large que Jean put se rendre compte de la blancheur des ses dents. Vous aurez accès à tous les documents, tous les écrans historiques. Vous verrez le passé. Vous saurez depuis quand nous agissons ainsi, et quelles en sont les raisons. Il faut que vous sachiez, que vous vous persuadiez que, tout ce qui est fait ici, l'est fait pour le bien de l'humanité. Tout. Si le présent vous choque, sachez que c'est à cause des hommes de la Basse Epoque que nous en sommes arrivés là.

Loin de le rassurer, ces paroles achevèrent de le l'inquiéter au plus haut point. Il y eut un silence que Simon rompit :

— Il faudrait peut-être lui dire. Pour son fils…

— J'allais y venir répondit sèchement Pierre qui semblait ne pas nouer des relations d'amitié avec Simon. Votre fils est mort. Mort après avoir passé le mur.

Jean prit l'information comme si un caillou du mur lui était tombé sur la tête. Olivier ! Ce n'était pas possible. Pas lui. Non, pas lui. Les larmes lui vinrent aux yeux pour la première fois de sa vie et il demanda d'une voix étranglée par l'émotion :

— Comment le savez-vous ? Ce n'est pas possible, pas mon fils.

— Reprenez-vous, le sermonna Pierre. Un sage n'a pas d'émotion, même pour un enfant. Et pour répondre à votre question, nous le savons parce que les nettoyeurs nous ont fait leur rapport. J'espère que vous êtes conscient que la névrose de votre Valentine a entraîné ces hommes dans une folie sans nom et sans avenir. Ils ont passé le mur et votre fils a été tué lors d'une échauffourée avec les nettoyeurs. Soit dit en passant, votre Valentine et ses amis sont de vrais terroristes. Ils ont mis en charpie leurs amis et les nettoyeurs avec des objets barbares que l'on nomme « des explosifs ». Exactement comme certains étudiants de l'Université des Temps Anciens ont fait exploser la maison de Valentine, détruisant par la même occasion les preuves de ses méfaits. Tout ce petit monde court toujours. Mais pas pour longtemps. Ils devront répondre devant nous sept de leurs crimes. Vous pouvez leur en vouloir, nous comprenons. Ils ont tué votre fils.

Il rajouta en tapant sur la table :

— Mais pour le moment, conduisez-vous en chef et oubliez cet enfant que vous n'auriez jamais dû faire.

Oublier Olivier ? Comment pouvaient-ils imaginer une chose pareille ? Loin d'oublier Olivier, il avait mal, mal à en étouffer de chagrin. Il comprenait mieux à présent les propos de Mirad.

— Nous y allons, annonça Pierre.

C'était facile de comprendre que Pierre était le chef, c'était aussi le plus âgé, le plus expérimenté. Donc il y avait bien une hiérarchie chez les sages. Lui était le dernier arrivé, le plus jeune, l'apprenti en quelque sorte.

Comme s'il avait entendu ses pensées, Pierre crut bon de préciser :

— Sachez que vous êtes soumis à une période d'essai d'un an avant d'être accepté parmi nous. Ne vous y méprenez pas.

Jean faillit hurler « mais pourquoi m'avoir choisi ? Pourquoi moi ? Je ne vous ai rien demandé ! » Mais aucun son ne sortit de sa bouche. Le choc l'avait rendu muet.

Ils sortirent au grand soleil. Tout était magnifique, luxuriant. Ils traversèrent des jardins, des allées bordées de fleurs et de plans d'eau. Un paysage de rêve, un enchantement, alors que la planète mourait de soif... Jean ressassait une idée fixe : Olivier mort. Tous les jardins du monde, toutes les fontaines d'eau claire, ne pourraient pas le remplacer. Il suivait les autres comme un automate, la tête vide. On l'avait dépouillé de sa substance. La chair de sa chair, le fruit de son sperme, son enfant. Ils montèrent dans un étrange engin qui semblait se déplacer tout seul. Il ne posa pas de question. Plus rien ne l'intéressait, ni sa vie ni celle des autres. Pendant deux heures ils restèrent silencieux, tandis que l'étrange machine avalait les kilomètres de désert, se riant des dunes et du sable. Peu à peu, le paysage de dunes laissa la place à des collines rocheuses. Au loin, on apercevait de hautes montagnes coiffées de petits nuages blancs. Jean, habitué à la plaine maussade du Grand Pays, était hypnotisé par cette barrière mystérieuse derrière laquelle personne ne savait ce qui se passait. Puis, la machine s'immobilisa devant une haute construction faite de matériaux rappelant ceux du mur. Une énorme porte s'ouvrait sous une colline. Jean pensa qu'il allait y être emprisonné et ne reverrait jamais plus le jour.

— Ce sont nos usines, dit Judas pour répondre à sa question muette. Les usines du Grand Pays, où sont fabriqués les gadgets, médicaments, friandises, tout ce dont ont besoin les habitants de Masopa, Phocéa et Alcéa. Vous allez voir l'autre côté du Grand Pays, l'autre face

226

de la médaille. N'y a-t-il pas deux faces à une médaille ? C'est la loi de la nature. N'hésitez pas à me poser toutes les questions techniques que vous voudrez. J'y répondrai.

« Rien à fiche », pensa Jean. Il n'avait aucune idée de ce qu'était une usine et n'avait aucune envie de le savoir. Il se demandait encore pourquoi on l'avait nommé septième sage. Que pouvait-il leur apporter ? Lui qui n'avait jamais compris le mot « révolte » ou « révolution » commençait à ressentir les prémices d'un changement dans son comportement, une naissance d'envie de lutte. Etrange sensation en vérité, comme un malaise au creux de l'estomac. Pourtant, il n'était pas un embryon primitif.

Ils pénétrèrent dans l'antre de la terre. Des couloirs interminables, des portes incroyables ornées de dorures et de marqueteries, des salles vides, et au fur et à mesure des voix, un brouhaha qui allait s'amplifiant. La dernière porte s'ouvrit sur l'horreur. Des centaines d'hommes travaillaient comme des robots devant des machines, opérant toujours les mêmes gestes. Jean en eut la nausée. Il venait de trouver la réponse à la question qu'il s'était toujours posée « où sont fabriqués tous ces objets que nous utilisons, nos cachets de survie, nos cachets pour la soif » ? A Masopa, les habitants ne faisaient que se distraire en somme. Il savait depuis longtemps que les taches administratives ne servaient à rien, seulement à occuper des gens. Il y avait ceux qui nettoyaient, ceux qui entretenaient les jardins, ceux qui s'occupaient des enfants, les inspecteurs d'âmes ; les receveurs d'informations, les scientifiques les techniciens qui inventaient toutes sortes de choses. Et ces choses-là étaient fabriquées ici, par des hommes robots. L'indescriptible horreur. Judas parlait, racontait, expliquait. Une immense fierté se dégageait de ses propos. « Cadence, rendement, profits acquis, mauvaises manipulations des fonctionnements », que des mots dont Jean ne percevait pas le sens. Ce tourbillon de paroles le saoulait. Ivresse des mots, indigestion de termes, de vocabulaire. Il avait l'impression de revenir à l'école, de ne rien savoir, lui, le Grand Appariteur, le plus instruit de l'université des Temps anciens. Ils avançaient parmi des hommes muets, presque aveugles.

— D'où sortent tous ces gens ? demanda-t-il tout en regrettant immédiatement ses paroles.

— Ah ! Quelle question ! s'enthousiasma Judas qui, décidément, semblait prendre Jean sous sa protection. Du même endroit que vous, que moi. Des embryons primitifs remaniés. Cependant, au lieu d'être mis dans le ventre d'une mère, ils ont été conçus dans des machines et élevés à part. Rien d'extraordinaire. Cela fait des siècles que c'est ainsi.

— C'est horrible ! laissa échapper Jean.

— Horrible ? Comment ça horrible ? Ils ne sont pas mécontents de leur sort, ils ne connaissent rien d'autre.

— Qu'en est-il de leurs pensées intimes ?

— Croyez-vous qu'ils pensent ? Ils sont programmés pour travailler, pas pour penser. D'ailleurs, je ne me suis jamais posé la question.

— Néanmoins, ce sont des hommes.

— Oui, ce sont des hommes. Et alors ? Quelle différence cela fait-il ? Avez-vous déjà entendu le mot « guerre » ?

— Un peu, en effet. Il paraîtrait qu'autrefois les hommes s'entretuaient. Mais vous savez, il y a tellement de légendes qui circulent...

— Vous pensez que la guerre est une légende ? ironisa Judas.

Pierre s'était rapproché d'eux. Il dit avec colère :

— Je vous dis que les hommes de la Basse Epoque étaient responsables de nos maux actuels ! Vous verrez les Archives du Savoir Perdu, les informations que les sages du passé ont gardées ! Vous verrez, et vous serez définitivement des nôtres. Parce que vous saurez les raisons de nos actions.

Il en perdait le souffle de rage. Jean resta silencieux. A ses yeux, rien ne justifiait de telles manipulations de l'être humain. Manipulations génétiques ou pas, ces hommes devaient souffrir sans pouvoir manifester leurs sentiments. Ils étaient aveugles et sourds-muets de surcroît.

Il se souvint de la conférence de Valentine et des résultats de ses recherches. Il avait cru qu'elle exagérait, qu'elle extrapolait, que son imagination s'envolait. Mais elle avait raison, quatre mille ans d'oubli s'étaient amoncelés sur une civilisation inconnue. Une civilisation « planétaire » comme le disait la jeune scientifique. Comment était-il possible qu'il ne restât plus rien ?

— Vous paraissez bien songeur ? lui demanda Judas.

— J'essaye d'intégrer toutes les données, ce n'est pas facile.

Cette réponse parut lui plaire car il sourit et eut avec Pierre un regard complice qui en disait long. Jean se laissait-il séduire ? Il en avait l'air.

— Nous verrons les laboratoires plus tard. Vous avez tout votre temps. Par contre, il y a quelque chose que je veux vous montrer sur-le-champ. C'est la salle de surveillance. Rien n'échappe à notre vigilance.

Jean imagina que la vie intime de chaque habitant du Grand Pays était visionnée, décortiquée, violée par des regards inquisiteurs tout au long de sa vie. Qu'on les voyait faire l'amour, leurs besoins, qu'ils n'avaient pas une minute d'intimité qui ne fut connue. Inutile de tirer les rideaux pour se cacher. Pas un endroit n'était sécurisé. Il délirait. Se rendit compte que c'était impossible car les sages n'avaient pas eu connaissance de ses investigations ni de celles de Valentine car ils auraient été neutralisés depuis longtemps. Son angoisse se calma, il retrouva son sang froid.

Ils pénétrèrent dans une salle où des dizaines d'écrans vibraient. Des voix résonnaient, des rires, des discussions.

— Asseyez-vous là, lui dit Pierre. Vous allez avoir une surprise.

L'écran se mit à clignoter et on aperçut une sorte de monticule avec une petite stèle de céramique bleue.

— C'est une tombe, lui dit Pierre. Celle de votre fils.

Jean n'eut pas le temps de répondre. L'écran montra un groupe d'une cinquantaine de personnes avec des animaux. C'était étrange, il n'avait jamais rien vu de pareil. Comprenant que l'action se passait de l'autre côté du mur, il suivit, le cœur à l'envers, la petite troupe cheminant lentement.

Mettant un doigt sur l'écran, Pierre lui dit avec mépris :

— Là, vous avez votre Valentine avec son ami Samy.

Sauf que ce n'était pas Samy, mais Olivier. Une faille dans le réseau d'espionnage de l'Administration. Il faillit hurler de joie, mais se retint. Ainsi c'était Samy qui gisait sous ce tas de cailloux. Pauvre Samy... Un bon chimiste, oui, vraiment. Il avait une énorme peine pour lui mais, de savoir Olivier vivant, lui donnait un regain d'énergie, une envie de se battre dont jamais il ne se serait cru capable. Cependant, il fallait absolument, il fallait que les autres sages ne sussent pas qu'ils s'étaient trompés. Il prit un air abattu, chancela, se raccrocha à la table comme effondré de désespoir.

Sans tenir compte de sa peine, Pierre expliqua :

— Les nettoyeurs sont arrivés à mettre une petite caméra sous leur charrette, vous savez cet objet avec des roues ? Non, vous ne connaissez pas, bien entendu. Il n'existe plus rien de pareil dans le Grand

Pays. C'est un peu comme la voiture qui nous a conduits ici, voyez-vous. Chez eux, elle se déplace tirée par des animaux. C'est très archaïque comme moyen de locomotion. Il y a plus de dix mille ans que l'homme l'utilise. Enfin, l'utilisait, car dans le Grand Pays il n'y en a nulle part.

— Pour quelle raison ? demanda Jean d'un ton neutre.

— Pour éviter les déplacements inutiles. Autrefois, l'homme était un nomade, a conquis la planète entière et l'a tuée. Ne recommençons pas les erreurs du passé.

— Nous ne venons donc pas des étoiles ?

— Allons, allons, cher ami. Ne me dites pas que vous croyez en cette fable. Vous, le Grand Appariteur, vous me décevriez. Regardez votre Valentine, continua-t-il sans attendre une réponse dont il n'avait cure, elle traîne une jeune fille avec elle. Une gamine de quinze ans qu'elle a débauchée. Une gamine de la tribu des « Rébus » gardienne du mur. Une femme-chef, en plus ! Ne me dites pas que cette femme n'est pas dangereuse.

— Effectivement, ironisa Jean. Mais nous n'y pouvons rien. Ils sont si loin.

— Détrompez-vous. Nous avons des engins volants. Des petites machines très performantes qui peuvent traverser la mer et détruire mille personnes en même temps si elles sont jugées dangereuses.

— Une sorte de guerre, en somme, répliqua Jean.

Il regretta aussitôt ses paroles malheureuses que Pierre s'appropria, en crachant sa haine :

— Ne parlez pas de guerre ! La guerre est effacée du cerveau des hommes depuis des milliers d'années. Ce n'est pas une guerre, mais une action de salut public.

« Des fous » pensa Jean. « Nous sommes dirigés par des fous ». Et il eut peur. Peur de devenir comme eux. Comment aurait-ce été possible ? Il l'ignorait mais l'effroi le gagnait. Que pouvait-il faire seul contre ces six malades qui avaient à leurs bottes tout un peuple ? « Résister, résister, résister » lui soufflait une petite voix intérieure.

— A quoi pensez-vous ? lui demanda subitement Pierre.

— A … mon avenir ici. A quoi puis-je servir ?

— Nous avions pensé vous confier la surveillance des écrans. Du fait que votre fils est mort à cause de cette Valentine, vous avez des raisons de la haïr. Il ne faut pas qu'elle récidive. Vous serez chargé de contrôler tout ce qui se passe ici. Tous les écrans.

Un bien grand honneur que je ne mérite certainement pas.

— Oh, nous avons confiance en vous ! La haine doit être votre moteur.

Jean ne le détrompa pas.

— Vous avez raison. La haine. Si j'avais su en la formant que je menais mon fils à sa perte...

— Tout le monde peut se tromper. Il suffit de l'avouer.

« Pauvre fou », pensa Jean. Pauvre fou...

— Et bien, dit Judas, nous allons vous laisser ici. Vous verrez le chef d'atelier, il vous expliquera tout le fonctionnement. Ce soir, la voiture viendra vous chercher. Réunion avant le repas. Ensuite, vous pourrez retrouver vos appartements. Bon travail.

Sur ces paroles, ils le quittèrent avec un salut révérencieux. Jean se retrouva seul, plein d'interrogations. D'abord garder la tête froide... Entrer en contact avec Olivier et Valentine. Mais ce ne serait pas une mince affaire, chaque écran étant contrôlé par un technicien.

Jean regarda autour de lui. Sa présence ne semblait pas jeter l'émoi dans l'atelier. Les écrans ronronnaient, chaque observateur rivé à son poste, casque sur les oreilles, ne se préoccupait pas du voisin.

« Je dois faire semblant, pour donner le change » pensa Jean, bien qu'il fut incapable de la moindre hypocrisie. Il s'approcha de l'observateur de l'écran bleu – chaque écran avait sa propre couleur – et lui tapa sur l'épaule. Il sursauta, abandonna la contemplation de son travail :

— Votre honneur ? demanda-t-il.

Il avait l'air jeune, la trentaine, pas plus. Une barbe naissante laissait à penser qu'il ne s'était pas rasé depuis au moins trois jours.

— N'êtes-vous pas fatigué mon ami ?

— Non, votre honneur. Je ne suis là que depuis quarante huit heures. Il me reste encore douze heures à faire.

— Vous ne dormez pas ? demanda Jean stupéfait.

— Dormir ? s'étonna le jeune homme. Mais votre honneur, j'ai pris mes cachets !

Il parut étonné, fronça les sourcils en signe d'incompréhension, puis remit son casque et se replongea dans son travail. Sur son écran, les rues de Masopa défilaient lentement pour lui laisser le temps de tout voir. Il surveillait le quartier où était encore, quarante huit heures auparavant, le laboratoire de Valentine devenu un tas de décombres surveillé par les nettoyeurs. D'après ce qu'il vit, Jean put constater que les nettoyeurs avaient investi la ville. Quelques personnes déambulaient, vite refoulées par les gardiens. Le jeune assistant fit tourner la caméra, et le champ de vison s'élargit. Chaque rue était balayée par un faisceau invisible sur place. Jean continua sa visite. Sur les autres écrans, toujours la même chose : Masopa, Alcéa, Phocéa. Toujours des rues et des gens. Nulle part, il ne vit trace des trois étudiants. Aucun écran d'information n'en faisait mention. Et pourtant, ils crachaient des dépêches et des interdictions à tous coins de rues, déversant un flot de cris et d'invectives à l'attention de chaque citoyen. Les fugitifs n'avaient sûrement pas été pris. Pour le moment, ils n'avaient pas dû être repérés. Jean se demanda où ils pouvaient bien se cacher pour être aussi invisibles et se félicita d'avoir misé sur les bonnes personnes.

Pendant qu'il inspectait sans que quiconque ne bougeât ni pour le saluer ni par simple curiosité ou respect d'un supérieur, un autre observateur était venu s'asseoir devant l'écran qui espionnait Valentine et Olivier. Il s'approcha de lui, lui montra le petit groupe en disant d'un air grave :

— Cet écran est ma priorité. Je veux savoir tous leurs faits et gestes. Vous me faites votre rapport toutes les demi-heures. Ils sont dangereux.

— Bien votre honneur, eut-il pour toute réponse.

Cela lui permit de rester un instant à contempler son fils marchant main dans la main avec Valentine. Il sourit. Ce qui devait arriver était arrivé et il en éprouvait une joie immense. Ils semblaient en bonne santé.

— La caméra est cachée sous la « charrette », c'est bien ça ?

— Oui, votre honneur, bien cachée.

N'y a-t-il aucun risque qu'elle soit repérée ? Ne fait-elle pas de bruit ?

— Aucun, votre honneur. Elle est parfaitement silencieuse. Ce sont des « sons trompeurs », indétectables par l'ouïe humaine. C'est une technique très ancienne que nous avons redécouverte.

« Dommage » pensa Jean. S'il avait eu un instant la folle idée de lancer un appel, un simple bruit qui eut pu alerter les jeunes gens, il était obligé de l'abandonner. Il lui faudrait trouver autre chose.

A côté de Valentine et Olivier, une gamine de quinze ans faisait la conversation à un autre adolescent, riant avec cette désinvolture propre à leur jeunesse. Heureux, malgré la misère, la peur, les animaux dont la seule vue lui donnait des frissons de dégoût. Ensuite, il aperçut Abasseur et son confrère dont il n'arrivait jamais à se souvenir du nom ; d'autres gens, habillés d'étrange façon, et toute une kyrielle de bêtes étranges qui suivaient docilement. Il aurait donné n'importe quoi pour être avec eux, quitte à supporter la promiscuité avec les animaux. D'ailleurs, cela ne semblait déranger personne, pas même Valentine qui, à Masopa, en avait une peur panique rien qu'à évoquer leur existence. De son poste d'observation, cela semblait irréel.

Il resta un long moment à contempler l'écran, puis s'en détacha pour ne pas éveiller de soupçon. D'ailleurs, Tailleb, en bon exécutant, le tiendrait au courant à la moindre anicroche. Il déambula dans la grande salle ne sachant trop ce qu'on attendait de lui. Peut-être en saurait-il plus le soir à la réunion ? Il gagea que, tous les soirs, les sages devaient se réunir. Cette réunion journalière à l'heure où, dans chaque famille, on se retrouvait pour plaisanter, devait être ennuyeuse. Il n'avait pas envie de rester et rêvait de s'enfuir. Mais sa présence était indispensable pour surveiller le déroulement de la filature exercée sur son fils. « Pourvu qu'ils ne sachent jamais qu'ils se sont trompés et qu'Olivier est bien vivant » pensait-il avec angoisse.

— Vous admirez notre organisation, votre honneur ?

Jean sursauta, se retourna, et se trouva nez à nez avec un grand homme, large d'épaules, au teint blanc et souffreteux de ceux qui ne voient jamais le soleil. Quelques mèches de cheveux s'épanouissaient en touffes raides autour d'une calvitie naissante. Dans son visage, deux petits yeux d'un noir profond, cachant les pupilles, scrutaient ceux de son vis-à-vis en inquisiteur.

— Oui, oui, bafouilla Jean gêné.

— Je suis Georges, l'ingénieur en chef. On m'a demandé de vous escorter dans le centre.

— Ah, bien. Je vous suis.

— Avez-vous des questions sur le centre d'observation ?

— Nullement. Je pense que tous ces petits jeunes font très bien leur travail, n'est-ce pas ? Ils m'ont tout expliqué. C'est passionnant.

Georges sourit. Son sourire parut à Jean plutôt bizarre. Ne le croyait-il pas ? Se doutait-il de quelque chose ? Cette obligation de se méfier de tout le monde, lui qui était d'une nature confiante, le rendait nerveux. Il pensait n'avoir qu'un seul allié : Mirad. Cet homme lui avait plu d'entrée. Peut-être à cause de sa mise en garde…

233

La journée se déroula sans incident. C'était ennuyeux à mourir. Habitué à ses recherches, Jean trouvait insipide de rester à tourner en rond, à regarder des écrans où il ne se passait rien, en compagnie d'un homme en qui il n'avait aucune confiance. Impossible de discuter, de se confier. Il devait rester sur un terrain neutre.

Soudain, une sirène se fit entendre et il sursauta.

— C'est la relève, dit Georges comme si c'était une évidence. Il est déjà tard. Vous devez rentrer vous aussi. Les routes ne sont pas sécurisées la nuit. Des bandes de pillards sillonnent le désert et s'attaquent aux techniciens. Vous profiterez de la relève pour rejoindre votre domicile. Le garde de service vous déposera devant la demeure des sages comme ils nous l'ont demandé.

Jean ne protesta pas. Il rejoignit les techniciens dans une grande salle d'où partaient tous les véhicules. D'après ce qu'il avait compris en cours de journée, les techniciens résidaient dans une ville spécialement conçue pour eux et leur famille, s'ils en avaient une. Tout était cloisonné. Il n'y avait aucun contact entre les ouvriers et les techniciens, pas plus qu'entre les techniciens, les chefs, et encore moins les sages.

Les véhicules roulaient les uns derrière les autres. Ils s'arrêtèrent au bout d'une heure, déposèrent les techniciens chez eux, devant un grand mur rendant invisible leur cité. Ensuite, les véhicules repartirent. Au loin, le soleil couchant faisait rougeoyer le désert. Les ombres couraient sur les dunes comme des fantômes. Cette part d'obscurité semblait receler des dangers inconnus. Ou peut-être, pour Jean, le salut.

Il fut déposé en dernier devant la demeure des sept sages où l'attendait Judas.

— Bonne journée cher ami ?

Judas le prit par le bras comme s'il avait été son meilleur ami et Jean fut gêné de cette marque d'affection qui le mettait au rang des hommes les plus redoutables de la planète. Une familiarité pour bien lui faire prendre conscience de ce qu'il était. Il n'osa pas repousser ce contact physique déplaisant mais profita d'une fontaine pour fuir. Il se précipita vers l'eau claire qui s'échappait en jet d'un petit bassin entouré d'un muret en céramique. Il mit ses mains dans l'eau fraîche non seulement pour en goûter le contact mais aussi pour se laver du toucher de cet homme. Pourtant, il lui semblait qu'il n'était pas le pire de tous.

— Je vous conduis à la salle de réunion, ensuite vous pourrez rejoindre vos appartements.

Judas semblait heureux, fier d'être son mentor. Une amitié dont Jean se serait bien passé. Il avait faim, n'ayant rien avalé de la journée, ni nourriture solide, ni cachet de survie. Au lieu d'aller se restaurer, il devait encore écouter des propos insipides ou révoltants de fous maîtres du monde. Il soupira, suivit Judas sans opposer la moindre résistance. A quoi bon ? Que se serait-il passé s'il avait contesté, refusé de se soumettre ? Autant ne pas tenter de le savoir. La grande porte aux battants dorés s'ouvrit, ils rentrèrent. Dehors, la nuit avait définitivement recouvert le désert où étaient cachés des mystères, peut-être des horreurs encore pires que cet atelier où travaillaient des centaines de personnes comme des robots. Son esprit ne pouvait pas imaginer plus terrible cauchemar. Il n'était pas formé à cette activité.

— Entrez donc, cher ami, nous vous attendions, dit Pierre d'un ton si jovial que Jean redouta la suite de la soirée. Si ce pervers se réjouissait, c'était qu'il s'apprêtait à lui montrer quelque abomination dont il avait le secret.

— Inutile de perdre du temps, rajouta-t-il. Ce soir, nous devons vous initier au passé. Dépêchons-nous, le plus tôt sera le mieux.

« Toujours pas de repas », pensa Jean que la faim tiraillait. Pierre appuya sur un bouton et une porte s'ouvrit. Des escaliers, en pierres mal taillées, descendaient dans le noir. La lumière était faible, inhabituelle et, seule, une rampe en bois vermoulu permettait de s'accrocher si on ratait une marche. Fort heureusement, la sécheresse évitait qu'elles fussent glissantes, car ledit escalier n'aurait sûrement pas résisté à la pression d'un poids humain. Lorsque la porte se referma sur eux, Jean eut la sensation de se retrouver seul au monde, prisonnier dans une cage. Il comprit soudain l'expression « cul de basse fosse » employée pour désigner une pièce sinistre. Elle devait venir de ce genre d'endroit qui, par le passé, avait dû être utilisé à des fins sordides.

— N'ayez pas peur, lui chuchota Judas comme s'il avait entendu ses pensées ou comme s'il avait eu lui-même, un jour, une impression similaire. Vous ne risquez rien. Il s'agit d'une ancienne prison où étaient enfermées les femmes rebelles. Il y a bien longtemps que nous ne traitons plus les femmes de cette façon. Vous voyez, encore une raison de nous réjouir des bienfaits de notre civilisation.

Jean faillit répondre, mais ravala les propos bileux qui affleuraient à ses lèvres. « Tourne sept fois ta langue dans ta bouche avant de parler » lui disait son père. Cette maxime devait être vraie depuis la nuit des temps. Il avait tout intérêt à la faire sienne.

Les escaliers débouchèrent sur une vaste pièce où était entassé un bric-à-brac impressionnant.

— Il faudrait des années pour ranger ces choses-là, lui dit Pierre ; Nous n'avons pas le temps. Si le cœur vous en dit... Votre prédécesseur – Jean – (il ricana) avait commencé à les classer. Mais il était bien trop vieux. Les escaliers lui ont été fatals. Nous l'avons trouvé mort après sa chute.

La pièce était demeurée dans la pénombre Jean ne répondit pas à l'invitation. Travailler en solitaire dans cet antre ne l'enchantait pas du tout. Il préférait surveiller les écrans parmi d'autres techniciens, suivre le petit groupe de dissidents pour tenter de le sauver. Il n'avait aucune idée de la façon dont il pouvait s'y prendre, mais au moins serait-il aux premières loges si un événement fâcheux advenait. Peut-être pourrait-il trouver une solution ?

— Installons-nous, les invita Mathieu qui devait être le plus féru en technologie.

Des chaises se déplièrent, le mur s'effaça pour faire place à un immense écran blanc. La pièce plongea dans le noir. Des cliquetis bizarres fusèrent du plafond, comme des bruits étouffés de métal et des voix angoissées. Jean ne broncha pas. La farce était trop énorme. S'ils s'étaient imaginé l'impressionner avec quelques sons fabriqués de toutes pièces, ils en seraient pour leurs frais. Aussi attendit-il, impassible, un sourire narquois au coin des lèvres.

— Voilà, commença Pierre dont la voix avait pris une solennité à donner froid dans le dos à un novice. Nous sommes en l'an 1917. C'est le début du vingtième siècle. Nous avons trouvé des images d'archives de l'époque. Evidemment, elles ne bougent pas. En ce temps-là, ils ne connaissaient pas la technique du mouvement. Il ne s'agit que d'images « imprimées sur du papier, pas toujours bien conservées. Ce n'est pas la peine que je vous explique ce qu'est le papier. Mademoiselle Casteldetri a dû déjà vous renseigner à son sujet. Elle adorait ça, fouiller dans les vieilles cochonneries avec tout ce que ça comporte de dangereux. Mouvement ou pas, ce que nous allons voir dépasse l'entendement.

Les images défilaient presque comme sur un écran de vie mais plus lentement. Le montage n'était pas au point, néanmoins on pouvait voir courir des hommes, et des gerbes de feu et de sang exploser sur la toile. Certainement des effets spéciaux concoctés par des spécialistes d'animations.

— C'était la guerre, précisa Pierre. Ensuite, 1941... Encore la guerre. 1945 : des charniers géants, des corps entassés les uns sur les autres, du sang encore, toujours du sang. Ici, regardez : 2001. Des bombes, des objets de destruction massive lancés par des véhicules dans le ciel, en fait des avions. Des avions qui crachent le feu et la mort. Des pays surpeuplés, des hommes qui meurent de faim. Et là, des gens qui vivent dans des poubelles. Voilà ce qu'était la Basse Epoque que votre Valentine vante avec autant d'enthousiasme. Et pourtant, il y aurait eu une civilisation planétaire, des moyens de communication importants. Les hommes seraient même partis vers les étoiles !

C'était inutile de commenter les images. Elles parlaient d'elles-mêmes. Jean étouffait et avait envie de vomir. Heureusement qu'il n'avait pas mangé. Il aurait voulu pouvoir arrêter la projection, mais ce n'était que le début.

— Continuons, dit Pierre qui, finalement, croyait honnêtement en la générosité de son époque par rapport au passé jugé barbare. Nous ne savons pas trop ce qui est arrivé. Les images commencent à manquer à partir de 2050. Avant, des guerres sporadiques, encore et toujours, des populations entières décimées par des épidémies, par la faim. Il semblerait qu'il y ait eu, au début du troisième millénaire, une révolution internationale vite avortée. Puis la terre s'est vengée. D'après certains documents, l'eau des océans serait montée, envahissant les terres, décimant des populations déjà bien affaiblies. Cela a duré une centaine d'années pendant lesquelles ce fut un chaos dont il ne reste aucun souvenir tangible. Ensuite, on dirait que ça s'est stabilisé. Peut-être l'eau est-elle restée au niveau où elle se trouve actuellement. De ce côté du mur, en tous cas. De l'autre côté, nous ne savons rien, ou si peu. Il semblerait que la civilisation se soit rétablie vers l'an 2250, avec ce qu'il restait d'humains. Malheureusement, la montée des eaux avait favorisé des épidémies et la population a encore baissé. C'est à cette époque que la Méditerranée est devenue une mer fermée. Autrefois, elle était reliée au grand océan par un étroit passage. Il doit y avoir eu un tremblement de terre qui a bouché ce chenal.

Les images défilaient montrant des tempêtes effroyables, des vagues emportant tout sur leur passage. Le silence était total, seule la voix de Pierre, froide et monocorde, accompagnait les horreurs qu'aucun être humain du Grand Pays ne pourrait supporter la vue, pas même l'idée.

— A suivi une époque un peu plus stable, continua Pierre. Les hommes, qui avaient survécu aux catastrophes naturelles et aux épidémies, se sont regroupés dans les contrées les plus septentrionales de l'hémisphère Nord de la planète. Certains territoires étaient devenus inhabitables. De grandes civilisations y seraient mortes, et auraient disparu. Mais nous n'avons aucune preuve de l'existence de ces civilisations. Comment elles auraient péri : mystère. Des légendes disent que certaines auraient disparu à cause de la sécheresse, d'autres qu'elles auraient été envahies par les eaux. A partir de 2250, on ne sait plus très bien ce qui s'est passé. En tous cas, les hommes avaient oublié une partie de leurs connaissances qui n'ont survécu qu'à travers des traditions orales pas toujours fiables. Quelques centaines d'années se sont écoulées, les hommes ont reconstruit ce qu'ils avaient détruit. Ou dirions plutôt tenté de reconstruire. Il semblerait qu'ils aient gardé, d'une manière inconnue, un savoir-faire et des connaissances importantes. Une civilisation assez florissante a vu le jour — quoique nous ne sachions pas ce qu'ils entendaient par « florissante » — et se serait développée dans l'hémisphère Nord. Mais nous n'avons aucune certitude. Plus aucune information ne circulait entre les pays. Et il faut vous dire qu'à cette époque, les hommes vivaient avec les animaux, mangeaient même des animaux.

Jean n'avait aucune idée de la signification du mot « hémisphère », mais il avait l'impression d'entendre parler Valentine. Il se serait cru à sa conférence quelques mois auparavant. Il s'écria :

— Vous voyez bien ! Vous pensez aussi comme Valentine. Pourquoi la persécutez-vous ?

— Nous avons mis des millénaires à changer l'homme pour extirper de lui tous ses mauvais penchants. Il est heureux, il doit ignorer les erreurs du passé.

— Non, soupira Jean. Les hommes du Grand-Pays ne sont pas heureux. Mille fois non. Ils végètent comme des légumes. Ils ignorent les horreurs qui les attendent, le futur bouché, l'eau qui disparaît inexorablement. La terre est un grand désert peuplé de fantômes, de plantes factices ou cultivées dans des laboratoires. Les hommes du Grand Pays ne sont pas des hommes. Je ne suis pas un homme mais une espèce de sous produit humain. Nous ne savons rien de l'espèce humaine, ni d'où elle vient, ni où elle va. J'ai cru longtemps que nous venions des étoiles et que nous avions échoué ici, sur cette planète avec l'espoir d'en repartir un jour. Et vous me dites maintenant, exactement comme Valentine, que l'espèce humaine est née sur la terre. Vous allez bientôt me dire comme elle qu'à une époque très lointaine ils mangeaient de la viande crue, s'habillaient de peaux de bêtes...

— Exactement, jubila Pierre. Tout ceci est exact. Mais laissons de côté nos si lointains ancêtres dont nous ignorons tout. Nous étions en l'an 2250... Pendant plusieurs siècles, l'homme a continué son chemin, nous savons peu de choses concernant cette période et c'est sans importance.

— Les livres ! s'écria Jean. Valentine disait que la mémoire du monde avait été écrite. Il en reste bien quelque part, des livres...

— S'il en reste, nous les détruirons. Les livres sont des poisons mortels, la perte de l'humanité. Et arrêtez de me couper la parole, je vous prie, ici, le chef c'est moi.

Pierre avait parlé avec une telle violence que Jean en resta bouche bée. Les autres se taisaient, visiblement mal à l'aise. Jean nota de la réprobation sur le visage de Philippe qui disparut promptement. « Celui-là cache son jeu », pensa-t-il. Mais quel jeu ? Plusieurs hypothèses lui venaient à l'esprit : « Philippe n'était pas d'accord pour des raisons qu'il lui faudrait élucider, à moins qu'il ne veuille prendre la place du chef... »

Tandis qu'il se posait toutes ces questions, Pierre continuait son monologue : encore des guerres, encore des catastrophes. Le pire, disait-il, fut l'éruption d'un volcan de l'autre côté du Grand Océan. Le ciel est resté obscur pendant au moins trois jours sur presque toute la planète. Il pleuvait des cendres. C'était vers les années 2500.

Soudain les images cessèrent de défiler et la lumière revint.

— C'est tout pour aujourd'hui, conclut Pierre. Je pense que vous avez eu votre compte d'émotions. Le mieux serait que vous rejoigniez vos appartements. Mirad s'occupera de vous.

Ce n'était pas une invitation mais un ordre. Jean n'avait pas le choix même si la curiosité était plus forte que la faim et la fatigue. Il n'eut pas le loisir de discuter ni de protester. Pierre était catégorique. Les autres obéissaient.

— Judas va vous ramener chez vous. Demain matin, votre véhicule vous prendra pour vous conduire à l'usine. A moins que vous ne préfériez faire comme votre prédécesseur, c'est à dire ranger tout ce bric-à-brac...

— Non, non. Cela ne me tente guère. J'aime la technologie, et mon désir de vengeance m'empêche de rester tranquillement à trier de vieux documents sans intérêt ! Je préfère surveiller les assassins de mon fils.

Pierre sourit. Ses calculs s'avéraient exacts. Jean était pris au piège de la haine. Ils prirent congé, et Jean se retrouva seul devant ses appartements où l'attendait Mirad.

— Avez-vous faim votre honneur, demanda celui-ci d'un ton obséquieux.

Jean hésita. Les horreurs qu'il avait vues lui coupaient l'appétit mais, d'un autre côté, il devait donner le change, montrer qu'il était solide comme un roc, implacable, seulement habité par le ressentiment. Après tout, il n'était pas programmé pour avoir de tels états d'âme. Inutile d'attirer l'attention sur ce phénomène qu'il ne comprenait pas lui-même. Que s'était-il passé à une époque de sa vie pour de telles idées aient pu prendre germe dans son esprit ainsi que dans celui d'autres habitants du Grand-Pays ? Mystère. Aussi énigmatique était la haine que les hommes du Grand Pays ne connaissaient pas.

— Je veux bien une petite collation, répondit-il à Mirad qui marquait des signes d'impatience. Quelques fruits, pas plus.

— Je m'occupe de tout s'empressa de dire Mirad. Détendez-vous. Vous avez vécu des moments difficiles.

Son bain était prêt. Il s'y laissa glisser avec volupté. Décidément, ce Mirad s'avérait une aide précieuse. Pouvait-il seulement s'y fier ? Et s'il n'était qu'un espion à la solde des sages ? Un espion qui leur ferait un compte rendu de ses moindres faits et gestes, de ses plus intimes humeurs ? Y avait-il quelqu'un en qui il pouvait avoir confiance dans cet univers clos ? La réponse était non : personne. D'autres questions se bousculaient dans son esprit : Pierre avait dit que les images manquaient à partir de 2050. Comment était-il au courant de tout ce qui s'était passé ensuite ? Il avait tellement l'air sûr de ce qu'il avançait ! La réponse lui vint comme une évidence : Les livres n'avaient donc pas disparu en 2050, les hommes avaient continué à écrire après la Basse Epoque. Il devait y avoir des livres dans la résidence des sages. Il sortit détendu du bain, trouva sur la table une coupe pleine de fruits dont certains lui étaient totalement inconnus, et un verre rempli d'un liquide rouge suspect. Il porta le verre à ses lèvres et le recracha aussitôt. C'était une boisson âpre, aux senteurs fortes. Il pensa tout de suite à un poison. Mais quand même, la chose aurait été trop grosse. Un assassinat ? Pourquoi pas ? Mais cela aurait été si facile de le faire disparaître définitivement de Masopa sans avoir à jouer cette comédie grotesque ! Pas la peine de l'avoir conduit ici pour lui faire visiter les usines et le centre. Aucun intérêt pour les sages. Non, il devait y avoir une autre raison.

— C'est du vin, dit Mirad dans son dos. N'en aviez-vous jamais bu ?

Le seul mot de « vin » lui était étranger. Il avait l'air stupide.

— Non, jamais.

— Le vin vient du raisin, un fruit très sucré. Depuis des millénaires, bien avant la Basse Epoque, les hommes avaient déjà appris à le fabriquer. C'est « le nectar des dieux ». Vous avez beaucoup de choses à découvrir votre honneur.

C'en était trop. On le dorlotait, le nourrissait, le menaçait, on lui faisait voir des merveilles et des horreurs. A quoi ceci rimait-il ? Pour la première fois de sa vie, il sentit la colère monter et explosa :

— A quel jeu joue-t-on avec moi ? Vous êtes payés pour me surveiller ?

— Votre honneur, pour vous servir et vous protéger. On ne sait jamais ce qui peut arriver. Il pourrait y avoir une attaque de rebelles. Mais vous devriez sortir un moment. L'air est doux et agréable après un bon bain.

Mirad le prit par le bras et le conduisit à l'extérieur, le traînant presque.

— A la fin, me direz-vous ce que signifie cette mascarade ? s'énerva Jean tandis qu'ils accédaient au jardin.

— L'intérieur est truffé de micros et ce que j'ai à vous dire doit rester secret.

Encore des secrets. Jean haussa les épaules et prit le parti d'écouter. Ses possibilités de choix étaient minces : faire le jeu des autres sages en attendant qu'un événement improbable vint secouer le joug des jours étouffants, toujours semblables, rester là, à surveiller les écrans et suivre son enfant sur des routes dangereuses, de loin, en spectateur impuissant, ou tenter de comprendre et s'enfuir pour le rejoindre.

Il n'avait jamais été doué pour l'action. Pourtant l'action le rattrapait.

— Je t'écoute, dit-il d'un ton las mais les nerfs à vif.

— Que souhaitez-vous savoir en premier ?

— Qui sont les sept sages ? A quoi riment ces prénoms ? Mon prédécesseur s'appelait Jean, et si j'ai bien compris le message, il était trop fouineur et y a laissé la vie. Pourquoi un autre Jean ?

— La légende raconte qu'il y a très longtemps, plusieurs milliers d'années, ils étaient douze. Pierre était le gardien des clés du Paradis. Le Paradis, c'était un endroit où l'homme état sensé aller après la mort, un genre de jardin, mais il fallait mériter le passage et c'était Pierre qui ouvrait la porte. On aurait bâti quelque chose sur lui, mais j'ignore quoi. La légende ne le dit pas. Thomas ne croyait en rien, il devait voir les choses avant de croire en leur existence. Pour la plupart des autres, je n'ai aucune idée de ce qu'ils étaient. Il y aurait eu un homme qui, de leur vivant, les aurait entraînés. Il s'agit de Jésus et lui, la tradition en parle. Il fait partie des Grands qui ont laissé leur nom à l'histoire comme Mohamed, Bouddha, Dieu, Allah mais dont on ne connaît pas grand chose non plus, ni qui ils étaient, peut-être de grands chefs, ni pourquoi ils étaient si prestigieux... Judas, lui, c'était le traître. Qui a-t-il trahi ? Nul ne le sait. Peut-être ce Jésus ? Mais ce ne sont que des suppositions.

— Crois-tu qu'il soit encore capable de trahir ?

— C'est fort possible. Mais trahir qui ? Pierre ? Vous ? Quant à Philippe, ne vous y fiez pas. Il a l'air sympathique, il ne parle jamais ou presque, mais il cache un secret. Je les vois vivre tous les sept, et ce depuis que je suis enfant. J'ai vu défiler plusieurs générations de sages. Ils étaient tous pareils. Seulement plus vieux. A l'époque, on les recrutait déjà octogénaires. Je les connais comme personne, et je n'ai confiance en aucun.

— Sauf en Jean. C'est ça ?

— Sauf en Jean, oui. Votre prédécesseur était un vieil homme. J'ignore s'il savait pourquoi il était là. Les autres disaient qu'il n'avait pas toute sa tête. Je l'ai toujours connu. Il m'aimait bien. J'ai connu trois Pierre, trois Thomas, quatre Judas.

— Comment se comportaient-ils ces quatre Judas ? Toujours de la même façon ?

— Toujours. Comme une programmation, comme s'ils avaient été prédestinés.

— Alors ce pourrait être la même chose pour les Jean, n'est-ce pas ? Tous sur le même moule. Moi y compris. Mais dans quel but bon sang ! Non. Je ne peux pas y croire. C'est comme tout ce que je viens de voir. J'y ai cru sur le moment, maintenant cela me semble du domaine de l'illusion. Des balivernes. C'est impossible. C'est un odieux montage fait pour perdre les esprits crédules.

Jean s'énervait, le ton montait.

— Calmez-vous par pitié, dit Mirad. Vous allez nous faire repérer.

— Sept, continua Jean tout en prenant un ton plus bas. Pourquoi sept ? Douze, sept, qu'est-ce que ça peut faire !

— Sept est un chiffre ésotérique aussi vieux que le monde. La tradition dit que Dieu créa la terre en sept jours, les sept jours de la semaine, et pour rattacher tout cela au chapitre des douze, les douze apôtres auraient ordonné les sept premiers diacres, il y avait sept archanges dans l'apocalypse, le nombre de têtes de la bête de l'apocalypse, le nombre de cieux, sept merveilles qui illuminaient le monde, le numéro atomique de l'azote, Masopa a sept portes. Il y a aussi les sept temples du savoir, dont nous ignorons les emplacements, sauf qu'il y en aurait deux de ce côté-ci du mur, cinq de l'autre côté.

— Assez ! l'interrompit Jean. Ça suffit. Tu es aussi fou qu'eux ma parole ! De quoi me parles-tu ? Je ne comprends rien à tes propos. Des mots, encore des mots inconnus, des prétendues légendes ! Arrête, arrête. Je vais devenir fou. Des fous, des fous, j'ai été enlevé par des fous.

— Votre honneur, je vous en prie, taisez-vous. J'ai besoin de vous, nous avons tous besoin de vous. Pour résoudre l'énigme. Pour sauver la terre.

Jean eut un rire désespéré.

— Sauver la terre, moi. Comme si elle était en péril ! C'est Masopa qui est en péril et le Grand Pays tout entier. Pas la terre.

— Je vous en prie, reprenez votre sang froid, le supplia encore Mirad. Faites-moi confiance. Qu'avez-vous à perdre ?

— Rien, ricana Jean, si ce n'est la raison. Je n'ai pas les clés de ton énigme et j'ignore de quelle énigme il s'agit. Le bel associé que voilà pour toi !

— A nous deux, nous y arriverons, lui certifia Mirad. Nous ne sommes pas seuls. Il y a Valentine, Garance, votre fils et tous les autres.

— Mon fils ? Comment savez-vous pour mon fils ?

— Je sais plus de choses que vous ne pouvez l'imaginer.

— Toi, un simple serviteur ? J'imagine que tu n'as de serviteur que le nom. Que me caches-tu ? Enfin, puisses-tu être honnête. Alors, oui, nous y arriverons, je t'en fais le serment. Mon fils a passé le mur. Pourquoi pas moi ? Viens, rentrons, nous n'avons que trop flâné.

En passant devant la fontaine, il s'éclaboussa d'eau, s'arrosa le visage et ramassa un fruit. Puis il s'écria joyeusement :

— J'ai bien aimé cette balade. Je crois que je vais me plaire ici, Mirad. Et arrête de faire cette tête. C'est moi le chef ici, non ? Je sors quand je veux, c'est si agréable dehors. Tu ignores ce que j'ai connu à Masopa. Les nuits torrides, les couvre-feux. Je sors quand je veux, tiens-le-toi pour dit. Le règlement. Tu n'as que ce mot-là à la bouche. J'ai faim. N'aurais-tu pas un repas plus consistant à me proposer ?

— Des boulettes de céréales parfumées, macérées dans du jus de cactus sucré. Cela vous convient-il ?

— J'adore. Ensuite j'irai me coucher. Il y a beaucoup de travail à l'usine demain.

Ils étaient sous le micro placé au-dessus de la porte. Pierre entendit sa réflexion, et quitta son poste d'espionnage. Le nouveau avait l'air de s'adapter. Un peu rebelle sur le règlement, mais c'était normal. Il montrait sa capacité à être chef en remettant Mirad à sa place. Il se félicita d'avoir tué son fils. Ainsi, il le tenait à sa merci, et soupira de plaisir.

5

La nuit était tombée et le silence recouvrait à présent tous les bâtiments. Jean ne dormait pas. Cette journée l'avait physiquement anéanti et une seule petite lueur d'espoir au bout du tunnel : Olivier et Valentine et tous ces gens qui les accompagnaient. La vie de l'autre côté du mur paraissait si tranquille. Qu'en était-il de toutes les horreurs dont on avait bercé son existence ? Derrière le mur, des sauvages sanguinaires qui vivaient avec les bêtes aussi dangereuses qu'eux. Danger, maladie, un monde inconnu et hostile. Mensonge. Mensonge ! Il avait découvert, pour la première fois de sa vie, que les animaux pouvaient être d'agréable compagnie, sans aucune méchanceté, et même utiles. Ces deux grosses bêtes qui tiraient la charrette étaient paisibles. Quelle invention extraordinaire ! Il essayait de mettre en place les morceaux d'une construction qui lui était totalement étrangère. Venu du fond des âges, un groupe, pour une obscure raison, essayait de perpétrer une tradition qui s'était déformée avec le temps, et il avait de plus en plus de mal à croire aux images qu'on lui avait fait voir. Un montage grotesque, une absurde manipulation. Les six sages le prenaient vraiment pour un imbécile. Il essayait de s'endormir, mais le chiffre sept l'obsédait. Sept ans, l'âge de raison. C'était bien ce qui se disait dans le Grand Pays. Ce chiffre était vraiment effrayant. A quoi servait-il ? Quelle dangereuse magie y était-elle attachée ? Il se releva, mit pieds à terre en appréciant la douceur du sol sous ses voûtes plantaires. Il regarda ses doigts : cinq. Pas un de plus. Rien n'allait par sept dans le corps humain. Mais dans cette chambre ? Il prit une petite lampe qui arrivait tout juste à éclairer l'espace devant ses pieds. « C'est pour aller aux toilettes la nuit » lui avait dit Mirad. Il osa espérer que personne ne le surveillait dans son intimité. Il promena la lumière sur le lit. Tout en bois, sculpté de feuilles inconnues. Sûrement un très vieux lit sauvé du désastre. Pas de sept en tous cas, bien qu'il en comptât trente cinq, un multiple de ce chiffre maudit. Ensuite, autour de la porte, sculptée elle-aussi. Impossible de compter tous les entrelacs qui l'entouraient. Il préféra ne pas savoir. Des tentures pendaient sur les murs pour donner une allure plus cossue à la chambre étant donné le peu de mobilier. Elles étaient toutes bariolées, mais inutile de compter les couleurs. Toutes les gammes possibles, imaginables les composaient. Cependant, il était sûr qu'elles se comptaient en multiples de sept, comme les feuilles du lit. La tête lui tournait. Il s'assit sur un énorme coussin devant la table basse où trônait un plateau de fruits. Enlevant les fruits pour admirer la marqueterie, il fit tomber un minuscule carré de bois qu'il s'empressa de remettre en place. Cette table était une pure merveille. Plus longue que large, elle avait quatre pieds en forme de jambes accroupies faisant penser aux cuisses volumineuses des meilleures mangeuses de friandises de Masopa. Sur le plateau épais, les pièces semblaient disposées comme un labyrinthe dont on ne pouvait pas trouver la sortie. Il l'admira un long moment. Une idée trottait dans sa tête sans qu'il pût la fixer. Il savait que quelque chose attirait son attention sans arriver à l'appréhender. Que lui avait dit Judas l'après-midi même ? « La résidence des sept sages a été construite sur les ruines d'une ancienne ville». On s'était contenté de remonter les pans de murs existants qui sortaient du sable. Puis, on l'avait aménagée avec des meubles d'époque trouvés enfouis sous le sable et en bon état de conservation. Devant ses yeux ébahis, c'était le plan d'une ville qui était dessiné. Cela ne pouvait pas être autre chose. Mais il fallait un œil averti pour s'en apercevoir. Lui, il en avait vu des plans, malgré les interdictions des gardiens du savoir ; vus, touchés, analysés avec Valentine. Surtout celui qui lui venait de sa famille et qui représentait le mur. Mais la lampe ne faisait pas assez de lumière pour qu'il pût en tirer une quelconque information. Il fallait l'étudier, comprendre. C'était peut-être le plan d'une autre ville puisque, d'après Judas, il y en avait eu plusieurs dans ce secteur. Mais il pouvait toujours espérer que c'était la bonne, que cette table n'avait pas voyagé. De toute façon, « le jeu en valait la chandelle », encore une de ces maudites expressions dont on ne comprenait pas le sens. Il décida de garder l'étude de l'énigme pour le lendemain. La fatigue se faisait sentir. Il se recoucha et s'endormit instantanément. Heureusement, personne n'avait été témoin de sa découverte.

6

L'ambiance de l'usine était comme la veille : feutrée, silencieuse, étouffante. Il n'avait que dans le laboratoire, avec les écrans, que Jean se sentait un peu à sa place. Pour le moment, il devait se concentrer sur un seul objectif et c'était déjà bien assez délicat. Ne pas avoir l'air de trop s'y intéresser pour ne pas éveiller de soupçon, tout en ne perdant aucune information. Judas l'avait déposé sans avoir beaucoup parlé, ne tenant pas, lui non plus, à commenter les informations de la veille. Depuis trois heures déjà, en compagnie de Georges l'ingénieur en chef, il passait d'un écran à l'autre en tentant de comprendre ce qu'il voyait sans poser de questions embarrassantes, quand soudain, Tailleb les interpella en criant :

— Venez voir, il se passe un événement anormal.

— Jean eut peur et se précipita ver l'écran. L'image bougeait dans tous les sens. Sur la toile, on vit un homme se glisser sous la charrette et, soudain, tout devint noir. L'écran s'éteignit.

— C'est une panne ?

— Cela m'étonnerait grogna Tailleb. Je suis chargé de l'entretien et je fais mon travail à la perfection.

— Peut-être ont-ils trouvé la camera ? insista Georges.

— Impossible, elle est trop petite et indétectable à l'oreille humaine. Il faut des appareils sophistiqués pour entendre les sons, répondit David, le technicien, venu aux nouvelles.

— Et l'oreille animale ? suggéra Tailleb.

— L'oreille animale ? Et puis quoi encore ? Que comptes-tu inventer pour masquer ton incompétence ? Comme si les animaux entendaient !

— Et pourquoi pas ?

— Pourquoi pas ? Parce qu'ils n'ont pas d'oreille abruti !

— Si, ils en ont, insista Tailleb. Sur les deux côtés de la tête, certaines sont pointues, d'autres pendent.

Georges était hors de lui, il se mit à hurler à l'intention des autres techniciens :

— Tachez de retrouver la panne, et vite ! Ou je sévirai. Et pas d'excuses idiotes ! Des animaux qui entendent, des sons imperceptibles à l'oreille humaine ! Bande d'incapables !

Ses yeux lançaient à Tailleb des éclats noirs, mauvais. Sa rage n'était pas feinte. Même la présence d'un sage ne le dérangeait pas. Jean en conclut que Georges ne faisait pas grand cas de son autorité, comme s'il n'était qu'un pion, un leurre, et que Georges le savait. Ce qui se tramait, derrière ces écrans, allait bien au-delà d'une simple surveillance.

Des cris leur parvinrent de l'extérieur. George se tut. La porte s'ouvrit avec fracas et des gardes se ruèrent dans la pièce en hurlant.

— Dehors tout le monde ! Vite. Sortez par les issues de secours. Montez dans les voitures. Il faut évacuer l'usine.

Puis, un garde saisit Jean par le bras et lui dit :

— Votre honneur, il faut partir. Venez avec moi.

— Hors de question. Je ne quitterai pas mes compagnons. J'exige de savoir ce qui se passe.

— Les rebelles sont entrés dans la base, votre honneur. Il faut fuir.

— Fuir ? Pour qui me prenez-vous ? Je suis le chef, ici. Je décide de mon avenir. Je ne partirai pas sans mes compagnons.

Le garde semblait au bord de la crise nerveuse.

— Venez, ordonna-t-il en le tirant par le bras.

Sa poigne était vigoureuse. Jean ne put résister, et le suivit le long d'un couloir qui menait à un endroit dont il ignorait l'existence.

— Arrêtez-vous !

Une voix. Cette voix, il la connaissait. Mirad surgit un objet à la main. Le garde mit la main à sa ceinture et Mirad lança un éclair assassin. C'était la première fois que Jean voyait une vraie arme. Du sang gicla sur les murs. Jean était tétanisé. Mirad, le gentil Mirad...

— Votre honneur, s'écria celui-ci, suivez-moi. Nous allons nous cacher dans les montagnes. Vous serez à l'abri. Après cette attaque, la répression va être terrible et vous risquez d'en faire les frais.

— Je ne partirai pas. Allez-vous-en. Faites votre travail si c'est ainsi que vous comptez sauver le monde.

— Nous n'avons plus le choix.

— Alors, faites, mon ami, faites. Moi je reste. Je vous aiderai de l'intérieur.

— C'est le plus dangereux, dit Mirad. Si les sages soupçonnent quelque chose à votre égard...

Jean lui coupa la parole :

— Ils ne soupçonneront rien. Je reste pour mon fils. Je n'aime pas la violence, Mirad. Je croyais que c'était aussi ton cas.

— Désolé, votre honneur, bafouilla Mirad attristé. Je ne voulais pas vous décevoir, mais il n'existe qu'un seul moyen pour lutter. Je vous joindrai dès que je pourrai, n'en doutez pas. Vous serez notre Judas.

Jean sourit et s'écroula. Mirad lui avait asséné un coup sur la tête propre à convaincre les sages de son innocence.

Plus tard, beaucoup plus tard, réunis autour de leur table, les sept sages s'apprêtaient à mettre en marche, une fois encore, leur infernale machine de répression.

Chapitre II

Ne ricane pas des larmes de ton voisin. Il se pourrait bien que tu aies besoin, un jour, de t'y abreuver.

L'auteure

1

Djamel, Thor et Hugo avaient quitté la ville. Derrière eux, les rumeurs s'estompaient. Masopa, d'ordinaire si tranquille, ressemblait à une fourmilière dans laquelle on aurait donné un coup de pied. De la fumée grisâtre s'élevait encore, salissant le ciel du soir. On pouvait sentir l'odeur de poudre à des kilomètres. Ils s'étaient cachés toute la journée dans les falaises rouges, terrorisés à l'idée d'être repris. Au loin, le soleil déclinait, descendant lentement sur la mer. Cette mer que deux d'entre eux n'avaient jamais vue. Mythique, auréolée de légendes et d'angoissants récits de tempêtes, de dangers en tous genres. « Elle est si bleue, disait Thor, que le bleu du ciel de Masopa est délavé par rapport à ce bleu-là». Et le bleu de la mer venait leur donnait un peu de courage.

— Attendre toujours attendre, maugréa Djamel dont l'idée de mourir assoiffé dans le désert angoissait plus que tout, raison pour laquelle il n'était pas parti avec Valentine. Elle le lui avait discrètement proposé, mais il avait refusé, et, à présent, le regrettait. Il serait loin s'il était parti avec eux... « Ou mort » lui susurrait une petite voix perfide du fond de sa conscience.

— Ben oui, attendre. C'est ce que nous avons de mieux à faire.

La journée était passée et avec elle son cortège d'angoisses à chaque bruit insolite.

— Nous pouvons y aller à présent, dit Thor. A cette heure-ci, les nettoyeurs n'osent pas s'aventurer à l'extérieur. Il paraît que des terroristes sillonnent le désert la nuit.

— C'est charmant. Si les nettoyeurs ne nous tuent pas, nous mourrons des mains des terroristes...

— Ce qu'il y a avec toi Djamel, ricana Thor, c'est qu'on ne s'ennuie jamais. Tu ficherais même la frousse à une cohorte de nettoyeurs. Avec les terroristes, nous pourrons discuter. Pas avec les nettoyeurs.

— Puisses-tu dire vrai.

— On y va ? demanda Hugo impatient. Vous me tapez sur les nerfs avec vos discussions stériles. Arrêtez de vous chamailler pour un rien. La route va être longue.

— On y va, dit, vexé, Thor dont l'ego n'avait pas de mesure.

Ils descendirent les falaises en courant. Dans la plaine, le silence était total. Aucun nettoyeur ne devait y traîner. Ils attendraient certainement le lever du jour pour agir. En une nuit, en marchant vite, les trois hommes pourraient atteindre la mer.

— Nous nous arrêterons de temps en temps pour prendre un peu de repos, mais pas trop longtemps. Sinon, nous n'atteindrons jamais la mer avant l'aube. Respirez tranquillement. Nous ne courons pas. Il faut mesurer nos forces. Marcher dans le sable est très fatigant et nous ne sommes pas entraînés.

Ces paroles de Thor sonnèrent comme un commandement. Le fait qu'il y fut déjà venu faisait de lui le chef.

Ils mirent leurs pas dans ses pas et sans mot dire, prirent la direction de la mer. Chacun, perdu dans ses pensées, mesurait l'importance de cette nuit-là. La plus essentielle de toute leur vie.

A présent, il faisait nuit noire. Par malchance, la pleine lune avait eu lieu quinze jours avant. Heureusement, les lampes, récupérées dans le stock de la société des Temps Anciens, étaient d'excellente qualité. On y voyait jusqu'à dix mètres devant soi. Les sacs leur semblaient de plus en plus lourds au fur et à mesure de leur progression. Parfois, ils entendaient des bruits et l'effroi leur coupait les jambes, mais il ne s'agissait que de bruits anodins, amplifiés par le silence tout autour.

— Je parie qu'il y a des animaux, dit Djamel. Il paraît que les nettoyeurs ont des bêtes sur lesquelles ils montent pour aller plus vite.

Hugo s'esclaffa.

— Tu es tellement trouillard que tu inventes n'importe quoi.

— Non, confirma Thor. Il a raison. Ils ont des chevaux.

— Jamais entendu ce nom-là, maugréa Hugo. Vous êtes aussi dingues l'un que l'autre.

— Il faut sortir un peu de chez toi, mon vieux. Tu as toujours le nez sur ton écran de vie. Je me demande si tu as déjà mis les pieds au marché de Masopa.

— Il y a des chevaux au marché de Masopa ? Première nouvelle...

Ils éclatèrent de rire en même temps.

— Si vous avez raison, soupira Hugo, ils vont nous rattraper plus vite que prévu.

— Je t'ai dit qu'ils ne sortaient pas la nuit. Et cela ne fait pas quarante huit heures. N'oubliez pas. Il faut quarante huit heures pour obtenir l'accord des sages.

— Ils peuvent très bien se passer de leur accord.

— Mais pas de lumière. Les chevaux ne voient pas dans l'obscurité.

— Alors, pressons-nous, car l'aube approche.

— La mer aussi. Je sens l'air marin d'ici. C'est tellement extraordinaire que, si tu l'as senti une fois dans ta vie, tu ne peux plus jamais l'oublier. Leur mur n'empêche pas l'air de passer.

— C'est bien joli tout ça, mais comment vas-tu te faire reconnaître par les gardiens du mur ?

— Ils ont un signal de ralliement. Loreline me l'a appris.

Sceptiques, les deux autres ne répondirent pas. Thor ne savait pas quoi inventer pour se faire remarquer et, cette histoire de fille de chef, qui l'aurait pris en amitié, leur paraissait sujette à caution. Ils le connaissaient, lui et ses frasques amoureuses. Combien de fois s'était-il attiré des ennuis ? Si la liberté sexuelle était de mise à Masopa, les autorités n'avalisaient pas la débauche.

— Nous y serons dans quelques heures, dit Thor, coupant court à tout commentaire.

Au loin, le ciel rougeoyait, s'embrasait dans un délire de couleurs flamboyantes. C'était magique. Ni Hugo ni Djamel n'avaient vu un lever de soleil. En ville, il y avait trop de poussière et ils n'avaient pas le droit d'en sortir avant une certaine heure de la matinée. Aucun d'eux n'avait transgressé la règle. A part Thor, évidemment.

Djamel avait envie de pleurer. La fatigue, l'angoisse, l'excitation mêlées le rendaient émotif à l'excès.

Thor n'était pas sûr que le signe de ralliement donné par Loreline fût le mot de passe pour leur ouvrir toutes les portes. Il fanfaronnait devant ses amis, faisait l'homme fier, celui qui a tout vu. En fait, il ne savait pas grand-chose. D'après Loreline, il fallait dire aux gardiens du mur que l'on venait de la part de « Maguelone ». Thor ignorait qui elle était. Si les gardiens leur demandaient des précisions, il était incapable de leur en fournir. Le mieux était de rejoindre Loreline. Dans son for intérieur, il en était ravi.

— Quel est le mot de passe ? demanda Djamel.

Thor hésita. Obligé de répondre, conscient de se ridiculiser par sa vantardise, il dit :

— Maguelone.

Un silence s'installa. Thor attendait les reproches.

— Comment connais-tu ce nom-là ?

Djamel était terrorisé. Ce simple prénom, venu du passé, lui faisait peur. Il savait qui était cette Maguelone, pour avoir fouillé avec Valentine dans la Bibliothèque Centrale.

— Je le connais, c'est tout.

— Sais-tu qui est cette Maguelone ?

— Non, avoua Thor.

— Et bien, moi, je le sais. C'est une femme qui a transgressé les règles il y a de cela plusieurs générations, et est partie, laissant son bébé. Pour tout dire, elle a été chassée de sa tribu. La légende dit qu'elle aurait passé le mur. Si j'ai bien saisi la situation, il faut donner ce prénom pour passer ?

— Oui.

— Alors pas besoin de faire un détour pour rejoindre ta dulcinée. Avec ce mot, sa présence n'est pas nécessaire. Inutile de nous mettre en danger pour rien.

— Pas pour rien. Ce mot n'ouvre peut-être pas toutes les portes et puis, je la prends avec moi.

Thor s'étonna lui-même de sa réponse, lancée sans réfléchir. A tout bien considérer, il se rendait compte qu'il ne pouvait pas partir sans elle.

— Pas question, s'insurgea Hugo qui n'avait pas encore dit un mot. Je ne suis pas d'accord. Encore un des tes caprices. Tu nous feras tous prendre par les nettoyeurs.

— Nous ne partirons pas sans elle. Les sept sages ne vont pas tarder à réagir et les populations nomades vont faire les frais de notre insurrection. Je ne l'abandonnerai pas. De toute façon, je suis le seul à connaître la route. Vous n'avez pas d'autre solution que de me suivre.

Blême de colère, Hugo saisit Thor par le bras et l'immobilisa. Sa force était bien connue et personne, à Masopa, ne s'amusait à le titiller car il avait la violence facile. Plusieurs fois, il avait été soupçonné d'être né d'un embryon primitif sans que la preuve en fût apportée. Ses parents étaient des réfugiés venant d'une tribu du sud, et l'administration centrale avait du mal à s'y retrouver. Ils n'étaient répertoriés sur aucun écran de vie sociale. La plupart du temps, les ressortissants de tribus proches de la ville venaient demander un embryon évolué pour avoir un enfant car ils étaient terrorisés par les nettoyeurs et les commissaires à la famille. Mais aucun renseignement n'était gardé les concernant. Hugo pouvait aussi bien avoir été conçu illégalement.

— Tu me fais mal, dit Thor. Lâche-moi.

Hugo réalisa que Thor, face à lui, n'avait aucune chance. Mais Thor était plus intelligent. A ce moment précis, c'était d'intelligence dont ils avaient besoin.

— Tu me le paieras un jour ou l'autre, dit-il simplement en desserrant son étreinte.

Thor haussa les épaules en signe d'indifférence.

— En attendant, tu as besoin de moi. Vous avez besoin de moi. Je sais des choses que vous ignorez.

— Comme quoi, par exemple ? interrogea Djamel d'un ton narquois. Si ça concerne le mur, tu n'es pas le mieux placé pour...

Thor lui coupa la parole et fanfaronna :

— Pas pour le mur. Pour l'eau. Je sais des choses sur l'eau que vous ignorez. Où en trouver, par exemple, dans ce recoin de terre.

— De l'eau, ici ? La bonne blague. Il n'y a plus d'eau sur des milliers de kilomètres à la ronde. Sinon, Masopa n'aurait pas soif.

— C'est beaucoup plus loin. Il faudra marcher encore, même lorsque nous aurons récupéré Loreline. Car, voyez-vous, passer le mur ne sera pas difficile avec elle. Mais ensuite ? Ensuite, il y a la mer. Il paraît que la Méditerranée est large de plusieurs milliers de kilomètres. Comment la traverser ? Vous avez une idée ? Nous ne le pourrons pas. Il va falloir suivre la côte et rejoindre la fin du mur, là-bas à l'ouest, en marge du Grand Océan. Il y a un passage vers le nord.

– De l'eau, de l'eau, continua Djamel obsédé par cette idée. Comment est-ce possible ? Il n'y en a plus depuis des milliers d'années. La terre meurt de soif, et toi, tu prétends trouver de l'eau.

— La légende dit qu'à une époque lointaine, l'eau était puisée sous la terre, dans un vaste réservoir sur des milliers de kilomètres. De l'eau emprisonnée dans le sol.

Djamel railla :

— Au lieu de faire le beau avec les filles, tu aurais mieux fait de te pencher un peu plus sur les légendes. Ton eau, sous nos pieds, il n'y en a plus. Les hommes ont tout pompé ! La légende dit ceci : il était une fois un grand roi aux désirs démesurés. Pour son peuple, il voulait ce qu'il y avait de plus grand, de plus beau. Sur la côte méditerranéenne, de grandes villes poussaient toujours plus remplies d'humains assoiffés. Pour ses sujets, le roi fit venir d'énormes machines d'autres pays et fit construire un tuyau énorme, gigantesque, qui amena l'eau jusqu'aux villes. Pendant un certain temps, les hommes de ce pays furent heureux. Ce qui ne fut pas le cas de ses voisins qui puisaient eux-aussi leur eau de cette nappe. Il s'ensuivit des discutions sans fin, des réunions entre pays lointains qui se mêlaient aussi de savoir ce qu'allait devenir cette eau. Rien n'aboutit. Le grand roi continua à pomper l'eau pour la plus grande joie de ses sujets. Puis il mourut dans des circonstances mal définies. Son successeur continua ses travaux. Le tuyau s'agrandit, desservit d'autres villes. On pouvait voir des arbres, des jardins sortir du sol comme par enchantement, partout c'était l'opulence. Puis, un jour, plus une goutte. La nappe était tarie. Voilà pourquoi nous n'avons pas d'eau.

— C'est une interprétation très personnelle de la légende. Cette histoire de terre remplie d'humains me fait rigoler. C'est encore une idée de Valentine, ça. Je veux bien croire qu'elle a fait un travail colossal sur le passé, mais elle a beaucoup trop d'imagination. Les légendes sont des allégories. Des mises en garde de nos ancêtres, du genre « il pourrait se passer ceci, si... » Vous voyez ce que je veux dire. Pour le peuplement de la terre, c'était une idée de nos ancêtres venus du ciel. C'est pour cette raison qu'il y a toujours tant d'humains dans les légendes. Pour nous inciter à peupler cette terre qu'ils ont conquise.

— A lieu de raconter des sornettes, tous les deux, vous feriez mieux d'économiser votre salive, dit Hugo. Nous n'aurons pas de quoi nous nourrir pendant des mois ni assez de cachets pour la soif.

Puis il fronça les sourcils en proie à des raisonnements contradictoires.

— Attends un peu... Elle ne tient pas debout ton histoire d'aventure avec Loreline. Tu dis qu'elle t'a appris le mot de passe pour les gardiens du mur. Bon, je veux bien le croire. Mais, elle, comment l'as-tu rencontrée ? De quel côté se situe sa tribu ? Avant le mur ? Après le mur ? Que faisais-tu par ici ?

Thor finit par avouer :

— Je l'ai rencontrée au marché de Masopa. Elle vient au moins une fois par an avec des amies pour acheter des pilules de survie et divers objets dont ils ont besoin dans sa tribu. Les gardiens du mur ont un laisser-passer permanent.

— Tu es le pire des menteurs que le Grand Pays n'ait jamais porté. Je me demande ce qu'ils ont mis dans ton embryon...

La réflexion d'Hugo ranima la flamme de la discorde.

— Tu es mal placé pour parler d'embryon. Dans Masopa, on te soupçonne d'être un embryon primitif.

Hugo allait répondre mais Djamel s'interposa :

— Ça suffit tous les deux ! Je ne vais pas supporter longtemps vos disputes. Nous sommes trois dissidents à la merci des Nettoyeurs et vous trouvez le moyen de vous quereller pour des broutilles.

— Tais-toi ! le coupa Thor. J'ai entendu du bruit, là-bas, derrière la dune, il y a des lumières.

— Ce sont tes amis...

— Certainement pas. Ils ne sortent jamais la nuit.

— Ils ne nous ont pas entendus...

De l'autre côté de la dune, des chevaux attachés à un tronc d'arbre mort, souvenir d'une époque où ce coin de terre avait encore un peu de verdure, commençaient à piaffer. Si les hommes ne détectaient pas la présence d'autres humains, les animaux, eux, avaient déjà repéré les intrus. Un des chevaux se mit à hennir et des cris s'échappèrent du groupe de Nettoyeurs.

Derrière la dune, les trois amis n'en menaient pas large.

— Ils ont des chevaux, c'est bien ce que je pensais. S'ils nous attrapent, nous sommes morts.

— Il me reste des explosifs, dit Hugo. Croyez-vous que ça puisse servir ?

255

— C'est horrible, répondit Thor. On ne se sert pas de ce genre d'abomination sur des êtres humains.

— Les nettoyeurs ne sont pas des êtres humains. Et s'ils nous attrapent, je ne donne pas cher de notre peau.

— Essaye de viser juste et de ne pas toucher les bêtes, elles nous serviront, conclut Thor.

Pour Hugo, c'était un signe d'acceptation. Il sortit de son sac tout ce qu'il fallait pour faire sauter au moins la valeur du bâtiment de la société des temps anciens. C'était des explosifs extrêmement légers qu'il n'avait jamais expérimentés. Il pesa le pour et contre : s'en servir maintenant ou les réserver pour des situations plus graves. Ce dilemme lui faisait perdre un temps précieux.

-Jette-les ! Vite !

— Eclaire-moi avec ta lampe. Il faut que je voie où je les lance.

La lampe de Thor leur fit découvrir ce qu'ils redoutaient depuis leur départ. Les nettoyeurs les avaient retrouvés. Ils étaient au moins quinze, armés de pistolets de dissuasion.

— Ils ont suivi nos traces, dit Hugo.

— Mais tu vas te dépêcher, oui ! cria Thor.

Hugo lança un explosif tandis que les nettoyeurs se précipitaient vers eux. Le tout se passa très vite. Une gerbe de feu illumina la nuit et le bruit dut s'entendre jusqu'à Masopa. Un bruit sourd, énorme, qui résonna dans le silence du désert. Ensuite, des hurlements de terreur et de souffrance. Tétanisés, épouvantés, Thor et Djamel se bouchèrent les oreilles et se mirent à hurler à leur tour. Les chevaux hennissaient désespérément. Puis, le silence revint. Un silence troublé seulement par des gémissements et des appels de détresse. Puis, ce fut le silence total.

— Ils sont tous morts, dit Djamel. Eclaire-les, Thor. Il faut voir s'ils n'en reste aucun.

Thor dirigea sa lampe vers le groupe de nettoyeurs et ils découvrirent l'inimaginable horreur. Hugo vomit le peu de nourriture qu'il avait encore dans l'estomac, Djamel et Thor retinrent leur souffle. Le sable était rouge de sang sur plus de cent mètres. Des morceaux de corps gisaient un peu partout et des chevaux avaient été éventrés.

— C'est épouvantable, cette chose fait des dégâts effroyables. Comment peut-on avoir inventé cette horreur ?

— C'est une recette vieille de plusieurs millénaires. Elle viendrait des Chinois, d'après la légende.

— Des Chinois ? Quel est ce peuple ? Des gardiens du mur ?

— C'est un peuple qui vivait quatre mille ans auparavant du côté de l'est, précisa Djamel. D'après ce que nous avons trouvé avec Valentine sur de vieux écrans, ils auraient disparu de la surface de la terre, emportés par une vague énorme. Mais Valentine ne savait pas tout. J'ai appris des choses moi-aussi. L'histoire des Chinois fait partie d'un livre qui s'appelle « l'Origine du Monde » et qui aurait été écrit juste après la construction du mur. Elle est partie avant que j'aie eu le temps de le lui montrer. Elle aurait compris qu'elle avait raison.

— Où est-il ce livre ? demanda Thor d'une voix glacée par la peur. Si j'ai bien compris, tu as fouillé la bibliothèque du Grand Savoir après le départ de Valentine

— J'ai un exemplaire dans mon sac... J'ignore si c'est l'original.

— Tu sais le déchiffrer ?

— Non, Je ne connais pas l'écriture, seulement certains signes. Et ce livre est plein d'images qui se rapportent à des faits. Même si je savais lire, je ne saurais pas les interpréter. Je l'ai contemplé des centaines de fois, je n'ai rien compris.

— Nous voilà bien avancés, ricana Hugo. Nous ferions bien de prendre les chevaux et de déguerpir.

— Oui, pour le moment, c'est ce que nous avons de mieux à faire.

2

Ils s'approchèrent des animaux affolés trépignant d'impatience. Aucun d'eux n'avait jamais vu un animal de près ou de loin, et nul ne savait les utiliser. Maîtrisant sa peur, Thor saisit le licol du cheval, d'une couleur étrange, entre le roux et le marron, qui lui parut le plus calme. Il se mit à lui parler, à le cajoler malgré la répulsion qu'il lui inspirait.

— Les animaux comprennent le langage des humains ? demanda Djamel en chuchotant.

— Tais-toi, dit Hugo. S'ils comprennent notre langue, ils peuvent se retourner contre nous. Ils ont l'air dangereux.

— Je ne trouve pas, répondit Djamel. Regarde. Thor semble le maîtriser. Il faut faire comme lui. Et nous devrons monter sur leur dos. Il y a un siège sur chaque cheval.

— Je n'y arriverai jamais. Et ils vont nous manger. Il paraît que les animaux mangent de la viande. Quand ils auront faim, nous y passerons. C'est de la folie.

— Si tu vois une autre solution, tu nous fais signe, répondit Djamel agacé. Moi, j'essaye.

Les chevaux s'étaient calmés. On aurait dit que la présence des hommes les rassurait. Thor avait déjà sympathisé avec la bête. Il regardait le siège posé sur son dos en se demandant comment il allait s'y prendre pour y monter. Les chevaux n'étaient pas bien hauts et de part et d'autre de leur ventre pendait une sorte de lanière avec au bout une grosse boucle en métal de la taille d'un pied. Thor imagina que cela servait à poser le pied, mais cela lui semblait périlleux. Néanmoins, il n'avait pas le choix. Il s'agrippa au licol, mit son pied droit dans la boucle et, au prix d'un effort dont il ne se serait jamais cru capable, monta sur le dos du cheval en passant sa jambe gauche de l'autre côté. Il se retrouva sur le cheval, un peu instable et nauséeux. N'osant pas bouger, il caressa les cheveux de l'animal qui pendaient sur son dos. Le contact était plutôt rugueux et sans rapport avec la douceur des cheveux humains. Cela lui fit un drôle d'effet. Puis, il se mit à lui parler en marmonnant des mots incompréhensibles. Finalement, il se dit que les chevaux ne devaient pas comprendre le langage des hommes car celui-ci semblait flatté plus par les sons que par les mots. Il prit de l'assurance et, malgré la répugnance qui ne le quittait pas, s'adressa aux autres :

— Vous faites comme moi. Ils sont dociles et gentils. Rien à craindre.

Djamel l'avait imité et se tenait en équilibre précaire sur le dos d'un cheval noir et blanc. Il lui plaisait bien avec ses taches et ses longs cheveux noirs. Cette expérience le grisait. Jamais de sa vie il n'aurait imaginé toucher un jour un animal et en éprouver du plaisir, malgré son odeur écœurante.

Pour ne pas passer pour un pleutre et parce que c'était la seule alternative, Hugo tenta sa chance avec un cheval gris. Mais il était trop petit pour son poids.

— Prends l'autre, là-bas, le blanc, lui dit Thor, il est plus grand.

Plus grand signifiait aussi plus difficile à amadouer. Par deux fois, il tomba, poussa des jurons qui eurent pour effet d'énerver le cheval. Thor et Djamel descendirent du leur pour l'aider. Finalement, ils se retrouvèrent tous les trois bien assis sur le dos des bêtes.

— Que fait-on maintenant ? demanda Hugo sarcastique. On va passer la journée sur ces trucs sans bouger ? En plus, ils puent.

-Il faut peut-être tirer sur les cordes, dit Djamel, joignant le geste à la parole.

Le cheval avança à petites foulées.

Thor et Hugo firent de même et le petit groupe s'ébranla, cahin-caha. Il fallait que chaque homme s'habituât à sa monture, et ce n'était pas une mince affaire. Néanmoins, cela semblait réalisable. Au début, ils avancèrent lentement, se demandant s'ils n'auraient pas mieux fait de continuer à pied. Mais ne dit-on pas que l'habitude rend maître ? Au bout de deux heures, ils prenaient de la vitesse, et semblaient plus stables sur l'animal.

— Nous arrivons, dit Thor. C'est fabuleux. Le temps que nous avons gagné avec les chevaux est incroyable.

— Que vas-tu faire de ta dulcinée ? ironisa Hugo. Elle va courir derrière ton cheval ?

— Elle montera avec moi, répondit Thor furieux contre lui-même de n'avoir pas pensé à prendre un cheval de plus.

Au loin, le mur lançait sa masse sombre jusqu'au ciel et faisait une gigantesque ombre peu rassurante. On distinguait des habitations dans la pénombre. Thor lança un sifflement strident, sensé être un signe d'amitié reconnaissable par les gardiens du mur. Mais son cheval eut peur, et il se retrouva sur le sol. Les deux autres éclatèrent de rire. L'énervement des hommes et des animaux était à son comble. Thor remonta sur le cheval tandis que répondait, au loin, un autre sifflement.

— Bien, avançons lentement. On ne sait jamais. Il pourrait y avoir de nettoyeurs.

Thor balaya de sa lampe le chemin qui, à présent, était plus praticable.

— Nous voici à l'entrée du village. Personne ne sort. Cela ne me dit rien de bon. Normalement, ils viennent m'accueillir.

— Depuis combien de temps n'es-tu pas venu ? interrogea Djamel.

— A peu près un an. Je n'ai pas pu venir plus tôt. Les examens, le départ de Valentine, tant de chose m'ont empêché de venir... Crois-moi que je le regrette.

— Ah, si ça se trouve, nous allons être reçus à coups de bâtons.

La réflexion d'Hugo parut tellement sensé que Thor ne répondit pas, tracassé par une vague appréhension.

— Et si ça se trouve, renchérit Djamel pour enfoncer le clou, ta dulcinée est mariée. Et son mari t'attend.

— Impossible, elle m'aime.

— Elle t'aime ? Qu'est-ce que ça veut dire aimer ? « Un attachement qui fait mal et rend les gens fous» C'est ce qu'on nous a appris dès la naissance.

— Pas à elle. Ici, même si les gens naissent d'un embryon évolué, il leur manque l'éducation. On ne leur a pas appris à ne pas souffrir.

Ah ! Il est beau, le Grand-Pays ! s'indigna Djamel. Tout pour nous, rien pour les autres. Pas d'éducation, pas d'aides quelconques, que des obligations. Obligés de se soumettre, obligés de se faire féconder artificiellement, et libre de mourir de faim. Sans les cachets de survie, comment peut-on survivre dans un endroit pareil ? Et, en plus, ils sont obligés de venir les chercher à Masopa. Je suis dégoûté par nos mœurs.

— Et tu ne devrais pas l'être. Il se passe quelque chose de curieux, depuis quelques temps, ne trouvez-vous pas ? Ces désobéissances aux règles, ces révoltes, ces attachements étranges à un autre être humain qui ressemblent à ce qui est interdit depuis des générations, l'amour. Tous ces changements, ce sont les jeunes qui les ont provoqués. Comme si, depuis quelques temps, il y avait un défaut dans les embryons évolués. Que se passe-t-il ?

La réflexion de Thor les laissa sans voix. Effectivement, il avait raison. Plus rien ne tournait rond. Il y avait trop de révoltes suspectes parmi la population estudiantine de Masopa.

A l'approche du village, ils se turent. Un sifflement retentit. Thor répondit. Puis un autre sifflement, beaucoup plus long.

— C'est le signe que tout va bien. Les nettoyeurs ne connaissent pas les codes.

— En es-tu bien sûr ?

A l'entrée du village, un groupe surgit enfin. C'était Eloïs, chef du village et père de Loreline, accompagné de notables.

— C'est cérémonieux, dit Thor. Ce n'est pas dans leurs habitudes.

— Encore un changement, ricana Hugo. J'espère que c'est dans le bon sens…

Eloïs s'approcha, tendit les bras vers Thor.

— Sois le bienvenu mon fils, cela fait un moment que nous t'attendons. Les nouvelles de Masopa ne sont pas bonnes. Les nettoyeurs sont passés ce matin pour nous prévenir que de dangereux dissidents avaient mis le feu à la ville. D'après leur description, j'ai compris que c'était toi. Trois étudiants dont un, petit, avec des cheveux noirs, frisés, et de grands yeux bleus qui lui mangent le visage. Qui pourrait répondre à cette description à part toi ? Que se passe-t-il à Masopa ?

— La révolte gronde. Le Grand Appariteur nous a conseillé de nous enfuir.

— D'après les nettoyeurs, le Grand Appariteur a été enlevé et sûrement massacré par ce fameux groupe de dissidents. Je ne crois pas que tu aies pu faire une chose pareille. Mais venez, rentrons au village.

— Si le Grand Appariteur a disparu, ce sont les sept sages qui l'ont fait enlever pour le questionner. Je crains pour sa vie. Il a dû payer cher sa désobéissance.

— D'où viennent ces chevaux ? demanda un notable que Thor reconnut. : Siméon, le bras droit d'Eloïs.

— Volés aux Nettoyeurs.

— Vous ne devez pas rester ici, reprit Siméon. C'est dangereux pour le village.

-Ils ne resteront pas longtemps, tu le sais, rétorqua Eloïs, mais il y a les formalités à accomplir avant leur départ.

Thor trouvait la conversation de plus en plus nébuleuse. A quelle formalité Eloïs faisait-il allusion ? Ses deux amis le regardèrent d'un air interrogateur, mais il haussa les épaules en signe d'incompréhension.

Le village s'étendait sur près de cinq cents mètres, le long d'une piste dont le revêtement défoncé rappelait que le Grand Pays n'entretenait plus depuis longtemps les routes en dehors des villes. Un laisser-aller qui durait depuis plusieurs années. Autrefois, les gardiens du mur étaient bien considérés et jouissaient des bienfaits de la civilisation. A présent, ils étaient soumis aux lois draconiennes éditées par les sages, comme l'interdiction d'avoir un enfant naturel, mais n'en retiraient plus aucun avantage. Ils devaient venir eux-mêmes se ravitailler en ville, mendier leurs cachets de survie, et subir les pressions des nettoyeurs. Les maisons croulaient sous le poids des ans, jamais entretenues par manque de moyens. Certaines toitures en terrasses étaient effondrées, et un grand trou s'ouvrait sur les pièces d'habitation. Et encore, de ce côté-ci de

Masopa, ils arrivaient tant bien que mal à survivre, mais des rumeurs circulaient à propos des tribus situées plus à l'est : les gens vivaient sous des tentes, ne mangeaient pas toujours à leur faim. Les nettoyeurs les persécutaient car ils n'obéissaient plus aux lois du Grand-Pays. Eloïs préférait subir le joug des sept sages plutôt que de se révolter et conduire sa tribu à la famine ou aux pillages. Le village était situé trop près de Masopa pour qu'il se rebellât. Sa maison n'échappait pas à la tristesse ambiante. En aussi mauvais état que les autres, elle abritait les malades qui ne pouvaient pas être conduits en ville tout de suite, et il était tenu de loger leurs enfants et de les nourrir. Elle était sale et délabrée. Sur le pas de la porte, une jeune femme attendait, un bébé dans les bras. Il n'était pas bien vieux, trois mois tout au plus.

Thor blêmit en la voyant. Elle avait pris quelques kilos depuis leur dernière entrevue un an auparavant, mais elle avait toujours cet air doux et résigné qui le faisait fondre. Par contre, la présence du bébé lui sembla incongrue. L'avait-on mariée en son absence ? A cette idée, son cœur se serra. Des femmes, il pouvait en avoir autant qu'il en voulait mais il ne désirait que celle-là, Loreline, la fille aînée d'Eloïs. Il se souvenait des nuits d'amour sous les étoiles, de leurs serments et promesses jamais tenus, de tous les projets qu'ils avaient fomentés en sachant pertinemment qu'ils ne pourraient jamais les mettre à exécution. Il se dit que, s'il n'avait pas été lâche, il l'aurait amenée à Masopa pour l'épouser. Mais il n'avait pas envie à ce moment-là de fonder une famille, pas plus que maintenant. Il voulait partir avec elle, à l'aventure, lui faire connaître d'autres pays, des pays magiques de l'autre côté de la mer. Ils y croyaient tous les deux. Loreline lui sourit et l'envie de l'enlever le saisit comme une évidence. Il ne pouvait pas en être autrement. Eloïs ne le laissa pas adresser la parole à la jeune fille. Il dit d'un ton solennel :

— Devant témoin, et sur la confiance que j'ai en la parole de ma fille, je déclare que tu es le père de ce bébé. Vous l'avez conçu clandestinement. C'est un embryon primitif. Le Grand Pays interdit ces pratiques, mais je vous comprends. Je ne t'en veux pas, mais tu dois prendre tes responsabilités. Loreline ne peut plus rester ici. J'ai attendu pour la chasser que tu reviennes. Prends ses affaires et va-t'en après la cérémonie.

— La cérémonie ? interrogea Thor déstabilisé. Que, quoi ? De quoi parles-tu ? On peut s'asseoir et discuter.

— Discuter ? Si tu veux. Mais il n'y a pas d'autre d'alternative. Tu prends ma fille, ton enfant, et tu t'en vas. Je ne veux pas mettre en péril tout un village pour vous. Vous me comprenez... Je suis responsable de mes sujets. Je suis leur chef. Un chef se doit de tout mettre en œuvre pour sauvegarder la paix chez lui. Même au détriment de ses propres enfants.

— Emporter un bébé avec nous ? Il est fou ! s'exclama Hugo.

— Tu apprendras, jeune homme, qu'on ne traite pas de fou le chef d'une tribu. Qui es-tu, toi ? Rien. Je peux, d'un seul appel, faire venir les nettoyeurs.

— Les nettoyeurs ? rétorqua Hugo en souriant. Il n'y en a plus à des kilomètres à la ronde. Et nous avons leurs chevaux.

Thor contemplait Loreline avec passion. Mais ce bébé l'ennuyait. D'un autre côté, il ne pouvait pas l'abandonner si c'était vraiment son enfant. Il leur fallait partir au plus vite.

— Tais-toi, dit-il à Hugo. Nous les prenons, rajouta-t-il pour Eloïs. Dis à ta fille de préparer ses paquets. Pas de cérémonie. Nous partons tout de suite.

— Tu pourrais au moins nous demander notre avis, fit remarquer Djamel.

— Votre avis ? Votre avis ? Savez-vous ce qu'ils vont lui faire si je ne la prends pas avec moi ? La chasser, elle et mon fils. C'est ce que vous voulez ? La voir errer dans le désert à la merci des nettoyeurs ? Savez-vous ce qu'ils font à une femme seule avec un bébé ? Ils passent sur son corps à tour de rôle, ensuite la tuent, ainsi que le bébé. Si vous ne voulez pas d'elle, vous partez de votre côté et moi du mien.

— C'est stupide, dit Djamel. Nous partons tous les trois ensembles ou nous ne partons pas.

Eloïs commençait à s'impatienter tandis Loreline pleurait dans son coin. Thor tira sur les rênes de son cheval, s'approcha d'elle. De part et d'autre des flancs de la bête, pendaient deux grands sacs que les nettoyeurs utilisaient pour mettre le butin de leurs pillages. Ils étaient assez grands pour contenir le bébé et les affaires de la jeune femme en plus de leurs propres biens. Il prit le bébé de ses mains, le contempla. Ce petit être humain était le fruit de son sperme. Son vrai fils. Loreline n'était pas la vraie fille d'Eloïs. Elle était le fruit d'un embryon fabriqué à Masopa ou ailleurs. Personne ne pouvait comprendre ce qu'on ressentait de savoir qu'un bébé était le fruit de sa propre chair. Les autres avaient l'impression d'assister à un événement qui ferait date dans l'histoire. Djamel et Hugo voyaient les ennuis se profiler à l'horizon, mais ils étaient résignés. Partir avec Thor, la fille et le bébé ou ne pas partir. Ils n'avaient pas d'autre choix. La fille savait passer les portes, pas eux. Thor prit Loreline dans ses bras et l'embrassa fougueusement.

— On se dépêche ? dit Hugo. Les effusions sont inutiles. Fichons le camp tant qu'il est temps. Nous avons un peu d'avance.

Djamel avança son cheval et se saisit du bébé.

— Tu prends Loreline sur ton cheval, moi le bébé, Hugo les paquets. Il faut répartir le poids. Et pour ne pas trop fatiguer les animaux, nous changerons de temps en temps. Cela reposera ta bête. Allez, dépêchez-vous tous les deux au lieu de me regarder stupidement.

Thor ne savait que dire. Des remerciements ? Ce n'était pas le moment. De toute façon, son regard en disait déjà long sur ses sentiments. Il fit monter Loreline sur son cheval. Le bébé se trouvait dans un sac avec des sangles que l'on pouvait attacher dans le dos. Il le mit sur le dos de Djamel, et les affaires de Loreline dans les sacs d'Hugo. Puis, ils montèrent tous les trois sur leurs bêtes.

— On y va, dit Thor. Tchao! Eloïs.

Sans un mot, pas même un « au revoir », ils reprirent la route, refusant de regarder en arrière. Ce que pensait Eloïs à ce moment-là, ils n'en avaient cure. Seule, Loreline, savait qu'elle n'oublierait jamais son père et qu'il ne l'oublierait jamais, même si elle avait été chassée comme une voleuse. Il était le chef, et être fille de chef exigeait de prendre des responsabilités, de se comporter en fille de chef et de respecter les lois pour donner l'exemple aux membres de la tribu. Ce qu'elle n'avait pas fait. Aucune place n'existait pour des sentiments quels qu'ils fussent. En tous cas, il ne fallait pas les montrer. Et Eloïs n'avait jamais avoué à sa fille qu'elle était née, elle-aussi, d'un embryon primitif...

3

La journée était bien avancée, et le mur faisait déjà de l'ombre. Ils avaient chevauché trois bonnes heures, sans savoir combien de kilomètres ils avaient parcourus, ne connaissant pas la vitesse moyenne d'un cheval. Ils avaient quitté Masopa depuis deux jours, ce qui faisait à peu près cent kilomètres parcourus la nuit, peut-être moins, à cause des difficultés à marcher dans le sable et de l'obscurité. Thor pensait qu'un cheval devait faire en moyenne cinquante kilomètres à l'heure. Ce n'était pas étonnant que les nettoyeurs les eussent rattrapés aussi vite. A présent, avant que d'autres nettoyeurs fussent au courant du drame, ils avaient quelques jours devant eux. A moins que le bruit de l'explosion eut été entendu jusqu'à Masopa. Le principal problème restait l'eau. Ils en avaient besoin pour le bébé. Mais Loreline balaya leurs craintes en disant :

— je l'allaite, le bébé, comme le faisaient les femmes autrefois. Je lui donne de mon lait. Pour le moment, le problème ne se pose pas. J'ai des cachets pour la soif.

Allaiter ? Aucun d'entre eux ne savait ce que ce mot voulait dire. Ce n'est qu'à la première halte qu'ils regardèrent, effarés, la jeune femme sortir son sein et le donner à l'enfant qui but goulûment.

— Ça alors ! Quel est ce prodige ? demanda Thor.

— Pas un prodige. La nature. Les seins des femmes contiennent naturellement du lait. C'est la meilleure chose pour l'enfant. Tant que j'aurai du lait en abondance, l'enfant ne souffrira ni de la soif, ni de la faim. Arrêtez de l'appeler « le bébé », il porte un nom : Abel.

— Comment as-tu appris, toi, cette merveille de la nature ?

— Je la tiens d'une vieille femme. Je l'ai rencontrée en allant à Masopa alors que j'étais enfant. On aurait dit qu'elle avait marché longtemps seule, sans tribu. Elle savait beaucoup de choses que nous ne savons pas. Trop de mystères. C'est pour cela qu'elle était solitaire. Elle faisait peur et personne n'osait lui parler ni l'approcher. Moi je n'ai pas eu peur. Elle n'était pas méchante. Elle m'a raconté des secrets, comme, par exemple, l'allaitement. Elle m'a dit qu'il ne fallait pas prendre les cachets que donnent les commissaires à la famille avant et après l'accouchement et le lait viendrait tout seul. Je ne l'ai jamais oublié.

— Elle t'a dit d'autres secrets ? demanda Djamel.

— Des tas, répondit Loreline.

C'est tout ce qu'ils purent tirer d'elle. Elle se referma sur elle-même et son enfant en lui chantant des mots inconnus. Pourtant, Thor qui la connaissait le mieux, sentait qu'elle ne disait pas tout, qu'elle en savait bien plus qu'elle ne voulait en révéler. Inutile de la harceler. Elle finirait par parler quand le temps serait venu.

Les trois hommes assis par terre, ne disaient plus rien. La chaleur était étouffante et l'optimisme de Loreline ne les atteignait pas. Des cachets pour la soif, ils n'en avaient pas pour un trop long voyage. Il leur faudrait quand même trouver de l'eau. D'après leurs connaissances, il n'y en avait pas de ce côté-ci, aucun puits, rien. Il fallait, coûte que coûte, passer le mur. Et encore, qu'allaient-ils trouver derrière ? Abel s'était endormi à l'ombre d'un arbre misérable. Il ne pleurait pas. Repu, il dormait du sommeil de ceux qui n'ont pas d'inquiétude, pas d'interrogation. Les quatre adultes auraient bien voulu dormir ainsi : profondément, un sourire sur les lèvres avec parfois un petit rire clair suivi de grimaces attristées. A quoi pouvait-il bien rêver ? se demandait Thor fier d'être le vrai père de ce petit être. Est-ce que les enfants nés d'un embryon primitif avaient les mêmes rêves que les autres ? Contrôlait-on aussi leurs rêves ? Les personnes nées d'un embryon primitif étaient réputées sujettes à des cauchemars, à un sommeil perturbé. On disait aussi qu'ils étaient plus violents que les autres, enclins à se mettre en colère pour une broutille. Ce qui voulait dire – et en cela Valentine avait raison – qu'ils étaient, eux, des êtres trafiqués. Cela le ramenait à mettre en doute tout ce qui leur avait été enseigné, y compris leur arrivée des étoiles. Et si l'homme n'était pas venu des étoiles ? Qu'il fût né sur la terre et y ait vécu depuis des milliers d'années comme le prétendait la jeune scientifique ? Cela voudrait dire qu'on leur mentait. Depuis combien de temps, et pour quelle raison ? Sa tête semblait enfler lorsqu'il se posait ce genre de question, et cela lui donnait des migraines. « Comme si on nous avait mis des produits chimiques dans le cerveau, des produits sensés empêcher une certaine réflexion ». Uniquement dans le Grand-Pays. Thor savait qu'il existait des tribus, loin à l'est qui ne faisaient pas partie du Grand-Pays et « ne bénéficiaient pas des bienfaits de la civilisation ». C'était dit dans l'écran du Grand Savoir. Au début, c'était les gardiens du mur, gérés par les sages eux-mêmes. Avec le temps, ils s'étaient détachés du pouvoir central et vivaient leur vie comme bon leur semblait. Avec, parfois, des descentes musclées des nettoyeurs. « Sûrement pas pour rien » dit-il tout haut sans s'en rendre compte.

— Que veux-tu dire ? demanda Djamel.

— Rien, je pensais tout haut.

— A quoi ? insista Djamel.

— Aux tribus dissidentes. Je me disais que les nettoyeurs ne les persécutaient pas pour rien. Ils doivent savoir trop de choses.

— Comme la vielle dame, dit Loreline.

Sa réflexion fut suivie d'un silence circonspect. Ils attendaient la suite qui ne viendrait peut-être pas.

— La vieille dame, reprit Loreline, c'est la Maguelone de la légende. Supposée légende, car elle était bien vivante.

— Etait ?

— Elle est morte. Elle était centenaire. Toute tordue, avec des mains comme des crochets, abîmées par la vie.

— Comment sais-tu qu'elle était cette Maguelone-là ?

Loreline hésita. Puis avoua :

— Elle me l'a dit et m'a donné un objet. Un objet qui date de la construction du mur. Il paraît qu'un objet semblable existe quelque part dans le monde. Elle cherchait son enfant. Elle avait été chassée de sa tribu à cause de sa désobéissance aux lois et parce qu'elle s'intéressait à l'écriture. Mais elle ignorait où était son enfant et ce qu'était devenue sa tribu. Elle a passé le mur et est revenue pour le retrouver.

— L'a-t-elle retrouvé ?

— Je ne crois pas. Elle ne m'a même pas dit son nom. Je crois qu'elle ne s'en souvenait même plus.

— Mais cet objet ? D'où venait-il ? A quoi servait-il ? insista Djamel.

— A ouvrir une porte. Mais il faut les deux ensembles. Celui-ci, et l'autre dont j'ignore tout.

— Ton père sait-il que tu possèdes cet objet ? demanda Thor stupéfait.

— Oh non ! Il me l'aurait pris et l'aurait détruit. Tout ce qui pouvait attirer les nettoyeurs le rendait hystérique. Mais personne ne sait que je l'ai.

— Où l'as-tu caché ? Tu l'as pris avec toi ?

Loreline ne répondit pas.

— De toute façon, à quoi cela nous avancera-t-il ? dit Hugo. Nous ne savons même pas de quelle porte il s'agit, ni où est l'autre objet. Peut-être dans une tribu près du Grand Océan, loin à l'est. Il peut être n'importe où.

— Loreline, où l'as-tu caché, insista Thor en ignorant la réflexion de Hugo.

Loreline poussa un soupir, puis avoua timidement :

— Dans les langes d'Abel. Personne n'y touchera.

— Ne t'inquiète pas, nous n'en avons pas l'intention, la rassura Thor. Personne ne touchera à mon fils, ni à ton objet. Je les défendrai de mon corps.

Loreline répondit en lui souriant tendrement :

— Viens te promener avec moi dans les rochers. Abel dort, et il n'a pas besoin d'un rempart de ton corps pour le moment.

— Vous pouvez le surveiller, hein ? demanda-t-elle d'un ton enjôleur aux deux autres.

— On peut, grommela Hugo, à condition qu'il ne réclame pas mon sein.

Djamel éclata de rire. Comme un pouvoir surnaturel, leur amitié faisait barrage à la peur, aux tensions provoquées par la difficile situation qu'ils n'avaient pas envisagée.

Derrière eux, des rochers rouges barraient l'horizon. Bien plus loin, vers le sud, on apercevait des montagnes. C'était un spectacle magique, majestueux et impressionnant. Le regard se perdait dans des dédales de hautes crêtes, le tout chapeauté de petits nuages blancs effilés, des traces inutiles, qui ne servaient qu'à enjoliver le décor. Pas de pluie. Jamais de pluie. Tout était sec à des centaines, peut-être des milliers de kilomètres à la ronde. Peut-être y avait-il de l'eau dans ces hautes montagnes ? De l'eau cachée dans le sol. Mais où ? Rien ne le laissait présager. Le sous-sol devait être aussi vide que la surface, aussi desséché. Cela n'empêchait pas le paysage de faire rêver par sa magnificence. Les montagnes étaient sombres et tranchaient avec le rouge des rochers, sans compter le bleu du ciel, un bleu métallique dont la mer proche accentuait la profondeur. Quelques milliers d'années plus tôt, des artistes se seraient émus à peindre ce décor ou écrire quelque poème à la gloire de sa seule beauté. Des photographes auraient fait des milliers de kilomètres pour mémoriser ce tableau. Mais plus personne ne peignait ni n'écrivait de poème, ni n'écrivait tout court. Il n'y avait pas non plus de photographes. Les écrans étaient conçus par les sages, les images venaient directement du pouvoir central. Un monde mort, sans art, sans amour. Mais un monde qui doucement, imperceptiblement, changeait, sans qu'on s'en aperçût, sans qu'on en connût la raison. Pourtant, quelque part, quelqu'un devait bien savoir. Le ou les responsables de ce changement. A moins que ce ne fût seulement la nature qui reprenait ses droits. Mais dans l'immédiat, les quatre humains ne se posaient pas ce genre de question. Ils n'avaient que leurs yeux pour observer la splendeur de la terre et s'en délecter. Un petit coin de terre dont ils ignoraient la situation géographique, perdu dans l'immensité inconnue. La terre, comment était-elle ? Quelle était sa dimension ? Pourquoi étaient-ils ici, sur ce morceau desséché ? Existait-il autre part un endroit plus viable ? Ils l'espéraient, mais ce n'était peut-être qu'un rêve. Leur vie elle-même, n'était peut-être qu'un rêve. Il se disait tellement de choses étranges dans le Grand-Pays ! Certains émettaient l'hypothèse que la vie n'existait pas, que ce n'était rien de plus qu'une fantaisie de la nature. Normalement, ils n'étaient pas programmés pour philosopher et les discussions n'allaient pas bien loin. Des idées fusaient çà et là, bien vite oubliées. Vivre l'instant présent, c'était le gage du bonheur. Pourquoi se casser la tête à se poser d'inutiles questions qui n'avaient pas de réponses ? La pensée didactique c'était comme l'amour, un sujet de souffrance. Les écrans du Grand Savoir mettaient sans cesse en garde la population contre ce genre de déviance. Les inspecteurs d'âmes étaient là pour corriger les éventuelles diffractions et remettre le sujet déviant sur le droit chemin.

Mais à cet instant précis, aucun d'eux n'avait envie de réfléchir au devenir de l'homme. Quand l'homme lutte pour sa survie, la seule idée qui lui vient à l'esprit, c'est trouver le moyen de vivre, envers et contre tout, et chaque petit moment de bonheur, si simple soit-il, devient un grand bonheur.

Thor prit la main de Loreline et tous deux partirent à l'assaut des dunes pour y cacher leur amour, l'instant d'une escale. Leurs pieds glissaient sur le sable roux, et l'empreinte de leurs pas traçait quatre petits sillons que le vent aurait tôt fait d'effacer. Ils marchèrent un bon quart d'heure pour s'éloigner au plus vitre du regard et de l'ouïe de leurs amis. L'amour dans le sable, ils l'avaient déjà fait, sans protection, sans arrière-pensée. Mais Thor était conscient de l'enjeu et ne voulait pas recommencer une faute dont il n'avait, au demeurant, aucun remord. Seulement, il avait bien compris que faire l'amour sans protection voulait dire Loreline enceinte encore une fois, avec un gros ventre, fatiguée, plus Abel et des ennuis à n'en plus finir. L'avenir était trop incertain pour qu'il hasardât d'être père une deuxième fois. Il déshabilla la jeune fille avec une infinie douceur et la couvrit de baisers. Son sexe appréciait le contact de cette peau douce et parfumée, sentant la cannelle, un des rares épices encore présents sur les marchés. Loreline aimait s'en frotter la peau pour chasser les odeurs naturelles du corps. Son odeur d'épice enjôlait ses sens déjà exacerbés. Loreline lui mit elle-même sa protection sexuelle dans la bouche – un genre de pilule dont l'effet était immédiat — et posa ses lèvres sur son sexe en érection. Chaque fois qu'il faisait l'amour avec elle, il ne comprenait pas ce plaisir intense qu'il n'avait avec aucune autre, comme si leurs peaux se confondaient, comme s'ils ne faisaient qu'un seul corps, mains jointes, ou se couvrant de caresses, et unis dans un même cri. Il aurait pu rester des heures à l'intérieur d'elle, sans bouger, pour sentir seulement l'humidité cachée de son corps. L'humidité. L'eau de la femme était dans ce sexe, comme une caverne, alors que l'eau de la terre n'existait plus. Tandis qu'il était là, serein, son sexe lové dans celui de la jeune fille, il se prit à penser qu'il fallait peut-être cajoler la terre pour lui faire rendre son eau. La terre, une belle femme qu'on n'aimait plus et qui ne produisait plus d'eau. Ou trop vieille pour en fournir encore. Il fallait trouver la faille, ce qui avait provoqué cette sécheresse intime de la planète. L'eau sortait-elle des grottes, elle-aussi ? Pourquoi pas ? Aucun scientifique digne de ce nom dans le Grand Pays n'était capable de le savoir. Il lui fallut s'arracher à ses pensées et à l'intimité de sa partenaire. Le temps passait trop vite. Un sifflement strident leur signifia que leurs deux copains s'impatientaient. Et c'était l'heure de la tétée d'Abel car on entendait ses cris. Thor eut un éclair de jalousie en pensant que ce petit être avait accès, comme lui, à l'intimité la plus profonde de sa femme. Il suçait ses seins avec volupté, tout comme lui. Ce petit homme était-il un amour naissant qu'il défendrait envers et contre tout ou un rival potentiel ? Etrange pensée. C'était la première fois que la jalousie le taraudait ainsi. En tout état de cause, il n'en était pas conscient. Il ressentait seulement comme un vague à l'âme, un sentiment de détresse inconnu jusqu'alors.

— Il faut partir, dit-il à Loreline. On ne sait jamais. Les nettoyeurs sont nombreux. Ils auront tôt fait de découvrir le carnage et vont être dans un état de surexcitation terrible. Hâtons-nous.

Ils redescendirent en glissant sur le sable qui commençait à tournoyer. La tempête s'annonçait encore. Peut-être retarderait-elle la venue des Nettoyeurs ?

— Ils ne sortiront pas cette nuit, dit Loreline. Cela nous laisse un peu de répit pour nous reposer. Avec le vent qui se lève, ils vont être prudents, sachant très bien que nous n'irions pas loin. Il faut se mettre à l'abri.

Anxieux, Thor fit la moue.

— Nous avons un abri transportable. Mais je ne sais pas s'il résistera au vent. J'ai bien peur qu'il ne l'emporte, et nous avec.

— Alors, abritons-nous dans les grottes. Il y en a, plus haut, sur les falaises. Les hommes d'autrefois s'y logeaient.

— Comment sais-tu cela ? demanda Thor surpris. Y es-tu allée ?

— Oh non ! C'est interdit. Mais tout le monde le sait au village. C'est dans les légendes.

Thor haussa les épaules.

— Ah, les légendes, bien sûr. J'ai travaillé là-dessus avec Valentine. Mais nous n'avons aucune preuve. Que des théories.

-Alors, les preuves, il faut les trouver.

— N'as-tu pas peur des interdits ?

— J'aime transgresser les règles dit Loreline en riant. Je l'ai déjà fait avec toi. T'en souviens-tu ?

— Si je m'en souviens ? Non, mentit Thor pour la taquiner. Pas du tout.

— Et à cause de nous, continua Loreline sans se départir de son sourire malicieux, les anciens ont été obligés de condamner l'accès à la mer.

Thor soupira ;

— Je ne suis qu'un imbécile. Un imbécile du Grand Pays, qui croit tout savoir et ne sait rien, au bout du compte. Si nous n'avions pas traversé le mur, il y aurait encore un passage.

— Nous en trouverons un autre. Viens.

Un spectacle surréaliste s'offrit à eux à leur arrivée au campement. Hugo tentait de bercer Abel pour faire taire ses cris, et l'enfant fouillait ses vêtements en frottant son petit visage contre sa poitrine. Il lui chantonnait une berceuse du Grand-Pays, mais ses pleurs ne s'arrêtaient pas pour autant. Il avait faim. Loreline le lui prit des bras et le mit au sein. Les cris se turent. On n'entendit plus que le bruit de succion de la petite bouche vorace.

— Espérons qu'elle en aura toujours, dit Hugo inquiet. Que fait-on maintenant ? Nous ne pouvons pas voyager de nuit. Il faut que les chevaux se reposent. Il faut trouver un abri.

— Loreline dit qu'il y a des grottes dans les falaises.

— Les chevaux savent-ils grimper ?

— Je n'en sais rien, avoua Thor. Il faut essayer. Nous allons marcher et les tirer. Ils ne pourront pas escalader avec nous sur le dos. Il y a plein de rochers, c'est dangereux.

Les trois hommes refirent les paquetages des chevaux qui avaient besoin de fixations plus solides et, sitôt le repas du « petit homme » terminé, l'installèrent dans son sac sur le dos de Thor. Abel s'endormit tout de suite.

— Je crois qu'il me reconnaît, dit Thor avec fierté.

Ils se contentèrent de sourire à cette réflexion naïve. Au début, les chevaux suivirent docilement. Mais la pente était rude, et les falaises difficiles d'accès. Le temps leur parut durer une éternité. Ils étaient exténués, les chevaux hennissaient lamentablement.

— On doit les entendre à des kilomètres à la ronde, s'énerva Djamel. Maudites bêtes.

— Tais-toi, lui dit Hugo consterné. Ils peuvent comprendre le langage des humains.

— Comment sais-tu cela, toi ? ironisa Djamel. Tu as raconté ta vie au tien ? Il t'a raconté la sienne ?

— C'est ça, marre-toi. En attendant, ils ont l'air de comprendre.

— Parce qu'ils ont été dressés, dit Loreline. Autrefois, les hommes avaient domestiqué les animaux. Ils s'en servaient pour les travaux des champs ou mangeaient leur viande et buvaient leur lait.

— Nous ne sommes pas fauchés, soupira Hugo. Il ne nous manquait plus que ça. Une deuxième Valentine. J'adorais travailler avec elle, mais cette idée d'hommes qui mangeaient les animaux, non, je ne peux pas y adhérer.

— Il faudra bien en manger, pourtant, rétorqua la jeune femme, quand nous n'aurons plus de cachets de survie. Vous comptez passer le mur, et de l'autre côté, je vous signale qu'il y a la mer et rien d'autre. Il faut franchir la mer. Des passeurs clandestins la font traverser par bateaux.

— Mais il y a un passage à pieds près du Grand Océan, dit Thor.

— Il y a, oui, mais nous n'atteindrons jamais le Grand Océan. Toute cette partie est contrôlée par les sages. Il y a plus de nettoyeurs que dans le Grand-Pays tout entier.

— Comment sais-tu tout cela ? s'étonna Djamel. Tu n'as jamais fait partie de la société des temps anciens ! En saurais-tu plus que nous ? Je te rappelle que nous sommes des scientifiques, rajouta-t-il avec une fierté et une ironie non dissimulées.

— C'est bien, rétorqua Loreline. Mais moi je sais lire.

Un silence aussi profond que la mer suivit ses paroles. Depuis des années, ils cherchaient comment apprendre l'écriture, se chamaillaient sur son existence ou pas, sur des légendes à son sujet, débattaient parfois pendant des jours et des jours de ce qu'était tout simplement l'écriture. Eux, des scientifiques expérimentés, spécialisés dans la recherche du passé. Et voilà qu'en une minute, ils apprenaient qu'une simple fille de chef, inculte et timorée, avouait connaître ce qu'ils cherchaient depuis si longtemps.

— C'est impossible, dit Hugo.

— Impossible et invraisemblable. Lire, lire, écrire... il y avait des milliers d'écritures dans le passé.

— N'exagérons pas, dit Loreline. C'est vrai qu'à une époque il y avait au moins sept mille langues dans le monde, du moins celles qui étaient répertoriées. Mais, là, tu parles d'un passé lointain, il y a trois mille ans, tout a été simplifié. Après la grande catastrophe, beaucoup de pays ont disparu. Les hommes qui restèrent en vie ont créé une langue et une écriture unique. C'est celle-ci que je connais. La langue unique, c'est la nôtre. Celle que nous parlons actuellement. Je ne connais pas les langues anciennes, pas plus que les écritures s'y rattachant.

— Elle sait lire, elle sait lire, répétait Djamel abasourdi. Et Valentine qui est partie chercher l'écriture à l'autre bout du monde !

— Qui t'a appris à lire, demanda Thor. A ce qu'il m'a semblé, personne ne sait lire dans ta tribu.

— Non, personne ne sait lire.

Un silence s'établit encore que Djamel interrompit en s'énervant :

— Vas-tu nous dire toute la vérité, à la fin ? Comment as-tu appris à lire et à écrire ?

Loreline était terrorisée. Maguelone lui avait recommandé de n'en jamais parler à personne, sous peine de mettre sa vie en danger. Mais elle ne pouvait plus faire marche arrière. Elle balbutia, d'une voix chargée l'angoisse :

— C'est la vieille dame, Maguelone. Elle m'a enseigné les rudiments de l'écriture et m'a donné un livre interdit pour apprendre à écrire. Elle m'a fait promettre de n'en parler à quiconque. J'ai juré. Je ne peux pas.

— Si, tu peux. N'as-tu pas confiance en nous ? Je suis le père de ton fils, je suis venu te chercher, mes amis ont juré de te protéger. Loreline, tu n'as pas le droit de garder ça pour toi. C'est la vie de l'humanité qui est en jeu.

— D'autant plus que j'ai aussi un livre, dit Djamel. Un livre interdit. Je te le montre si tu nous dis tout.

— Il s'appelle comment ce livre ? interrogea Loreline qui commençait à craquer.

— « L'Origine du Monde ».

Loreline s'immobilisa. Elle avait l'air effrayé.

— Si on nous trouve avec ça, notre compte est bon. Les nettoyeurs ne feront pas de quartier.

— Qu'a-t-il de si terrible ce livre ?

Hugo les interrompit.

— Fini de discuter. Nous devons trouver un refuge dans les falaises. Dois-je vous rappeler que nous sommes pourchassés ? Et vous êtes là, à discutailler, comme si vous étiez sur les bancs de l'université !

-Il a raison. Nous parlerons de tout cela à l'abri.

Ils reprirent leurs montures qui donnaient des signes d'épuisement.

— Ils ont besoin d'eau. Si nous essayions de leur donner des cachets pour la soif ? Cela fonctionnera peut-être chez eux.

— Ils ont faim, aussi... je me demande ce que ça mange, un cheval. Il doit leur falloir des tonnes de viande. Comment font les nettoyeurs pour les nourrir ?

— Qu'en sais-je, moi ? dit Thor. Cachet pour la soif et cachets de survie pour tout le monde. Les animaux sont des êtres vivants comme nous, après tout.

Effectivement, ainsi nourris, les chevaux reprirent un peu de vigueur. Le soleil disparut derrière l'horizon lorsque Thor s'écria :

— Là ! Regardez ce trou. Il est assez grand pour nous abriter tous, et il n'est pas visible de la piste en bas. Nous avons fait une boucle en montant, et nos traces seront effacées par le vent avant l'aube.

La cavité était une vraie grotte, à fond à peu près plat, et assez large.

4

Le plus difficile fut de faire rentrer les animaux apeurés. Mais après maints essais infructueux, ils finirent par accepter de se coucher. Evidemment, ils prenaient beaucoup de place et les humains durent se loger entre leurs pattes. Le tableau était onirique. Jamais, dans le Grand-Pays, ce spectacle aurait été imaginable. Des hommes et des bêtes entremêlées, ne faisant qu'un amas de chair fatiguée. Comment les chevaux purent-ils rester ainsi étendus, avec si peu d'espace ? Les nettoyeurs n'étaient pas tendres avec eux, et peut-être ces humains-là avaient-ils quelque chose de différent ? Quoi qu'il en fût, ils restèrent tranquilles, tandis que les humains discutaient à voix basse pour ne pas réveiller Abel. Le bébé dormait du sommeil du juste, avec parfois un petit sourire au coin des lèvres.

— Il se moque de nous, dit Hugo.

— Si c'est le cas, il a bien raison, ajouta Djamel. Nous ne sommes que de stupides individus.

— C'est bizarre, fit remarquer Thor. Nous avons des humeurs que nous n'avons jamais eues. Je me demande ce qui se passe. Normalement, nous sommes supposés être toujours joyeux. Ce n'est plus le cas. Regardez-vous, regardez-moi. Il y a comme un grain de sable dans le fonctionnement de notre cerveau.

— Vous n'allez pas passer la nuit à vous torturer l'esprit ? demanda Loreline. Nous avons mieux à faire. Djamel, tu étais censé me montrer ton livre.

— Et toi, le tiens.

— Bon, soupira la jeune fille, nous n'allons pas passer la nuit à nous demander qui va sortir le sien en premier.

Elle plongea la main dans son grand pantalon, qui semblait contenir des objets en tous genres, et sortit un livre en mauvais état sentant l'arbre pourri. Délicatement, elle l'ouvrit.

— Cela s'appelle « grammaire et vocabulaire à l'usage des novices ». Il est si vieux que le fait de le sortir à l'air l'abîme chaque fois un peu plus. La vielle dame m'a bien recommandé de le jamais l'exposer à la lumière du soleil.

— Nous voilà bien avancés, ironisa Hugo.

— Laisse-moi parler, veux-tu ? Tes moqueries me font perdre du temps.

Un peu vexé, Hugo se tint coi.

— Je continue, dit Loreline. C'est donc un livre pour apprendre à écrire et à lire, bien entendu.

— Avec une grand-mère ? Je ne vois pas ce qu'une vieille dame vient faire ici.

— C'est un homonyme, dit Loreline.

— Un homo quoi ?

— Ce n'est pas gagné, soupira la jeune femme. Des homonymes sont des mots qui se prononcent de la même façon, ne s'écrivent pas pareil, et ne veulent pas dire la même chose. Vous en utilisez tous les jours sans le savoir : mère et mer, père et paire... Mais bon, laissez

275

tomber rajouta-t-elle en voyant leur air ahuri. Donc, la grammaire, c'est la somme des règles régissant la construction d'une langue. Le vocabulaire, c'est la somme des mots utilisés. Combinés ensemble, ils permettent la construction d'une phrase.

— Je ne comprends rien, avoua Djamel.

— Inutile de comprendre. Notre langue actuelle est alphabétique, comme l'étaient la plupart des langues il y a quatre mille ans. Dans un passé très lointain, il y avait des écritures alphabétiques, utilisant l'alphabet ; des écritures idéographiques, représentant un objet, l'écriture idéographique exigeait des milliers de signes ; des écritures syllabiques où chaque signe représentait un son...

— Laisse tomber, Loreline, lui dit Thor. Nous ne comprenons rien à ce que tu nous dis. A quoi peut nous servir ton livre ?

— Mais à écrire ! Je vous passe l'histoire de l'écriture et...

— Arrête. Nous sommes fatigués.

— Alors, Djamel, passe-moi ce fichu livre que tu ne veux faire voir à personne !

Djamel était réticent. « L'origine du monde » ne pouvait pas être confiée à n'importe qui. Il l'avait pris pour Valentine, pas pour cette fille dont il ne savait rien. Il hésitait encore. Qui était-elle ? D'accord, l'amie de Thor, mais Thor la connaissait-il vraiment ? Elle pouvait avoir été envoyée par les nettoyeurs, programmée pour leur nuire. Elle avait pu s'être introduite dans leur groupe comme les serpents qui hantent le sable du désert et se faufilent partout.

— Passe-le-moi Djamel, je t'en supplie, je peux peut-être le lire, insista la jeune femme d'une voix fatiguée.

— Passe-le-lui ton livre, et finissons-en ! hurla Hugo dont les cris réveillèrent Abel.

Les chevaux hennirent en tentant de se redresser. Les hommes durent les calmer tandis que Loreline berçait son enfant. Le calme revint.

Le silence qui suivit était lourd de colère contenue.

— Bon, dit Djamel, vu que vous êtes tous contre moi, je n'ai pas le choix.

Il sortit de son sac un livre empaqueté dans une couverture en matière plastique assez épaisse ce qui l'avait plus ou moins protégé de l'usure du temps. Des pages se détachaient, il en manquait peut-être. La couverture avait moins souffert car elle semblait avoir été faite d'une matière plus dure. On pouvait y apercevoir encore la photo d'une énorme sphère en couleur et des écritures en petits et gros caractères. Sa taille n'était pas bien grande, mais les feuilles étaient si fines et l'écriture si petite qu'il pouvait contenir des milliards d'informations. Djamel le passa à Loreline comme si on lui arrachait le cœur. La jeune fille le prit délicatement et se mit à pleurer en silence. Des larmes roulaient sur ses joues poussiéreuses y laissant des sillons bruns. Les autres la regardaient, suspendus à ses lèvres, à ses yeux exprimant un sentiment indéfinissable, un émerveillement ou un soulagement — de l'admiration en tous cas — à son visage tout entier, grave et souriant à la fois.

— C'est celui que tu cherchais ? demanda Djamel étonné.

— Oui, c'est lui, répondit Loreline que l'émotion faisait bégayer. Je… je le cherchais depuis si longtemps… Je n'imaginais même pas qu'il pût rester un exemplaire original quelque part.

— Je crois que tu ne nous as pas tout dit, n'est-ce pas ? demanda Thor. Cette vieille femme, par exemple?

— C'était mon arrière-grand-mère. Mon père ne le savait pas. Elle m'a fait jurer de ne jamais le lui dire. L'enfant qu'elle recherchait, c'était le père de mon père. Son vrai père, lui-aussi. Hélas, il est mort jeune, suite à un différent avec les nettoyeurs. Il a été assassiné. Je pense que les sages savaient que c'était lui, le fils de la Maguelone de la légende. Mais ils ne savaient pas qu'elle n'avait pas passé le mur ni qu'elle était encore vivante.

— C'est elle qui t'a contactée ?

— Oui, elle m'a abordée alors que j'avais une dizaine d'années sur la route de Masopa. Au début, j'ai eu très peur d'elle. Puis, elle m'a apprivoisée. Nous avons entamé une relation. Elle vivait dans les falaises. Elle m'a tout appris. Je l'ai trouvée morte un matin, elle l'était depuis au moins trois jours, et j'ai enterré son corps moi-même.

— Comment a-t-elle su que tu étais son arrière-petite-fille ?

— Elle n'a jamais quitté les abords de la tribu. Elle savait tout de moi. Comment j'étais née, en particulier. Mon père n'a jamais su que j'étais au courant. Je suis née d'un embryon primitif, comme lui, et comme son père. Ce qui fait de moi la descendante directe de sang de Maguelone.

— Quelle horreur ! Cette femme a toujours vécu près de vous sans pouvoir vous serrer dans ses bras. Et son enfant ? Sait-elle comment il a été assassiné ? Quand je pense qu'on nous a toujours dit que les nettoyeurs étaient là pour nous protéger des attaques des tribus sauvages venues de l'est !

— Elle les a vus. Mon grand-père se promenait aux abords du village pour trouver des pierres noires, celles qui sont sensées guérir, elle voulait lui parler, mais elle a vu les nettoyeurs fondre sur lui et le tuer avec un objet qui fait du bruit. Un bruit épouvantable. Il n'avait qu'un trou dans la tête. Un seul trou. Au village, personne n'a compris comment il était mort et nul n'avait jamais vu une plaie pareille. Il paraît qu'il avait les yeux grand ouverts et l'air étonné. Mon père avait quinze ans.

— Si tu nous lisais ce livre ? dit Thor devant le désarroi non dissimulé de la jeune femme. Il avait de la peine pour elle et envie de la serrer dans ses bras.

— Si vous voulez. Mais ne préférez-vous pas dormir ?

— Moi, je ne peux pas, dit Djamel. Je suis complètement ankylosé. Il faut que je bouge.

Il étira sa jambe qui le faisait souffrir. Son pied était enflé. Je crois que je me suis tordu la cheville, rajouta-t-il.

— Tu ne pourras pas redescendre les falaises demain...

— Demain c'est demain. Lis, s'il te plaît.

Le silence suivit ces paroles. On n'entendit plus que la voix tranquille de Loreline scandant les syllabes des mots.

5

— le livre s'intitule « l'origine du Monde » par le professeur F.Charbit, le professeur P.Baud et le professeur H.Dumond. En collaboration avec une partie des rebelles de la communauté scientifique.

Ce livre a été écrit afin que les générations futures connaissent leur passé. Les sept sages ont promulgué une loi interdisant tout livre sur la planète et leur destruction massive.

Lorsque vous liez ce livre, nous serons tous déjà morts et les livres n'existeront peut-être plus. Qui que vous soyez, sachez que tout ce qui est écrit ici est rigoureusement véridique. Il vous suffira d'interpréter les allégories, les métaphores, et les mythes. Nous l'avons décidé ludique pour ne pas vous rebuter, en espérant que quelqu'un saura encore lire dans ce monde. Lisez-le jusqu'au bout. Et bonne chance dans votre présent qui est notre futur.

— Il y a plein de mots que je ne connais pas, dit Loreline dépitée.

— Cela ne fait rien, continue.

-Il y a 4,5 milliards d'années naissait notre planète, la Terre... L'origine de notre système solaire est due à des étoiles mortes. Leurs débris sont expulsés dans la galaxie pour former un nuage moléculaire, composé de gaz et de poussière. Pendant 10 milliards d'années, le nuage de poussière va se rétracter et son centre devenir de plus en plus chaud. C'est à ce moment qu'apparaît le soleil. Pendant ce temps, les éléments les plus lourds (le fer, le silicium, l'aluminium ou le nickel) vont s'agglomérer pour former de nouvelles planètes. A ce stade, le système solaire compte encore 20 protoplanètes, dont notre future Terre.

Les planètes ne vont pas tarder à s'entrechoquer et à se combiner, si bien qu'après 30 millions d'années, il ne reste plus que les 9 planètes actuelles. Mais la Terre est loin de ressembler à celle d'aujourd'hui : il y fait plus de 5 000°C ! Par ailleurs, un vent solaire qui souffle à plus d'un million de km/h, menace notre planète. Alors qu'elle vient juste de naître, elle va connaître une terrible collision. Une autre planète fonce sur elle à plus de 11 km/seconde. Le choc est d'une violence extraordinaire : le sol terrestre restera en fusion pendant plusieurs millions d'années. Mais il aura aussi des effets bénéfique : la Lune est directement issue de cet impact, formée par un amas de roches et de débris. Elle est à cette époque 15 fois plus proche de chez nous, et apparaît énorme dans le ciel. La collision a aussi fait basculer la Terre sur son axe, créant les saisons.

— Il manque du texte, dit Loreline. On ne voit plus rien. Je ne peux pas lire.

— Tant pis, va plus loin. Cela ne nous intéresse pas pour l'instant. Des milliards d'années... Ce qui nous intéresse c'est la venue de l'homme.

La terre se charge d'oxygène créant une atmosphère propice à la vie. Il y a plus de six cent cinquante millions d'années, apparaissent les premiers signes de vie aquatique, trois cent millions d'années après, les premiers amphibiens sortent de l'eau. Il y a à peu près deux cent cinquante millions d'années, naissent les dinosaures. Les premiers hominidés apparaissent il y a sept millions d'années pour aboutir à l'homo sapiens il y a quinze mille ans. (Hé oui, l'homme descend du singe bien que, des centaines d'années après les chercheurs du vingtième siècle, nous n'ayons toujours pas trouvé « le chaînon manquant).

— Quelqu'un a rajouté cette phrase, prévint Loreline songeuse, ce n'est pas la même écriture. Je me demande bien qui, quand et pourquoi.

Puis elle poursuivit :

— En fait, d'après ce que m'a dit Maguelone, les livres étaient imprimés sur des machines, et ces rajouts ont été écrits « à la main ». C'est étrange.

Le livre était rempli de photos en couleur mais il y avait longtemps qu'elles étaient presque effacées, ternies ou jaunies. On pouvait à peine y apercevoir les galaxies, la naissance du soleil et de la terre. Suivaient des explications illisibles sur le Big-Bang, des pages déchirées ou absentes. Le choc fut violent lorsqu'apparurent des photos d'hommes couverts de poils.

Les hommes préhistoriques. De l'Australopithèque à l'homo sapiens.

— Et si nous continuions demain ? l'interrompit Hugo. Je meurs de sommeil. Nous en avons pour des nuits et des nuits à lire ça. Et le livre ne va pas s'enfuir.

Ils acquiescèrent tous.

— Le jour va se lever dans quelques heures.

En plus de la fatigue, les accablait l'angoisse provoquée par les informations inconcevables jetées à leur visage comme des poignées de cailloux. Pourtant, ils auraient donné leur âme pour savoir la suite.

Ils se couchèrent collés les uns aux autres sur les ventres des chevaux. Toute cette chaleur animale maintenait la grotte dans une température confortable. Dehors, elle avait dû chuter de plusieurs degrés à cause de l'altitude. Harassés de fatigue ils s'endormirent, la tête pleine d'étoiles et d'interrogations. Parfois, certains gémissaient, en proie à des rêves inquiétants, et les chevaux ronflaient ou soufflaient en retroussant leurs babines. Mais la paix avait envahi la grotte, et dehors le silence total aurait fait trembler de peur un homme du passé habitué aux bruits incessant de la nature vivante.

Chapitre III

Il est plus intelligent d'allumer une toute petite lampe que de te plaindre de l'obscurité.
Laozi
(ancienne transcription de Lao Tseu
(~ 570 – 490 avant JC)

1

Depuis près de six mois, la tribu de Paul avançait, lentement, avec ses peines et ses joies, ses découvertes et ses angoisses. Leurs ennuis avaient commencé quelques jours après qu'ils aient quitté le campement. Poussif, le chien de Frédéric, gémissait en permanence lorsqu'il approchait d'une des charrettes, et ce depuis le départ. Ce n'était pourtant pas la présence des ânes qui le mettait dans cet état, car il jouait avec eux en jappant pour attirer leur attention. Les ânes répondaient en bramant lamentablement. Cela faisait rire les enfants, même Garance qui n'avait jamais vu des animaux jouer comme les hommes. Au bout de quelques jours, Paul était inquiet :

— Je me fais du souci pour ce chien. Il semble complètement paniqué en approchant de la charrette. Je me demande s'il n'a pas perdu la raison. Si c'est le cas, il faudra l'abattre, il est jeune mais peut devenir dangereux en grandissant.

Quand la conversation des grands prenait cette sinistre tournure, Frédéric pleurait et s'accrochait au cou de son chien en fourrant son petit visage mouillé dans les poils rêches de l'animal. Un petit chien aux poils drus et frisés qui ramassaient toutes les herbes des chemins et dont on ne voyait pas les yeux, petites billes noires cachées sous une frange.

— Il ne deviendra jamais bien grand, papa, dit Dror pour défendre son frère. C'est une race de petite taille.

— Même un chien de petite taille peut mordre. Tu sais ce que font les morsures de chiens ? Elles s'infectent. J'ai déjà vu des gens amputés d'un membre à cause d'une morsure de chien. Puis tout le corps y est passé. On meurt dans d'atroces souffrances.

— Sale méchant ! Tu ne tueras pas mon chien ! hurla Frédéric. Je vais m'enfuir avec lui.

Frédéric reçut une fessée mémorable aussitôt désapprouvée par les habitants du Grand-Pays. Paul maniait le bâton sur le dos de ses enfants trop souvent à leur goût.

— Laissez-le tranquille ! Vous n'avez pas le droit de battre un enfant, intervint Toufik.

— Je fais ce que je veux avec mes enfants, cela ne vous regarde pas, répondit Paul en colère.

Tandis que les adultes se disputaient, Dror s'était glissé sous la charrette en tenant le petit chien contre lui. Poussif se mit à hurler de plus belle. Ses hurlements ressemblaient à des cris de détresse et de douleur. Dror inspecta la charrette. Qu'y avait-il là-dessous qui fasse si peur au chiot ? A première vue, rien. Il passa ses doigts sur le bois plein d'échardes, puis les glissa sous les roues. Accroché à un des essieux, un petit boîtier émettait un sifflement à peine perceptible, et encore fallait-il coller son oreille dessus. Il tira et l'arracha. Les hurlements de Poussif se turent.

— Qu'est-ce ? demanda Paul abasourdi.

L'objet fit le tour des adultes qui n'avaient jamais rien vu de pareil.

— C'est une camera miniaturisée, dit Toufik. Un objet qui enregistre tous nos déplacements. A mon avis, un nettoyeur l'a placé sous la roue pendant la bataille. Peut-être étaient-ils venus spécialement pour cette opération ? Si c'est le cas, quelqu'un nous suit depuis notre départ, mais j'ignore qui et comment. C'est inquiétant.

— Il faut inspecter les autres charrettes, dit Paul paniqué.

— Inutile. Le chien ne pleure plus. Cette caméra émet des sons pratiquement inaudibles à l'oreille humaine. Mais apparemment, les chiens les entendent. Cet animal nous sauve la vie.

Aussitôt, le petit chien devint un héros et son petit maître avec lui.

L'incident était clos. Ils poursuivirent leur voyage avec une vigilance accrue.

Ils avaient contourné la Méditerranée par l'intérieur des terres et marchèrent des jours et des jours sous un soleil implacable. Et toujours pas d'eau. Les cachets pour la soif et les cachets de survie commençaient à s'épuiser ainsi que les bidons d'eau potable. Les habitants du Grand-Pays avaient dû accepter de manger de la viande. Au début, l'odeur et le goût leur furent insupportables. Garance vomissait chaque fois qu'elle approchait un bout de viande de sa bouche, mais Paul était intraitable : il faudrait qu'elle s'habituât à en manger, ainsi que les autres, sous peine de mourir de faim. Tous les jours, ils étaient obligés d'en avaler une bouchée. Ils avaient commencé par goûter à la viande faisandée des poules. Un véritable cauchemar. Puis, lorsqu'ils avaient fini par s'y habituer, durent goûter aux animaux chassés par les hommes, comme quelques chacals faméliques qui vivaient en hordes sur ce territoire. Leur viande était pire que tout. L'odeur de viande cuite pouvait se sentir à des kilomètres à la ronde et attirait leurs congénères qui n'auraient pas hésité à s'en emparer. Les os étaient donnés aux chiens qui se délectaient de ce festin. Il fallait bien nourrir tout le monde, y compris les ânes qui, eux, se contentaient des herbes sèches et des buissons d'épineux. Près de la mer, ils avaient goûté au poisson. Somme toute, c'était la seule chair à peu près supportable à leur palais de végétariens. Mais à l'intérieur des terres, la seule nourriture que l'on pouvait chasser, c'était les bêtes sauvages dont la viande sentait la charogne. Des chiens sauvages, genre de chacals dénaturés, y vivaient en hordes. Ils devaient probablement descendre de croisements de ces deux espèces, quelques milliers d'années auparavant, lorsque les hommes sains avaient dû abandonner leurs animaux domestiques après la construction du mur. Depuis, ceux qui étaient restés du côté Nord du mur, les malades et les trop pauvres, avaient bien été obligés de se nourrir de ce qu'ils trouvaient. Il y avait eu pire. D'après certains écrits que seuls les scribes-druides, gardiens des écrits, pouvaient lire, le côté Nord s'était trouvé envahi d'animaux disparates, lesquels n'avaient rien à faire dans ces contrées mais qui s'étaient échappés de cirques ou de zoos abandonnés. La faim les avait poussés à s'attaquer aux hommes ou aux autres animaux plus vulnérables. Le nord du mur était devenu une jungle anti-nature où proliféraient des animaux issus de croisements les plus invraisemblables. Avec le temps, les hommes avaient oublié la nature intrinsèque des animaux et personne ne pouvait plus dire si tel ou tel animal était resté à l'état primitif ou non. Qu'importait ? Ils faisaient avec, sans trop se poser de questions. Il fallait survivre, coûte que coûte, alors manger du chacal croisé avec un chien, de la viande de félins plus étranges les uns que les autres ou celle des poules sentant la pourriture, ne posait aucun problème moral ou hygiénique. Pour les hommes du Grand-Pays, c'était le retour à la sauvagerie, et à un danger dont le souvenir était resté ancré dans la mémoire collective de leur peuple. Cependant, sans trop pouvoir expliquer pourquoi, ils avaient honte du passé. Leurs ancêtres avaient fait partie d'une élite, sauf Garance dont la tribu originelle avait vécu au sud du mur depuis des temps immémoriaux. Elle seule pouvait se déclarer indigène. Indigène, un mot qui devenait une appartenance officielle à un clan, pas une usurpation d'identité. Parfois, les habitants du Grand-Pays étaient pris à partie. De quoi, de qui, pouvaient-ils se réclamer ?

— Nous sommes tous des hommes, dit un jour Valentine excédée. Des hommes, vous savez ce que cela veut dire ? Des habitants de la planète Terre. Ne recommençons pas comme nos aïeux. La terre appartient à tous. Personne ne doit la posséder. Les gens du Grand-Pays ont tord, vous avez tord. Nous sommes tous vulnérables. Regardez, il n'y a plus d'eau pour personne, ni pour vous, ni pour nous. Allons-nous nous battre pour un coin de terre ? Pour un passé dont nous ignorons tout ? Des guerres, voilà ce qu'il y avait dans le passé. Les hommes s'entretuaient, comme nous avons tué les nettoyeurs.

Paul rétorqua avec colère :

— Il n'y a peut-être pas d'eau chez vous, ni ici, mais bien plus au nord, de l'eau il y en a encore. Parfois même, à profusion. Et peut-être que les hommes s'y battent. Oui, ils se battent. Il semblerait que cela fasse hélas partie de la nature humaine. Mais ils sont solidaires aussi. Dans l'homme, il y a le mal, mais aussi le bien. Cela fait plus trois mille ans que le mur a été construit. Vos ancêtres nous avaient laissés sans rien, dans un monde détruit, dangereux, avec les animaux qui, selon eux, transmettaient les maladies aux humains. Mais depuis, aucun animal n'a donné de maladies aux hommes. Et nous avons dû survivre dans un univers hostile. Nous n'avons peut-être pas votre degré d'intelligence, mais nous sommes solidaires. La solidarité ? Vous connaissez ce mot chez vous ?

Il rajouta :

— De quel droit nous faites-vous la leçon ? Si nous sommes en danger maintenant, c'est à cause de vous. Parce que vous avez passé ce fichu mur. Pas pour nous venir en aide. Pour vous, pour votre peuple. On vous a peut-être enlevé le mal de la tête, mais on ne vous a pas appris le bien. Vous n'êtes pas des hommes. Vous êtes des dégénérés.

— Mais nous n'y sommes pour rien ! s'insurgea Garance. Mon peuple habitait déjà cette terre lorsque les habitants du Grand-Pays ont fondu sur nous comme des vautours sur leurs proies. On nous a volé nos terres, nous repoussant de plus en plus vers l'est. Gardiens du mur ! Voilà ce qu'ils ont trouvé pour nous faire taire. Mes ancêtres y ont cru. Que pouvaient-ils faire d'autre ? Mais nous sommes les descendants d'Amandine, la femme dont parle la légende. D'ailleurs, j'ai retrouvé mon objet dans un livre…

Elle se rendit soudain compte de ce qu'elle était en train de dire et rougit. Elle rajouta en espérant que personne n'aurait relevé ses propos :

— Les légendes de mon peuple parlent d'elle.

— Quel est ce livre ? demanda un scribe-druide, Abigaël, qui semblait endormi mais écoutait toutes les conversations.

— Un livre de mon pays.

Elle sortit de la poche de son grand pantalon des écrits qu'elle avait pris dans la grotte et les lui tendit.

— Tu es une menteuse. Il n'y a aucun objet sur ce bout de papier. Je parie que tu ignores même ce qui y est écrit. Quel livre ? insista-t-il.

— Le gros livre… Celui qui est écrit en Europaléen. C'est moi qui l'ai pris pour le lui montrer, confessa Dror.

— Tu n'avais pas le droit ! dit le vieil homme d'un ton monocorde. Tu dois être puni.

— On ne punira personne, dit Paul. Parlez-nous de ce livre.

— Je n'ai pas pu le lire, avoua Garance, mais j'ai vu mon objet dedans. Il y en a deux. Ils se ressemblent sans être tout à fait les mêmes.

— Va chercher le livre, Dror, dit Paul, sans se soucier des protestations du scribe.

Dror s'exécuta, revint avec le précieux objet et l'ouvrit à la page idoine. Il lit en hésitant un peu sur les mots :

— « Clés de la porte du sanctuaire de la montagne des Parfaits. » « Les bonhommes savent que le passage vers le paradis traverse les montagnes des croisades de feu. »

Garance ne dit pas qu'ils avaient recopié une partie du texte. C'était inutile.

— Comment sais-tu lire ? demanda le scribe-druide ?

— J'ai appris en cachette, dit Dror.

— Et moi aussi, avoua Garance. Dans la grotte bibliothèque près de chez moi.

-Je ne comprends rien à votre charabia, déclara Paul.

— Comment connais-tu le mot bibliothèque ? s'étonna le druide.

— C'est écrit dans certains livres. Chez moi, l'écriture se transmet de mère-chef en fille. Je connais l'écriture de mes lointains ancêtres, les hiéroglyphes, et l'arabe tardif. C'est ainsi que nous avons passé la porte, en déchiffrant les indications sur les murs du souterrain.

Il y eut un moment de silence pendant lequel personne n'osa souffler mot. On attendait, avec appréhension, les réactions des scribes-druides venus à l'appel d'Abigaël, et surtout celle de Cathbad, le doyen.

— Ces enfants ont commis une faute, c'est vrai, une faute grave, commença-t-il.

Il parlait lentement, en laissant des blancs entre les phrases parce qu'il avait le souffle court et des difficultés à respirer. Cela donnait à son discours une solennité inquiétante.

— Ils seront donc punis comme il le mérite.

Paul s'apprêta à protester mais Cathbad lui intima l'ordre de se taire d'un signe de la main et poursuivit tout aussi gravement :

— Mais ils seront initiés. Ils savent lire. La jeune fille surtout... C'est une fille de Findchóem, la déesse mère. Elle doit être protégée et initiée. Ainsi est dite la volonté des gardiens des écrits.

Tous les druides se retirèrent sans plus rien ajouter.

— Quelle est la punition ? demanda Garance inquiète.

— Trois jours de jeûne. Sans boire ni manger.

Pour Dror, c'était la catastrophe. Pour Garance, une simple formalité. Le jeûne, elle en avait l'habitude. Dans sa tribu, en tant que femme chef, elle se devait de faire une semaine de jeûne tous les mois, un jeûne au moment d'un décès, un jeûne pour méditer avant toute décision importante. C'était la raison pour laquelle elle était si maigre, lorsqu'elle avait rencontré les habitants du Grand-Pays.

— Et qui est Findchóem ?

— Une déesse.

Cette allégation les laissa tous indifférents. Après tout, c'était le problème des scribes druides, pas le leur. Valentine se réservait le droit d'en savoir plus par l'intermédiaire de Garance, mais ne dit mot. D'autant plus qu'elle n'était pas en forme, avait des malaises et préférait le cacher à la tribu. Elle avait bien trop peur qu'on l'abandonnât sur le bord de la route comme une malade contagieuse.

Quelques jours plus tard, commençait l'initiation à l'écriture de Garance et Dror.

2

Peu à peu, le paysage avait changé. Plus ils allaient vers le nord, plus le froid se faisait sentir, d'autant plus qu'ils étaient en montagne, et l'altitude aidant, les morsures de l'hiver, qui arrivait à grands pas, étaient de plus en plus difficiles à supporter. Les hommes du Grand-Pays ne connaissaient pas un froid aussi incisif, ni le moyen de s'en protéger. Heureusement, il y avait dans les charrettes assez de vêtements et de couvertures pour tous, mais si c'était suffisant lorsqu'ils marchaient, lorsqu'ils étaient immobiles, et surtout la nuit, seule la chaleur animale pouvait atténuer le froid. Un soir plus glacé que les autres – la température était descendue au plus bas — ils durent trouver un refuge. Il restait la grande tente rapportée du Grand-Pays et les enfants furent tous entassés sous cet abri, y compris Dror et Garance les deux seuls adolescents de la tribu. Quant aux adultes ils durent passer la nuit, entassés les uns contre les autres, sous les couvertures avec les animaux. Ils n'avaient pas beaucoup dormi de la nuit, et au matin, une petite poudre blanche recouvrait tout. Pour les originaires du Grand-Pays, c'était une première.

— Il a neigé ! Il a neigé ! criaient de joie les enfants.

— Nous n'avons pas vu la neige depuis des années, dit Dror à Garance. C'est génial.

— C'est froid, répondit Garance surprise en mettant ses mains dans le blanc manteau. Le sable du désert me manque rajouta-t-elle les larmes aux yeux.

— Il faut que tu l'oublies. Viens jouer avec les enfants.

Aussitôt levés, les petits s'étaient précipités pour faire des batailles de boules de neige. Garance en reçut une sur la tête, faillit se mettre en colère, puis se prit au jeu.

Quelques adultes les regardaient en souriant. Paul conversait avec Malik, Louis et d'autres hommes de la tribu pour prendre les mesures qui s'imposaient.

— Il faut redescendre, dit Louis. La montagne est un milieu trop hostile. Nous ne sommes pas équipés pour y vivre. Nous allons tous mourir ici.

— Je ne comprends pas, dit Ferdinand qui s'était mêlé à la conversation. Ne venez-vous pas d'ici ? Je pensais que vous retourniez dans votre pays d'origine.

— Non, avoua Paul. Chez nous, c'est beaucoup plus au nord. Le froid y est devenu plus intense. La mer intérieure a même gelé. C'était la première fois que nous voyions ça. Nous avons perdu des vies humaines. C'est pour cette raison que nous sommes partis.

— Si j'ai bien compris, vous ne savez pas où nous allons.

— Non. Nous n'en savons rien.

— N'avez-vous pas des cartes ?

— Si. Mais les scribes druides ne connaissent pas l'écriture dans laquelle elles ont été faites. Ils ne connaissent que l'écriture la plus tardive. Celle des cartes est beaucoup plus ancienne.

— On pourrait essayer de les décrypter, non ?

— Vous connaissez l'écriture ?

— Moi non. Mais Garance connaît d'anciennes écritures…

— Les scribes druides ne veulent pas en entendre parler. Ce sont des langues mortes, des écritures taboues, interdites.

— Je pense plutôt que les scribes-druides préfèrent laisser mourir leur peuple que de demander à une femme des explications. Ils veulent bien lui dispenser leur savoir, mais apprendre quelque chose d'elle serait trop vexant pour ces messieurs. Vous avez une conception des femmes qui m'échappe. Chez nous, les femmes sont les égales des hommes. Elles ont les mêmes droits. Et puis, vous commencez à m'énerver. Je vais les voir, moi, les scribes-druides.

— Vous n'avez pas le droit.

— Pas le droit, pas le droit ! Vous n'avez que ce mot-là à la bouche.

— Ils ne vous laisseront pas toucher leurs biens. Les livres et tous les écrits sont leur propriété.

— La propriété, chez nous, on ne connaît pas, répondit Ferdinand. Je vais les voir.

— Laissez les scribes tranquilles, je vous en empêcherai…

— C'est ce qu'on va voir.

Joignant le geste à la parole, Ferdinand partit en maugréant. Paul n'osa pas l'affronter. Il ne l'aimait pas beaucoup et ce n'était pas le moment de déclencher une bagarre. Ils avaient trop besoin les uns des autres. Il se disait que peut-être les étrangers pouvaient tempérer la domination morale des scribes qui devenait lourde pour tous.

« Tu vas t'amuser avec Cathbad », pensa Paul en ricanant intérieurement. « Je ne sais pas si c'est du courage ou de l'inconscience. Un seul mot de lui et tu es éjecté de la communauté ».

Les scribes-druides étaient assis à l'écart pour garder un œil sur leur charrette où étaient entassés leurs précieux biens. Ils ne parlaient pas et fumaient une pipe à eau remplie d'herbes dont l'odeur soulevait le cœur à Ferdinand. Il s'était souvent demandé ce qu'ils pouvaient bien mettre dans leur pipe pour dégager un parfum pareil. Eux seuls avaient le droit d'en fumer.

— Bonjour Messieurs, dit Ferdinand.

Personne ne lui répondit. Ils ne le regardèrent même pas, comme s'ils n'avaient pas entendu son salut.

— J'ai dit : bonjour Messieurs. Si vous ne voulez pas me répondre, vous pouvez ouvrir vos oreilles. J'ai besoin de vos cartes, vous allez me les donner.

Ferdinand savait que les scribes le tenaient pour le chef de la tribu du Grand-Pays. Depuis le début, son physique avait fait forte impression sur eux. Mais de son apparence passée, il ne restait pas grand chose. Il avait perdu plus de vingt kilos et son énorme ventre dû à une surconsommation de sucreries. Son visage s'ornait d'une énorme balafre souvenir d'une chute dans un canyon beaucoup plus au sud, ce qui lui donnait un air de chef de bande pas très engageant. Du coup, il n'avait plus ses joues rouges de buveur et de gros mangeur, et son visage forçait au respect ou à la peur, cela dépendait de la personne en face de lui. Ses petits yeux noirs semblaient avoir grandi. Il avait souvent faim, ce qui n'arrangeait pas son caractère acariâtre et les scribes n'osaient jamais le contredire. Mais, là, la situation était plus délicate. Il venait donner des ordres.

— Je suis le grand-chef de la tribu du Grand-pays, s'entend-il dire comme si sa voix avait pris son autonomie par rapport à lui-même. Entre chefs, nous devons tout mettre en commun pour le bien de la communauté.

— Vous voilà chef, maintenant ? ironisa Cathbad. Jusqu'à présent, vous refusiez ce titre.

— Normal. Chez nous un chef ne le dit pas. Il est chef pour son peuple, pas pour les autres.

Qu'est-ce que je peux raconter comme idioties ! se dit Ferdinand. Moi chef... Tu parles d'une blague !

— Tu as donc une raison de le faire à présent, reprit Cathbad. Pouvons-nous la connaître ?

Le tutoiement et l'ironie de son ton n'échappèrent pas à Ferdinand. Cathbad était immense, le ton mat, maigre et sec comme un tronc d'arbre, les cheveux blancs attachés par une corde vieille et sale qu'il devait porter depuis des années. Son pantalon était trop court, ses chaussures usées jusqu'à la corde, et si ce n'était, au-dessus de son nez camus, un regard noir dont il ne pouvait pas cacher la douceur, on aurait pu le prendre pour une sorte de gourou exalté. Mais il était d'une intelligence rare, et ouvert aux autres, malgré ce que les membres de la tribu pouvaient en penser. Il avait compris depuis longtemps, que le chef de l'expédition était Valentine, cette étrange femme qui s'intéressait aux légendes et en connaissait certaines d'une importance capitale, et que Garance avait des pouvoirs et des connaissances approfondies malgré son jeune âge. Sa facilité à apprendre l'écriture forçait au respect. Néanmoins, il laissa Ferdinand s'enfoncer dans ses explications inutiles.

— Je prends la décision d'en parler parce que je me rends compte que nous errons sans savoir où nous allons. J'ai la responsabilité de mes amis. Nous avons besoin de vos cartes.

— Vous savez les lire ?

Il y eut un moment de blanc, pendant lequel Ferdinand se dit qu'il n'avait aucune chance de lui faire entendre raison. Cependant il continua !

— Non, je ne sais pas les lire. Mais Garance le sait peut-être. Nous n'avons pas le droit, ni vous ni moi, de laisser passer cette chance. Peut-être pourra-t-elle comprendre cette écriture ? Elle est très forte, vous savez.

Jusqu'à présent, à part geindre, se plaindre et réclamer de la nourriture qu'il était incapable de se procurer lui-même, Ferdinand n'avait pas fait montre d'un intérêt quelconque pour l'écriture. Cathbad n'était pas dupe. Mais il trouvait courageux que cet homme, qu'il avait pris jusqu'à présent pour un pleutre sans conséquence, eut l'audace de venir le provoquer.

— Abigaël, passe-lui la pipe.

Abigaël s'exécuta et Ferdinand, écœuré, se retrouva avec cet objet immonde qui avait déjà fait le tour de toutes les bouches et qui empestait. Il n'osa pas refuser bien qu'il n'eut jamais fumé. Un point positif pour Cathbad qui le mettait au défi. Ferdinand mit l'objet à la bouche sans savoir qu'en faire.

— Tu aspires très fort, lui dit Abigaël.

Ferdinand aspira, s'étouffa, et sentit le feu envahir ses bronches. Il toussa, cracha et remit la pipe à la bouche pour en reprendre une bouffée. Il ne mit pas longtemps à sentir sa tête tourner. Calé contre les roues de la charrette des druides, il se sentit partir comme les oiseaux qui passaient dans le ciel depuis quelques jours. Il eut l'impression de brûler de l'intérieur. Il allait mourir. Il vit une lumière blanche, puis le bleu du ciel et rien d'autres. Autour de lui, des voix étouffées parlaient une langue qu'il ne comprenait pas. Il vit des images, des montagnes inconnues, une porte, et une phrase lui martelait le cerveau : « clés de la porte du sanctuaire de la montagne des Parfaits ». Il dut la crier dans son délire, du moins, c'est ce qu'il pensa. Ses tempes battaient. Sa souffrance était insupportable. Puis, elle s'évanouit, d'un coup. Il ne lui resta que la lumière et une impression ineffable de douceur et de plaisir. Il crut qu'elle durait depuis des jours, puis il s'endormit.

Il ouvrit les yeux. Combien de temps après cette expérience déroutante ? Il n'en savait rien. Les scribes-druides étaient toujours assis à fumer la pipe.

— La porte, la porte, murmura-t-il.

— Quelle porte ?

— Celle des clés. Je l'ai vue.

— Tu as fait la grande expérience, dit Cathbad. Bienvenu parmi nous.

-Moi ? s'étonna-t-il. Vous voulez que je sois scribe-druide ? C'est impossible.

— Tu as réussi le test. Tu n'es pas un chef, Ferdinand, tu es un scribe-druide. Lève-toi.

Ferdinand ne comprenait rien à ce qu'il lui disait. Lui, un scribe-druide ? Mais il ne connaissait rien. Surtout pas leurs mystères, pures inventions de l'esprit. Il essaya de se lever, bascula, et fut rattrapé par Arlof, le plus jeune des scribes.

Cathbab insista :

— Tu ignores de quoi tu es capable. Quelles était ta fonction, dans ton pays ?

— Géologue, répondit Ferdinand en se disant, qu'en fait, il ne connaissait rien à la géologie.

— Géologue ? Cela consistait en quoi ?

Ferdinand était incapable de répondre. Qu'étudiait-il en fait ? Le sable, la terre, les cailloux, tout ce qui constituait son environnement. Il passait son temps le nez dans des éprouvettes, mais il ne connaissait rien de la terre. Ni sa forme, ni sa surface, rien. Sa spécialisation, c'était l'infiniment petit, les recoins cachés de la moindre molécule, du moindre grain de sable, pour y trouver des mondes merveilleux. Une véritable aventure qui lui faisait oublier l'ennui. Nul besoin de courir après les légendes, comme le faisait Valentine. Sa quête était l'envers du décor, ce qu'on ne voyait pas. Il tenta maladroitement de l'expliquer aux scribes-druides.

— En somme, tu es comme nous. Tu sais ce que les autres ne savent pas.

— Ce n'est pas la même chose.

— Tu as la même tournure d'esprit que nous. Tu prends ton temps, tu explores toutes les pistes. Tu peux nous aider.

— Je n'aurai jamais cette prétention.

— Il le faut pourtant. Qu'as-tu vu, entendu pendant ton initiation ?

— Initiation ?

— C'est un passage... Qu'as-tu vu ?

— Une énorme porte faite dans un métal qui m'est inconnu. Et des voix qui me criaient : « clés de la porte du sanctuaire de la montagne des Parfaits, cherche les clés ».

— Tu as donc compris la langue.

— C'était la même que la nôtre, ce que vous nommez « l'europaléen » ou à peu près.

— Allez chercher Garance, ordonna Cathbab.

— Te rends-tu compte de l'importance de ta vision ? Si tu as compris le langage, cela veut dire que cette porte n'a pas plus de trois mille ans, à quelques centaines d'années près. On situe la date de la langue commune à la fin du troisième millénaire, quelques siècles avant la construction du mur. Sinon, nous ne nous comprendrions pas. Nous avons deux cartes : l'une est écrite avec cette langue. L'autre, nous ne savons pas. Mais il y a une différence non négligeable entre les deux : il manque un morceau de terre sur la plus récente. L'autre, celle que nous ne pouvons pas comprendre, présente des endroits qui n'existent pas. Elle correspond à plusieurs légendes prétendant qu'autrefois, à la place de certaines parties de la Méditerranée, il y avait des morceaux de continent.

— Il a dû se passer quelque chose de terrible, reprit Ferdinand en essayant de se mettre debout. Cette fois-ci, il y parvint, les effets de la drogue s'étant peu à peu dissipés. Il tanguait légèrement, mais réussit à se maintenir à peu près stable. Il ne fallait qu'il bougeât car son estomac se livrait, avec son dernier repas, à une étrange danse. Il refoula l'envie de vomir. Maintenant qu'il avait changé de statut, il ne pouvait pas se permettre d'obéir à un bête estomac comme le commun des mortels. Un peu de dignité, se dit-il, cela te changera de l'ordinaire.

— Oui, il s'est passé quelque chose de terrible, reprit Cathbab. Au milieu de la Méditerranée se cache un volcan. Actuellement, il est enfoui sous l'eau mais, autrefois, il faisait partie d'une île. Après avoir dormi des milliers d'années, il est entré en éruption il y a presque trois mille ans, bien après la construction du mur. Des vagues gigantesques se sont abattues sur les pays où vivait encore une population perdue, tentant péniblement de survivre, après avoir été abandonnée par les hommes qui avaient construit le mur. Tout a été balayé, anéanti comme si cela n'avait jamais existé. L'eau a tout envahi. D'immenses morceaux de continents ont disparu. Les populations rescapées sont remontées vers le nord pour fuir la mer. C'est pour cela que nous avons deux cartes : l'ancienne, celle d'avant l'éruption du volcan, et celle de nos ancêtres, avec le dessin des nouveaux continents. Plus à l'ouest, la Méditerranée communiquait autrefois avec le Grand Océan par un détroit peu profond. Mais le tremblement de terre, provoqué par le volcan jusque dans ces contrées, a fait s'écrouler un grand pan de roche bouchant l'entrée de la mer. Depuis, la Méditerranée ne communique plus avec le Grand Océan et c'est une catastrophe sans précédent.

L'arrivée de toute la tribu interrompit les explications de Cathbab. Il redoutait depuis longtemps ce moment de face à face inévitable avec son peuple. Il avait essayé de les maintenir dans l'ignorance le plus longtemps possible pour les protéger. Mais l'ignorance n'ayant jamais protégé personne, pas même un peuple perdu, il était acculé à s'expliquer. Paul était en colère. Face à Cathbab, il avait l'air d'un coq prêt à se battre. Sa patience avait des limites, son respect pour les scribes-druides aussi. En sa qualité de chef de tribu il avait le droit de demander des comptes. Il pouvait aussi faire exécuter le druide pour « mise en danger de la vie d'autrui » et surtout de celle de son propre peuple. Ce cas-là était considéré comme une trahison. Le face-à-face silencieux dura quelques minutes pendant lesquelles on n'entendait que les cris des enfants jouant dans la neige. Paul aurait pu, comme l'y autorisait la tradition, planter son couteau dans le ventre du druide. Mais il ne le fit pas.

— Je te somme de t'expliquer, dit-il, en retenant sa rage. Que nous as-tu caché ?

— Rien qui ne porte atteinte à ton pouvoir ni à la vie de la tribu. J'ai agi pour votre bien.

— Tu me laisseras juge de ce qui est bien ou pas pour mon peuple. Les druides n'ont pas à juger de ce qui est bien ou pas. Le chef, ici, c'est moi.

— Chef tu es, chef tu restes. Moi je suis le gardien du savoir et le savoir peut tuer. Il peut tuer plus sûrement qu'une armée de nettoyeurs s'il est entre de mauvaises mains. Tu devais faire tes preuves en tant que chef.

Paul se doutait bien que Cathbab le flattait plus que de raison pour sauver sa tête, mais il n'avait pas envie de supprimer le scribe-druide. Il fallait sortir la tête haute de cet imbroglio.

— J'imagine que j'ai fait mes preuves ?

— Tu les as faites.

— Alors, réunion ce soir avec les scribes-druides que tu auras choisis, les hommes que je choisirai, et les étrangers.

-Les deux enfants aussi, dit Cathbab.

— Tu n'as aucune exigence à avoir, dit sèchement Paul.

— je n'exige rien. C'est un conseil. Ces deux-là sont des élus. Tu ne peux rien faire sans eux.

Malgré son scepticisme, Paul agréa d'un ton narquois :

— Réunion ce soir au lever de la lune… avec les élus.

Ainsi fut dit. Cathbab ne releva pas l'ironie. Chacun retourna à ses occupations. Ferdinand ne savait plus dans quel camp il se trouvait.

— Tu viens avec nous, lui ordonna Cathbab.

Sous les yeux médusés de ses amis, Ferdinand suivit le druide sans rechigner. Il se retourna en leur faisant un signe d'impuissance comme si tout était dit.

3

« Clés de la porte du sanctuaire de la montagne des Parfaits »
ключи двери алтаря горы Совершенных

الكمال جبل مزار بوابة مفاتيح

— Rien que du charabia, dit Paul.

Quatre cartes étaient étalées sur le sol. Le froid mordant n'avait en rien entamé leur volonté de mettre en commun leurs connaissances. Ce froid qui, d'ailleurs, était à l'origine de ce regain de lumière. Le seul moyen de sortir indemnes des intempéries résidait sur ces bouts de papier plus ou moins bien conservés. Quatre cartes, dont une du mur. Sur la plus ancienne, celle de Cathbab, ces phrases hermétiques qu'aucun scribe-druide n'avait jamais pu élucider. Mais la jeune fille jubilait. Elle attendait cela depuis si longtemps ! Deux des quatre phrases avaient au moins une signification pour elle.

— C'est de l'arabe et des hiéroglyphes. Les hiéroglyphes ne sont plus utilisés depuis près de huit mille ans et cet arabe est des l'arabe antique. Celui que je connais a été simplifié. Mais je le comprends quand même.

— Cette carte est donc la plus vieille malgré son bon état de conservation observa Cathbab. La première phrase est en français, une langue morte depuis des milliers d'années. Elle faisait partie des langues utilisées pour fabriquer un langage commun, avant la construction du mur. Ce que je ne comprends pas, c'est comment tu peux lire, toi, la fille du désert, ces « hiéroglyphes », ces petits signes étranges et si anciens.

— Je l'ignore, mais j'ai bien une idée là-dessus. Je pense que ces signes étaient écrits sur des murs et mes ancêtres les ont recopiés. Dans la grotte, j'ai trouvé des documents qui en étaient couverts. Cette grotte a dû être découverte, puis oubliée. Ou bien, ce sont mes ancêtres qui l'ont aménagée.

— Je ne comprends pas que tu ne me les aies pas montrés ! s'insurgea Valentine. Nous aurions pu en prendre quelques-uns.

— Impossible avoua la jeune fille. Je ne pouvais quand même pas voler les écrits de mes ancêtres. Ce que j'ai appris par moi-même était écrit sur les murs. La grotte faisait partie d'une antique civilisation. D'ailleurs, je ne devrais pas appeler ça une grotte mais plutôt une pièce faisant partie d'un tout, comme une maison. Car, au-delà de cette pièce, il y en avait d'autres. Pourtant, il y avait quelque chose d'insolite : pas de fenêtre. Une maison sans fenêtre, c'est étrange, non ? Mais ce que j'y ai vu dépasse l'entendement. J'avais commencé à recopier les signes.

— Et tu ne m'en as rien dit !

— Désolée, je n'avais pas confiance en toi.

-Merci.

— Je ne te connaissais pas assez. J'ai dû apprendre à me méfier toute ma jeunesse. Ma mère me l'a assez dit. « Méfie-toi des étrangers ». Alors, imagine. Toi, une fille du Grand-pays ! Ceux qui ont chassé mes ancêtres de leurs terres ! Des envahisseurs.

— Merci encore.

— C'est bon, vous deux ! Arrêtez vos disputes.

Ferdinand venait de parler. La stupeur se lut sur les visages. Cette intervention pour le moins insolite mit un terme aux querelles des deux femmes.

— Donc, tu peux lire cette langue.

— Un peu.

— Et la troisième ? Qui la connaît ?

Apparemment, c'était une grande inconnue.

— Votre peuple vient du nord ? demanda Olivier qui n'avait pas encore pris part à la conversation. Montrez-nous sur la carte.

Paul se racla la gorge pour parler. Elle le faisait souffrir depuis quelques temps et il n'osait en parler à quiconque.

— Voyons, dit-il en prenant la carte la plus récente. Nous sommes arrivés jusqu'au mur à cet endroit – il posa son doigt sur la carte – l'emplacement de l'ancienne Jérusalem. Pour cela, il nous a fallu traverser trois grands fleuves, autrefois appelés « le Tigre et l'Euphrate ». Avant cela, nous avons contourné la grande mer.

— La Méditerranée ?

— Non, la « Mer Noire ». Elle est plus grande qu'autrefois. L'eau de la Méditerranée s'y est déversée noyant également des terres plus au nord. Beaucoup plus haut, il y a un grand un immense fleuve avec de grands lacs.

— Qu'est-il écrit sur la carte ?

— Là, c'est la Volga, notre fleuve d'origine. Nous vivions près de l'un de ces lacs depuis des générations. La température y était assez clémente avec des hivers frais, des étés chauds, et deux saisons intermédiaires. Mais un froid inhabituel s'est abattu sur nous il y a quelques années. C'est pour cette raison que nous sommes descendus plus au sud. Nous avions perdu trop de bétail et surtout trop de nos enfants. Nous croyions trouver le paradis.

— Donc, la deuxième phrase de votre carte est forcément une langue de chez vous. Une très vieille langue. N'avez-vous rien dans vos livres s'y rapportant ?

— Comment veux-tu que je le sache ? s'énerva Paul. Les druides nous interdisent l'accès au livre et à l'écriture depuis des générations. C'est l'apanage d'une élite de savoir lire. Déjà mon père, à son époque, voulait leur enlever ce pouvoir. Il est mort sans avoir pu.

— Décidément, on dirait que les livres font peur aux pouvoirs quels qu'ils soient.

— Combien de temps avez-vos mis pour arriver jusqu'au mur ? demanda Olivier pour dévier la conversation qui devenait tendue.

— Près de 10 ans.

— Vous en avez fait des kilomètres !

— Oui, dit Paul dont la voix que la nostalgie ajoutée à la douleur de la gorge faisait trembler. C'était beau chez nous. Il y avait des forêts, des lacs. De l'eau partout en abondance. Tout ça pour finir desséchés dans ce désert ! Nous avons traversé plusieurs pays. Certaines tribus y vivent. Mais elles sont hostiles. Je crois que le souvenir de la construction du mur les a beaucoup plus affectées que nous ne l'avons été. Elles en ont gardé des souvenirs douloureux. Nous avons vécu quelques mois dans l'une d'entre elles, un peu moins farouche. C'est au sud du Caucase, près de la mer Caspienne. Je me souviens qu'ils ne leur donnaient pas le même nom. Comment l'appelaient-ils ? Je ne peux m'en souvenir.

Dror se mit à griffonner sur un bout de papier tiré de sa poche. Il avait toujours sur lui un petit carnet rempli de signes pour ne rien oublier.

— « Каспийское море » pour la mer Caspienne et « Кавказ » pour Caucase. « Кавказ, c'est la chaîne de montagne. Il paraît qu'elle est hantée par des esprits mauvais. C'est pour cela que la tribu des « enfants de la lumière » ou « дети света » ne veulent pas la traverser. Ils s'appellent les « enfants de la lumière » parce que leur tribu est tournée vers le nord et que le soleil se lève à l'OUEST chez eux. D'après eux, l'inverse est sacrilège.

— Ça n'a pas de sens.

— Pour eux, si. S'ils passaient les montagnes, ils se retrouveraient le dos au nord, face au sud et le soleil se coucherait à l'est.

— Et qui t'a dit tout cela ? interroge Olivier étonné.

— Toi tu es du Grand-pays, tu ne connais pas l'écriture. Mais dans cette tribu, certains la connaissaient. Il s'agissait d'une ancienne langue. Elle servait pour les cérémonies.

— Quelles cérémonies ? interrogea sévèrement Cathbab. Nous n'en avons jamais entendu parler. Tu affabules.

— Non, s'irrita Dror vexé. Parce que vous êtes des adultes vous croyez tout savoir. Mais ils se méfiaient de vous, pas d'un enfant de huit ans.

— J'ai espionné, rajouta-t-il fier de lui. J'ai tout noté dans mon petit carnet.

— Fais-nous voir ça, dit son père en le tirant violemment par le bras. Tu désobéis sans cesse.

— Laisse-le, Paul.

Le ton de Cathbab était acerbe et sans appel.

— Je t'interdis de lever encore la main sur lui. Tu es trop violent avec tes enfants.

Puis, d'une voix radoucie, il demanda à Dror:

— Dis-nous ce que tu as écrit au sujet de cette langue, Dror. Le reste t'appartient.

Dror hésitait encore, et son regard effrayé allait de son père à Cathbab.

— Vas-y fils.

Dror respira mieux.

— J'ai noté des noms de lieux : Mer Noire   черное море

Волга   Volga

Тигр Le Tigre

Евфрат Euphrate

Каспийское море mer Caspienne

АЗЕРБАЙДЖАН AZERBAÏDJAN

АРМЕНИЯ   Arménie

Samara (pas de traduction)

Турция : Turquie

Сирия : Syrie

человек : homme

понимание : intelligence

кочевой : nomade

Et le titre d'un livre

« Этимологический словарь русского языка », mais je n'ai pas la traduction. Par contre, j'ai entendu des légendes à son sujet. Il s'agirait d'un livre abandonné par un voyageur plusieurs siècles plus tôt. La traduction est dans une langue inconnue. Il semblerait que cet homme ait voulu apprendre la langue du pays qui l'a accueilli. Et encore des mots dans la même langue que la traduction du livre : a berid : дорога ; a derar : горный ; a jenwi : кинжал ; a äudiw : лошадь ; a mgaru : конфлик, a zsekka : могила

Et ces deux phrases sans traduction :

Человек с окраской меди, на кого охотятся пустыни войной против своего народа, пересек горы верхом с только кинжалом чтобы защищаться. Он передал стену и горы Кавказа чтобы присоединяться к нашему племени. Могила оказывается на ерегу Волги.

На западе большой Океан. Там где надо искать дверь в горах на юге Франции

C'est tout, avoua tristement Thor. J'aurais dû écrire plus. Mais je devais me cacher et j'étais encore un enfant.

— Donne-moi ton carnet, dit Garance. Cette langue, je la connais. « Nomade ». Il s'agit de mon peuple.

Un silence de plomb remplaça la lecture. La voix de Dror s'était tue, laissant un grand vide chargé d'angoisse. Que pouvait apporter la petite « nomade » comme elle se nommait elle-même ? Sa voix fluette remplaça celle en mutation de Thor.

— « a berid », c'est le chemin ; a derar : la montagne ou mont ; a jenw : poignard, couteau, arme ; a äudiw : un cheval ; a zsekka : une tombe ; a mgaru : guerre ou conflit. C'est dommage que tu n'aies que ces mots-là. Mais si je comprends le sens on pourrait dire : qu'un nomade a passé la montagne avec un poignard à cause d'un conflit. Pour la tombe, je ne vois pas.

— Nous voilà bien avancés, ricana Paul. Une langue inconnue et des mots que seule Garance sait lire. Et encore, nous n'en avons aucune certitude.

— Arrête tes moqueries, s'énerva Toufik.

Il n'avait pas ouvert la bouche depuis des jours. Ce voyage sans fin lui semblait inutile. Mais, à présent, tel un scientifique digne de ce nom, il entrevoyait tous les enjeux de ces mystérieuses phrases.

— Ne comprenez-vous pas l'importance de ces découvertes ? Nous avons quatre écritures différentes. Il faut croiser les mots que nous pouvons traduire. Nous finirons bien par en percer la signification. Monsieur Cathbab, auriez-vous l'amabilité de nous monter les livres que vous cachez si consciencieusement ? Il me semble que les temps sont venus de les utiliser, ne pensez-vous pas ?

Son ton était toujours si circonspect qu'aucun membre de la tribu n'osait s'adresser à lui. Il avait l'air de savoir des choses que les autres ignoraient. Il continua :

— Sur votre carte, quelqu'un a dessiné une étoile. Regardez bien, elle indique les quatre points cardinaux et les intermédiaires : nord, nord-est, nord-ouest et ainsi de suite. Cela nous fait déjà quatre mots supplémentaires. Garance nous dit : a derar c'est la montagne, traduit par горный dans cette langue inconnue. Voilà le moyen de comprendre un peu mieux. Qui dit Chercher, dit comprendre ; qui dit comprendre, dit trouver, rajouta-t-il solennellement.

— Alors au travail, les scientifiques, dit Paul. Pour les autres, nous avons assez à faire. Il y a des charrettes à réparer et le bois à ramasser. Tous les hommes valides ont du travail aussi important. Demain matin, il faut absolument s'en occuper.

— Je me joins à vous, lui dit Olivier. Je ne serai d'aucune utilité pour déchiffrer des mots.

Ce qui était inexact. Mais il ne voulait pas qu'un fossé se creusât entre les hommes du Grand Pays et ceux de la tribu.

4

La neige avait cessé de tomber. Les enfants dormaient sous la tente prise à la société des temps anciens et Olivier regrettait de ne pas en avoir subtilisé plus. En quittant le Grand-Pays, ils ne s'attendaient pas à vivre de telles situations.

— Au moins, songea-t-il, nous ne perdrons ni femme ni enfant.

Valentine s'était réfugiée sous la tente. Depuis quelques jours, il voyait bien qu'elle était malade, bien qu'elle ne voulût rien laisser paraître, et il était inquiet. Ces nausées répétitives dues, de toute évidence, à la nourriture, l'inquiétaient plus que tout. Elle ne gardait aucun repas. Peut-être était-elle malade dans son esprit ? L'absence du Grand-Pays ? Il savait que la nostalgie pouvait tuer aussi sûrement que le froid ou la faim.

Il s'approcha de la tente et fut accueilli par la doyenne des femmes, une vieille rabougrie qui marchait avec difficulté en s'aidant d'un bâton. Elle avait des cheveux clairsemés qu'elle retenait attachés en chignon sur la tête. De grosses lunettes en fil de fer avec des verres comme des loupes lui faisaient de grands yeux étonnés qui semblaient toujours vouloir s'échapper de leur orbite. La plupart du temps, elle n'adressait la parole à personne et parlait seule ou à d'imaginaires créatures qui la tourmentaient.

-Ta femme, dit-elle.

Olivier eut peur. Une peur panique qui lui serra le ventre et la gorge au point de l'étouffer.

— Ta femme, répéta-t-elle. Il faut t'en occuper. Elle a un enfant de toi.

— Hein ?

— Oui, un enfant.

Puis elle partit en marmonnant laissant Olivier hébété à l'entrée de la tente. Il s'assit sur le sol froid. Valentine, un enfant. Ces mots se bousculaient dans sa tête sans laisser de place pour la réflexion. Il essaya de calmer les tremblements de ses mains et l'angoisse qui l'étreignait sans qu'il pût dire pourquoi. Après tout, cela devait bien arriver. Au début de leur relation amoureuse, ils avaient mis des protections, mais le stock s'était épuisé, comme les stocks de cachets pour la soif et ceux de survie. Alors ils avaient fait l'amour sans plus se préoccuper de rien. L'amour au clair de lune, les mains de Valentine descendant lentement sur son ventre, sa bouche gourmande et ses seins sensuels toujours excités à la moindre caresse. Rien qu'à les évoquer, son sexe entrait en érection. Et là, devant la tente, face à cette responsabilité nouvelle, il ne pensait qu'à se mettre au chaud dans elle et ne plus la laisser. Ce ventre où un intrus avait pris sa place. Il ne rentra pas dans la tente et partit se réfugier près du feu toujours allumé. Il se pelotonna dans sa couverture, et se coucha contre les hommes de la tribu à la lueur des flammes. Toute la nuit, l'un d'eux se levait pour mettre du bois afin que le feu ne s'éteignît pas. Autour du camp, les animaux sauvages criaient dans les ténèbres. Ceux dont les hommes avaient le plus peur, c'était les loups. Olivier n'en avait jamais vu et imaginait d'énormes bêtes aux dents acérées, prêtes à leur sauter à la gorge. Il ignorait que, depuis la nuit des temps, ces bêtes hantaient l'imagination des hommes. Les hommes de la tribu se plaisaient à raconter leurs exploits, à rajouter des récits d'impossibles rencontres avec « la bête » dont l'énormité croissait à chaque soirée. Les hommes du Grand-Pays y croyaient, ce qui rajoutait un intérêt particulier aux fables sorties tout droit de l'imagination humaine. Quant aux loups, on ne les voyait jamais. Il y avait bien assez de gibiers pour eux pour qu'ils n'eussent pas besoin de s'attaquer aux hommes. La nuit était abandonnée aux chouettes et hiboux, chauves-souris, oiseaux de proie dont les hurlements donnaient l'impression d'une attaque imminente. Pour les hommes de la tribu, c'était une vengeance envers ceux venus du sud dont les ancêtres, des milliers d'années plus tôt, avaient accompli des méfaits intolérables.

Olivier se leva plusieurs fois, n'arrivant pas à trouver le sommeil. Lorsque l'aube poignit, il n'avait dormi que quelques heures. L'inévitable explication était proche. Il attendit que Valentine se réveillât.

— N'as-tu rien à me dire ? attaqua-t-il de front, alors qu'elle sortait à peine de la tente, les yeux encore embués de sommeil.

Son ton étonna la jeune femme.

— Que se passe-t-il ?

— Ne fais pas l'innocente. Tu le sais bien. Tu aurais pu m'en parler. Crois-tu que je ne vois pas ton état ?

— Oui, avoua Valentine. Je suis malade. Mais je ne voulais pas t'inquiéter.

— Ne pas m'inquiéter ? Crois-tu que je ne l'aurais pas vu un jour ou l'autre ? Ton ventre qui grossirait ?

Valentine pâlit. De quelle maladie horrible lui parlait-il ? Etait-il au courant de quelque chose qu'elle ne savait pas ? Elle ignorait tout des pratiques de la médecine. Ce n'était pas son domaine. Olivier avait dû apprendre des horreurs sur son état de santé. Elle se mit à pleurer.

— Je ne sais pas. Je ne suis pas médecin. Je vais mourir, c'est ça ?

Olivier la regarda sans comprendre.

— Tu n'es pas au courant ou tu me fais marcher ?

— Tu me parles de maladie avec un ton qui me fait imaginer le pire et tu oses me demander si je me moque de toi ?

Valentine était furieuse.

— Alors tu me dis quelle maladie j'ai attrapée, je suis adulte, je suis capable de recevoir l'information. S'il faut que je me soigne, je me soignerai.

— Excuse-moi. Je suis un imbécile. C'est la faute de la vieille.

— Quelle vieille ?

— La vieille, celle qui a un chignon et qui marche avec un bâton. Je l'ai rencontrée hier soir, elle m'a dit que tu avais un enfant de moi. Je ne sais plus où j'en suis. Je n'ai pas dormi de la nuit.

— Un enfant ? Mais je n'en sais rien, moi ! Tu plaisantes ?

— Non, je crois qu'elle a raison. Ta maladie, c'est d'être enceinte.

Valentine ne répondit pas. Partagée entre un immense bonheur et la peur.

— Que va-t-on faire ?

— Comment, que va-t-on faire ?

— Tu sais bien. Dans le Grand-Pays, quand une femme se trouve avec un embryon primitif interdit, elle s'en débarrasse.

Olivier n'était pas au courant de ces pratiques.

— Tu plaisantes ?

— Pas du tout. Crois-tu que les femmes aient envie de faire des camps de désintoxication ? Moi qui suis passée par là, je peux te dire qu'il faut vraiment vouloir un embryon primitif pour le garder. Tu as l'air de tomber des nues.

— Tu me dis que les femmes se font enlever un embryon primitif pour aller se faire mettre un embryon autorisé ?

— Oui, c'est ce que je te dis. Pauvre naïf. On voit bien que tu faisais partie des nantis de la ville. Ton père t'a élevé dans un cocon.

— Sans relever l'insulte, Olivier répondit, choqué :

— Tu comptes te faire enlever ton embryon ?

— Non. Tu en penses ce que tu veux. Moi je le garde. Je suis un embryon primitif et toi-aussi. Un enfant.... J'avais tellement envie d'un enfant.

Olivier la regarda avec amour. Elle était si belle avec ses cheveux qui avaient poussé et tombaient en boucles rousses sur ses épaules, son corps embelli soudain à ses yeux par cette maternité à laquelle il n'avait jamais songé.

— Alors je vais être papa, dit-il en lui souriant tendrement et en lui essuyant les larmes qui coulaient sur son visage.

Puis il se rembrunit :

— J'aurais tellement voulu que mon père voit ça.

— Peut-être un jour retournerons-nous à Masopa ?

— N'y compte pas. Pas avant des dizaines d'années. Et mon père sera mort sans savoir qu'il a un petit-fils.

— Ou une petite fille, rétorqua Valentine.

L'ombre du Grand Appariteur planait sur leur bonheur venant l'assombrir. Où était-il ? Que faisait-il ? N'avait-il pas été inquiété après leur départ ? Tant de questions restées sans réponses et qui le resteraient sans doute à jamais.

Pour écourter ces souvenirs qui lui faisaient si mal, Olivier choisit de se jeter à corps perdu dans le travail.

— Je vais aider à réparer les charrettes. Paul a besoin de moi. Tu ferais bien d'aller voir Garance. Elle est aussi inquiète pour ta santé. Et vous avez du travail, vous aussi. Notre survie dépend de vos écritures. C'était toi qui avais raison.

5

Le froid était moins mordant que les autres jours. La neige avait cessé de tomber et avait même fondu. Le ciel bleu annonçait une journée clémente.

— Te rends-tu compte ? Sur cette carte, ils citent des pays dont nous n'avons jamais entendu parler.

Garance était euphorique. Elle était enfin dans son élément : l'écriture. Pour elle, être partie de Masopa était un miracle. Miracle voulant dire : un événement extraordinaire, inattendu, à la limite du possible, un événement qui fait avancer.

— Je suis enceinte, lui dit Valentine sans lui laisser le temps de réagir. Je ne suis pas malade. Tu t'inquiétais pour moi, paraît-il ?

— Enceinte ? Tu veux dire que tu as un bébé ? Mais c'est génial. Je peux être sa marraine ? Oh, dis oui, dis oui !

— Marraine ? Mais qu'est-ce que c'est ?

— Chez nous, quand un bébé naît, on fait une cérémonie et on lui donne un parrain et une marraine qui doivent veiller sur lui.

— Cela n'existe pas dans le Grand-Pays. Aucune cérémonie.

— Zut, dit Garance déçue.

-Mais tu peux être sa marraine de cœur si tu veux.

Garance sauta au cou de Valentine et manqua la faire tomber. Elles se mirent à rire toutes les deux, heureuses comme deux adolescentes. Toute cette agitation n'était pas du goût de Cathbab.

— Soit vous vous taisez et vous travaillez, soit vous allez rire ailleurs.

— On travaille, dit Garance en se replongeant dans les livres.

— Il fait froid immobile, dit Valentine à voix basse.

— Va te chercher une couverture et fais comme nous. Dans quelques heures, il fera meilleur.

Puis elle reprit ses investigations. Elle buttait sur les mots « France, Angleterre, Europe, Etats-Unis » et bien d'autres qui revenaient plusieurs fois sur les cartes. Elle se doutait bien qu'il s'agissait de pays, mais ne trouvait aucune correspondance nulle part. Le livre du Grand Savoir lui était hermétique. Plusieurs fois, elle avait épluché comme on épluche un légume, les signes autour de son talisman. C'était donc une clé. « Clé qui ouvre la porte de la montagne des Parfaits ». Pourquoi les hommes d'autrefois avaient-ils écrit par énigmes ? Pour que la lecture ne fut accessible qu'à des gens motivés. C'était sûrement leur intention. Dans la phrase « На западе большой Океан. Там где надо искать дверь в горах на юге Франции Горный », il y avait au moins quatre mots compréhensibles : ouest, porte, montagne, sud. Et le mot Océan, ce qui n'était pas difficile à imaginer puisqu'elle savait qu'à l'ouest il y avait le Grand Océan et le mot était écrit dans la zone bleue. Sa propre carte tombait en lambeau. Elle s'était sérieusement dégradée depuis qu'elle l'avait sortie de la grotte. Sur la carte de Cathbab, une partie des zones habitées avant la construction du mur avait disparu. On en connaissait à présent la raison : emportée par les eaux. Elle pensa qu'on pouvait peut-être longer la côte. Depuis trois mille ans, la mer avait dû déposer du sable. Il fallait y croire. De toute façon, ils n'avaient pas le choix. Le pays qu'ils traversaient, s'appelait autrefois la Turquie, le nom était écrit en arabe tardif. Parfois, certains mots n'étaient pas inconnus à Dror qui s'était malheureusement un peu trop vanté d'un savoir qu'il était loin de posséder. « Ville, bibliothèque, statue, plaine ». Pour Garance, il n'y avait qu'une explication : près du Grand Océan, il y avait une immense montagne et c'était là que se trouvait la porte. Quant à Dror il était sûr d'une chose : il y avait une plaine en bord de mer et sous l'eau, des vestiges de civilisations.

6

Paul avait réuni toute la tribu. La nuit avait été insupportable et beaucoup d'adultes toussaient et avaient de la fièvre. Il fallait partir et peu importait si les scribes avaient déchiffré ou non les mots hermétiques. Son peuple était en danger. C'était son rôle de prendre des décisions. Lui-même sentait sa santé se dégrader. Il voulait mettre sa tribu à l'abri et ensuite, peu importait ce qu'il adviendrait de lui.

— Nous partons ce matin, dit-il d'une voix qui se cassait de plus en plus. Les charrettes sont prêtes. Hier soir, un âne est mort. Nous ne pouvons plus attendre. Sinon, nous porterons bientôt nos bagages nous-mêmes. Pliez la tente, ramassez vos affaires, je veux que dans une heure nous soyons en route. Nous descendons la montagne. D'après Garance — il poussa un soupir de résignation – la côte doit être praticable. Espérons qu'elle a raison. Il faut que ce soir nous ayons atteint au moins la plaine. Impossible de s'arrêter en chemin. Une nuit de plus serait fatale à certains d'entre nous.

Personne ne répondit. Ils obéissaient au chef y compris les scribes-druides.

7

La journée était bien avancée. Un pâle soleil perçait les nuages et réchauffait un peu leurs corps meurtris par le froid. Les enfants couraient, inconscients du danger. Après la neige, ils avaient trouvé de nouveaux jeux comme cueillir des herbes pour les ânes friands de toutes ces plantes inconnues jalonnant leur route, des épineux qu'ils engouffraient en moins de temps qu'il ne fallait pour le dire. La végétation changeait. Les arbres devenaient plus touffus, plus hauts, des parcelles de terre se couvraient d'herbes. Parfois, il fallait rappeler les ânes à l'ordre d'un coup de bâton pour qu'ils ne restent pas sur place à brouter, ainsi que les chèvres et les quelques moutons décharnés qui souffraient de la faim. Avancer était le mot d'ordre. Sur les charrettes, les vieillards se reposaient ainsi que les scribes druides les plus âgés. Paul ne voulait pas perdre un seul de ses ouailles, le plus vieux fut-il. Les femmes enceintes étaient aussi privilégiées, exceptée Valentine qui refusait de se faire dorloter. Elle marchait d'un pas alerte, ravalant les larmes de fatigue qui lui nouaient la gorge. Son enfant naîtrait dans un pays accueillant. C'était son unique espoir, et il lui donnait des ailes. Plusieurs fois Olivier tenta de la persuader de s'asseoir un peu. Mais elle ne voulait rien entendre. Elle n'était pas la seule à être fatiguée. Au fur et à mesure de la journée, les enfants s'assagissaient, les pas se faisaient moins alertes. Un ânon gris, coqueluche des enfants, tomba dans un ravin. Paul refusa de partir à sa recherche. Tant pis pour lui. Trop de temps serait perdu pour aller le chercher, sans compter qu'il était peut-être mort ou blessé et que chaque minute comptait. D'autant plus qu'on ne pouvait pas s'embarrasser d'une bête handicapée. Personne ne contesta sa décision, même si beaucoup d'enfants pleurèrent sur la disparition de leur animal favori.

La fin de la journée ramenait avec elle la peur de la nuit qui allait tomber. Dans leur dos, le soleil descendait lentement derrière les montagnes. Le silence n'était troublé que par les bêlements des brebis fatiguées et les aboiements des chiens.

Soudain, quelqu'un hurla :

— La mer. En bas, à une heure de marche.

Des hurlements de joie lui firent écho. Il n'en fallait pas plus pour redonner un peu de courage et de force aux humains. La descente vers la mer se passa dans les cris et les larmes de joies. La température s'était améliorée depuis déjà quelques heures. Plus on descendait vers la mer, plus la douceur se faisait sentir. Paul soupira d'aise. De mauvaises quintes de toux lui rendaient la marche difficile. Depuis quelques temps, il songeait à nommer son futur remplaçant. Le nouveau chef, celui qui mènerait la tribu vers son but. Qui ? Dror était trop jeune. Ses adjoints n'avaient pas les épaules pour tenir ce rôle. Il avait bien une petite idée : nommer un tuteur et un gérant jusqu'à la majorité de Dror. Son choix ne portait pas sur un membre de la tribu mais sur Olivier, l'émigré du Grand-Pays qui s'était pris d'amitié pour son fils. Dror ferait un bon chef plus tard. Il avait l'intelligence, la force de caractère, et avait été formé pour ce rôle. Bien qu'on lui reprochât souvent de l'élever trop à la dure, il savait que c'était la seule solution. Son père avait fait de même avec lui. Mais nommer Olivier tuteur de Dror allait soulever un vent de révolte. Il en était conscient. Il fallait qu'il parlât à Olivier le plus vite possible.

Ils arrivèrent sur un large plateau dominant la mer. De grandes falaises y tombaient abruptement. A leur grande surprise, un escalier avait été taillé dans la roche. Au pied de la montagne, s'étalait une plaine, et elle était habitée. Des petites maisons en bois s'alignaient, formant un village. Les vagues venaient mourir doucement sur une plage où des petites barques annonçaient un village de pêcheurs. L'image du parfait bonheur. Un bonheur que les habitants du lieu n'étaient peut-être pas prêts à partager. Leur arrivée ne pouvait pas passer inaperçue. Ils laissèrent les charrettes en haut de la falaise avec le gros de la tribu et constituèrent un petit groupe d'éclaireurs. Paul choisit Cathbab, malgré ses difficultés à marcher, ses deux adjoints, Olivier, Toufik, Dror et Garance. Il comptait particulièrement sur la jeunesse des deux adolescents pour rassurer les autochtones et sur la présence d'un vieillard. Ainsi, ils n'avaient pas l'air menaçant.

Les habitants du village s'étaient tous rassemblés devant leurs demeures. L'instant était critique. Paul se souvenait du jour où ils avaient trouvé les gens du Grand Pays au fond du trou, espérant que tout se passerait avec autant de facilité et sans effusion de sang comme cela avait été le cas avec les nettoyeurs. Mais il ne pouvait pas prévoir et l'inquiétude rajoutait des douleurs à celles déjà ancrées dans son corps. Etaient-ils armés ? Belliqueux ? Allaient-ils se faire massacrer par des guerriers supérieurs en nombre ? Parlaient-ils toujours la langue universelle ? Il avait peur d'avoir conduit sa tribu dans un traquenard.

Choc de civilisations, rencontre de cultures différentes mais capables d'intégration ? Le monde était peuplé de tant de populations différentes sur une portion congrue de la planète qu'on pouvait se demander si c'était là le microcosme d'un passé planétaire ou des débris de ce même passé perdu, chacun de son côté, ayant évolué tant bien que mal pour survivre ? Les hommes naturels n'étaient-ils capables que de se battre comme le prétendaient les gens du Grand Pays ? Depuis près de quinze ans, les seuls étrangers qu'ils avaient rencontrés avaient été les habitants la tribu du Caucase et les hommes du Grand-Pays. Il savait que les montagnes étaient très fréquentées. Les hommes, ayant peur des bords de mer depuis la grande catastrophe, rechignaient à y établir un village malgré des conditions de vie plus clémentes. Paul en conclut que le temps des dangers était passé puisque qu'une tribu s'était établie sur la côte.

Ils descendirent les escaliers avec prudence. Le moindre faux pas pouvait les précipiter en bas de la falaise. Les marches inégales et glissantes ne facilitaient pas la progression, même Garance et Dror avaient du mal à mettre les pieds au bon endroit. Paul était devant, Louis fermait la marche. Soudain, Cathbab dérapa, tenta de se raccrocher à la branche d'un arbre qui poussait comme par miracle entre les rochers. Mais la branche cassa. Cathbab s'agrippa aux aspérités de la roche mais ses mains ridées s'écorchaient inutilement. Louis lui tendit le bras pour tenter de le récupérer, mais le vieil homme était trop loin et il ne put l'atteindre. Cathbab appela Garance au secours et hurla dans la langue connue d'elle seule : عندما الأخرى مفتاح تجد وسوف ،صغيرة أخت ،رحلتك متابعة

القراءة يستطيع لمن الفتاة تجد .... Puis, il se précipita dans le vide, et le reste de sa phrase se perdit dans le fracas des roches emportées avec lui. Les hurlements de Garance s'entendirent jusqu'en haut des falaises où les membres de la tribu observaient, impuissants, la longue descente vers l'enfer de leur chef spirituel. Le petit le groupe, regarda, sans mot dire, le corps de Cathbab s'écraser en bas de la falaise. Tout s'était passé si vite que chacun doutait de ce qu'il voyait. Le corps de Cathbab, sans vie, désarticulé, entouré d'inconnus qui s'étaient précipités vers lui.

— Descendons prudemment, dit Paul retenant une quinte de toux qui lui brûlait les poumons. Soyons vigilants. Collez-vous aux parois.

Vingt minutes plus tard, ils étaient en bas des escaliers. Sans réfléchir, Garance et Dror se précipitèrent vers Cathbab.

— Oh mon Dieu ! Quelle horreur ! dit Garance d'une voix enrayée par les larmes.

Devant les inconnus immobiles et silencieux, elle s'agenouilla auprès du corps du vieil homme et lui ferma les yeux. Ces yeux étranges qui semblaient fouiller jusqu'au fond de l'âme avaient à présent un air étonné. Elle baissa le rideau de ses paupières pour cacher ce regard. « Les yeux sont le miroir de l'âme » lui disait toujours sa mère, « et quand l'âme est partie, il ne faut pas que les humains la voient entamer son voyage ». La phrase qu'il lui avait hurlée en arabe, « poursuis ton voyage, petite sœur, tu trouveras l'autre clé quand tu trouveras la fille qui sait lire » lui mettait un peu d'espoir au cœur. Donc, il y avait quelque part une fille qui savait lire. Cathbab le savait. Pourquoi n'avait-il pas parlé plus tôt ? Pourquoi avait-il prétendu qu'il ne connaissait pas l'arabe ?

— Qui êtes-vous ?

Les deux enfants avaient oublié la présence des habitants de la plage.

— Qui êtes-vous ? répéta l'homme perdant patience.

A ce moment, Paul et le reste du groupe s'approchèrent. Un silence se fit, on n'entendait que le bruit des vagues s'écrasant sur la plage et des hurlements d'oiseaux inconnus.

Paul tendit la main à l'inconnu.

-Bonjour, dit Paul, je suis le chef de cette tribu, on m'appelle Paul. Désolé pour cette intrusion sur votre territoire.

— Nous n'avons pas de territoire, dit l'homme. La terre n'appartient à personne.

— Nous venons en paix, rajouta Paul.

— Je sais. On ne vient pas faire la guerre avec femmes et enfants. Que cherchez-vous par ici ?

— Nous passons pour rejoindre le grand Océan.

— Rejoindre le Grand-Océan ? Dans quel but ?

Paul se tut.

— Je suis André, dit l'homme comme si le fait de ne pas répondre à sa question était une réponse en soi. Il faut évacuer le corps de votre ami tout de suite. Sinon, il va être mangé par les cormorans.

Paul le dévisagea, étonné. Il avait une grosse barbe grise et des cheveux drus du même ton. On ne voyait que ses yeux et un nez tout rond. Sa bouche était noyée dans les poils. Petit, râblé, il semblait pourtant avoir une force physique colossale. Des muscles ronds et durs saillaient sous ses vêtements. Paul n'aurait pas aimé avoir à se battre avec cet homme-là.

— Qu'allons-nous en faire ? demanda Paul.

— Le brûler.

— Il n'en est pas question. Chez nous, nous enterrons nos morts.

— Et bien, ici, nous les brûlons. Il n'y a aucun endroit pour enterrer qui que ce soit. Parfois, la mer monte et découvre tout sur son passage. Avez-vous envie de voir flotter son corps décomposé sur les vagues ?

Paul frissonna. Décomposé. Le mot était juste, mais c'était une chose dont on ne parlait pas dans la tribu. Un fait avéré mais tabou. Il détourna la conversation.

— Vous êtes nombreux, ici ?

— Cela dépend de ce que vous entendez par nombreux. Il y a des villages tout le long de la côte. Nous vivons de la pêche et de la chasse. Tout comme vous, j'imagine. Mais la vie pourrait être idyllique s'il n'y avait pas les pirates.

— Les pirates ?

— Des hommes venus de la mer. Ils pillent régulièrement la côte. Mais d'où sortez-vous ? Vous semblez ne rien connaître. Nous n'avons jamais entendu parler de votre tribu.

— Nous venons de loin. De l'autre côté de la mer.

— De l'autre côté de la mer, il y a le mur, et rien d'autre. dit sèchement André.

Paul soupira. Comment expliquer à cet homme leur cheminement ?

— Avez-vous des cartes ?

— Nous en avons une. Mais nous ne savons pas la lire.

— Nous, nous savons.

Le regard d'André sembla changer. Paul y vit comme une lueur d'admiration ou d'espoir. Il ne sut qu'en penser. André dit soudain, changeant de sujet :

— Bienvenue chez nous. Faites descendre vos gens de la falaise. Elle est dangereuse. Vous vous installerez là pour la nuit. Ensuite, nous aviserons.

— Comment les faire descendre ? Nous avons des vieux, des enfants, des femmes enceintes, des animaux...

— Plus loin, la falaise descend en pente douce. Je vais vous donner des aides. En attendant, ne laissons pas le corps de votre ami ici. Les cormorans dévorent tout.

8

Ainsi fut fait. A la tombée de la nuit, toute la tribu était rassemblée dans le village. Un grand feu avait été allumé pour Cathbab. Drôle de nuit. Les étoiles brillaient dans un ciel sans nuage. Il faisait un peu frais, mais la chaleur du bûcher réchauffait les corps endoloris par des jours de froid et de fatigue. Le corps de Cathbab fut enroulé dans un linge blanc immaculé et posé sur un lit de branches tressées. Lorsque les flammes s'élevèrent vers le firmament, les habitants de la plage se mirent à chanter. La langue employée pour les cérémonies funéraires était étrange et inconnue des nouveaux arrivants. L'odeur de chair brûlée leur soulevait le cœur. Les habitants du Grand Pays découvraient encore des pratiques hallucinantes. Cela avait été si simple de se laisser porter par un gouvernement qui gérait tout. Pas la peine de se poser de questions, tout était pris en charge chez eux. La vie, la naissance, la mort. Il fallait tout réapprendre. Valentine était angoissée. Comment allait-elle mettre son enfant au monde ? A Masopa, on rentrait à l'hôpital et on ressortait avec son enfant, un point c'est tout. Pas de souffrance, pas de stress. On vous ouvrait le ventre quand vous étiez endormie et on sortait l'enfant, tout simplement, même si c'était un enfant né d'un embryon primitif. Mais Valentine avait assez entendu de légendes à propos de la naissance naturelle pour être inquiète. Elle savait que Garance était au courant car dans la tribu des Rébus les enfants naissaient naturellement, mais la jeune fille avait toujours refusé de lui en parler. « Quand le temps viendra, lui disait-elle, tu

311

trouveras des femmes pour t'aider ». Cela ne la rassurait pas, bien au contraire. Elle savait qu'on pouvait « mourir en couche » d'après une expression sûrement vieille comme le monde. Valentine ne voulait pas mourir. Elle avait une peur atroce de la mort, contrairement aux autres habitants du Grand-Pays. Quand elle en parlait à son inspecteur d'âme, il lui disait « si vous étiez comme tout le monde, né d'un embryon évolué, vous n'auriez pas peur de la mort. Voilà le cadeau que vous ont fait vos parents, et je ne peux rien faire pour vous ». Qu'était-ce la mort ? La fin de tout ? Le néant ? Garance disait que non, que la mort était plutôt une renaissance. Pour Paul et sa tribu, il y avait un Dieu dans le ciel qui gérait tout. Une espèce de super homme qui avait créé le monde. Mais Valentine ne pouvait pas croire en des explications aussi simplistes.

Des cris la tirèrent de ses pensées sinistres. Dans le ciel noir, des lumières tourbillonnaient et un bruit infernal suivi d'un vent violent leur emplirent les oreilles et soulevèrent le sable comme le vent du désert. Ils se couchèrent tous sur le sol en se protégeant la tête. Cela dura un bon quart d'heure pendant lequel les lumières rasèrent le sol, puis elles s'éloignèrent et le calme revint.

— Il n'y a pas que les pirates, avoua André. Il y a « ça », un danger venu du ciel.

— Qu'est-ce que c'est ?

— Si nous le savions… Mais nous n'en avons aucune idée. Cela arrive assez fréquemment depuis quelque temps. Autrefois, c'était plus discret. On les voyait de loin, comme s'ils nous surveillaient. Jamais ils ne s'étaient approchés autant de nous.

Pendant ce temps, le feu avait pris possession de tout le corps de Cathbab et il ne restait plus du bûcher que quelques flammes ravivées par le vent venu du ciel. Les femmes pleuraient et hurlaient, mais c'était, semblait-il, une coutume en l'honneur du défunt, pas une démonstration de folie collective due à la peur. On éteignit le feu. Cathbab n'existait plus. Il ne subsistait qu'une partie de son crâne que l'Ancien de la tribu prit délicatement alors qu'il était encore chaud et le déposa dans une boîte. Puis, il tendit la boîte à André qui la fit circuler jusqu'à Paul.

— C'est toi le chef de tribu. Ton devoir est de lui trouver un endroit pour l'enterrer.

Les mains de Paul tremblaient. La fumée gênait sa respiration et il retenait une quinte de toux qui lui faisait rougir le visage. Il suffoquait. Olivier s'était rendu compte de son état depuis longtemps. Il lui demanda :

— Veux-tu léguer ce pouvoir à quelqu'un ?

— Tu n'es pas originaire de la tribu, mais tu es assez sage pour m'aider. Faisons-le ensemble.

Quelques grognements de protestations suivirent ces paroles, mais Paul les ignora. Olivier hésita, mais Paul le tira par le bras puis appela Dror.

— Dror, tu viens avec nous ainsi qu'Abiguaël.

Les quatre hommes se dirigèrent vers les falaises. Elles étaient criblées de trous qui semblaient avoir été faits par des mains humaines. Ils en repérèrent un assez grand pour contenir la boîte et le refermèrent en remplissant les vides de petits cailloux.

— J'ignore si c'est bien efficace pour protéger ce qui reste de Cathbab, dit Paul. Mais que pouvons-nous faire d'autre ?

Il n'eut pas le courage de faire part de sa décision concernant sa succession. Parler de ça équivalait à admettre qu'il ne survivrait pas longtemps et il ne le pouvait pas. Jamais il n'abandonnerait sa tribu. Il décida de demander à Garance de coucher sur le papier ses instructions au cas où la maladie l'emporterait plus tôt que prévu.

Ils redescendirent sur la plage où tous s'étaient déjà préparés pour dormir. Leurs hôtes avaient donné à manger à tout le monde et les enfants dormaient déjà dans une des maisons du village. Tous les adultes s'étaient couchés sur la plage, entortillés dans leurs couvertures. Le silence régnait.

— Faisons comme eux, dit Paul. Demain, nous reprendrons la route.

9

Loin, très loin de l'autre côté du mur, sept hommes s'étaient rassemblés autour de la table de réunion.

— Bandes d'incapables ! criait Pierre. Vous n'êtes même pas fichus de savoir qui sont ces gens ! Il me faut la fille. La fille ! Vous entendez ? Celle que vous avez laissé s'échapper, imbéciles !

— C'est impossible, répondit le chef de l'escadron d'élicos. Ils étaient tous couchés parterre, complètement terrorisés, et ils sont tous habillés pareil. Par contre, nous avons pris des photos.

Mais les photos n'apportèrent aucune information supplémentaire. Il y avait trop de lumière et elles étaient surexposées. On ne voyait que des gens, des animaux, des maisons. Rien de plus que d'habitude.

— Et ce feu sur la plage ?

— Un feu funéraire. L'un des leurs est tombé de la falaise. Plusieurs tribus s'étaient rassemblées pour la cérémonie. Nous ne trouverons pas les fuyards chez eux. A mon avis, ils sont montés plus au nord. Ils sont prudents. Dans les montagnes, on peut se cacher. Pas sur la plage.

— Quand j'aurai besoin de votre avis, je vous le demanderai, dit Pierre d'un ton acerbe. Vous pouvez vous retirer. Nous allons interroger les deux autres. Ceux-là ne m'échapperont plus. Nous avons de quoi les faire parler.

En bout de table, Jean ne disait mot et approuvait d'un geste de la tête.

Chapitre IV

Ecrire liberté sur le bord d'une plage c'est déjà avoir la liberté de l'écrire. Même si la mer efface ce mot : la liberté demeure.

J-M Wyl (écrivain québécois)

1

Le petit matin se levait sur un spectacle fantasmagorique. Une brume froide recouvrait la plaine. Abel pleurait. Ses langes étaient mouillés et il avait faim. Les chevaux s'impatientaient et tentaient de se lever en hennissant désespérément. La promiscuité devenait insupportable.

— Nous descendons les chevaux, dit Thor, tu t'occupes de l'enfant. Nous reviendrons te chercher ainsi que les bagages.

Faire sortir les chevaux de la grotte n'était pas une mince affaire. Ils se cognaient aux aspérités des parois, en proie à une folle panique. Le cheval d'Hugo se blessa à la tête. Une rigole de sang descendit jusqu'à son museau, faisant une tache sur son beau pelage blanc. Thor inspecta la plaie.

— Rien de grave. Il faut absolument les faire sortir d'ici.

Après maintes tentatives infructueuses, les animaux finirent par quitter la grotte, complètement affolés. Les trois hommes avaient du mal à contenir leur impatience et craignaient de les voir se précipiter dans le vide. La descente fut plus difficile que la montée la veille au soir. Les pattes des animaux glissaient sur les cailloux et les hommes s'accrochaient au licol au risque de dégringoler avec eux. Pour la discrétion, c'était raté. Si des nettoyeurs patrouillaient dans les environs, ils auraient tôt fait de les repérer. Ils atteignirent enfin la plaine et attachèrent les chevaux à un rocher. Puis, ils remontèrent dans la grotte pour récupérer le reste de leur chargement et Loreline. Rien ne vint troubler ce début de matinée.

— Cela ne me dit rien qui vaille, avoua Thor. Ce silence est inquiétant. Cela m'étonnerait que les sages ne soient pas au courant du massacre d'hier.

— Il nous reste des explosifs, répondit Djamel. Moi qui étais si pacifique, je deviens un enragé sanguinaire. Je ne me reconnais plus.

— Cela s'appelle « l'instinct de survie ». J'ai appris cela avec Valentine. Les hommes d'autrefois possédaient cet instinct naturel. Il s'est éteint chez nous car nous avions tout pour vivre. Notre vie n'était pas en danger. Mais l'instinct revient. Les sages ont beau faire pour annihiler toute révolte, dès que nous sommes confrontés à un danger, nous revenons ce que nous avons toujours été : des animaux.

— Des animaux ? s'insurgea Hugo. Tu es fou. Nous n'avons jamais été des animaux.

— En quelque sorte, si. Nous réagissons comme eux. Regarde les chevaux : ne sont-ils pas comme nous ? Les mêmes réactions à la peur, au froid, à la faim.

— C'est tout de même un peu simpliste, non ?

— Peut-être, répondit Djamel à la place de Thor. Mais, moi, je ne sais plus rien. Je n'ai plus de repère, plus de certitude. A Masopa, c'était facile de critiquer le pouvoir, de chercher autre chose, d'autres idées. Nous avions le confort. Maintenant, j'ai la peur au ventre et l'esprit vide.

Loreline voulut se mêler à la conversation. « Décidément, se disait-elle, les hommes du Grand-Pays sont de drôles de bêtes... On dirait de grands enfants. »

— On voit que vous aviez la vie facile à Masopa. Moi, la peur, je l'ai côtoyée toute ma vie. Les nettoyeurs étaient toujours présents, le danger permanent. Mais je n'ai jamais vu les hommes de la tribu se battre. Croyez-vous que les animaux se battent entre eux ? Si oui, cela peut faire la différence.

— D'après Valentine, les hommes d'autrefois s'entretuaient...

— Valentine, Valentine ! Qu'en savait-elle après tout ? s'énerva Hugo. Nous n'avons aucune preuve.

— Il faut continuer la lecture de « l'origine du Monde »dit Loreline. Peut-être y trouverons-nous des réponses à certaines de nos questions.

— Nous lirons plus tard. Dépêchons-nous d'atteindre la mer. Es-tu sûre de toi au moins ?

Vexée Loreline fit la moue et protesta :

— Pour qui me prenez-vous ? Oui, je suis sûre de moi. Il y a un passage pour rejoindre la plage. Et là, un passeur. Mais il faudra le payer.

— Le payer ? Et avec quoi ?

— Les chevaux, répondit la jeune femme. Nous lui laisserons les chevaux. De toute façon, il n'y a pas de place pour eux sur le bateau.

Ils se turent, atterrés par ces révélations. Pendant plusieurs heures, ils chevauchèrent, s'arrêtant seulement pour nourrir Abel. Bercé par le balancement des chevaux, l'enfant dormait tout le temps sur le dos de Thor. Celui-ci sentait sa respiration tiède dans son dos, le timbre discret de ses petits ronflements et parfois de ses rires cristallins. Pour rien au monde il n'aurait donné sa place, même si le danger était omniprésent.

— Je crois que nous sommes arrivés, dit Loreline.

Ils retinrent leurs chevaux. Le temps de leur donner un cachet de survie et un autre contre la soif, et de les laisser se reposer. Ils allaient étudier le terrain. Aucun d'eux ne voyait où pouvait être ce fameux passage. Le désert s'étendait, à perte de vue, avec ses collines de sable, ses amas de rochers et le vide.

Loreline sortit de sa poche un petit bout de papier dont la seule vue fit l'effet d'un explosif.

— Tu trimbales toujours des microbes ? dit Thor.

— Pas des microbes. Un vieux papier que Maguelone m'a donné. C'est un croquis.

— Un croquis ? Connais pas ce mot.

— Un croquis, c'est un dessin, une reproduction sommaire d'un lieu ou d'un objet. Celui-ci reproduit l'entrée du tunnel pour passer le mur.

— Comment se fait-il que les sages ne soient pas au courant ? Et les nettoyeurs ? s'étonna Thor.

— Il y a toujours des mystères cachés que le pouvoir ignore. Et les nettoyeurs n'ont aucune raison de s'aventurer ici. Ils sont bien trop occupés à semer la terreur à l'est. Vous voyez cette dune de pierres là-bas ? Elle n'a l'air que d'un amas de roche, mais elle a la forme d'une double pyramide. C'est à peine perceptible. Regardez bien.

— Et alors ? dit Hugo.

— C'est l'entrée du tunnel. Ce sont de fausses grottes très anciennes. Il faut être initié pour le savoir. Suivez-moi.

Ils s'approchèrent, défiants. Loreline leur faisait penser à Valentine. Valentine et ses fantasmes, ses colères, ses certitudes et ses doutes. Valentine qui les avait initiés à l'écriture, mais surtout à l'insurrection. Où était-elle à présent ? Plus ils avançaient dans leur fuite, plus ils avaient l'impression de s'éloigner d'elle à tout jamais. Si Loreline disait vrai, ils s'apprêtaient à quitter un continent connu pour un inconnu. Le domaine des sauvages et des bêtes. Pas de quoi les rassurer. Mais avaient-ils le choix ? D'un côté les nettoyeurs et les sages, la répression, la mort sûrement. De l'autre côté l'inconnu. Ce n'était plus un choix mais une obligation, une question de survie. L'instinct de survie qui revenait du fond des âges, de l'inconscient de l'être humain et des animaux. Même si leur cerveau avait été modifié à la naissance, nul n'avait pensé à leur ôter cet instinct-là ou peut-être était-il tellement coriace qu'aucune manipulation ne pouvait l'entamer ?

De près, les roches n'avaient rien d'exceptionnel. Sauf un énorme trou noir cylindrique, masqué par un amas de pierres, qui s'enfonçait dans l'obscurité. Un homme pouvait y tenir debout sans toucher le plafond. Mais le sol était arrondi, glissant, instable.

— On dirait un énorme tuyau oxydé, dit Hugo.

— C'est bien un énorme tuyau. Il date d'avant la construction du mur. Bien avant. La légende dit qu'un grand monarque l'a construit pour abreuver son pays et surtout la capitale en bord de mer. Mais ce système a épuisé toute l'eau du sol. Et le pays s'est asséché, comme celui de ses voisins. L'eau est quelque chose de bizarre. Soit, elle coule naturellement à profusion soit, elle est prisonnière de la terre, comme dans un réservoir. Si on vide le réservoir, il n'y a plus rien. C'est pour cela que notre monde meurt de soif.

— Madame est une scientifique hors du commun, railla Hugo. Elle sait des choses que les grands de ce monde ignorent.

— Ne te moque pas, rétorqua Djamel. Elle a raison. Je t'ai déjà dit que j'en avais entendu parler aussi.

— Et je parie que c'est Valentine…

— Arrête avec Valentine ! Pourquoi t'acharnes-tu ainsi sur sa mémoire ?

— Je l'aimais, avoua Hugo.

— Merde alors ! s'exclama Thor.

— Comme tu le dis, mon vieux. Une déviance interdite. Ne me demande pas comment c'est possible.

— Samy l'aimait aussi. Et ce receveur d'informations, Olivier, je crois, je te parie qu'il l'aimait aussi. C'était le fils du Grand Appariteur, cela m'étonnerait qu'il soit issu d'un embryon primitif !

— Plus rien ne m'étonne, dit Thor pensif. Je vous dis qu'il se passe des choses étranges. Quelqu'un n'a pas obéi aux sages au moment de notre conception, j'en jurerais.

— Dépêchons-nous au lieu de discutailler, dit Loreline. Il faut enlever les cailloux pour que les chevaux puissent passer.

2

Cela ne prit qu'une petite demi-heure, ensuite les hommes tentèrent de faire rentrer les animaux terrorisés qui hennissaient à qui mieux-mieux. Pour faire écho aux bêtes, Abel se mit de la partie en braillant. Dans le tuyau, les hurlements de l'enfant et des animaux se répercutaient sur les parois. Pour les faire taire, Thor leur donna un autre cachet de survie sensé calmer les angoisses. Loreline mit Abel au sein, et le calme revint comme par miracle. Les chevaux se mirent au pas, et trottinèrent tranquillement. Les hommes pouvaient enfin souffler. Ils s'enfoncèrent dans les profondeurs de la terre, se demandant à tout instant si le plafond n'allait pas s'écrouler sur eux. L'air se raréfiait au fur et à mesure de leur progression.

— Nous allons tous mourir asphyxiés, dit Thor inquiet. Es-tu certaine que c'est la bonne solution ? Ce passage semble n'avoir jamais de fin.

— Il peut continuer sur des milliers de kilomètres jusqu'à l'ancienne capitale. Mais elle n'existe plus. Il y a une rupture de la canalisation d'ici peu et à une époque lointaine, les hommes en ont fait un passage pour rejoindre la mer. C'est une porte oubliée. Il paraît qu'il y en a plusieurs tout le long du mur jusqu'à l'océan très loin à l'est. Les hommes se sont servis d'excavations naturelles pour créer les portes et les sages ne les connaissent pas toutes.

— Alors pourquoi y a-t-il si peu de candidats pour passer le mur ?

— Oh, beaucoup ont fui, mais ne sont pas revenus pour raconter leur périple et ce qu'ils ont vu. Mais la peur de ce qu'on peut trouver derrière a limité les postulants au départ. D'après les légendes, les animaux ont transmis des maladies aux hommes et ceux qui sont restés du côté nord du mur étaient contaminés. J'ignore ce que nous allons trouver. Peut-être des monstres, des hommes dégénérés.

— On verra bien, dit Djamel. Arrête de nous effrayer. Il faut quitter le Grand-Pays de toute façon.

Thor avait repris Abel sur le dos et l'enfant dormait.

— Si tu nous lisais quelques passages de « l'origine du Monde » ? Cela nous ferait oublier notre condition de naufragés de la bêtise humaine.

Dajmel tendit le livre à Loreline.

— Garde-le. Je te l'offre.

La jeune femme était radieuse. Lire en marchant n'était pas facile mais elle y parvint bien que le livre fût très lourd.

— Où en étions-nous ? Ah oui : Les hommes préhistoriques. De l'Australopithèque à l'homo sapiens.

— « *Un australopithèque est un hominidé disparu, ayant vécu entre environ 4,4 millions et 1 million d'années avant notre ère. Les australopithèques présentent à la fois des caractères archaïques (cerveau peu volumineux) et des* caractères évolués (denture proche de celle du genre <u>Homo</u>). Leur locomotion est généralement mixte et associe une forme de bipédie à une capacité au grimper encore marquée. La lignée humaine est probablement issue d'une forme gracile ancienne d'australopithèque. Ensuite arrive l'Homo Habilis, l'homme habile. Il ne sait pas encore parler. Il grogne comme un animal. Il mesure un mètre cinquante et son cerveau est beaucoup plus petit que le nôtre. Il vit dans l'est de l'Afrique, où sont situés de nos jours l'<u>Ethiopie</u>, le <u>Kenya</u> et la <u>Tanzanie</u>. Son successeur apparaît, il y a environ un million d'années. On l'appelle "Homo Erectus". Successeur de l'Homo Erectus, l'Homo Sapiens, « homme qui pense », est apparu il y a environ 100 000 ans. Le plus ancien est l'homme de Neandertal, du nom d'une petite vallée de Rhénanie en Allemagne où il fut découvert pour la première fois. Il utilise le silex avec plus d'habileté en se servant des éclats détachés pour en faire des pointes et des racloirs. Il est le premier être humain à enterrer ses morts de manière rituelle. Vers 35 000 avant Jésus-Christ, un autre type d'Homo Sapiens apparaît : l'homme de Cro-Magnon. Il représente le dernier stade de l'évolution humaine et il est notre ancêtre direct. »

— Et tu parles de monstres ? ricana Hugo. D'après ce livre, nous sommes les monstres. C'est complètement débile. Je n'ai jamais entendu des stupidités pareilles. C'est la théorie de Valentine, ça, des fadaises. J'ai adhéré tout de suite à son idée d'écriture et de matérialisation de la pensée, mais des hommes à moitié animaux desquels nous descendrions, alors là, non.

Imperturbable, Loreline continua :

— « Pendant des milliers d'années, l'homo sapiens fut un nomade. Il parcourut la planète au cours de grandes migrations. Puis il s'établit et commença à se sédentariser en construisant des villages au Néolithique. C'est à partir de cette époque que l'agriculture et l'élevage furent possibles. C'est avec Homo Sapiens que l'art préhistorique, quel qu'il soit, s'est manifesté et que les premières représentations humaines, les vénus, ont fait leur apparition au début du Paléolithique supérieur. Il est caractérisé par son industrie osseuse (sagaies à bases fendues...) et son industrie lithique (pièces carénées, lamelles, lames retouchées...) dès l'Aurignacien. »

— Je n'y comprends rien, avoua Thor résumant l'opinion générale. Avance un peu.

Loreline feuilleta le livre. Les millénaires s'égrainaient et lui donnaient le vertige. Les explications étaient entrecoupées de légendes rocambolesques, récits épiques citant des noms de personnages ayant fait et défait l'histoire du monde. Des contes à lire aux enfants pour leur faire peur. Elle cherchait les passages qui lui semblaient les plus crédibles, sinon les plus objectifs.

— Nous savons actuellement que la Terre a subi plus de vingt périodes de glaciations alternées avec des périodes de réchauffements. Durant ces longues périodes glaciaires, on sait que l'Europe du nord et l'Amérique du Nord étaient recouverts de couches de glace pouvant atteindre parfois plus de 3000 mètres d'épaisseur ». « (Genèse ch 6) Lorsque les hommes eurent commencé à se multiplier sur la surface de la Terre et que des filles leur furent nées, « les fils de Dieu » (ou les Elohim — fils du ciel) virent que les filles des hommes étaient belles et ils en prirent pour femmes parmi toutes celles qu'ils choisirent (pour leur beauté) (extraits de la Bible)». « Il n'y aurait donc pas eu une catastrophe, mais plusieurs grands déluges accompagnés de plusieurs séismes » même si leurs relations avec le dernier déluge n'apparaissent que de manière indirecte ! C'est également ce qu'affirmait le vieux prêtre de Saïs au grec SOLON : « Vous ne vous souvenez que d'un seul déluge, alors qu'il y en a eu... beaucoup ! » « La civilisation de la vallée de l'Indus (5000 av. J.-C. – 1900 av. J.-C.) était une civilisation de l'Antiquité dont l'aire géographique s'étendait principalement dans la vallée du fleuve Indus dans le sous-continent indien (autour du Pakistan moderne). Bien que probable, l'influence qu'elle a pu avoir sur la culture hindoue contemporaine n'est pas clairement établie.

Oubliée par l'Histoire jusqu'à sa redécouverte dans les années 1920, la civilisation de l'Indus se range parmi ses contemporaines, la Mésopotamie et l'Égypte ancienne, comme l'une des toutes premières civilisations, celles-ci étant définies par l'apparition de villes, de l'agriculture, de l'écriture, etc.

— Attendez… Les créateurs de ce livre donnent des références à d'autres livres anciens : la Bible, le Coran, le livre des morts des Egyptiens, les Védas… avec des annotations : Un homme de la maison de Lévi avait pris pour femme une fille de Lévi. Cette femme devint enceinte et enfanta un fils. Elle vit qu'il était beau, et elle le cacha pendant trois mois. Ne pouvant plus le cacher, elle prit une caisse de jonc, qu'elle enduisit de bitume et de poix ; elle y mit l'enfant, et le déposa parmi les roseaux, sur le bord du fleuve. La sœur de l'enfant se tint à quelque distance, pour savoir ce qui lui arriverait. La fille de Pharaon descendit au fleuve pour se baigner, et ses compagnes se promenèrent le long du fleuve. Elle aperçut la caisse au milieu des roseaux, et elle envoya sa servante pour la prendre. Elle l'ouvrit, et vit l'enfant : c'était un petit garçon qui pleurait. Elle en eut pitié, et elle dit : C'est un enfant des Hébreux ! Alors la sœur de l'enfant dit à la fille de Pharaon : Veux-tu que j'aille te chercher une nourrice parmi les femmes des Hébreux, pour allaiter cet enfant ? Va, lui répondit la fille de Pharaon. Et la jeune fille alla chercher la mère de l'enfant. La fille de Pharaon lui dit : Emporte cet enfant, et allaite-le-moi ; je te donnerai ton salaire. La femme prit l'enfant, et l'allaita. Quand il eut grandi, elle l'amena à la fille de Pharaon, et il fut pour elle comme un fils. Elle lui donna le nom de Moïse, car, dit-elle, je l'ai retiré des eaux. (livre de l'exode chapitre 2)

Le Coran : I. Les paraboles sur la Science de Dieu Sourate 18, Verset 109 Dis : "Si la mer était une encre (pour écrire) les paroles de mon Seigneur, certes la mer s'épuiserait avant que ne soient épuisées les paroles de mon Seigneur, quand même Nous lui apporterions son équivalent comme renfort. (Sourate 31, Verset 16) « Ô mon enfant, fût-ce le poids d'un grain de moutarde, au fond d'un rocher, ou dans les cieux ou dans la terre, Dieu le fera venir. Dieu est infiniment Doux et Parfaitement Connaisseur. »(Sourate 31, Verset 27) « Quand bien même tous les *arbres de la terre se changeraient en calames (plumes pour écrire), quand bien même l'océan serait un océan d'encre où conflueraient sept autres océans, les paroles de Dieu ne s'épuiseraient pas. Car Dieu est Puissant et Sage. »*

— Ça suffit ! s'énerva Hugo. Arrête-toi ! Je ne veux plus rien entendre. On ne comprend rien et on s'en fout de ce qui s'est passé il y a dix mille ans et de tous ces textes qui ne veulent rien dire. Le mur a été construit il y a trois mille ans. Nous avons besoin de savoir pourquoi. Pas de connaître des histoires écrites pour les enfants.

— Ce n'était pas pour les enfants...

— On verra ça plus tard, dit Thor. Voilà le bout du tunnel. Il était temps. Nous étouffons et les chevaux n'en peuvent plus.

Loreline introduisit l'ouvrage dans la grande poche ventrale de son immense pantalon qui semblait servir de fourre-tout autant que de vêtement. La lumière extérieure les éblouit. Le soleil se couchait sur la mer en une symphonie de couleurs éclatantes. Toute la palette chromatique défilait devant leurs yeux émerveillés. La plage, immense, affichait un silence et une solitude effrayants. Les passeurs n'étaient pas là.

— Il faut attendre la nuit, dit Loreline. Ils sont là tous les jours, au cas où quelqu'un aurait besoin de leurs services. Dans une heure, la nuit sera tombée. Il y a deux passeurs : celui qui dirige la barque jusqu'au point de chute, et celui qui récolte le prix de leur prestation.

3

Il leur restait un peu de temps pour décharger les chevaux. Bien qu'ils n'eussent pas une confiance totale en la jeune femme, ils étaient bien obligés de la croire sur parole. Jamais ils n'auraient imaginé que le mur fut, depuis des générations, le théâtre d'évènements interdits comme de le traverser clandestinement, avec une organisation bien structurée, des transactions, et le tout sous le nez des sages qui ne voyaient rien.

Bientôt, le soleil disparut derrière la mer et l'obscurité commença à recouvrir la plage. Il faisait humide et froid. Derrière eux, le mur dessinait une masse sombre gigantesque. Loreline enveloppa Abel dans une couverture de survie dérobée au stock de l'université des temps anciens, et ils attendirent, frigorifiés, les passeurs qui ne venaient pas. Puis une petite lumière apparut sur l'eau comme portée par les vagues. La lumière grandit et ils virent deux hommes qui tiraient un objet extravaguant sur le sable.

— Venez nous aider ! cria l'un d'eux. Dépêchez-vous.

Ils tirèrent tous ensembles l'objet qui ressemblait à une énorme boîte, sans couvercle, flottant sur l'eau.

— C'est une barque, chuchota Loreline pour répondre à leur question muette.

Les présentations faites, il fallut faire vite. Amaury, un homme immense, aux muscles saillant sous un vêtement léger qui laissait voir une grande partie de son corps, tira les chevaux. Les hommes du Grand Pays eurent un coup au cœur en abandonnant les bêtes qui les avaient si bien servis.

— Belles bêtes, dit Amaury.

— Où allons-nous demanda Thor ?

— Sur une île à plus de deux milles de la côte. Vous y serez en sécurité. Ensuite, un autre passeur vous amènera sur le continent.

— N'est-ce pas dangereux ?

L'homme ricana.

— Tout est dangereux. Et surtout de rester ici. Dépêchez-vous.

Loreline était déjà dans l'embarcation avec Abel ainsi qu'Hugo auquel le passeur, Ritchi, avait déjà expliqué le maniement des rames. Il avait vu, tout de suite, que des trois hommes, il était le plus capable de l'aider pour les manœuvres. Tout se déroulait comme prévu et la mer était calme. Le meilleur scénario pour la traversée. Djamel allait embarquer lorsqu'un bruit terrifiant vint du côté de la tuyauterie par laquelle ils avaient passé le mur.

— les nettoyeurs ! hurla Ritchi. Vite !

— Mais il était trop tard pour que tous puissent se sauver. Thor poussa la barque en criant :

— Allez-vous-en ! Nous allons les retenir avec les chevaux.

La confusion était totale. Ritchi intima à Hugo l'ordre de ramer le plus vite possible. Mais Hugo restait pétrifié. Loreline hurlait, appelant Thor au secours.

— Allez-vous-en ! Hugo, je te confie Loreline et mon enfant. Je vous aime.

Djamel avait déjà enjambé son cheval et fuyait vers l'ouest. Thor l'imita ainsi qu'Amaury. Ritchi éteignit la lampe et la barque demeura dans le noir. Lentement, elle prit d'assaut les vagues, et le silence tomba sur la mer. Les deux hommes souquaient ferme, Loreline pleurait en silence étouffant les pleurs du bébé contre sa poitrine.

Sur la plage, les nettoyeurs partaient à la poursuite des trois hommes. On entendait depuis la mer, des cris, des hennissements terrorisés.

— Attachez-les tous les trois ! cria le chef, il faut les ramener vivants. Les autres seront rattrapés par les élicos.

— Les derniers cris que les trois fuyards entendirent furent :

— Loreline je t'aime ! Je te retrouverai.

Puis la troupe s'engouffra sous le mur. On entendit un moment le vacarme des sabots des chevaux sur le métal. Puis, plus rien, seulement le murmure de la mer battant les flancs de la barque, et les sanglots de Loreline qui la suffoquaient.

4

Thor aurait bien voulu écrire « liberté » sur la plage, pour qu'on pût voir ce mot du ciel. Cette liberté dont il n'avait plus la maîtrise depuis que les nettoyeurs avaient fondu sur eux comme une armée de barbares. Il gisait sur un sol terreux, les mains attachées dans le dos avec une vulgaire corde, comme chez les sauvages vers lesquels Loreline se dirigeait. Il baignait dans une ambiance feutrée, due certainement au coup qu'il avait pris sur le crane, et n'arrivait pas à fixer ses pensées. A côté de lui, des gémissements attirèrent son attention. Il lutta pour retrouver ses esprits. Mais une violente douleur à la tête le ramena au pays des songes. Djamel s'était réveillé. Il se souvenait, comme si on passait un film devant ses yeux, de l'attaque des nettoyeurs. Il était parti le premier à cheval pour laisser le temps à Thor de monter dans la barque. Mais il avait raté son plan. Thor s'était enfui aussi pour sauver Loreline. Il n'y avait qu'Hugo, désormais, pour les protéger, elle et son bébé. Les nettoyeurs les avaient vite rattrapés, soit qu'ils eussent des chevaux plus rapides, soit que leurs propres bêtes fussent trop fatiguées pour tenir longtemps un rythme effréné. Curieusement, la seule chose qui rassurait Djamel à ce moment-là, était que son cheval n'avait pas souffert. Les nettoyeurs en avaient trop besoin pour leur ôter la vie. Donc, Damier, — le nom qu'il lui avait donné à cause de ses taches noires et blanches, — était sain et sauf. Cela lui parut le plus important. Mais il retrouva vite ses souvenirs et vit à côté de lui, Thor, inconscient. D'Amaury, nulle trace. Les nettoyeurs avaient dû le tuer. Les sept sages ne voulaient qu'eux deux vivants. Cela n'était pas de bon augure. Il eut peut-être mieux valu qu'ils fussent morts. Qu'attendre des sept sages ? Torture, souffrance et mort pour terminer leur jeu. Peut-être les laisseraient-ils en pâture aux nettoyeurs pour les payer de leurs bons et loyaux services ? Il lui revenait des « on-dit » de Masopa prétendant que les nettoyeurs jouaient à des jeux de combats à mort avec des hommes. Si à cette époque cela le faisait sourire, à présent il le croyait, et redoutait de finir ainsi, dans un combat à mort contre Thor. Le vice à l'état pur. Il dut retomber dans l'inconscience car il se réveilla beaucoup plus tard, alors que Thor l'appelait.

— Djamel, Djamel, réveille-toi.

— hein ? Qui est là ?

— C'est moi, Thor. Es-tu blessé ?

— Non, réussit à articuler Djamel. Et toi ?

— Un peu, à la tête. Mais ce n'est rien. Où sommes-nous ?

-Aucune idée. Sûrement chez les sept sages. J'ai entendu un nettoyeur dire qu'ils nous voulaient vivants. Il fait une chaleur épouvantable dans ce gourbi.

— J'espère que Loreline et Abel sont vivants, dit Thor avec une boule dans la gorge.

— Je te rappelle qu'Hugo est avec eux. C'est le plus fort d'entre nous. Le passeur ne s'y est pas trompé. C'est lui qu'il a fait monter en premier et à qui il a donné les rames. Tu sais, ces trucs pour faire avancer la barque.

— Oui, mais ils sont sur l'eau. Ils ne savent pas nager.

— Le sais-tu toi ?

— Non.

— Moi non plus. Tu vois, c'est bien Hugo le mieux placé pour veiller sur Loreline et Abel. Quand ils auront atteint le continent, il les conduira vers le pays que nous devons tous atteindre. C'est écrit dans le livre.

— Comment sais-tu cela toi ? s'étonna Thor.

— A cause de la clé de Loreline. Elle a dit qu'il y en avait deux. Elles doivent ouvrir quelque chose d'important. Si les hommes du passé ont laissé ces clés, c'est pour nous sauver le jour où nous pourrons comprendre leur signification. Il n'y a que Loreline et une autre personne qui pourront nous secourir.

— Je te trouve d'un optimisme naïf. La deuxième clé est peut-être perdue à jamais. Et même si c'est vrai, si elle retrouve l'autre clé, s'ils atteignent ce fameux pays, nous ne serons pas là pour le voir.

— Je préfère espérer. Laisse-moi au moins ça.

La porte du réduit s'ouvrit violemment, laissant entrer deux hommes. Thor et Djamel pensèrent que leur dernière heure allait arriver sous peu. Ils découvrirent deux colosses dotés d'un visage presque carré, un menton proéminent et des yeux étirés devenant presque des fentes lorsqu'ils sourirent méchamment. On aurait des jumeaux.

— Allez, les Masopiens, on vous attend au parloir.

Ils éclatèrent d'un rire sonore. Thor et Djamel ne bronchèrent pas.

— On fait les fortes têtes ? Pas de ça avec nous.

Les colosses les saisirent en les tirant par les pieds et les chargèrent sur leur dos comme de vulgaires paquets.

— Ça ne pèse rien, ces bipèdes-là. Si le prix de leur vie était évalué à leur poids, elle ne vaudrait pas grand-chose.

— Mais elle ne vaut pas grand-chose, de toute façon.

Les deux monstres éclatèrent de rire et les deux jeunes hommes ne purent que se débattre vainement. Ils cessèrent de bouger, à cause du sang qui leur montait à la tête et de l'inutilité de leur lutte.

5

Dans la salle du conseil, les sept sages attendaient qu'on leur apportât, comme sur un plateau, les deux étudiants dissidents. Jean n'en menait pas large et tentait de garder un visage impassible, mais son cœur cognait dans sa poitrine sonnant le glas de son anonymat. Les deux jeunes-hommes allaient le reconnaître, l'accuser. Comment devait-il se comporter devant eux ? Patienter. Il n'y avait rien d'autre à faire. Mais l'attente était insupportable. Il voyait Pierre l'espionner du coin de l'œil, visiblement enchanté de cette confrontation imminente. Trois coups résonnèrent à la porte et Pierre cria d'entrer. Jean avait envie de vomir. Toutes les actions qu'il avait menées en catimini, en compagnie de Mirad, depuis les quelques jours qu'il séjournait dans cette demeure, risquaient d'être mises à jour. Jamais il n'avait envisagé que les étudiants puissent se faire prendre. Mais les nettoyeurs avaient bien travaillé. Espionnage, torture, vandalismes de toutes sortes avaient eu raison du silence des habitants du désert. Lorsqu'ils avaient découvert la tuerie et le vol des chevaux, ils avaient juré de faire payer au centuple la mort de leurs frères. Jean avait découvert que les nettoyeurs étaient bien organisés. Il y avait les frères supérieurs qui prenaient directement les ordres des sages, les frères espions se mêlant à la population et les frères combattants, des sauvages sans foi ni loi que les frères supérieurs avaient du mal à contrôler. Ils leur laissaient une liberté d'action étendue, n'intervenaient pas dans leurs exactions et fermaient les yeux sur la tyrannie infligée aux populations nomades. C'était le seul moyen de les avoir à leur solde. Heureusement Pierre avait insisté pour que les Masopiens fussent capturés vivants. Mais les nettoyeurs pensaient qu'ils ne perdaient rien pour attendre car on leur avait promis de les leur laisser en pâture après leur interrogatoire. Jean avait découvert bien d'autres choses, mais à ce moment-là, il n'était plus certain de pouvoir mener à bien son rôle. Si seulement Minrad était là ! Comment lui faire passer le message ?

Les deux colosses entrèrent portant chacun son fardeau. Ils les jetèrent sur le sol et on entendit un craquement d'os qui se brise. Djamel s'était cassé le bras droit en tombant et la douleur fut fulgurante. Il eut envie de hurler, se retint pour ne pas leur faire le plaisir de contempler sa souffrance, et sentit sa raison lui échapper. Il s'évanouit. Thor, seul, se releva, et défia les sept hommes. Ainsi, c'était eux, les sages ? Des hommes comme tous les hommes, ni plus beaux, ni plus grands, ni plus forts physiquement. Il lui semblait qu'il aurait pu les maîtriser d'un seul coup de poing. Ils avaient l'air de vieux pantins débiles. Il fit le tour des sept visages, s'arrêta sur Jean, fit semblant de ne pas le reconnaître. Le Grand Appariteur lui-même, en chair et en os, le Grand Appariteur qui les avait conduits dans un piège abominable ! Il eut envie de lui cracher à la figure. Mais cela aurait été lui faire trop d'honneur. Il choisit le mépris. Son regard s'enfonça comme une flèche meurtrière dans celui de Jean qui tenta de lui envoyer un message d'apaisement. Mais rien de positif ne passa. Pour Thor, c'était une traître, mais il ne comprenait pas pourquoi. Tout avait donc été programmé d'avance. Le Grand Appariteur les avait conduits lui-même à la révolte pour qu'ils partent et trouvent Loreline dont les sages connaissaient sa relation avec lui. Il les avait poussés à l'insurrection, au saccage du bureau de Valentine, ingénieux prétexte pour mettre la population à genoux. Et eux s'étaient laissé avoir, comme des imbéciles. Ils s'étaient jetés tête baissée dans leurs filets. Heureusement, Loreline s'était enfuie. Thor défia Jean, releva la tête et fit une moue de dédain.

— Pauvre type, murmura-t-il pour lui-même.

Puis il pensa à Olivier. Soit son père l'avait trahi, soit lui-aussi était un traître et Valentine était en danger, ou peut-être déjà morte, déjà prise et jetée dans un cachot. Et Samy ? Pauvre Samy. Il s'était aussi fait prendre au piège de l'amour. L'esprit de Thor tournait à plein régime, multipliant les hypothèses au point de ne plus savoir que croire. La voix d'un des sages arrêta la ronde infernale de ses interrogations.

— Alors jeune homme ? Qu'y a-t-il pour votre défense ? Vous imaginiez-vous en sortir ? Mais vous nous avez donné un bon prétexte pour instaurer un couvre-feu et une surveillance policière permanente à Masopa et dans les autres villes. Tout est sous contrôle. Nous attendions une opportunité, vous nous l'avez fournie sur un plateau.

Thor ne répondit pas. Il regardait toujours Jean, celui qui les avait incités à l'insurrection. Quel plan machiavélique ! Comment cela était-il possible ? On l'avait peut-être drogué. Le Grand Appariteur, l'homme le plus intègre, l'être le plus extraordinairement gentil que Thor eut connu ne pouvait pas avoir changé au point de se transformer en monstre en l'espace d'un matin...

— Alors, qu'avez-vous à répondre ? s'énerva Pierre peu habitué à ne pas être obéi.

Thor le toisa, et ricana sans mot dire. Il voulait gagner du temps pour que Loreline et Hugo aient le temps de s'échapper. Il regardait toujours Jean.

— Où comptiez-vous vous rendre ? demanda Thomas ? Aviez-vous des cartes ?

— Des cartes ? Mais nous ne savons pas lire ! explosa Thor.

— Je vois que vous savez ce qu'est une carte. C'est déjà un progrès. Personne ne connaît ce mot à Masopa.

— Permettez, dit Jean. Je ne veux pas le défendre, mais la Société des Temps Anciens, possédait des cartes. Ce jeune homme a travaillé avec Valentine. Elle lui a enseigné certains secrets. Les cartes, c'est elle qui les a introduites dans les locaux de la SDT. Mais elle a tout emporté en se sauvant.

C'était un mensonge grossier que seul, Thor, déchiffra. Pierre dit :

— Cette fille est un danger. Dire qu'elle court encore ! Je vais lancer une patrouille à sa recherche. Les incidents de Masopa nous ont un peu fait oublier ce groupe qui a passé clandestinement le mur.

Il y avait de la rage dans sa voix. Thor jubilait. Ainsi Valentine et le reste du groupe étaient sains et saufs. Cela lui redonna du courage.

— J'ai mal...

La voix étranglée de Djamel rappela Thor à la réalité présente. Djamel gisait parterre, blessé. Son bras le faisait souffrir. Il tenta de se relever, tituba, mais se mit debout malgré la douleur qui lui brûlait le corps tout entier.

— Ça va ? lui demanda Thor ;

— J'ai le bras cassé, mais ça ira. Qui sont ces bouffons ?

— Je te présente les sept sages. Y compris Monsieur le Grand Appariteur qui s'est joint à eux.

— Espèce d'ordure ! cria Djamel

— Restez poli, déclara Pierre en colère. Pour qui vous prenez-vous ? Votre vie ne tient qu'à notre bon vouloir.

— Et bien tuez-nous, ne vous gênez pas, répondit Djamel.

— Nous pouvons négocier, dit Judas d'une voix suave. Votre vie dépend de ce que vous avez à nous dire. Quelques renseignements et vous resterez vivants. Nous pouvons même vous proposer l'immunité partielle suivant l'intérêt de vos confidences.

— Si j'ai bien compris votre jeu, ricana Thor, vous jouez aux gentils et aux méchants. Et vous croyez nous avoir ainsi. Pauvres types.

— Quelques jours dans notre petite pièce, qui s'appelait un cachot dans le passé, et vous changerez de comportement.

— Il faut soigner Djamel, dit Thor.

— Soigner ? Voyez-vous ça ? Mais ils sont d'une naïveté déconcertante ces jeunes-là !

Puis Pierre rajouta :

— Débarrassez-moi de ça. Je les ai assez vus pour le moment.

Les deux colosses revirent et rechargèrent leur balluchon vivant sur le dos, la tête en bas. Jean eut un haut le cœur et, de loin, alors qu'il passait la porte, Thor crut voir du chagrin dans son regard.

6

Jetés comme de vieux paquets inutiles, les deux jeunes gens ne disaient mot. Djamel, retombé sur son bras blessé, souffrait le martyre, et Thor tournait et retournait dans sa tête des réponses contradictoires à ses questions. Soit le Grand Appariteur était un traître, soit il s'était introduit dans le cœur de l'ennemi pour l'espionner. Aucune de ces réponses n'était satisfaisante. Thor ne voyait pas comment il aurait pu faire. Ou alors il avait été enlevé et drogué. Encore une réponse récusable. Il avait faim et peur, peur surtout pour Djamel qui commençait à avoir de la fièvre. « Pourvu que Loreline s'en sorte... » Son cœur se serrait en pensant à la jeune femme et à son enfant. Jamais il n'aurait imaginé aimer autant des êtres humains. Cela lui faisait mal. L'écran du Grand Savoir avait un peu raison finalement. L'amour faisait souffrir et perdre la tête, mais pour rien au monde il n'aurait voulu ignorer cette souffrance-là. Elle était douce et violente à la fois mais il se sentait vivre. Il savait enfin ce qu'était un vrai être humain, avec son lot de souffrance et de bonheur, sa cruauté et son altruisme parfois démesuré. C'était un tout, et il avait le choix. Chacun avait le choix. Les sept sages avaient le choix, les nettoyeurs aussi. Sauf si leur cerveau avait été modifié à la naissance... Quelles horreurs se cachaient dans la résidence des sept sages ?

— Il faut repartir, dit Djamel que la fièvre faisait délirer. Le bateau va bientôt arriver.

— Tais-toi, ne parle pas, n'épuise pas tes forces, lui dit Thor.

— Loreline, garde bien mon livre, on ne sait jamais. Nous en aurons besoin.

— Loreline a ton livre ? interrogea Thor abasourdi. Je croyais qu'il avait disparu avec nos affaires.

Mais Djamel ne lui répondit pas. Il parlait seul.

— Valentine, tu ne devrais pas partir avec ces types, tu ne les connais pas.

Thor soupira. L'état de son ami empirait de minute en minute. La rage le rendit imprudent. Il se leva et tapa sur la porte à coups de poings.

— je veux parler ! Sortez-moi de là !

Il fallut un bon quart d'heure avant que quelqu'un daigna répondre. La porte s'ouvrit.

— Enfin raisonnable ?

Pierre s'était lui-même déplacé, accompagné de Jean.

— Je veux parler, dit Thor, mais vous soignez mon ami avant.

— Tu n'as aucun choix, ricana Pierre. Ton chantage ne m'intéresse pas. Tu parles d'abord, on le soigne ensuite. Cela dépendra de ce que tu nous diras.

— C'est d'accord, dit Thor.

— Djamel continuait son monologue :

— Les chevaux ! Attention aux chevaux ! Ne leur faites pas de mal. Laissez Damier tranquille.

— Je me demande si ce n'est pas celui-ci qu'il faudrait interroger, dit Pierre pensif.

— Je vous en prie, laissez-le, je vous dirai tout.

Thor pensait déjà aux mensonges qu'il allait devoir faire passer pour une vérité à ses bourreaux. Comment leur mentir et paraître sincère ? Que lui avait dit Loreline au sujet de ces tuyaux qui faisaient partie d'une vaste galerie souterraine ? Perdre les Sages dans les dédales de la « grande rivière » ainsi qu'elle était nommée dans un lointain passé, c'était aussi perdre à jamais la possibilité d'un passage clandestin pour tous les futurs fuyards.

Il fut conduit à la salle de réunion des sages, et assis face à eux, il se sentait tout petit, si vulnérable, comme un petit pion sur un jeu. L'interrogatoire commença :

— Racontez-nous comment vous avez fait pour faire sauter le bureau de Valentine ?

Première question qui sentait le piège. Que faire ? Incriminer Jean ? Et s'il était innocent ? Thor décida de jouer le tout pour le tout en mentant.

— Nous y pensions depuis un certain temps. La preuve c'est que nous avions fabriqué des explosifs. Enfin, Hugo avait fabriqué des explosifs. Personnellement, je ne connais pas la formule ni les ingrédients qu'il emploie. Ce jour-là était le grand jour. Nous l'avions programmé depuis un certain temps.

— Etiez-vous au courant qu'un des sept sages venait de mourir ?

— Pardon ? Ah mais non, je l'ignorais, nous l'ignorions tous. Vous me l'apprenez.

— Avez-vous vu le Grand Appariteur ce jour-là ?

— Pas du tout, mentit Thor. Vous pensez bien que nous n'allions pas le mettre dans la confidence. Il ne nous aurait jamais suivis et nous aurait dénoncés.

Cette réponse parut réconforter celui qui l'interrogeait. Il n'était donc pas au courant, ce qui voulait dire que le Grand Appariteur était honnête. « Avait été » au passé en tous cas, mais pouvait avoir changé de bord depuis lors.

— Ensuite, qu'avez-vous fait ?

Nous nous sommes enfuis.

— Pourquoi à l'ouest ?

— Pourquoi pas ? Nous sommes partis à l'aveuglette.

— A l'aveuglette ? Alors que vous aviez programmé votre départ depuis longtemps ?

— Enfin, je veux dire...bafouilla Thor, je veux dire que vous ne savions pas ce que nous allions trouver. Nous avons voté au moment du départ.

Pierre parut ne pas le croire. Néanmoins il poursuivit :

— Donc, au dernier moment, vous partez vers l'ouest. Là où les nettoyeurs sont le plus présents. Drôle de stratégie.

— Nous ne le savions pas. A Masopa, personne ne sait ce qui se passe en dehors de la ville. Nous pensions que Valentine était partie vers l'ouest, c'est tout. Nous comptions la rejoindre.

— Loreline ?

— Loreline ? Ce fut fortuit. Son père nous l'a imposée sous prétexte que l'enfant était de moi. Mais ce n'est pas le cas. Cette fille est une menteuse, une manipulatrice.

— Vous voulez nous faire croire que vous ne comptiez pas la prendre avec vous ?

— Bien entendu, dit Thor ayant soudain une idée. Si j'avais voulu la prendre, nous aurions volé quatre chevaux, pas trois.

— Alors, pourquoi l'avez-vous prise avec vous ? insista Pierre.

— Son père voulait l'abandonner aux nettoyeurs. Nous avons négocié son rachat.

Thor se rendit compte que cet homme était le seul à parler, donc le chef. Et quand on dit « chef » on pense aussi trahison ou désobéissance. Sur l'Ecran du Grand Savoir, cette maxime passait régulièrement en boucle pour apprendre la liberté aux Masopiens. Quelle dérision ! La liberté ! Libre d'avoir le cerveau trafiqué, libre de vivre toujours au même endroit, l'esprit continuellement anesthésié par des mensonges et ce, dès la naissance, gavés de médicaments. Des hommes qui se croyaient libres dans une prison dorée.

— Négocié son rachat ? Avec quoi ?

— Des balises de repérage, répondit Thor.

— Il est vrai que les tribus sont friandes de ce genre de gadget, dit Thomas.

Thor le regarda. Un nouvel interlocuteur. Peut-être plus manipulable que l'autre dont le regard restait figé sur lui.

— Vous avez négocié le rachat d'une femme dont vous n'aviez rien à faire et d'un enfant par-dessus le marché ? Me prendriez-vous pour un imbécile ?

— Pas du tout, votre honneur. C'était par pitié. Et les balises de repérage nous encombraient.

— Sûrement moins qu'une femme et un enfant, ricana Pierre.

— Peut-être. Mais une femme et un enfant sont plus négociables avec les nettoyeurs.

— A ce que j'ai pu voir, vous n'aviez pas l'intention de négocier avec eux.

— Nous n'avions presque plus d'explosifs. La femme et l'enfant restaient notre seul espoir.

Pierre changea de sujet.

— Parlez-nous de ce tuyau.

— C'est la Grande Rivière, construite au vingtième siècle par un grand monarque. Il voulait amener l'eau jusqu'aux villes du bord de mer. Il y avait autrefois une nappe sous le désert. Elle n'existe plus. Il a tout pompé. En l'espace d'une centaine d'année, il n'y a eu plus d'eau. Mais à cette époque, c'était le grand chaos sur terre.

— Comment savez-vous cela ?

— Loreline nous l'a dit.

— Voyez-vous ça ! Cette Loreline, dont vous ne vouliez que pour vous servir de monnaie d'échange, vous a quand même appris des choses intéressantes. Elle était bien docile. Je dirais : coopérative.

Thor s'empêtrait dans ses mensonges. Il n'avait jamais été cauteleux, la roublardise ne faisant pas partie de ses vices.

— Avait-elle le choix ? Il fallait bien qu'elle sauve sa peau et celle de son enfant. Elle pensait qu'en nous donnant des informations, elle se rendait indispensable.

— Admettons, dit Pierre. Donc, cette Grande Rivière ?

— Il s'agit d'un tuyau qui traverse le désert à l'est, du nord au sud et d'est en ouest. Un tuyau de plusieurs mètres de circonférence sur des milliers de kilomètres. Parfois, il est cassé, et certaines parties n'existent plus. C'est ainsi que nous sommes arrivés sur la plage.

— Et pourquoi une barque vous y attendait-elle ?

— Pour rejoindre l'autre entrée du tuyau, à quelques kilomètres de là. Il fallait continuer à pieds. Nous avons dû abandonner les chevaux. La Grande Rivière repart sous terre, elle est parfois obstruée et les chevaux ne pouvaient pas monter sur la barque ni passer le tuyau. Ils ne nous étaient plus utiles.

L'explication parut logique à Pierre.

— Où finit-il ce tuyau ?

— En bord de mer, sur le site d'une ancienne ville. Je ne connais pas son nom.

— Tripoli, ancienne capitale de la Libye. Ça c'était au début du troisième millénaire.

— Je ne sais pas, avoua Thor. Je ne sais rien du passé.

— Ça vous intéresse de le savoir ?

Thor ouvrit la bouche en signe de stupéfaction.

— Ah ça, oui, ça m'intéresse !

— Et bien, mon jeune ami, nous allons vous faire découvrir le passé. Peut-être nous verrez-vous d'un autre œil ensuite.

— Est-ce bien raisonnable ? interrogea Jean qui parlait pour la première fois et pensait aux horreurs qu'il avait vues.

Pierre ne releva pas son intervention et dit :

— Tous dans la salle du Grand Ecran d'ici une heure. Nous allons consulter « les archives du savoir perdu »

— Et Djamel ? demanda Thor. Vous m'aviez promis de le soigner. J'ai été honnête. Vous devez remplir vos obligations envers moi.

— Il est déjà à l'infirmerie, dit Pierre. On s'occupe de lui.

7

Thor était assis confortablement à côté de Pierre devant l'immense écran. De l'autre côté, Jean. Pour Thor, c'était une véritable torture de ne pas pouvoir lui parler, de ne pas savoir quel était son rôle. Après avoir descendu un escalier glissant vieux de plusieurs millénaires, Thor, abasourdi, s'était retrouvé dans une immense salle creusée sous terre. Des piliers en pierre la maintenaient aux quatre coins et des poutres renforçaient le plafond. Le sol était inégal. Quel endroit étrange ! Thor n'avait jamais rien vu de pareil. Des lumières fusaient des murs, laissant des espaces abandonnés aux ombres menaçantes du secret. Les visages étaient fermés. Soudain, les lumières s'éteignirent et, l'espace de quelques secondes, la salle fut rendue à l'occulte où n'importe quoi pouvait arriver. On entendait des bruits bizarres et Thor n'était pas rassuré. L'écran s'éclaira. Thor ne voyait plus que lui et les ombres fantomatiques des sages assis en rang. L'écran afficha des textes qu'il ne sut lire.

« Il y a écrit : les archives du savoir perdu » traduisit Pierre. De 1900 à 4550.

Thor sursauta. Sur l'écran, des taches de sang giclaient, des corps tombaient. Collé à sa chaise, il ne comprenait pas les horreurs qui se déroulaient devant ses yeux. Exactement comme Jean, lors de sa première initiation. La projection se déroula jusqu'en 2500, puis s'arrêta.

— Cela suffit pour aujourd'hui, dit Pierre.

Jean non plus n'avait pas visionné le reste, tout ce qui s'était passé après les années 2500 était occulté. Aucun doute pour lui : c'était intentionnel. Ce qui s'était passé après l'an 2500 ne devait pas être révélé. La construction du mur, la disparition de l'écriture, la dictature des sages. Depuis combien de siècles durait-elle ? Et pourquoi ? Pourquoi ne le mettait-on pas au courant à présent ? Il avait pourtant donné des preuves de fidélité. Tout cela était inquiétant. Il eut préféré être jeté au cachot que de vivre dans une angoisse permanente, soupçonneux de tout et de tous.

Quant à Thor, il en avait suffisamment vu. C'était un cauchemar et il allait se réveiller, c'était impossible autrement. Mais non, ce n'était pas un cauchemar, mais la terrible réalité.

— Qu'en pensez-vous ? lui demanda Pierre.

— C'est immonde. J'ignorais tout cela. Et ensuite ?

— Toujours pareil, répondit Judas. Pendant des milliers d'années, d'horribles atrocités jusqu'à l'installation des sages qui ont pris le pouvoir et rétabli la paix.

— C'est impossible, répondit Thor. Le mur a été construit vers l'an 3000. Il y a bien une raison. Pourquoi cinq cents années après l'avènement du pouvoir des sages ? Qu'y a-t-il derrière le mur ?

Pierre le regardait avec un méchant sourire.

— Vous n'avez pas à le savoir.

Puis il appela les deux mastodontes qui servaient de valets et leur intima l'ordre de ramener Thor dans sa cellule.

— C'est une tromperie ! hurla celui-ci. J'ai tenu ma promesse. A vous de tenir la vôtre.

— Tu nous prends vraiment pour des imbéciles ! Tu n'as pas de chance. Tom ami parle dans son délire. Nous avons appris des choses intéressantes à votre sujet. Tu es un bon menteur. Pourtant, tu n'es pas un embryon primitif. Il va me falloir diligenter une enquête. Trop de jeunes de ton âge se révoltent. Cette génération semble ne plus réagir aux médicaments ni aux modifications embryonnaires. Allez, enlevez-moi ça ! Je ne veux plus le voir.

Thor fut ramené comme il était venu. Jean était livide. Si Djamel avait parlé à son sujet, il était perdu. A présent, ils devaient tout savoir, y compris leur méprise sur la mort d'Olivier. Néanmoins, son cas ne fut pas abordé. Chacun retourna à ses occupations. Mais il n'était pas rassuré pour autant. Que mijotait Pierre dans son cerveau de malade ?

Thor rejoignit Djamel qui avait retrouvé lentement ses esprits. Les sages l'avaient soigné. Il portait une attelle au bras.

— Je te demande pardon, Thor. Je ne suis qu'un abruti.

— Tu ne pouvais pas faire autrement. Ne t'en fais pas. Nous ne resterons pas ici bien longtemps.

— oui, nous sommes bons pour le « peloton d'exécution ». J'ai entendu quelqu'un employer ce mot pendant qu'on me soignait. J'ai compris que notre mort était programmée.

— Ce n'est pas de ça que je te parle. Je te parle de liberté. Je sais que le Grand Appariteur est de notre côté. J'ignore ce qui s'est passé. Mais je te jure qu'il n'a pas changé de camp.

— Puisses-tu dire vrai. Mais je n'y crois pas. Tu n'as pas vu l'organisation ici. C'est prodigieux. Si toute cette technologie était employée pour aider notre peuple, le Grand Pays serait sauvé, et par la même occasion, toutes les tribus. Mais ils l'emploient pour nous asservir, pas pour notre bien.

Thor ne répondit pas. Il n'était sûr de rien. Pas même de l'honnêteté de Jean.

Chapitre V

Je me révolte, donc nous sommes.
Albert Camus

1

Après la projection, chacun regagna ses appartements. Jean se retrouva dans sa chambre, plus isolé et plus inquiet que jamais. Depuis la disparition de Mirad, on lui avait adjoint Antoine, un serviteur taciturne qui ne répondait à ses questions que par des onomatopées ressemblant à des grognements. Jean ignorait s'il savait parler ou non. Il était seul. La tête pleine d'interrogations et surtout de tourments. Les deux jeunes gens étaient retournés au cachot, il ignorait où était Hugo et la jeune femme dont personne ne lui disait pourquoi elle était si importante. Pas la peine d'être devin pour comprendre qu'on le tenait à l'écart. Il aurait bien voulu savoir ce que les autres mijotaient. La nuit était douce. La pleine lune éclairait d'une lumière crue les jardins et transformait l'eau des fontaines en éclats dorés liquides. Que de gaspillages, alors que le Grand Pays mourrait de soif ! Il ne pouvait pourtant pas ne pas s'extasier sur la beauté de cette nature exubérante. Profusion de lumière, d'odeurs et de couleurs. La fraîcheur des plantes mouillées avait une fragrance particulière, un peu acre au nez, piquante, mais délicieuse. Il aurait pu essayer de tout oublier, de se fondre dans cette nature et couler des jours heureux sans se poser de questions. Peut-être Pierre pensait-il que c'était le cas ? Quelque chose tournait mal dans la programmation des consciences et les sages le savaient. Mais quoi ? Cette question tournait sans cesse dans sa tête sans trouver de réponse. Il rejoignit ses appartements, traversa le grand couloir blanc dont les murs, en marqueterie délicate, semblaient représenter des mondes étranges et entrelacés. Ce n'était qu'une illusion. Les artistes de la Basse époque étaient géniaux. Actuellement, personne ne savait travailler ainsi le bois ; du bois, de toute manière, il n'y en avait plus. Jean entra dans sa chambre, ferma la porte à clé, et se fit couler un bain. Antoine était absent. Il avait droit à un jour de congé et ce moment de solitude était bienvenu. Après une bonne demi-heure de macération dans l'eau et les plantes odorantes, Jean sortit du bain, enfila son peignoir, et s'assit sur son fauteuil préféré face à la table basse. Cette table qui l'intriguait depuis son arrivée. Son arrivée... A peine une petite quinzaine de jours, et il s'était passé tant d'évènements qu'il avait l'impression que cela faisait des mois ! Il laissa vagabonder son esprit sur les méandres de la céramique, petits carreaux d'un demi-centimètre de diamètre, entremêlés. Toutes les couleurs y étaient représentées. Absolument toutes. On aurait dit des chemins. Jean pensait qu'il voyait ce qu'il avait envie de voir, que ce n'était qu'une illusion. Mais le chiffre sept revenait le hanter. Le chiffre sept et le chiffre douze. Sept sages, douze apôtres, lui avait dit Mirad, une légende vieille de six mille ans et qui s'était perpétuée dans le temps, perdant sa signification première. Il aurait dû y avoir douze sages, pas sept. Pourtant, d'après Mirad, sept était le chiffre magique. « Sept est un chiffre ésotérique aussi vieux que le monde, lui avait-il dit. La tradition dit que Dieu créa la terre en sept jours, les sept jours de la semaine, dans le Coran : sept cieux, sept tours de la Kaaba, sept sous-sols de l'enfer. Pour rattacher tout cela au chapitre des douze, il était dit que les douze apôtres auraient ordonné les sept premiers diacres, (un mot dont Jean ne connaissait pas la signification, pas plus que les autres d'ailleurs) comme les sept archanges dans l'apocalypse, le nombre de têtes de la bête de l'apocalypse, le nombre de cieux, sept merveilles qui illuminaient le monde, le numéro atomique de l'azote. Masopa a sept portes. Il y a aussi les sept temples du savoir, dont nous ignorons les emplacements, sauf qu'il y en aurait deux de ce côté-ci du mur, cinq de l'autre côté ». Il entendait encore Mirad lui vanter les pouvoirs du sept. Cela ne l'aidait en rien. Il ignorait tout de cette énumération extravagante, sortie peut-être de l'imagination débridée de Mirad. Quant au sujet du chiffre douze, cela ne valait pas mieux. Pour déchiffrer cette énigme qu'il était persuadé d'avoir devant les yeux, il lui fallait savoir lequel des deux chiffres était le bon et si cela avait un rapport avec les dessins qui le narguaient. Cela lui prendrait des semaines, voire des mois, sinon des années, vu qu'il ne savait rien des connaissances d'autrefois.

Les carrés de céramique, multicolores et couverts de signes inconnus, étaient disposés selon un dessin géométrique fait de carrés entrelacés. Une figure inconnue dans le Grand pays. Les couleurs étaient également réparties : l'une suivait l'autre et ainsi de suite, de gauche à droite jusqu'à épuisement des couleurs, puis, cela recommençait. Ensuite, une succession de carrés de la même couleur au nombre de sept. Enfin un indice. Il continua de suivre les méandres de petits carrés et arriva dans une impasse. Ce ne pouvait pas être un plan, car il menait nulle part. Patiemment, il reprit ses recherches. Vers le haut, vers le bas, de droite à gauche. Rien. Le découragement le prit. Son imagination lui avait joué des tours. Ces petits carrés n'étaient là que pour la décoration, ce n'était pas une carte. Pauvre imbécile de Grand Appariteur qui croyait possédait des connaissances alors qu'il n'était qu'un pantin entre les mains de fous qui se jouaient de lui ! Il se leva, prit un fruit, dégusta une orange juteuse. Le plaisir le rasséréna un peu. Il reprit sa contemplation pathétique de la table. Son regard fut attiré par une rangée de carrés blancs au nombre de douze. Douze carrés blancs, alignés, suivis d'autres carrés de différentes couleurs. Il chercha toutes les couleurs qui se suivaient mais elles étaient chaque fois au nombre de sept. La chaîne était donc rompue quelque part. Son esprit calculait à une vitesse incroyable. Malheureusement, il aurait fallu qu'il pût noter ses trouvailles au fur et à mesure. « L'écriture ». Ce mot jaillit comme une lumière. Cela lui parut une évidence. Mais il ne savait pas écrire, ignorait quelle matière il fallait utiliser pour cela. C'était rageant de ne pas savoir écrire ! Valentine avait raison. Il suivit de son doigt tous les carrés blancs, et arriva directement au centre sur un carré rouge. Ce qu'il avait pris pour une carte n'était qu'un jeu. Le centre était étrange. On aurait dit qu'il y avait un dessin ajouté aux signes. Mais le carré était si petit que le dessin demeurait incompréhensible. Jean commençait à s'énerver. Il essaya de soulever le petit carré rouge du bout de l'ongle pour le voir de plus près. Mais rien n'y fit. Pas de cachette secrète dans cette table mystérieuse. Seule, l'interprétation du labyrinthe pouvait lui donner une réponse. Il n'avait déjà plus une bonne vue et aurait dû depuis longtemps se faire opérer les yeux comme tout un chacun à Masopa. Mais il n'avait jamais eu le temps, remettant sans cesse à plus tard cette intervention indispensable. Il payait cher sa négligence. Pour la première fois de sa vie, un violent mal de tête le prit. Il dut fermer les yeux pour se reposer et s'endormit. Lorsqu'il se réveilla, courbaturé, la lune s'était déplacée et n'éclairait plus le jardin. Il soupira, se frotta la nuque, se massa les tempes, puis reprit ses recherches. « Donc, se dit-il, douze carrés blancs. Au bout, quatre carrés bleus, un carré rouge, quatre carrés verts, ensuite trois fois quatre carrés bleus séparés par un carré rouge, et quatre fois trois carré verts. Cela donne toujours douze ». Ensuite, les lignes reprenaient, alternant les couleurs, et le labyrinthe continuait d'une manière immuable. Une anomalie le frappa. Certains carrés devaient être

340

plus neufs car le blanc n'avait pas jauni comme les autres. La table avait été réparée à une époque plus récente. Mais plus il cherchait, pus le mystère s'épaississait. Découragé, il alla se coucher remettant à plus tard ses investigations.

2

La salle de réunion était inondée de soleil. Lorsque Jean s'y rendit, il manquait Judas et Thomas. Il fallut les attendre, ce qui ne semblait pas du goût de Pierre qui tapotait sur son bureau en signe d'impatience. Les deux sages rentrèrent en s'excusant et Pierre leur intima l'ordre de s'asseoir, visiblement très contrarié.

— Maintenant que tout le monde est là, dit-il d'un ton acide, la séance peut commencer. Je vous demanderai d'être à l'heure demain. C'est la première fois que vous prenez des libertés avec le protocole et je ne le tolèrerai pas une deuxième fois. (Les deux sages se tinrent cois). Passons à l'ordre du jour. Judas ?

Judas se racla la gorge, il semblait ne pas avoir apprécié le ton sur lequel il avait été sermonné.

— Premier sujet : le sort des deux dissidents. Qu'allons-nous en faire ?

— Je propose l'usine, dit Philippe à la surprise générale car il parlait rarement.

— L'usine ? Ils peuvent s'échapper, rétorqua Simon. Et je les crois capables de fomenter des troubles parmi les ouvriers. Pourquoi ne pas leur ôter la vie une bonne fois pour toutes ?

— Nous aurons besoin d'eux, peut-être comme monnaie d'échange, mais surtout parce qu'ils savent où sont la fille et l'enfant. Il nous les faut. Cette fille et dangereuse et son enfant aussi. Elle sait trop de choses.

Jean ignorait de quelle fille il s'agissait et ne voyait pas pourquoi un enfant pouvait faire craindre quoi que ce fût aux sages. Mais, manifestement, ils en avaient peur. Il choisit de poser la question :

— Puis-je savoir de quelle fille il s'agit ? De Valentine ?

— Non, répondit sèchement Pierre. Loreline, la femme de ce Thor, et l'enfant, son fils.

— Ils ne doivent pas être bien dangereux.

341

— Ils le sont. Cette fille est la descendante de la Maguelone de la légende.

Jean pensa que cette Maguelone-là ne faisait pas partie d'une légende mais de l'histoire. Cependant, il ne releva pas l'erreur. Officiellement, Il n'était pas sensé le savoir.

— Je ne connais pas cette légende.

— Peu importe. Sachez que cette fille est née d'un embryon primitif, ainsi que tous ses ancêtres. Nous ne les contrôlons plus. Ces populations s'imaginent que nous ignorons tout d'eux. Grave erreur. Nous avons des espions partout.

Jean blêmit. Que savaient-ils de lui au juste depuis le début ? Et pourquoi faisaient-ils semblant de l'ignorer ? S'ils avaient des espions partout, il y en avait aussi à la Société des Temps Anciens.

— Alors, les tuer serait la meilleure solution, dit-il, sachant très bien que Pierre tenait à les garder en vie.

— Vous êtes devenu bien expéditif, mon ami. Mesurez votre animosité. Ils ne sont pas responsables de la mort de votre fils.

— Comme vous voulez, répondit Jean. Alors l'usine me paraît une bonne solution.

— Allons-y pour l'usine, conclut Pierre. Mais il faut les surveiller étroitement.

— On pourrait leur crever les yeux, dit Judas. Ils seraient au même point que les autres.

Cet acte de barbarie fit hurler Jean, ne pouvant retenir son dégoût.

— Quelle horreur ! Je ne suis pas d'accord.

— Moi non plus dit Philippe.

— Il faut l'unanimité des sages pour décider d'une mutilation, conclut Pierre. Nous remettrons cette question à un autre conseil. Contentons-nous de les faire travailler, bien surveillés. Ils seront tellement fatigués qu'ils ne pourront pas se révolter. Les ouvriers sont habitués, pas eux. Les cadences sont infernales pour des habitants de Masopa accoutumés à une vie facile.

— D'autant plus que nous manquons d'ouvriers depuis l'invasion des rebelles. Deux de plus ne seront pas de trop, rajouta Jean.

— A ce propos, dit Simon, comment allons-nous faire pour trouver de la main d'œuvre ? Si nous ne livrons pas les denrées à Masopa et aux autres grandes villes, cela va être la révolution. L'ambiance est explosive là-bas. Si nous voulons les contenir, il faut les ravitailler rapidement. Surtout en cachets de survie. Sans la substance contenue dans ces cachets, ils finiront par réfléchir.

Jean en resta bouche bée. Donc, il y avait des substances dans les cachets pour que les habitants fussent placides. Il ne dit rien, ne montra pas son étonnement, et personne ne parut s'en préoccuper.

— Pourquoi ne pas faire une razzia dans les populations ? proposa-t-il sachant qu'avec des révoltés dans la place ce serait plus facile de fomenter une révolte.

Judas fit la grimace.

— Il vaudrait mieux augmenter les médicaments des ouvriers. Cela leur donnera des forces supplémentaires.

— Mais cela ne risque-t-il pas de les tuer ? répondit perfidement Jean. Parfois, ces produits peuvent avoir des effets inattendus, voire dangereux. A moins que vous ne les maîtrisiez parfaitement bien.

— Non, avoua Pierre. La preuve, c'est qu'ils ne font plus d'effet sur la population jeune du Grand-Pays. On dirait que le corps humain a fini par s'habituer à ces molécules et peut-être à les combattre. Nous n'avons plus le temps de faire de la recherche. Si nous commençons à empoisonner les ouvriers, cela va être l'insurrection dans l'usine et le Grand-pays tout entier.

Il tapa sur la table avec rage.

— Maudits humains ! Ils ne comprennent pas où est leur intérêt.

— Je continue à penser, dit Jean, qu'une razzia chez les populations nomades serait la meilleure solution. Il faudrait leur faire voir les images du passé. C'est tellement horrible qu'ils préfèreront travailler que revenir à ces abominations.

— Bien pensé, dit Pierre.

Les autres acquiescèrent, sauf Philippe, impassible, qui jeta un œil noir de colère à Jean. Seul Jean le remarqua et pensa tout à coup, comme une évidence « le traître, c'est lui ».

— D'ailleurs, vous n'avez pas tout vu, lui dit Pierre. Vous me semblez maintenant apte à voir le passé dans sa totalité. Ce soir, nous vous ferons découvrir l'inconcevable.

Puis il rajouta à l'adresse de Judas :

— Préviens les gardiens. Qu'ils transfèrent les deux prisonniers à l'usine. Dis-leur de les enchaîner solidement et de les séparer. Qu'ils ne puissent pas se parler. Que chacun retourne à ses occupations journalières. Jean, vous restez avec moi aujourd'hui. J'ai besoin de vous.

La séance fut levée. Les sages s'éparpillèrent pour aller vaquer à leurs occupations. Jean n'était pas tranquille. Il eut préféré aller à l'usine surveiller les ordinateurs comme les autres jours. Que lui voulait Pierre ? L'aurait-il pris en amitié ? Ce n'était pas dans ses habitudes et, avec lui, Jean s'attendait à tous les coups tordus.

3

Au fond de leur cachot où ne filtrait aucune lumière, Thor et Djamel oscillaient entre les moments de peur, de fatigue, de révolte et de résignation. Ils somnolaient lorsque la porte s'ouvrit violemment.

— Debout là-dedans.

— Tiens, revoilà les deux singes, dit Djamel qui avait entendu parler de ces animaux, proches de l'homme, par Géraldine.

Ils furent secoués sans ménagement et extirpés de leur nid où ils s'attendaient à passer le reste de leur vie. Les deux mastodontes, qui leur servaient de gardiens, ricanaient.

— On va faire une petite promenade hygiénique. Le soleil, c'est bon pour la santé. Profitez-en bien, ça ne va pas durer.

— Où nous amenez-vous ?

— Vous le saurez bien assez tôt. C'est une surprise.

Les deux colosses partirent d'un fou-rire inextensible, rire qui se répercuta dans les couloirs sombres de la geôle d'Etat. Des cris lui répondirent. Thor et Djamel comprirent qu'ils n'étaient pas seuls séquestrés dans cet endroit sordide.

Thor cria :

— Qui est là ?

Le fou-rire des colosses mourut subitement. Ils furent poussés dans les méandres des couloirs sans pouvoir entendre la réponse.

Tandis qu'ils marchaient, les deux jeunes gens tentaient de graver dans leur mémoire le plan de la sortie. Peut-être dans le but d'y revenir un jour, libres, pour délivrer les autres prisonniers ? Bien piètre moyen de se persuader que tout allait bien se passer et qu'il restait un espoir pour le futur. La lumière du soleil jaillit en haut d'un escalier aux marches inégales. Enfin la lumière. Mais leur joie fut de courte durée.

D'autres gardiens se saisirent d'eux, et, pieds et poings liés, les jetèrent dans des engins étranges qui avançaient tout seuls.

— A l'usine, dit l'un des colosses. Vous savez ce que vous avez à faire. Et pas ensemble.

Ni l'un ni l'autre ne savaient ce qu'était une usine, mais quelques heures plus tard, ils se trouvèrent dans l'antre de la terre, attachés à un inconnu. Il ne peut fallut pas longtemps pour réaliser que ces hommes-là étaient aveugles. Leurs gestes automatiques donnaient l'impression qu'ils étaient nés avec ces objets en mains. Travailler, travailler. Des haut-parleurs diffusaient des ordres qu'ils exécutaient machinalement. Les deux Masopiens se mirent au travail sous les coups de fouets des vigiles. Ne pas penser, surtout ne pas penser, pour ne pas devenir fou... Mais ce n'était pas possible. Le cerveau de Thor fonctionnait à plein régime, calculant leurs chances de s'évader. S'il n'y en avait qu'une sur mille, il fallait y croire, pour Loreline, pour Abel, et pour tous les hommes de la terre.

4

Pierre conduisit Jean au bord d'un petit lac. Une barque état amarrée sur le bord.

— Je vous conduis dans mes appartements. Ma résidence se trouve au milieu du lac.

De la rive, on pouvait apercevoir une construction ancienne à deux étages avec vue sur le lac. Un balcon en faisait le tour. Toute entourée d'arbres, le petit bâtiment donnait une impression de sérénité. Le tout se mirait dans l'eau du lac, reproduisant à l'exact, la réalité. Jean n'avait jamais vu une étendue d'eau aussi grande.

— Nous sommes dans une oasis, dit Pierre comme s'il avait entendu ses pensées. Autrefois, le désert était rempli d'oasis. A présent, il n'y a que celui-ci. C'est bien normal que les dirigeants du Grand Pays en aient fait leur domaine.

Jean eut une triste pensée pour Masopa agonisant sous le soleil et la sécheresse.

— C'est beau, dit-il simplement, une boule dans la gorge,

Pierre attribua son émotion à la beauté du site et la fierté se lut sur son visage. Il était content de la tournure que prenaient les évènements. La mort de cet Olivier, le fils de Jean, lui semblait un miracle, un signe du ciel. Contrairement à ce que pensait Jean, il ignorait leur erreur. Il pensait tenir Jean par une haine qui transpirait par tous les pores de sa peau. Un signe du ciel. Ce ciel qu'il croyait habité par des créatures étranges, des forces surhumaines dirigeant l'humanité et qui l'avaient choisi, lui, et tous les Pierre avant lui, comme chef suprême sur la terre. Jean ignorait ce qui se passait, le soir, lorsque tout dormait, dans les sous-sols du palais où il accostait à présent la peur au ventre. L'initiation de son arrivée n'était rien. Juste un avant-goût d'une croyance dangereuse venue du fond des âges, un mélange de magie, d'anciennes religions et de rites millénaires.

Des fous qui avaient pris la place, trois mille ans auparavant, d'un gouvernement de la paix, dirigé par douze sages.

— Asseyons-nous, dit Pierre. Ce que j'ai à vous révéler mérite que nous nous délassions un peu. Ces réunions me fatiguent. L'âge, peut-être. Je ne suis plus très jeune, hélas. Il faudra un jour me remplacer par un plus fringant.

— Oh ne dites pas non, rajouta-t-il avec emphase, alors que Jean se taisait. C'est toujours ainsi. Notre dieu sait que la mort est notre but. Je le sers depuis si longtemps.

Jean l'écoutait sans comprendre.

— Vous avez entendu parler de Dieu, non ?

— Non, admit Jean. Qui est-ce ?

— Mon pauvre ami, votre éducation est à refaire. Dieu, c'est celui qui créa notre univers en sept jours. Avec son fils, Jésus, il nomma douze apôtres pour régler le cours des saisons, le Zodiaque, les chevaliers de L'apocalypse. Voyez-vous, le 12 est « le nombre des divisions spatio-temporelles. Il divise le ciel, en douze secteurs, les douze signes du Zodiaque, qui sont mentionnés dès la plus haute Antiquité. Ce nombre est d'une très grande richesse dans la symbolique chrétienne. La combinaison du quatre du monde spatial et du trois du temps sacré mesurant la création-recréation donne le chiffre douze (4x3) qui est celui du monde achevé. Dans un sens plus mystique, le symbolisme du douze reste le même : un accomplissement du créé terrestre par absorption dans l'incréé divin. Le Saint Coran nous dit « Nous les répartîmes en douze tribus, (en douze) communautés. Et Nous révélâmes à Moïse, lorsque son peuple lui demanda de l'eau : "Frappe le rocher avec ton bâton. » « Et voilà qu'en jaillirent douze sources. » Moïse était son autre fils, ainsi que Mohamed, et Bouddha. Ils avaient de puissants pouvoirs. Ses trois autres fils, moins importants, réglaient les litiges entre les hommes. Il s'agit d'Onu, Amnesty et Unicef. Il paraîtrait qu'Unicef était une femme, mais tellement de bêtises sont dites sur le passé que je ne donne pas foi à ces insinuations. Vous allez devoir comprendre toutes les subtilités de notre religion vieille de douze mille ans – encore un douze, vous voyez l'importance de ce chiffre ? — car bientôt, nous devrons initier les hommes. Dieu me l'a demandé en songe.

A présent, Jean était atterré, convaincu de la folie de Pierre. Il ne devait pas le contrarier. Le danger était tellement hallucinant qu'il n'arrivait pas à mettre ses idées au clair. Non seulement les sept sages tenaient le pays d'une main de fer, mais ils avaient l'intention d'inculquer à la foule des idées absurdes et malfaisantes. Lavage de cerveau, mais de quelle manière ? Déjà, les embryons étaient modifiés à la naissance depuis peut-être des milliers d'années, mais ils allaient retirer aux hommes toute capacité de réfléchir. Ils en feraient « leur chose ». Jean se dit qu'il devait agir avant que ne se déclenchât une folie sans précédent dans l'histoire. Il écoutait Pierre lui raconter l'origine de l'humanité, ce que les hommes avaient amassé de méchanceté dont il fallait les préserver, les guerres passées comme si le monde n'avait existé que par elles. Et cette « religion » dont il ignorait le nom jusqu'alors. Malgré son pacifisme, Jean était décidé à faire appel à Minrad et aux insurgés du désert. Il n'avait aucune autre solution.

Il était tellement perdu dans ses réflexions qu'il ne prit pas garde aux menaces de Pierre :

— Nous allons devoir envoyer les élicos pour rattraper la fille et l'enfant, et par la même occasion, Valentine.

5

Loreline pleurait en silence. L'enfant s'était endormi, bercé par les vagues. Heureusement, la mer était calme. Hugo avait l'estomac à l'envers et une envie de vomir qu'il retenait par pudeur, et surtout pour ne pas montrer à Loreline, dont il avait la charge, qu'il n'était pas le brave que Thor imaginait. Pour ne pas penser, il ramait en même temps que le passeur. Combien de temps allait durer cet hallucinant voyage ? D'après le passeur, il y avait, à quelques heures de rame, des îles dispersées au milieu de la mer, à la suite d'une éruption volcanique qu'il était incapable de situer dans le temps.

— Autrefois, dit-il, ces îles n'existaient pas. Il n'y en avait qu'une grande, plus à l'est, la Crète. L'éruption volcanique l'a surélevée, puis elle s'est effondrée dans la mer créant plusieurs petites îles où nous pourrons nous réfugier en cas d'attaque des élicos. D'après les légendes, une partie des territoires de l'est se seraient effondrés dans la mer, mais là, je n'ai aucune information vérifiable, ce n'est pas mon secteur. Des civilisations très développées y vivaient. Encore une fois, ce sont des hypothèses. Je ne suis jamais allé vers l'est. Je suis né sur une de ces îles et je ne suis jamais parti plus loin. Cela fait des années que je fais le passeur avec mon collègue.

— J'imagine que c'est très dangereux, dit Hugo en essayant de ne pas monter sa panique.

— Cela dépend. Si la mer est bonne, non, ce n'est pas dangereux. Et vous avez de la chance. C'est le calme plat. Parfois la mer est déchaînée et là, c'est plus compliqué. Il est souvent arrivé que des gens tombent à la mer et ne puissent pas remonter sur la barque. Alors on les laisse. Je ne peux pas mettre en danger les autres passagers.

Pour changer de conversation ? Hugo demanda :

— Seuls les hommes du Grand-Pays vous demandent de passer de l'autre côté de la mer ?

Le passeur éclata de rire.

— Les hommes du Grand-Pays ? Vous êtes les premiers. D'habitude, ce sont les populations nomades qui veulent partir. Elles ont moins peur de ce qu'il y a derrière le mur que des nettoyeurs. Maintenant, au lieu de parler, souquez ferme. Il nous reste une heure avant d'atteindre la première île. Aujourd'hui, le danger viendra du ciel.

Loreline s'était enfin calmée. L'idée de savoir Thor aux mains des nettoyeurs lui était insupportable, mais il y avait Abel, et elle devait le rassurer au lieu de pleurnicher comme une gamine. Elle finit par s'endormir, malgré le froid, bercée, comme son bébé, par les vagues.

Les voix des deux hommes la réveillèrent.

— On arrive, dit le passeur. Je vais vous laisser sur l'île. Quelqu'un vous prendra en charge. Je suis obligé de repartir. J'ai un autre passage à faire cette nuit. J'ignore ce qui se passe chez vous, mais en ce moment, c'est la grande ruée de l'autre côté du mur. Les nettoyeurs sont très énervés ces temps-ci.

— Je ne savais pas qu'il était si facile de passer le mur, fit remarquer Hugo. On nous dit tellement de choses à son sujet ! Il est dit que, de l'autre côté, c'est peuplé de sauvages, d'hommes moitié bête, moitié animal.

Je vous signale que nous sommes de l'autre côté du mur. Ai-je l'air d'un animal ? Les animaux sont les animaux, les hommes sont les hommes. Certains passants de chez vous m'ont dit qu'il n'y avait aucun animal de l'autre côté du mur. Comment est-ce possible ? Je ne les ai pas crus.

— Ils avaient raison. Les seuls animaux que j'ai vus de ma vie, ce sont les chevaux. Et encore pour la première fois, il y a deux jours.

— Drôle de monde, conclut le passeur. Attention ! Arrêtez de ramer sinon nous allons nous écraser sur les récifs.

Le passeur sauta de la barque. Il avait de l'eau jusqu'aux genoux.

— Venez m'aider, dit-il à Hugo.

Hugo sauta dans l'eau, et pour la première fois de sa vie ressentit une émotion inexprimable. Toute cette eau, alors que le Grand-Pays mourrait de soif ! Il porta sa main à la bouche, but goulûment, et déchanta. Il recracha l'eau de mer en gémissant :

— Oh non elle est salée !

— T'inquiète pas, camarade, lui dit le passeur. De l'eau douce, tu en trouveras à l'intérieur du pays. Dépêchez-vous maintenant.

— Qui peut vivre dans une eau pareille ? insista-t-il.

— Les poissons. Et encore, il en en a plus autant qu'autrefois, quand cette mer était ouverte sur le Grand Océan. Cela fait plus de mille ans que le passage est fermé. L'eau de la mer s'asphyxie. Il faudrait rouvrir le passage. Mais qui peut faire ça, hein ? Qui ? Avec ces fichus nettoyeurs qui parcourent sans cesse la plage et vos dirigeants qui sont des fous furieux, soit dit en passant. Nous ne pouvons rien faire.

Il rajouta :

— Au lieu de me faire parler, faites sortir la femme et l'enfant. Je dois repartir. Vous allez tout droit, à cinq cents mètres, vous trouverez un bosquet avec une grotte. Cachez-vous dans la grotte et attendez qu'on vienne vous chercher. N'en sortez sous aucun prétexte. Si les élicos vous trouvent, il ne restera de vous que des cendres.

Loreline ne se le fit pas dire deux fois. Elle s'éclipsa comme si elle avait les nettoyeurs aux trousses, sans même un mot de remerciement. Abel se mit à pleurer. C'était l'heure de sa tétée.

— Plus tard, lui murmura-t-elle, plus tard.

Hugo, lui, ne savait que dire pour remercier le passeur.

— J'espère que vous trouverez les chevaux de l'autre côté. Ce sont de belles bêtes. Merci.

— Je serai bien content si de l'autre côté je trouve mes futurs clients vivants. Alors les chevaux...

Il ne finit pas sa phrase, sauta dans la barque et sans un mot, repartit sur la mer.

Hugo n'était pas fier. Non seulement leur escapade avait coûté la vie à des innocents, mais ils allaient mettre en danger d'autres habitants de ce côté-ci du mur. Son admiration pour ces gens censés être des sauvages, s'accroissait de minute en minute.

— Allons-nous-en, dit-il à Loreline.

Leurs affaires et celle de Thor et Djamel gisaient sur la plage. Il mit sur son dos le plus de sacs possibles et demanda à Loreline :

— Peux-tu en prendre un peu ? Nous ferons le tri dans la grotte. Il ne faut rien laisser ici.

Puis il soupira :

— Avec nos traces sur le sable, demain matin « les élicos », ces choses qui volent, auront tôt fait de nous trouver. J'espère qu'on nous aura récupérés avant.

Ils firent les derniers mètres presque en courant, trouvèrent la grotte cachée dans les arbres.

— C'est merveilleusement beau ici, dit Loreline, ça sent bon.

Hugo lui sourit.

— C'est beau, oui. Peut-être allons-nous atteindre le paradis ?

-Sans Thor et sans Djamel, répliqua-t-elle, la gorge serrée. Abel n'aura jamais de père.

— Il ne faut pas désespérer. Ils peuvent s'en être sortis. Gardons l'espoir.

Hugo disait cela sans y croire et Loreline le savait bien. Désormais, elle n'avait que lui pour veiller sur elle et son enfant. Un ami, pas un amant. Elle savait qu'elle ne pourrait plus jamais aimer personne. Thor resterait à tout jamais dans son esprit.

6

Au-dessus de la mer un élico tournait en rond.

— Tu vois quelque chose, dit le pilote à son passager.

— Rien. Descend plus bas. De nuit, on voit mal.

— Je ne peux pas descendre trop bas au risque de me fracasser sur les récifs. Avec ce vent du nord qui souffle, c'est trop dangereux, et il nous ramène vers l'est.

— Descend encore. Si nous revenons bredouilles, tu sais ce qui nous attend. Il me semble apercevoir quelque chose. Peux-tu tirer d'ici ?

— Cela ne servira à rien.

— Alors descend.

Le pilote commençait à en avoir assez de l'imprudence de son compagnon.

— Je descends un peu et je tire.

— J'aperçois une barque.

— Peux-tu voir ce qu'il y a dedans ?

— Que veux-tu qu'il y ait ? Des hommes… sûrement. D'ici, ce n'est pas possible de savoir combien. Arrête de balancer l'élico.

— Ce n'est pas moi mais le vent. Je ne descends pas plus bas. Je tire.

Une déflagration remplit la mer comme un coup de tonnerre, suivie d'une lumière qui parcourut le ciel et les vagues, illuminant la nuit.

— En plein dans le mille, dit le passager. Il n'y a plus de barque.

— On retourne à la base. Mission accomplie.

L'élico fit demi-tour et reprit son vol pour rendre compte aux sages de leur exploit.

7

De la grotte, Hugo et Loreline hurlaient leur supplice moral au ciel imperturbable.

— Ils ont tué le passeur, ils ont tué le passeur, ils ont tué le passeur … répétait Loreline en tremblant tandis qu'Abel vagissait d'effroi et de faim.

Dehors, le calme était revenu. Un silence effrayant après tout ce vacarme. Dans le ciel, les étoiles brillaient et, au levant, une lueur bleutée annonçait la naissance de l'aube. Abel tétait goulûment, rasséréné dans les bras de sa mère dont les larmes dégoulinaient sur son visage sans le perturber.

Soudain, ils entendirent des pas et un sifflement. La peur les paralysait. Le sifflement reprit.

— Je sors, dit Hugo.

— Ne me laisse pas seule...

— Ce sont certainement nos sauveteurs, rassure-toi. L'élico est reparti. Il a dû croire que nous étions dans la barque.

Prudemment, Hugo quitta la grotte. Allongés dans les fourrés, un homme et une femme lui firent signe. Le fait qu'il y eut une femme le tranquillisa. Il s'approcha d'eux. La femme était petite, tout en muscles, assez jolie, avec de grands yeux bruns au regard dur. On voyait qu'elle avait l'habitude de faire ce genre d'opération, bien qu'elle parût bien jeune. L'homme, en d'autres circonstances, l'aurait fait partir en courant. Hugo comprenait à présent le mot sauvage. Son visage, était couvert de poils qui s'insinuaient jusque dans ses narines et descendaient le long de ses épaules. On les voyait sortir de ses vêtements, dans le cou. Il semblait beaucoup plus vieux que la femme. Peut-être un homme-singe ? Hugo eut comme une nausée, retint les spasmes qui secouaient son estomac et demanda :

— Vous êtes les amis du passeur ?

— Ouais, maugréa le « sauvage », nous venons vous chercher. Vous savez ce qui s'est passé cette nuit ? Le passeur est mort. La barque a explosé. A mon avis, c'était vous qui étiez visés.

— Je suis désolé, dit Hugo.

— Vous êtes désolé ? Vous n'avez pas à être désolé. Il a pris ce travail en connaissance de cause. Il savait qui vous étiez. Chacun fait son choix. Vous deviez être quatre. Où sont les autres ?

— Ils ont été enlevés par les nettoyeurs sur la plage, de l'autre côté de la mer.

— Alors le compte est bon. Deux chez nous, deux chez vous. C'est la vie.

Son regard démentait l'indifférence de ses propos. Il avait l'air d'avoir de la peine.

Hugo commençait à maîtriser sa répulsion en se disant que cet homme était un humain, tout comme lui, avec des sentiments, des peurs, des secrets. Tout n'était pas nivelé comme on se plaisait à le croire dans le Grand-Pays. Les méchants au nord du mur, les gentils au sud. Les méchants n'étaient pas hirsutes et laids et les gentils élégants et beaux. Loreline ne hurla pas en le voyant contrairement à ce qu'il pensait qu'elle ferait. Bien sûr, elle ne vivait pas dans le Grand-Pays ! Cette soudaine inspiration lui parut comme une évidence. Tout son monde d'écroulait, ici, face à cet homme bourru mais dont la gentillesse transpirait par tous les pores de la peau. L'homme chargea plusieurs sacs sur son dos, Hugo prit Abel et les deux jeunes femmes les suivirent.

— Je m'appelle Loreline, et toi ?

— Charlotte.

— Bonjour Charlotte, merci d'être venue à notre secours.

— Ne me remercie pas, c'est mon travail.

La jeune fille ne semblait pas avoir envie d'entamer la conversation.

— C'est ton mari ? demanda Loreline, pas du tout impressionnée par son air revêche.

La jeune fille éclata de rire.

— Mon mari ? Tu es malade ? C'est mon père. Tu l'as bien regardé ? Il ressemble à un ours.

— Un ours ? interrogea Loreline ; Qu'est-ce que c'est ?

— Comment ça, qu'est-ce que c'est ? Une grosse bête à fourrure qui fait « grrr » ! Elle mima le cri de l'ours et rit de nouveau. Son air revêche cachait un caractère enthousiaste et facétieux.

— Non, pas de ça chez moi, dit Loreline en souriant. Chez nous, il n'y a pas d'animaux.

— Impossible, dit Charlotte. Impossible qu'il n'y ait pas des animaux. Les animaux ont peuplé la terre avant les hommes. On nous enseigne cela à l'école.

— Vous avez des écoles ? s'étonna Loreline. Chez nous, il n'y en a que dans le Grand-Pays. Nous, nous n'y avons pas droit.

— J'ai entendu parler de ce Pays... C'est horrible. Les hommes ne sont pas des hommes, mais des horribles machines avec de faux cerveaux.

— Là, on t'a induite en erreur. Regarde Hugo. Il vient du Grand-Pays.

— Ça alors ! Et il est beau garçon. C'est ton mari ?

— Non, dit Loreline d'une voix triste. C'est mon ami. Mon mari a été enlevé sur la plage avant la traversée, par les nettoyeurs. Je ne sais pas s'il est mort ou vivant.

— Mince alors, je suis sincèrement désolée.

Puis elles se turent car ils atteignaient le bout de l'île.

— Il faut prendre une autre barque pour rejoindre le continent. Notre village est là-bas, dit Tony, le père de Charlotte.

Tony et Hugo tirèrent une barque plus rassurante que celle du passeur. Elle était beaucoup plus grande, plus profonde et fonctionnait avec d'immenses de tissus.

— Ce sont des voiles, dit Tony en voyant leur étonnement. Malheureusement, elles ne nous seront d'aucune utilité. Le vent souffle du nord. Il faut ramer. Du courage, dans trois heures nous serons chez nous.

8

Les deux élicos atterrirent dans la cour de la résidence des sages. Pierre en personne, suivi de Jean, vint requérir leur témoignage.

— C'est fait votre honneur. Mission accomplie.

— Vous avez bien vérifié que tous y étaient passés ?

— Bien entendu, répondit le pilote d'un air offensé. Notre mission a été menée à son terme, et suivant toutes vos instructions, comme d'habitude.

Il omit de dire qu'ils n'avaient pas vérifié de près, de peur d'encourir les foudres du sage, le pire de tous. Son camarade s'abstint de faire tout commentaire. Il valait mieux en dire le moins possible. C'était un gage de survie dans ce nid d'araignées.

Pierre était satisfait.

— Allons prévenir nos jeunes amis. Peut-être coopéreront-ils à présent, sachant de quoi nous sommes capables. Ensuite, j'aurai pour vous une autre mission. Il faut retrouver Valentine Casteldetri. Elle est un danger encore plus grand.

Jean était bien au-delà de tout écœurement ou de toute révolte. La seule idée qu'il avait en tête était de pouvoir prévenir Minrad. Mais comment ?

Chapitre IV

Quand tu es arrivé au sommet de la montagne, continue de grimper.
Proverbe chinois

1

Loreline et Hugo étaient installés depuis deux jours dans le village de leurs nouveaux amis. Hugo avait tout de suite aimé la façon de vivre de ses habitants. Pêche, chasse, feu de bois le soir devant lequel se retrouvait toute la famille, danses. Un bonheur tranquille qu'il n'avait jamais imaginé possible. Des jeunes gens jouaient de la musique avec des instruments qu'ils avaient fabriqués eux-mêmes. Les accords étaient parfaits. On pouvait imaginer des rythmes sophistiqués loin des sons dysharmoniques des musiques du Grand-Pays. L'oreille humaine avait beau être habituée à ces cadences discordantes, elle percevait la différence entre une musique mélodieuse et une cacophonie aussi désagréable que douloureuse pour l'audition. Cependant, le seuil d'audibilité n'était le même pour tous. L'oreille des habitants au nord du mur pouvait percevoir des sons que celle des habitants du Grand-Pays ne discernait pas, mais l'amplitude d'intolérance était plus grande pour eux. Certainement une question d'habitude, car les haut-parleurs du Grand-Pays diffusaient sans cesse des informations, des musiques criardes, toutes sortes de bruits. Hugo se dit que ces pratiques devaient être intentionnelles agissant sur le cerveau comme un anesthésiant. Encore un moyen de soumission.

La vie du village s'écoulait au rythme des saisons et des passages de réfugiés. Réfugiés qui ne restaient jamais longtemps et continuaient leur route pour trouver un lieu de résidence. C'était ainsi que de plus en plus de villages se créaient le long des côtes. La répression des dirigeants du Grand-Pays et les pillages des nettoyeurs devenaient impossibles à vivre. Les passages étaient de plus en plus fréquents au nord du mur rendant les sages fous de colère. Autrefois, aucun élico ne s'y aventurait. Les habitants ne connaissaient même pas l'existence d'humains de l'autre côté du mur. Le peu de téméraires, qui avaient traversé la mer, rendaient compte d'un mur immense touchant le ciel, gardés par des créatures dangereuses. Puis, les gens des deux côtés du mur avaient fini par faire connaissance. La plupart du temps, il s'agissait de tribus vivant en marge du Grand-Pays et persécutées en permanence. Pour la première fois de leur existence, les habitants du village rencontraient des humains de ce pays que tous les émigrants décrivaient comme des fous dangereux. Ce qu'ils racontaient dépassait l'entendement. Absence d'animaux, pilules de survie, compléments alimentaires sensés remplacer les fruits et légumes, cachets pour la soif pour pallier le manque d'eau, des écrans où défilaient des images et des voix. Tous les gadgets inutiles, les pâtisseries dont tout le monde se goinfrait, l'absence de verdure, et pire encore, de faux arbres et de fausses fleurs. Du côté Nord de la Méditerranée, le printemps débutait avec ses floraisons luxuriantes, et surtout, la pluie.

La première fois que Loreline et Hugo firent connaissance avec la tempête, fut pour eux un moment inoubliable. Le ciel s'était couvert de gros nuages noirs, et un vent violent s'était mis à souffler. Un vent aussi violent que celui du désert soulevant le sable et déplaçant les dunes. Au fur et à mesure, les nuages avaient grossi, puis des coups de tonnerre avaient précédé des lumières zébrant le ciel. C'était apocalyptique. Une odeur étrange et inconnue remplissait l'atmosphère. Les oiseaux se taisaient et des chevaux hennissaient dans leur enclos. On entendait gronder la mer déchaînée. Le passeur leur avait dit qu'à une date inconnue, la tempête avait englouti des pays entiers. Ainsi, la peur avait-elle succédé à l'enthousiasme.

— Allons-nous tous mourir ? demanda Loreline à Charlotte.

— Celle-ci éclata de rire.

— Tu as peur de l'orage ? Non ? Comme les enfants ? Et encore, moi, quand j'étais enfant, j'adorais regarder l'orage par la fenêtre de ma chambre. C'est la nature, la vie. A une époque, on croyait que les dieux se mettaient en colère. Mais aux dieux, moi je n'y crois pas. Et toi ?

— Qu'est-ce que c'est un dieu ? interrogea Loreline.

Un grand coup de tonnerre brisa le silence et suspendit les commentaires de Charlotte. Loreline se mit à hurler, et soudain, le ciel déversa de l'eau comme s'il en était saturé et devait s'en débarrasser à tout prix. Sur les toits, le vacarme était assourdissant. Les rues du village se transformèrent vite en petites rivières serpentant entre les maisons.

— C'est bon pour les légumes, dit Charlotte et pour la nature en général. Tu sais, il y a quelques centaines d'années, l'eau était moins abondante. La végétation moins luxuriante. Il paraîtrait qu'ici, poussaient seulement des buissons d'épineux et des herbes rases. La nature s'est transformée. Tant mieux. Maintenant, nous avons des ruisseaux.

— Je n'ai jamais vu de ruisseau, dit Loreline avec regret.

— Il ne pleut jamais chez toi ?

— Si, quelquefois. Mais l'eau s'évapore très vite et ne sert qu'à laminer un peu plus la terre, le sable plutôt. Il envahit tout. Quand il pleut, nous en profitons pour nous laver. Mais de l'eau, il y en a de moins en moins et surtout pas de ruisseau.

— Ne t'en fais pas, je t'amènerai à la rivière après la classe. Si je manque l'école, mon père va hurler. Je perds déjà assez de temps à l'aider à récupérer les émigrants.

— Pourrai-je venir avec toi ? demanda Loreline timidement.

— Tu sais lire ?

— Oui, avoua-t-elle comme si elle annonçait un miracle.

— Alors ça va. Je croyais qu'on ne lisait pas chez toi.

— Je suis la seule et c'est un secret.

— Un secret ? De savoir lire ? Elle est bien bonne celle-là ! Mais nous lisons tous ici. Les enfants apprennent très tôt.

— Les Sages interdisent les livres. Il n'y en a pas un seul. Ou cachés peut-être. Il paraît qu'ils donnent des maladies. Des légendes disent que beaucoup plus vers l'ouest, il y aurait une bibliothèque datant de plusieurs millénaires. Mais moi je sais lire. C'est un secret que ma grand-mère m'a transmis. Et j'ai un livre : l'origine du Monde. Il est très vieux. Des milliers d'années je pense. C'est Djamel qui me l'a donné.

Charlotte blêmit.

— L'origine du Monde ? Tu as ce livre, toi ? Sais-tu ce que c'est ?

— Un livre magique. Un livre où sont cachés tous les souvenirs de la terre.

— Ce n'est pas un livre magique. La magie n'a rien à voir là-dedans. Ce livre est historique. Il a été écrit par une communauté de scientifiques quelques années après la construction du mur. Ce mur, celui qui empêche les deux parties de la terre de se rencontrer, a été construit par les hommes après une grande catastrophe. Une épidémie a contaminé les animaux et ensuite les hommes. Cette épidémie a été provoquée par un produit extrêmement dangereux fabriqué par des scientifiques qui faisaient des expériences sur les rats. Apparemment, ces rats se seraient échappés d'un laboratoire et se seraient dispersés dans la nature, contaminant tous les animaux. Pendant des années, les hommes ont construit ce mur pour se protéger des animaux car ils étaient incapables de trouver un remède aux maladies engendrées par ces expériences. Evidemment, l'humain est tellement bon qu'il a décidé de laisser mourir tous ceux qui avaient contracté la maladie. Ce n'est pas ce mur qui l'a éradiquée. De ce côté-ci du mur, nos ancêtres ont survécu. Il n'y avait plus rien. Ils se sont retrouvés comme les hommes des cavernes, complètement démunis, avec des bêtes devenues sauvages et malades de surcroît. Je te laisse imaginer leur vie de tous les jours. Beaucoup mouraient des suites de la maladie. Ceux qui ont survécu ont gardé des bribes de souvenirs du passé. Et surtout le pouvoir de lire et d'écrire, parce qu'il n'y avait personne pour le leur interdire.

— Alors tu sais lire. Tout le monde sait lire ici, bredouilla Loreline sous le coup d'une grande émotion.

Elle se retrouvait au rang du commun des mortels, elle qui avait épaté les hommes du Grand-Pays avec son savoir.

— Oui, mais personne n'a jamais vu Le Livre. Sais-tu que tu as entre tes mains ce que nous cherchons depuis des siècles ?

— J'en suis consciente, et je suis à peu près certaine que c'est l'original, à cause des annotations écrites de main humaine, entre les lignes et à la fin du livre. Mais je n'arrive pas à l'interpréter. Tellement d'informations restent dans l'ombre ! Je ne sais pas les expliquer.

— Si tu veux, nous le ferons ensemble.

Loreline lui sourit. Elle avait non seulement trouvé une amie, mais aussi un soutien moral, une aide intellectuelle. Elle sortit le livre de sa poche comme une relique précieuse.

— Oh mon Dieu, s'exclama Charlotte. Quelle merveille ! Mais il va falloir le réparer. Il tombe en lambeaux. Je le remettrai en état.

— Tu sais faire ça ? s'étonna Loreline.

—oui, j'adore réparer les livres. Je n'aime pas qu'ils soient abîmés. Je prends toujours beaucoup de soin avec les miens. Ce sont des objets précieux. Les livres peuvent survivre des siècles et des siècles. Ce sont des ponts entre les hommes et leur passé, ils nous relient à des savoirs, des expériences qui peuvent nous servir dans le présent. Celui que tu tiens dans tes mains est le plus important de tous. Des hommes et des femmes sont morts à cause de lui. As-tu entendu parler d'Amandine ?

— Oui, nos légendes racontent beaucoup d'histoires sur elle. Elle est notre ancêtre à tous. La femme à la peau blanche, venue du nord pour nous sauver. Mais elle n'a sauvé personne.

— Mauvaise interprétation, dit Charlotte d'un ton docte. Elle n'était pas là pour sauver le monde, mais pour sauver les livres. Elle est la dernière grande scientifique de la fin du troisième millénaire. Née au nord du mur, elle a passé la frontière clandestinement avec sa famille – chose répréhensible à cette époque, mais beaucoup l'ont fait – et a été formée par les plus grands : Braud, Charbit, des professeurs qui sont morts pour la cause des livres.

— Je connais ces noms-là. Ils sont sur le livre.

— Nous n'allons en parler à personne. Ton livre est trop précieux. Il pourrait se vendre très cher et exciter les convoitises. Il n'y a pas que des gens gentils chez nous.

— Vous avez des nettoyeurs ? s'affola Loreline.

— Des nettoyeurs ? Ce sont les fous sanguinaires qui massacrent les populations chez vous ? Non, n'exagérons pas. Mais les gens sont voleurs.

— Nous n'avons pas de voleurs, dit Loreline étonnée. Cela ne viendrait à l'idée de personne de prendre le bien d'un autre. Et à part les nettoyeurs, personne ne fait de mal à personne.

Charlotte était sceptique. Un monde parfait, mais mourant et privé de liberté.

— Il paraît qu'on nous enlève quelque chose dans le cerveau, continua Loreline. Avant la naissance, les embryons primitifs sont soignés en laboratoire pour enlever la méchanceté humaine. Ensuite, on les garde dans des réserves spéciales pour les remettre dans le ventre d'une femme désireuse d'avoir un enfant. Pourtant, moi je suis restée un embryon primitif et je ne suis pas méchante.

— Je ne comprends rien à ce que tu me dis, avoua Charlotte. C'est complètement confus. Tu dois te tromper quelque part, car si on donne aux femmes des médicaments pour ne pas avoir d'enfant, d'où sortent-ils les embryons ?

Elles n'eurent pas le temps d'approfondir le sujet. Tony, furieux, interpella sa fille :

— Toi, file à l'école ! Tu es en retard.

— Puis-je amener Loreline ?

— Qui s'occupera de son bébé pendant ce temps ? Non, Loreline reste au village. Nous trouverons une solution pour elle plus tard. Et toi, dépêche-toi, ou tu ne viendras plus avec moi récupérer les émigrants.

Il ne plaisantait pas, et Charlotte se sauva pour éviter la colère paternelle.

Loreline se retrouva seule, rejoignit Abel hurlant de faim dans les bras d'une vieille dame. Celle-ci sourit à Loreline. Son regard disait son regret de ne pas pouvoir nourrir l'enfant elle-même.

2

Depuis trois mois, Hugo et Loreline attendaient au village de pouvoir repartir. Loreline allait en classe avec Charlotte et les autres enfants du village. Avide de savoir, elle apprenait vite. Le livre de grammaire offert par Maguelone lui était d'un grand secours. Mais elle ne l'avait montré à personne, pas même à Charlotte. C'était son héritage personnel, pas celui du monde entier. La vie s'écoulait entre Abel, devenu un bébé rieur et joufflu, et ses amis. L'été avait remplacé le printemps. Malgré la chaleur, l'eau coulait à profusion dans la rivière où les enfants se baignaient. Les potagers regorgeaient de légumes. Comme les autres émigrés du Grand-pays dont ils ignoraient l'existence, ils avaient dû apprendre à manger de la viande et surtout du poisson. Loreline ne nourrissait plus Abel, ce qui lui permettait de le laisser en garde aux femmes du village. Il buvait le lait des brebis et commençait à manger des légumes. Malgré cette douceur de vivre, ils n'avaient pas oublié Thor et Djamel, et tentaient de recueillir des informations sur leur sort, mais les derniers émigrants n'avaient jamais entendu parler d'eux. Personne n'avait de nouvelles des deux hommes. Par contre, les émigrants racontaient que le Grand-Pays tout entier était sous le coup d'une répression sans précédent. Les nettoyeurs avaient envahi les villes, massacré des villages entiers. Personne ne savait si c'était l'ordre des sept sages ou s'ils avaient été tués eux-aussi. Hugo n'osait pas dire à Loreline que leurs deux amis devaient être morts selon toute vraisemblance. Loreline attendait le père de son enfant et pleurait parfois, en catimini, sur son amour perdu.

— Vos deux amis doivent être morts avait dit Tony à Hugo en aparté. Vous pouvez rester ici, chez nous. Il y a de la place pour vous.

Loreline peut élever son enfant et toi, fonder une famille. Nous avons besoin de bras, et d'enfants.

Hugo avait bien envie de rester, mais n'était pas sûr d'avoir trouvé un havre de paix pour son amie. Régulièrement, des engins venus du ciel balayaient la plage, soulevant un vent furieux destructeur. Un jour, un des engins avait craché du feu, comme celui qui avait tué le passeur quelques mois plus tôt. Ces engins, venus du Grand-Pays, cherchaient quelqu'un, à n'en point douter. Certainement pas lui ni Loreline, les agresseurs ayant dû penser qu'ils étaient morts sur la barque qui devait les sauver. Qui cherchaient-ils ainsi avec autant d'acharnement ? A moins qu'ils ne voulussent détruire tout ce qui se trouvait du côté Nord du mur. « Peu probable » lui avait rétorqué Tony. Il y avait trop d'humains à présent qui voyageaient du côté de l'ouest. Pour les détruire, il aurait fallu plus que ces petits engins malgré leur dangerosité. Le village était dirigé par douze jurés composés par moitié d'hommes et de femmes, dont le benjamin ou la benjamine selon les années, âgé de dix-huit ans, et le plus vieux ou la plus vieille. Tony présidait. Ces jurés étaient renouvelés chaque année, sauf Tony, le chef officiel du village. Personne ne contestait leurs décisions qui portaient souvent sur les problèmes relationnels, les cultures, l'école. Ils maintenaient une relative tranquillité. Donc, cette « juridiction » réglait la vie de tous les jours. Sa principale inquiétude était ces attaques quasi hebdomadaires dont les hommes ignoraient comment se protéger. Les habitants avaient l'ordre de se réfugier dans les grottes dès qu'ils les entendaient arriver. Quatre sentinelles étaient chargées de la surveillance du ciel, nuit et jour, en se relayant. Quatre hommes, choisis pour leur capacité à rester éveillés, leur courage et leur sobriété. Ils étaient capables de repérer à des kilomètres le moindre changement pouvant annoncer des présences anormales. La vie devenait difficile. Tony se disait que, si les attaques continuaient avec autant de régularité, ils seraient obligés d'émigrer plus vers l'ouest.

3

Un matin, à l'heure où les enfants étaient à l'école et les hommes aux champs, les sentinelles soufflèrent dans la corne qui leur servait d'outil de signal. Chacun abandonna sa tâche. Au lieu d'aller se mettre à l'abri, Loreline se précipita au village pour retrouver son fils, mais il était désert, les femmes étaient déjà parties se réfugier dans les falaises. Charlotte la suivait.

— Dépêche-toi. Il faut aller se cacher.

— Je veux mon fils ! cria Loreline que l'angoisse rendait hystérique. Mon fils !

— Arrête, tu le retrouveras ton fils. Partons d'ici.

Mais il était trop tard. Une petite troupe arrivait à l'entrée du village. Au milieu de la rue, les deux jeunes femmes figées par la peur regardaient arriver l'armée de leur perte. On les aurait dites, toutes deux, clouées sur place, leurs jambes ne voulaient pas avancer. La petite troupe se rapprochait dangereusement. Du haut des falaises, les habitants impuissants attendaient l'inévitable choc.

— Ce ne sont pas des nettoyeurs, dit Loreline. Pas du tout. On dirait des humains comme nous.

— La côte fourmille de pirates. Ils ont pu quitter la mer pour piller les villages. C'est déjà arrivé par le passé. D'habitude, ils sévissent plus à l'est. Mais si les conditions climatiques s'y sont dégradées, il est possible qu'ils poussent leurs intrusions plus loin.

— Ils n'ont pas l'air méchant, fit remarquer Loreline tandis que le groupe se rapprochait.

— Non, tu as raison, et ils ont des animaux avec eux. Ce sont des paysans, pas des pirates. Attendons.

Elles n'avaient plus peur. La curiosité était plus forte.

Ainsi, l'inimaginable se produisit. Près d'un an après leur passage du mur, Les quatre Masopiens et Garance se retrouvaient, sans le savoir, face à une autre tribu de leurs congénères.

Hugo s'était précipité au secours des deux jeunes femmes. L'une parce qu'il en avait la protection, l'autre parce qu'il avait, pour elle, une affection plus qu'amicale. Il se figea soudain, n'osant pas croire à ce qu'il voyait.

— Valentine ! hurla-t-il pris d'un bonheur intense. Valentine !

Valentine le reconnut. Hugo était identifiable même après des années d'absence. Plus grand que la plupart des Masopiens, trapu, il avait les oreilles légèrement décollées et un visage massif qui lui donnait un air bourru malgré sa gentillesse. Il y avait quelque chose de beau dans son corps, quelque chose des hommes d'autrefois, sauvage, comme elle les avait imaginés depuis des années.

— Hugo ? C'est toi ?

Hugo ne répondit même pas et se précipita dans les bras de son professeur préféré. Il lui revint à ce moment-là, le souvenir de cette conférence grotesque où tous s'étaient acharnés à la détruire. Il se rappela la poignée de main énergique qu'il lui avait donnée au risque de lui broyer les doigts, et cet amour qu'il avait toujours nourri envers elle en secret. Après cette conférence, il ne l'avait plus jamais revue. Valentine n'était pas morte. Si Dror et Djamel savaient ça ! Il aurait voulu qu'ils fussent là, tous réunis, loin de l'enfer du Grand-Pays.

— Où est Samy ?

-Il est mort, avoua Valentine en baissant les yeux. Il y a un an, lors de notre passage du mur.

Hugo en conclut que le ventre de Valentine ne s'était pas arrondi grâce à lui. Il préféra se taire. C'était peut-être l'enfant d'un homme de la tribu.

— Et bien, fit Garance à Valentine, tu me surprendras toujours. Comment connais-tu quelqu'un d'ici toi ? Nous aurais-tu caché des choses ?

Loreline s'approcha et demanda :

— Es-tu la Valentine, celle que tout le monde recherche ? L'amie de Thor et de Djamel ?

— Ils sont ici ? demanda Valentine stupéfaite. Mais comment avez-vous fait ?

— Non, ils ne sont pas là. Ils ont été capturés par les nettoyeurs.

— Oh non ! Pas ça ! gémit Valentine.

Loreline lui jeta un regard noir. De quel droit se lamentait-elle sur le sort de Thor ? Elle était jalouse d'elle depuis longtemps. Thor en parlait sans cesse, ainsi que les autres. Comme si cette Valentine était une héroïne, une égérie, le savoir incarné alors, qu'en fait, elle en savait plus qu'elle !

— Tu pourrais peut-être nous faire les présentations ? A moins que nous vous gênions, ironisa Tony en s'approchant.

Dans l'euphorie des retrouvailles, Hugo était désorienté. Les présentations furent faites, le protocole respecté. Paul et Tony, les deux chefs, se retirèrent pour discuter. Ils décidèrent d'une réunion extraordinaire et immédiate de la « juridiction » à laquelle viendraient s'ajouter le chef des nouveaux arrivants et les représentants du Grand-Pays. La venue des étrangers agrandissait le village, il fallait trouver une solution pour les installer. Les scribes-druides exigèrent leur présence à la réunion, au moins celle d'Abigaël, successeur de Cathbad. L'organisation des deux communautés était totalement différente, on pouvait même dire antinomique, l'une basée sur des décisions prises en commun que l'on aurait pu nommer « démocratique » en des temps anciens, l'autre « autocratique », gérée par deux pouvoirs, celui du chef et celui des scribes-druides. Deux formes de gestion difficiles à faire cohabiter. Néanmoins, ils n'avaient pas le choix. Les scribes-druides virent s'amoindrir leur autorité sur le peuple sans pouvoir protester. D'autant qu'à leur grande stupéfaction, ils découvrirent qu'ils n'avaient plus le monopole de l'écriture, les enfants du village hôte étant plus cultivés qu'eux.

4

Tandis que les responsables des trois communautés palabraient dans la maison des jurés, Garance, Dror, Loreline et Charlotte faisaient connaissance.

Garance semblait planer sur un petit nuage. Des années qu'elle attendait cette rencontre ! « Poursuis ton voyage petite sœur, tu trouveras la fille qui sait lire ». Le souvenir de cette dernière parole de Cathab la hantait. Mais des filles qui savaient lire, elle en avait déjà deux devant elle. Sans compter toutes les filles du village, petites et grandes. Avant de poser des questions, elle préférait garder son secret et attendre. Si la fille en question était là, elle verrait bien un signe.

— Alors tu es un chef ? Lui demanda Loreline. C'est bizarre.

— Qu'est-ce qui est bizarre ?

Loreline rougit.

— Rien… C'est comme ça. Une femme chef, cela n'existe nulle part.

Pourtant elle en avait entendu parler par Maguelone « le pays des femmes chefs, loin à l'est, est une partie de notre tribu chassée par les habitants du Grand-Pays. Il y a près de trois mille ans, lors de la construction du mur, Une fraction de la population n'a pas voulu se soumettre aux mœurs des nouveaux arrivants. Elle a été chassée de chez elle ». Maguelone savait que cette tribu existait encore. Ce qui faisait, de Loreline et Garance, des femmes de même lignage. Loreline préférait attendre avant de livrer à Garance ce lourd secret. La légende rattrapait l'histoire. Cette légende disait qu'après la mort d'Amandine, la jeune

364

scientifique, la tribu s'était scindée en deux, l'une restant sur place, l'autre préférant l'exil. Amandine avait donné deux objets pratiquement identiques dont personne ne connaissait plus l'utilisation qu'on pouvait en faire, et chaque partie de la tribu en avait gardé un. Depuis trois mille ans, ces objets étaient restés des reliques mythiques dont on parlait encore dans les veillées. Celui de la tribu de Loreline, avait disparu au départ de Maguelone, sans que personne ne sût que Loreline l'avait récupéré. Lourde perte aux yeux de la tribu, car les deux objets réunis étaient censés ouvrir la porte du paradis. Paradis, étant entendu : endroit étrange, mystérieux et idyllique. Loreline aurait donné n'importe quoi pour savoir le fin mot de cette histoire. Garance avait-elle l'autre clé ? Peu probable, pensait Loreline. Cette gamine désinvolte, se prétendant chef de tribu, ne pouvait pas être la dépositaire d'un tel secret.

— Ainsi, vous ne savez pas lire ? interrogea Charlotte pour détendre l'atmosphère. Peut-être pourrons-nous vous apprendre.

— Erreur. Nous savons lire et écrire. Mais des langues anciennes. Personnellement, je connais le tifinagh, l'ancienne écriture de ma tribu à une époque où elle vivait aux limites du Grand-Océan, l'arabe tardif et les hiéroglyphes. Quant à Dror, il lit et écrit la langue commune, l'Europaléen.

— Mince alors ! Tu connais les hiéroglyphes ? Ce n'est pas possible. Il y a des milliers d'années que cette écriture ne sert plus. Au moins six mille ans. Il paraîtrait, d'après nos livres d'histoire, qu'un homme, un certain Champollion, les aurait traduites, il y a au moins quatre mille ans, mais cette écriture n'a plus jamais servi. C'était déjà une écriture du passé. Nous l'apprenons tous en histoire ancienne.

— C'est incroyable ! s'exclama Garance. Vous avez des livres. D'où sortent-ils ?

— Ils ont été écrits par nos ancêtres, tout simplement. Quand les sages ont voulu détruire l'écriture, il n'y a pas que les grands scientifiques qui se sont liguées pour la sauver. Nos ancêtres, malgré leurs maladies, leurs souffrances, savaient que l'écriture était la mémoire du monde. Ils ont fait ce qu'ils ont pu. En fait, ce qui a sauvé l'écriture, c'est la peur engendrée par les maladies. Je m'explique : les hommes au nord du mur avaient tous été contaminés par des virus inventés par des scientifiques à la moralité douteuse. Les autres n'osaient pas s'approcher d'eux. Mais ils n'ont pas voulu les détruire.

Charlotte se rendit compte que ses nouveaux amis ne comprenaient rien à ses propos.

— Bien, je crois que je vais devoir vous faire un cours d'histoire. Sinon, vous allez être perdus. Je le vois bien à vos visages. Allons au bord de la rivière, il fait une chaleur horrible dans le village, même sous les pins.

— Quel est ce grésillement ? demanda Dror qui n'avait, jusque-là, pas ouvert la bouche.

— Des cigales, répondit Charlotte en riant. Il n'y en a pas dans les montagnes. Ce sont des insectes d'été. C'est bizarre, voyez-vous, il n'y en a pas eu pendant des centaines d'années. C'était une espèce jugée disparue. On n'en trouvait que dans certains livres sur l'histoire de la disparition de la faune et la flore. Je me suis toujours intéressée à ces espèces éteintes. Depuis quelques années, les étés sont plus chauds. C'est peut-être la raison de leur renaissance.

Loreline lui coupa la parole, elle avait d'autres préoccupations :

— Il faut que je prenne Abel, dit-elle.

— Laisse Abel tranquille, s'énerva Charlotte. Il dort avec les autres enfants. Tu le surprotèges. Ce n'est pas bon pour lui. Ici, personne ne te le prendra.

Pour Garance, « la fille qui sait lire » était Charlotte. Cela ne pouvait pas en être autrement. Elle ne dit rien, le moment des explications importantes n'était pas encore arrivé. Pour la première fois de sa vie, elle rencontrait quelqu'un de plus savant qu'elle, constatation vexatoire pour une femme chef. Ici, rien n'était comme chez elle. Le lit de la rivière était bas, réaction due à la chaleur excessive de cet été peu commun. Malgré tout, les berges fleurissaient sous un tapis de feuilles et d'herbes fraîches, et l'eau serpentait entre les branches des arbres penchés sur les cailloux. Les oiseaux offraient aux nouveaux venus leur plus beau concert. Garance pensait à sa famille et ses amis qu'elle avait abandonnés à leur triste sort, alors qu'elle aurait dû rester et assumer son rôle de chef. Mais son rôle n'était-il pas de trouver de l'eau pour eux ? De les sortir de la misère ? C'est ce que lui disait toujours Valentine. Valentine qui croyait encore pouvoir sauver le Grand-Pays.

— Asseyons-nous sur ces cailloux plats, dit Charlotte. Depuis que je suis toute petite, j'adore venir ici. On peut réfléchir tranquillement, loin des cris des autres enfants.

— Raconte-nous, la supplia Garance.

— Racontez quoi ? J'ignore ce que vous savez ou ne savez pas.

— Tout.

— Tout ? C'est trop vaste.

— Pourquoi ce mur ?

— Ah, ce mur… Je ne l'ai jamais vu de près. On le dit immense, montant jusqu'au ciel.

— Il ne faut tout de même pas exagérer. Il est très haut, peut-être trois cent mètres de hauteur. En fait, il y en a trois. Nous ne savons pas ce qu'il y a entre chaque mur car nous sommes passés par-dessous. Par un ancien souterrain qui doit dater de six mille ans au moins, si ce n'est plus J'ai lu des inscriptions en arabe tardif, mais il y avait des dates très anciennes.

— Tu prétends ne rien savoir ? s'exclama Charlotte. Je parie que tu en sais autant que moi si ce n'est plus.

— Certainement pas.

— En tout cas, tu connais des langues anciennes dont nous ignorons tout. Peut-être pourras-tu traduire certains de nos livres ?

— J'essayerai.

— C'est génial que nous nous soyons rencontrés ! Vous rendez-vous compte ? Nous avons tous ici quelque chose à apprendre aux autres.

Un grand silence laissa à la place au jacassement des deux filles. Loreline le rompit la première.

— Ce que sais, personnellement, enfin, il faut que je vous dise, si vous connaissez les légendes.

Elle bégayait, en proie à une agitation peu ordinaire chez elle. Emue jusqu'à l'oppression, elle cherchait ses mots.

— Cela m'étonnerait qu'ils sachent quoi que ce soit, dit Charlotte avec un peu de mépris.

— De quoi s'agit-il ?

— Vous avez entendu parler de Maguelone ?

— La Maguelone ? Celle de la légende ? Valentine m'en rabat les oreilles depuis un an.

— C'était mon arrière-grand-mère, avoua Loreline. Ce n'est pas une légende.

— Je m'en doutais, reconnut Garance. Cette légende me paraissait très récente. D'habitude, les légendes parlent d'évènements qu'on ne peut pas situer dans le passé. Valentine, qui a fait des recherches toute sa vie sur les légendes, pense qu'il s'agit d'évènements réels mais déformés au fil des siècles. Comme nous n'avons pas d'écriture, il ne nous reste rien du passé. Que des légendes, des objets aussi.

Elle se tut, consciente de trop parler, particulièrement au sujet des objets.

— Des objets ? interrogea Loreline surprise. Quels objets ?

— J'ai dit ça comme ça.

— On ne dit jamais rien par hasard.

— Si nous commencions par le début ? dit Charlotte impatiente de partager ses connaissances.

— Le début, répondit Loreline, c'est la création de la terre. Il y a au moins quatre milliards d'années. Il y a d'abord eu les amphibiens, ensuite les dinosaures, puis les singes et l'homme. L'homme descend du singe. Cela fait à peu près cent mille ans.

Les autres la regardaient interloqués mais déçus. La terre, vieille de cinq milliards d'années ! Comment cela était-il possible ? C'était extraordinaire, mais ce qu'ils voulaient savoir, eux, faisait partie d'un passé moins lointain. Loreline, fière de son érudition, commençait à expliquer la formation des planètes, la naissance du soleil, mélangeant tout, les particules d'or et de métaux dispersés dans l'univers, l'atmosphère de la terre, les volcans, les hommes.

— Arrête, lui dit Charlotte. Ce n'est pas ce qu'ils veulent entendre.

— Bon, et bien dis-leur, toi qui sait tout.

— Je ne sais pas tout. Je te dis qu'ils veulent connaître l'histoire du mur, avant et après. N'est-ce pas ?

— Oui, avoua Garance. Pour l'instant. Nous avons besoin de comprendre. Mais arrêtez de vous disputer par pitié. Je déteste ça.

— C'est vrai que tu es un embryon trafiqué, dit Loreline cherchant à la provoquer.

— Pas du tout ! Il y a bien longtemps que notre tribu n'a plus affaire au Grand-Pays ! Et puis, qui es-tu toi, pour me parler ainsi ? Que savez-vous de ce côté du mur de ce que nous vivons au sud ?

— Je viens du même côté du mur que toi, de la tribu des gardiens de la porte numéro six.

— La porte six ? s'étonna Garance.

— Les portes sont numérotées depuis la nuit des temps. Tu devrais le savoir.

— C'est possible, mais je ne le sais pas. Ma tribu est celle « des gardiens des Rébus ».

— Ça suffit ! Vous nous cassez les pieds toutes les deux avec votre mur et ses gardiens. Je vous signale que les gardiens existaient pour nous empêcher de passer ! Vos ancêtres nous ont laissé crever comme des chiens avec des maladies qu'ils avaient eux-mêmes inventées ! En plus, ils faisaient partie des riches qui se sont enfuis. Il fallait payer pour passer au sud.

— Ce n'est pas vrai. Je ne fais pas partie de ces gens-là, dit Garance. Notre tribu vivait au sud depuis des temps immémoriaux. On nous a chassés de nos terres.

— Pas chassés, dit Loreline. Vous avez choisi de partir pour ne pas obéir aux sages. L'autre moitié de la tribu est restée. Nous avons toutes les deux les mêmes ancêtres.

Cette révélation choqua Garance.

— Comment est-ce possible ? Comment le sais-tu ?

— Maguelone me l'a dit. Normalement, dans notre tribu, ces connaissances se transmettaient de mère en fille, mais Maguelone a été chassée et elle n'a eu qu'un fils... Le fil s'est rompu. Quand il n'y a pas de fille, les connaissances sont transmises à la première née des petites filles. C'est ainsi que j'ai récupéré la succession. Je disais donc, qu'au moment de la fermeture du mur, nous sommes restés chez nous, mais sous le joug du Grand-Pays. Une partie de la tribu a choisi de partir. Je sais que c'est la tienne. Notre écriture, il y a six mille ans, était le tifinagh. Ensuite l'arabe, puis la langue commune, bien avant la construction du mur. Il n'y a pas de hasard. La preuve, ta tribu a gardé les mêmes souvenirs que les nôtres.

5

— Parfait, dit Charlotte. Maintenant je vais pouvoir peut-être parler. Les effusions des retrouvailles seront pour plus tard.

Elle ne leur laissa pas le temps de répliquer et déclara :

« Vers l'an deux mille cinq cent de notre ère, le monde avait beaucoup changé par rapport aux millénaires précédents. La terre s'était dépeuplée, suite à des évènements climatiques violents. Tout a été bouleversé. Il a fallu reconstruire un monde avec les connaissances laissées par les hommes du passé. Il faut que vous sachiez qu'à une époque, la terre était totalement peuplée. Des cataclysmes naturels et des catastrophes, provoquées par les hommes eux-mêmes, ont tué plus de la moitié de la population mondiale. Ensuite des maladies ont ravagé ce qui restait des civilisations planétaires. Les hommes se sont regroupés au nord de la Méditerranée, l'endroit le moins géologiquement dangereux. Mais ils avaient contaminé les animaux avec leurs maladies. Alors, une chasse gigantesque, engendrée par une folie meurtrière, fut lancée. Les hommes tuèrent le plus d'animaux qu'ils purent. Mais ils se reproduisaient trop vite et contaminaient les hommes. C'est ainsi que fut décidée la construction de ce mur. Pour cela, il fallut abattre des monuments. Je vous ferai voir mes livres. Il y avait des merveilles dans le monde. Imaginez le nombre de cailloux qu'il fallut pour sa construction ! Il va du Grand Océan qui s'appelait « l'océan Atlantique » à un autre encore plus grand à l'est, « l'océan Pacifique ». Normalement, tous les hommes devaient passer au sud, même les malades car il y avait de quoi les soigner. A cette époque, il y avait douze sages, élus précisément pour leur grande sagesse. C'était des philosophes, des scientifiques, des hommes doués d'une intelligence pondérée, des chercheurs dont le jugement était apprécié de tous. Pendant quelques centaines d'années, cela se passa sans anicroche. Le monde était bien géré. Les hommes étaient tous passé au sud où il n'y avait plus un seul animal. Mais soudain, tout s'est dégradé. Les sages se sont mis à changer d'attitude. Ils commencèrent à envoyer de l'autre côté du mur des personnalités qui les gênaient, les peuples indigènes qui ne voulaient pas se soumettre, ceux qui ne s'habituaient pas à la nouvelle vie, les malades impossibles à soigner. Ensuite, ils se mirent à détruire les livres. Mais certains scientifiques n'étaient pas d'accord, et décidèrent d'écrire un livre commun appelé « l'origine du monde » et de sauver les bibliothèques. Des sages, il n'en restait plus que sept. Les cinq autres furent sûrement tués car ils refusèrent de se retourner contre le peuple. Nous ignorons comment cela a pu se produire. L'histoire prétend que les sept sages restants étaient des mercenaires avides de pouvoir, qui auraient tué les douze véritables sages. Un grand nettoyage fut fait à une date que nous situons approximativement vers 3050-3100. Tous les scientifiques dissidents furent assassinés. Les portes du mur ont été fermées avec des gardiens à chaque porte. Un genre de marché de l'humain s'est mis en place. Certains gardiens du mur faisaient commerce de leur pouvoir. Il fallait payer pour revenir clandestinement au sud du mur. Avec quoi ? De l'argent pour ceux qui en avaient emporté avec eux, des objets utiles. Au nord, les humains se virent confrontés à des problèmes insolubles étant donné leur peu de moyens. Plus de vaccins pour les maladies, plus de médicaments. Les plus résistants survécurent et fondèrent des communautés. La sélection naturelle avait fait son œuvre. Il fallut réapprendre l'utilisation des plantes, les pratiques thérapeutiques des anciens. Cela ne se fit pas en un jour. Ils sauvèrent le plus possible de livres, malgré les attaques des mercenaires des sages, car des engins venus du ciel détruisaient tout ce qu'ils pouvaient, comme en ce moment. Malgré cela, ils réussirent à garder la méthode de fabrication du papier. Evidemment, cela n'avait rien à voir avec les livres anciens. Ils ont été souvent recopiés à la main car nos ancêtres n'avaient pas de machines. Les livres ont donc subsisté. La vie a continué, tranquillement, les sages ayant certainement abandonné l'idée de tout détruire. Puis, les conditions de vie se dégradèrent de nouveau. Les humains durent affronter le climat qui s'était considérablement refroidi. Les neiges du Grand Nord avaient complètement fondu en deux millénaires, provoquant la montée des eaux. Les hommes se réfugièrent dans les montagnes. Certaines tribus oublièrent l'écriture. Certains y virent un pouvoir pour asservir les autres et se l'accaparèrent. Celui qui savait lire et écrire devenait un tyran ou un grand sage. Il y eut pas mal de tyrans qui voulurent asservir les autres tribus. Et les guerres reprirent. Notre tribu s'était retirée dans la grande montagne des Alpes. La vie y était très rude, mais nous sauvèrent l'écriture. Puis, la tribu grandit et dut se disperser. C'est ainsi que nous nous sommes retrouvés ici, il y a presque deux cents ans. Une grande partie de l'ouest est habité à présent. La grande époque de la tyrannie est terminée. Notre seul problème est l'arrivée massive des émigrés du sud, et les sages qui nous envoient de nouveau leurs engins volants qui crachent le feu ».

— Voilà, vous savez tout, en tout cas l'essentiel. Ah, j'ai oublié Amandine. C'est elle qui fut chargée par les autres scientifiques de sauver « L'origine du Monde ». Elle est restée présente, dans la mémoire des hommes, par les légendes chez vous, par l'histoire chez nous.

— Moi je viens de l'est, dit Dror qui n'avait pas encore ouvert la bouche. D'une grande montagne aussi. Nous avons émigré pour des raisons climatiques, pour les mêmes causes que les vôtres. Il faisait trop froid. Beaucoup de gens étaient morts pendant l'hiver. Les scribes-druides ont des livres. Je parie qu'ils ont une valeur extraordinaire. Ils nous ont initiés à l'écriture il y a peu de temps, mais je sais qu'ils nous ont caché des livres importants. Nous avons aussi « l'origine du monde » ce livre qui fait tant parler. Si je ne l'avais pas dérobé pour Garance, ils ne nous en auraient jamais parlé.

— Je l'ai aussi, avoua Loreline grisée par l'euphorie ambiante.

— L'origine du monde ? En es-tu sûre ?

— Certaine. « Croix de bois, croix de fer, si je meurs, je vais en enfer ». Et c'est l'original.

— Hein ? fit Charlotte déstabilisée.

— C'est une maxime de chez nous pour jurer qu'on ne ment pas.

— Nous avons la même, dit Garance.

— Je te l'avais dit. Nous sommes du même peuple.

Garance regarda Dror d'un air interrogateur. Devait-elle sortir son objet ?

Cette interrogation muette n'échappa pas à Charlotte :

— Que complotez-vous tous les deux ?

— Nous nous demandions si nous pouvions avoir confiance en vous deux.

— Merci, dit Charlotte vexée. Pour qui nous prenez-vous ?

Loreline se dit que le temps était venu de révéler les secrets. Elle sortit son objet de sa poche et dit :

— Je cherche l'autre morceau de ça.

Garance n'en croyait pas ses yeux. Le regard fixé sur le petit objet tant cherché depuis des millénaires, origine de tant de sang versé et de salive, cet objet dont des générations de femmes avaient chuchoté le nom, « clef » mot d'une langue inconnue, dont l'origine indéterminée, remontait bien avant la construction du mur. Depuis, elle avait appris que c'était tout simplement une clé, objet pour ouvrir une porte, bien qu'aucun objet de cette nature n'eût de fonction dans le Grand-Pays ou dans les tribus. Elle avait compris, en définitive, que certains mots, empruntés à plusieurs langues, avaient été simplifiés pour créer une langue commune.

— Garance, lui dit Dror, réveille-toi. A qui rêves-tu ? Montre-lui le tien.

Les deux autres attendaient, impatientes de connaître la vérité.

Garance hésita, puis sortit la clé de sa poche et la tendit à Loreline.

— Voilà l'autre.

À quelques petits détails près, Les deux objets étaient pratiquement identiques.

Elles tenaient chacune sa clé dans la main, comme si le fait de les réunir les dépossédaient d'un trésor mystérieux, et sonnait la fin d'une quête mystique ancestrale.

— A quoi servent-elles ? demanda Charlotte.

Loreline l'ignorait, Garance avait bien une petite idée :

— Le livre de « l'origine du monde » montre une image avec les deux clés et un texte que nous avons réussi à déchiffrer :

— « clés de la porte du sanctuaire de la montagne des Parfaits ». « Les bonhommes savent que le passage vers le paradis traverse les montagnes des croisades de feu ». Et quand le vieux Cathab est mort, il m'a crié en arabe : عندما الأخرى مفتاح تجد وسوف ،صغيرة أخت ،رحلتك متابعة القراءة يستطيع لمن الفتاة تجد ... Ce qui veut dire : poursuis ton voyage, petite sœur, tu trouveras l'autre clé quand tu trouveras la fille qui sait lire.

— Maintenant que nous avons les deux clés, que faisons-nous ? Nous ne sommes pas plus avancés.

Réflexion pertinente de la part de Dror qui ne voyait pas le bout de la route. Deux clés qui ouvraient une porte. L'information n'avait rien d'extraordinaire, et la réunion des deux objets n'avait pas provoqué un bouleversement dans leurs recherches.

— Nous trouverons la solution dans les livres d'histoire, dit Charlotte. Nous avons une bibliothèque à l'école, elle est peu fournie, mais il y en a une plus importante sur le continent, dans le village de Cronos, près de la fabrique de papier.

— Est-ce loin ?

— Non, mais il fit encore traverser le bras de mer qui nous sépare. Il est question de construire un pont. Mais les hommes n'en font plus depuis des générations. Ce n'est pas pour demain.

Ils furent interrompus dans leur discussion par des cris venant du village.

— Que se passe-t-il ? On dirait qu'ils se battent.

— C'est la voix de Valentine, dit Garance. Quelqu'un la martyrise. Il faut aller à son secours.

— Ça m'étonnerait. A mon avis, elle va accoucher, ta Valentine, pleine comme elle est !

— J'y vais. Elle ne sait pas ce que ça veut dire. Dans le Grand-Pays, on endort les femmes et on sort le bébé pendant leur sommeil.

— Oh là, là ! Je viens avec toi, dit Loreline. Elle va avoir besoin de soutien.

— Les vieilles du village vont s'en occuper. Pas de panique, dit Charlotte. Si le bébé se présente bien, elle n'aura pas de problème.

— Personne ne lui a expliqué la souffrance, dit Garance. Elle doit avoir peur. Je n'ai pas osé le lui dire. Elle croit que ça sort tout seul.

— Alors là, il y a un problème, effectivement.

6

Couchée dans le lit de Charlotte, qui avait tenu à lui offrir le sien, Valentine hurlait de douleur, sans retenue. Son ventre allait s'ouvrir et éclater comme un fruit trop mûr. La peur se disputait son esprit à la souffrance, elle se demandait ce qui était le pire des deux. Plus de cachets contre la douleur, la peur, plus de cachets de survie, plus rien à quoi se raccrocher pour lutter contre la mort. Elle était nue, offerte à la nature, au regard de femmes tranquilles, pas affolées du tout, alors qu'elle était à l'agonie. Une violente contraction la fit bramer, appeler à l'aide son inspecteur d'âme, sa mère, les sept sages qui ne la cherchaient pourtant que pour se débarrasser d'elle. Le Grand-Pays tout entier était absent. La peur devint terreur.

Une énorme femme, celle qui était habilitée à accoucher les femmes du village, lui avait préparé une potion à base d'herbes dont l'odeur aurait fait fuit les nettoyeurs eux-mêmes. La pire chose, celle qui la choquait le plus, c'était cette façon qu'elle avait d'introduire le doigt dans son vagin pour en tâter la grosseur. Elle se sentait salie, souillée dans son intimité, humiliée. Elle aurait aimé voir toutes ces femmes partir et la laisser tranquille dans son supplice. L'horreur dura deux bonnes heures à un rythme effréné. Les contractions se rapprochaient, ne lui laissant plus aucun répit. Elle transpirait abondamment, et Garance lui donnait à boire en lui tenant la tête.

— Courage, c'est presque fini. Pousse, pousse.

— Pousse ! vociféra la grosse femme tout en haletant comme un chien fatigué. Respire, aspire, recrache l'air. Vas-y ! Je vois la tête !

Les jambes écartelées, Valentine poussa en hurlant un « au secours » qui sembla durer un temps indéfinissable, et se répercuta en écho contre les murs de la maison. Dehors, Olivier attendait, complètement déstabilisé et effrayé. Jamais une chose pareille ne serait arrivée dans le Grand-Pays. Mais ce qui le rassurait, c'était de savoir que chez Garance, les enfants naissaient de la même façon. Celle-ci avait omis de lui dire que beaucoup de nouveau-nés mourraient à la naissance ainsi que les mères...

Le hurlement de Valentine s'amplifia, se démultiplia comme si une onde sonore traversait l'espace restreint de la chambre, puis mourut dans un sanglot. Des larmes de souffrance, de joie et de fierté. Puis les pleurs d'un bébé qu'on avait couché sur sa poitrine et leurs larmes mêlées. Les femmes criaient, chantaient, tapaient sur des casseroles en faisant un bruit insoutenable. Elles sortirent en rang, tapant et criant leur joie.

— C'est une petite fille, lui dit doucement Garance. Comment vas-tu l'appeler ?

-Clara. C'est le prénom de ma grand-mère.

— Bienvenue, petite Clara, dit Garance. Je te présente Loreline et Charlotte. Nous sommes tes... ses quoi au fait ?

— Ses tatas, dit Valentine. Et toi, sa marraine.

Elles mirent à pleurer toutes les quatre. Loreline, fière de son expérience, lava la petite Clara, l'enroula dans un petit linge et la rendit à sa maman. A ce moment-là, Olivier entra. Elles s'éclipsèrent discrètement.

Chapitre V

« Si l'on ôtait les chimères aux hommes, quel plaisir leur resterait-il ?»
Fontenelle

1

La nuit était tombée depuis des heures, étalant sur la résidence des sages un manteau de fraîcheur parfumée. Jean était toujours assis devant sa table, sans trouver la Moindre petit idée capable de le conduire à l'interprétation du labyrinthe. Cette table le rendait fou. Pour l'énième fois depuis qu'il l'avait découverte, il la regardait, la tâtait, laissait traîner ses doigts le long des carreaux. Rien ne se passait. Son esprit vagabondait, imaginait des hypothèses plus farfelues les unes que les autres. Il lui fallait trouver la route du labyrinthe, ça c'était une certitude. Une fois de plus, il tenta de faire le parcours et, cette fois-ci eut plus de chance. Il arriva au centre sans comprendre comment il avait fait. Mais en y réfléchissant, il se rendit compte que le contact des carreaux n'était pas le même partout. C'était cette différence de structure qui l'avait mis sur le bon chemin. Il lui avait fallu des jours pour sentir les particularités de la matière à cet endroit. C'était sensiblement plus rugueux sous les doigts. Il refit plusieurs fois l'expérience et conclut qu'il ne pouvait plus se tromper. Le dernier carreau n'avait aucune différence avec les autres. Des signes mystérieux, incompréhensibles et le carreau central, différent des autres, n'était qu'un leurre. Il souleva le dernier carreau avec l'ongle et celui-ci se décrocha. Il n'était pas plus avancé pour autant. Il le tourna dans tous les sens, regarda la table avec désespoir. Puis soudain, aperçut le même signe sur un autre carreau. Il le retira, entendit un grincement à peine audible. Rien ne se passa. Sans réfléchir, il chercha d'autres petits carreaux identiques et comprit que chaque carreau avait son jumeau. Il tenta alors de trouver les paires. Chaque fois qu'il soulevait deux carreaux égaux, le déclic se faisait entendre. Pris de vertige et d'exaltation, il se mit à rire nerveusement. Lorsqu'il arriva enfin au dernier carreau, le table s'ouvrit comme par enchantement en deux parties Il n'osait pas y mettre les doigts mais, fort de sa réussite, s'enhardit jusqu'à passer la main à l'intérieur. Les deux parties s'écartèrent. Il y avait, en dessous du plateau, un mécanisme incroyable qui commandait le fonctionnement du tout. Chaque carreau était relié à son jumeau par des fils de diverses couleurs. Mais le plus ahurissant était le centre intérieur de la table : un dessin tracé à la main. C'était bien un plan, mais lequel ? La réponse lui vint sans équivoque. « Jean le vieux » avait dû, lui-aussi, le trouver, ce qui l'avait conduit à l'escalier menant à la salle de projection. Il n'était sûrement pas tombé tout seul. On l'y avait poussé. Jean comprit qu'il était en danger car, bien qu'il ait déplacé la table de dessous le regard de la caméra qui avait remplacé le micro, celle-ci était toujours là, espionnant en permanence sa chambre. Il s'était rendu compte du changement quelques jours plus tôt, à cause d'une réflexion de Pierre. Il avait compris à ce moment-là, qu'on faisait plus que l'entendre, on le voyait. Il passa le doigt sur le plan. L'encre s'y imprégna légèrement. Jean ignorait l'utilisation du calque ni même son existence mais comprit que ce procédé servait à recopier le plan. Il posa la paume de sa main dessus, n'ayant rien d'autre à sa disposition, et le plan y apparut, très flou. L'encre avait dû partiellement sécher au fil des ans, mais protégée de la lumière et de l'air, il en restait encore assez pour que le plan fût visible. A présent, il devait se sauver, et vite. Il n'eut aucun mal à remettre tous les carreaux en place – ils semblaient attirés par une force mystérieuse — prit soin de refermer la table. Il ramassa quelques affaires, une lampe, et quitta la chambre en courant.

Dix minutes plus tard, les gardes pénétraient dans son antre.

— Où est-il ? hurlait Pierre. Maudit Appariteur ! Trouvez-le, et ramenez-le-moi vivant.

Les gardes mirent la chambre sens dessus-dessous, allant jusqu'à retourner le matelas comme si un mystère pouvait y être caché.

— Il regarde sans cesse cette table de malheur depuis des jours et des jours ! Pourquoi ? Qu'a-t-elle d'extraordinaire ?

Pierre se pencha, la souleva, la toucha, mais rien ne lui apporta la réponse. C'était une table, sans intérêt malgré sa beauté.

— Il s'en sert peut-être pour méditer, dit Judas. Certaines personnes se servent d'objets pour cela. Ils ont besoin de matérialiser leur pensée.

— Jean n'a pas besoin de ça. Il est trop intelligent. Le plus intelligent d'entre nous. Dire que j'ai cru qu'il filerait doux à cause de la mort de son fils ! Il a dû apprendre qu'Olivier était vivant. Vous allez vous rendre à l'usine et interroger le personnel. Quelqu'un a trahi et je veux savoir qui. Je veux aussi tous les pilotes d'élicos présents dans mon bureau dans un quart d'heure. Il me faut cette Valentine. Je veux qu'ils me la ramènent, et vivante !

Il était complètement hystérique, gesticulait, criait, et le blanc de ses yeux virait au rouge.

— Cette table a une signification pour lui. J'en mettrais ma main au feu.

— C'est couvert de petits signes, fit remarquer Simon. Il est possible qu'il s'agisse d'une ancienne écriture. Le Grand Appariteur était le directeur de l'université des temps anciens. Si ça se trouve, il sait lire les anciennes langues.

Pierre fit la moue.

— il y aurait écrit quelque chose là-dessus ? Pourquoi pas après tout ? Ils sont tous obnubilés par l'écriture. S'il a trouvé des informations, nous devons savoir lesquelles. En attendant, il faut le chercher. Il n'ira pas loin, les gardes connaissent les moindres recoins du palais. Dépêchez-vous, au lieu de rester plantés ici comme des piquets ! Qu'attendez-vous ? Vous n'êtes que des vieux crétins séniles. Fichez-moi le camp !

Jamais il ne leur avait parlé de cette façon. La colère lui faisait perdre tout sens de la mesure. Les autres se retirèrent sans répondre et Pierre rejoignit son bureau pour donner aux pilotes des élicos l'ordre de partir en mission : récupérer Valentine par tous les moyens.

2

Si Jean avait connu l'écriture, l'arabe tardif à l'occurrence, il aurait pu déchiffrer l'énigme. La clé du mystère était écrite le long du labyrinthe, mais il n'y vit que des signes. Les anciens avaient choisi les deux solutions : écrire, sachant que l'écriture aurait toutes les chances – plutôt la malchance — d'avoir disparu de la surface de la planète d'ici quelques siècles, ou se servir d'un jeu très ancien le « Ma-jong » allié à une structure fonctionnelle, petit bijou de technique pratique, de conception un peu vieillotte, mais d'une simplicité enfantine et qui avait fait ses preuves depuis des millénaires.

Muni de sa carte décalquée au creux de la main, Jean se dirigea directement à la salle de projection. Il descendit les escaliers en courant au risque de les dévaler plus vite que prévu. Au milieu de la salle, il chercha une quelconque porte qui pût le faire évader, mais il n'y en avait aucune, à part de vieux rayonnages en pierre datant probablement de la première construction du palais. Face à cette masse invulnérable, il se sentait petit, stupide, inculte. Si au moins il avait écouté Valentine ! « Des livres, ce sont des livres qui ornaient ces rayons » lui chuchota une petite voix. Il s'approcha. L'humidité suintait du mur. Cette étrange constatation le fit réfléchir. Si les murs étaient humides, c'était parce qu'il y avait inévitablement de l'eau quelque part. Il passa sa main le long des murs en proie à une panique croissante. Au-dessus de sa tête, Il entendait crier, courir. Son doigt heurta un minuscule morceau de bois, à peine plus gros qu'une écharde, et un peu de sang coula. Une petite cavité s'ouvrit par laquelle il put passer la main. Elle rencontra un objet sur lequel il tira, mais rien ne se passa. Il tira encore en proie à une panique croissante. Finalement, l'objet bougea et un pan de mur s'ouvrit, laissant le passage pour un homme. L'odeur était insupportable, mais il n'avait pas le choix. Il s'engouffra dans l'étroit boyau et le mur se referma derrière lui. Quelques minutes plus tard, il entendit du bruit et cris dans la salle de projection.

— Il n'est pas là !

— Alors cherchez ailleurs ! Bande d'incapables !

La voix de Pierre s'entendait derrière le mur comme s'ils avaient été dans la même pièce. Jean frissonna, d'appréhension et de froid. N'osant ni bouger ni respirer, de peur de se faire repérer, il entendit Pierre taper sur le mur à divers endroits. Mais Pierre abandonna son investigation et quitta la salle. Jean éclaira le tunnel et ne vit que l'obscurité devant lui. Marchant sans faire de bruit, il reprit sa route. Au bout de quelques heures de progression difficile sous un plafond dégoulinant d'un liquide marron et nauséabond, il entendit un bruit de chute d'eau, plus fort que celui fait par les cascades des jardins de la résidence. Il était perplexe. Le tunnel rétrécissait parfois. Il avait beau scruter le dessin dans sa main, il ne comprenait pas le principe du plan. Le calcul de l'échelle des valeurs lui était inconnu ; il ignorait les chiffres écrits, et les signes ne s'étaient pas imprimés, la carte étant faite pour être recopiée ou décalquée sur du papier. Ce tunnel pouvait bien faire des kilomètres. Heureusement, il arriva dans une salle dont le plafond lui parut plus haut. Sur les murs, des restes de mosaïque rappelaient l'époque où ce souterrain faisait partie d'un palais. Jean commençait à se forger une idée bien précise de l'endroit où il se trouvait. Plusieurs salles se succédaient sans rien apporter de rassurant. Il était sous terre, à la merci d'un éboulement de terrain au-dessus de sa tête. Peu à peu, les proportions du plan se mettaient en place dans son esprit. Il avait dû parcourir des kilomètres. Les salles ne ressemblaient plus à des pièces de palais mais à des cours souterraines et le tunnel à présent n'avait plus rien d'un couloir. Le sol était en terre, ainsi que le plafond et les murs. C'était comme s'il avait quitté le palais pour s'évanouir dans la nature. Au cours des millénaires, le sable avait dû créer des couches successives enfouissant un village ou peut-être même une ville. Quelques centaines ou milliers d'années plus tôt, les hommes avaient dû étayer les maçonneries et consolider le tout pour qu'il ne s'effondrât pas. Visiblement, l'endroit n'avait pas eu de visiteur depuis bien longtemps. Sur le plan, étaient annotés des petits signes semblant montrer la route : une barre suivie d'un petit chapeau pointu placé verticalement.

Cela faisait des heures qu'il déambulait dans ce tunnel et la batterie de sa lampe commençait à rendre l'âme. Le plan, dans sa main, se décomposait car il transpirait beaucoup à cause de la moiteur de l'air. Une faible lumière éclairait à présent à un mètre devant lui, puis faiblit et finit par s'éteindre. Il continua sa route en touchant les murs, épouvanté à l'idée de se tromper sans l'aide des petits signes. Harassé de fatigue, il se laissa choir le long du mur et finit par s'endormir, couché sur le sol.

3

Au petit jour, une vingtaine d'élicos s'éleva au-dessus de la base de la résidence des sages. Pierre s'était dit qu'il fallait frapper fort, dans les moyens mis en œuvre, et sur les esprits. Le bruit assourdissant des moteurs s'entendit jusqu'à l'usine et dans les montagnes où les insurgés comprirent qu'un événement sans précédent se préparait. Malgré leurs espions toujours actifs dans l'entourage des chefs d'intervention des forces du Grand-Pays, rien n'avait filtré. Ils ignoraient quelle était la mission des élicos. Sûrement pas une promenade ni des manœuvres d'entraînement. Dans le quartier général, Minrad était inquiet. D'après les espions, Jean avait disparu comme par enchantement et les deux Masopiens transférés de l'usine à un endroit inconnu. Ils ignoraient s'ils étaient encore vivants. La seule information que son espion personnel lui avait rapportée était l'histoire rocambolesque de la table de Jean que le plus virulent des sept sages considérait comme l'objet principal de la fuite du Grand Appariteur. Que voulaient dire tous ces préparatifs et ces secrets infantiles ? Pourquoi Pierre était-il obnubilé par cette table qu'il il aurait pu s'approprier avant l'arrivée de Jean ? Il y avait sûrement une raison valable et Minrad aurait donné cher pour la connaître. Il savait Jean intelligent, et cette histoire de table le tourmentait. Par la fenêtre au ras du sol, il voyait le sable gifler les vitres. Une tempête se préparait. Il se dit que les sages tenaient les vies des hommes pour peu de d'importance pour envoyer les élicos en mission par un temps pareil ! Même disciplinés jusqu'à la soumission, leurs employés ne valaient pas plus qu'un insurgé ou un esclave. Il soupçonnait même les sages de se haïr mutuellement.

— Minrad ! J'ai une information de dernière minute.

Minrad se retourna, son espion personnel venait d'entrer. Il avait la respiration saccadée, et son air désolé en disait long sur la teneur de son message.

— J'ai pu apprendre la raison de tout ce remue-ménage. Les élicos partent au nord du mur, à la recherche d'une certaine Valentine qui semble avoir une importance cruciale. Pierre a même demandé de la ramener vivante. Il doit vouloir lui soutirer des informations connues d'elle seule.

Minrad réfléchit et se souvint des explications de Jean.

— Je crois que c'est surtout sur le moral des Masopiens qu'il veut frapper un grand coup. Les étudiants ont fomenté des révoltes à Masopa et dans d'autres villes, et le peuple est prêt à suivre. Valentine est leur égérie. Depuis sa conférence il y a plus d'un an, elle s'est enfuie du Grand-Pays avec quelques chercheurs, y compris le fils du Grand Appariteur. Le peuple se pose des questions, réfléchit sur ce qu'elle a dévoilé dans son exposé. Sur le moment elle a été dénigrée mais la population, qui est sensée ne pas se poser de questions, commence à réfléchir, et les sages à paniquer. D'un côté, c'est une bonne chose, mais cette fille doit être protégée.

— Nous n'avons aucun moyen…

— Il faudrait trouver Jean. S'il erre quelque part dans la nature, les élicos auront tôt fait de le rattraper. Il faut envoyer un groupe de recherche.

Minrad retourna à ses occupations sans toutefois se départir d'une vague inquiétude à propos de Jean. Quant à Valentine, il ne se faisait aucune illusion : son sort était scellé. Que pouvait-on faire contre des élicos armés ?

Jean fut réveillé par du bruit au-dessus de sa tête, et une lueur au fond du tunnel. Il se leva, ses membres lui faisaient mal, s'avança prudemment vers la lumière. Il se retrouva à l'air libre, dans une espèce de cavité envahie par des cailloux et des herbes broussailleuses hérissées de piquants. Il se fraya un passage, s'écorchant la peau aux épines. L'air extérieur lui redonna le moral. L'air de la liberté, mais pour combien de temps ? Le vent soufflait très fort soulevant le sable, rendant la visibilité quasi nulle. Cependant, il reconnut dans le ciel les élicos et se demanda où ils se rendaient ainsi armés. Ce n'était pas de bon augure. Il sortit quand même. Il ne pouvait pas rester dans ce trou au risque de mourir de soif. Il était parti sans emporter quoi que ce fut, à part quelques objets personnels auxquels il tenait, oubliant les cachets de survie et ceux contre la soif. Une erreur à ne pas commettre. Aux pieds, il n'avait que des sandalettes, rien pour se protéger le visage des coups de fouet du sable, les bras nus. Il marcha une bonne heure à une vitesse qu'il ne put évaluer, sembla tourner en rond. Au loin, il aperçut un genre de mur – s'était-il trompé de direction ? – mais à bien y réfléchir c'était stupide de penser que ce pouvait être « le Mur », situé probablement à des centaines de kilomètres de là. Il n'eut pas le temps de se poser plus de questions, un groupe s'abattit sur lui et il se retrouva pieds et poings liés, bâillonné, incapable de pouvoir reconnaître ses agresseurs. Persuadé qu'il venait de se faire capturer par les sbires des sages, il s'abandonna à la passivité. Plus besoin de lutter. Sa vie ne tenait plus qu'à un fil. Il fut jeté dans une voiture et conduit à une destination qu'il ne connaissait que trop bien. Pourtant, malgré l'épais brouillard de sable, il vit des murs ne ressemblant en rien à ceux de la résidence des sages. Il fut poussé, tiré, entendit des cris.

-Imbéciles ! Détachez-le !

Cette voix, il l'aurait reconnue entre mille. Minrad, son fidèle ami. La peur le quitta, remplacée par une joie qu'il n'avait jamais éprouvée.

— Votre honneur, veuillez leur pardonner. Ce sont des idiots incultes. Je n'ai jamais demandé de vous ramener dans cet état.

— Tu m'en vois ravi. Ne m'appelle plus jamais votre honneur. Jean. Mon nom est Jean. Par la même occasion, tu me tutoies. Ne sommes-nous pas amis ?

— Si, répondit Minrad au comble de la jubilation. Vous... tu es sain et sauf. Maintenant, il faut que nous parlions. Les chefs de tribus t'attendent.

Jean n'eut que le temps de boire un peu, regrettant presque les fontaines de la résidence et surtout sa salle de bain.

— Avez-vous des nouvelles des deux Masopiens ?

— Oui, mais elles ne sont pas bonnes. Nous ne savons pas s'ils ont encore vivants. Toujours est-il qu'ils ont été rapatriés de l'usine. Pour quelle destination ? Nos espions n'en savent rien.

— Ils sont certainement au « cachot », affirma Jean. J'ai assisté à leur arrivée. Il s'en est fallu de peu qu'ils ne soient exécutés. J'ai intercédé en leur faveur, mais à mon grand étonnement, le plus scandalisé fut l'un des sages, Philippe. Celui-ci ne parle jamais ou presque. Il n'émet jamais d'opinion. Je pensais qu'il était un peu attardé, peut-être né d'un embryon primitif trafiqué dans le ventre de la mère. C'est déjà arrivé, d'après ce que j'ai entendu, cela a donné des individus psychiquement instables. Mais il a soudain protesté avec véhémence à l'idée de tuer les deux Masopiens et là, il avait l'air plus que sensé.

Minrad s'écarta pour laisser le passage à Jean.

— Nous voilà à la salle de réunion.

Celle-ci n'avait rien de commun avec celle de la résidence des sages. Une pagaille amicale y régnait. Plusieurs chefs de tribus ralliées à la cause des insurgés, discutaient bruyamment, s'interpellaient, créant une ambiance de fête plutôt que de réunion. Le silence se fit soudain à l'arrivée des deux hommes. Jean put percevoir quelques regards hostiles, mais dans l'ensemble, il s'agissait plus de curiosité ou de doute que de réelle agressivité. Cette foule disparate rassemblait des chefs venus des quatre coins du Grand-Pays et même d'au-delà. Le plus impressionnant était un vieil homme, au visage ridé comme un vieux parchemin et empreint de tristesse, qu'on lui présenta comme étant Eschyle, le chef par contumace de la tribu des Rebus. Il avait fait au moins mille kilomètres, avait accepté de monter dans un élico volé aux sages, alors qu'il ne connaissait même pas les techniques basiques de Masopa ! Ce courage forçait l'admiration de tous. Il fit aussi la connaissance d'Eloïs, le père de Loreline, un homme d'un certain âge, qui raconta comment sa tribu avait été décimée par les nettoyeurs après le départ de sa fille. Etaient également présents deux gouverneurs de Phocéa, la seule grande ville d'où on pouvait encore s'échapper, et d'autres chefs, anciens gardiens de portes qui n'existaient plus. Jean se présenta, raconta son histoire, l'enlèvement de Thor et de Djamel, sa découverte de la table dont il ignorait la datation mais qui devait être vieille de plusieurs centaines d'années et qui l'avait aidé à sortir par le labyrinthe.

— Savez-vous de combien d'élicos ils disposent ?

— Au moins une centaine. Et dans les usines, ils font fabriquer des armes par des hommes aveugles et sourds, conditionnés dès leur naissance à obéir. D'après ce que je pense avoir compris, ils auraient été lobotomisés dans le ventre de leur mère, une pratique employée il y a fort longtemps sur des adultes fous dangereux pour les calmer.

— Qu'en est-il du palais des sages ? En connaissez-vous les moindres recoins ?

— Non, ils se méfiaient de moi. Certains secrets ne m'ont pas été révélés, mais je suis passé par un rite initiatique complètement énigmatique. A à juger par la teneur de leurs propos, j'en ai conclu qu'ils étaient déments. J'ai vu aussi des horreurs sur un grand écran, mais ça, je crois que c'est la vérité sur le passé lointain, ou en tout cas, une partie. Ils ne m'ont pas tout fait voir, seulement des atrocités datant d'une époque bien avant la construction du Mur. La Basse Epoque, comme la nommait Valentine.

— Justement, intervint Minrad. Valentine est la raison de ce déploiement d'élicos. Ils veulent la capturer avec son bébé.

— Un bébé ? Elle a un bébé ? Mais c'est l'enfant de mon fils ! L'enfant d'Olivier !

— Nous le savons. Ce que nous ne savons pas, c'est ce qu'ils veulent en faire. Valentine, ils ont l'intention de l'utiliser pour mater les insurrections qui grandissent dans le Grand-Pays. L'enfant, nous n'en savons rien. Une monnaie d'échange, un chantage ? Allez savoir... Ils ont sûrement une idée tordue derrière la tête.

— Il faut les en empêcher.

— Les élicos sont déjà partis. C'est trop tard.

— Maintenant que nous connaissons le passage, suggéra un chef, nous pourrions rentrer dans le palais des sages et les prendre par surprise.

— Excellente idée, mais qui demande une préparation minutieuse. Il faut infiltrer les techniciens, les pilotes d'élico, les ouvriers des usines. Ceci est le plus facile à mon sentiment. Etant donné qu'ils ne pourront pas donner l'alarme ni même comprendre ce qui se passe.

— je suis volontaire pour infiltrer les ouvriers, dit Jean.

— C'est hors de question. Toi, tu es notre carte d'atout. Nous avons besoin de toi ici, et vivant. Il faut établir un plan. Ensuite, lorsque nos hommes seront en place, tu seras notre guide pour passer le labyrinthe. Tu l'as déjà fait une fois.

— J'avais une carte. Elle s'est effacée de la main.

— Tant pis. Faisons confiance à ta mémoire visuelle. Au travail tout le monde. Vous, Eschyle, vous restez avec nous. Nous avons besoin de vos connaissances.

— Les connaissances ? Ce n'est pas moi qui les ai. C'est Garance. C'est elle la dépositaire et gardienne des traditions et des secrets. Chez nous, les hommes ne savent rien. Ils ont le pouvoir sur les femmes, mais c'est un pouvoir dominateur, physique, une certaine forme de vengeance. C'est pour cela que Garance est partie. Tout est de ma faute. Si je n'avais pas tenu à épouser cette enfant, nous n'en serions pas là. A une époque pas si lointaine, les femmes choisissaient leur mari. La femme chef décidait qui serait apte à gouverner avec elle. A la mort de sa mère, je me suis attribué des droits, je lui ai volé son rôle pour n'en faire que ma chose, ma future épouse que je ne peux même pas honorer. Après la mort de ses parents — son père a été massacré par les nettoyeurs — Je l'ai élevée pour qu'elle soit à moi. Mais c'est bien la digne descendante d'Amandine, celle de la légende. Elle est partie avec tous les secrets de la tribu. Je ne suis qu'un vieil imbécile, pas un chef. Je ne mérite pas de faire partie de votre assemblée.

— Nous savons tout cela, dit Minrad. Mais nous n'allons pas vous faire payer vos erreurs. Nous ne sommes pas les sages, un nom usurpé, au demeurant. Le mot « sage » n'a rien à voir avec ce qu'ils sont.

— Minrad ! Dépêche-toi ! Il se passe des choses du côté du palais. Des élicos sont revenus.

Ils se précipitèrent tous dans la salle de contrôle. Au milieu de la tempête de sable qui rendait flou toute visibilité, ils aperçurent une femme descendre avec un bébé dans les bras.

— Ils ont pris Valentine. Elle est fichue dit Jean les larmes aux yeux. Que vont-ils faire de mon petit-fils ?

— Attend. Rien n'est encore joué. Le bébé, ils ne l'ont pas pris pour le tuer. Quant à Valentine, ils vont vouloir la faire parler. Cela nous laisse du temps.

— Si peu... murmura Jean. Si peu.

Sur la cour d'atterrissage des élicos, régnait une ambiance démentielle. Pierre, de son bureau, surveillait leur arrivée en jubilant.

— Ils l'ont eue ! Ils l'ont eue. Ah ! Que ce jour est unique !

— Qu'en fait-on ? demanda Judas.

— Elle s'attend à me rencontrer, comme une personne importante. Ne lui faisons pas cet honneur. Jetez-la au cachot avec les deux idiots d'étudiants. Et amenez-moi l'enfant.

6

Djamel et Thor dormaient d'un sommeil peuplé de cauchemars. Thor appelait parfois Loreline en dormant et son petit Abel. Où étaient-ils à présent ? Vivants ? Morts ? Ils étouffaient dans la moiteur de ce tombeau où ils étaient enterrés vivants. Ils n'arrivaient plus à compter les jours. Depuis combien de temps avaient-ils été capturés ? Depuis combien de jours, de semaines, de mois peut-être, travaillaient-ils à l'usine ? La fatigue les empêchait de réfléchir. Le temps n'existait plus.

La porte s'ouvrit d'un coup. Les deux monstres tenaient une femme attachée et la jetèrent au milieu de l'étroit réduit.

— Tenez ! Voilà une femme. Elle vous occupera. Vous pouvez en faire ce que vous voulez. Elle ne peut pas se défendre, elle a les mains liées.

Ils éclatèrent de rire et repartirent en fermant la porte.

Thor s'approcha de la jeune femme dont la lèvre saignait abondamment. Il aurait fallu la soigner, elle avait l'air si jeune. Il souleva son visage et demanda :

— Qui es-tu ?

Chapitre VI

Si le silence est d'or, la parole d'argent, l'écriture est l'alchimie des deux : la pierre philosophale.
L'auteure

1

Dans le village, la cohabitation se passait à peu près correctement. Il y avait bien parfois quelques frictions, mais dans l'ensemble, la vie s'écoulait tranquille, mis à part les attaques des élicos. Les jeunes femmes avaient décidé de rejoindre le continent, jusqu'au village de Cronos où se trouvait une bibliothèque réputée pour ses collections uniques.

— Je prends Clara, dit Valentine à Olivier. Elle a besoin de moi. Nous ne risquons rien sur le continent, les élicos n'y vont pas, et Dror vient avec nous. D'ailleurs, nous n'y resterons pas longtemps. Juste le temps de trouver des informations dans les livres. Ici, ils ont besoin de tous les hommes valides pour construire des maisons et pour les cultures. Nous avons amené beaucoup de bouches à nourrir.

— Ne cherche pas d'inutiles excuses. Cela fait des années que tu rêves de ce jour. Je ne vais pas te priver de ta plus grande jouissance. Mais fais attention à toi. Je t'aime et Clara aussi.

— Moi-aussi, je t'aime.

Elle l'embrassa avec tendresse, se souvenant de ce grand dadais timide et étrange qu'elle avait rencontré dans son laboratoire, il y avait de cela bien longtemps. Que lui avait-il dit à ce moment-là ? Ah, oui, qu'ils s'étaient déjà rencontrés dans une autre vie. La belle blague ! Un moyen comme un autre de l'approcher. Les hommes ne savent jamais faire simple. Pourquoi ne lui avait-il pas dit qu'il avait envie d'elle au lieu de raconter des inepties ? Elle eut soudain la vision de Samy dont la dépouille dormait loin d'eux, dans le silence d'un palais détruit, sous une stèle de céramique bleue. Pauvre Samy qui n'aura jamais su que le bonheur pouvait exister ! Qu'elle avait raison au sujet de l'amour, et qu'il ne détruisait pas comme le prônait l'écran du Grand Savoir. A moins que son esprit n'ait survécu, thèse extravagante soutenue par Garance et même Charlotte. Elle préférait n'en rien penser, peu sûre de vouloir croire à la survie de « l'âme ». C'était si facile de se dire qu'après la mort il n'y avait plus rien. Le repos éternel, l'oubli. Savoir qu'on pouvait peut-être exister encore sous une autre forme la paniquait totalement. Parfois, il lui semblait que Samy rôdait autour d'elle, que son fantôme restait là pour lui rappeler éternellement sa trahison. Mais Samy, si gentil, ne pouvait pas s'être transformé en un être immonde et cruel ivre de désir de vengeance. Il n'y avait que les habitants du nord du mur pour croire à ce genre de sornettes. Pourtant, elle n'était pas tranquille, il lui semblait que la nuit était peuplée de créatures étranges, bonnes et méchantes. Et par-dessus tout, elle avait peur que ces êtres lui enlèvent Clara qu'elle n'avait peut-être pas méritée.

— A quoi penses-tu ? Tu as l'air grave, lui dit Olivier en la serrant dans ses bras.

— A la mort, à la vie.

— Pense à la vie. Que t'importe le reste ? J'aime vivre avec toi.

— Moi-aussi.

Elle ne demanda pas des explications sur son comportement insolite au moment de leur rencontre. Il l'avait sûrement déjà oublié.

Tandis que la nuit recouvrait le village de fraîcheur reposante, ils firent l'amour comme si leur vie en dépendait.

2

Au petit matin, les quatre filles et Dror étaient prêts pour leur périple sur le continent. Le père de Charlotte tenait absolument à les y conduire lui-même avec sa barque, accompagné d'Hugo. Les effusions entre Valentine et Olivier n'en finissaient pas, ce qui agaçait Tony, peu enclins aux marques de tendresse.

— On se dépêche, dit-il d'un ton bourru. Je n'ai pas que ça à faire. Olivier, tu t'occuperas de superviser les travaux de l'école pendant mon absence, je devrais être rentré ce soir.

Ce qui voulait dire, « va travailler, les ouvriers y sont déjà ». Olivier comprit le message et, s'arrachant des bras de sa femme, partit sans se retourner.

Valentine et Loreline portaient leur bébé sur le dos. Tony leur avait fabriqué un sac spécial « bébé » dont étaient munies toutes les femmes du village ayant un enfant en bas âge. Abel commençait à vouloir marcher, et depuis cinq jours il faisait quelques pas malhabiles. Loreline pensait pouvoir se reposer parfois en le tenant avec une corde, ce qui faisait rire Charlotte et Garance et les autres enfants. Il avait l'air d'un petit animal sauvage tenu en laisse pour qu'il ne morde pas. Mais c'était bien pratique. L'enfant aimait se sauver pour partir à l'aventure, même en marchant à quatre pattes. Il valait mieux canaliser son engouement pour la nouveauté. Mais au lever du jour, elle préféra le mettre sur son dos.

Trois bonnes heures de marche étaient nécessaires pour rejoindre la mer au nord de l'île. Lorsqu'ils atteignirent la plage, le soleil était déjà haut et dardait ses rayons comme pour se venger de leur audace. Il était rare que les îlotiers quittent leur refuge. De l'île, on voyait tout ce qui pouvait approcher et des guetteurs avaient été installés pour avertir d'un danger quelconque. Tony n'était pas tranquille de voir sa fille s'en aller sans lui, mais il ne voulait pas montrer son inquiétude. Les barques étaient là, sagement rangées sur une jetée de bois. La plupart des familles de l'île en possédaient une, certaines l'avaient acquise à plusieurs pour partager les frais et ne pas voyager seul. Mais la plupart du temps, chacun se servait en fonction de ses besoins. Tony prit la plus grande, et ils s'installèrent le plus confortablement possible. La traversée fut calme, la mer était d'huile.

— Je vous donne un message pour mon ami Le Tsu qui habite la ville la plus proche, celle où se trouve heureusement la bibliothèque. Faites attention. Vous n'êtes pas habitués à ce genre d'agglomération. Vous risquez de vous perdre.

— J'y suis déjà allée plusieurs fois avec toi, papa, fit remarquer Charlotte, tu le sais bien. Je me rappelle bien où habite Le Tsu, et je connais la bibliothèque où travaille mon amie Manon. Ne t'inquiète pas.

Tony savait tout cela, mais cela ne l'empêchait pas d'être inquiet. Les élicos du Grand-Pays cherchaient quelqu'un et il avait bien une petite idée de la personne en question. Soit les sages savaient que Loreline était encore en vie, soit ils voulaient Valentine ou Garance. Ils devaient être au courant de tout. Depuis que Paul lui avait raconté l'épisode de l'objet espion caché sous la charrette, il n'était pas tranquille.

— Soyez prudents, dit-il en les débarquant sur la plage. Dror, je te les confie.

Les quatre filles sourirent. Elles s'étaient toujours débrouillées sans lui. Mais inutile de faire de la peine à Tony, dont le visage en disait long sur l'angoisse qui l'étreignait.

— C'est promis, dit Dror, en se rengorgeant. Je serai à la hauteur.

Garance pouffa de rire et Charlotte lui écrasa le pied. Garance lui lança un regard noir, mais ne renchérit pas.

Tony abrégea les au-revoir et monta dans la barque.

— Fais attention à eux, Valentine, dit Hugo en aparté. Dror est un enfant.

Elle lui sourit et l'embrassa sur la joue.

— Je serai à la hauteur, murmura-t-elle en imitant Dror.

Il serra Loreline dans ses bras, conscient de ne pas suivre les recommandations de Thor. Elle n'avait que lui à présent et il se sentait bien en deçà de ses responsabilités. Thor et Djamel devaient être mort depuis longtemps, il en était malade mais n'y pouvait rien. Loreline attendait encore Thor, l'attendrait toujours en regardant grandir le fruit de leur amour.

3

Pour Valentine venue de Masopa, Cronos n'était qu'une bourgade. Mais pour Loreline et Garance, un endroit magique où vivaient des centaines de gens, un immense foyer d'habitation où le danger devait pouvoir surgir à chaque coin de rue. Dire qu'elles étaient franchement inquiètes aurait été exagéré, mais pas tranquilles, oui. Loreline laissait Abel sur son dos, de peur qu'on ne lui volât. Les rues pavées grouillaient de gens, d'enfants qui jouaient, de vendeurs, d'hommes et de femmes de toutes les couleurs vaquant à leurs occupations journalières. A côté des rues en terre battue de Masopa, ces rues-ci donnaient une impression de modernisme impressionnant. Rien ne ressemblait au Grand-Pays, à commencer par les monuments inexistants à Masopa. Certaines façades étaient décorées de mosaïques et de statues rajoutées aux pierres taillées. Quant aux races, même si elles s'étaient mélangées après la construction du mur, il n'en demeurait pas moins des traits physiques parfois bien marqués et surprenants pour les habitants du Grand-Pays. Des gens normaux, avec des cerveaux normaux, qui n'avaient pas l'air plus agressif que les Masopiens, ni plus sauvages. Et ces races hétéroclites avaient quelque chose de revigorant, apportant des touches bigarrées à la foule.

— Que ne nous ont-ils pas fait croire comme fadaises ! s'exclama Valentine. Quand je pense aux écrans du Grand-Savoir qui nous rabâchent sans cesse des phrases telles que « l'amour est dangereux, les hommes derrière le mur sont dangereux, les animaux sont dangereux ! ». Ah ! Si les habitants de Masopa pouvaient voir Cronos ! Ils se révolteraient, ça c'est sûr.

— Qui te dit qu'ils ne se révoltent pas déjà ? dit Charlotte.

— Je ne sais pas. Leur cerveau est bricolé comme une machine. Pas le mien, mais celui de mes ancêtres l'a été. Que nous manque-t-il ? Des neurones ? Ces petites cellules dont vous pensez qu'elles existent et qu'elles régissent tous nos actes ? Mais lesquels ?

— La mémoire collective, dit Charlotte. Vous ne l'avez pas. Regarde : trois mille ans se sont écoulés depuis la construction du mur et vous ne savez pas ce qui s'est passé chez vous pendant tout ce temps. Ce n'est écrit nulle part, et vous n'en avez pas la moindre petite idée. Tu connais ta vie, mais pas celle de tes parents, ni de tes grands-parents. Qu'ont-ils fait ? Qu'ont-ils vécu ? Vous rabâchez un savoir inventé, sans réfléchir. Vous n'avez aucun repère historique. Toi tu te poses des questions parce que tu es un embryon primitif, ainsi qu'Hugo, Loreline, Garance et Olivier. Mais les autres ? Monsieur Toufik, par exemple ? On ne l'entend jamais. Il suit le groupe. Il ne critique jamais rien. Il est toujours d'accord sur les décisions prises par la communauté et ça n'a pas l'air de le chagriner. Quant à Monsieur Abasseur, il se laisse guider par les scribes druides parce qu'il a été initié au chamanisme. Il n'invente rien. Cela lui plaît comme ça. Ils ont l'air heureux tous les deux, un peu comme les abeilles sont heureuses de butiner les fleurs.

Elle n'avait pas tout à fait raison, particulièrement en ce qui concernait Toufik. Il apprenait à reconnaître de lui-même les plantes et les insectes, à les classer, un travail de scientifique qui, apparemment, n'avait pas été fait. Tout ce qui se trouvait sur ces sujets dans les livres, souvent en mauvais état, était du domaine du passé. Toufik pensait, à juste titre, que si le climat s'était fortement modifié au cours des millénaires précédents, les animaux s'étaient métamorphosés pour survivre dans un monde inhospitalier. La preuve en était, d'après ses constatations, ces insectes bruyants, les cigales, qui avaient fait leur réapparition depuis seulement quelques années. D'après ce qu'il avait trouvé comme informations dans de vieux documents, les larves pouvaient rester cinq ans sous la terre pour ressortir transformées en insectes. Mais comment avaient-elles fait pour y demeurer plus de mille ans et s'échapper lorsque le climat avait atteint une température viable pour elles ? Une hibernation peut-être ? Une larve d'insecte peut-elle survivre sous terre à des températures en dessous de zéro ? Mystère. Et les mystères, Toufik adorait les percer. De ce côté du mur, il avait l'impression d'être au paradis des scientifiques. Il devait tout apprendre et sa soif de connaissance avait de quoi s'épancher, bien au-delà de ce qu'il avait espéré.

Ils suivirent les rues pavées et tandis qu'ils parlaient, arrivèrent sur une grande place entourée de maisons aux façades sculptées directement dans la pierre. Un art maîtrisé depuis des millénaires par les habitants du nord du mur et oublié par le Grand-Pays. Au milieu, des pavés en céramiques formaient des dessins zoomorphes, sortes de serpents cornus qui enlaçaient des formes géométriques. Un bassin orné au centre d'une statue, faisait jaillir des gerbes d'eau, iridescentes sous les rayons du soleil. Il s'agissait d'une statue de femme nue, en pierre taillée, d'une hauteur d'un mètre cinquante environ, posée sur un socle. Sur son épaule droite, un bébé ailé auquel il manquait un bras, tenait les cornes d'une tête d'homme sans corps. Sur le socle assez mal conservé, il restait des pattes de chèvre ou de bouc. Mais l'ensemble état féerique. Des oiseaux picoraient des graines sous l'œil amusé des passants et des enfants qui leur couraient après.

— Ce sont des pigeons, dit Charlotte. Cette place a été construite il y a plus d'une centaine d'années. Nos ancêtres ont trouvé les pavés à cet endroit même, en creusant pour faire les fondations de la ville. La population de Cronos est le fruit de la réunion de plusieurs peuplades venues de l'ouest et descendues des montagnes. Quant à la statue, elle a été retrouvée au fond de la mer par des plongeurs il y a une trentaine d'années. Ils ont trouvé beaucoup d'autres statues, plus étranges les unes que les autres. Les scientifiques pensent que la statue, sur la place, est cassée. Autrefois, l'homme devait avoir un corps. Enfin, il ne s'agit que de suppositions. Mon amie Manon vous en dira plus que moi. Elle est spécialiste des objets antiques à la bibliothèque. D'après elle, cette statue daterait de plus de six mille ans. Mais il y en a de plus récentes. L'une d'elles représente un homme filiforme avec de longues jambes et de longs bras. C'est sa préférée, je me demande bien pourquoi.

— Comment sait-elle tout cela ?

— Par les livres. Certains sont très abîmés, on n'a pas le droit de les sortir de la bibliothèque ni même de les consulter. Seuls les étudiants ont le droit de les compulser dans l'obscurité, et en les manipulant avec des gants. Ils sont bien trop fragiles. Manon travaille à la recherche des antiquités.

— Comme moi, soupira Valentine. A part qu'elle n'a pas à se cacher, elle.

— Où allons-nous ? demanda Loreline qui avait mal au dos. J'aimerais bien me reposer. Abel pèse de plus en plus lourd.

— Nous arrivons chez Le Tsu, l'ami de mon père. Il possède une auberge. Nous pourrons nous y reposer et y dormir le temps de notre séjour.

Le Tsu était un homme charmant, petit, avec un peu d'embonpoint, le crâne chauve avec deux petits yeux espiègles et ridés dans un visage rond. Il riait tout le temps. Dès leur arrivée, ils furent pris en charge comme s'ils avaient été des hôtes de marque. Charlotte se garda bien de dire que ses amis venaient du Grand-Pays car la méfiance envers ces gens-là était tenace. La plupart des villageois pensaient que c'était un tort de leur laisser passer la mer car ils les tenaient pour dangereux sous une apparence bienveillante. Des rumeurs circulaient à propos d'habitants du Grand-Pays qui se seraient transformés en monstres pour manger les enfants. Les élicos faisaient des rondes de plus en plus fréquentes au-dessus de Cronos, ce qui laissait à penser que c'était à cause de l'immigration de plus en plus importante.

« Quand je pense qu'à Masopa nous ne savons rien de tout cela ! C'est incroyable. Les Masopiens pensent qu'au nord du mur il y a des sauvages sanguinaires et des animaux monstrueux ! » Se dit Valentine lasse.

Le Tsu leur donna des chambres avec des lits pour les bébés. Valentine et Loreline apprécièrent de pouvoir se reposer un peu. Elles dormirent toute l'après-midi, ainsi qu'Abel et Clara, tandis que les autres échafaudaient des stratégies pour leurs investigations. La bibliothèque étant fermée l'après-midi à cause de la chaleur, il fallait attendre la fin du jour pour s'y rendre. La ville entière était assoupie et le silence régnait sans partage, profané parfois par des cris d'oiseaux, et continuellement par les bruissements des cigales dans les arbres.

4

Malgré la chaleur excessive de cette après-midi-là, Manon avait travaillé sans relâche à sa thèse « Amandine, mythe, mystification ou histoire ? ». Elle s'était ainsi attaquée à un sujet épineux, difficile, et très controversé. La communauté scientifique ne manquerait pas de les briser, elle et sa carrière, si elle n'arrivait pas à les convaincre de sa théorie. Elle affirmait qu'Amandine avait été une scientifique inconnue, choisie délibérément par les professeurs Charbit, et Baud pour son anonymat et sa discrétion. Une fraction de la communauté scientifique actuelle en faisait l'écrivain du livre « l'origine du monde », l'autre fraction affirmait qu'elle n'avait jamais existé et faisait partie des légendes et des mythes tout comme « l'Origine du Monde » qu'ils considéraient comme une histoire fantaisiste. Manon croyait en l'existence d'Amandine mais prétendait qu'il était impossible qu'elle ait écrit le livre, car trop jeune à ce moment-là pour avoir eu toutes ces connaissances, et surtout n'avait pas eu assez de temps pour l'avoir fait. Manon était certaine qu'il avait fallu des dizaines d'années de labeur acharné pour écrire un tel livre. Elle la considérait surtout comme une héroïne, légataire d'un savoir universel, un « passeur d'histoire » resté dans l'ombre pour que ces connaissances vieilles de plusieurs millénaires ne soient pas détruites par le pouvoir en place. Afin d'étayer ses allégations, elle avait dû compulser des centaines de livres dont il ne restait parfois que des fragments. Il lui fallut recouper les informations, les classer, trouver des preuves. Dans son bureau, les papiers s'entassaient comme dans le laboratoire de Valentine. Ils gisaient pêle-mêle à côté des tasses à café vides que la jeune femme buvait pour ne pas s'endormir. Ce jour-là, elle ne s'était même pas arrêtée pour déjeuner et n'avait mangé qu'un peu de viande séchée sur du pain dur de la veille. Cela lui importait peu, la nourriture n'étant pas son plaisir primordial. Entre la lecture de la vie d'Amandine romancée par un écrivain moderne et de vieux documents datant du début du quatrième millénaire écrits par le professeur Baud lui-même où le nom de la jeune fille n'était pas cité, elle s'était assoupie. Des bruits furtifs de pas l'avaient subitement réveillée, on aurait dit que le visiteur tentait de passer inaperçu, ou tout simplement ne voulait pas la déranger. Mais, depuis quelques jours, les apparitions intempestives d'un inconnu la rendaient soupçonneuse à l'excès. Elle l'avait aperçu au moins trois fois depuis la veille, semblant parler tout seul jusqu'à ce qu'elle se rendît compte qu'il avait un petit objet dans l'oreille et que c'était à lui qu'il parlait. Elle avait peur de la folie, maladie inconnue et pratiquement incurable. L'angoisse se répandit dans son corps comme un poison. Elle se leva, regarda par la fenêtre de son bureau et ne vit personne. Elle n'entendait plus aucun bruit et pensa avoir rêvé.

« Je travaille trop, je vais finir par devenir folle moi-aussi. Cet homme parlait tout seul, et alors ? Cela ne t'arrive jamais de parler tout haut ?». La réponse était positive. Il lui arrivait souvent de communiquer tout haut ses réflexions, qui, dans le silence de la bibliothèque, faisaient rire la plupart des lecteurs. Soulagée, elle retourna à ses investigations. Certains textes, écrits dans des langues inconnues, lui étaient impossibles à lire. Tous ces documents avaient été retrouvés dans une grotte, rongés par l'humidité, à l'intérieur d'un coffre. Aucun scientifique n'ajoutait foi aux écrits traduisibles, quant au reste, ils ne voulaient même pas en entendre parler. Certains la croyaient capable de les avoir fabriqués elle-même avec la collaboration de la nouvelle usine à papier qui cherchait n'importe quel prétexte pour attirer des clients. Cette cabale pour la ridiculiser la décourageait.

L'après-midi s'achevait. A cinq heures, les portes ouvriraient jusqu'au crépuscule, apportant son comptant de lecteurs assidus et de curieux. Certains ne venaient là que pour voir les objets trouvés dans la baie. Alors, elle devenait le chef des antiquités et, pendant une heure, devait présenter les œuvres magiquement sorties du passé. Elle avait toujours un auditoire important épuisant sa voix à parler haut pour être entendue. Bien sûr, ces allées-venues excessives et le bruit des visiteurs irrespectueux dérangeaient les élèves, mais la bibliothèque avait besoin de cet argent pour fonctionner. Elle commençait sa prestation lorsqu'elle vit Charlotte accompagnée d'un groupe. Elle lui fit un signe et continua sa démonstration. Elle avait déjà présenté les statues, objets de l'admiration des visiteurs dont certains ne venaient que pour elles.

— Mesdames et Messieurs, vous avez ici un masque en or datant du deuxième millénaire avant Jésus Christ.

Certains rirent, sifflèrent et se moquèrent d'elle. Pour beaucoup, ce n'était que pure divagation de scientifique faite au petit bonheur la chance par la direction de la bibliothèque pour attirer les foules dans l'espoir de se faire un nom. La datation leur semblait fantaisiste et ils n'avaient cure de savoir la somme de travail accomplie pour arriver à passer d'une simple hypothèse à une certitude. D'autres, fascinés par ces découvertes dans la mer, voulaient comprendre et n'entendaient pas les paroles de la jeune femme. Il s'ensuivit une dispute entre deux groupes venus pour des raisons diamétralement opposées. Manon se tut. Son silence mit fin à la querelle et elle put continuer. C'est d'une voix lasse qu'elle dit :

— Si je suis encore une fois interrompue pour des bêtises, je ne finis pas la visite.

Les visiteurs se tinrent cois. On n'entendit plus que la voix épuisée de la jeune femme. L'ambiance de la bibliothèque ne donnait pourtant pas envie de s'éterniser sans raison, la chaleur y était suffocante.

— Ici, deux petites statues de marbre blanc de la même époque, merveilleusement bien conservées malgré leur séjour dans l'eau.

Quelques rires fusèrent encore.

— Regardez la précision des dessins sur ce fragment de pot : nos ancêtres étaient de merveilleux artistes.

Manon passa de l'époque antique à une époque dite « Moderne Moyen », cette époque que Valentine nommait « la Basse Epoque ». Celle-ci se revit pendant sa conférence devant des centaines de personnes qui se comportaient bien plus mal que les habitants de Cronos et des villages alentours. Les écrans s'illuminaient, les receveurs d'informations lui posaient des questions plus venimeuses, elle avait au moins un micro à sa disposition. Elle savait ce que Manon devait endurer d'angoisse devant un public venu chaque jour, à la même heure, écouter toujours le même refrain.

— Nous sommes ici à l'époque « Moderne Moyen ». Cette statuette de femme, en fer, donne l'impression de vouloir s'envoler et remonter les siècles pour retourner chez elle. Quant cette œuvre, nous ne savons pas ce que l'artiste de l'époque a voulu révéler.

Il s'agissait d'un amalgame de tuyaux de différentes dimensions, et là, la foule, en un élan de solidarité, éclata de rire.

— Mesdames et Messieurs, nous pensons que ces objets, trouvés dans la mer, devaient faire partie d'un genre de bibliothèque, comme la nôtre, où étaient exposées des œuvres venant d'époques différentes. Merci pour votre attention. Vous trouverez à la sortie, des livres sur le sujet, écrits par plusieurs scientifiques. Si ces sujets vous intéressent, ne manquez pas d'aller visiter les ateliers des copistes situés dans le bâtiment d'en face. Vous y trouverez aussi l'atelier des peintres et des sculpteurs. Leurs œuvres valent le détour, n'hésitez pas à leur poser des questions sur leur travail. Ceci viendra compléter votre visite de la bibliothèque et vous éclairera sur l'art en général vieux de plusieurs milliers d'années.

La visite était terminée. Manon était épuisée mais la joie de revoir Charlotte la revigora un peu. Ses yeux noirs scrutateurs se posèrent sur le petit groupe qui l'accompagnait. Elle passa ses doigts fins dans ses cheveux coupés courts, les ramena en arrière et fronça les sourcils, une manière bien à elle de montrer sa surprise.

Elles s'embrassèrent et Charlotte fit les présentations. Pour Manon, elle ne mentit pas sur l'origine de ses amis.

— Voici Valentine, scientifique très controversée et chassée du Grand-Pays, Loreline, venue de la tribu des gardiens de la sixième porte, Garance, de la tribu des Rébus, et Dror, habitant de chez nous. Il vient de loin, de l'est. Ils ont tous un secret que tu vas apprécier. Peut-on trouver un endroit tranquille pour te parler ?

— Mon bureau. Nous n'y serons pas dérangés.

Manon observa les inconnues. Elle n'avait jamais vu d'habitants du Grand-Pays et se les imaginait plus singuliers. Les amies de Charlotte pouvaient passer inaperçues dans la foule et les superstitions de ses compatriotes la laissaient indifférente. Elle ne les imaginait pas se transformant en monstres à la tombée de la nuit.

5

— Alors vous connaissez l'écriture ? Je pensais que de l'autre côté du mur il n'y avait que des dégénérés incultes. Pardonnez-moi, je ne veux pas vous offenser. Mais c'est ce qui se dit ici, et personne n'est jamais allé vérifier.

— Il se dit à peu près la même chose chez nous vous concernant, fit remarquer Valentine. Cet inutile mur nous sépare et nous rend méfiants. Si vous pensez que nous sommes dangereux, vous avez raison. Pas le peuple, pas les habitants de Masopa, mais les sages, nos dirigeants. Ce sont des fous furieux et ils ont le pouvoir. D'après ce que j'ai pu voir, votre technologie n'en est qu'à ses premiers balbutiements. Nous, nous avons atteint les sommets dans l'art de fabriquer des outils utiles et inutiles. Par exemple, chez moi, quand je fais une conférence, j'ai un objet dans l'oreille qui me permet d'entendre une foule d'un millier de personnes et de parler en étant entendue par eux. Mais les livres n'existent pas et y sont interdits.

Manon la regarda, suspicieuse, mais fit rapidement la relation entre ce qu'elle prétendait et l'homme qui l'épiait en parlant tout seul.

— Pas chez moi, dit Garance. Chez moi il n'y a rien. Pas d'objets de ce genre, pas de livres, rien. Le sable du désert, à perte de vue et l'ombre du mur.

— Pareil pour moi, dit Loreline.

— J'imagine que si Charlotte vous a conduits vers moi, c'est qu'elle a une raison. Vous êtes là, toutes les trois à me dire que vous n'avez rien et ne servez à rien. Quel est ce secret dont tu me parles, Charlotte ?

Il fallut deux bonnes heures aux jeunes femmes pour raconter leur vie et ce qui les avait amenées jusqu'à Cronos. Dror avait l'impression d'être laissé pour compte et commençait à être agacé.

— Et moi, je suis quoi, ici ? Seulement votre garde du corps ? Moi-aussi je connais une écriture. Le cyrillique. Il sortit son petit carnet et épela : « еловек с окраской меди, на кого охотятся пустыни войной против своего народа, пересек горы верхом с только кинжалом чтобы защищаться. Он передал стену и горы Кавказа чтобы присоединяться к нашему племени. Могила оказывается на берегу Волги. »

— Traduction ? demanda Manon en lui arrachant presque le carnet des mains.

— « L'homme au teint de cuivre, chassé du désert par la guerre contre son peuple, a traversé les montagnes à cheval avec seul un poignard pour se défendre. Il a passé le mur et les montagnes du Caucase pour rejoindre notre tribu. Sa tombe se trouve au bord de la Volga. »

Elle fronça les sourcils et se leva comme si elle avait été piquée par un insecte. Elle alla vers ses étagères, sortit d'une pile de dossiers une chemise jaune numérotée, et en retira un bout de parchemin et le leur tendit. Ecrit à la main, ils virent la phrase de Dror « еловек с окраской меди, на кого охотятся пустыни войной против своего народа, пересек горы верхом с только кинжалом чтобы защищаться. Он передал стену и горы Кавказа чтобы присоединяться к нашему племени. Могила оказывается на берегу Волги. ».

— Cela fait des mois que je bute sur ces signes. J'en ai plusieurs et je ne sais pas les traduire. J'ai besoin de vous tous.

— Et nous avons besoin de toi, répondit Garance. Nous devons trouver la serrure dont nos clés sont l'ouverture. Cela semble d'une importance capitale dans le livre « l'Origine du Monde. »

— Parce qu'en plus, vous avez un exemplaire de ce livre ? Vous savez, il y a plusieurs versions différentes et parfois les informations sont divergentes. Il a été réécrit des centaines de fois par le passé, et chaque copiste a rajouté des informations qui lui ont paru intéressantes. Vous allez avoir du mal à trouver.

— Oui, mais moi j'ai l'original, avoua Loreline.

-L'original ? dit Manon en souriant devant tant de naïveté. Comment peux-tu prétendre, toi, que c'est l'original ?

— A cause des dates et de l'impression. Il n'est pas écrit à la main. Mais avec une machine et la date est du 04 mai 3047. En plus, quelqu'un a écrit à la main des annotations dans la marge. Il ne peut s'agir que d'Amandine. Elle parle d'elle au féminin, et d'après ces annotations, elle a bien connu les professeurs Charcot et Baud. Elle les appelle même par leur prénom. Mais je n'ai pas lu tout le livre. Il est trop gros.

Manon s'assit pour digérer l'information. Elle se passa les mains sur la nuque qui lui faisait mal, et se massa les tempes. La fatigue la gagnait. Elle aurait voulu dormir, mais cette fille lui apportait sur un plateau la preuve qui lui manquait pour sa thèse.

— Je peux le voir ? demanda-t-elle d'une voix atone.

— Bien entendu.

Loreline le sortit de sa poche. Un livre aux feuilles fines et presque transparentes qui permettaient de créer un ouvrage énorme, tout en allégeant son poids, mais composé d'une écriture minuscule. A ce moment-là, les deux bébés se réveillèrent d'un commun accord et se mirent à brailler de faim. Les quelques étudiants qui étaient encore dans la bibliothèque pour profiter de la fraîcheur, émirent des grognements de désapprobation.

-On va chez moi, dit Manon. J'ai besoin de me reposer, vous aussi je suppose, et je connais une femme qui pour quelques sous vous gardera les bébés cette nuit. Nous reviendrons après minuit. Cela vous convient-il ?

Cela leur convenait parfaitement. Mais des sous, les deux mamans ne savaient pas ce que c'était. Charlotte sortit de sa poche des objets ronds et plats.

— Voilà des sous, dit-elle, en leur montrant quelques pièces que son père lui avait données. Ils viennent compléter le troc depuis plusieurs années. Ils sont bien pratiques, parce que maniables et faciles à transporter, mais il ne faudrait pas qu'ils remplacent les échanges qui sont bien utiles aussi. Au village, on ne s'en sert pas.

Elle n'avait pas le temps de leur expliquer le fonctionnement de la monnaie et Valentine compara ces pièces rondes aux plaques d'achat du Grand-Pays.

Manon confia une clé à un des étudiants qu'elle connaissait bien, en lui recommandant de bien fermer la porte en partant.

— Fais attention que personne ne mette le feu avec une lampe comme la dernière fois, rajouta-t-elle. Je te fais confiance.

Le jeune homme acquiesça.

Dehors, le crépuscule mettait sur la ville un voile brumeux. Les lumières pâles des maisons, rendaient fantomatiques les rues mal éclairées par les lampes à huiles.

— Comment s'allument-elles ? demanda Valentine.

— Des employés passent mettre le feu tous les jours au coucher du soleil. Ils sont aussi chargés de surveiller leur bon fonctionnement pendant toute la nuit.

Valentine pensa aux rues de Masopa totalement dans le noir alors qu'elles auraient pu être éclairées comme l'intérieur des maisons avec des moyens bien moins sommaires que ceux de Cronos. Mais les habitants de Cronos, eux, étaient libres d'aller et venir dans les rues, il n'y avait pas de couvre-feu. Devant leur porte, les gens, assis sur des bancs, des chaises ou à même le trottoir, prenaient le frais et discutaient en parlant fort. Ils semblaient sereins, peu soucieux du fait que n'importe qui pouvait entendre leur conversation.

— J'ai lu qu'autrefois, dans beaucoup de pays, la lumière fusait comme par magie. Cela s'appelait « l'électricité », dit Manon en faisant une moue dubitative comme si elle avait du mal à croire qu'une telle possibilité eut pu exister. Je veux bien croire que nos ancêtres avaient des connaissances supérieures aux nôtres, mais là, c'est un peu tiré par les cheveux, ne trouvez-vous pas ?

Valentine ne connaissait pas le mot « électricité » mais cette technique ressemblait fort à celle employée à Masopa. Décidément, plus elle avançait dans le temps et les lieux, plus elle s'interrogeait sur le legs des hommes du passé, dispersé aux quatre vents, et de chaque côté du mur. Ne sachant que répondre à Manon elle se tut.

— Nous arrivons chez moi, dit Manon. Je n'en peux plus. Cette journée est la plus incroyable de mon existence.

Les autres se regardèrent amusés. Après ce qu'ils avaient vécu, c'était pour eux une journée tout ce qu'il y avait de plus banale.

Avant de se rendre chez Manon, ils durent retourner chez Le Thu pour prendre leurs bagages. Il ne posa pas de questions, ce que faisaient ces jeunes femmes ne le regardait pas, il n'avait pas pour habitude de se mêler des affaires des autres.

L'appartement de la jeune femme était situé en plein quartier populaire. La rue était composée d'anciens pavés inégaux datant de la construction de la ville. Au fond d'une cour sombre, la porte manquait, il fallait monter une volée des escaliers pour se retrouver sur un pallier éclairé par la clarté de la lune rentrant par une fenêtre donnant sur le toit. Il était petit, mais bien agencé, une cheminée permettait de se chauffer l'hiver. Ils se couchèrent sur le tapis du sol car elle n'avait qu'un seul lit, tandis que la voisine emportait les deux bébés chez elle, et s'endormirent épuisés de fatigue.

6

— Comment allons-nous procéder ? demanda Garance. Dans la grotte près de chez moi, je n'ai jamais pu comprendre comment était organisée une bibliothèque. Je me demande d'ailleurs si elle était organisée ou si tout était entassé pêle-mêle.

— C'était organisé, affirma Valentine. Pour le peu que j'en ai vu, j'ai remarqué qu'il y avait des étiquettes avec des signes sur tous les tiroirs.

— Il y avait des boules aussi, rajouta Garance.

— Des boules ? Qu'est-ce que c'était, ces boules, s'étonna Manon.

— Sûrement des enregistrements que les hommes devaient regarder sur des machines. A Masopa, nous avons des écrans d'informations qui font défiler des images toute la journée. Pour cela, on se sert de d'objets minuscules qui sont conservés à l'Université des Sciences Techniques. Pourquoi pas des boules ?

— Qu'est-ce qu'on s'en fout de vos boules ? s'énerva Charlotte. Ne croyez-vous pas que nous avons autre chose à faire ?

— Elle a raison. Je n'ai pas le droit d'amener des gens la nuit dans la bibliothèque. Je risque de perdre mes autorisations, et finie ma thèse. Donc, pour répondre à la question de Garance, ici c'est organisé par époque, par ordre alphabétique, et par numérotation. Venez avec moi.

Elles la suivirent dans des rayonnages coulissants qui cachaient d'autres rayonnages, multipliant les possibilités de stockage. Manon était à l'aise dans ce fatras hallucinant de livres.

— Voilà. D'abord les époques. Ici, ce sont les époques anciennes.

— Comment avez-vous fait pour savoir de quelles époques sont vos écrits ?

— Depuis des centaines d'années, je crois que nous sommes assez intelligents pour avoir trouvé, non ? Comment nos ancêtres ont-ils fait? Comme moi. Par recoupement. Je lis, je note et je classe mes notes. Est-ce si difficile à comprendre ?

Seule Charlotte semblait à l'aise.

— Comme à l'école, dit-elle.

— Donc, ici, ce sont les époques anciennes. C'est à dire, avant notre ère.

— Notre ère ?

— Oui, l'an zéro. L'an zéro, c'est la date de naissance de Jésus Christ.

— Qui c'est celui-là ?

— Vous ne connaissez pas les religions antiques ? s'étonna Manon.

— Je ne sais même pas ce qu'est une religion, avoua Valentine.

— Et vous voulez le savoir maintenant ?

— Non ! cria Loreline, Ce que nous voulons maintenant, c'est trouver les raisons qui ont fait que l'écriture a disparu chez nous, et ce que nous devons faire pour trouver la serrure qui va avec nos clés. Je veux retrouver Thor et, le seul moyen, c'est d'accéder à la bibliothèque dont parle « l'Origine du Monde ». Où est-elle ? Nous avons des bribes d'informations, c'est tout. Si tu ne peux pas nous aider pour ça, il était inutile de venir farfouiller dans des papiers.

— Je ne suis pas venue vous chercher, rétorqua Manon vexée. Vous me faites perdre mon temps. Qu'est-ce que j'ai à faire de ton Thor ? Ne crois-tu pas que j'en ai assez avec ma thèse ? Je travaille, moi. Je ne me balade pas. Votre bibliothèque bidon…

— Arrêtez de vous disputer ! intervint Charlotte. Il faut partir de l'origine du monde et tenter de trouver les documents qui peuvent nous orienter dans nos recherches. A quoi jouez-vous ?

— Elle a raison dit Valentine. Nous nous conduisons comme des enfants. Il y a dans « l'Origine du Monde » toutes les informations dont nous avons besoin. Si j'avais mon laboratoire, tout y est classé, je suis sûre que je trouverais ce qu'on y cherche.

— Il n'existe plus ton laboratoire, dit Loreline. Tes étudiants préférés y ont mis le feu avec l'aide du Grand Appariteur pour que les sages ne sachent pas quels travaux tu y faisais.

Valentine encaissa l'information comme une gifle magistrale. Ses yeux s'emplirent de larmes et elle balbutia :

— Une vie de recherche anéantie. J'avais des manuscrits d'une importance capitale. J'ai passé dix ans à les rassembler, parfois au péril de mon existence. Anéantis, mes documents.

Elle se mit carrément à pleurer.

— Qu'avais-tu besoin de lui dire ça ? Imbécile ! pesta Charlotte.

— Imbécile toi-même !

— Ça suffit ! Bande de filles stupides ! On dirait des poules dans un poulailler. Ah, vous avez l'air malin !

La voix forte de Dror ramena un silence gêné.

— il a raison, dit Garance. Nous perdons un temps précieux.

— Excuse-moi, je n'en peux plus, dit Loreline en éclatant en sanglots.

Valentine la prit dans ses bras comme l'aurait fait une mère attentionnée. Elle se rendit compte que cette jeune femme était à peine plus âgée que Garance et avait déjà mis un enfant au monde et perdu son amour. Cela faisait un trop gros fardeau sur les épaules d'une adolescente, sans compter cette clé dont elle était dépositaire : plus qu'un fardeau, une responsabilité écrasante.

Le calme revint. Manon ouvrit « l'Origine du Monde » comme s'il s'était agi d'un trésor précieux.

— C'est vraiment bien fait, dit-elle. Il est dans l'ordre chronologique et les dates sont inscrites au début de chaque chapitre. J'imagine que, pour le moment, vous vous fichez pas mal de l'origine de la terre ? Ce qui nous intéresse, c'est à partir de la construction du mur, vers l'an 2800. Voyons ce que j'ai en boutique correspondant à cette époque.

Elle sortit des dossiers et alla chercher des livres.

— J'ai des documents sur la construction du mur et des livres. Malheureusement, il y a plusieurs hypothèses très différentes les unes des autres. Le mur aurait été construit avec des monuments existant à l'époque. Enfin, ce qu'il en restait après les guerres et les cataclysmes en tous genres. Voyons ce que dit l'Origine du Monde. Heureusement qu'il a été écrit en langue universelle. « 2150 : par deux fois la terre trembla et s'ouvrit comme un fruit trop mûr laissant une cicatrice à jamais indélébile sur le visage du Pacifique où s'étaient engouffrés l'empire du Soleil Levant, la Grande muraille, les îles merveilleuses et le territoire de Shiva. Sans compter le continent du Nouveau Monde à l'ouest de la Grande Bleue. »

— Et ben, avec ça, nous sommes bien avancés. N'auraient-ils pas pu faire simple ?

— C'est pour cela que les scientifiques affirment que le livre a été écrit par Amandine. Ils disent que seule une femme peut avoir eu des idées aussi stupides. Evidemment, je soutiens le contraire et ça les fait beaucoup rire.

— La Grande Bleue, c'est la Méditerranée, dit Garance.

— Il y aurait donc un monde de l'autre côté du Grand Océan ? Incroyable.

Manon continua :

— « 2320 : un volcan nommé Vulcain situé au centre de la Méditerranée est rentré en éruption. Les failles situées le long de certaines côtes se sont ouvertes engouffrant à jamais morceaux du continent européen ». Voilà l'explication pour les objets trouvés au fond de l'eau. Ils viennent d'un pays englouti. « C'est ainsi que disparurent des îles de la Méditerranée comme la Sicile, Chypre, la Crète, une partie de la Turquie, la Grèce, une partie de l'Italie et des côtes françaises. De l'autre côté de la Méditerranée, les dégâts furent moins graves, la mer est montée noyant une partie de l'Egypte jusqu'aux Pyramides, les côtes libyennes et tunisiennes. A la suite de cette catastrophe, la Méditerranée s'est retrouvée fermée, par la descente des eaux du côté de Gibraltar et des glissements de terrain de la péninsule ibérique » Quelle horreur !

Elle continua dans un silence pesant :

— « Depuis, la situation s'est stabilisée. A nos jours, le monde est celui des années 2320, à quelque chose près ».

Elle se tut pour reprendre son souffle et digérer ce qu'elle venait d'apprendre.

— Les pyramides sont aux portes de Masopa, dit Valentine. Aurais-tu des explications sur leur fonction ?

— Non. Mais j'ai des informations sur l'Egypte. Attends.

Elle ouvrit un tiroir, sortit de vieux documents déchirés et les tendit à Valentine.

— Regarde à quoi ressemblait l'Egypte trois mille ans avant notre ère.

Valentine refusa de croire ce qu'elle voyait. Des bâtiments insensés sortaient du sable, là où il n'y avait à présent que le désert.

— Ce sont des dessins sortis de l'imagination de copistes. Rien de plus.

Ils ont une imagination fertile, alors.

Elle partit, revint quelques instants plus tard, les bras chargés de livres.

— Regarde.

Elle ouvrit les livres, tourna les pages :

— Regarde à quel point ils ont de l'imagination.

— Ils sont imprimés ! s'exclama Valentine.

— Et oui ! Ils sont imprimés ! Pas écrits à la main ! Pas des dessins ! Ce qui veut dire qu'ils sont de cette époque-là. L'imprimerie a cessé d'exister cinquante ans après la construction du mur. Toutes les machines ont été détruites lorsque le mur a été fermé définitivement.

— D'où sortent-ils tes livres ? demanda Dror mal à l'aise et sceptique.

— Je n'en sais rien, avoua Manon. Cela fait des centaines d'années que nous les avons. Les tribus qui ont participé à la construction de Cronos ont amené avec elles leurs trésors.

— Je ne vois pas où tout cela va nous conduire, fit remarquer Loreline complètement découragée. Si nous devons nous taper la lecture de tous ces livres, nous y serons encore l'année prochaine.

Manon sourit :

— Je l'ai fait. Pourquoi crois-tu que Charlotte vous a conduits ici ? Cela fait des années que j'y travaille. J'ai un dossier complet sur l'écriture du livre, à quel endroit il a été écrit, etc. Mais les informations sont incompréhensibles. Peut-être serez-vous plus doués que moi. Il y a des textes écrits dans des langues que je ne connais pas. Quant à l'Origine du Monde, j'en ai trois exemplaires où les informations diffèrent un peu.

— Comment sais-tu qu'ils ont rapport avec notre sujet si tu ne sais pas les lire ?

— J'ai procédé par recoupements. Dans certains livres, il y a des renvois à d'autres livres ou des textes. Voulez-vous que je vous explique en cinq minutes le travail de plusieurs années ?

— Si vous n'arrêtez pas de blablater, dit Garance, nous n'en finirons jamais. Le jour se lèvera, nous serons aussi perdus qu'avant.

— Elle a raison. Je vous donne des documents, et chacun fait sa recherche. Nous mettrons en commun nos découvertes. J'ai trois copies de l'Origine du Monde où les informations diffèrent un peu. Les copistes devaient s'ennuyer, ils se sont accordé des fantaisies avec les originaux. Bien entendu, ils sont énormes, nous n'avons pas de papier aussi fin que celui de l'original et il y manque les annotations d'Amandine.

Elle se tut, l'air préoccupé.

— Quelque chose ne va pas ?

— Je ne sais pas si c'est important, répondit-elle avec circonspection. C'est au sujet des sages... Au départ, d'après vos légendes et les nôtres, ce qui veut dire qu'on peut raisonnablement croire qu'il s'agit d'un fait historique, il y aurait eu douze sages. Après la prise de pouvoir des usurpateurs, il n'en restait que sept. Ors, douze était un chiffre sacré : Le 12 était le nombre des divisions spatio-temporelles. Il divise le ciel, considéré comme une coupole, en douze secteurs, les douze signes du Zodiaque, qui sont mentionnés dès la plus haute Antiquité. L'antiquité représentait la période située avant la naissance de Jésus Christ. Celui-ci avait douze apôtres... Douze divisait l'année en douze mois et, chez les Chinois et les peuples d'Asie centrale (il n'y a plus aucune trace de leurs civilisations mais ce furent de très grandes civilisations) les périodes principales du temps en groupes de douze années. Le douze symbolise l'univers dans son déroulement cyclique « spatio-temporel » ce qui veut dire l'espace et le temps qui se répètent. Je vous signale, quand même, que nous avons gardé ce mode de décompte du temps que ce soit au sud et au nord du mur ! Un certain Paul Claudel — ne me demandez pas qui il était, je n'en sais rien, peut-être un scientifique notoire — a écrit : "Cent quarante-quatre, c'est douze fois douze : douze qui est trois multiplié par quatre, le carré multiplié par le triangle. C'est la racine de la sphère, c'est le chiffre de la perfection. Douze fois douze, c'est la perfection multipliée par elle-même, la perfection au cube, la plénitude qui exclut toute autre chose qu'elle-même, le paradis géométrique ». J'ignore à quoi il fait allusion, mais avouez que c'est troublant. On finit par se rendre compte que douze est toujours le nombre d'un accomplissement, d'un cycle achevé. J'ai trouvé aussi : Le Saint Coran dit « Nous les répartîmes en douze tribus, (en douze) communautés. Et Nous révélâmes à Moïse, lorsque son peuple lui demanda de l'eau : Frappe le rocher avec ton bâton. Et voilà qu'en jaillirent douze sources... » Le Coran, c'était les règles d'une religion aux deux premiers millénaires, tout comme la bible, le nouveau testament...

— Tout cela ne nous mène à rien, l'interrompit Garance. Jouer avec les chiffres ne changera pas grand-chose à nos ennuis.

Pendant plus de deux heures, le silence régna sur le décor fantasmagorique de la bibliothèque. Dans la pénombre, les statues semblaient animées d'une vie propre. Parfois un œil, une main paraissaient bouger. On n'entendait que la respiration des humains, et parfois un cri de joie ou d'étonnement qui suspendait, pour quelques secondes, leur concentration.

La fatigue commençait à se faire sentir. L'aube approchait.

— Il est temps de regrouper nos trouvailles, dit Manon. Si le conservateur nous trouve encore là à l'ouverture, je vais avoir des ennuis. Je n'ai pas le droit d'amener des gens ici.

— J'ai trouvé un texte en cyrillique, dit Dror, fier de lui. Mais je ne vois pas le rapport avec notre affaire. Voilà le texte.

Il avait tout recopié sur son petit carnet dont il n'était pas peu fier, et ânonna plutôt qu'il ne lut, la traduction.

ПАРУС

Белеет парус одинокий
В тумане моря голубом!..
Что ищет он в стране далекой?
Что кинул он в краю родном?..

Играют волны — ветер свищет,
И мачта гнется и скрипит...
Увы, — он счастия не ищет
И не от счастия бежит!

Под ним струя светлей лазури,
Над ним луч солнца золотой...
А он, мятежный, просит бури,
Как будто в бурях есть покой!

Le voilier

Ce voilier tout blanc, solitaire,
Qui dans le brouillard bleu s'enfuit
Qu'a-t-il besoin d'une autre terre ?
Qu'abandonna-t-il après lui ?

Son mât sur l'onde vagabonde
S'incline et grince dans le vent
Hélas ! Point de bonheur au monde
Ni derrière lui ni devant

Pour le porter la mer est belle
Le soleil brille au firmament...
Mais lui réclame, le rebelle,
L'orage, cet apaisement.

— Qui aurait trouvé un texte en rapport avec ce poème ? demanda Manon.

— Je ne sais pas. J'ai quelque chose sur un certain Ulysse, dit Charlotte. Il aurait quitté son pays pour aller à la guerre et serait revenu chez lui des années plus tard. Ce serait un grand navigateur qui aurait parcouru la Méditerranée. Mais quelqu'un a noté que ce n'était que de la mythologie, cet Ulysse n'aurait pas existé.

— Si c'est comme Amandine, hein ? Essayons de ne pas émettre de jugement. As-tu autre chose sur lui ?

— Il semblerait qu'il y ait eu un culte le concernant. Sur une île qui aurait disparu au cours d'un tremblement de terre quelques siècles avant notre ère. Et, tenez-vous bien, cette grotte aurait fait partie de la « Grèce », qui fut le nom de notre pays dont une partie aurait disparu sous l'eau quelques millénaires après. On peut imaginer que les statues de la bibliothèque peuvent venir du même endroit.

— Un peu trop gros, non ? dit Valentine.

— Attend, j'ai un poème d'un certain Du Bellay qui aurait vécu vers 1500 après Jésus Christ, alors que cet Ulysse semble avoir vécu longtemps avant Jésus Christ.

Heureux qui, comme Ulysse, a fait un beau voyage,
 Ou comme cestuy-là qui conquit la toison,
 Et puis est retourné, plein d'usage et raison,
Vivre entre ses parents le reste de son âge !

Quand reverrai-je, hélas, de mon petit village
Fumer la cheminée, et en quelle saison
Reverrai-je le clos de ma pauvre maison,
Qui m'est une province, et beaucoup davantage ?

Plus me plaît le séjour qu'ont bâti mes aïeux,
Que des palais romains le front audacieux,
Plus que le marbre dur me plaît l'ardoise fine :

Plus mon Loir gaulois, que le Tibre latin,
Plus mon petit Liré, que le mont Palatin,
Et plus que l'air marin la doulceur angevine.

— Ce n'est pas un hasard si les écrivains de « l'Origine du Monde » nous parlent de cet Ulysse ». Dans ce poème, ils le rattachent à une terre qui n'est pas au bord de la mer. Il doit y avoir une raison. Je ne pense pas qu'ils se soient amusés à le faire pour rien. On sait qu'Ulysse était navigateur. Mais ce poème semblerait vouloir supposer qu'il faut quitter la mer, rejoindre un pays dans les terres.

— Je crois avoir trouvé quelque chose d'intéressant, dit Loreline avec prudence. Ce doit être important quand même, il s'agit de l'original, rajouta-t-elle en rougissant, un peu honteuse de l'avoir gardé pour elle.

Dame latine
De ta botte secrète
Chasse l'intruse phocéenne
Mais Notre Dame
Sur son rocher

Telle Athéna vengeresse
Monte la garde.
Depuis ce jour où se fermèrent les portes
Seule gardienne fidèle de la Grande Bleue
Face au mur, loin au sud
Se rebella.
Protégeant Dame Rouge
Forteresse à jamais recluse,
Au pied de la montagne élue
Les bonhommes abscons
Cabale au jour blafard
Reviennent ressuscités.
Illuminant le ciel
Etrange lueur
De son corps apparence
Dame Frau
A la gorge profonde
Recueille les fleurs de lys.
Ses pierres solennelles
Rochers blancs
Innocence.
Le silence est d'or
D'argent est la parole
Alchimie des mots
Pierre philosophale ?
Quarante-deux degrés
Latitude nord indiquée
Un degré
Longitude est s'imbriquent
Approximativement.
GR 107— GR 7 B
Pose ton sac Ulysse.
Si au soir tombé
En myriades écartelées
Les bonhommes bien avant Compostelle
Ont monté leurs maisons.
Voies de la sagesse
Tes clés la porte ouvriront

Longtemps après notre passage.
Et dans le silence profond de la montagne,
Grotte sanctuaire,
Reliquaire sincère, paradis perdu
Le mystère s'éclaire
Dame Ecriture
Et le beau machaon.

Un silence morose suivit la lecture.

— Qu'allons-nous faire de ça ? gémit Dror. Cela n'a aucun sens.

— Attend, il y a des annotations dans la marge dit Charlotte en regardant par-dessus l'épaule de Loreline. Qu'est-ce qu'elle écrivait mal ! « Voir livre de géographie des années 2100 » en face de Dame latine. Il s'agit donc d'un lieu, pas d'une personne. On retrouve ce mot dans le poème de ce Du Bellay. « Tibre latin ». Avez-vous déjà entendu parler du latin ?

— C'est une langue morte depuis des millénaires, dit Valentine.

— On la parlait dans un pays qui se nommait l'Italie. Une grande partie de son territoire s'est effondrée. La bibliothèque possède des livres de géographie. Les années 2100 c'est avant la grande catastrophe. Voyons...

Elle se tut, chercha dans ses dossiers et en sortit un plus gros que les autres.

— Ce sont toutes les recherches que j'ai faites en géographie depuis l'an « Un » jusqu'à la construction du mur. J'ai noté tous les pays par ordre alphabétique. « Italie. Langue parlée l'italien. Anciennement le latin, issu de l'empire romain. » Il me faut la carte de la Méditerranée de cette époque.

Elle partit fouiller dans les rayonnages de la bibliothèque et revint, triomphalement, un énorme livre sous le bras.

— Il est très abîmé, mais regardez la carte : le sud de l'Italie peut ressembler à une chaussure. Peut-être appelaient-ils ça une « botte » ? En tous cas, toute la chaussure n'existe plus. C'est peut-être pour cela qu'elle est « secrète » ?

— A moins qu'il ne s'agisse d'une allégorie, dit Charlotte. J'en ai marre. Nous ne trouverons jamais. Je suis crevée.

— Rentre te coucher si tu veux, dit Manon, moi je reste. Si nous nous démoralisons maintenant, c'est fichu.

Charlotte ne répondit pas et ne broncha pas. Le découragement se lisait sur chaque visage.

— L'intruse phocéenne ? reprit Garance. Amandine a noté quelque chose : Marseille.

— Ah oui ! Marseille ! s'exclama Charlotte. C'était le port d'où sont partis les bateaux pour le Grand Pays. Il ne restait plus que celui-ci propre à contenir autant de navires. « En ce jour où se fermèrent les portes, seule gardienne fidèle de la Grande Bleue. » C'est explicable, non ? Il faut traverser l'Italie, du moins ce qu'il en reste, pour rejoindre ce port. Je me souviens d'une légende qu'on nous lisait quand nous étions enfants : Lorsque les hommes sont partis, quittant pour toujours un territoire empoisonné, Notre Dame de la Garde, seule sur son rocher, semblait pleurer et les implorer de ne point partir. Tous les hommes qui étaient sur les bateaux virent ses larmes briller au soleil et la saluèrent avec respect en jurant qu'ils reviendraient un jour. Ensuite…

— Ensuite il faut continuer vers la Dame rouge qui doit être une ville elle-aussi.

— Elle n'existe peut-être plus. Ensuite, ils parlent d'une montagne. Amandine a écrit « les gorges de la Frau ». Je me demande bien pourquoi les professeurs se sont amusés à écrire d'une façon aussi hermétique.

— Ils ont écrit voici trois mille ans. Ils ne s'imaginaient peut-être pas que nous allions devenir aussi ignorants, dit Garance.

— Donc, continua Manon, Dame Frau n'est pas une femme, ce sont des gorges profondes avec des rochers blancs et des fleurs de lys. Le lys est une fleur magnifique. Il y en a très peu…

— J'ai un livre avec des fleurs, avoua Garance. Mais je l'ai laissé au village. J'avais trop peur de le perdre. C'est celui que j'ai pris dans la grotte près de chez moi.

— Nous verrons ça plus tard, dit Manon, ce qui laissa à penser qu'elle avait l'intention de les suivre. « Latitude, longitude, ce sont des indications géographiques. Regardez ce que j'ai trouvé dans le livre de géographie : un globe terrestre avec des lignes. Latitude, longitude, hémisphère nord, hémisphère sud, tout y est.

— Mais ça sert à quoi ? demanda Dror. Qu'est-ce que c'est cette grosse boule ?

— La terre. La terre est ronde. Tu ne le savais pas ? Et les lignes servent à calculer sur papier l'endroit où nous nous trouvons ou celui que nous cherchons.

— Et comment fait-on pour les calculer ?

— Je n'en sais rien. Quant à GR 107 GR7 B, je ne vois pas de quoi il s'agit.

— Nous avons un peu avancé, dit Loreline. Il faut partir vers l'ouest. Nous verrons bien en route. Peut-être que sur place, trouverons-nous les indications qui nous manquent ?

— Elle a raison. Je viens avec vous, rajouta Manon. Dans le cadre de mes études, j'ai le droit de m'absenter pour faire des investigations. J'emporterai mes dossiers. Ils pourront nous servir.

— Il te faudra un âne pour toi toute seule, dit Charlotte en riant. Il nous faut rentrer rapidement, mon père est capable de partir à notre recherche.

— D'ici quarante-huit heures je serai prête.

Des bourdonnements effrayants à l'extérieur interrompirent leur conversation.

Le jour se levait. Par la fenêtre, on apercevait un coin de ciel clair, bleuté, et des dizaines d'élicos tournoyant dans les rues.

— ils deviennent de plus en plus agressifs, dit Manon. Je me demande ce qui se passe. Pourquoi ne nous laissent-ils pas tranquilles ? Nous ne sommes pas dangereux pour eux.

— Il doit se passer quelque chose de terrible dans le Grand Pays, dit Valentine en frissonnant. Ils me font peur. Nous devrons quitter la bibliothèque dès qu'ils seront partis, ensuite il faudra déguerpir le plus rapidement possible. Nous sommes en danger.

— Quel dommage ! s'exclama Manon. Je voulais vous faire visiter l'usine de fabrication de papier. Ce sera pour une autre fois.

Deux heures plus tard, les élicos avaient quitté Cronos. Dans les rues, la panique était totale. Personne ne fit attention au petit groupe qui quittait la bibliothèque en catimini pour récupérer les deux bébés et s'enfuir.

7

— Quarante-huit heures : gémissait Manon, il me fallait quarante-huit heures pour réunir tous mes dossiers et remplir les formulaires d'autorisation. J'en ai oublié la moitié. Je risque de perdre ma place.

— Tu voulais attendre quoi ? Que nous nous fassions tous massacrer par les élicos ? Il y en a plein la ville à présent.

Dror avait pris la direction des évènements. Il ne voulait pas qu'on lui reprochât d'avoir été imprudent. Le père de Charlotte était redoutable, si sa fille ne revenait pas saine et sauve, il était capable de le pourchasser jusqu'au bout du monde.

— Se faire diriger par un enfant. On aura tout vu, dit Manon en colère.

— Ce n'est plus un enfant, dit Garance en prenant sa défense. Et moi non plus. Tu ne sais pas ce que nous avons vécu, ni ce que nous avons dû affronter comme dangers. Toi, tu as les fesses sur la chaise toute la journée. Tu es très savante, mais ça ne suffit pas pour diriger un groupe. Dror a eu raison. Il fallait filer le plus rapidement possible. Et puis le père de Charlotte nous a confiées à lui. Tu ne connais pas le père de Charlotte. S'il nous arrive quelque chose, Dror va se faire massacrer.

— Eh, oh ! Ne fais pas passer mon père pour un tyran !

— Ce n'est pas ce que j'ai voulu dire. Ton père est un homme courageux et intelligent, on peut se fier à lui. Tout comme était le mien. S'il n'était pas mort si tôt, on ne m'aurait pas obligée à épouser ce vieux croulant d'Eschyle. Dire que j'aurais pu finir dans son lit ! Beark !

— Tu coucherais avec moi ? roucoula Dror en lui faisant les yeux doux.

— Non mais, il s'est vu, lui ! Je coucherai avec mon prince charmant quand je le trouverai.

— Je suis un prince charmant, répondit Dror vexé.

— Le prince charmant ferait mieux de nous dire la direction à prendre pour nous mettre à l'abri, s'énerva Charlotte. On entend les élicos !

— Il y a des grottes à cinq cents mètres d'ici. Courrez aussi vite que vous le pourrez, sans vous retourner.

— Donne-moi Clara, cria Garance à Valentine. Tu n'en peux plus.

Valentine, exténuée, lui passa le bébé et l'attacha bien solidement dans son dos.

— Cours maintenant, cria Garance.

Les élicos se rapprochaient. Elles sentaient le vent au-dessus de leur tête. Elles avaient beau détaler à toutes jambes, le danger les rattrapait. Garance prit par la main Valentine qui traînait à deux pas derrière elle et la tira.

— Dépêche-toi. Nous allons y arriver.

— Va-t'en ! Sauve Clara, hurla Valentine.

Un des élicos se posa devant elles. Elles entendaient crier leurs amis qui avaient déjà atteint les grottes.

Deux hommes sortirent d'un élico pendant que les autres tournoyaient, empêchant les jeunes femmes d'avancer. Contre toute logique — Valentine ayant compris que c'était elle, la scientifique de Masopa, qu'ils recherchaient — les deux hommes se précipitèrent vers Garance, tandis qu'un autre élico se posait. Garance tenta de passer Clara à Valentine, mais c'était impossible. Quatre hommes l'avaient encerclée. Aucun ne se préoccupait de Valentine qui hurlait à se casser la voix en leur jetant des cailloux, armes dérisoires et risibles contre des hommes aguerris aux techniques de combats les plus sophistiquées. Maîtrisée, ceinturée, Garance se débattait encore comme une furie. Le poids de l'enfant la gênait et elle avait peur de la blesser.

— Laissez l'enfant tranquille, je vous en supplie. Elle n'y est pour rien. Ce n'est pas mienne. Rendez-la à sa mère.

Les hommes n'écoutaient pas ses suppliques. L'un d'eux lui enleva Clara. Elle espéra, qu'ayant entendu sa prière, ils allaient la rendre à Valentine. On lui mit un chiffon sur la bouche et elle s'écroula dans les bras de son kidnappeur. Valentine, hurlait, sanglotait, réclamait son enfant. Aucune de ses supplications n'eut d'effet sur eux. De la grotte, les autres virent les élicos s'envoler emportant avec eux Garance et Clara. Dans la plaine, Valentine, à genoux, rugissait son désespoir sans fin, comme le fait toute maman mammifère à laquelle on a enlevé son enfant.

Tandis que les autres descendaient des grottes en courant, un des élicos se posa. Une avarie au circuit de refroidissement l'empêchait de voler. L'élico se mit à fumer, le pilote ouvrit la porte et s'enfuit. Mais Dror, dont la colère avait démultiplié la vitalité, se rua derrière lui. Non seulement il était plus jeune, mais plus habitué à la course à pieds et à la chasse. Pour lui, la chasse à l'homme ou la chasse au gibier, c'était la même technique. L'homme s'écroula dans le sable et, d'un magistral coup de poing, Dror lui fit manger le sable. Il poussa un cri de victoire et lui dit :

— Maintenant, tu vas avoir affaire au clan, mon vieux, tu ne sais pas ce qui t'attend. Quant à ton élico, ne t'en fais pas, nous allons le réparer. Ici, il y a des livres, et les hommes sont moins stupides que vous ne le croyez au Grand-Pays. Tu vas nous aider. Tu as intérêt. Tu ne sais pas de quoi les hommes sont capables ici. De te découper en tranches pour te manger tout cru !!!

Il contempla, avec un plaisir sadique, la terreur dans les yeux du pilote, puis rajouta fier de lui :

— Je crois que ça s'appelle, dans le langage antique, « une prise de guerre ».

Chapitre VII

Quand il y a le feu, les rats sont toujours
les premiers à quitter le navire.

1

Garance était encore dans un état comateux lorsqu'elle entendit une voix douce lui demander « qui es-tu ? ». Elle n'avait aucun souvenir du voyage et son esprit tentait de reprendre vie dans le présent. Elle se souvint de leur enlèvement et se dit qu'ils avaient dû laisser le bébé à sa mère, elle n'avait pas à se préoccuper de la petite Clara. Sa lèvre la faisait souffrir mais, ayant les mains liées dans le dos, elle ne pouvait pas se détacher pour tâter la plaie. Du sang lui coulait dans la bouche. A travers un brouillard laiteux, elle aperçut un homme, jeune, hirsute, qui la regardait d'un air gentil. La vision se précisa. Il était brun, mat de peau, sale et pas peigné, avec des yeux d'un bleu profond. Ce visage lui rappela quelque chose, mais elle ne sut pas de quoi il s'agissait. Elle était trop fatiguée pour rassembler ses souvenirs qui s'emmêlaient dans sa tête.

— Qui es-tu ? répéta le jeune homme.

Elle en aperçut un autre derrière lui semblant autant fatigué et sale. Son regard fit le tour de la pièce. Elle était couchée dans la poussière, les murs en pierre donnaient une impression de fosse, comme dans le passage souterrain du mur, un piège qui se refermait sur elle. Elle se dit que cela devait être ça, une prison.

— Je m'appelle Garance, dit-elle, sans rien ajouter de plus.

Elle avait peur. A la merci de ces deux hommes, elle n'avait aucune échappatoire. Crier ? A quoi bon ?

— Je vais te détacher. Je m'appelle Thor.

Ce nom la fit bondir.

— Thor ? Ce n'est pas possible. Alors toi, tu es Djamel ? demanda-t-elle.

Thor n'arrivait pas à la détacher.

— Comment connais-tu notre nom ? Il faut que je te détache avec les dents. Excuse-moi si je te mors un peu rajouta-t-il gêné. Djamel, essaye de tirer sur la corde, sinon je ne pourrai pas la prendre entre les dents.

Pendant qu'ils essayaient de la libérer, elle dit :

— Je suis Garance, de la tribu des « Rébus » et j'ai traversé le mur avec Valentine.

Thor sursauta et lui mordit le poignet.

— Excuse-moi, c'est l'émotion. Tu dis que tu as traversé le mur avec Valentine ? Et Olivier, Samy ?

— Samy est mort, dit-elle les larmes aux yeux. Il y a longtemps. Il n'a pas eu le temps de profiter de la liberté. Il y a Messieurs Abasseur et Toufik, des scientifiques du Grand-Pays.

Elle laissa passer une minute de silence, et rajouta, certaine de faire un effet magique sur le jeune homme :

— Je vous connais tous les deux. Toi tu es Thor, le père d'Abel.

— Comment sais-tu cela ? cria Thor en la mordant plus fort.

-Aïe ! Tu me fais mal. C'est Loreline qui me l'a dit.

— Loreline est vivante ? Vivante ? En es-tu certaine ?

— Aucun doute. Elle est avec Hugo. Elle nous parle de toi sans cesse. Elle t'aime, cette fille. Tout le monde te croit mort, sauf elle. Elle t'attend.

— Vivante, Loreline vivante... répétait-il tandis qu'il finissait de couper les liens de Garance. Mon bébé ?

— il va très bien, rassure-toi, il commence à marcher.

— Je ne l'ai pas vu grandir, dit-il tristement.

— Ce serait mieux que tu nous racontes tout, remarqua Djamel.

— J'ai mal à la bouche, se plaignit-elle.

— Tu as une vilaine plaie, mais ne compte pas sur les sages pour te soigner. Assieds-toi dans ce coin contre le mur et frotte-toi les poignets, ils ont bleui. As-tu soif ?

— Oh oui, soupira-t-elle. Ce produit pour dormir est horrible, j'ai des nausées. Mais avez-vous de l'eau ?

— Oui, ils ne veulent pas nous laisser mourir. Nous avons de l'eau et ils nous apportent à manger deux fois par jour. De quoi survivre.

Garance se cala le dos contre le mur et avala l'eau goulûment. Puis, essayant de maîtriser sa respiration haletante, elle commença à raconter son épopée. Au bout de trois heures, elle n'en pouvait plus.

— Pourquoi t'ont-ils enlevée ? demanda Thor. Ta famille possède quelque chose dont ils ont besoin ?

— Non, rien, du moins je ne le pense pas. Finalement, peut-être se sont-ils trompés ? Cela pourrait être n'importe qui d'autre. Charlotte ou Manon, pourquoi pas ? Elles savent lire. Peut-être ont-ils besoin de renseignements contenus dans les livres de la bibliothèque de Cronos ?

— Des livres, ils en ont, et ils savent beaucoup de choses que nous ignorons sur le passé. Crois-moi. Ils n'ont pas besoin du savoir des autres. Tout est caché dans le palais. Je te parie qu'il y a une bibliothèque quelque part où sont sauvegardées toutes les informations concernant le passé. Ils vont te faire voir les films sur la vie de la terre depuis des millénaires. Au début, j'ai pensé que c'était truqué, mais non. Ils ont fabriqué des films en animant des images bien réelles. Prépare-toi à voir des horreurs.

— Croyez-vous qu'ils vont me torturer ?

— Cela dépend des raisons pour lesquelles ils t'ont enlevée.

— Il est possible qu'ils veuillent te négocier, fit remarquer Hugo. Les tribus se sont révoltées. J'ai entendu les gardes en parler à l'usine. C'est pour cela qu'ils nous ont ramenés ici. Ils nous avaient mis au travail depuis des mois. A Masopa aussi, la révolte gronde. Les sages ont peur, et la peur est ce qu'il y a de pire. Elle pousse aux plus nuisibles extrémités et la violence ne les arrête pas.

— J'ai déjà vécu beaucoup de choses dans ma vie qui n'a pas été facile, dit Garance, mais je ne crois pas être capable de supporter la torture.

Elle avait à peine fini de parler que la porte s'ouvrit brutalement. Instinctivement, les deux hommes se serrèrent contre elle pour la protéger. Les deux molosses ricanèrent et les écartèrent violemment.

— Viens, toi.

— Laissez-la tranquille ! cria Thor en se mettant devant lui.

D'un violent revers d'une main, il prit une gifle monumentale qui l'envoya rouler deux pas plus loin.

— Ne t'avise plus de te mettre en travers de mon chemin, avorton.

Ils embarquèrent Garance comme un vulgaire paquet de linge, et la porte se referma sur eux.

2

Garance crut sa dernière heure arrivée. Comment résister à la torture ? Ne pas parler. Surtout ne pas parler. Elle se jurait de résister le plus longtemps possible. Mais que voulaient-ils savoir qu'ils ne sachent pas déjà ?

Le monstre qui la portait la posa à terre en s'excusant :

— Pardonnez-nous mademoiselle, il s'agit d'une méprise.

Garance chancela. Elle ne comprenait plus rien. S'ils s'étaient trompés sur son cas, pourquoi s'excuser ? A qui avaient-ils des comptes à rendre ? Inutile de se torturer l'esprit. Elle allait sûrement le savoir sous peu. Elle avait du mal à marcher mais le désir de savoir le fin mot de cette histoire lui donnait la force d'avancer. Ils arrivèrent devant une grande porte qui s'ouvrit comme par magie, et les gardes lui firent signe d'entrer. La porte se referma derrière elle. Elle vit six hommes assis à une longue table. Une chaise était vide. Un des hommes se leva, s'approcha d'elle. Il était grand et maigre, affublé d'un vêtement sombre, ridicule. Elle s'attendit à recevoir des coups, mais l'homme souriait.

— Croyez bien que nous soyons désolés, mademoiselle. Nos pilotes sont des imbéciles. De nos jours, il est difficile de trouver des collaborateurs dignes de ce nom. Mais rassurez-vous, il a été châtié comme il se doit.

Garance frissonna. Qu'ont-ils fait à ce pauvre type qui, visiblement, s'était trompé de femme ?

L'homme continua :

— Nous allons vous offrir une chambre pour vous reposer. Vous prendrez un bon bain, et nous vous garderons quelques jours parmi nous. Ensuite, nous vous ramènerons chez vous.

Garance n'en crut pas un mot. Néanmoins, elle fit semblant, remercia chaleureusement ses hôtes, prétendit qu'elle ne leur était pas hostile et que s'ils avaient besoin d'une quelconque information, elle était prête à la leur fournir en remerciement.

Furent-ils dupes ? Elle n'en sut rien. L'homme sourit.

— Je m'appelle Pierre. Si vous avez besoin de quoi que ce soit, faites-moi appeler. Nous vous avons adjoint une servante qui s'assurera que vous ne manquiez de rien.

« Et qui me surveillera par la même occasion » se dit-elle.

— Passez un bon séjour parmi nous, rajouta-t-il.

Les deux gardes revinrent la chercher, sans qu'aucun des autres hommes présents n'eussent dit un mot. Ils avaient l'air de robots, calqués sur leur chef. A part une légère différence de visage qui ne se voyait qu'au bout d'un moment d'attention, on aurait dit des copies.

— Faites-la soigner, dit Pierre aux deux monstres.

Elle n'eut pas le temps de répliquer, la porte se referma de nouveau sur eux.

— ils sont sympas, dit-elle. Non ?

Personne ne lui répondit. Ce n'était pas la peine d'essayer de faire de l'humour avec ces deux abominables. Ils la conduisirent à sa chambre où l'attendait une jeune femme, Julie, frêle, presque diaphragme, sa peau paraissant en manque des rayons du soleil. C'était à se demander si elle le voyait souvent, le soleil, ou si elle était condamnée à rester cloîtrée dans cet appartement toute sa vie. Garance se faisait fort d'en savoir plus par son l'intermédiaire. Hélas, elle était muette, une mutilation effectuée par les sages après la disparition de Minrad. Elle pouvait entendre tout ce que disait Garance, sauf lui répondre. Sitôt seule avec la servante Garance lui demanda :

— Pourquoi es-tu muette ? Que t'a-t-on fait ? Es-tu née ainsi ? Que je suis bête, tu ne peux pas me répondre.

Pour toute réplique, Julie ouvrit la bouche et lui montra sa langue. Il en manquait un morceau.

Garance eut soudain très peur. Ils avaient coupé la langue à Julie pour qu'elle ne puisse pas raconter ce qui se passait dans le palais. Avaient-ils l'intention de faire de même avec elle ? Les paroles de Pierre résonnaient encore dans sa tête. « Nous vous ramènerons chez vous ». Oui, mais dans quel état ? La fuite devenait son seul moyen de survie. Mais pour l'instant, elle était tellement fatiguée qu'elle demanda un bain pour se détendre et réfléchir. Tandis qu'elle barbotait dans l'eau chaude, Julie se tenait raide dans l'entrebâillement de la porte. C'était la première fois que Garance se retrouvait nue devant une personne autre qu'une de ses amies dans sa tribu. Même devant Valentine, elle ne s'était jamais dénudée. Elle se sentait un peu gênée du regard de Julie, mais il n'y avait rien d'indécent dans sa façon de l'observer, plutôt de l'admiration. Garance avait le corps couleur caramel, plus clair que son visage et ses bras, Julie devait être blanche comme la neige, du visage aux pieds.

— C'est affreux, immonde, ce qu'ils t'ont fait ! Si je pars d'ici, tu viens avec moi.

Julie lui fit des signes affolés pour lui indiquer de se taire. Garance se souvint de l'objet caché sous la charrette qui enregistrait toutes les images et les sons. Quelle horreur ! Ils étaient en train de contempler son corps nu ! Cette idée lui donna la nausée, elle voulut sortir de la baignoire à tout prix, quitte à glisser sur le sol mouillé. Mais Julie lui fit comprendre qu'on pouvait l'entendre, mais pas la voir. Alors elle se tut.

Enveloppée dans une grande serviette, elle quitta la salle de bain.

— C'est bien, le bain, dit-elle, mais ça ne vaut pas la mer.

Julie lui indiqua que, là-aussi, il y avait des micros. Elle tenta de lui envoyer un message en balançant ses bras. Garance lui dit tout bas à l'oreille :

— Que veux-tu me dire ? Un bateau ?

Julie secoua la tête, montra Garance, prit un coussin et fit mine de bercer.

— Un bébé ? C'est ça ?

Elle la gratifia d'un petit sourire.

— Tu veux savoir si j'ai un bébé ?

Julie acquiesça.

Soudain Garance comprit.

— Ils ont le bébé, c'est ça ? La petite Clara, ils ne l'ont pas rendue à sa maman ?

Julie fit signe que non, mais lui fit comprendre qu'elle savait où elle était.

— Tu dois m'y conduire, dit-elle tout bas. Cette nuit.

Julie était affolée et refusait en faisant de grands signes avec les mains.

Garance avait décidé, que, accompagnée de Julie ou sans elle, elle partirait à la recherche de Clara. Tandis que Julie préparait une collation, Garance s'assit sur le canapé, aperçut une magnifique table en marqueterie et resta paralysée de surprise. Elle avait devant elle une phrase en arabe ! Très lisible, elle était inscrite sur des petits carreaux « si la parole est d'argent, le silence est d'or, et l'écriture la pierre philosophale. Ce nouveau Graal que les hommes recherchent depuis des milliers d'années est caché dans les Pyrénées françaises, Quarante-deux degrés latitude nord, 1 degré longitude est. GR 107— GR 7 B, sous le pog de Montségur, dernière résidence des bonhommes. » Le plus incroyable était que la phrase se reproduisait en face comme lue dans une glace. Elle avait devant elle une carte épousant la forme du labyrinthe et le texte était écrit dessus. Comment personne n'avait-il découvert cette énigme ? Pour elle, c'était plus visible que le nez au milieu de la figure, mais plus personne ne devait connaître l'arabe tardif dans l'entourage des sages, y compris les sages eux-mêmes. Elle devait la retenir par cœur, ne montrer à personne, pas même à Julie, qu'elle avait pu la lire. Pour les autres, il n'y avait que des petits signes décoratifs. Depuis combien d'années cette table est-elle ici ? Qui l'y avait mise ? Il était évident qu'elle avait été fabriquée dans l'intention de divulguer le message, mais pas à n'importe qui. Lorsque les sages avaient décidé de faire disparaître l'écriture, des objets avaient-ils étaient déposés à certains endroits comme des balises de repérages dans le désert ? Comme sa clé. Il devenait urgent qu'elle se rendît dans les Pyrénées mais pour cela, il lui fallait un élico. Elle ne voyait pas comment s'en procurer un. Et encore faudrait-il le conduire. Son raisonnement lui parut stupide. Seule devant des centaines de gens à la solde des sages, il n'y avait que Thor et Djamel pour l'aider, mais impossible de les faire évader.

Tandis qu'elle réfléchissait, Julie lui avait soigné la lèvre et préparé des vêtements lui appartenant pour se changer. Heureusement, elle avait aussi un grand pantalon avec des poches, de quoi cacher sa clé. Ses livres étaient restés au village. Julie déposa devant elle un plat de légumes. Cela sentait bon les épices.

— Tu manges avec moi, dit-elle.

Julie refusa. Elle n'avait pas le droit.

— Je l'exige. Tu es mon amie, pas ma gardienne. De toute façon, je ne pourrai pas manger tout ça. Assieds-toi devant moi, ajouta-t-elle d'un ton sans appel.

La table était exiguë, ce qui permettait d'avoir une conversation très rapprochée, face à face.

Elles déjeunèrent en silence. Julie avait de grands yeux bleus qui lui mangeaient la moitié du visage, un regard gentil, des pommettes saillantes ornées de deux petits tatouages. De près, on apercevait un minuscule papillon. Julie aurait bien voulu savoir à quelle tribu elle appartenait, depuis combien de temps elle vivait ici. Y était-elle née ?

— Je vais te poser des questions, lui dit-elle. Tu me réponds seulement par un signe de tête.

— Es-tu née dans ce palais ? chuchota-t-elle.

Réponse négative.

— Es-tu née de ce côté du mur ?

Réponse encore négative.

— As-tu été enlevée ?

Julie dit oui.

— Sais-tu d'où tu viens ?

Elle approuva encore.

— Sais-tu où se trouve ton pays ?

Julie haussa les épaules tristement en tentant d'expliquer qu'elle était très jeune lorsqu'elle avait été enlevée. Elle montra les deux papillons sur ses pommettes, expliqua, tant bien que mal, qu'elle n'avait pas été la seule. D'autres enfants avaient été enlevés avec elle mais elle ne les avait pas revus depuis. Garance commençait à comprendre son langage des signes. Pour donner le change aux sages, elle lançait de temps en temps des phrases décousues dans le genre « c'est bon ce plat, c'est toi qui l'as fait » ou « quel accueil ! Ils sont bien gentils ces gens-là ». Julie riait.

De l'autre côté de la caméra, Pierre était content. De sa place, il ne voyait Garance que de dos, et elle cachait le visage de Julie. Mais peu importait. Cette petite était docile, naïve, pas dangereuse. Elle avait dû suivre Valentine pour échapper à l'ennui de tous les jours, pas pour combattre au nom d'un idéal.

— Il va falloir chercher Clara et se sauver. Tu viendras avec moi ?

Elle sembla terrorisée et secoua énergiquement la tête.

— Je ne peux pas t'abandonner ici.

Garance ne finit pas sa phrase. Elles entendirent des cris, des courses folles, des bruits d'explosifs. Garance pouvait reconnaître ce bruit parmi des milliards d'autres. Elle entraîna Julie dans la salle de bain et ferma la porte à clé.

— Ne faisons pas de bruit. Sais-tu ce qui se passe ?

Julie ne savait pas. Elle avait bien une petite idée mais il lui était impossible de l'expliquer par des signes. Elle plongea la main dans sa poche et en retira une petite plaque blanche et un morceau de charbon de bois. Puis elle griffonna dessus en langue universelle et la tendit à Garance.

« Peut-être les tribus nomades qui se sont révoltées »

Garance n'en croyait pas ses yeux.

-Mais tu sais écrire ! Julie tu me caches des choses. Les sages le savent-ils ?

Julie écrivit « non ».

— Comment sais-tu que je sais lire ? s'étonna Garance.

« Je t'ai vu regarder la table, c'est là que j'ai compris. J'ai vu que tu lisais. C'est une langue que je ne connais pas »

— Et bien, moi, je la connais.

Elle lui récita la phrase, et Julie blêmit. Elle écrivit en tremblant :
« Je viens de là-bas ».

— Mais tu m'as dit...

Le bruit se rapprochait. Garance se tut.

Des pas précipités envahirent la chambre. Les deux jeunes filles, terrorisées, s'étaient tassées dans le coin du mur, serrées l'une contre l'autre. La porte s'ouvrit d'un magistral coup de pied. Garance hurla, Julie émit une sorte de borborygme impressionnant venant de la gorge. L'homme qui se trouvait devant elle s'arrêta net.

— Ça alors ! Des femmes. Minrad, viens voir ici.

Julie le reconnut. Elle l'avait souvent vu quand il était le valet de Jean, et même avant. Il avait toujours eu un mot gentil pour elle.

— C'est toi, Julie ? Que fais-tu ici ? Et elle ?

— Je me nomme Garance.

— Et bien ça alors ! C'est la meilleure. C'est toi qu'ils ont enlevée ? Pas Valentine ?

— Ils se sont trompés parce que je portais son bébé. Cherchez le bébé ! Vite ! Ils ont enlevé Clara.

A ce moment-là, Jean rentra, reconnut Garance qu'il avait souvent vue sur les écrans avant que quelqu'un ne trouvât la caméra cachée sous la charrette.

— Clara, c'est la fille de Valentine ? D'Olivier ? C'est ma petite fille. Vite, il faut la retrouver.

Il sortit comme un fou, entraînant des hommes derrière lui.

— Sortez de là, dit Minrad, vous ne risquez plus rien.

— Il faut libérer Thor et Djamel de leur geôle, dit-elle, avant que les sages ne les fassent exécuter.

— Ne t'inquiète pas, c'est fait. Ils sont aux trousses des sages.

— J'ai trouvé quelque chose, avoua Garance. Sur la table du salon.

— On sait, dit Minrad. C'est le plan des sous-sols. C'est grâce à lui que Jean s'est échappé.

— il n'y a pas que ça, rajouta-t-elle dans un état d'excitation extrême. Il y a des écritures en Arabe tardif. Et je sais le lire.

Elle récita la phrase, et dit :

— C'est là-bas qu'il faut aller. Nous avons trouvé le même texte à Cronos dans la bibliothèque.

— Cronos ? Où est Cronos ?

— De l'autre côté du mur.

— ils savent lire à Cronos ?

— Tout le monde sait lire à Cronos et même ailleurs au nord du mur.

— Nous irons là-bas, dit Minrad. Quand nous aurons repris tous les élicos. Les pilotes commencent à se rendre. Ils sont très peu à rester fidèles aux sages.

— Valentine doit être malade de douleur, répliqua Garance.

Julie faisait de grands moulins avec les bras pour essayer de capter l'attention. Elle tira violemment Garance par le bras et lui fit comprendre qu'il fallait trouver le bébé. Elle savait où était Clara.

— Allons-y, cria Minrad. Montre-nous le chemin.

La petite Clara hurlait à gorge déployée. Ils la trouvèrent dans un petit lit, gardée par une vieille femme qui n'opposa aucune résistance.

— Elle a faim, dit Garance. Il lui faut le lait de sa mère.

— Le lait de sa mère ? Quelle horreur !

— C'est ce qu'il y a de meilleur pour elle, répondit Garance d'un air savant. Où va-t-on en trouver ?

Julie rapporta un objet qui ressemblait au sein de la femme avec un petit réservoir plein d'un liquide blanchâtre. Elle prit Clara, la posa sur ses genoux et lui mit l'objet dans la bouche. La petite se mit à téter goulûment.

— Voilà un problème de réglé, soupira de soulagement Minrad. Laissez l'enfant à la vieille dame. J'ai besoin de vous. Je préfère vous prévenir que vous allez voir des horreurs. Nous allons à l'usine. Mais vous seules pouvez rassurer ces hommes prisonniers. Ils sont aveugles et sourds, et terrorisés. Des voix de femmes ne peuvent être que bénéfiques sur eux.

A ce moment-là, Jean attiré par des cris d'enfant, se précipita, prit Clara dans ses bras et se mit à pleurer.

— Mon bébé, ma petite fille. Je remercie les esprits du bien de m'avoir laissé vivre ce moment-là.

Les autres l'abandonnèrent à ses retrouvailles familiales et partirent en direction de l'usine.

3

Lorsque Thor et Djamel entendirent hurler dans les couloirs, ils crurent leur dernière heure arrivée. Mais le premier qui entra dans prison fut Jean. Il les prit dans ses bras en riant et pleurant à la fois.

— Mes amis, mes bons amis ! Que je suis heureux de vous retrouver ! Vous êtes libres.

Il leur fallut un certain temps pour que la nouvelle se frayât un passage dans leur cerveau. Mais c'était bien le Grand Appariteur, suivi d'une foule de gens étranges, des représentants des diverses tribus.

— Ce sont nos amis, dit Jean. La révolte gronde jusqu'à Masopa. Les gens ont pris possession de la ville. Les sages sont en fuite.

— Où sont-ils allés ? demanda Thor.

— Sur la piste d'atterrissage des élicos. Vous savez où c'est ?

— On le sait. Djamel, dépêche-toi.

Jean donna des ordres et le groupe qui le suivait partit avec les deux jeunes gens. Il fallait faire vite. Déjà, les hélices tournaient. Sur la piste d'atterrissage, Pierre se laissait aller à une rage brutale dirigée contre les pilotes mais aussi contre ses compagnons.

— Quand je trouverai celui d'entre vous qui a trahi, je le tuerai de mes propres mains.

Aucun ne broncha.

— Je finirai bien par savoir qui a saboté le système en introduisant des embryons primitifs dans le ventre des mères. Parce que c'est ce qui s'est passé. Tous ces jeunes qui se révoltent sont des embryons primitifs. Le fils de salaud qui a fait ça le paiera cher. Qu'attendez-vous pour nous faire embarquer ? hurla-t-il aux pilotes.

— Les élicos ne sont pas prêts, votre honneur. Ils ont accompli beaucoup trop de kilomètres en quarante-huit heures. Les batteries ne sont pas rechargées.

— Bandes d'incapables ! Grouillez-vous.

Il devenait grossier, agressif au-delà du rationnel.

— Nous ne pouvons pas faire plus vite que le soleil votre honneur.

Pierre allait répliquer lorsqu'un groupe surgit sur la piste. Ils reconnurent les deux Masopiens. Pierre n'avait pas l'intention de se faire prendre ni de défendre ses amis, si amis il y avait eu, car les autres sages lui étaient parfaitement indifférents. Ils se rua sur un élico, mais contre toute attente, Philippe lui fit un croc-en-jambe et il s'étala dans la poussière. Philippe lui mit un coup de poing qui l'envoya deux mètres plus loin.

— Sale traître ! C'était donc toi.

— Et oui, votre honneur. Je me présente : Philippe Dutertre, scientifique à Masopa et infiltré dans votre groupe depuis des années. Ce fut un travail de longue haleine. Ma mission était d'éviter de mettre des embryons trafiqués dans le ventre des mères. Je travaille en collaboration avec l'Institut Médical Autonome de Masopa. Vous n'en avez jamais entendu parler ? Ça ne m'étonne pas. C'est un institut clandestin. Je crois avoir rempli ma mission.

Il le tenait fermement par cette cravate ridicule où était gravée une petite croix. La cravate qu'ils devaient tous porter après une certaine initiation. Initiation que Jean n'avait pas encore eue, tant Pierre s'en méfiait. Philippe mourrait d'envie de lui tordre le cou avec cet objet de répulsion. Tout ce qui se cachait derrière sa signification, les assassinats perpétrés depuis des générations, lui donnait le vertige. Trois mille ans auparavant, des fous s'étaient emparés du pouvoir au nom d'une ancienne religion dont ils ne connaissaient rien.

Thor fut le premier à les atteindre. Ne sachant que faire, face à Philippe, il demanda :

— Qui es-tu, toi ?

— Philippe Dutertre, scientifique à l'I.M.A de Masopa. C'est moi qui ai déréglé le trafic des cerveaux. J'avais accès à la machine centrale qui manipulait les gènes. C'était mon travail de faire en sorte que les embryons primitifs soient façonnés à l'image de ce que voulaient les sages depuis des générations. Pierre a fini par se poser des questions. Toutes ces révoltes chez les jeunes auraient dû être impossibles. Cela n'aurait jamais dû arriver. Je savais qu'il me soupçonnait depuis quelques temps et j'allais bien finir par y laisser ma vie. Judas était chargé de me surveiller, mais il n'était pas assez intelligent.

Tandis qu'ils parlaient, les autres avaient attaché les sages ensemble. A ce moment-là, Jean arriva portant sa petite fille. Il sourit à Philippe.

— Je me posais des questions à ton sujet. J'avais bien raison. Que fait-on d'eux ?

— Je propose que nous les mettions dans notre jolie prison, dit Thor. Histoire de leur monter à quel point elle est confortable.

— Pourquoi pas ? dit Philippe. Nous aviserons plus tard de leur sort.

— Où est Garance ? demanda Djamel inquiet.

— Ne vous tracassez pas pour elle. Elle est saine et sauve. Elle est partie avec Minrad et un groupe libérer les hommes des usines.

— Malheureux ! Mais vous êtes fous ! s'exclama Thor. Vous ignorez ce qui se passe dans ces usines ! Les ouvriers sont aveugles et sourds, mais la violence couve sous une apparente soumission. Elles sont en danger. En plus, si ces hommes sortent de l'usine, le soleil va leur brûler la peau. Ils ont toujours vécu dans l'obscurité. Nous sommes bien placés pour le savoir. Nous y avons travaillé pendant des mois. Minrad l'ignore. S'il croit qu'ils sont doux et peureux, ce n'est pas le cas. Je les ai déjà vus se battre. C'est jusqu'à la mort.

— Prenons les élicos, dit Philippe. Nous pourrons peut-être les rattraper avant qu'ils n'atteignent l'usine.

4

Pour Julie et Garance, le fait d'aller délivrer des hommes du cauchemar d'une vie était un acte héroïque dont elles n'étaient pas peu fières. Julie aurait bien aimé pouvoir parler, mais elle commençait à bien se faire comprendre de Garance avec des gestes. Leur arrivée à l'usine fut accueillie dans un silence impressionnant.

— C'est normal, dit Garance, ils ne peuvent pas nous voir, ni parler, ni entendre. Ils ont développé d'autres sens. Ils savent que nous sommes là, mais ne savent pas qui nous sommes.

— Les machines sont à l'arrêt, constata Minrad. Ils sont perdus. La seule chose qu'ils savent faire, c'est travailler. C'est vital pour eux. J'aimerais bien savoir ce qu'ils ont dans la tête. Peut-être uniquement du vide. Mais j'en doute. Tout est détraqué dans l'organisation des sages.

Le silence pesant fut remplacé par des sortes de grognements qui allèrent s'amplifiant. Au début, les hommes étaient totalement immobiles, ne sachant que faire de ce temps mort, sans machine, sans travail, sans encadrement. Laissés à l'abandon, en totale liberté, ils semblaient ne pas savoir quoi en faire. S'enfuir ? Rester ? Attendre ?

Etant donné leur cécité, ils se bousculèrent en bougeant. Certains commencèrent à se battre. Leurs cris ressemblaient à des grognements d'ours. Puis un groupe s'approcha, se cogna aux machines, et les hommes s'énervèrent, crièrent de plus en plus fort. Garance avait les poils des bras qui se dressaient et des fourmillements dans les cheveux. L'angoisse montait des deux côtés. Minrad comprit le danger. Il ne cria pas mais dit d'une voit monotone :

— Sauvez-vous, allez-vous-en. Lentement, sans paniquer. Battez en retraite à reculons. Ne leur tournez pas le dos.

Les grognements devirent plus fort.

— Mon Dieu, gémit Garance, ce sont des animaux, pas des hommes.

— Je n'en sais rien, dit Minrad. Faites ce que je vous dis sans vous poser de question.

Elles reculèrent. Julie manquait de souffle. La peur la paralysait, d'autant plus qu'elle ne pouvait pas mettre des mots sur sa détresse. Elle s'accrocha à la main de Garance et elles reculèrent le plus lentement possible de quelques pas. Minrad, lui, était resté devant elle pour leur faire un bouclier. Garance avait déjà vu un chien se comporter de cette façon, se mettre entre son maître et le danger, comme un rempart. Elle aurait voulu lui crier de reculer lui aussi, ou même de le lui murmurer tant qu'ils étaient encore proches, mais aucun son ne voulait sortir de gorge. Muette de peur, aussi silencieuse que Julie mais pour d'autres raisons, elle restait aussi amorphe qu'un légume, sans réaction. Minrad leur fit le geste de continuer à reculer, ce qu'elles firent. Elles n'étaient pas loin de la sortie et les ouvriers ne bronchaient pas, aucune réaction de leur part ne venait interrompre le scénario imaginé par Minrad. Garance souffla un peu, bien qu'elle eût aimé que Minrad fît comme elles. Un mouvement se fit du côté des ouvriers, ils avancèrent en grognant. C'est à ce moment-là, alors qu'elles atteignaient la porte, que Minrad hurla :

— Fichez le camp ! Courrez ! Et fermez la porte derrière vous.

Elles hésitèrent. Garance ne voulait pas l'abandonner. Dehors, il y avait une poignée de gardes. C'est lorsqu'elles furent sorties, que Minrad hurla aux gardes dans une langue inconnue. Ils se précipitèrent sur les deux jeunes filles, les tirèrent hors de l'usine puis la porte se ferma dans un vacarme assourdissant.

— Minrad cria Garance tandis que Julie gesticulait en griffant tous ceux qui tentaient de la retenir.

Elle se précipita sur la porte, tambourina à s'écorcher les poings, peine perdue. Elle hurlait, pleurait. Minrad était la seule personne qui avait été charitable avec elle, lui ramenant parfois des friandises assorties de quelques sourires qui lui réchauffaient le cœur. Parfois il lui murmurait : on te sortira de là, petite fille. Alors elle s'était prise à espérer. Maintenant, c'était lui qui était en danger. Elle ne pouvait pas parler, pas crier sa détresse, pas hurler son nom. C'était une souffrance insupportable. Garance la tira par le bras, elle avait les mains en sang.

— Et vous ! Bande de trouillards ! Faites quelque chose. Vous n'allez pas le laisser crever seul ?

Les gardes étaient nombreux, mais toujours habitués à obéir, ils obéissaient à présent à Minrad, et Minrad leur avait dit de fermer la porte et de protéger les deux jeunes filles.

Il fallut un certain temps pour Garance arrivât à les décider. Lorsque la porte s'ouvrit, les ouvriers qui avaient survécu au massacre général, se ruèrent à l'extérieur. Des hurlements de douleur suivirent la fin de leur captivité. Thor avait raison, le soleil leur brûlait la peau, ils suffoquaient étouffés par la chaleur qu'ils n'avaient jamais connue car l'usine était climatisée, pas par philanthropie mais pour un rendement maximum. Les hommes tombaient comme des mouches, en proie à des souffrances monstrueuses. Ils se roulaient parterre, vagissaient comme les nouveau-nés au sortir du ventre de la mère. C'était bien la même douleur. L'air chaud leur brûlait les poumons. Garance et Julie, serrées l'une contre l'autre, regardaient d'un air hagard ce spectacle hallucinatoire. Le silence peu à peu s'installa, quelques cris de douleurs et d'agonie fusèrent encore çà et là. Elles ne pouvaient pas bouger, tout leur corps était transformé en statut. Si elles s'étaient séparées, elles seraient tombées l'une sur l'autre sans pouvoir se relever. L'épouvante les avait scellées l'une à l'autre comme des sœurs siamoises.

Puis les gardes sortirent portant un corps ensanglanté. Minrad avait perdu la vie pour les sauver. Lentement, elles se détachèrent l'une de l'autre, s'avancèrent vers cet homme dont elles ne savaient rien, seulement qu'il était un héros, un Grand Homme que l'histoire retiendrait peut-être, mais pour combien de temps ? Combien de héros dans son genre avaient jalonné l'histoire de leur vie volée et avaient sombré dans l'anonymat du temps ? Leur frêle silhouette les faisait ressembler à deux oiseaux tombés du nid. Elles pleuraient en silence. Minrad gisait sur le sol où les hommes l'avaient posé. Garance lui ferma les yeux et pour cacher l'horrible plaie qui prenait presque la totalité de son crâne, l'entoura du voile blanc dont elle ne se séparait jamais. Il vira au rouge. Le rouge de l'insurrection dont elle connaissait le sens qui avait perduré au-delà des millénaires. Ses cheveux dégringolèrent sur ses épaules, elle y enfouit son visage pour cacher ses sanglots. Julie avait posé sa tête sur la poitrine de Minrad et se recueillait comme on le lui avait appris de nombreuses années plus tôt. Elles étaient épuisées, pitoyables, incapables de se prendre en charge. Des visions d'horreur défilaient devant leurs yeux. Garance sentit que quelqu'un la soulevait, la prenait dans ses bras en lui demandant pardon. A travers sa vision altérée, elle crut voir Eschyle, puis sombra dans le noir de l'oubli.

5

— Valentine, arrête. Il faut que tu te reprennes. Nous irons chercher Clara.

— Je suis maudite, maudite ! Depuis le jour où j'ai abandonné Samy. Je joue avec la vie des gens sans songer aux conséquences. C'est ma faute si Clara a été enlevée.

— Arrête tes délires ! s'énerva Olivier. Que vient faire Samy dans cette histoire ? Aurais-tu des regrets ?

— Des regrets, non, mais des remords oui. Il est mort à cause de moi. Garance a disparu à cause de moi. Et Clara ? Je ne survivrai pas sans elle. Ce bébé, toute ma vie je l'ai désiré. Le bébé de l'amour. Toute ma vie j'ai cherché l'amour, j'ai voulu savoir ce que c'était, ce qu'on nous cachait. Je l'ai trouvé cet amour. Je t'ai trouvé. Et j'ai mal. Les sages avaient raison. L'amour est destructeur.

— Destructeur ? As-tu regardé autour de toi ? Tous ces hommes et toutes ces femmes qui s'aiment, vivent ensemble, au jour le jour, partageant tout, le bonheur et le malheur, sont fidèles en amitié. Les as-tu regardés vivre ? De vrais hommes, pas des pantins manipulés par les sages. Tu n'as pas le droit de dire ça. Lève-toi !

Le ton était d'une violence inhabituelle dans la bouche d'Olivier.

— Peux-tu penser aux autres de temps en temps ? Tu le sais ce que j'endure depuis la disparition de Clara ? Crois-tu que je n'aimais pas Garance ? Tu es bien une Masopienne. Tu montres à tout le monde l'égocentrisme de notre nation. Toi qui t'es battue contre tout cela, qu'es-tu devenue ? Que cherches-tu ? De vieux papiers pour prouver que tu avais raison ? Et les autres dans tout cela ? Qui sont-ils ? Tu n'es plus à l'Université des Temps Anciens. Ici, c'est le présent, la vie. Et puis, tiens, tu me dégoûtes.

432

Il sortit sans se retourner. Valentine hoqueta et vomit le peu de bile qui restait dans son estomac car elle n'avait pas mangé depuis deux jours. Olivier avait raison. Elle se conduisait d'une façon indigne. Pendant qu'elle se lamentait allongée sur un lit, les autres préparaient une expédition pour retrouver sa fille et Garance. Elle se leva en titubant. La tête lui tournait, mais elle se raccrocha à une chaise et attendit quelques minutes que le calme revint dans son esprit. Puis, d'un pas mal assuré, quitta la maison. Dehors, tout le monde s'affairait autour de l'élico. Le pilote leur avait expliqué le fonctionnement de l'appareil, et la manière de le réparer. La « prise de guerre » de Dror pouvait encore voler.

Pendant ce temps, Charlotte, Manon et Loreline n'avaient pas chômé. Abasseur, géographe-géologue, s'était penché sur ce globe censé représenter la terre. Qu'elle fut ronde, il n'en avait jamais douté. Il faisait partie des rares habitants du Grand-Pays intéressés par ce sujet. Lui et Manon, unissant leurs compétences, avaient fini par trouver comment calculer une longitude et une latitude. La jonction des deux, d'après les indications du poème, donnait un point au milieu d'une chaîne de montagnes.

— Je ne sais pas si nous pourrons aller aussi haut, dit Llyas le pilote, qui avait fini par coopérer avec conviction, allant même jusqu'à donner des cours de pilotage à Olivier. L'élico est programmé pour voler à une certaine altitude. Nous ne sommes jamais montés aussi haut.

— il faudra tenter le coup quand même, dit Olivier. Nous serons deux à savoir piloter, toi et moi.

— Deux jours pour savoir piloter, c'est peu, avoua Llyas. Mais nous n'avons pas le choix. Les sages préparent une invasion massive du nord du mur. D'ici une semaine, vont déferler sur nous des centaines d'élicos, et cette fois-ci ils ne viendront pas faire des repérages. Ils seront tous équipés d'explosifs. Masopa a déjà fait les frais de leur folie. La moitié de la ville est en ruine. Ils n'ont pas hésité à tirer sur la population.

— Malheur ! J'aimerais tant avoir des nouvelles de mon père !

— Qui est ton père ?

— Le Grand Appariteur.

— Le Grand Appariteur ? Pas possible ! Il est devenu le septième sage. Les autres se méfient de lui. D'ailleurs, il a disparu depuis deux jours et le premier sage, Pierre, est dans une rage folle.

— Mon père ? Un sage ! C'est impossible dit Olivier. Mon père n'aurait jamais accepté ça.

— Je comprends mieux sa démarche, dit Hugo. Il est venu nous voir pour que nous passions le mur. Il semblait affolé et c'est lui qui a voulu détruire l'atelier de Valentine. A mon avis, il n'a pas accepté par gaieté de cœur. Il n'avait pas le choix.

— Choix ou pas, il ne devait pas…

— Il ne devait pas quoi ?

Valentine s'était levée, décidée à se conduire comme elle l'avait toujours fait, en chef.

— C'est toi qui dis ça ? Ce n'était pas la peine de venir me faire la leçon. Je connais ton père, peut-être mieux que toi-même. Il est incapable de trahison. Nous avons un ami dans la place, c'est déjà ça. Sans compter Thor et Djamel.

— S'ils ne sont pas morts.

— Ils ne sont pas morts, dit une voix dans leur dos. Thor n'est pas mort. Je le sais, je le sens.

— Si vous parlez des deux prisonniers, renchérit Llyas, elle a raison. Ils sont vivants. On les fait travailler dans l'usine.

Loreline lui sauta au cou, manifestation de joie dont Llyas n'avait pas l'habitude. Il en resta pantois.

— Nous avons trouvé des informations intéressantes, dit Manon à l'intention de Valentine. Depuis des mois, vous cherchez le symbole des chiffres 12 et 7. Pourquoi pas aussi le chiffre 5 ? Il reste sept sages au sud du mur. Pourquoi n'y aurait-il pas cinq sages au nord ? 12-7=5. Cela fait partie des mathématiques élémentaires. Au moment de la construction du mur, il n'est dit nulle part que les douze sages étaient tous au sud. Peut-être s'étaient-ils réparti les rôles ? Au moment de la prise de pouvoir des sept sages – que nous pourrions nommer « les malveillants » pour nous y retrouver – s'ils avaient été douze, il y aurait eu douze « sages malveillants ». Pourquoi ne sont-ils restés que 7 ? Parce qu'ils n'étaient que 7. C'est aussi simple que ça.

— Nous avons rassemblé les informations trouvées dans le livre de Loreline, le seul qui n'ait pas été réécrit, reprit Charlotte : Le chiffre 5 est la somme du premier nombre pair et du premier nombre impair, c'est le Symbole l'univers : deux axes, l'un vertical et l'autre horizontal, passant par un même centre ; symbole de l'ordre et de la perfection. Il représente aussi les 5 sens : vue, ouïe, toucher, goût, odorat, et les cinq formes sensibles de la nature. » « Le nombre 5 symbolise pour les Mexicains, le passage d'une vie à l'autre par la mort, et la liaison indissoluble du côté lumineux et du côté sombre de l'univers. » Ne me demandez pas qui étaient les Mexicains, c'est un certain Jacques Soustelle qui aurait découvert ça dans les années 1960. Il devait être quelqu'un d'important, peut-être une sorte de prophète, pour que l'histoire ait retenu son nom. Les cinq sens sont les organes de la perception ; ça, nous le savons. Mais d'après les écrits, cinq serait un chiffre néfaste, il est associé aux plus graves échecs, l'addition du chiffre 4 et du chiffre 1 serait symbole de mort, de création inachevée. Mais si on associe les chiffres 3 et 2, cela devient un symbole de perfection, le monde à venir. « Dans le symbolisme hindou, cinq est encore conjonction de deux (nombre femelle) et de trois (nombre mâle). Il est principe de vie, nombre de Shiva transformateur. ».

— Les écrivains de ce livre ont voulu nous dire quelque chose, cela paraît évident.

— ils ont voulu dire que nous avions le choix entre le bien et le mal. Cela dépend comment on se comporte. Deux additions s'offrent à nous : 4 +1= 5 chiffre maudit, ou 2 +3 = 5 chiffre bénéfique. Dans ce cas, cinq serait le chiffre symbolique de « l'homme conscience du monde. »

— En fait, les cinq sages qui se trouvent au nord du mur ont choisi pour nous. Ils ont choisi l'équation 2+3. Sinon, ce serait le chaos de ce côté du mur et ce n'est pas le cas.

— Equation, équation ! Vous êtes bien gentils, vous, mais ça sert à quoi tout ça ? Qu'est-ce qu'on s'en fout ? Des mots, des mots, encore des mots. Ce n'est pas parce que les hommes du passé croyaient n'importe quoi qu'on va se mettre à faire comme eux. Quatre sages plus un, ou deux sages plus trois, cela change quoi ? C'est complètement idiot, dit Paul en s'énervant. D'abord, où sont-ils donc ces sages-là ?

— Quarante-deux degrés latitude nord, 1 degré longitude est, dit Abasseur. Nous l'avons calculé et cela correspond à un point situé dans l'ancienne chaîne des Pyrénées. A une certaine époque, avant que le chaos ne s'installe sur la terre et que de grands cataclysmes détruisent la moitié de la population, certains érudits appartenant à des sociétés secrètes ou simplement discrètes, ont eu le chiffre 5 comme chiffre emblématique : Rose croix, Franc-maçonnerie. Il se trouve que les « bonhommes » dont parle le poème, faisaient partie d'une sorte de religion, le catharisme, qui a été éradiquée il y a plus de quatre mille ans, et le chiffre 5 lui est associé. En fait, ces « bonhommes », vivaient précisément dans les Pyrénées, et le point de jonction des deux, latitude et longitude, est un lieu de culte ancien.

— Voilà ce que j'ai trouvé sur le papillon dans le livre de Garance, dit Charlotte : « [3]PAPILLON : Le papillon est le symbole de la métamorphose, du changement. Il nous enseigne qu'il faut laisser nos désirs se réaliser, de changer nos vies, de créer de nouvelles situations pour améliorer notre quotidien. Il y a 4 étapes à faire pour devenir un papillon ; la 1ère est l'œuf, la naissance de l'idée, ensuite, l'état de larve qui est de savoir si on réalise son projet. Ensuite, il y a le cocon où il faut amener ce projet à soi, le relier à notre personne. Et vient l'éclosion, la naissance du projet tant couvé. Ces étapes se répètent tout au long de notre vie, car des idées, des projets nous en avons plusieurs dans une seule vie. La force du papillon nous aide à mettre de l'ordre dans nos pensées, d'avancer consciemment. »

« Le mystère s'éclaire
Dame Ecriture
Et le beau machaon. »

— Où est le rapport ? demanda Manon.

— Un machaon, c'est un papillon de nuit.

— Autrement dit, il faut y aller dans les montagnes !

— L'élico peut transporter quatre personnes, pas plus, fit remarquer Llyas. Lesquels d'entre vous vont venir ?

Un silence gêné s'ensuivit. Olivier hasarda deux noms, sachant qu'il allait mettre le feu aux poudres.

— Valentine et Manon ?

— Et pourquoi elles ? Manon, je comprends, mais Valentine ? Pour l'entendre se plaindre sans cesse ? s'énerva Charlotte.

— C'est à moi d'y aller, dit Loreline, c'est ma clé. Il est hors de question que je vous la donne.

Valentine allait répliquer, lorsqu'un bruit de moteurs se fit entendre à l'horizon.

— Les élicos ! Ils arrivent. Allez vous cacher dans les falaises. Vite, ne prenez rien avec vous. Courrez.

Tony se mit à ouvrir toutes les maisons, faisant sortir les habitants, par la force s'il le fallait, les obligeant à s'enfuir, le moins chargés possible. Les élicos se rapprochaient. On pouvait à présent entendre le bruit des hélices et le vent soulevant la terre sèche en tourbillons. Il prit deux nouveau-nés dans ses bras que les mères ne

---

[3] Symbole des animaux chez les Amérindiens

pouvaient pas porter, n'étant pas encore remises de leurs couches ; Les hommes étaient aux champs. Il espérait qu'ils auraient tous le temps de se mettre à l'abri. Combien de villageois allait-il perdre ? Il se sentait responsable de tous. Il en allait de même pour Paul. Les scribes-druides traînaient, trop vieux pour courir. Il restait près d'eux, les exhortant à plus de vitesse.

— Vas-t-en, fils, lui dit Abigaël. Laisse-nous. Les autres ont besoin de toi. Notre vie ne vaut plus grand chose, la tienne est vitale pour ton peuple.

Paul savait que sa santé se dégradait à présent de plus en plus vite et qu'Abigaël n'était pas dupe.

— Passe le relais à ton fils, dit le vieux druide. Il est fort, intelligent, il le mérite.

— Il est si jeune.

— La jeunesse n'a rien à voir. Il saura. Mais file, il a encore besoin de toi.

Les élicos se posaient les uns après les autres. Llyas s'étonnait qu'ils n'aient pas ouvert le feu alors qu'ils étaient en vol. Cet atterrissage pacifique cachait-il une autre attaque ? La mer n'était pas loin. Une invasion était possible de ce côté-là.

— Il se passe quelque chose d'anormal, dit-il à Tony.

Tous les villageois encore sur place avaient cessé de fuir, comme si, cernés de toutes parts, ils étaient prêts à se rendre pour éviter une confrontation sanglante.

Valentine fut la première à apercevoir, descendant d'un élico, le Grand Appariteur. Malgré un accoutrement étrange qui n'était pas sa façon habituelle de s'habiller, elle le reconnut tout de suite, tenant dans les bras un bébé. Elle se mit à hurler et se précipita vers lui en lui sautant au cou.

— Oh, Monsieur, comme je suis heureuse de vous voir !

Puis elle réalisa qu'il était peut-être là en ennemi et se rejeta en arrière, le contemplant avec frayeur.

— Sois tranquille. C'est fini. Les sages se sont rendus.

Il lui tendit Clara qui riait et secouait ses menottes comme si elle voulait dire bonjour. Valentine s'abandonna à ses émotions et pleura tout son saoul. Quelqu'un lui tapa sur l'épaule :

— Tu pourrais au moins me dire bonjour, dit Garance en riant. Il n'y en a que pour ta fille.

Elles s'embrassèrent en s'étreignant au point de s'étouffer.

— Que t'est-il arrivé ? D'où venez-vous ? Qui sont tous ces gens ?

Puis elle vit Thor et Djamel descendre d'un autre élico alors que Loreline se précipitait vers son amour en lequel elle avait toujours cru.

Les uns après les autres, les élicos atterrissaient, les gens criaient, s'interpellaient. Tony, n'appréciant pas ce genre d'effusions qui n'étaient pour lui que des jérémiades, rappela tout le monde à l'ordre.

— Quand vous aurez fini de vous embrasser, nous pourrons peut-être avoir des explications, dit-il d'un ton bourru.

— Oh, papa, ça va, lui dit Charlotte, arrête de te faire plus ours que tu ne l'es. C'est la fête.

A l'écart de tous, Julie n'osait pas bouger de peur qu'on ne la remarquât, que quelqu'un vît sa mutilation. Elle préférait rester solitaire, comme elle avait toujours vécu. Seule, muette, et triste. La fête n'était pas pour elle. Elle ne savait pas qui elle était, de quel pays elle venait. Orpheline, apatride, rejetée de toutes les sociétés, que pouvait-elle espérer de la vie ? Une vie d'errance à chercher sa « tribu » comme ils disaient tous ? Elle n'avait pas de tribu. Il ne lui restait que le souvenir d'un village aux maisons de pierres et aux toits gris. Elle avait de la peine. Plus que de la peine, un chagrin immense qui l'avait toujours habitée aussi loin qu'elle se souvînt.

Une voix la fit sursauter :

— Ne reste pas là, lui dit gentiment Djamel. Viens, il faut que je te présente à tout le monde.

Il la prit par la main, la tira comme on tire un petit animal méfiant.

— Je vous présente Julie, dit-il. Elle ne peut pas parler. Les sages l'ont torturée et mutilée. Je vous demande de l'accueillir avec autant d'amour que nous.

— Pardonne-moi renchérit Garance. Oui, Julie c'est la fille la plus courageuse que je connaisse. Elle a survécu à des horreurs.

— D'où viens-tu ? lui demanda-t-on.

— Elle ne s'en souvient pas. Enfin, ce n'est pas l'exacte vérité, n'est-ce pas Julie ? Il lui reste des traces de son passé. Des tatouages ça s'appelle. Regardez, sur ses pommettes. Deux petits papillons. Il faut les voir de près. C'est le signe de sa tribu.

Julie approuva d'un signe de tête.

— « Dame Ecriture et le beau Machaon » récita Charlotte.

— De quoi parles-tu ? interrogea Garance.

— Dans ton livre, il est dit qu'un « machaon » est un papillon de nuit qui vit dans les Pyrénées, une espèce protégée, déjà en voie de disparition avant la construction du mur. Je te parie que si on compare ses papillons avec le machaon, ce sont les mêmes. Alors elle viendrait de là où nous devons aller. Avoue que c'est surprenant.

— Le symbolisme du papillon est très compliqué, dit Manon. Depuis la nuit des temps, il est considéré comme un animal magique, celui qui sort d'un cocon et se transforme en papillon. C'est d'abord une chenille, puis, elle fabrique un cocon et s'y enferme. Je ne sais pas si vous avez déjà vu un cocon, cela n'a rien de bien joli – bien qu'à une époque les hommes se sont servis de certains cocons pour faire des fils et coudre des habits – et il sort de cette coque une merveille. La chenille, par le cocon, s'est transformée en papillon. C'est le symbole de l'âme qui transmute, qui passe d'un état à un autre. La chenille n'évolue pas dans le même système que le papillon, l'une sur la terre, l'autre dans l'air. La chenille c'est l'homme, qui, transfiguré, s'envole vers le ciel.

Personne n'avait l'air de comprendre, sauf Julie qui la regardait les yeux agrandis de stupéfaction. Du fond de son inconscient lui revenaient des bribes de paroles, des mots qu'elle connaissait pour les avoir entendus dans d'autres bouches des années auparavant. Elle avait vécu cela, elle en était sûre à présent.

— Mais pourquoi les Pyrénées ? demanda Djamel. Qu'y a-t-il de particulier ?

— Ce qu'il y a eu, tu veux dire. Les Cathares. Les bonhommes du poème. J'imagine que si les sages de l'époque restés au nord du mur ou les scientifiques dissidents ont choisi cet endroit pour sauvegarder les écrits, c'est qu'il y a une raison, soit symbolique, soit physique. Le chiffre 5, le papillon, les Pyrénées. Cela fait beaucoup de coïncidences.

Elle se tut, laissant planer un grand silence.

Julie n'avait aucune possibilité de s'exprimer. Elle demanda du papier de quoi écrire.

— Ma famille vit là-bas, écrivit-elle. Machaon, je me souviens, c'était le nom du chef du village.

— Alors tu reconnaîtras peut-être le paysage. Cela n'a pas dû beaucoup changer depuis.

— Il est beau ton Machaon ? demanda Manon.

Surprise, Julie haussa les épaules en guise de réponse. Elle n'avait aucun souvenir ni de son visage, ni de rien d'autre.

« Tous les chefs ont porté ce nom », écrivit-elle.

— Et les sages ?

Nouveau haussement d'épaules.

Tony intervint :

— Cela suffit vos bêtises. Maintenant, il faut préparer une expédition, et ceci n'est pas un travail de femmes.

Plusieurs ricanements lui firent échos. Il partit en colère.

— Arrêtez de le taquiner dit Olivier, il n'est pas d'humeur.

-Bah, il n'est jamais d'humeur...

— Pas étonnant, intervint un des hommes du village. Deux passagers se sont noyés en traversant le bras de mer. Il risque d'y en avoir d'autres d'ici peu. Les habitants du Grand-Pays fuient n'importe où et n'importe comment. Il faut arrêter l'hécatombe. Depuis quelques jours, les nettoyeurs sont devenus fous. Ils massacrent tous ceux qui se trouvent sur leur passage. D'ici qu'ils arrivent jusqu'à nous, il n'y a pas pour longtemps.

— Une partie des élicos s'est dirigée vers Masopa, fit remarquer Jean, avec des armes et des gardiens.

— Quelle horreur ! se récria Thor en se souvenant des explosifs qui avaient massacré les nettoyeurs et leurs chevaux. C'est ce que nos ancêtres appelaient une guerre. Voilà que nous faisons comme eux. Les hommes ne s'arrêteront donc jamais de s'entretuer ? Faut-il vraiment enlever quelque chose de notre cerveau pour cela ?

— Avons-nous le choix ? Laissons faire les nettoyeurs et c'est un « génocide ». Dans le passé, c'est arrivé plusieurs fois. Des populations entières décimées par d'autres populations. Une ronde sans fin.

— Les nettoyeurs sont-ils des hommes ? demanda Manon. Comme ces tribus dont vous nous avez parlé, celles qui ressemblent à des singes ? Peut-être ont-ils eu le cerveau modifié, comme les gens du Grand-Pays mais d'une autre façon. Tout est possible.

— Oh oui, soupira Garance d'un air triste. Comme les ouvriers de l'usine. Qu'allons-nous encore trouver comme abominations ?

La conversation dura encore un moment autour de ce sujet, Garance ayant eu à s'expliquer sur ces ouvriers et ce qui s'était passé. Puis Llyas prit la parole :

— Les élicos marchent à l'énergie solaire. Espérons qu'il y en aura là où nous allons pour recharger les batteries.

Il se rendit compte que personne ne comprenait ses propos mais il n'avait pas le temps de leur expliquer ce qu'était l'énergie solaire.

— Chaque élico, continua-t-il, peut transporter quatre personnes dont le pilote. Décollage demain matin de bonne heure. C'est à vous de savoir qui il est judicieux d'amener. De qui avons-nous vraiment besoin ? Mais attention, hors de question qu'il y ait des enfants à bord. Je veux dire des bébés...

Valentine et Loreline comprirent que cette réflexion leur était destinée. Néanmoins, elles savaient qu'il était impératif qu'elles fissent partie du voyage. Elles devaient, chacune pour des raisons différentes, terminer leur quête.

Chapitre VIII

Un lac réfléchit mieux les étoiles qu'une rivière.
Théodore Jouffroy

1

Décollés depuis l'aube, les élicos survolaient la Méditerranée de si près qu'on pouvait apercevoir la houle. L'intensité du bleu de la mer les rendait muets d'admiration. Au loin, on devinait les côtes dans la brume matinale. Parfois de hautes falaises, parfois des plages sans fin de sable vierge, des îles surgies de l'eau alors qu'on ne s'y attendait pas. Les cartes maritimes n'avaient pas été refaites depuis des temps immémoriaux et les seules à leur disposition ne faisaient pas état de ces bouleversements. L'escouade vira vers la droite et se retrouva au-dessus de l'ancienne Italie dont la botte avait disparu. Elle remonta un peu au nord, vira à gauche, et suivit la côte nord de la mer.

— Il devait y avoir une statue sur les hauteurs, dit Garance à Loreline assise à côté d'elle à l'arrière de l'élico. Dame Phocéenne et la Bonne Mère, Notre Dame de la Garde nommée ainsi par les Marseillais. D'après Manon, la Bonne mère était une statue sur une montagne.

— A moins que la mer ne soit trop montée pendant ces derniers millénaires. Marseille, c'était un port. Suivant le niveau de montée des eaux, nous risquons de ne pas trouver ces repères.

Elles se turent. Chaque indice, le plus maigre fut-il, devait être regardé avec circonspection. L'eau avait envahi les terres, aucune trace de la Bonne Mère qui devait être immergée depuis des centaines d'années. L'élico fit plusieurs fois le tour de l'espace qui aurait dû être l'ancien port, et repartit vers l'ouest. Ils gardaient le cap vers le point de ralliement, longèrent des collines aux pieds baignés par une plage très étroite[4]. S'en suivirent des falaises tombant abruptement dans la mer.

Rompant le silence, Loreline chuchota :

---

[4] Ancienne plaine littorale du Languedoc

— A ton avis, pourquoi les sages ont-ils enlevé Julie ?

— Elle doit représenter quelque chose pour eux. Pas un danger, sinon, ils l'auraient tuée. Peut-être voulaient-ils la garder comme monnaie d'échange ? Ils devaient savoir pour les deux papillons.

Julie, assise à côté du pilote, se retourna, fit signe que non. Loreline rougit. Elle ne pensait pas qu'elle entendrait ses propos.

— S'ils ne le savaient pas, ils soupçonnaient qu'elle était une image symbolique précieuse et qu'elle pourrait servir à l'occasion. Allez savoir ce qu'ils avaient dans la tête ! Mais nous le saurons un jour. Un procès leur est réservé. Philippe est parti à Masopa délibérer avec la communauté scientifique. Il ne faut pas oublier qu'il s'est introduit parmi eux pour les espionner.

L'élico prit soudain de l'altitude et elles se turent, collées à leur siège. Devant eux, de hautes montagnes apparurent. Elles n'avaient jamais rien vu d'aussi grandiose. Les pics enneigés coiffés de petits nuages blancs se devinaient au loin. Le haut-parleur de l'élico se mit à cracher.

— Allo, élico 4, donnez votre position. Allo, allo... Point de chute se rapproche. Rassemblez-vous autour d'élico 1.

— Sommes à cinq minutes de vous. Position recadrée.

Plusieurs micros nasillèrent en même temps.

— Gorges de la Frau en vue. On descend. Soyez prudents, le passage est étroit et il y a des arbres.

Un océan de verdure laissait entrevoir un mince filet caillouteux entre des falaises. Le travail d'approche s'avérait délicat. Les pilotes avaient plus l'habitude des vastes espaces désertiques que des vallées encaissées où le moindre faux mouvement ou coup de vent pouvait projeter l'élico sur les falaises. Les appareils tanguaient en un ballet solennel. Un petit ruisseau serpentait dans les gorges. Au fur et à mesure de la descente, il devenait une rivière large et impétueuse dégringolant d'une cascade. Un mur d'eau claire bouillonnante leur barrait la route. Les élicos montèrent un peu plus haut.

— Attention ! Point culminant atteint ! Ne montez pas plus haut.

Tous les élicos frôlèrent le sommet.

— Attention ! Demi-tour, on tente la descente.

Dans les élicos, plus personne ne disait mot. Julie priait comme elle avait l'habitude de le faire, avec foi et sérénité. La peur au ventre, chacun se préparait à sa manière à une possible mort. Les habitants de

Masopa avaient appris à la côtoyer depuis leur départ. Mais ils n'avaient aucune technique pour s'y préparer. Terrorisée, Valentine pensait surtout à Clara. Son petit visage et ses grands yeux clairs occupaient tout son esprit comme si elle était devant elle.

— Parfait, cracha l'élico 1. On se pose.

Secoués plus que de coutume, les élicos tanguèrent et se retrouvèrent sur une prairie d'herbe verte. Les hélices se turent. Les pilotes ouvrirent la porte. Dehors, le silence n'était troublé que par des chants d'oiseaux et le grondement de l'eau qui filait vers d'autres contrées. Ils se retrouvèrent tous dehors et laissèrent éclater leur joie. L'écho leur renvoya des cris d'animaux sauvages. Julie prit son papier et écrivit :

— Attention, ne partez pas seuls. Il y a des ours et des loups. Ce sont des animaux très dangereux.

Leur enthousiasme se refroidit. Les habitants du Grand-Pays avaient fini par s'habituer aux animaux domestiques, mais des animaux sauvages, ils n'en avaient jamais vu et s'imaginaient des monstres hideux, faits de mélanges de bêtes domestiques naturelles et de transformations génétiques dues aux différentes manipulations des hommes dans le passé. Valentine n'était jamais arrivée à se départir de cette angoisse liée aux animaux depuis sa plus tendre enfance. Il suffisait qu'on en parlât pour qu'elle se mit à trembler. Même devant une chèvre, elle avait encore cette appréhension.

Abasseur et Manon prirent la parole.

— Nous sommes près du point de chute. D'après les données du tableau de bord, nous sommes à une heure à pied du « Quarante-deuxième degré latitude nord, et premier degré longitude est. »

— Impossible d'y aller en élico, dit Llyas. Il faut les laisser ici.

— Cela va être délicat, répondit le vétéran des pilotes, Ashoka, chef de la coalition. Est-ce que ces bêtes sauvages sont assez grosses pour s'attaquer aux élicos ?

Julie rit et secoua la tête. Elle écrivit sur le petit carnet dont elle ne se séparait jamais : Devant de tels engins, même un ours, le plus gros soit-il, prendrait la poudre d'escampette !

— Bon. Alors munissons-nous de nos paquetages, chacun le sien. Essayons de ne pas nous séparer. Si l'un d'entre vous se retrouve seul, il a une balise de repérage qui nous indiquera sa situation. Il suffit de l'allumer en pressant sur le petit bouton, à gauche de l'objet. Soyez prudent. Nous avons perdu assez d'amis.

Tony, peu habitué à ne pas faire la loi, serrait les dents. Non seulement il devait se taire, mais il se trouvait démuni devant la situation. Toutes ces techniques lui échappaient totalement. Il n'était plus le chef de rien et n'appréciait pas vraiment. Mais il était intelligent, il obéissait malgré son exaspération. Paul était fatigué. Il avait des difficultés à marcher et ne voulait rien dire. Certains, s'en étaient déjà rendu compte. Olivier l'observait depuis quelques semaines, il voyait son état se dégrader irrémédiablement se demandant quand il allait avouer à son fils l'étendue de sa maladie. Les jeunes gens marchaient devant. En les voyant ainsi soudés, Paul était rassuré pour l'avenir. Dror ne serait pas seul devant l'énormité de la tâche qui l'attendait. Se rendant compte qu'ils étaient à un tournant de l'histoire, il aurait aimé avoir devant lui cet avenir grandiose et participer à son accomplissement. Son histoire personnelle s'achevait, elle faisait partie déjà du passé de la planète, des hommes anciens. En mourant, il aurait l'impression de fermer sa propre porte et celle d'un temps révolu. Qu'il était loin son pays, derrière les montagnes du Caucase ! Il espérait que Dror y retournerait un jour.

— Ça ne va pas Paul ?

— Si, si, répondit-il à Olivier qu'il n'avait pas vu s'approcher. Enfin, non. Je suis malade, je le sais depuis longtemps, je ne finirai peut-être pas le voyage. J'aimerais que tu t'occupes de mon fils. Il aura besoin d'être guidé. J'ai été rude avec lui, pour qu'il soit un bon chef. Je n'aurais pas dû. J'ignorais les révolutions qui se préparaient. J'aurais dû lui prodiguer plus d'amour.

— Tu as fait ce que tu as pensé être le mieux pour lui, c'est de l'amour. L'amour ce n'est pas toujours de réussi, c'est d'essayer. On peut se tromper. Nous ne sommes que des hommes. Toi, plus que moi. L'amour était interdit aux Grand-pays. On nous a modelés ainsi. Ne t'inquiète pas, le moment venu, je serai là. Mais ce n'est pas pour aujourd'hui. La deuxième femme de mon père, celle qui m'a élevée, me disait toujours « à chaque jour suffit sa peine ». Mon père ne l'a jamais su, mais vois-tu, elle-aussi était un embryon primitif. Je l'ai découvert, je n'ai rien dit. Sais-tu pourquoi ? Je l'aimais cette femme. Je n'ai jamais connu ma mère. Elle était ma mère. Quand elle est morte, j'ai crevé de chagrin sans pouvoir en parler à personne. Nous étions censés être façonnés pour ne pas souffrir de la mort d'un proche.

Sur ces confidences réciproques, ils se turent. La côte était difficile, il valait mieux garder son souffle pour grimper. Le chemin serpentait entre des falaises abruptes parfois dénudées, parfois couvertes de verdure. On entendait toujours çà et là, le murmure d'un ruisseau. Ils avaient le sentiment d'être au paradis. L'air frais leur remplissait les poumons et régénérait celui des hommes venus du désert qui ne respiraient habituellement que du sable.

2

Julie, qui marchait devant, se mit à crier, un son vibrant et rauque, sorti de sa gorge, comme celui d'un animal. Ce fut la panique. Avait-elle aperçu une de ces bêtes dont elle avait parlé ? Visiblement pas. Elle contemplait la roche, en faisant des gestes que personne ne comprenait. Les premiers arrivés aperçurent, sur la paroi, un dessin tracé, une sorte de fleur, et une annotation presque effacée mais qu'ils purent décrypter : GR 107.

— Nous y sommes, dit Loreline dans un sanglot nerveux. Mais notre clé ? A quoi sert-elle dans toute cette végétation ?

Julie écrivit qu'il y avait un village au pied d'un pog. Ce mot, inconnu des autres, paraissait prendre un sens magique dans les yeux de la jeune fille. Mon village rajouta-t-elle. Les souvenirs refaisaient surface. Maintenant, elle voyait ce village où elle était née, ce village assombri par d'autres souvenirs plus noirs. Souvenir de pillages, de massacres. Elle n'avait que quatre ans. Elle se revit au milieu d'une place hurlant de peur, sa mère courant vers elle, des déflagrations, des bruits de moteurs ; des élicos survolant le pog et crachant leur feu infernal sur le peu de ruines qu'il restait d'un ancien château, à peine quelques pans de murs où les enfants, plus âgés qu'elle, allaient jouer, et sur son village. Ensuite le trou noir. Elle avait beau fouiller dans ses souvenirs, il ne lui restait que le palais des sages où on l'avait enfermée. Son village. Qu'en restait-il ? Elle le sut tout de suite au détour d'une falaise. Le pog était en ruine, éclaté comme un vulgaire ballon, et du village, restaient seulement quelques vestiges d'anciennes maisons comme si quelqu'un avait cherché quelque chose détruisant tout pour parvenir à ses fins.

— Tout ce chemin pour ça ? dit Ashoka dépité. Qu'espériez-vous trouver dans ce tas de décombres ?

— Il y a forcément une porte quelque part, répondit Garance d'un ton ferme. Regarde cette clé. A quoi te fait-elle penser ?

Ashoka réfléchit.

— Une clé pour coffre blindé. A une certaine époque, on s'en servait au Grand-Pays. Il y en a encore un dans le bureau de Pierre.

— Nos clés ouvriraient seulement ce coffre alors ?

Loreline était au bord du désespoir mais Garance ne voulait pas démordre de son idée.

— Dans « l'Origine du Monde », il est écrit que ce sont les clés d'une porte, pas les clés d'un coffre. Une porte de bibliothèque. Vous savez ce qu'est une bibliothèque ?

Non, Ashoka ne le savait pas. Les pilotes n'avaient jamais appris à lire ni écrire, encore moins à connaître une bibliothèque et sa fonction.

— Et bien, une bibliothèque est une immense pièce où sont entassés des livres.

— Classés, rectifia Manon.

— Oui, bon, classés. Et la bibliothèque que nos clés sont censés ouvrir, contient tous les livres existant avant la construction du mur et la prise de pouvoir par les premiers faux sages. Je vous laisse imaginer... Des salles et des salles avec des rayonnages bourrés de livres. Vous voyez ?

Ashoka ne voyait rien mais voulait bien la croire. Depuis qu'il l'avait rencontrée, il était subjugué par sa force de caractère et ses connaissances. Et puis, elle était la femme chef de la tribu des Rebus, ce n'était pas n'importe qui. Il se rappelait la rencontre de cette gamine avec le vieil Eschyle et la confrontation qui avait suivi. C'est qu'elle ne s'était pas laissé faire, la petite ! D'après ce qu'il avait compris, elle s'était enfuie parce qu'elle devait épouser le vieux. Il comprenait qu'elle ne voulut pas de ce type dans son lit ! A Masopa, on n'obligeait pas les femmes à coucher avec qui que ce fut. Elles couchaient avec qui elles voulaient, même entre elles. Elle avait fini par prendre le dessus et le vieux s'était excusé. Rien que de penser à ce moment-là, il avait envie de rire.

— Je veux bien, soupira-t-il. Mais où allez-vous trouver une porte dans ces décombres ?

— Sous le pog, affirma Manon. Le château qui le coiffait avait eu une signification bien particulière dans l'histoire des cathares il y a presque cinq mille ans. Je ne vois que cet endroit. Le village n'est pas assez fortifié. D'ailleurs, tout est en ruines.

Dror se mit à crier :

— Il y a un type là-haut ! Je l'ai aperçu, il s'est caché. Je vous assure. Il nous espionnait.

— Peut-être un survivant du carnage. Si c'est le cas, pourrais-tu le reconnaître Julie ?

Elle haussa les épaules en signe d'ignorance. Aucun visage n'effleurait sa conscience. Pas même celui de sa mère.

— Le mieux c'est d'y aller voir, fit remarquer Tony qui en profitait pour reprendre du pouvoir. J'y vais.

Il commença à grimper suivi par les jeunes tandis que les autres attendaient au pied du pog. L'ascension fut difficile. Leurs pieds glissaient sur les cailloux qui dévalaient la pente pour s'écraser en bas. Mais un quart d'heure après, ils étaient au sommet du pog. Un jet de pierres les accueillit. Tony, qui ouvrait la marche, en prit un sur le front. Une petite rigole de sang coula de la blessure.

Il n'eut pas le temps de crier, Dror avait contourné le site et s'était jeté sur l'homme pour le maîtriser : un pauvre vieux terrorisé.

— N'ai pas peur. Nous ne te voulons aucun mal. Regarde, la fille, là, c'est Julie. Elle est de ton village. Elle a été enlevée par les sages.

— Pas les sages, dit le vieil homme, pas les sages... Les sages sont ici.

— Impossible, répondit Tony. Ils sont sous bonne garde dans le Grand-Pays.

— Attendez, laissez-le s'exprimer. De quels sages nous parles-tu ?

— Les cinq, les cinq, bredouilla-t-il.

Julie s'approcha. Elle ne pouvait pas lui parler, néanmoins, elle voulait qu'il la voie. L'homme se tut, les yeux écarquillés :

— Julie ?

— Elle hocha la tête.

Le vieil homme se mit à pleurer.

— Tu es la seule survivante du village avec moi.

— Elle ne peut pas parler, lui dit Dror, les sages lui ont coupé la langue.

Son regard horrifié fit le tour du petit groupe.

— Que s'est-il passé ? demanda Hugo.

— Fichez-lui la paix dit Tony en prenant la direction des évènements, Le mieux, c'est de redescendre et nous nous expliquerons en bas. Cet homme meurt de faim.

Il avait un visage carré, anguleux, une bouche épaisse et des yeux en amande. Un drôle de vieux, mystérieux, de race méconnue. Seul Dror et Paul avaient déjà eu affaire à ce type de personnage au nord du Caucase. Qu'il se fut retrouvé à des milliers de kilomètres au sud laissait entendre qu'à une certaine époque, des populations entières s'étaient déplacées, fuyant les dangers de leur pays, du nord au sud, du sud au nord et certainement à des milliers d'années de distance. Il n'avait aucun point commun avec Julie dont la peau claire, presque transparente, donnait un air de fragilité à toute sa personne. Comme si ce village avait voulu rassembler des gens totalement dissemblables. Le vieux Viktor avait des joues creuses, le regard perdu des affamés. Sans sa rencontre avec eux, il n'aurait pas survécu bien longtemps.

3

C'est ainsi qu'ils apprirent par la bouche de Viktor quand et comment le village avait été assailli en pleine nuit et sa population décimée en quelques heures par « des machines infernales » venues du sud, selon les propres termes de Viktor. Certains étaient parvenus à fuir et n'étaient jamais revenus. Viktor vivait de cueillette et de chasse. Surtout de petits animaux comme les rats des champs pris dans ses collets qu'il mangeait crus, d'insectes et de fruits sauvages qui le rendaient parfois malade. Le pire était le froid de l'hiver. Il dormait dans une grotte et se couvrait de quelques couvertures restées au village qu'il avait dénichées dans les décombres. Il avait souvent été malade, avait cent fois cru mourir, s'était relevé, avait repris sa vie solitaire et rude. Il s'était souvent demandé pourquoi cette descente violente et barbare ? Qu'avaient-ils fait pour mériter un tel sort ? La réponse était toujours « à cause des cinq sages ». Ils n'avaient pas été tués mais enlevés, comme Julie. Pourtant, aucun des habitants du Grand Pays n'en avait entendu parler, pas même Jean.

— Ils les ont cachés quelque part dans le palais, c'est évident, dit Thor. Des prisons comme la nôtre, il doit y en avoir d'autres dans les souterrains. Personne ne les a explorées. Je ne vois pas pourquoi ils ont capturé les sages pour les tuer dans le Grand-Pays. Pas la peine de s'en encombrer, c'était aussi pratique de les tuer ici.

— Tu as raison, acquiesça Djamel. Ils devaient avoir une idée derrière la tête les concernant. Souviens-toi du jour où nous avons entendu des cris venant des souterrains. Nous avons pensé, à ce moment-là, que nous n'étions pas seuls.

— En effet, tu as raison. Il en va de même de Julie. Elle a été enlevée, à mon avis, pour les mêmes raisons. Mais quel est le rapport entre elle et les sages ? Le sais-tu, Viktor ?

Il avoua que non, il ne savait pas.

— Avez-vous trouvé une porte ? lui demanda Garance. Une porte, dans la montagne. Voyez-vous ce que je veux dire ?

Viktor secoua la tête. Aucune porte à part celles des maisons restées encore debout.

— Je ne vous parle pas d'une porte de maison, non, une porte très... comment dire ? Très épaisse, enfin une grosse porte, quoi, qui s'ouvre avec deux clés.

— Ce n'est pas possible, s'énerva Loreline. Ma grand-mère m'a dit que ma clé ouvrait une porte, qu'il y avait deux clés. Nous avons déchiffré toutes les énigmes laissées par le professeur Brau. Il y a forcément une porte ici !

Viktor blêmit au nom de Brau.

— Tu sais qui était le professeur Brau, affirma Garance, j'en suis persuadée. Tu es effrayé rien qu'en entendant son nom. Que nous caches-tu ?

Viktor était de plus en plus paniqué.

— Cette porte, tu nous en parles ou tu vas le regretter.

Loreline dirigeait vers lui un pistolet de persuasion qui paralysait les nerfs pour quelques minutes. Elle l'avait pris dans les affaires de Valentine, la seule qui en possédait un.

— Loreline, arrête, lui dit Thor. Nous venons ici en amis, pas en pilleurs !

— Ce n'est pas notre ami. Il se moque de nous. Il sait où est la porte. Tu le sais, hein, hurla-t-elle en lui mettant le pistolet sous le nez.

Viktor hocha la tête, roulant des yeux de fou.

— Et bien, tu nous y conduis, continua la jeune fille, et plus vite que ça.

Il essaya de parler, mais elle lui coupa la parole.

— Avance et tais-toi.

— Laisse-lui une chance la supplia Garance, fais-le pour moi. Nous sommes du même sang. Je t'en prie. Donne-moi ce truc, tu risques de te blesser.

— Je le donnerai quand il aura parlé, concéda-t-elle.

— La porte, dit Viktor, plus désabusé que terrorisé, elle est apparue quand les hommes du Grand-Pays ont lancé leur feu et leur tonnerre sur le pog. Avant, il n'y en avait pas, après il y en avait une, lors d'éboulements de rochers instables. Les machines infernales étaient reparties depuis longtemps. Je n'ai jamais osé l'approcher, j'avais trop peur.

— Dans le livre « l'origine du Monde », Amandine a mis des annotations à propos du professeur Brau. Il a fait exploser la bibliothèque pour que jamais personne ne puisse la découvrir. Avant cela, il avait mis des indices pour qu'on la trouve. Donc, il a fait exploser la roche pour que la porte soit cachée, conclut Manon.

— Quel esprit tordu !

— Pas tordu, intelligent et prudent.

Thor profita de ce moment propice pour prendre le pistolet des mains de Loreline.

— Conduis-nous, dit-il à Viktor et pardonne-lui, elle a eu des moments difficiles.

Viktor la regarda sans compassion ni mépris. Indifférent à la vie de ces gens qui surgissaient de nulle part, il n'avait qu'une hâte : qu'ils partent chez eux pour lui permettre de retrouver sa vie sauvage et solitaire. Il n'y avait que le sort de la petite Julie qui l'émouvait. L'ayant connue enfant, il voyait en elle tout le village. Ses parents avaient été massacrés comme les autres, il revoyait le carnage, les hurlements des villageois et ensuite, la solitude à laquelle il s'était habitué jusqu'à finir par aimer cet exil forcé.

Ils reprirent le chemin jusqu'au pog, le contournèrent, s'arrêtèrent devant un amas de pierres et la virent. Une porte gris métal, plutôt petite, une sorte de sas, ne laissant passer qu'une personne à la fois. De gros rochers en empêchaient l'accès, il fallut presque une heure pour la dégager. La nuit approchait. Tony aurait bien voulu remettre au lendemain l'ouverture, mais les filles ne voulurent rien entendre. Rien au monde n'aurait pu les chasser à ce moment-là. Elles escaladèrent ce qui restait de pierres et se trouvèrent face à la porte. Un instant qu'elles n'oublieraient jamais. Il n'y avait qu'une seule serrure. Loreline tremblait, le coin de ses lèvres tressautait comme si elle avait voulu parler et ne le pouvait pas. Garance avait une boule dans la gorge et du mal à respirer. Elle introduisit sa clé, mais ce n'était pas la bonne. Loreline essaya la sienne et la porte s'ouvrit, avec difficulté, en grinçant. Il fallut la pousser et la forcer pour l'ouvrir complètement. Ils se retrouvèrent dans un couloir. Un couloir du même métal que la porte, aux parois lisses. Au fond, une autre porte. La clé de Garance l'ouvrit sans difficulté. Elle était moins usée que la porte extérieure, comme si elle venait seulement d'être montée. A ce moment-là, la lumière fusa. Le mécanisme qui devait commander l'éclairage était encore efficient trois millénaires plus tard. Ils rentrèrent dans une immense pièce avec, au centre, un bureau pour seul décor et les murs caparaçonnés de tiroirs. C'était impressionnant, un brin sinistre, impersonnel. Tous les tiroirs étaient étiquetés. Ils en ouvrirent quelques-uns uns. Ce ne fut pas une surprise de les trouver remplis de livres. Dror, qui furetait dans le bureau, se mit à crier :

— Venez-voir ! Il y a une lettre.

Il la tenait délicatement entre ses doigts. Elle était écrite dans la langue commune, bien que des variations aient été apportées pendant ces trois mille ans. Cela compliquait la lecture mais ne différait pas des habituelles dissemblances de langages, d'une tribu à l'autre, qui n'empêchaient pas les hommes de se comprendre.

— Manon, lis-la, dit Garance, c'est toi qui lis le mieux.

La jeune fille ne se fit pas prier et c'est dans un silence profond qu'elle commença, buttant parfois sur certaines tournures de phrases :

Bonjour,
Lorsque vous trouverez cette lettre, je serai déjà mort. Depuis combien de temps ? Vous seuls le saurez. Nous avons rassemblé ici le plus d'ouvrages possibles pour les mettre à l'abri de la folie des sages du Grand Pays. Vous trouverez dans mon tiroir les plans de la terre, les pays qui ont existé, ceux qui ont disparu sous les eaux après la grande catastrophe, ceux qui ont perdu des parties de leur territoire. Lorsque vous me lirez, j'ignore ce que sera devenue la terre. Un paradis ou un enfer ?
En tout cas, puisque vous lisez ces lignes, c'est qu'il reste des hommes vivants et qui savent lire. Si vous avez élucidé toutes les énigmes complexes mises sur votre route c'est que votre cœur est pur. Alors nous ne serons pas morts pour rien. C'est Amandine, la benjamine

des scientifiques du Grand-Pays qui portera le lourd fardeau de perpétuer l'écriture. Elle est en possession d'un exemplaire original de « L'Origine du Monde ». Néanmoins, il existe cinq bibliothèques comme celle-ci. Les cartes de leur situation géographique sont également rangées dans mon tiroir. Il y en a une dans le Grand-Pays, sur l'ancien territoire égyptien, dans le Caucase, dans les montagnes de l'Himalaya, et la Cordillère des Andes. Puissiez-vous être capables de les trouver un jour.

Maintenant, je vous dis adieu, mon assistant me harcèle pour partir. Nous ferons sauter l'entrée de la bibliothèque avec des explosifs. Notre hélicoptère attend devant la porte pour nous conduire Dieu sait où. Je sais que nous ne nous en sortirons pas vivants.

J'espère que cette lettre tombera en de bonnes mains.

Que Dieu vous bénisse.

Professeur Brau

— Il ne nous reste qu'une chose à faire, déclara Garance pour rompre le silence pesant qui menaçait de s'éterniser, c'est de lui rendre hommage et de protéger ce sanctuaire. Ensuite, nous aurons du travail. Cela va nous prendre des années pour tout lire.

Puis, sur ces paroles, elle se mit à pleurer, ce qui ne lui était pas arrivé depuis bien longtemps.

— Nous allons laisser des gardes, des élicos, et des vivres dit Llyas. Bien que je ne croie pas qu'il y ait un quelconque danger. Les sages sont sous les verrous, les nettoyeurs sont recherchés, ils ne passeront pas les portes, nous avons mis des gardes à chacune.

— Еловек с окраской меди, на кого охотятся пустыни войной против своего народа, пересек горы верхом с только кинжалом чтобы защищаться. Он передал стену и горы Кавказа чтобы присоединяться к нашему племени. Могила оказывается на берегу Волги, énonça Dror, l'homme au teint de cuivre qui a traversé le désert et qui est enterré au bord de la Volga, ce doit être un scientifique, puisqu'une autre bibliothèque se trouve dans le Caucase. Nous saurons tout lorsque nous aurons lu les livres qui sont ici. Quand commençons-nous ?

— Il est hors de question que tu restes ici, dit Paul. Ton peuple a besoin de toi.

— Mon peuple ? Mais il t'a, mon peuple !

453

— Plus pour longtemps, avoua Paul. Tu devras me succéder d'ici peu. Je suis très malade. Je n'en ai plus pour longtemps.

Dror resta sans voix. Si son père mourait, il serait le nouveau chef. Il devrait conduire son peuple, lui trouver un territoire, finis la lecture et les livres. Des larmes de peine et de rage lui montèrent aux yeux.

— Ce n'est pas vrai, père...

— Quoi qu'il arrive, intervint Tony, ton peuple peut rester avec nous. Dror a raison, Paul. Il doit déchiffrer les livres. Chacun d'eux connaît une langue différente. Il reviendra. N'est-ce pas, Dror ? Comme Charlotte, rajouta-t-il ému.

Paul regarda longuement son fils. Cet enfant, qu'il avait dressé comme un jeune chien, n'avait rien d'un chef, il devait bien le reconnaître. Comme si la science avait décidé de le lui ravir pour d'autres tâches, comme s'il était né pour un destin différent de celui de ses ancêtres. Il s'était toujours intéressé aux livres. Combien de fois l'avait-il surpris à voler des livres aux scribes-druides ! Il n'était jamais intervenu, craignant leur courroux. Et voilà que tout ceci se retournait contre lui. Son grand fils, qui avait l'air d'un homme à présent, prenait son envol. Lui qui croyait pouvoir toujours le garder au nid, lui laisser la place, pour qu'il pût continuer la tradition ! Il le serra dans ses bras de tout le peu de force qu'il lui restait. Dror réalisa à quel point son père était maigre et fragile. Il n'avait rien vu arriver, trop obsédé par l'écriture et les énigmes à déchiffrer.

— Pardon, père.

— Non, non, ne t'excuse pas, je suis fier de toi. Tu vas voir le monde changer, tu vas participer à cette mutation. Fais attention, la nature humaine peut être mauvaise. Ne refaites pas les erreurs du passé.

— Je te le promets.

Lorsque la majorité des élicos repartit, elle laissa sur place des gardes, Lyas, Olivier, Manon, Charlotte, Garance, Julie, Dror, Thor, Hugo et Djamel. Valentine et Loreline partirent pour récupérer leur enfant et revenir au plus vite.

— Douze, fit remarquer Garance. Nous serons encore douze. Toujours ce chiffre. Je suis persuadée que nous allons le trouver partout sur notre route. C'est ainsi depuis la nuit des temps. Saurons-nous un jour pourquoi ?

Julie secoua la tête en signe de négation. Elle écrivit :

454

« Douze est toujours le nombre d'un accomplissement, d'un cycle achevé. » Nous sommes condamnés en tant qu'hommes à suivre sa symbolique. La terre est douée de raison.

Ils ne comprirent pas vraiment ce qu'elle voulait dire, mais surent qu'ils étaient en train d'écrire une page de l'histoire de l'humanité et pas une des moindres.

4

Six mois avaient passé. C'était le grand jour. Le procès des cinq sages du Grand-Pays allait avoir lieu. 4 +1= 5, la combinaison maléfique. Pierre et les quatre autres.

En rentrant des Pyrénées, le Grand Appariteur ayant tenu à reprendre ses fonctions, avait remué tout le palais pour trouver les cinq sages. Il reprit la lecture de la table. A la lumière des nouveaux éléments à leur disposition, ils finirent par trouver les geôles où ils étaient retenus prisonniers depuis des années. Cinq sages, 2 +3 = 5, la combinaison sacrée. Deux chefs suprêmes, les gardiens des choses cachées, Paul et Jacques, et les trois disciples, chargés de leur diffusion, Marc, Barthélemy et Jude. Des sages, il n'en restait donc que 10 sur 12. Soit 12 — 2 = 10. 10= 5 +5. Soit : 2 +2 + 3 + 1 +4.

D'après certains documents trouvés dans les Pyrénées, le nombre et le chiffre n'avaient pas la même symbolique. Le chiffre est l'écriture du nombre qui, lui, indique une quantité. Ils n'avaient pas fini de décrypter toutes les facettes de l'écriture, loin s'en fallait, ni les magies qui leur étaient rattachées.

Pourtant, ce jour-là, ils avaient déserté la bibliothèque pour venir assister au procès. Cela se tenait dans le grand amphithéâtre de Masopa, là même où, trois ans plus tôt, Valentine avait tenu sa conférence houleuse et commencé sa quête. Lorsqu'elle rentra dans la salle, émue et tendue, elle fut accueillie par des cris de joie et de bienvenue. Elle l'avait quittée sous les sifflets et les insultes. Elle fit des signes d'amitié à la salle qui hurla de joie. Le tribunal était constitué d'un jury de citoyens des trois capitales du Grand-Pays ; d'un jury responsable, c'est à dire les personnes plaignantes telles Philippe, Jean, le chef des pilotes des élicos, les chefs de tribus dont Eschyle, Eloïs, le père de Loreline, Marco échappé du carnage après le passage du mur par Valentine et ses amis, et d'autres gardiens des portes venus témoigner du vandalisme des nettoyeurs. Valentine et ses amis étaient entendus en tant que témoins. Les cinq sages des Pyrénées présidaient.

Pierre entra le premier. Il n'avait plus sur le visage cet air de suffisance et supériorité qu'il affichait autrefois, mais une haine qui le rendait laid et tordait ses traits. Il fut interrogé le premier par Paul :

— Racontez-nous, si vous le savez, comment se sont transformés en bandits sans scrupule, sept sages mis à la tête du pays pour leur grand savoir et leur honnêteté ?

Pierre ricana :

— Cela fait trois mille ans. Je n'existais pas à cette époque-là, vous ne pouvez pas m'accuser de cette ignominie.

— Certes. Mais vous avez perpétué l'ignominie en question. Vous auriez pu tout arrêter. Non content d'avoir continué les exactions de vos prédécesseurs, vous en avez rajouté. Vous êtes coupables d'avoir développé les trafics de cerveaux humains, les manipulations génétiques, les tortures, les massacres en tous genres et l'assassinat de vos semblables. A ce propos, nous avons fait exhumer le corps de Jean, celui qui a précédé le Grand Appariteur. Et son autopsie – j'ignore si vous connaissez cette procédure – a révélé qu'il n'était pas mort de mort naturelle, mais tué de main d'homme. On lui a asséné un coup mortel sur la nuque et il est tombé dans les escaliers. Quel dommage de ne pas l'avoir incinéré, n'est-ce pas ?

Pierre ne répondit pas.

— Donc, continua Jacques, depuis trois mille ans, les sages sont devenus des monstres. Vous avez peut-être des circonstances atténuantes. Nous examinerons votre cerveau pour voir s'ils n'ont pas été modifiés de façon à vous rendre mauvais. En ce cas, vous pourriez être des victimes, ce qui vous éviterait de croupir toute votre vie à notre place. Dans ce cas, le nécessaire sera fait pur vous rendre doux comme des agneaux. Ceci clôturera les expériences faites sur les humains.

— Jean c'était un accident, plaida Pierre. Nous ne savons pas comment il a fait, mais il s'est mis à changer, à devenir plus bienveillant. L'altruisme n'est pas une qualité que nous pouvions tolérer. Il a fallu l'éliminer car il menaçait d'ameuter les foules. C'était intolérable et croyez bien que nous l'avons regretté.

L'assistance se mit à rire ce qui eut pour effet de le mettre en colère.

— Taisez-vous ! Bande de sous-hommes ! leur cria-t-il.

456

— Taisez-vous aussi, lui dit Paul. Vous parlerez quand on vous interrogera. Les mutilations des ouvriers sont-ils de votre fait, ou était-ce une pratique déjà en vigueur ?

— Nous n'avons fait que continuer.

— Ah, vous manquez donc d'imagination.

Pierre prit cette remarque comme une insulte suprême. Il s'agita sur son siège, fut maîtrisé par deux gardiens.

Paul poursuivit :

— Savez-vous qui était le Pierre numéro Un ? Celui qui a créé le Grand-Pays il y a trois mille ans ? Un homme d'une intelligence et d'une bonté supérieure. Le contraire de ce que vous êtes. Le descendant d'un malade mental.

On le ramena dans sa cellule, tandis qu'il disait des horreurs à l'encontre du Grand Appariteur.

— Attendez, dit Jacques. Savez-vous pourquoi c'est le Grand Appariteur qui a été choisi ?

— Nous avons été pris de court à la mort de Jean. Philippe a trouvé lui-même le successeur. Ce traître !

Suivirent les auditions des autres sages qui n'apprirent pas grand-chose au public. Les gens massés dans l'amphithéâtre, avaient déjà été informés des manipulations dont ils avaient fait l'objet depuis des générations. Certains avaient du mal à vivre sans leurs pilules de survie, il fallait les sevrer progressivement. On leur avait même laissé le choix de les arrêter ou de continuer à les prendre. Les sages ne voulaient pas mettre en danger une population entière. Des dispensaires avaient été créés pour éduquer, expliquer, renseigner. Ceux qui voulaient se mettre à l'écriture étaient dirigés sur des écoles spécialisées et suivaient des cours dispensés par des professeurs venus de l'autre côté du mur. Par contre, il n'était plus question de mettre des embryons modifiés dans le ventre des femmes. Des cours d'éducation sexuelle remplacèrent les médicaments pour rendre stérile.

Ensuite, Les témoins prirent la parole. On aurait pu entendre les mouches voler, si mouches il y avait eu. Leurs aventures fascinaient ces gens qui n'avaient jamais quitté leur ville. Mais pour eux, il était difficile d'envisager d'autres plaisirs que ceux qu'ils connaissaient depuis toujours. Il faudrait peut-être des générations pour leur donner le goût de changer de vie.

Finalement, le jury de citoyens reconnut les sages coupables avec des circonstances atténuantes et obligations d'être soignés par des scientifiques. Trois mille ans de tyrannie finissaient avec, pour les hommes, un monde à reconstruire, le plus urgent étant de trouver de l'eau pour arroser ce désert où la population ne pouvait plus vivre. Il fallait ouvrir le mur, réintroduire des espèces animales et végétales. Pour cela, l'eau aussi était indispensable.

Certains voulurent partir à l'aventure pour découvrir des mondes nouveaux. Les cartes trouvées dans la bibliothèque des Pyrénées indiquaient des contrées inexplorées où on ignorait si des hommes y vivaient ou non. L'homme ayant toujours été un nomade, il recommençait, des milliers d'années plus tard, ainsi que l'avait fait l'homo sapiens, à reconquérir une planète inconnue.

Les sages s'installèrent dans le palais où ils avaient été faits prisonniers pendant des années et nommèrent des groupes chargés de réfléchir avec eux sur l'avenir de la planète.

— Quelque chose m'interpelle, dit Jean à Philippe, tandis qu'ils conversaient sur les évènements passés. Ces chiffres, ces symboles, à quoi servent-ils ? On dirait que, depuis la nuit des temps, l'homme est hanté par leur seule évocation. Des gens se sont battus pour des idées, des religions, des scientifiques se sont penchés sur des représentations de signes, leur donnant une importance qui me paraît exagérée. Pourquoi ? Dans quel but ?

-Dans aucun but, rétorqua Philippe en souriant. Ce n'est pas le but qui compte, c'est la recherche. L'homme est un éternel chercheur. Pour comprendre ce qui l'entoure, il a besoin de magie. Il ne sait pas, ne comprend pas, alors il se crée des mythes. Peut-être pour rendre la vie plus viable pour lui. Il ne peut pas se conduire comme un animal. Il trouve dans la nature non pas son salut physique mais moral. Et cela dure depuis des milliers d'années, depuis que l'homme existe. D'où vient-il ? Où va-t-il ? Telle est la grande question. Les symboles transcendent la peur. Prenez par exemple le chiffre 12 : quelqu'un a dit de lui « Cent quarante-quatre, c'est douze fois douze : douze qui est trois multiplié par quatre, le carré multiplié par le triangle. C'est la racine de la sphère, c'est le chiffre de la perfection. Douze fois douze, c'est la perfection multipliée par elle-même, la perfection au cube, la plénitude qui exclut toute autre chose qu'elle-même, le paradis géométrique. » Autrefois, particulièrement au vingtième siècle, les mathématiques avaient une importance capitale. De grands hommes ont fait des découvertes extraordinaires, vous pourrez les lire. Mais ce savoir s'est perdu. Il n'est resté que les symboles. Au troisième millénaire, il n'y avait déjà plus de mathématicien. Dans la religion chrétienne Jésus choisit douze disciples qui, soit dit en passant, portaient les prénoms des douze premiers sages. Etait-ce un hasard ? La DJAWHARATOUL KAMAL ou PERLE DE LA PERFECTION, récitée 12 fois pendant la WAZIFA – une prière de la religion musulmane — nous dit « Nous les répartîmes en douze tribus, (en douze) communautés. Et Nous révélâmes à Moïse, lorsque son peuple lui demanda de l'eau : Frappe le rocher avec ton bâton. Et voilà qu'en jaillirent douze sources. » Pourtant il s'agissait de deux religions différentes qui se sont même combattues : la religion chrétienne et l'Islam. Il y eut les douze tribus d'Israël. Israël qui s'est battu avec les pays de l'Islam pour des questions de religion et de territoires. Les runes, considérées comme des signes magiques auraient, pour certains, symbolisé, entre autres, l'année de douze mois. Il est aussi un symbole de nourriture spirituelle et matérielle, comme les 12 petits pains que Jésus a rompus au moment de la Cène. Encore une légende de la religion chrétienne. Je pourrais t'en citer des centaines de représentations si ce n'est des milliers appartenant à des pays, des religions, des époques différentes. Cela ne t'avancerait à rien. Il n'y a aucune explication. Pourquoi les jeunes témoins sont-ils douze ? Hasard ? Mystère. Nous ne le saurons jamais. N'empêche qu'ils se sont rencontrés sans se chercher, sans le savoir. Il en va de même pour les autres chiffres. A un moment donné de l'histoire, ces chiffres ont peut-être coïncidé avec des évènements importants qui se sont répétés. Je n'ai pas la réponse à ta question.

Jean dut se contenter de ces explications qui n'en étaient pas.

5

Pendant ce temps, au nord, la vie continuait son cours. Paul était mort sans souffrir. Les médicaments du Grand-Pays montrèrent leur efficacité. Dror eut du mal à accepter ce départ qui le rendait orphelin. Mais il y avait son petit frère Frédéric, plus intéressé par l'agriculture et l'organisation du village que par ses passions. Tony accepta de le garder ainsi que toute la tribu et de faire de lui le chef dont son père avait tant rêvé le rôle pour Dror. Ferdinand était resté avec les scribes-druides, mais Toufik était rentré au pays pour mettre en pratique ses découvertes sur les plantes et les animaux. Il avait de quoi s'occuper. A Masopa, la communauté scientifique mit un laboratoire à sa disposition et il put accéder à des herbiers cachés dans la bibliothèque de Garance. Cette bibliothèque n'était pas tout à fait pareille à celle des Pyrénées. Non seulement elle contenait des livres, mais ils y trouvèrent aussi des objets, des collections de cailloux, plantes, animaux empaillés, plantes et animaux aquatiques et bien d'autres trésors. Il avait dû falloir des années pour rassembler tout cela sous le nez des tyrans ! Toufik avait trouvé son paradis.

Quant aux trois murs, les ouvriers embauchés pour les détruire, du moins ouvrir de larges passages permettant les échanges entre le nord et le sud, allèrent de surprises en surprises, pas du tout attrayantes. Des charniers humains s'étalaient sur des kilomètres dans les deux couloirs. Certains fuyards prisonniers des pierres étaient morts sans trouver la sortie ou retrouver l'entrée. Parfois, les entassements de corps révélaient des massacres collectifs dont on ignorait la provenance. Certains étaient venus de loin et avaient fini par mourir d'épuisement et de manque de nourriture. Ces trois murs ne révélèrent qu'une prison et un cimetière à l'air libre. L'horreur suprême.

Epilogue

1

Penchés sur une carte, les douze amis tentaient vainement de comprendre ce qui avait fait du Nil, jadis un fleuve immense et généreux, ce mince filet d'eau croupie.

— Il faut descendre plus au sud, dit Thor. C'est de là que vient le Nil. Il descend vers la mer. Remontons son cours, nous verrons bien. Avec les élicos, ce soit être faisable.

— Avec les bébés ? demanda Llyas. Est-ce raisonnable ?

— Pourquoi y aurait-il du danger ? s'inquiéta Valentine. Nous sommes bien équipés.

— Il vaut mieux les laisser ici, suggéra Hugo. Surtout les jumelles. Elles sont trop petites pour supporter un voyage.

Charlotte avait accouché, deux mois plus tôt, de deux filles, Emma et Déborah. Hugo les couvait comme une poule ses œufs. Ils avaient fini par se rejoindre, malgré la timidité du jeune homme et ses hésitations. Il avait toujours pensé qu'aucune fille ne pourrait jamais avoir envie de lui. Dans le Grand-Pays, son immense carrure d'homme sauvage les effrayait. Mais pour Charlotte, il n'y avait que lui. Dès le premier jour de leur rencontre, elle l'avait aimé sans rien dire. Il la fascinait par sa force et sa gentillesse. Près de lui, elle se sentait protégée, il ne pouvait rien lui arriver. Elle serait allée jusqu'au bout du monde s'il le lui avait demandé. Né d'une famille de sept enfants, une gageure dans le Grand-Pays, il avait beaucoup souffert, comme Valentine, des séjours dans les camps de réinsertion parce que l'administration centrale soupçonnait ses parents de l'avoir engendré sans autorisation. Personne n'avait jamais retrouvé trace de son passage dans les stocks des embryons. Cela l'avait rendu méfiant, tourmenté à l'excès.

— Je crois qu'il a raison, dit Olivier. Cela ne me plaît pas non plus d'embarquer Clara dans cette expédition. Le voyage ne durera pas longtemps. Tout au plus une semaine.

— Nous pourrons les confier à mes parents, dit Hugo, ils ont l'habitude des tribus, et mes deux sœurs sont encore à la maison. Je suis persuadé qu'elles vont être ravies de faire les nounous. Et ça te reposera, Charlotte.

— Nous partons quand ? demanda Garance avec impatience.

— Dans deux jours. Le temps de tout préparer.

2

C'est ainsi que, trois jours plus tard, les élicos s'envolèrent vers les sources du Nil. Le désert moutonnait jusqu'à l'horizon. La vue du Nil, ce mince filet d'eau dérisoire, faisait pitié. Par endroits, il n'existait même plus, se perdait sous le sable, et resurgissait plus loin, aussi pitoyable. Nulle vie, dans cette immensité jadis sillonnée de caravanes transportant des épices et de l'encens, ou jalonnée de villages, de troupeaux se déplaçant au grès des saisons. Le Nil avait nourri des populations entières. Sur ses berges, des empires étaient nés, morts, perdus et redécouverts. Dans les livres d'histoire, ils avaient trouvé des renseignements sur les pyramides, les temples majestueux pillés pour construire le mur et dont les malheureux restes gisaient sous le sable. Plus au sud, ils pensaient trouver le barrage d'Assouan, construit pour retenir le Nil et ses crues gigantesques.

— C'est triste de penser qu'ils ont englouti des merveilles pour construire le barrage, dit Garance. D'autant plus, que, d'après Toufik, les crues du Nil étaient bénéfiques pour les cultures. Cent ans après, il n'y avait plus rien sur les bords du Nil. Les produits chimiques avaient abîmé la terre à tel point qu'elle était devenue stérile. Les paysans se sont retrouvés endettés, ont fui pour les villes qui étaient déjà surpeuplées. C'était avant la grande catastrophe qui a détruit la moitié de la civilisation planétaire.

Tout en parlant, elle regardait défiler ce paysage envoûtant. Les couleurs changeaient selon le sens du vent et les rayons de soleil. Soudain, elle cria :

-Regardez, là, en bas !

Ils aperçurent des monticules paraissant construits de main humaine, en escaliers, comme les terrasses de cultures de certains villages au nord du mur. Le vent violent qui s'était levé, couvrait et découvrait les marches, pour ne laisser voir parfois que des dunes. On pouvait s'imaginer avoir rêvé.

— Ce sont des pyramides, dit Manon qui était avec elle dans l'élico. J'ai étudié leur signification. Enfin, des possibilités d'interprétation. Mais je n'arrive pas être persuadée de leur bien-fondé.

— On ne le saura jamais, répondit Garance. C'est beaucoup trop vieux dans le temps. Sais-tu que certains pensaient, il y a quatre mille ans et plus, que les civilisations étaient beaucoup plus vieilles qu'on ne le pensait en ce temps-là ? Et même certains disaient qu'elles auraient disparu comme leur propre civilisation dans un déluge. Toutes leurs légendes en parlaient. J'ai lu aussi des romans. Un roman, c'est une histoire qui n'existe pas, que quelqu'un invente pour faire plaisir à ceux qui lisent. En même temps, l'auteur veut faire comprendre quelque chose. Incroyable, non ? Crois-tu que nous aurons un jour des écrivains ? Comme autrefois ?

— Pourquoi pas ?

— Ça me dirait bien d'en écrire un.

Manon rit :

— Rien ne m'étonnera de ta part. Tu seras le premier écrivain du sixième millénaire.

La radio se mit à siffler :

— 23°57 de latitude nord, nous approchons.

Quelques minutes plus tard, apparaissait sous la brume, un lac immense aussi grand qu'une mer.

— Il n'y pas de barrage, cria Olivier. Regardez bien. Il ne faut pas le louper.

— Faisons le tour du lac.

— Sur les cartes, il n'était pas aussi grand.

— C'est normal, rétorqua Thor. Etant donné que le Nil ne coulait plus, l'eau s'est répandue sur les régions alentours. L'eau vient d'une source, elle n'a pas pu se tarir. Le barrage était immense. Il ne peut pas avoir disparu. Descendons plus bas.

— Attention, cria Llyas. Il souffle un vent violent et le lac est recouvert de brume. Vous descendez trop bas, élico 4. Remontez.

— Non, dirent en chœur Garance et Manon au pilote. Il faut voir de plus près. Nous n'allons pas repartir bredouilles.

Julie ne dit rien, pour la simple raison qu'elle ne pouvait toujours pas parler. On lui avait promis une greffe de langue, elle n'y croyait pas. Mais elle était d'accord avec les autres.

La communication fut coupée. Les autres élicos le virent descendre et disparaître dans la brume.

— Elico 4, élico 4, répondez...

Quelques grésillements parvinrent dans le micro.

— L'imbécile ! cria Llyas. Il va le payer cher. Mettre en danger la vie de ses passagers !

— A mon avis, elles y sont pour quelque chose, rétorqua Olivier. Je connais assez Garance pour savoir qu'elle obtient toujours ce qu'elle veut.

En dessous de la brume, le lac ressemblait à un miroir. Le ciel bleu pale, presque gris, s'y reflétait, le soleil à travers la brume, faisait jouer ses rayons sur l'eau, créant des dégradés brillants remarquables. Il n'y avait pas une vague. Sur ses berges, l'herbe avait poussé, des arbres inconnus se balançaient, créant d'étranges îlots de verdure. Mais aucune vie ne semblait s'y être développée Dans l'élico 4, personne ne parlait, trop occupé à scruter l'horizon. Julie se mit à s'agiter en faisant de signes. Elle montrait, plus au sud, les bords du lac. Le tapis d'herbes disparaissait, remplacé par des cailloux.

— Elle a raison, dit Manon, surexcitée, c'est là.

— Descendez plus, dit Garance au chauffeur.

— Je ne peux pas. Nous risquons de nous écraser sur les rochers.

— Je vous en prie ! Dans les Pyrénées, vous avez été le meilleur. Ce n'est pas pire, ici.

Flatté, le pilote mit le cap vers ce qui pouvait faire penser à une ancienne construction.

— C'est lui, c'est lui ! cria Manon. C'est le seul endroit où l'eau n'a pas envahi les terres. Le barrage continue à accomplir sa fonction, retenir l'eau.

— Il faut le faire sauter, répondit Garance. Je crois qu'Hugo a pris des explosifs.

— N'est-ce pas dangereux ?

— Peut-être, mais c'est la seule solution.

— Il faut remonter, dit le pilote. Je vais avoir des ennuis avec le chef.

C'était plus facile à dire qu'à faire. Le vent les pousser vers le sud-est, l'eau se rapprochait.

Ils auraient pu y tremper leurs pieds

— Qu'est-ce que c'est cette horreur ! hurla Manon.

— De quoi parles-tu ?

— Une énorme bête ! Horrible. Il vit de drôles d'animaux dans ce lac. Si nous tombons là-dedans, nous allons nous faire dévorer.

— Remontez dit Garance au chauffeur d'une voix angoissée.

— Je le voudrais bien. Accrochez-vous, ça va tanguer.

Il tira d'un coup sec sur la manette et mit la batterie à fond. L'élico tressauta, rasa la surface lisse, puis remonta comme poussé par une énorme force venue du lac. Ils purent apercevoir d'autres « monstres » décrits par Manon.

— Nous l'avons échappé belle, dit le chauffeur. Je ne vous écouterai plus à l'avenir.

— En attendant, nous avons trouvé le barrage.

L'élico traversa la couche de brume pour retrouver le bleu du ciel. Le micro cracha des remontrances sévères à l'encontre du pilote.

— Vous êtes devenus fou ? Vous allez devoir fournir des explications. Que s'est-il passé ? Vous avez eu une défaillance technique ?

Garance ne laissa pas le pilote répondre.

— Julie a trouvé le barrage ! C'est bien lui. C'est merveilleux.

— Comment cela se présente-t-il ? demanda Llyas au pilote. Y-a-t-il un moyen d'amerrir ?

— Je crois que c'est exclu. Dans le lac vivent des créatures monstrueuses. Nous en avons vu plusieurs. Nous allons leur servir de déjeuner.

— Bon, que fait-on alors ?

— Il faut jeter des explosifs, dit Garance. Mais il ne faut pas rater la cible. Si le barrage explose, l'eau sera libérée et viendra alimenter le fleuve.

— Mais ça assèchera le lac.

— Pas vraiment. Le lac est alimenté par une source beaucoup plus au sud.

— Qu'en sais-tu ? Si ça se trouve, elle n'existe plus.

— Alors, poussons plus au sud, pour voir si elle existe vraiment. S'il n'y a plus d'eau pour régénérer le lac et que le Nil déverse tout dans la mer, ce sera pire qu'avant.

Ils parlaient tous à la fois. Les conversations s'interféraient dans les micros.

— Vous dites n'importe quoi, intervint Ouwéis, l'un des pilotes. Le Nil vient d'un lac, beaucoup plus au sud que les anciens appelaient « lac Victoria ». C'est un lac immense, celui-ci est ridicule à côté. Il baigne plusieurs contrées qui sont certainement toujours habitées. Les grandes catastrophes ont épargné ce coin du monde. Je suis bien placé pour le savoir. Les sages avaient monté un projet de découverte. Ils espéraient trouver de la main-d'œuvre sur ces territoires. Ce lac doit avoir quelque chose comme quinze mille ans. C'est un lac naturel et jeune, il n'y a pas de danger qu'il ait disparu. Il alimente l'autre lac, nommé le lac Nasser, qui, lui, est une construction humaine.

— Pouvons-nous savoir pourquoi vous ne nous avez rien dit ? Fulmina Llyas.

— Parce qu'on ne me l'a pas demandé.

Encore une des facettes de l'emprise des sages. Même après que les sages n'eussent plus aucune fonction, ils restaient encore pour ces hommes, les chefs auxquels il fallait obéir sous peine de répression.

— Si je comprends bien, dit Olivier, le lac Nasser n'a aucune fonction.

— Non. Il en avait une à une certaine époque pour réguler les crues du Nil. Là, si nous faisons sauter le barrage, comme l'a suggéré la jeune fille, le Nil reprendra sa course.

— Les sages le savaient ?

— Oui. Cependant, ils disaient que c'était dangereux pour les populations nomades. Mais des populations, il n'y en a pas autour du Nil. L'eau est trop croupie, son odeur fétide se sent à des dizaines de kilomètres dans certains secteurs. Je crois qu'ils ne voulaient rien faire pour garder les hommes du Grand-Pays sous leur coupe, surtout les tribus gardiennes du mur qui échappaient totalement à leur contrôle.

— A votre avis, le Nil peut-il reprendre sa course normale ?

— Je ne vois pas pourquoi il ne le ferait pas. Je vous l'ai déjà dit. Cela peut mettre un certain temps à se réguler, mais qui ne tente rien n'a rien.

-Mais ces bêtes qui habitent le lac ? Ne sont-elles pas dangereuses pour les populations ? demanda Manon encore tout effrayée par ce qu'elle avait vu.

— Vous avez rêvé, répondit Llyas. Cela n'existe pas. Vous avez dû voir des poissons ou je ne sais quoi d'autre. Mais des monstres ! Ils font partie des légendes.

— Allez, faisons sauter le barrage, dit Thor enthousiasmé. Je veux voir ça. Pour une fois, ces horribles objets vont servir pour une belle action, pas pour tuer des gens.

3

Ouwéis, était un homme trapu, aux bras musclés. Dans son visage brûlé par le soleil du désert, des yeux noirs, immenses, regardaient les gens avec un sérieux impressionnant. Il voulait lui-même descendre mettre les explosifs. Cet homme n'avait aucun sens du danger. Ils se demandaient tous quelle dénaturation du cerveau pouvait avoir enlevé aux hommes l'instinct de survie. Les sages étaient passés les maîtres dans l'art des manipulations en tous genres, mais ils n'avaient pas pu le faire seuls. Ils s'étaient toujours entourés de scientifiques véreux, prêts à tout pour faire leurs expériences. Cela avait donné des hommes aveugles, sourds et muets, des gens béatement heureux, des monstres dangereux pour leurs semblables comme les nettoyeurs, des soumis, obéissant toujours aux ordres sans se poser de questions. Philippe avait espionné pendant vingt ans le système sans beaucoup de succès. La société scientifique essayait d'assainir ses propres départements, mais il y en avait tellement, inutiles pour la plupart, qu'ils en auraient pour des années avant de trouver les coupables, assez ingénieux pour ne pas se faire remarquer. Peut-être auraient-ils quitté le Grand-Pays à ce moment-là, pour continuer sereinement ailleurs leurs prévarications ?

Ouwéis suggéra d'être arrimé à une corde et lesté au-dessus du barrage. Il n'aurait qu'à descendre, poser les explosifs, et remonter avant qu'ils aient explosé. Il était sûr de son fait. « Un jeu d'enfant ». Hugo lui fournit plusieurs explosifs avec un détonateur.

— Tu places les explosifs au bord du barrage, là-bas, sur la partie la plus haute. Regarde bien. On te remonte à la moitié du parcours, tu appuies sur le détonateur, et là il te reste trois minutes pour être remonté dans l'élico. Nous aurons largement le temps. Mais ne traîne pas. Les explosifs, tu les jettes, tu ne leur cherches pas un joli petit coin tranquille. D'accord ? C'est dès que tu auras appuyé sur le détonateur qu'il nous restera trois minutes pour te remonter. As-tu bien compris ?

— Pas de problème, n'ayez pas d'inquiétude. Le barrage sautera.

— il sautera mais nous ne voulons pas que tu sautes avec. Ok ?

— Ok, assura-t-il.

Lorsqu'il fut bien attaché avec une sangle et un micro communicateur, Hugo dont la force n'avait pas de pareil parmi les hommes présents dans l'élico 7, le fit descendre lentement. Le vent faisait tanguer l'élico et agitait la corde. Doucement, ils la déroulèrent, Ouwéis pendant au bout comme un pantin. Au fur et à mesure de la descente, il devenait plus petit, plus vulnérable, et Llyas commençait à regretter de l'avoir laissé faire cette folie. Après une descente interminable, extrêmement délicate, il se posa sur le bord du barrage, fit un signe aux élicos tournoyant au-dessus du lac. On aurait dit un ballet d'énormes libellules prêtes à foncer sur leur proie. Ils virent Ouwéis s'enfoncer dans les parois.

— Que fait-il ? s'énerva Hugo. Je lui ai dit de jeter les explosifs, pas de les accompagner ! Il est malade.

— Non et oui, soupira Llyas. Je dirais conditionné pour aller jusqu'au bout. Je crains le pire.

En effet, Ouwéis ne pouvait pas jeter les explosifs, ils seraient tombés dans l'eau et n'auraient servi à rien. Il posa le détonateur sur la rive, sachant qu'il lui restait trois minutes pour placer les explosifs directement dans les anfractuosités du mur. Il était recouvert d'algues et de plantes terrestres, ce qui le cachait aux yeux des visiteurs du ciel. D'en haut, on n'imaginait pas le gigantisme de cette construction. Il posa les explosifs, coupa la corde qui le reliait à l'élico pour ne pas l'entraîner avec lui dans l'explosion. Trois minutes plus tard, un bruit sourd secoua le lac, se répercuta dans les montagnes au loin comme si un violent orage se préparait. De l'élico, ils virent la corde suspendue dans le vide.

— Il a coupé la corde. Il l'a fait intentionnellement ! cria Llyas. A tous les élicos : remontez ! Ici élico 7, prenez de l'altitude, vite !

La valse reprit dans le ciel. Les élicos obéirent sachant qu'ils venaient de perdre un des leurs. La déflagration s'intensifia, suivie d'un grondement semblant sortir des entrailles de la terre. Puis, le lac, d'un seul coup, se déversa par-dessus un trou béant de ce qui fut été autrefois le barrage d'Assouan. Les flots déchaînés se répandirent dans le lit du Nil, envahissant le sable, roulant tel un énorme serpent impatient de regagner la mer. C'était une vision titanesque, une tragédie de fin de monde. Mais c'était le début d'une autre vie sur les berges du Nil. Il faudrait peut-être attendre quelques années pour que les éléments reprirent le cours normal de leur évolution, plus de quatre mille après ce qui avait paru, à l'époque, une magnifique transformation de la nature, sensée améliorer la vie des hommes.

4

Garance retourna dans son village. Non seulement elle était toujours la femme chef, mais elle n'était plus obligée d'épouser Eschyle, et elle avait surtout envie de fouiller la bibliothèque cachée sous les montagnes. Bien qu'elle en ait fait exploser l'entrée, elle ne pouvait pas oublier sa situation. Toute sa vie, elle garderait gravé dans sa mémoire ses expéditions interdites alors que tous la croyaient en train de méditer. Manon tint à la suivre. Sa passion pour la recherche ne s'était pas amoindrie et elle préférait explorer avec Garance, apprendre de nouvelles écritures, que de retourner à Cronos faire le pitre devant des gens qui se fichaient pas mal de ses explications. Loreline et Thor partirent avec elles. Depuis que le Nil baignait les abords du village, il y avait du travail pour tout le monde et Thor se sentait l'âme d'un cultivateur ou d'un berger. Quant à Loreline, grimper dans la montagne avec Garance et Manon à la recherche des écritures s'avérait une obligation morale envers son arrière-grand-mère Maguelonne et envers Amandine, celle par qui tout avait commencé. Charlotte et Hugo les suivirent. Charlotte ouvrit une école, Hugo se mit aux travaux des champs. Valentine suivit Olivier dans les Pyrénées. Il avait une révélation importante à lui faire et ne le pouvait que sur place. Valentine eut beau le supplier de lui expliquer, elle ne put rien en tirer, elle devait le suivre, lui faire confiance et elle saurait. Dror voulait voir le monde, retourner près de la Volga et poursuivre sa route vers une destination qu'il choisirait au fur et à mesure de ses pérégrinations. Il abandonna sa tribu à son frère, bien plus compétent que lui pour diriger des hommes et des femmes. Julie le suivit. Plus rien ne la retenait dans ce monde devenu trop petit pour elle. Elle aspirait aux grands espaces, aux contrées inexplorées. Personne n'avait pu lui redonner la parole, mais avec Dror, pas la peine de parler. Il comprenait tout par le langage des signes, et il parlait pour deux. Ils partirent vers leur destin, seuls, main dans la main, accompagnés de deux chevaux pour porter les bagages. Djamel resta à Masopa. La ville avait besoin de lui, le Grand Appariteur et la communauté scientifique aussi.

Peut-être se rejoindraient-ils un jour ? Douze, avec Llyas, le technicien pilote qui continua à piloter son élico pour les scientifiques. Le monde était tellement grand, il y avait tant de choses à découvrir ! Et même s'ils ne devaient jamais se rejoindre, ils garderaient tous dans leur cœur le souvenir de ces années folles, des dangers vécus ensemble, des moments inoubliables, leur jardin secret.

Epilogue

Les hommes durent apprendre à leur dépends que le monde était plein de périls, d'animaux sauvages, d'hommes sauvages et dangereux aussi. Pour la première fois depuis quatre mille ans, à l'embouchure du Nil, un homme se fit capturer et dévorer par un saurien, un crocodile de cinq mètres de long venu du lac avec ses congénères.

Mais ils apprirent aussi les arts, l'écriture, la philosophie et beaucoup d'autres choses qui font l'intelligence de l'homme. Il fallut aussi oublier les discordes, les guerres, inventer la paix. C'était en l'an six mille après Jésus-Christ, et l'histoire se répétait depuis des temps immémoriaux, et se répèterait peut-être, indéfiniment.

Quelque part dans le désert au pied d'un mur légendaire, une tombe aux mosaïques bleues gardait le souvenir de Samy, le malchanceux, l'éternel amoureux, mort pour avoir voulu sauver un ennemi.

Au commencement

Au commencement, Dieu créa les cieux et la terre.

La terre était informe et vide : il y avait des ténèbres à la surface de l'abîme, et l'esprit de Dieu se mouvait au-dessus des eaux.

Dieu dit : Que la lumière soit ! Et la lumière fut.

Dieu vit que la lumière était bonne ; et Dieu sépara la lumière d'avec les ténèbres.

Dieu appela la lumière jour, et il appela les ténèbres nuit. Ainsi, il y eut un soir, et il y eut un matin : ce fut le premier jour.

Dieu dit : Qu'il y ait une étendue entre les eaux, et qu'elle sépare les eaux d'avec les eaux.

Et Dieu fit l'étendue, et il sépara les eaux qui sont au-dessous de l'étendue d'avec les eaux qui sont au-dessus de l'étendue. Et cela fut ainsi.

Dieu appela l'étendue ciel. Ainsi, il y eut un soir, et il y eut un matin : ce fut le second jour.

Dieu dit : Que les eaux qui sont au-dessous du ciel se rassemblent en un seul lieu, et que le sec paraisse. Et cela fut ainsi.

Dieu appela le sec terre, et il appela l'amas des eaux mer. Dieu vit que cela était bon.

Puis Dieu dit : Que la terre produise de la verdure, de l'herbe portant de la semence, des arbres fruitiers donnant du fruit selon leur espèce et ayant en eux leur semence sur la terre. Et cela fut ainsi.

La terre produisit de la verdure, de l'herbe portant de la semence selon son espèce, et des arbres donnant du fruit et ayant en eux leur semence selon leur espèce. Dieu vit que cela était bon.

Ainsi, il y eut un soir, et il y eut un matin : ce fut le troisième jour...

« La Bible Genèse 1 par l'abbé Cramon »

Du même auteur :

Clair de Plume 34

Thrillers, policiers

Le sang de la miséricorde
Sous les pavés la plage est rouge
Panique sur les quais
L'Ombre des prédateurs
Quel qu'en soit le prix
Femmes hors contrôle

Les pieds dans le plat (humour)

Aventure, fantastique, anticipation
Le preta de l'île singulière
Le preta de l'île singulière tome 1 : les noces sacrilèges
Le preta de l'île singulière tome 2 : la dernière danse
L'été de la Dame en blanc
Trous noirs à l'abbaye Saint Félix de Monceau

Pour enfants

L'île à l'envers
Le voyage fantastique du chroniqueur du roi
Le fantôme de la tour rouge

Des peaux aiment (recueil de poèmes)
Les caprices du vent (nouvelles humour)
Comme un parfum de soufre (témoignage)

Editions Spinelle

En nos sombres jardins (recueil de nouvelles)

Nouvelle édition novembre 2019
Par lulu.com
Pour Clair de Plume 34
N° ISBN 978-2-37524-039-7

Le code de la propriété intellectuelle n'autorisant, aux termes de l'article L 122-5 (2°et 3°alinéas), d'une part, que les « copies ou reproductions strictement réservées à l'usage privé du copiste et non destinées à une utilisation collective » et, d'autre part, que les analyses et les courtes citations dans un but d'exemple et d'illustration, »toute représentation ou reproduction intégrale ou partielle faite sans le consentement de l'auteur ou de ses ayants droit ou ayants cause est illicite » (art. L.122-4). Cette représentation ou reproduction, par quelque procédé que ce soit, constituerait donc une contrefaçon sanctionnée par les articles L.335-2 et suivants du code de la propriété intellectuelle.

www.ingramcontent.com/pod-product-compliance
Lightning Source LLC
Chambersburg PA
CBHW061038030726
47504CB00002B/432